Rosamunde Pilcher

SEPTIEMBRE

Rosamunde Pilcher

Septiembre

TOP EMECÉ

Título original: *September*

Traducción: Alicia Steimberg

Diseño de la cubierta: Eduardo Ruiz

Emecé Editores España, S.A.
Mallorca, 237 - 08008 Barcelona - Tel. 215 11 99

ISBN: 950-04-1674-3
22.077

Depósito legal: B-45.952-1996

Printed in Spain

Impresión: Romanyà-Valls, Pl. Verdaguer 1,
Capellades, Barcelona

MAYO

1

Martes 3

A principios de mayo, ¡por fin!, llegó a Escocia la estación templada. El invierno había mantenido durante demasiado tiempo la presión de sus dedos de acero; se negaba a aflojarla. Hasta fines de abril, soplaron vientos fríos del noroeste, que arrancaron de cuajo los primeros capullos de *geynes* silvestres y quemaron los primeros narcisos hasta dejarlos marrones. La nieve blanqueaba las cumbres de los cerros y era profunda en las mesetas, y los granjeros, sin esperanzas de pastizales nuevos, sacaban lo último qu les quedaba de alimento a los campos yermos donde el ganado, mugiendo sin cesar, se amontonaba al abrigo de los muros de piedra.

Hasta los gansos salvajes, que generalmente desaparecían hacia fin de marzo, tardaban en regresar a su hábitat ártico. Los últimos grajos habían desaparecido a mediados de abril, graznando hacia el norte, hacia cielos desconocidos, volando tan alto que las formaciones en punta de flecha no parecían más consistentes que las telarañas cuando las mueve el viento.

Y luego, de la noche a la mañana, el cambiante clima de las Highlands se ablandó. El viento viró al sur, y trajo con él las brisas perfumadas y el clima templado que el resto del país disfrutaba desde hacía varias semanas, junto con el olor a tierra mojada y el de las plantas que crecían. El campo tomó un bello color verde claro, los árboles de cerezas silvestres se recuperaron del azote del invierno, juntaron fuerzas y extendieron sus ramas en medio de una bruma de pétalos blanquísimos. Todos a la vez, los jardines de los chalés estallaron en colores; el jazmín amarillo que florece en invierno, el croco púrpura, los jacintos azul oscuro. Los pájaros cantaban, y el sol, por primera vez desde el otoño anterior, calentaba realmente.

Todas las mañanas de su vida, con lluvia o con sol, Violet Aird iba caminando hasta el pueblo para comprar, en el supermercado de la señora Ishak, un litro de leche, *The Times* y todas las otras provisiones que necesita para su subsistencia una mujer mayor que vive sola. Sólo a veces, en lo más crudo del invierno, cuando la nieve se amontonaba y formaba enormes montículos, y el hielo se tornaba traicionero, abandonaba este ejercicio, atendiendo al principio de que la discreción es la mejor parte de la valentía.

El camino no era fácil. Seiscientos metros de descenso por la cuesta empinada, por los campos que antes eran los parques de Croy, propiedad de Archie Balmerino, y luego otra vez la misma distancia hacia arriba para volver a casa. Violet tenía auto, y bien podía haberlo usado para recorrer esa distancia, pero estaba convencida de que una vez que se instalaba la vejez, ceder a la tentación de hacer viajes cortos en auto significaba el terrible peligro de perder el uso de las piernas.

Durante los largos meses de invierno, tenía que envolverse en varias capas de ropa para la expedición. Botas gruesas, suéteres, impermeable, bufanda, guantes, un gorro de lana que le cubría las orejas. Esa mañana se había puesto una falda de tweed y un cárdigan y llevaba la cabeza al descubierto. El sol le levantaba el ánimo y la hacía sentirse fuerte y joven otra vez, y al liberarse de tantas prendas, recordaba la satisfacción que sentía en su infancia cuando abandonaba las medias negras de lana y exponía las piernas desnudas a las corrientes de aire fresco.

Esa mañana, el negocio del pueblo estaba lleno de gente y Violet tuvo que esperar para que la atendieran. No le molestaba, porque le daba tiempo para charlar con los otros clientes, todos conocidos; maravillarse del tiempo que hacía, preguntar por la madre de alguien, observar a un chico, a quien le costaba elegir, y por fin se decidía por un paquete de Dolly Mixtures, que procedía a pagar con su propio dinero. El chico no tenía apuro. La señora Ishak esperó con toda paciencia que se decidiera. Luego puso los Dolly Mixtures en una bolsita de papel y recibió el dinero.

—No te las comas todas al mismo tiempo, o se te echarán a perder los dientes —le aconsejó—. Buen día, señora Aird.

—Buen día, señora Ishak. Hermoso día, ¿verdad?

—Cuando vi el sol, no lo podía creer. —La señora Ishak, exiliada a estos climas nórdicos desde el sol implacable de su país natal vivía enfundada en cárdigans y tenía una estufa de querosén detrás del mostrador, y se currucaba junto a ella cuando no había clientes. Pero esa mañana, se la veía mucho más contenta.

—Espero que no vuelva el frío.

—No creo. Ha llegado el verano. Ah, gracias. La leche y el diario. Y Edie me pide lustramuebles y un rollo de toallas de papel. Quiero media docena de huevos, también.

—Si lleva mucho peso, el señor Ishak puede llevarle la compra en el auto.

—No, me las arreglaré, muchas gracias.

—Usted camina mucho.

Violet sonrió.

—Piense cuánto bien me hace.

Ya cargada con las compras emprendió el regreso a Pennyburn. Recorrió las calles y pasó por las hileras de chalés bajos, con reflejos del sol en las ventanas, y las puertas abiertas para dejar entrar el aire templado; luego pasó por el portón de Croy, y empezó a subir la cuesta una vez más. Era un camino privado, el sendero que llevaba a la parte de atrás de la casa grande, y Pennyburn estaba a mitad del trayecto, hacia un costado y rodeada de empinadas lomas. Se llegaba por un prolijo caminito bordeado de un cerco de hayas recortadas, y siempre era un alivio llegar a la curva y saber que no había que seguir subiendo.

Violet pasó la cesta —que ya se le hacía pesada— de una mano a otra, y se puso a hacer planes sobre cómo emplear el resto del día. Era una de las mañanas en que Edie iba a ayudar a Violet; Violet podía abandonar la casa y dedicarse al jardín. Últimamente había hecho tanto frío, que ni siquiera Violet salía a mirar el jardín, y todo estaba descuidado. El pasto parecía cansado y mohoso después del largo invierno. Tal vez habría que rastrillarlo para airearlo un poco. Y luego trasladar en carretilla una enorme cantidad de abono cuidadosamente compuesto para esparcir en el nuevo cantero de rosas. La perspectiva la llenaba de alborozo. Se moría por empezar el trabajo.

Apuró el paso. Y entonces, casi de inmediato, vio el auto desconocido estacionado ante la puerta del frente, y supo que, por el momento, el jardín tendría que esperar. Una visita. Qué molesto. ¿Quién sería? ¿Con quién tendría que sentarse a conversar, en lugar de ponerse a cavar en el jardín?

El auto era un Renault pequeño que no ofrecía ninguna clave sobre la identidad de su dueño. Violet entró en la casa por la cocina y allí encontró a Edie, que estaba llenando la pava con agua de la canilla.

Dejó caer la cesta de las compras sobre la mesa.

—¿Quién es? —preguntó en voz baja y señalando con el dedo.

Edie respondió también en voz bajísima:

—La señora Steynton. De Corriehill.

—¿Cuánto hace que llegó?

—Unos minutos. Le dije que esperara. Está en la sala. Quiere hablar con usted un momentito, me dijo. —Edie prosiguió con voz normal. —Estoy haciendo café. Se lo llevaré en cuanto esté listo.

Como no tenía excusas ni una posible vía de escape, Violet fue a recibir a la visita. Verena Steynton estaba de pie junto a la ventana de la sala llena de sol, contemplando el jardín de Violet. Cuando Violet apareció en la puerta, se volvió.

—Ah, Violet, perdóname. Me siento incómoda. Le dije a Edie que volvería en otro momento, pero me aseguró que llegarías enseguida.

Era una mujer de cuarenta años, alta y delgada, siempre inmaculada y elegantemente vestida. Esto la diferenciaba instantáneamente de las otras mujeres del lugar, que eran en su mayoría mujeres de campo, muy trabajadoras y sin tiempo ni inclinaciones para preocuparse demasiado por su apariencia personal. Verena y Angus, su esposo, eran nuevos en el pueblo, sólo hacía diez años que vivían en Corriehill. Antes Angus trabajaba como corredor de Bolsa en Londres, pero una vez que hizo fortuna, y cansado de ese trabajo, compró Corriehill, a quince kilóetros de Strathcroy, se trasladó al norte con su esposa y su hija Katy, y buscó en el lugar otra ocupación, en lo posible menos exigente. Había terminado por hacerse cargo de un negocio de madera de construcción bastante venido abajo en Relkirk; a través de los años, lo convirtió en una empresa pujante y lucrativa.

Verena también tenía su trabajo: estaba muy vinculada con una organización llamada Scottish Country Tours. Durante los meses de verano, esta compañía llevaba ómnibus tras ómnibus llenos de turistas norteamericanos por toda la zona, y hacía arreglos para que se alojaran, como huéspedes pagos, en una selección de casas particulares bien controladas. A Isobel Balmerino la habían metido también en este trabajo, que era muy duro. Violet pensaba que no había forma más agotadora de ganar un poco de dinero.

Pero desde el punto de vista social, la familia Steynton había resultado una adquisición positiva para la comunidad. Eran simpáticos, sencillos, muy hospitalarios, y estaban siempre dispuestos a dedicar tiempo a festejos, torneos de atletismo y otros acontecimientos para reunir fondos.

De todos modos, Violet no llegaba a imaginar por qué estaba allí Verena.

—Me alegro de que te hayas quedado. Lo habría lamentado, si te hubieras ido. Edie nos está preparando un café.

—Tendría que haber llamado por teléfono, pero iba hacia Relkirk y de pronto pensé: mejor voy sin avisar y si Violet no está, paciencia. Lo pensé a último momento. ¿No te molesta?

—En absoluto —mintió enérgicamente Violet—. Ven, siéntate. No han encendido el fuego, pero...

—Por Dios, ¿quién necesita estufa en un día como hoy? ¿No es una bendición ver el sol?

Se sentó en el sofá y cruzó las largas y elegantes piernas. Violet, con menos gracia, se hundió en su propio sillón *bergère*.

Decidió ir al grano.

—Edie me dijo que querías hablar conmigo.

—Es que se me acaba de ocurrir... que tú eres la persona que podría ayudarme.

A Violet se le cayó el alma a los pies, imaginando alguna kermés, una inauguración de jardín o un concierto de beneficencia, para los que a ella le pediría que tejiera cubreteteras, dijera unas palabras de apertura o vendiera entradas.

—¿Ayudarte? —dijo con un hilo de voz.

—No. Más que ayuda, necesito consejos. Quiero dar un baile.

—¿Un *baile*?

—Sí. Para Katy. Va a cumplir veintiuno.

—¿Y en qué puedo aconsejarte yo? Ni me acuerdo cuándo fue la última vez que di una fiesta. Creo que tendrías que preguntarle a alguien que esté más actualizado, a Peggy Fergusson-Crombie, o a Isobel, por ejemplo...

—Es que pensé... tú tienes tanta experiencia... Vives aquí desde hace más tiempo que cualquier otro que yo conozca. Quería saber qué te parecería la idea.

Violet estaba perpleja. Afortunadamente, mientras se esforzaba por contestar algo, llegó Edie con el café y dejó la bandeja sobre la repisa de la chimenea.

—¿Traigo galletitas? —preguntó.

—No, Edie, así está bien. Muchas gracias.

Edie se retiró. Momentos después, se oyó la aspiradora en el piso alto.

Violet sirvió el café.

—¿Qué clase de fiesta se te ocurre?

—Ah, ya sabes, *reels* y bailes campesinos.

Sí, Violet sabía.

—¿Casetes en el estéreo y bailes regionales en el salón?

—No, nada de eso. Un baile realmente grande. Lujoso. Marquesina en el jardín...

—Parece que Angus se siente rico.

Verena ignoró la interrupción.

... y una buena banda de música. Usaremos el salón, por supuesto, pero para que se sienten los que no bailan. Y la sala. Supongo que Katy querrá una *discothèque* para sus amigos de Londres, es lo adecuado. Tal vez el comedor... Podemos convertirlo en una cueva, una gruta...

"Cuevas y grutas", pensó Violet. Realmente Verena había hecho los deberes. Pero no se podía negar que era una excelente organizadora. Violet dijo tímidamente:

—Has pensado en todo.

—Y Katy puede invitar a sus amigos del sur... Claro que tendremos que encontrarles dónde dormir...

—¿Has hablado con Katy de tu idea?

—No, ya te lo dije. Eres la primera persona que se entera.

—A lo mejor ella no quiere un baile.

—Con toda seguridad, lo querrá. Siempre le han encantado las fiestas.

Violet, que conocía a Katy, juzgó que probablemente así era.

—¿Y cuándo sería el baile?

—Se me ocurrió que en septiembre. Es el momento obvio. Mucha gente que ha venido a cazar, y todo el mundo aún de vacaciones... El dieciséis sería una buena fecha, porque para entonces la mayoría de los chicos más jóvenes ya estarán de vuelta en sus colegios.

—Apenas estamos en mayo. Falta mucho para septiembre.

—Lo sé, pero nunca es demasiado pronto para fijar una fecha y comenzar a organizar. Tendré que encargar la marquesina, el servicio de comida y bebidas, hacer imprimir las invitaciones... —Se le ocurrió otra idea agradable. —Violet, ¿no sería lindo poner luces difusas a lo largo del sendero que lleva a la casa?

Todo parecía terriblemente ambicioso.

—Te dará mucho trabajo.

—No creas. Para entonces, ya habrá terminado la invasión de turistas, porque los huéspedes pagos dejan de venir a fines de agosto. Podré concentrarme. Tienes que admitir que es una buena idea, Violet. Y piensa en toda la gente con quienes podré cumplir compromisos sociales. Me los quitaré a todos de encima de un solo golpe. Incluyendo a los Barwell —agregó.

—Creo que no conozco a los Barwell.

—Claro que no. Son colegas de negocios de Angus. Los invitamos a cenar dos veces... Un aburrimiento como para desencajarte las mandíbulas. Y no volvimos a invitarlos. Simplemente porque no podíamos sacrificar a nadie obligándolo a soportar una compañía tan hartante. Y hay muchos otros —recordó con satisfacción—. Cuando se los recuerde a Angus, no le importará firmar unos cuantos cheques.

Violet sintió un poco de pena por Angus.

—¿A quiénes más vas a invitar?

—Ah, a todo el mundo. Los Millburn, los Fergusson-Crombie, los Buchanan-Wright, la vieja Lady Westerdale, los Brandon. Y los Stafford. Sus hijos ya son todos grandes, de modo que podemos invitarlos también. Y vendrán los Middleton, de Hampshire, y los Luard, de Gloucestershire. Haremos una lista. Pondré un papel en la pared de la cocina, y cada vez que se me ocurra un nuevo nombre lo anotaré. Y por supuesto tú, Violet. Y Edmund, y Virginia, y Alexa. Y los Balmerino. Estoy segura de que Isobel dará una cena para mí...

De pronto, todo empezó a resultar divertido. La concentración de Violet se volcó a las horas olvidadas que ahora le volvían a la memoria. Un recuerdo llevaba a otro. Dijo, sin pensarlo:

—Tendrías que mandarle una invitación a Pandora. —Y luego no supo por qué había hecho esa impulsiva sugerencia.

—¿Pandora?

—La hermana de Archie Balmerino. Una piensa en fiestas, y automáticamente piensa en Pandora. Pero, naturalmente, tú no llegaste a conocerla.

—Pero me han hablado de ella. Por algún motivo, su nombre siempre se menciona en las conversaciones durante las cenas. ¿Crees que vendr1a? ¿No hace veinte años que está fuera del país?

—Por supuesto, es una idea tonta. Pero, ¿por qué no intentarlo? ¡Qué golpe sería para el pobre Archie! Y si algo trajera de vuelta a Croy a ese ser errante, se convertiría en la atracción de un gran baile.

—¿Entonces me apoyas, Violet? ¿Piensas que tengo que hacerlo?

—Sí, creo que sí. Si tienes la necesaria energía y los medios, me parece una idea fantástica y generosa. Es una espléndida perspectiva.

—No digas nada hasta que haya atrapado a Angus.

—Ni una palabra.

Verena sonrió con satisfacción. Y luego se le ocurrió otra feliz idea.

—Tendré una buena excusa —dijo—, para hacerme un vestido nuevo.

Violet no tenía esa preocupación.

—Yo me pondré el de terciopelo negro —afirmó.

2

Jueves 12

La noche era corta y él no dormía. Pronto amanecería.

Había pensado que, por una vez, podría dormir, ya que estaba cansado, agotado. Agotado por tres días en Nueva York con un calor que no correspondía a la estación; días desbordantes de citas a la hora del desayuno, almuerzos de trabajo, largas tardes de conversaciones y discusiones; demasiada Coca-Cola y café negro, demasiadas recepciones y noches de acostarse muy tarde, y una lamentable escasez de ejercicio y aire fresco.

Finalmente lo había logrado, aunque no había sido fácil. Harvey Klein era hueso duro de pelar, y se necesitó cierto poder de persuasión para convencerlo de que ésta era la mejor, y en realidad la única forma de captar el mercado inglés. Se había aprobado y acordado usar la campaña creativa que Noel había llevado a Nueva York, con su programa de tiempos, layouts y fotografías. Con el contrato en el bolsillo, Noel podía regresar ahora a Londres. Hacer la maleta, un último llamado telefónico, meter los documentos y la calculadora en el portafolio, atender otro llamado (Harvey Klein, para desearle buen viaje), bajar a la recepción, arreglar la cuenta del hotel, tomar un taxi y partir hacia Kennedy.

A la luz del anochecer, Manhattan, como siempre, estaba maravillosa, con las torres de luz que se elevaban hacia el resplandor difuso del cielo, y los ríos de luces móviles en las carreteras. La ciudad ofrecía, a su manera impetuosa y abundante, todas las formas concebibles del placer.

En visitas anteriores, había aprovechado toda la diversión, pero esta vez no había tenido oportunidad de aceptar nada, y sintió el dolor de marcharse insatisfecho, como si lo obligaran a irse de una fiesta estupenda mucho antes de que hubiese empezado a disfrutarla.

En Kennedy, el taxi lo dejó en la terminal de British Airways. Se paró en la cola, mostró su pasaje, despachó la maleta, volvió a hacer cola para pasar por Seguridad, y se dirigió a la puerta correspondiente. Compró una botella de whisky escocés en el Duty Free, y un número de *Newsweek* y otro de *Advertising Age* en el kiosco. Encontró un lugar donde sentarse y se dejó caer, muy cansado, esperando que anunciaran su vuelo.

Por cortesía de Wenborn & Weinburg viajaba en Club Class, demanera que, por lo menos, tenía lugar para estirar sus largas piernas, y había pedido asiento junto a la ventanilla. Se quitó la chaqueta, se acomodó, deseó un trago. Se le ocurrió que sería una agradable casualidad que nadie ocupara el asiento a su lado, pero esa fugaz esperanza se desvaneció cuando un individuo corpulento, de traje azul marino con tenues rayas blancas, reclamó el lugar, metió varios maletines y paquetes en el portaequipaje y finalmente se dejó caer a su lado como si fuera a desbordar.

El hombre ocupaba mucho espacio. El interior del avión estaba fresco, pero el hombre no. Sacó un pañuelo de seda para enjugarse la frente, resopló, encorvó la espalda, buscó el cinturón de seguridad y consiguió darle un buen codazo a Noel.

—Ah, perdóneme. Parece que somos muchos esta noche.

Noel no tenía ganas de hablar. Sonrió, movió la cabeza, y abrió ostensiblemente el *Newsweek*.

Despegaron. Sirvieron cócteles, luego la cena. Noel no tenía hambre, pero comió, porque así mataba el tiempo, y no había otra cosa que hacer. El gigantesco 747 bramaba sobre el Atlántico. Retiraron los restos de la cena y pusieron la película. Noel ya la había visto en Londres, de manera que pidió a la azafata un whisky con soda y lo bebió lentamente, acariciando el vaso en la mano, haciéndolo durar. Se apagaron las luces de la cabina y los pasajeros buscaron las almohadas y las mantas. El gordo cruzó las manos sobre la panza y se puso a roncar poderosamente. Noel cerró los ojos, pero tuvo la sensación de que tenía arena bajo los párpados y volvió a abrirlos. Su mente funcionaba a gran velocidad. Hacía tres días que llevaba ese ritmo y se negaba a aminorarlo. La posibilidad del descanso se desvaneció.

Se preguntó por qué no se sentía un triunfador, ya que había ganado la ambicionada cuenta y volvía a casa con todo arreglado, Saddlebags. Era una palabra de esas que cuanto más se las repite más ridículas suenan. Pero no era ridícula. Era inmensamente importante, no sólo para Noel Keeling, sino también para Wenborn & Weinburg.

Saddlebags. Una empresa nacida años antes en Colorado, que fabricaba artículos de cuero de gran calidad para la hermandad de los *ranchers*. Monturas, riendas, correas, bocados, botas de montar, todo con la prestigiosa marca de una herradura que encerraba la letra S.

Desde este modesto comienzo, la reputación y las ventas de la compañía habían crecido en toda la superficie de la nación, y habían superado a las de todos los rivales. Comenzaron a fabricar otros artículos: maletas, bolsos de mano, accesorios de modas, zapatos y botas. Todos los artículos estaban hechos con el cuero más fino, y cosidos y terminados a mano. El logo Saddlebags se convirtió en símbolo de *status*, emulando a Gucci o a Ferragamo, con precios a la par. Su reputación se extendió, de manera que los turistas que iban a los Estados Unidos y que querían volver a casa con algo que llamara la atención, elegían un portafolio Saddlebags, o un cinturón con tachas doradas, hecho a mano, de la misma marca.

Luego se difundió el rumor de que pasaban al mercado inglés, y se vendían en uno o dos negocios de Londres muy bien elegidos. Charles Weinburg, presidente de la empresa de Noel, se enteró de esto en forma casual, por una frase oída en una cena. A la mañana siguiente, Noel, como vicepresidente primero y director creativo, recibió el informe.

—Quiero esa cuenta, Noel. Actualmente sólo un pequeño grupo de personas en este país ha oído hablar de Saddlebags, y se necesitará una campaña muy bien dirigida. Seríamos los primeros, y si la conseguimos, podremos manejarla, de manera que anoche llamé a Nueva York y hablé con el presidente de Saddlebags, Harvey Klein. Acepta una entrevista, pero quiere una presentación total... layouts, cobertura en los medios, eslóganes, todo. Material de primera, con páginas enteras a todo color. Tienes dos semanas. Ponte a trabajar con el Departamento de Arte y trata de elaborar algo. Y, por Dios, encuentra un fotógrafo que consiga que un modelo hombre parezca un hombre, no un maniquí de vidriera. Si es necesario, consigue un auténtico jugador de polo. Si acepta hacer el trabajo, le pagaremos lo que sea...

Hacía nueve años que Noel Keeling trabajaba con Wenborn & Weinburg. Nueve años es mucho tiempo para que un hombre permanezca en la misma agencia de publicidad; de vez en cuando, a Noel lo sorprendía su constante progreso. Otros —contemporáneos suyos que habían empezado con él— estaban en otras compañías o habían abierto su propia agencia. Pero Noel se había quedado.

Las razones de esta constancia estaban principalmente enraizadas con su propia vida. En realidad, después de uno o dos años de estar en la empresa, había considerado seriamente la posibilidad de irse. Estaba inquieto, insatisfecho, y el trabajo no le interesaba mayormente. Soñaba con campos más activos: establecerse por su cuenta, o abandonar totalmente la publicidad y pasar al negocio inmobiliario o al de los bienes de consumo. Quería llegar al millón, y se daba cuenta de que lo único que se lo impedía era la falta de capital. Pero no tenía capital, y la frustración de las oportunidades perdidas o desaprovechadas lo llevaba al borde de la locura.

Y luego, cuatro años atrás, habían cambiado dramáticamente las cosas. Tenía treinta años, era soltero y avanzaba resueltamente por la vida, pasando de una novia a otra, sin sospechar que esta irresponsable situación no sería eterna. Pero su madre murió en forma súbita y, por primera vez en su vida, Noel se convirtió en un hombre con ciertos medios.

La muerte de la madre fue tan sorpresiva, que por un tiempo Noel quedó en un estado de shock que hizo que le resultara imposible aceptar fríamente que ella ya no estaba más. Siempre le había tenido cariño, a su manera distante y nada sentimental, pero básicamente pensaba que ella era su fuente constante de alimento, bebida, ropa limpia, cama calentita y, cuando él se lo pedía, apoyo moral. También respetaba su independencia de espíritu y el hecho de que ella nunca hubiera interferido de ninguna manera en la vida adulta del propio Noel. Al mismo tiempo, sus conductas chifladas lo enfurecían. El peor de sus hábitos era rodearse de los más marginales y menesterosos seguidores. Era amiga de todo el mundo. A todos los llamaba "amigos". Noel decía que eran unos malditos pegotes. Su madre no prestaba atención a esa actitud cínica, y un montón de solteronas, viudas solitarias, artistas en la miseria y actores sin trabajo la rodeaban como las mariposas nocturnas a la luz. Su generosidad con este montón de inútiles le parecía a él descuidada y egoísta, porque nunca había dinero para las cosas de la vida que Noel consideraba de real importancia.

Cuando ella murió, su testamento reveló esa irreflexiva generosidad. Un joven... que ni siquiera tenía nada que ver con la familia, recibió una sabrosa herencia. Ella lo había puesto bajo el ala, y de alguna manera, deseaba ayudarlo.

Para Noel fue un duro golpe. Con sus sentimientos (y su bolsillo) muy lastimados, lo consumía un resentimiento totalmente impotente. De nada valía enfurecerse: su madre ya no estaba. No podía hablar del asunto con ella, acusarla de deslealtad y exigirle explicaciones. Ya no podía acercarse a ella. La imaginaba, a salvo de su ira, flotando sobre un abismo o un río turbulento, rodeada de sol, campos, árboles, todo lo que constituía su idea personal del paraíso. Tal vez, con su habitual moderación, se estaba riendo de su hijo, con un brillo travieso en sus ojos oscuros, impertérrita como siempre ante sus exigencias y sus reproches.

A Noel sólo le quedaban dos hermanas a quienes molestar; pero decidió dar la espalda a la familia y concentrarse en cambio en el únco elemento estable de su vida: su trabajo. Un poco para sorpresa suya, y también para asombro de sus superiores descubrió, justo a tiempo, que no sólo le interesaba la publicidad sino que era muy bueno para esa profesión. Una vez concluida la sucesión y su parte de la herencia depositada en el Banco, sus fantasías juveniles de grandes ganancias y rápido ascenso se esfumaron para siempre. Además, Noel advirtió que hacer dinero con la hipotética fortuna de otra persona era en verdad muy diferente que separarse del propio. Deseaba proteger el estado de su cuenta como si se tratara de un niño, y no pensaba arriesgar su seguridad. En cambio, con actitud modesta, se compró un auto nuevo y comenzó, poquito a poco, a indagar sobre algún lugar nuevo donde vivir.

La vida continuaba. Pero la juventud se había ido, y ésta era una nueva vida. Gradualmente Noel llegó a aceptarla, y a la vez descubrió que no podía seguir eternamente enojado con su madre. Alimentar un resentimiento inútil era demasiado agotador. Y finalmente tenía que aceptar que no había salido tan mal del asunto. Además la extrañaba. En los últimos años, la había visto poco, porque ella vivía recluida en Gloucestershire; sin embargo, ella estaba allí... en el otro extremo de la línea cuando hablaban por teléfono, o al final de un largo trayecto cuando él sentía que no aguantaba un minuto más las calurosas calles de Londres. Podía ir solo o llevar diez amigos para el fin de semana. Siempre había lugar, una tranquila bienvenida, comida deliciosa, muchas cosas para hacer o simplemente nada. Fogatas, flores fragantes, baños calientes; camas tibias y mullidas, buenos vinos, conversación fácil.

Todo eso había desaparecido. La casa y el jardín habían sido vendidos a extraños. Ya no existían los cálidos olores de la cocina y la agradable sensación de que era otra persona quien estaba a cargo y uno no tenía que tomar la menor decisión. Y se había ido la única persona en el mundo con quien no era necesario actuar ni fingir. La vida sin su madre, por más irritante y caprichosa que ella hubiera sido, era como una vida con un agujero en el medio, y Noel recordó con amargura que costaba acostumbrarse a una vida así.

Suspiró. Todo parecía lejano. Otro mundo. Había terminado el whisky y la contemplación de las estrellas en la oscuridad. Recordó cuando tenía cuatro años y enfermó de sarampión y las noches le parecían interminables; cada minuto parecía durar una hora, había que pasar una eternidad para llegar al amanecer.

Ahora, treinta años después, contempló el amanecer. El cielo aclaró y apareció el sol desde detrás de un falso horizonte de nubes, todo tomó un tono rosado y la luz era enceguecedora. Noel miró el amanecer y se sintió agradecido, porque con él se había ido la noche y uno ya no se sentía obligado a dormir. Alrededor, la gente se movía. Las azafatas se acercaron con jugo de naranja y toallitas mojadas, muy calientes. Noel se frotó la cara y percibió la barba incipiente. Otros se ponían en actividad, sacaban el neceser e iban al baño a afeitarse. Noel no se movió. Podía afeitarse al llegar a su casa.

Llegó tres horas más tarde. Cansado, sucio, bajó pesadamente del taxi y pagó el viaje. El aire de la mañana era fresco, maravillosamente fresco después del de Nueva York, y llovía ligeramente, una llovizna que empapaba. En Pembroke Square, los árboles reverdecían, las aceras estaban húmedas. Olió la frescura y, mientras el taxi se alejaba, se quedó un momento inmóvil pensando en dedicar ese día a recuperarse. Dormir una siesta, hacer una larga caminata. Pero era imposible. Tenía que trabajar. La oficina y el presidente lo esperaban. Noel recogió su maleta y su portafolio, subió la escalinata y abrió la puerta.

Lo llamaban "departamento jardín" porque las puertas ventanas del fondo se abrían a un patiecito, su parte del jardín más grande que perteecía a la casa de altos. Por la tarde daba el sol, pero a esta temprana hora estaba en sombras, y el gato de arriba estaba cómodamente acurrucado en una de sus sillas de jardín, donde aparentemente había pasado la noche.

El departamento no era grande pero tenía dos habitaciones amplias —living y dormitorio— además de una pequeña cocina y un baño. Si alguien se quedaba a pasar la noche, debía dormir en el sofá, un mueble algo caprichoso que, tratado con firmeza, se convertía en una segunda cama de dos plazas. La señora Muspratt, que se ocupaba de hacer la limpieza, había ido durante su ausencia, de modo que todo estaba limpio y ordenado, pero con olor a encierro.

Abrió las puertas ventanas y echó al gato. Ya en el dormitorio, corrió el cierre de la maleta y sacó el neceser. Se desvistió y dejó caer al suelo la ropa sucia y arrugada. En el baño, se cepilló los dientes, se dio una ducha muy caliente y se afeitó. Pero ahora lo que más necesitaba era un café negro. Con su salida de baño y descalzo, fue a la cocina, puso a hervir agua y echó unas cucharadas de café en su cafetera francesa. El olor era estimulante y delicioso. Mientras el café se filtraba, recogió la correspondencia, se sentó ante la mesa de la cocina y miró los sobres. Nada muy urgente. Pero había una chillona postal de Gibraltar. La dio vuelta. Tenía sello postal de Londres y era de la esposa de Hugh Pennington, un ex compañero de colegio de Noel, que vivía en Ovington Street.

Noel, te llamé por teléfono pero no contestó nadie. Si no hay respuesta en contrario, te esperamos a cenar el día trece. Entre siete y media y ocho. Ropa informal. Cariños. Delia.

Noel suspiró. Era esa noche. A menos que respondiera que no. Bien, para entonces ya tendría el segundo aviso. Y sería más divertido que mirar televisión. Dejó la postal en la mesa, se levantó con esfuerzo y fue a servirse café.

Encerrado en la oficina, en reunión durante casi todo el día, Noel perdió noción de lo que pasaba en la calle. Finalmente salió, y mientras volvía a su casa en el auto a la hora pico, con el tránsito que se movía a la velocidad de un caracol con artritis, vio que la brisa había disipado la lluvia de la mañana y que era un perfecto anochecer de mayo. Había llegado a ese estado más allá del agotamiento, en que todo parece claro y liviano y extrañamente incorpóreo, y la perspectiva del sueño se siente tan lejana como la de la muerte. Otra ducha, otro cambio de ropa, y un trago. Y no iría en auto a Ovington Street, sino a pie. El aire fresco y el ejercicio le abrirían el apetito para la excelente comida que esperaba disfrutar. Casi no recordaba cuándo se había sentado por última vez a una mesa como no fuera para comer un sándwich.

La caminata fue una buena idea. Anduvo por calles tranquilas y arboladas, terrazas residenciales y jardines donde las magnolias y las hortensias invadían los frentes de las costosas casas londinenses. Entró en la Brompton Road, cruzó por el Michelin Building y dobló por Walton Street. Allí anduvo más despacio para mirar las hermosas vidrieras, las decoraciones de interiores y la galería de arte que vendía grabados deportivos, escenas de caza y óleos de fieles perros que corrían por la nieve con un faisán en la boca. Había un Thorburn que Noel ambicionaba. Se quedó más tiempo del que pensaba, sólo para mirarlo. Tal vez mañana llamara a la galería para preguntar el precio. Después de un rato, siguió su camino.

Cuando llegó a Ovington Street, eran las ocho menos veinticinco. Junto a la acera, había una hilera de autos de los residentes, y algunos chicos creciditos andaban en bicicleta por el medio e la calle. La casa de los Pennington estaba en mitad de la cuadra. Cuando se aproximó, se cruzó con una chica que llevaba un Highland terrier con una traílla y que aparentemente se dirigía al correo, pues tenía una carta en la mano. La miró. Llevaba jeans y un buzo gris y el color de su pelo era como el de la mejor mermelada de naranjas. No era alta ni especialmente esbelta. Por cierto que no era el tipo de Noel. Sin embargo, cuando se cruzaron, Noel la miró porque le encontraba algo vagamente familiar, y no lograba recordar dónde podía haberla conocido. En alguna fiesta, quizá. El cabello era lo más notorio...

El paseo lo había cansado y sentía que necesitaba muchísimo un trago. Sustituyó los pensamientos sobre la chica por otros mejores y apretó fuertemente el timbre. Movió el picaporte para abrir la puerta, con el saludo preparado. "Hola, Delia, ya llegué. Soy yo."

Pero no pasó nada. La puerta siguió firmemente cerrada. ¡Qué extraño, esto nunca sucedía! Sabiendo que venía él, Delia debería haber dejado la puerta sin llave. Volvió a tocar el timbre. Y esperó.

Silencio. Noel se dijo que tenían que estar allí, pero ya sabía con odiosa certeza que nadie iba a atender y que los Pennington, los malditos Pennington, no estaban en casa.

—Hola.

Dejó de mirar la inhospitalaria puerta. Detrás de él, en la calle, estaba la chica gordita con su perro, de vuelta del correo.

—Hola.

—¿Querías ver a los Pennington?

—Me invitaron a cenar.

—Han salido. Los vi salir en el auto.

Noel digirió, con un silencio sombrío, esta desagradable confirmación de lo que ya sabía. Frustrado y molesto, se sentía muy mal dispuesto hacia la chica, como sucede con cualquier persona que nos dice algo horrible. Se le ocurrió que no debía de ser divertido trabajar de mensajero en la Edad Media. Seguramente había grandes probabilidades de que uno terminara sin cabeza o usado como proyectil de alguna monstruosa catapulta.

Esperaba que la chica se fuera. No se fue. "Mierda", pensó. Luego, resignado, se puso las manos en los bolsillos y bajó la escalinata para reunirse con ella.

Ella se mordió el labio inferior.

—¡Qué pena! Es tan feo cuando pasan estas cosas.

—No entiendo qué puede haber pasado.

Decidida a ver el lado bueno de las cosas, ella respondió:

—Peor es llegar en una noche equivocada y que no lo estén esperando a uno. Una vez yo lo hice. Fue muy molesto. Me había confundido de fecha.

Noel seguía furioso.

—¿Piensas que confundí la fecha?

—Muchas veces sucede.

—No esta vez. La tarjeta me llegó esta mañana. Hoy, trece.

Ella dijo:

—Pero hoy es doce.

—No, no. —Noel hablaba con absoluta firmeza. —Es trece.

—Lo siento muchísimo, pero es doce. Jueves doce de mayo.

—Parecía estar pidiendo disculpas, como si el error fuera culpa suya. —Mañana es trece.

Lentamente, el mareado cerebro de Noel elaboró este dato. "Martes, miércoles... por qué no te vas al carajo, muchachita..." Tenía razón. Con el correr de los días, les había perdido la pista. Se sentía lamentablemente idiota, y por eso comenzó de inmediato a buscar excusas por su estupidez.

—Estuve trabajando. Volando... Estuve en Nueva York. Volví esta mañana. El cambio de horario hace mal al cerebro.

Ella adoptó una expresión comprensiva. El perro olió los pantalones de Noel, y él se apartó, con miedo de recibir una meada. A la luz del atardecer, el cabello de la chica era asombroso. Tenía ojos grises con reflejos verdes, y piel blanquísima, tersa como la de un durazno.

En alguna parte. Pero, ¿dónde?

Frunció el entrecejo.

—¿Nos hemos visto antes?

Ella sonrió.

—Bueno, sí. Hace unos seis meses. En el cóctel de los Hathaway, en Lincoln Street. Pero había un millón de personas, no hay motivo para que te acuerdes.

No, no se acordaba. Porque ella no era la clase de chica como para registrarla, para querer estar con ella, ni siquiera para hablar con ella. Además había ido a esa fiesta con Vanessa, y había dedicado la mayor parte del tiempo a controlarla y tratar de que no encontrara otro hombre con quien ir a cenar.

—¡Qué notable! —dijo—. Lo siento. ¡Cómo te acuerdas!

—En realidad, también nos vimos otra vez. —A Noel se le fue el alma a los pies, temiendo enfrentarse con otra *gaffe* social.

—¿Tú estás en Wenborn & Weinburg, no? Yo hice un almuerzo para el directorio, hace unas seis semanas. Pero no creo que te hayas dado cuenta, porque llevaba delantal blanco y servía la comida. Nadie mira a las cocineras ni a las camareras. Es una sensación rara, como si una fuera invisible.

Noel sabía que así era. Ahora se sentía mejor con ella y le preguntó su nombre.

—Alexa Aird.

—Yo soy Noel Keeling.

—Lo sé. Lo recuerdo de la fiesta de los Hathaway y luego del almuerzo; tuve que distribuir los lugares y escribir las tarjetas.

Noel trajo a la mente aquel día particular y recordó en detalle la comida que ella había preparado: salmón ahumado, carne perfectamente asada a la parrilla, ensalada de berro y helado de limón. El recuerdo de estas delicias le hizo agua la boca. Recordó que tenía un hambre colosal.

—¿Dónde trabajas?

—Por mi cuenta. Soy *free-lance*. —Lo dijo con orgullo. Noel esperó que no se embarcara en una historia de su evolución. No se sentía lo suficientemente fuerte como para escucharla, allí parado. Necesitaba comida, pero por sobre todas las cosas, bebida. Tenía que encontrar una excusa, marcharse, liberarse de ella. Abrió la boca para hablar, pero ella lo hizo primero.

"¿No tienes ganas de ir a tomar una copa conmigo?

La invitación llegó tan de improviso, que no contestó enseguida. La miró, vio su expresión ansiosa y se dio cuenta de que ella era, en efecto, terriblemente tímida, y que hacer esa sugerencia le había costado un enorme esfuerzo. Además no sabía si lo estaba invitando al *pub* más cercano o alguna cueva llena de compañeras de trabajo que vivían con ella, una de las cuales con seguridad acababa de lavarse la cabeza.

No tenía sentido comprometerse. Procedió con cautela.

—¿Dónde?

—Vivo a treinta metros de los Pennington. Y parece que tú necesitas un trago.

Él dejó de cuidarse.

—Sí.

—No hay nada peor que llegar a un lugar equivocado en el momento equivocado, y sabiendo que es culpa tuya.

Lo podría haber dicho con más tacto. Pero la chica era amable.

—Eres muy amable. —Se decidió. —Sí, con mucho gusto.

3

La casa era idéntica a la de los Pennington, excepto que la puerta de entrada no era negra, sino azul, y junto a la puerta había una maceta con un laurel. La chica abrió la puerta con su llave y entró, y él la siguió al interior. Ella cerró la puerta y se inclinó a quitarle la traílla al perro, que fue de inmediato a beber ansiosamente de un plato que había al pie de la escalera. El plato tenía inscripta la palabra PERRO.

—Siempre hace eso cuando entramos —comentó ella—. Parece que cree que venimos de un paseo larguísimo.

—¿Cómo se llama?

—Larry.

El perro lamía ruidosamente, llenando el silencio, porque por una vez en su vida, Noel no sabía qué decir. Lo habían tomado de sorpresa. No sabía qué esperaba, pero por cierto no esto: una impresión instantánea de cálida opulencia, llena de señales de riqueza y buen gusto. Era una gran residencia londinense, pero en pequeña escala. Noel vio el pasillo estrecho, la empinada escalera, el pasamanos lustrado de la escalera. Alfombras color miel, de pared a pared; una antigua consola con una azalea rosada florecida; un espejo oval con marco ornamentado. También, y eso fue lo que realmente lo conmovió, el olor. Agudamente familiar. Cera de pisos, manzanas, un dejo de café recién hecho y flores de verano. Una especie de popurrí. El olor de la nostalgia, de la juventud. El olor de las casas que su madre había creado para sus hijos.

¿Quién era el responsable de este asalto de los recuerdos? ¿Quién era Alexa Laird? Había que volver a hablar de cosas triviales, pero a Noel no se le ocurría nada que decir.

Quizás era lo mejor. Se quedó aguardando lo que sucedería después, esperando que lo llevaran arriba donde encontraría alguna *baby-sitter* por horas o un departamentito en el altillo. Pero ella dejó en la mesa la traílla del perro y dijo con tono de ama de casa:

—Adelante, adelante —y lo condujo a la habitación que se veía por la puerta abierta.

Aunque la casa era idéntica a la de los Pennington, era mil veces más notable. La habitación larga y angosta se extendía desde el frente de la casa hasta el fondo. El extremo que daba a la calle era la sala (demasiado importante como para llamarla living); el otro extremo era el comedor. Allí había puertas ventanas que daban a un balcón de hierro forjado, lleno de malvones florecidos en macetas de terracota.

Todo era dorado y rosa. Los cortinados, pesados como cubrecamas, colgaban con grandes pliegues y drapeados. Los sofás y los sillones estaban tapizados con el mejor de los chintz, con almohadones bordados esparcidos aquí y allá. Había nichos donde se exhibía porcelana azul y blanca, y un bello *secrétaire bombé,* abierto, repleto de cartas y papeles de su industriosa dueña.

Todo muy elegante y muy de persona madura; nada que pudiera corresponder a esta muchacha común y no especialmente atractiva, con sus jeans y su buzo.

Noel carraspeó.

—Qué habitación encantadora...

—Es bonita, ¿verdad? Debes de estar cansadísimo. —Ahora que se sentía segura, en su propio territorio, no mostraba tanta cortedad. —La diferencia de horario mata. Cuando mi padre vuelve de Nueva York viaja en el *Concorde* porque odia los vuelos nocturnos.

—Ya se me pasará.

—¿Qué quieres beber?

—¿Tienes whisky?

—Por supuesto. ¿Grouse o Haigs?

Noel casi no podía creerlo.

—¡Grouse!

—¿Hielo?

—Si tienes...

—Voy a la cocina a buscarlo. Si quieres servirte, aquí hay vasos... de todo. Vuelvo en un minuto.

Lo dejó. La oyó hablarle al perrito, y luego oyó sus pasos ligeros cuando bajó al subsuelo. Todo en silencio. Tal vez el perro había bajado con ella. Un trago. Fue hasta el otro extremo de la habitación, donde había un envidiable bar, satisfactoriamente cargado de botellas y botellones.

En esta parte de la habitación, había hermosos óleos: naturalezas muertas y escenas campestres. Los ojos de Noel, vagando, evaluando, se detuvieron en el faisán de plata que adornaba el centro de la mesa oval. Fue hasta la ventana y miró el jardín... un patiecito embaldosado, arriates con rosas que trepaban por la pared de ladrillo, y un cantero de alhelíes. Había una mesa de hierro forjado blanco con cuatro sillas que hacían juego, y que evocaba imágenes de comidas al aire libre, comidas nocturnas en verano, vino fresco.

Un trago. En el aparador había seis vasos grandes, prolijamente alineados. Eligió la botella de Grouse, se sirvió, le agregó soda y volvió al otro extremo de la habitación. Solo, y siempre muy curioso, siguió observando. Levantó el fino visillo y miró la calle, luego fue hacia los estantes con libros, echó una mirada a los títulos, tratando de encontrar alguna clave de la personalidad de la dueña de esta casa adorable. Novelas, biografías, un libro de jardinería, otro sobre el cultivo de las rosas.

Se detuvo a considerar lo que había visto. Atando cabos, llegó a la conclusión obvia. Ovington Street pertenecía a los padres de Alexa. Papá se dedicaba a algún negocio, lo suficientemente prestigioso como para volar en el *Concorde* sin pensarlo dos veces y además llevar a su esposa con él. Decidió que en ese momento estarían en Nueva York. Muy probablemente, una vez terminado el trabajo fuerte y las reuniones, volarían a Barbados o a las Islas Vírgenes para disfrutar de una semana de sol y reponer fuerzas. Todo era muy coherente.

En cuanto a Alexa, se quedaba a cuidar la casa para mantener a raya a los ladrones. Esto explicaba que estuviese sola, y se permitiera ser generosa con el whisky de papá. Cuando ellos regresaran, tostaditos y con regalos,

Alexa volvería a su propia vivienda. Un departamento compartido o una buhardilla en Wandsworth o Clapham.

Una vez que pensó todo esto, Noel se sintió mejor, y con fuerzas suficientes para seguir su circuito de investigación. La porcelana azul y blanca era de Dresden. Junto a uno de los sillones, había una cesta en el suelo, repleta de lanas de colores brillantes, y un tapiz a medio hacer. Sobre el escritorio, había muchas fotografías. Parejas en el día de la boda, gente con bebés en los brazos y en picnics, con termos y perros. Nadie reconocible. Una foto le llamó la atención, y la tomó para estudiarla mejor. Una gran mansión eduardiana, cubierta de enredaderas de Virginia. A un lado, se veía un vasto invernadero, y había ventanas corredizas y una hilera de ventanas de buhardilla en el techo. Una escalinata llevaba a la puerta de entrada de la casa, que estaba abierta, y en el escalón más alto dos imponentes spaniels, obedientemente en pose. Al fondo, se veían árboles invernales, la torre de una iglesia y la ladera de una colina.

La casa de campo de la familia.

La chica regresaba. Noel oyó sus pasos ligeros que subían la escalera, colocó cuidadosamente la foto en su lugar, y se volvió para mirarla. Ella atravesó la puerta con una bandeja cargada con el balde del hielo, un vaso para vino, una botella abierta de vino blanco y un plato con castañas de cajú.

—Ah, bien, ya te has servido. —Dejó la bandeja sobre la mesa, detrás del sofá, después de correr unas revistas para hacer espacio. El pequeño terrier, que parecía muy mimoso, siempre andaba pegado a sus talones. —Lo lamento, pero sólo encontré estas castañas...

—Por el momento —dijo él—, esto es todo lo que necesito. —Y levantó el vaso.

—Pobre. —Tomó varios cubos y los deslizó en el vaso de Noel.

—Aquí me he quedado, aceptando el hecho de que me porté como un tonto.

—Ah, vamos. —Alexa sirvió el vino. —A cualquiera le pasa. Y pensa que ahora puedes alegrarte con la perspectiva de una linda fiesta mañana a la noche. Tendrás un buen descanso, y la disfrutarás a fondo. ¿Por qué no te sientas? Éste es el mejor sillón, el más grande y cómodo...

Lo era. Qué bendición, por fin, aflojar los pies doloridos, reclinarse en cómodos almohadones, con un trago en la mano. Alexa se sentó en un sillón frente a él, de espaldas a la ventana. El perro saltó de inmediato a su falda, se acurrucó y se durmió.

—¿Cuánto tiempo estuviste en Nueva York?

—Tres días.

—¿Te gusta ir allá?

—Generalmente sí. Lo que me cansa es el regreso.

—¿Qué hiciste allá?

Le contó. Le explicó lo de Saddlebags y lo de Harvey Klein. Ella quedó impresionada.

—Tengo un cinturón de Saddlebags—comentó—. Me lo trajo papá el año pasado. Es hermoso. Grueso, blando, sentador.

—Bien, pronto podrás comprar uno en Londres. Si no te importa pagarlo carísimo.

—¿Quién hace la campaña publicitaria?

—Yo. Es mi trabajo. Soy director creativo.

—Suena tremendamente importante. Debes de ser muy bueno. ¿Te gusta el trabajo?

Noel lo pensó.

—Si no me gustara, no lo haría bien.

—Eso es absolutamente cierto. No se me ocurre nada más terrible que tener que hacer un trabajo que a uno no le gusta.

—¿Te gusta cocinar?

—Me encanta. Por suerte, porque es lo único que sé hacer. En la escuela era malísima. Sólo aprobé tres cursos. Papá protestaba y me decía que tenía que hacer un secretariado, o un curso de diseño gráfico, pero finalmente consideré que sería un gran desperdicio de tiempo y dinero, y me dio permiso para ser cocinera.

—¿Hiciste algún curso?

—Ah, sí. Sé preparar toda clase de comidas exóticas.

—¿Siempre has trabajado por tu cuenta?

—No, empecé con una agencia. Luego trabajamos por parejas. Pero sola es más divertido. El negocio anda bastante bien. No sólo almuerzos de directorio, sino también comidas privadas, fiestas de casamiento, o simplemente encargos para llenar el freezer. Tengo una camionetita. Transporto todo en ella.

—¿Cocinas aquí?

—Casi todo. Las comidas particulares son más complicadas, porque hay que trabajar en las cocinas de otras personas. Y las cocinas de los demás son un verdadero enigma. Siempre llevo mis propios cuchillos afilados.

—Me suena como algo sangriento.

Alexa se rió.

—Para cortar las verduras, no para asesinar a los invitados. Tu copa está vacía. ¿Quieres otro?

Noel advirtió que así era, y dijo que sí, pero antes de que pudiera moverse, Alexa se había levantado, luego de hacer bajar suavemente al perrito al suelo. Tomó el vaso de Noel y desapareció. A Noel le llegaron agradables tintineos. El ruido de un chorro de soda. Todo tan tranquilo... La brisa de la noche entraba por la ventana abierta y agitaba los deliciosos visillos. Afuera un auto arrancó y partió, pero los chicos que andaban en bicicleta aparentemente habían tenido que obedecer la orden de entrar e irse a la cama. La malograda comida había perdido toda importancia, y Noel se sentía como un hombre que hubiera estado cruzando un desierto y de pronto se encontrara ante un oasis encantador, rodeado de palmeras.

Su mano recibió el vaso helado.

—Siempre pensé que ésta era una de las más lindas calles de Londres —afirmó.

Alexa volvió a su sillón, y se sentó sobre las piernas dobladas.

—¿Dónde vives tú?

—En Pembroke Gardens.

—Ah, pero eso también es hermoso. ¿Vives solo?

Noel sintió que lo habían atrapado distraído pero le divirtió lo directo de la pregunta. Probablemente Alexa recordaba la fiesta de los Hathaway, y su terca persecución de la sensacional Vanessa. Sonrió.

—Casi siempre.

Ella dejó pasar la respuesta oblicua.

—¿Tienes un departamento allá?

—Sí. Es un subsuelo, así que no tiene mucho sol. De todos modos, no estoy mucho en casa, así que no importa. Y generalmente trato de evitar los fines de semana en Londres.

—¿Te vas a tu casa?

—No. Pero tengo amigos útiles.

—¿Hermanos?

—Dos hermanas. Una vive en Londres y la otra en Glouces-tershire.

—Y vas a casa de ella...

—No, si puedo evitarlo. —Basta. Ya había contestado suficientes preguntas. Era hora de dar vuelta la hoja.

—¿Y tú? ¿Te vas a tu casa los fines de semana?

—No. Generalmente trabajo. La gente suele dar fiestas los sábados por la noche o los domingos al mediodía. Además no vale la pena ir a Escocia por un fin de semana.

Escocia.

—De modo que... ¿vives en Escocia?

—No. Vivo aquí. Pero la casa de mi familia está en Relkirk- shire.

Vivo aquí.

—Pensé que tu padre... —Se interrumpió, porque lo que había pensado eran puras conjeturas. ¿Era posible que todo lo que imaginaba fuera distinto? —...Perdón, tuve la impresión de que...

—Trabaja en Edimburgo. En Sanford Cubben. Es jefe de la filial de Escocia.

Sanford Cubben, el gran *trust* internacional. Noel hizo algunos ajustes mentales.

—Ajá. ¡Qué tonto! Lo imaginé en Londres.

—Ah, por lo que dije de Nueva York. Eso no es nada. Viaja por todo el mundo. Tokio, Hong Kong. No está mucho tiempo en el país.

—¿De manera que no lo ves mucho?

—A veces, cuando pasa por Londres. No viene aquí, porque se aloja en el departamento de la empresa, pero me habla por teléfono y, si hay tiempo, me lleva a cenar al Connaught o al Claridges. Es una gran ocasión. Yo recojo toda clase de ideas para la cocina.

—Supongo que es una razón tan buena como cualquier otra para ir al Claridges. —*No viene aquí.* —Pero... ¿de quién es esta casa?

Alexa sonrió con la mayor inocencia.

—Mía —respondió.

—Ah... —Era imposible suprimir el asombro en su voz. El perro había vuelto a saltar a su falda. Alexa le acarició la cabeza, jugó con las orejas lanudas. —¿Cuánto hace que vives aquí?

—Unos cinco años. Era la casa de mi abuela, la madre de mamá. Siempre estuvimos muy unidas. Yo pasaba con ella parte de las vacaciones escolares. Cuando vine a Londres a hacer el curso de cocina, ella ya era viuda y vivía sola. De manera que yo vine a vivir con ella. El año pasado murió, y me dejó la casa.

—Te querría mucho.

—Yo la quería muchísimo. Esto causaba mucho malestar en la familia. Me refiero al hecho de que yo viviera con ella. Papá creía que no era bueno. Él también la quería mucho, pero pensaba que yo debía ser independiente. Tener amigas de mi edad, vivir en un departamento con otra chica. Pero yo no quería. Soy muy haragana para esas cosas, y Granny Cheriton... —Se interrumpió bruscamente. Sus ojos se encontraron con los de Noel. Éste no dijo palabra, y después de una pausa, ella continuó, hablando con tono trivial, como si no tuviera importancia. —... ella estaba envejeciendo. Hubiera sido cruel dejarla sola.

Otro silencio. Luego Noel dijo:

—¿Cheriton?

Alexa suspiró.

—Sí. —Parecía estar admitiendo un crimen horrendo.

—¡Qué nombre raro!

—Sí.

—Muy conocido, por otra parte.

—Sí.

—¿Sir Rodney Cheriton?

—Era mi abuelo. No pensaba decírtelo. Se me escapó el nombre.

Eso era. El enigma resuelto. Eso explicaba el dinero, la opulencia, las preciosas posesiones. El difunto Sir Rodney

Cheriton, fundador de un imperio financiero multinacional que, en las décadas del 60 y el 70, estuvo asociado a la obtención de tantas licitaciones y a la apropiación de tantas asociaciones, que su nombre nunca estaba ausente del *Financial Times*. De modo que esta casa había sido el hogar de Lady Cheriton, y esta cocinerita de cara dulce y nada sofisticada que estaba allí sentada, acurrucada como una colegiala, era su nieta.

Noel estaba atónito.

—Bueno, ¿quién lo hubiera imaginado?

—Generalmente no se lo digo a nadie, porque no estoy tan orgullosa.

—Deberías estarlo. Fue un gran hombre.

—No es que no lo quisiera. Siempre fue muy bueno conmigo. Es que no apruebo los grandes monopolios y el crecimiento ilimitado de las empresas. Prefiero que sean cada vez más pequeñas. Me gustan los negocios en las esquinas y las carnicerías cuyo amable dueño te conoce por el nombre. No me gusta la idea de la gente que es tragada por una empresa, o se pierde en ella, o es dejada cesante.

—Es difícil ir hacia atrás.

—Lo sé. Eso es lo que me dice siempre mi padre. Pero se me parte el corazón cuando tiran abajo una pequeña hilera de casas para levantar un horrible edificio de oficinas con ventanas negras, como un gallinero. Eso es lo que me gusta de Escocia. Strathcroy, nuestro pueblo, no cambia. Excepto porque la señora McTaggart, que tenía la agencia de diarios, consideró que sus piernas ya no la sostenían y se lo vendió a unos paquistaníes. Se llaman Ishak, y son muy agradables, y las mujeres van vestidas con hermosas sedas de colores vivos. ¿Has estado alguna vez en Escocia?

—He estado en Sutherland, para pescar en el Oykel.

—¿Quieres ver una foto de nuestra casa?

Noel no dejó entrever que ya la había mirado.

—Me encantaría.

Una vez más, Alexa dejó el perro en el suelo y se levantó. El perro, cansado de tanta actividad, se sentó en la alfombra frente a la chimenea, como si estuviera harto. Alexa tomó la foto y se la pasó a Noel.

Después de una pausa apropiada, Noel dijo:

—Parece muy acogedora.

—Es hermosísima. Éstos son los perros de mi padre.

—¿Cómo se llama tu padre?

—Edmund. Edmund Aird. —Fue a poner la foto en su lugar. Al volverse miró el reloj empotrado en oro que había en el centro de la repisa de la chimenea. —Son casi las ocho y media —dijo.

—Por Dios. —Noel miró la hora en su reloj. —Así es. Debo irme.

—Puedes quedarte. Puedo hacerte algo de comer.

La sugerencia era tan espléndida y tentadora, que Noel se sintió obligado a negarse débilmente.

—Eres muy amable, pero...

—Estoy segura de que no tienes comida en Pembroke Gardens, si acabas de llegar de Nueva York. Y no es problema. Me gusta hacerlo. —Por la expresión de su rostro, Alexa ansiaba que Noel se quedara. Él, por su parte, tenía un hambre terrible. —Tengo costillas de cordero —dijo Alexa.

Eso lo decidió.

—Es lo que más me gusta en la vida —confesó.

A Alexa se le iluminó la cara. Era transparente como el agua de un manantial.

—Bien, bien. Me hubiera sentido muy poco hospitalaria dejándote ir con el estómago vacío. ¿Quieres quedarte aquí, o vienes a la cocina a mirar lo que hago?

Si Noel se quedaba en el sillón, se dormía. Por otro lado, quería ver otras partes de la casa. Se levantó trabajosamente.

—Voy a mirar.

La cocina de Alexa era predecible: nada moderna; más bien rústica y con una disposición casual, como si no hubiera sido planeada sino que más bien se hubiera hecho a través de los años. Tenía piso de piedra, con dos o tres esteras de junco, y armarios de pino. Una profunda pileta bajo la ventana, y una pequeña zona con escalones que daba a la calle. La pileta estaba recubierta de azulejos holandeses azules y blancos, iguales a los que recubrían las paredes, entre uno y otro armario. Las herramientas de su oficio eran muy evidentes: una gruesa tabla de picar, una serie de ollas de cobre, una mesa de mármol para amasar. Había estantes con toda clase de especias, manojos de cebollas, y perejil fresco en un frasco con agua.

Alexa se puso un delantal azul y blanco y se lo ató a la cintura. Con el buzo grueso, el delantal la hacía parecer todavía más informe y acentuaba la redondez del trasero apresado en los jeans.

Noel preguntó si podía ayudar en algo.

—No, realmente no.

Ella ya había empezado a trabajar: encendió la parrilla y abrió varios cajones.

"Pero si quieres abrir una botella de vino... ¿Quieres vino?

—¿Dónde hay una botella?

—Allí hay varias, en la jaula que está en el suelo. Es el lugar más fresco que encontré.

Noel fue hacia donde ella le indicaba con un gesto, al fondo de la cocina, y pasó bajo una arcada que antes seguramente conducía a un pequeño lavadero, también con piso de piedra. En ese lugar, había varios brillantes electrodomésticos blancos. Un lavaplatos, un lavarropas, una heladera grande y un enorme y profundo freezer. En el otro extremo, una puerta con vidrio hasta la mitad daba al pequeño jardín. Junto a la puerta, a la manera de campo, había un par de botas de goma y una batea de madera llena de herramientas de jardinería. Colgados de un gancho se veían un viejo impermeable y un gastado sombrero de fieltro.

Noel encontró la jaula con las botellas al lado del freezer. En cuclillas, inspeccionó las botellas. Había una excelente selección. Eligió un Beaujolais y volvió a la cocina.

—¿Está bien?

Alexa miró la botella.

—Perfecto. Ése fue un buen año. Hay un sacacorchos en ese cajón. Si lo abres ahora, le darás tiempo a airearse.

Noel encontró el sacacorchos y abrió la botella. El corcho salió con toda facilidad, y Noel dejó la botella abierta sobre la mesa. Como ya no tenía nada más que hacer, acercó una silla a la mesa y se sentó a disfrutar lo que le quedaba del whisky.

Ella había sacado las costillitas de la heladera, y también los elementos para una ensalada y un pan francés. Ahora estaba poniendo las costillitas en la parrilla, y luego tomó un frasco de romero. Todo lo hacía con destreza y con el mínimo de esfuerzo, y Noel pensó que, ahora que estaba trabajando, se la veía segura y confiada, probablemente porque estaba haciendo lo único para lo que realmente servía.

—Pareces muy profesional —le dijo.

—Lo soy.

—¿También haces jardinería?

—¿Por qué lo preguntas?

—Por todos los trastos que tienes en el fondo.

—Ah. Sí, cuido el jardín, pero es tan chiquito, que a eso no se lo puede llamar hacer jardinería. En Balnaid el jardín es enorme, y siempre hay algo que hacer.

—Balnaid...

—Es el nombre de nuestra casa de Escocia.

—Mi madre era una maniática de la jardinería. —Una vez que dijo esto, Noel se preguntó por qué lo había hecho. Nunca hablaba de su madre, salvo que alguien le hiciera directamente una pregunta sobre ella. —Siempre cavando o transportando abono en una carretilla...

—¿Ya no lo hace?

—Murió. Hace cuatro años.

—Ah, cuánto lo siento. ¿Dónde hacía jardinería?

—En Gloucestershire. Compró una casa con un terreno yermo. Cuando murió, lo había transformado en algo muy especial... El tipo de jardín por donde la gente pasea después de un almuerzo.

Alexa sonrió.

—Como mi otra abuela, Vi. Vive en Strathcroy. Se llama Violet Aird, pero la llamamos Vi. —Las costillitas se estaban asando y el pan calentándose, lo mismo que los platos. —Mamá también murió. La atropelló un auto cuando yo tenía seis años.

—Esta vez me toca a mí decir que lo siento mucho.

—La recuerdo, por supuesto, pero no muy bien. La recuerdo sobre todo cuando venía a despedirse de mí antes de ir a una comida. Sus hermosos vestidos, sus pieles, su perfume...

—Seis años son muy pocos para perder a la mamá.

—No fue tan terrible como parecería. Yo tenía una niñera amorosa que se llamaba Edie Findhorn. Y después que mamá murió, volvimos a Escocia y vivimos en Balnaid. Así que tuve más suerte que otros.

—¿Tu padre volvió a casarse?

—Sí, hace diez años. Ella se llama Virginia. No es mucho mayor que yo.

—¿Una madrastra mala?

—No. Es un encanto. Como una hermana. Es muy, muy bonita. Y tengo un medio hermano que se llama Henry. Tiene casi ocho años.

Ahora estaba haciendo la ensalada. Cortaba y picaba con un cuchillo afilado. Tomates, apio, pequeños hongos frescos. Sus manos eran morenas y diestras; las uñas, cortas y sin esmalte. Había algo muy satisfactorio en esas manos. Noel trató de recordar cuándo había estado así por última vez, tranquilamente sentado, algo mareado por el hambre y por lo que había bebido, mirando a una mujer que preparaba la comida. Parecía que nunca.

Porque nunca lo habían atraído las mujeres domésticas. Sus amigas solían ser modelos, o jóvenes aspirantes a actrices con enorme ambición y poca cabeza. Lo único que tenían en común era su aspecto general, pues a Noel le gustaban las mujeres muy jóvenes y delgadas, con pechos diminutos y piernas largas y esbeltas. Lo cual era excelente para su diversión y satisfacción personal, pero no servía de mucho cuando se trataba de atender la casa. Además todas... por más flacas que fueran... hacían alguna clase de dieta, y aunque eran capaces de devorar enormes y costosas comidas en un restaurante, no se interesaban en preparar ni el bocado más simple en la intimidad de sus propios departamentos, ni en el de Noel. "Ay, querido, es tan aburrido... Además, yo no tengo hambre. Come una manzana."

De vez en cuando, llegaba a la vida de Noel una chica tan enamorada que sólo deseaba pasar el resto de sus días con él. Se hacían muchos (tal vez exagerados) esfuerzos. Comidas íntimas junto a la imitación de chimenea de leños (en realidad, calefacción de gas), invitaciones al campo y elegantes fines de semana. Pero Noel, temeroso de los compromisos, se alejaba, y cada una de las chicas en cuestión, después de un penoso período de llamados telefónicos frustrados y acusaciones lacrimosas, encontraba otro hombre y se casaba con él. Así Noel había llegado soltero a los treinta y cuatro años. Meditando sobre esto ante su vaso de whisky vacío, no sabía si había resultado triunfador o derrotado.

—Muy bien. —La ensalada estaba lista. Ahora Alexa comenzaba a condimentarla con un aderezo de aceite de oliva y vinagre. Agregó varias hierbas y otros ondimentos, y con el aroma, a Noel se le hizo agua la boca. Luego Alexa se puso a tender la mesa. Un mantel de cuadros blancos y rojos, vasos para vino, salero, molinillo de madera para la pimienta, una mantequera de cerámica. Sacó cuchillos y tenedores de un cajón y se los pasó a Noel, quien procedió a colocarlos en su lugar en la mesa. Parecía un momento adecuado para servir el vino; eso hizo él y le tendió un vaso a Alexa.

Ella lo recibió y, con el delantal y el grueso buzo y las mejillas arrebatadas por el fuego de la parrilla, dijo:

—Salud. Por Saddlebags.

Por alguna razón, él se sintió muy conmovido.

—Por ti, Alexa. Y gracias.

Fue una comida simple pero espléndida, a la altura de las más voraces expectativas de Noel. Las costillitas eran tiernas, la ensalada, fresquísima; había pan caliente para mojar en los jugos y aderezos, y todo regado con buen vino. Al rato, su estómago dejó de hacer ruidos y se sintió infinitamente mejor.

—No recuerdo haber comido nada tan sabroso.

—No es nada especial.

—Pero es perfecto. —Noel se sirvió más ensalada. —Si alguna vez necesitas una recomendación, avísame.

—¿Tú nunca te haces la comida?

—No. Sé freír panceta y huevos, pero si no tengo más remedio, compro comida preparada de Marks y Spencer, y la caliento. Alguna vez, si estoy desesperado, voy a pasar una noche con mi hermana Olivia, la de Londres, pero ella es tan inútil como yo para la cocina, y generalmente terminamos por comer algo exótico, como huevos de codorniz o caviar. Una exquisitez, pero que no llena.

—¿Está casada?

—No. Tiene un trabajo muy importante.

—¿Qué hace?

—Es jefa de redacción en *Venus*.

—Por Dios. —Alexa sonrió. —Parece que los dos tenemos parientes ilustres.

Después de devorar todo lo que había en la mesa, Noel seguía con un poco de hambre; Alexa sacó queso y unas uvas de color verde pálido, sin semilla. Con esto terminaron lo que quedaba de vino. Alexa ofreció café.

Oscurecía. Afuera, en el azul oscuro de la calle, se habían encendido las luces. Su resplandor entraba en la cocina del subsuelo, pero la mayor parte estaba en sombras. De pronto, Noel se sintió invadido por un enorme bostezo. Le dio curso, y luego se disculpó.

—Perdón. Creo que debo irme a casa.

—Toma un café primero. Te mantendrá despierto hasta que llegues a la cama. O tal vez... ¿por qué no vas arriba y te estiras un poco? Te subiré el café y luego llamaré un taxi.

A Noel le pareció una idea muy sensata.

—De acuerdo.

Pero hasta pronunciar esas palabras fue un gran esfuerzo. Tuvo la sensación de que colocaba la lengua y los labios para pronunciar los sonidos adecuados, y entonces supo que estaba borracho o a punto de quedarse dormido. El café era una excelente idea. Se apoyó en la mesa para ponerse de pie. Subir la escalera del subsuelo para ir a la sala significó un notable esfuerzo. A mitad de camino tropezó pero pudo conservar el equilibrio.

Arriba lo esperaba la habitación vacía y silenciosa en penumbras. La única iluminación venía de los faroles de la calle, y se reflejaba en la defensa de bronce de la chimenea y en los caireles de la araña de cristal, que colgaba del cielo raso. Era una pena eliminar esa tranquila penumbra encendiendo luces, de manera que Noel se abstuvo de hacerlo. El perro dormía en el sillón que antes había ocupado Noel. Él se dejó car en un extremo del sofá. El perro, perturbado, se despertó, alzó la cabeza y miró a Noel. Noel miró al perro. El perro se convirtió en dos perros. Noel estaba borracho. Hacía años que no dormía. Y ahora no dormiría. No dormía.

Dormitaba. Estaba entre dormido y despierto. Se hallaba en el 747, volando sobre el Atlántico, con su obeso compañero de asiento durmiendo a su lado. El presidente de la compañía le decía que fuera a Edimburgo, a vender Saddlebags a un tal Edmund Aird. Se oían voces, llamados, gritos; los chicos andaban en bicicleta por la calle. No, no estaban en la calle, estaban afuera, en algún jardín. Noel estaba en una habitación llena de cosas, mirando por la rendija de una ventana. Las frondas de madreselvas llegaban hasta el vidrio. Su viejo cuarto, en casa de su madre, en Gloucestershire. Afuera, en el césped, jugaban a algo. ¿Al críquet? ¿A las escondidas? ¿O al béisbol? "Baja", le dijeron. "Baja a jugar." Le alegró que lo llamaran. Era bueno estar en casa. Salió del cuarto, bajó las escaleras, salió al jardín, pero el partido de críquet había terminado, y todos habían desaparecido. No le importaba. Se tendió en el pasto y alzó la mirada al cielo azul. Todo estaba bien. Al fin y al cabo, ninguna de las cosas malas había sucedido, y nada había cambiado. Estaba solo, pero pronto alguien vendría. Podía esperar.

Otro sonido. El tictac de un reloj. Abrió los ojos. Ya no estaban encendidos los faroles de la calle, ya no estaba oscuro. Él no estaba en el jardín de su madre ni en la casa de su madre, sino en una habitación extraña. No tenía idea de dónde se hallaba. Estaba tendido de espaldas en un sofá, cubierto por una manta. El borde de la manta le cosquilleaba el mentón; lo apartó. Miró hacia arriba, vio los brillantes caireles de la araña, y recordó. Moviendo la cabeza vio el sillón, de espaldas a la ventana. En el sillón estaba sentada una chica, con los cabellos brillantes como una aureola contra la luz de la mañana que entraba por la ventana sin cortinas. Noel se movió. Ella guardó silencio. Él pronunció su nombre.

—Alexa.

—Sí. —Estaba despierta.

—¿Qué hora es?

—Algo más de las siete.

—¿Las siete de la mañana?

—Sí.

—He pasado aquí toda la noche. —Noel se estiró, y acomodó sus largas piernas. —Me quedé dormido.

—Ya dormías cuando subí con el café. Pensé despertarte, pero luego decidí no hacerlo.

Él parpadeó para ahuyentar el sueño. Vio que ella ya no llevaba los jeans y el buzo, sino una bata blanca de toalla que la envolvía hasta el cuello. Se había tapado con una manta, pero sus piernas y sus pies desnudos sobresalían.

—¿Has estado aquí toda la noche?

—Sí.

—Deberías haberte acostado.

—No quería dejarte. No quería que te despertaras y pensaras que tenías que irte, y luego no pudieras encontrar un taxi en mitad de la noche. Tendí la cama para huéspedes, pero luego pensé "¿para qué?". Y te dejé dormir.

Él capturó las colas de su sueño antes de que se esfumaran. Había estado tendido en el pasto, en el jardín de su madre, en Gloucestershire, y sabía que alguien vendría. No su madre. Penelope estaba muerta. Otra persona. Luego el sueño se había ido para siempre y lo había dejado con Alexa.

Lo sorprendió sentirse magníficamente bien, enérgico, con nuevas fuerzas. Capaz de tomar decisiones.

—Debo irme a casa.

—¿Te llamo un taxi?

—No. Caminaré. Me hará bien.

—Es una hermosa mañana. ¿Quieres comer algo antes de irte?

—No, gracias. Estoy muy bien. —Apartó la manta y se sentó; se alisó los cabellos y se pasó la mano por la barba crecida en el mentón. —Tengo que irme. —Se puso de pie.

Alexa no hizo el menor esfuerzo por convencerlo de que se quedara, sino que simplemente fue con él hasta el vestíbulo, y abrió la puerta a la mañana límpida, perlada de rocío de mayo. Ya se oía el murmullo lejano del tránsito, aunque un pájaro cantaba en un árbol, y el aire estaba fresco. Le pareció percibir perfume de lilas.

—Adiós, Noel.

Él se volvió hacia ella.

—Te llamaré.

—No hace falta.

—¿No?

—No me debes nada.

—Eres un encanto. —Noel se inclinó y le besó la mejilla, tersa como un durazno. —Gracias.

—Lo disfruté.

La dejó. Bajó los escalones y partió con paso rápido por el medio de la calle. Al llegar a la esquina, se dio vuelta a mirar. Ella ya no estaba, y la puerta azul se hallaba cerrada. Pero Noel sintió que la casa del laurel tenía un aspecto especial.

Se sonrió y siguió su camino.

JUNIO

1

Martes 7

Isobel Balmerino recorrió en su camioneta los quince kilómetros hasta Corriehill. Eran casi las cuatro de una tarde de comienzos de junio, pero aunque los árboles estaban cargados de hojas y las praderas verdes de nuevos pastos, hasta ahora no había llegado el verano. No se podía decir que hiciera frío, pero estaba húmedo y lluvioso y, desde Croy había tenido que usar continuamente los limpiaparabrisas. Había nubes bajas sobre los cerros y todo estaba sumido en un tono gris. Isobel lo lamentó por los turistas extranjeros que venían desde tan lejos a conocer las glorias de Escocia, y las encontraban casi invisibles bajo esa mortaja de oscuridad.

A Isobel no le molestaba el clima. Había hecho tantas veces el complicado viaje a campo traviesa y por senderos estrechos, que a veces pensaba que si despachaba la camioneta sola, ella se las arreglaría muy bien para ir a Corriehill y volver sin ayuda humana, con la seguridad de un caballo fiel.

Llegó al cruce conocido, ya muy cerca de su destino. Hizo el cambio y entró en un sendero de un solo carril, bordeado de espinos. Este sendero llevaba al cerro; al subir, la niebla sehacía más espesa; prudentemente, Isobel encendió las luces. A su derecha, apareció el alto muro de piedra que marca el límite con el estado de Corriehill. A menos de cuatrocientos metros, estaban el gran portón de entrada, las dos garitas. Pasó entre ellas y siguió subiendo por el transitado camino bordeado de hayas y grandes márgenes de pasto duro que, en primavera, ostentaba el oro de los narcisos. Hacía rato que los narcisos se habían marchitado, y las cabezuelas y hojas secas eran lo único que quedaba de su pasado esplendor. Un día de éstos el empleado de Verena pasaría con el tractor sobre el pasto y ése sería el fin de los narcisos. Hasta la próxima primavera.

Isobel pensó, con tristeza y no por primera vez, que a medida que una envejece, cada vez tiene más cosas que hacer, y el tiempo pasa cada vez más rápido, y los meses se empujan groseramente y dejan atrás a los anteriores, y los años vuelan del calendario hacia el pasado. Antes había tiempo. Tiempo de quedarse, de pie o sentada, mirando los narcisos. O de abandonar de un minuto para otro el cuidado de la casa, salir por la puerta del fondo, subir el cerro, y penetrar en el vacío con los cantos de las alondras de una mañana de verano. O salir a pasar un día de ocio en Relkirk, para comprar frivolidades, almorzar con una amiga, o beber el vino del bar en ese clima cálido y humano, con olor a café y a comidas que una nunca se preparaba en casa.

Pequeños placeres que, por algún motivo, ya no existían.

El sendero se hizo más recto. Bajo las ruedas de la camioneta, se sentía la grava. En medio de la niebla, se elevaba la casa. No había otros autos, lo cual significaba que las otras guías ya habían recogido a los turistas y habían partido. De modo que Verena estaría esperándola. Isobel esperaba que no estuviera impaciente.

Se detuvo, apagó el motor y salió al aire suave, a la leve llovizna. La puerta principal estaba abierta; daba a un gran porche embaldosado, con una puerta de vidrio del otro lado. En el porche había pilas y pilas de costoso equipaje. Isobel se acobardó, porque parecía todavía más ostentoso que de costumbre. Maletas (enormes), bolsos de mano, bolsos más pequeños, bolsos de golf, cajas, paquetes, todos con el sello de las grandes marcas (obviamente, los turistas habían hecho compras). Todos con la etiqueta amarilla distintiva: SCOTTISH COUNTRY TOURS. Isobel se distrajo leyendo los nombres: Mr. Joe Hardwicke, Mr. Arnold Franco, Mrs. Susan Franco, Mrs. Myra Hardwicke. Las maletas tenían grandes monogramas, los bolsos de golf, el nombre de prestigiosos clubes colgados de las manijas.

Isobel suspiró. A empezar una vez más con lo mismo. Abrió la puerta interna.

—¡Verena!

El vestíbulo de Corriehill era inmenso, con una escalera de roble tallado que llevaba a los pisos altos, y mucho revestimiento de madera. Varias alfombras cubrían el piso, algunas comunes y otras seguramente invalorables, y en el centro había una mesa con una variedad de objetos: una maceta con un malvón, una traílla de perro, una bandeja de cobre para cartas, y un enorme libro de firmas encuadernado en cuero para los visitantes.

—¡Verena!

A la distancia, se cerró una puerta. Se oyeron pasos que venían por el corredor desde la cocina. Enseguida apareció Verena Steynton con su aspecto de siempre: alta, esbelta, serena y perfectamente arreglada. Era una de esas mujeres que, no se sabe cómo, siempre están bien armonizadas, como si pasaran una buena parte del día eligiendo y combinando sus diversas prendas de vestir: esta falda con esta camisa; este cárdigan de cachemira con estos zapatos. Ni siquiera el tiempo húmedo y pegajoso, que estropeaba los peinados de las mujeres más cuidadosas, le hacía nada al de Verena, que no se desmerecía ni en las circunstancias más adversas, y siempre estaba prolijo y hermoso como si acabarade salir de debajo del secador. Isobel no se hacía ilusiones sobre su propio aspecto. Rústica y entrada en carnes como un poni de las Highlands, la tez rosada y brillosa, las manos arruinadas por el trabajo, hacía rato que no se preocupaba por su apariencia. Pero al mirar a Verena, deseó de inmediato haberse dado tiempo para cambiarse los pantalones de corderoy y el chaleco forrado color tierra que era su más viejo amigo.

—Isobel...

—Espero no haber llegado tarde.

—No. Eres la última, pero no es tarde. Tus visitantes están listos, esperándote en la sala. El señor y la señora Hardwicke, y el señor y la señora Franco. Parecen un poco más vigorosos que lo que suelen ser nuestros clientes. —Isobel sintió alivio. Tal vez los hombres podrían acarrear sus palos de golf. —¿Dónde está Archie? ¿Estás sola?

—Tuvo que ir a una reunión de la iglesia, en Balnaid.

—¿Te las arreglarás?

—Por supuesto.

—Bueno, mira, antes de que te los lleves... hubo un pequeño cambio en el programa. Te explicaré. Vamos a la biblioteca.

Isobel la siguió obedientemente, dispuesta a acatar órdenes. La biblioteca de Corriehill era un lugar agradable, más pequeño que los otros ambientes, y con un agradable olor masculino: a humo de pipa y humo de chimenea, olor de libros viejos y perros viejos. El olor a perro viejo venía de un mastín entrado en años que roncaba en su almohadón, junto a las cenizas de la chimenea. Levantó la cabeza, vio a las dos mujeres, parpadeó con aire altanero y volvió a dormirse.

—Sucede que... —En cuanto Verena empezó a hablar, sonó el teléfono, que estaba sobre el escritorio. —Caramba —dijo Verena mientras se levantaba a atender—. Disculpa un momento. Hola. Sí, habla Verena Steynton... Sí. —Cambió el tono. —Señor Abberley. Sí, yo lo llamé. —Apartó el sillón del escritorio y se sentó, a la vez que tomaba un lápiz y acercaba el anotador. Parecía prepararse para una larga conversación y a Isobel se le cayó el alma a los pies porque quería despachar el asunto.

—Bien. Espléndido. Necesitaremos la marquesina más grande, creo que con el revestimiento amarillo y blanco. Y una pista de baile. —Isobel aguzó el oído, dejó de sentirse impaciente y escuchó sin ningún reparo. —¿La fecha? Pensamos en el dieciséis de septiembre. Un viernes. Sí, creo que será mejor que venga usted a verme, y hablaremos. La semana que viene está muy bien. El miércoles a la mañana. Bien. Nos veremos entonces. Adiós, señor Abberley.

—Colgó el receptor y se reclinó en el sillón, con la expresión satisfecha de alguien que ha hecho un buen trabajo. —Bien, ya hay algo arreglado.

—¿Qué diablos estás proyectando ahora?

—Bien, hace siglos que Angus y yo hablamos de esto, y finalmente hemos decidido llevarlo a cabo. Este año Katy cumple veintiún años, y le vamos a hacer una fiesta.

—Dios mío, se ve que se sienten ricos.

—No, no especialmente, pero es un acontecimiento, y les debemos invitaciones a un millón de personas, de manera que nos las quitamos de encima de una sola vez, y ésa será una espléndida oportunidad.

—Pero faltan siglos para septiembre... estamos a comienzos de junio.

—Lo sé, pero nunca es demasiado temprano para comenzar si quieres hacer algo en septiembre.

Isobel lo sabía. La estación de Escocia, con el masivo éxodo de sur a norte para la caza de los patos salvajes. Todas las casas grandes llenas de fiestas, bailes, partidos de críquet, juegos de las Highlands y todo tipo de actividad social, con su culminación en una semana agotadora de bailes de caza.

—Necesitamos una marquesina porque realmente no hay espacio para bailar adentro, pero Katy insiste en que preparemos lgún rincón como *night-club* para que sus amigos *yuppie* de Londres tengan su lugar pícaro. Luego debo encontrar una buena banda para baile *country* y una empresa competente para el servicio de comida y bebida. Pero al menos tengo la marquesina. Todos ustedes recibirán invitaciones, por supuesto. —Miró severamente a Isobel. —Espero que Lucilla esté aquí.

Era difícil no tenerle envidia a Verena, allí sentada, proyectando un baile para su hija, y sabiendo que esa hija colaboraría y ayudaría y disfrutaría de cada minuto de la fiesta. Su hija Lucilla y Katy Steynton habían ido juntas al colegio, y eran amigas a la manera distante de los chicos que deben ser amigos porque sus padres lo son. Porque Lucilla era dos años menor que Katy, y tenía una personalidad muy diferente; en cuanto dejaron atrás la escuela, sus caminos se separaron.

Katy, el sueño de cualquier madre, había obedecido a sus padres. Un año en Suiza, y luego el secretariado en Londres. Después de recibirse, encontró un empleo digno de ella... algo vinculado con reunir fondos para obras de beneficencia... y compartía una casa en Londres con tres amigas muy apropiadas. Sin duda, se comprometería pronto con un joven que se llamaría Nigel, Jeremy o Christopher, su rostro implacable aparecería en primera página en *Country Life*, y el casamiento con seguridad sería tradicional y de blanco, con gran número de damas de honor y cánticos religiosos.

Isobel no anhelaba que Lucilla fuera como Katy, pero a veces, como en este momento, no podía evitar desear que su hija, tan encantadora y tan soñadora, hubiera resultado un poco más como el común de la gente. Pero aun de niña, Lucilla había mostrado signos de individualidad y de una cierta rebelión. Sus tendencias políticas eran fuertemente izquierdistas, y se enrolaba rápidamente en cualquier causa que le llamara la atención. Estaba en contra de la potencia nuclear, de la caza del zorro, de la selección de las focas recién nacidas, de la reducción en los subsidios para estudiantes y de las plantaciones de zonas de horribles coníferas para que las estrellas pop tuvieran ingresos no imponibles. A la vez, manifestaba mucha preocupación por las personas sin hogar, los marginados, los drogadictos y los pobres desafortunados que se morían de SIDA.

Desde edad temprana, siempre había sido creativa y artística, y después de trabajar seis meses en París como *au pair*, fue admitida en el College of Art de Edimburgo. Allí se hizo amiga de la gente más rara, a quienes traía de tanto en tanto por una temporada a Croy. Era gente de aspecto extraño, pero no más extraño que el de Lucilla, quien se vestía en la tienda de Oxfam y encontraba muy natural ponerse un vestido de fiesta de encaje con una masculina chaqueta de tweed y un par de botas eduardinas con cordones.

Una vez terminada la Art School, no logró encontrar ninguna forma de ganarse la vida. Nadie parecía interesado en comprar sus incomprensibles cuadros, y ninguna galería quería exhibirlos. Vivía en un altillo en Indian Street y se mantenía limpiando casas. Esto había resultado extrañamente lucrativo, y de pronto ahorró lo suficiente para cruzar el canal, y se fue a Francia con una mochila y sus elementos de pintura. Lo último que se supo de ella fue que estaba en París, con una pareja que había conocido en el camino. Todo era muy preocupante.

¿Volvería a casa? Isobel podía escribir, por supuesto, a la estafeta que le había indicado su hija. *Querida Lucilla, quiero que vengas en septiembre porque estás invitada a la fiesta de Katy Steynton.* Pero era improbable que Lucilla le hiciera el menor caso. Nunca le habían gustado las fiestas formales, y no se le ocurría nada que decirles a los jóvenes bien relacionados que asistían a ellas. *Mami, son tan cuadrados... y todos tienen el pelo como tweed.*

Era imposible. Por otra parte, Lucilla era dulce, amable y graciosa y se mostraba rebosante de amor. Isobel la echaba terriblemente de menos. Sonrió y dijo:

—No sé. No lo creo.

—Dios mío. —Verena le demostraba lástima, lo cual empeoraba las cosas. —Bueno, no importa, le mandaré una invitación. A Katy le encantaría volver a verla.

Isobel se permitió dudarlo, pero no dijo nada.

—¿Tu baile es un secreto, o puedo contarlo? —preguntó.

—No, por supuesto que no es un secreto. Cuanta más gente lo sepa, mejor. Tal vez ofrezcan cenas.

—Yo daré una cena.

—Eres una santa. —Se hubieran quedado allí haciendo planes infinitamente pero de pronto Verena recordó que tenía algo que hacer. —Por Dios, me olvidé de esos pobres norteamericanos. Se estarán preguntando qué nos pasó. Bien, mira, el hecho es... —Buscó en el escritorio y tomó dos hojas de instrucciones. —... que los dos hombres han pasado la mayor parte del tiempo jugando al golf y quieren jugar mañana, de manera que no harán el viaje a Glamis. En cambio, he pedido un auto para que venga a buscarlos a Croy mañana a las nueve de la mañana y los lleve a Gleneagles. Y el mismo auto los traerá de vuelta en algún momento de la tarde, cuando hayan terminado de jugar. Pero las señoras quieren ir a Glamis, de manera que si las traes de vuelta a eso de las diez, pueden reunirse con ellos en la camioneta.

Isobel asintió, esperando no olvidar nada de lo que le decían. Verena era muy eficiente, y en todo sentido era su jefa. Scottish Country Tours tenía su sede central y dirección en Edimburgo, pero Verena era la agente de coordinación local. Era Verena quien llamaba por teléfono a Isobel todas las semanas para comunicarle cuántos turistas debía esperar (el límite era seis, porque no tenía lugar para más), y además para enterarla de todas las pequeñas idiosincrasias o problemas de personalidad de los invitados.

Los *tours* empezaban en mayo y continuaban hasta fines de agosto. Cada uno duraba una semana y seguía un programa regular. El grupo, que llegaba desde el aeropuerto Kennedy, comenzaba su estada en Edimburgo, donde los turistas pasaban dos días contemplando el paisaje en los Borders y en la ciudad misma. El martes la camioneta los llevaba a Relkirk, donde transitaban obedientemente por la Auld Kirk, el castillo del lugar y un parque nacional. Luego los llevaban a Corriehill, donde Verena los recibía y los dividía en grupos. En Corriehill los recibían varias guías. El miércoles era el día para visitar el castillo de Glamis y hacer un paso panorámico a Pitlochry, y el jueves salían otra vez a ver las Highlands y visitar Deeside e Inverness.

El viernes volvían a Edimburgo, y el sábado volaban a su país, a Kennedy y a diversos puntos en el oeste.

Isobel estaba segura de que para entonces ya debían de haber caído en un estado de completo agotamiento.

Cinco años atrás, Verena había atrapado a Isobel para este trabajo. Le explicó en qué consistía y le dio el folleto de la empresa para que lo leyera. Era muy cálido.

Alójese como invitado particular en una casa particular. Experimente por sí mismo la hospitalidad y la grandeza histórica de las casas más bellas de Escocia, y conozca, como amigos, a los miembros de las antiguas familias que viven en ellas...

Semejante hipérbole requería parecerse un poco a ella.

—La nuestra no es una familia antigua —le señaló Isobel a Verena.

—Es lo suficientemente antigua.

—Y Croy no es exactamente histórico.

—Partes de Croy lo son. Y tú tienes muchos dormitoris. Eso es lo que realmente cuenta. Y piensa en toda esa platita tan dulce...

Esto último fue lo que decidió a Isobel. La proposición de Verena llegaba en un momento en que la fortuna de los Balmerino, en todo el sentido de la palabra, estaba en baja. El padre de Archie, el segundo Lord Balmerino, era un hombre tan encantador como poco práctico, y cuando murió, dejó la propiedad bastante desorganizada. Su inesperado deceso lo tomó a él, y a la mayoría de los demás, muy de sorpresa, y debido a esto, los estupendos funerales se comieron casi toda la riqueza heredada de la familia. Con los dos niños, Lucilla y Hamish, en pleno proceso educativo, la casa grande e incómoda para manejar, y las tierras para mantener en cierto orden, los jóvenes Balmerino enfrentaron diversos problemas. Archie, en ese momento, era militar. Pero había entrado en los Queens Loyal Highlanders a los diecinueve años simplemente porque no se le ocurría otra cosa que hacer, y aunque había disfrutado mucho de sus años en el regimiento, no poseía una fuerte ambición de triunfar y sabía que nunca llegaría a ser general.

Mantener Croy, vivir allí, en las buenas y en las malas, parecía ser su prioridad. Hacían planes con optimismo. Archie dejaría el ejército, y mientras fuera lo suficientemente joven, buscaría un empleo. Pero mientras esto sucedía, tuvo que hacer una última gira con su regimiento, y fue con ellos a Irlanda del Norte.

El regimiento volvió a Escocia cuatro meses más tarde, pero Archie llegó a Croy sólo ocho meses después, y a Isobel le llevó ocho días comprender que se debía descartar cualquier tipo de empleo para su esposo. Con cierta desesperación, a través de largas noches de insomnio, estudió su propia situación.

Pero tenía amigos, en particular Edmund Aird. Comprendiendo la gravedad de la situación, Edmund vino a tomar el mando de la situación. Edmund fue quien les consiguió un arrendatario para la casa solariega, y Edmund quien asumió la responsabilidad del pantano de patos. Junto con Gordon Gillock, el cuidador de caza, se ocupó del quemado de los brezos y del mantenimiento de los límites, y dejó toda la empresa a un sindicato de comerciantes del sur, reteniendo un derecho de caza para él y medio para Archie.

Para Isobel fue un gran alivio quitarse de encima por lo menos algunas ansiedades, pero los ingresos seguían siendo un problema perturbador. Les quedaba algo del capital heredado, pero en acciones y bonos, y eso era todo lo que

Archie les dejaría a sus hijos. Isobel tenía algún dinero propio, pero esto, aun sumado a la pensión del ejército de Archie y al sesenta por ciento que recibía de la pensión por incapacidad, no llegaba a mucho. Los gastos diarios para llevar la casa y mantener alimentada y vestida a la familia eran una constante fuente de preocupación, de modo que la sugerencia de Verena, atemorizante al principio, resultó ser algo caído del cielo.

—Vamos, Isobel, puedes hacerlo con el dedo meñique.

Isobel se dio cuenta de que así era. Al fin y al cabo, estaba acostumbrada a llevar la gran casa, y también habituada a los huéspedes. Cuando vivía el padre de Archie, siempre había que atender a los grupos que salían de caza, y ocuparse de los bailes en septiembre. En las vacaciones de verano, Croy se llenaba de amigos de los chicos, y Navidad y Semana Santa nunca pasaban sin que vinieran familias enteras a compartir las festividades. Comparada con todo esto, la proposición de Verena no parecía tan ardua. Sólo llevaría dos días por semana durante los meses de verano. Eso no podía ser algo tan exigente. Y... un pensamiento alegre: podía ser estimulante para Archie ver gente que iba y venía. Ayudar a atenderlos le proporcionaría un interés y le levantaría la moral, cosa que tanto necesitaba.

Lo que Isobel no había pensado, y tuvo que aprender penosamente, era que atender huéspedes pagos no era lo mismo que invitar a los propios amigos a la csa. No se podía discutir con ellos, ni permanecer con ellos en un amigable silencio. Tampoco se les podía permitir que fuesen a la cocina a pelar unas papas o preparar una ensalada. El verdadero problema era que pagaban. Esto llevaba la hospitalidad a un nivel completamente distinto, porque significaba que todo tenía que ser perfecto. El tour no era barato y, como decía severamente Verena, a la gente había que darle el valor de lo que pagaba. Para las guías, había ciertas instrucciones, impresas en una hoja especial. Cada dormitorio debía tener su baño, preferentemente al lado. En las camas tenía que haber mantas eléctricas, y las habitaciones debían tener calefacción central. Y, si era posible, debía haber algún tipo de calefacción suplementaria... preferentemente una chimenea de verdad, pero si esto no era posible, una estufa eléctrica o de gas. Flores frescas en las habitaciones... (Al leer esto, Isobel se había sentido molesta. ¿Quiénes creerían que eran? Nunca en la vida había alojado a un huésped en un cuarto sin poner antes flores frescas en el tocador.)

Y había más reglas sobre las comidas. El desayuno debía ser abundante y nutritivo, con jugo de naranja, café y té. Por las noches, había que servir un cóctel, y vino con la cena. Esta comida debía ser formal, con velas, cristal y plata en la mesa, y consistiría en tres platos. Luego, café y conversación. Podían ofrecerse otras distracciones, por más extrañas que pareciesen. Un poco de música... ¿tal vez algún gaitero?

Los turistas norteamericanos las esperaban en la sala. Verena abrió la puerta.

—Lamento que hayamos tardado tanto. Un par de cosas que arreglar —dijo, con su mejor voz de reunión de comisión, que no admitía preguntas ni discusiones—. Aquí estoy, y aquí está la anfitriona de ustedes, dispuesta a llevarlos a Croy.

La sala de Corriehill, que era grande y luminosa, estaba decorada con gran sobriedad y se usaba poco. Ese día, sin embargo, debido al tiempo inclemente, ardía un pequeño fuego en el hogar, y alrededor del fuego, en sillones y sofás, estaban sentados los cuatro norteamericanos. Para pasar el tiempo, habían encendido el televisor y estaban mirando, un tanto confundidos, un partido de críquet. Perturbados, se pusieron de pie, volvieron sus rostros sonrientes, y uno de los hombres se agachó y apagó cortésmente el televisor.

"Bien, las presentaciones. El señor y la señora Hardwicke, el señor y la señora Franco; ésta será su anfitriona durante los próximos dos días. La señora Balmerino.

Al darle la mano, Isobel entendió qué había querido decir Verena con eso de que estos huéspedes eran ligeramente más vigorosos que lo habitual. Por alguna razón, Scottish Country Tours parecía atraer a gente de edad muy avanzada; a veces no sólo eran muy ancianos sino que tenían un precario estado de salud, con taquicardia y piernas flojas. Pero estos dos matrimonios apenas sobrepasaban la edad madura. Con cabellos grises, sí, pero parecían estallar de energía, y todos tenían un envidiable bronceado. Los Franco eran de pequeña estatura, y el marido era muy calvo; los Hardwicke eran altos, musculosos y delgados, y tenían el aspecto de quienes pasan la vida al aire libre y haciendo mucho ejercicio.

—Creo que he llegado un poco tarde —dijo Isobel, a pesar de que sabía perfectamente que no era así—. Pero podemos salir cuando ustedes quieran.

Querían salir enseguida. Las señoras tomaron sus bolsos y sus hermosos impermeables Burberry nuevos, y el pequeño grupo pasó al vestíbulo y luego al porche. Isobel fue a abrir las puertas traseras de la camioneta, y una vez hecho esto, los hombres llevaron el equipaje por la grava y ayudaron a Isobel a meterlo en el vehículo. (Esto también era nuevo. Generalmente eran sobel y Verena quienes tenían que hacerlo.) Cuando todo estuvo cargado, Isobel cerró y trabó las puertas. Los Hardwicke y los Franco se estaban despidiendo de Verena.

—Pero a ustedes, señoras, las veré mañana —dijo Verena—. Espero que el golf sea un gran éxito. Les encantará Gleneagles.

Abrieron las puertas y todos subieron. Isobel ocupó su lugar al volante, se ajustó el cinturón, encendió el motor, y partieron.

—Lamento que tengamos tan mal tiempo. Todavía no ha llegado el verano.

—Ah, a nosotros no nos molestó para nada. Nos apena que haya tenido que salir con este día a buscarnos. Espero que no haya sido una molestia.

—En absoluto. Es mi trabajo.

—¿Queda lejos su casa, señora Balmerino?

—Unos quince kilómetros. Me gustaría que me llamaran Isobel.

—Gracias, cómo no. Yo me llamo Susan y mi marido, Arnold. Los Hardwicke se llaman Joe y Myra.

—Quince kilómetros... —dijo uno de los hombres—. Es bastante lejos.

—Sí, en realidad mi marido suele venir conmigo en estos viajes, pero tuvo que ir a una reunión. Estará en casa para el té, de manera que lo conocerán.

—¿Lord Balmerino tiene una empresa?

—No. No es una reunión de negocios. Es una reunión de la iglesia. De la iglesia de nuestro pueblo. Tenemos que recolectar dinero. No grandes sumas. Pero el abuelo de mi padre la construyó, de manera que Archie siente una responsabilidad familiar.

Llovía otra vez. Los limpiaparabrisas se movían. Tal vez la conversación los apartara de lo desagradable del clima.

"¿Es ésta su primera visita a Escocia?

Las dos señoras, superponiendo sus voces como un armónico dúo, le respondieron. Los hombres habían venido antes, a jugar al golf, pero ésta era la primera vez que los acompañaban las esposas. Y les fascinaba el lugar, y los negocios de Edimburgo las habían vuelto locas. Llovía, sí, pero no les molestaba. Se ponían sus nuevos Burberry, y las dos pensaban que con la lluvia Edimburgo se ponía tan histórica y romántica que habían podido imaginar a Mary y a Bothwell cabalgando juntos por el Royal Mile.

Cuando terminaron, Isobel les preguntó de qué parte de los Estados Unidos venían.

—Del estado de Nueva York. De Rye.

—¿Eso queda junto al mar?

—Ah, sí. Nuestros chicos salen a navegar todos los fines de semana.

Isobel podía imaginarlo. Podía imaginar a esos chicos bronceados y castigados por el viento, reventando de vitaminas, jugo de naranja y salud, corriendo viento en popa sobre los mares azules, con el viento que curvaba la vela mayor, blanca como la nieve. Y el sol. El cielo azul y el sol. Día tras día, de manera que podían planearse partidos de tenis y picnics y asados sabiendo que no iba a llover.

Así eran los veranos en su memoria. Los interminables veranos ociosos de la infancia. ¿Qué se había hecho de esos días largos, luminosos, perfumados de rosas, cuando sólo había que entrar en la casa para comer, y a veces ni siquiera entonces? Nadar en el río, remolonear en el jardín, jugar al tenis, tomar el té bajo un árbol porque en cualquier otro lugar hacía demasiado calor. Recordó los picnics junto a los brezales que centelleaban a la luz del sol, las ramas tan secas como para que se pudiera encender una fogata, y las alondras que volaban alto. ¿Qué desastre cósmico había transformado esos días en semana tras semana de húmeda oscuridad?

No era sólo el tiempo, sino que el tiempo empeoraba todo. Que Archie hubiera perdido una pierna a causa de una bomba, y que hubiera que mostrarse simpática con la gente sólo porque pagaban por dormir en los cuartos para huéspees. Y sentirse continuamente cansada, y no poder comprarse ropa nueva, y preocuparse por el pago del colegio de Hamish, y echar de menos a Lucilla.

Se oyó decir a sí misma, con bastante énfasis:

—Eso es lo horrible de vivir en Escocia.

Por un momento, tal vez sorprendidos ante el estallido, los turistas no hicieron ningún comentario sobre esa frase. Luego, una de las señoras dijo:

—No entiendo bien.

—Disculpe. Me refería a la lluvia. Nos cansamos tanto de la lluvia... De estos veranos horribles.

2

La iglesia presbiteriana de Strathcroy, iglesia oficial de Escocia, se alzaba, imponente, antigua y venerable, sobre la orilla sur del río Croy. Se llegaba a ella, desde el camino que cruzaba el pueblo, por un puente curvo de piedra, y su entorno era pastoril. Las tierras cubiertas de pasto bajaban hasta el borde del agua. En estos pastizales se celebraban, todos los meses de septiembre, los Juegos de Strathcroy. El cementerio, a la sombra de un haya gigante, estaba lleno de desgastadas lápidas torcidas, y un sendero también cubierto de pasto llevaba hasta las puertas de la rectoría. También ésta era sólida e imponente, construida como para albergar a las grandes familias de pastores de otra época, y ostentaba un envidiable huerto con árboles frutales retorcidos pero productivos y rosales antiguos, porque florecían con la protección de un alto muro de piedra. Todo esto, tan encantadoramente dispuesto, creaba un ambiente de intemporalidad, seguridad doméstica y gran piedad religiosa.

En contraste, la pequeña iglesia episcopal, como un pariente pobre, parecía acurrucarse del otro lado del puente, completamente empequeñecida, literal y metafóricamente, por su rival. El camino principal quedaba cerca, y entre la iglesia y el camino había una extensión de pasto que el rector, el reverendo Julian Gloxby, cortaba todas las semanas. Un pequeño sendero llevaba por una pendiente a los fondos de la iglesia y a la rectoría, que estaba detrás. Ambas eran de modesto tamaño y estaban blanqueadas con cal. La iglesia tenía una pequeña torre con una sola campana, y un porche de madera, al que daba la entrada principal. El interior era igualmente modesto. No había bellos reclinatorios, ni puertas ornamentadas, ni reliquias históricas. Una gastada alfombra llevaba al altar, y un armonio asmático hacía las veces de órgano. Siempre había un leve olor a humedad.

Tanto la iglesia como la rectoría habían sido construidas a fin de siglo por orden de Lord Balmerino, y habían sido entregadas a la diócesis con una pequeña asignación para su mantenimiento. Los ingresos que producía esa suma pronto se convirtieron en nada, la congregación era minúscula, y los miembros de la junta parroquial, que trataban de sostener la endeble economía, siempre estaban escasos de fondos.

Cuando se descubrió que la instalación eléctrica no sólo estaba en malas condiciones sino que era peligrosa, ya fue demasiado. Pero Archie Balmerino reunió sus escasas fuerzas y presidió comisiones, visitó al obispo y consiguió una subvención. Sin embargo, sería necesario recolectar fondos. Se hicieron, se discutiern y se rechazaron varias sugerencias. Finalmente se decidió recurrir a algo antiguo pero siempre eficaz; una kermés de beneficencia. Se realizaría en julio, y en la Municipalidad del pueblo. Habría un kiosco de golosinas, otro de plantas y verduras, otro de objetos donados y artesanías y, por supuesto, tés.

Se designó una comisión que se reunió, esa tarde gris y húmeda de junio, alrededor de la mesa del comedor de Balnaid, la residencia de Virginia y Edmund Aird. A las cuatro y media, la reunión había terminado, las discusiones habían dado resultado satisfactorio y se habían hecho modestos planes que incluían la impresión de carteles llamativos, la obtención en préstamo de mesas de caballete y la organización de una rifa.

El rector, su esposa y Toddy Buchanan, que dirigía la Strathcroy Arms, ya se habían ido en sus autos. Dermot Honeycombe no había asistido porque no podía abandonar su negocio de antigüedades, pero en ausencia suya se le asignó la tarea de atender el kiosco de Objetos Raros.

Ahora sólo quedaban tres personas. Virginia y Violet, su suegra, estaban sentadas en un extremo de la gran mesa de caoba, y Archie Balmerino, en el otro. En cuanto se fueron los demás, Virginia fue a la cocina a hacer té, y lo trajo en una bandeja, sin ceremonias. Tres tazas, una tetera marrón, una jarrita de leche y una azucarera. Fue muy bienvenido; era agradable relajarse después de las trabajosas discusiones de esa tarde, y charlar sin restricciones, disfrutando de la cómoda intimidad de la familia y los viejos amigos.

Seguían pensando en la kermés de la iglesia.

—Espero que a Dermot no le moleste tener que atender el kiosco de Objetos Raros. Tal vez tendría que llamarlo y darle la oportunidad de decir que no quiere hacerlo. —Archie siempre se preocupaba por lo que podían sentir los demás; lo aterraba que pensaran que quería imponerse.

Violet desechó la idea.

—Por supuesto que no le molestará, querido. A él siempre le gusta participar. Se sentiría mucho peor si le diéramos la tarea a otro. Al fin y al cabo, él conoce el valor de todos los objetos...

Violet tenía cerca de ochenta años. Era alta y llevaba una chaqueta muy gastada y cómodos zapatones. Sus cabellos grises y muy finos, estaban estirados hacia atrás y recogidos en un rodete, y su rostro, con el labio superior prominente y los grandes ojos, parecía el de una mansa oveja. Pero no era ni fea ni desaliñada. Maravillosamente erguida, tenía presencia, y sus ojos eran alegres e inteligentes, sin el menor dejo de altanería. Ahora centellaban, divertidos.

"Hasta sabe lo que cuestan los perros de cerámica con un hueso en la boca, y las lámparas de escritorio hechas con botellas de whisky recubiertas con conchillas de mar.

Virginia se rió.

—Seguramente comprará una hermosa baratija por unas monedas y al día siguiente la venderá en su negocio a un precio increíble.

Se apoyó en el respaldo de su silla y se estiró como una chica perezosa. Virginia Aird tenía poco más de treinta años; eran tan rubia y delgada como el día que se había casado con Edmund. Sin hacer concesiones a la formalidad de la reunión de ese día, llevaba su uniforme habitual de jeans, un suéter Guernsey azul y zapatos de andar, bien lustrados. Era bonita en un estilo audaz, felino, pero más que bonita podía decirse que era hermosa por sus ojos, enormes y con un brillo de zafiro azul. Tenía muy buen cutis, sin el menor maquillaje, muy bronceado. Las finas arruguitas en el ángulo de los ojos eran la única señal que traicionaba su edad.

Virginia flexionó sus largos dedos y encerró en ellos las dos muñecas, como si estuviera realizando algún ejercicio prescripto.

—Isobel se dedicará a servir el té. ¿Por qué no vino hoy Isobel, Archie? —Virginia dejó de estirarse.

—Y lo dije... tal vez no estabas en la habitación. Tuvo que ir a Corriehill a recoger al grupo de turistas de esta semana.

—Claro, qué tonta soy. Disculpa...

—Esto me recuerda... —Violet extendió su taza. —Sírveme un poco más de té, querida, por favor, puedo tomar litros y litros... Ayer estuve con Verena Steynton en Relkirk y me dijo que ya no tengo que guardar el secreto. Ella y Angus darán una fiesta para Katy en septiembre.

Virginia frunció el entrecejo.

—¿Qué es eso de guardar en secreto?

—Bueno, ella me confió algo hace unas semanas, pero me pidió que no dijera nada hasta que hablara del asunto con Angus. Parece que lo convenció.

—¡Por Dios, cuánto trabajo! ¿Algo pequeño, o un gran acontecimiento?

—Ah, algo en grande. Marquesinas, luces difusas, invitaciones metalizadas y todo de gran gala.

—¡Qué divertido! —Virginia estaba muy entusiasmada, tal como Violet esperaba. —Me encanta cuando la gente da fiestas privadas, porque no hay que pagar entrada. En cambio, tendré una buena excusa para comprarme un vestido nuevo. Todos tendremos que ir a buscar gente y alojarla en nuestras casas. Tendré que asegurarme de que Edmund no esté pensando en ir a Tokio esa semana.

—¿Dónde está ahora? —preguntó la madre de Edmund.

—Ah, en Edimburgo. Volverá a eso de las seis.

—¿Y Henry? ¿Qué le pasó a Henry? ¿No tendría que haber vuelto ya de la escuela?

—No, iba a tomar el té con Edie.

—Edie se pondrá contenta.

Virginia volvió a fruncir el entrecejo, intrigada, y con motivo. En general, sucedía al revés; era Edie quien alegraba a los demás.

—¿Qué le pasó a Edie?

Violet miró a Archie.

—¿Recuerdas a Lottie Carstairs, esa prima de Edie? ¿La que era criada en Strathcroy el año en que te casaste con Isobel?

—¿Que si me acuerdo? —Tenía una expresión de horror. —Una mujer que daba miedo. Más loca que una cabra. Rompió casi todo el juego de té Rockingham, y siempre andaba merodeando por la casa, donde una menos esperaba encontrarla. No sé qué la indujo a mamá a tomarla.

—Supongo que en esos momentos hubiera tomado a la primera que se presentase. Fue un verano muy movido y estaba desesperada por conseguir ayuda. De todos modos, Lottie sólo duró cuatro meses, y luego se volvió a su casa en Tullochard a vivir con sus ancianos padres. Nunca se casó....

—Eso no es extraño...

—... y ahora, por supuesto, ellos han muerto, y se ha quedado sola. Parece que cada día se ponía más rara. Finalmente se desbordó y la llevaron al hospital psiquiátrico. Edie es su pariente más cercana. Visita todas las semanas a esa pobre mujer. Y ahora los médicos dicen que está en condiciones de que le den el alta, pero por supuesto no puede volver a vivir sola. Al menos por ahora.

—No me digas que va a vivir con Edie...

—Edie dice que tiene que hacerlo. Que esa mujer no tiene a nadie más. Y ya sabes cómo es Edie... siempre ha tenido un gran sentido de responsabilidad familiar. Por lo de los lazos de la sangre y todas esas tonterías.

—La sangre, la sangre... —comentó irónicamente Archie—. Lottie Carstairs. No se me ocurre nada peor. ¿Cuándo va a suceder todo esto?

Violet se encogió de hombros.

—No lo sé. El mes que viene, quizá. O en agosto.

Virginia estaba horrorizada.

—Pero no va a *vivir* con Edie, ¿verdad?

—Esperemos que no. Esperemos que sólo sea una medida temporaria.

—¿Quieres decirme dónde la va a instalar Edie? Sólo tiene dos habitaciones en ese chalecito.

—No se lo pregunté.

—¿Cuándo te dijo esto?

—Esta mañana. Mientras pasaba la aspiradora por la alfombra del comedor. Me pareció verla preocupada, y le pregunté qué le pasaba. Tomamos un café y me contó todo.

—Ay, pobre Edie, no puedo soportar que...

—Edie es una santa —dijo Archie.

—Ya lo creo. —Violet terminó su té, miró el reloj y comenzó a recoger sus cosas. Su gran bolso, sus papeles, sus anteojos. —El té estaba delicioso, y me hacía mucha falta. Ahora debo irme a casa.

—Yo también —dijo Archie—. A Croy, a tomar más té con los norteamericanos.

—Te correrá té por las venas. ¿Cuántos tienen esta semana?

—No lo sé. Espero que no sean muy viejos. La semana pasada pensé que uno de ellos se iba a morir de angina de pecho aquí mismo, en mitad de la sopa. Por suerte, sobrevivió.

—¡Qué responsabilidad!

—En realidad, no es para tanto. Los peores son los que han jurado no beber. Baptistas bíblicos... El jugo de naranja hace pegajosa la conversación. ¿Tienes el auto, Vi, o quieres que te lleve?

—Bajé a pie, pero no me vendría mal subir en auto.

—Te llevaré, entonces.

Él también recogió sus papeles y se puso trabajosamente de pie. Se quedó inmóvil un momento, y cuando estuvo seguro de su equilibrio, fue hacia ellas por la espesa alfombra. Apenas renqueaba, y era un milagro, porque su pierna derecha, desde el muñón en el muslo hasta el pie, era de aluminio.

Esa tarde había ido a la reunión directamente desde su jardín y se había disculpado por su vestimenta, pero nadie le prestó atención porque casi siempre iba así. Pantalones de corderoy deformados, una camisa a cuadros con el cuello remendado, y una chaqueta de tweed que él llamaba "el uniforme de jardinero", aunque ningún jardinero que se respetara a sí mismo se la hubiera puesto.

Virginia apartó su silla y se puso de pie, y Violet hizo lo mismo, pero mucho más lentamente para adecuar sus movimientos al penoso andar de Archie. No tenía ninguna impaciencia por irse, pero aunque la hubiera tenido, se habría guardado muy bien de demostrarla porque le tenía mucho cariño a Archie y lo protegía a muerte. Al fin y al cabo, lo conocía de toda la vida. Lo recordaba de chico, de adolescente rebelde, de militar. Siempre riéndose, siempre entusiasta, siempre con tantas ganas de vivir, contagiosas como el sarampión. Lo recordaba incesantemente activo: jugando al tenis, bailando en el baile del Regimiento, haciendo volar por el aire a su pareja, conduciendo a una fila de cazadores cuesta arriba, cruzando el brezal con sus largos pasos que dejaban atrás a todos los demás.

Entonces era Archie Blair. Ahora era Lord Balmerino. Lord y Laird. Buenos títulos para un hombre flaco como un palo, con una pierna metálica. Ahora los negros cabellos estaban veteados de blanco; la piel de la cara, cubierta de finas arrugas, y los ojos negros, hundidos y sombreados por espesas cejas.

Archie se le acercó y dijo:

—¿Lista, Vi?

—Todo en orden.

—En ese caso... vamos. —Echó a andar y se detuvo. —Ay, Dios, me olvidaba. Virginia, ¿Edmund te dio un sobre para mí? Lo llamé anoche. Es bastante urgente. Un documento para la Comisión Forestal.

Violet sospechó algo de inmediato.

—¿No empezarás a plantar coníferas, verdad?

—No, es por un camino de acceso que quieren construir en el borde del pantano.

Virginia hizo un gesto negativo.

—No me dijo nada. A lo mejor se olvidó. Vamos a mirar en su escritorio, en la biblioteca. Puede estar allí...

—Bien. Me gustaría llvármelo, si está.

Atravesaron el comedor con paso tranquilo y pasaron al vestíbulo. Este ambiente era aún más grande, con revestimiento de madera de pino y una gran escalera con pesado pasamanos, que llevaba, en tres tramos, al piso alto. Había varios muebles no muy notorios: un arcón de roble tallado, una mesa sostenida sobre patas macizas, y un sofá que había visto días mejores. A menudo, el sofá estaba ocupado por los perros, pero en ese momento estaba vacío.

—Yo no iré a buscar ningún documento de la Comisión Forestal —anunció Violet—. Me quedaré aquí hasta que lo hayan encontrado. —Y se instaló majestuosamente a esperar en el sofá de los perros.

—En un momentito volvemos.

Violet los miró alejarse por el amplio corredor que llevaba a la biblioteca y desde allí a la sala, y luego, por las puertas de vidrio, al invernadero lleno de plantas.

Ya sola, Violet saboreó su momentánea privacidad en la vieja casa. La conocía tan bien, desde siempre... Cada detalle le era agradablemente conocido. Cada crujido en la escalera, cada olor y lo que él evocaba. Ya no era la casa de Violet, sino la de Virginia. Sin embargo, se la sentía igual que siempre, como si, a través de los años, hubiera asumido un carácter propio. Tal vez porque allí habían sucedido tantas cosas. Porque había sido el refugio y la piedra de toque de una sola familia. Balnaid no era una casa muy antigua. Tenía unos años menos que Violet, y había sido construida por su padre, entonces Sir Hector Akenside, hombre de considerable fortuna. Violet siempre pensaba que Balnaid era un poco como Sir Hector: vasta, amable, generosa y, sin embargo, muy modesta. En una época en que los nuevos ricos se hacían construir enormes monumentos para su propio orgullo —como castillos con torres—, Sir Hector había concentrado su mente capaz en cosas menos atractivas pero infinitamente más importantes.

Calefacción central, plomería eficiente, muchos cuartos de baño y una cocina llena de luz para que el personal de servicio (que era muy numeroso) trabajara en un entorno agradable. Y desde el día en que terminaron de construirla, Balnaid nunca pareció fuera de lugar. Construida con la piedra del lugar en el lado sur del Croy, con los fondos hacia el pueblo y el río, la fachada de la casa daba a un paisaje conocido y magnífico.

El jardín era grande, con gran riqueza de arbustos y árboles. Era la pasión de Sir Hector, de modo que lo había diseñado él mismo; el césped formal se perdía en zonas de pasto sin cortar, narcisos y campanillas. Las azaleas, amarillas y de color coral, crecían en masas fragantes, y los senderos de pasto cortado se perdían tras las frondas de rododendros rosados y rojos.

Más allá del jardín, y separada de él por una alta pared y un foso, había una extensión de parque, pastizales para los ponis de los cerros, y aún más allá, los campos con diques de piedra de la vecina granja de ovejas. Y luego, a la distancia, los cerros, que se alzaban, dramáticos, como un telón teatral. Constantes, y a la vez en continuo cambio, a medida que cambiaban las estaciones y la luz: cubiertos de nieve, de color púrpura cuando florecía el brezo, verdes con los helechos de la primavera, barrido por las tempestades... como fuese. Siempre eran hermosos.

Siempre lo habían sido.

Violet sabía todo esto porque Balnaid había sido la casa de su infancia, su mundo. Había crecido entre esas paredes, había jugado a juegos solitarios en ese mágico jardín, había pescado truchas en el río, y había paseado en su poni Shetland, de pelo corto por todo el pueblo y por las solitarias colinas de Croy. A los veintidós años, había salido de Balnaid para casarse.

Recordaba el corto viaje hasta la iglesia episcopal en el imponente Rolls-Royce de su padre, quien viajaba a su lado, con galera. Para la ocasión, había adornado el Rolls con cinas blancas de seda. Esto, de alguna manera, disminuía su dignidad, y parecía casi tan incongruente como se sentía Violet, con su amplio tórax comprimido en el vestido de raso color crema, tan terriblemente incómodo, con un heredado velo de encaje de Limerick sobre su cara tosca. Recordaba haber vuelto a Balnaid en el mismo opulento vehículo, pero en ese viaje hasta la tortura del corsé había dejado de importarle porque, por fin, era la triunfante esposa de Geordie Aird.

Desde entonces, había vivido en Balnaid por temporadas, hasta que finalmente se había mudado diez años atrás, cuando Edmund se casó con Virginia. Edmund trajo a Virginia a vivir a Balnaid, y Violet supo que había llegado el momento de retirarse y dejar que la vieja casa recibiera a su joven nueva dueña. Traspasó la propiedad a Edmund y le compró a Archie Balmerino el chalet en ruinas de un jardinero. Esta casa se llamaba Pennyburn y allí, dentro de los muros de Croy, Violet construyó una nueva casa para ella. La restauración y amoblamiento de la casita le brindó felicidad durante un año, y todavía no había terminado con el jardín.

"Soy una mujer afortunada", se dijo.

Sentada allí, en el sofá con olor a perro, Violet miró a su alrededor. Vio la gastada alfombra turca y los viejos muebles que conocía de toda la vida. Cuando le dijo adiós a Balnaid, Violet no imaginaba que era tan poco lo que cambiaría. Había pensado que la nueva esposa de Edmund sería la escoba nueva que barrería con todas las viejas, polvorientas tradiciones, y realmente le interesaba mucho lo que lograría Virginia, joven y vital como un golpe de aire fresco. Pero, aparte de redecorar totalmente el dormitorio principal, renovar la sala con una mano de pintura y convertir una vieja despensa en una especie de sala de máquinas donde zumbaban los freezers, los lavarropas y otros lujos, Virginia no hizo nada. Violet lo aceptó, pero le pareció extraño. Al fin y al cabo, dinero no faltaba, y Violet encontró raro que Virginia se contentara con vivir entre las alfombras gastadas, los desteñidos cortinados de terciopelo y el viejo empapelado eduardiano.

Quizás el hecho tenía que ver con la llegada de Henry. Porque desde el nacimiento de su hijito Virginia abandonó todos los otros intereses y se dedicó a él. Esto era muy lindo, pero a Violet le extrañó. No tenía idea de que su nuera resultaría tan maternal. Edmund pasaba mucho tiempo afuera, madre e hijo quedaban solos mucho tiempo, y Violet tenía sus reservas sobre esta devoción tan intensa. Siempre se asombraba de que Henry se convirtiese en un niñito tan encantador. Tal vez excesivamente dependiente de su madre, pero no era un chico mimado, y era un encanto. Tal vez...

—Perdón, Vi, te hicimos esperar...

Se sobresaltó. Se volvió y vio a Archie y a Virginia, que venían hacia ella, Archie con la gran carpeta de cuero, como si fuera un estandarte ganado en una batalla.

"... nos costó un poco encontrarlo. Ahora, vamos, te llevaré a casa.

3

Henry Aird, de ocho años de edad, golpeó con aire de importancia la puerta de Edie Findhorn, usando el llamador de bronce en forma de duende. La casa era uno de los chalets de una sola planta que bordeaban la calle principal de Strathcroy, pero la de Edie era la más bonita porque tenía techo de paja enmohecida y en la pequeña franja de tierra, entre la calle y la pared, crecían nomeolvides. Henry oyó acercarse los pasos de Edie; ella destrabó la puerta y la abrió.

—Bien, aquí estás, como una moneda perdida.

Edie siempre se reía, y cuando la gente le preguntaba a Henry quiénes eran sus mejores amigos, Edie siempre encabezaba la lista. No sólo era alegre, sino gorda, de pelo blanco y mejillas rosadas, apetitosa como un scon recién salido del horno.

"¿Tuviste un buen día?

Siempre le preguntaba lo mismo, a pesar de que lo veía siempre a la hora del almuerzo porque era ella quien se encargaba de servir los almuerzos en la escuela. Era bueno que Edie se ocupara de eso, pues significaba que le daba raciones pequeñas de las cosas que Henry odiaba —como el pastel de carne con curry y el flan seco— y porciones grandes de puré y de postre de chocolate.

—Sí, muy bueno. —Henry entró en el living y arrojó su anorak y su mochila en el sofá. —Tuvimos dibujo. Nos mandaron dibujar algo.

—¿Qué tenían que dibujar?

—Teníamos que dibujar *una canción*. —Comenzó a desatar las correas de la mochila. Tenía un problema y pensaba que tal vez Edie podría ayudarlo a resolverlo. —Cantamos "Navega, hermoso barco, como un pájaro alado sobre el mar hasta el cielo", y luego hicimos un dibujo. Todos dibujaron barcos de remo e islas; yo dibujé esto. —Le mostró el dibujo, un poco ajado por el contacto con las zapatillas de gimnasia y la caja de útiles. —Y el señor McLintock se rió, no sé por qué.

—¿Se rió? —Edie tomó el dibujo, fue a buscar sus anteojos y se los puso. —¿Y no te dijo por qué se rió?

—No. Sonó la campana y terminó la clase.

Edie se sentó en el sofá y Henry junto a ella. Los dos miraron el trabajo en silencio. Henry pensaba que era una de sus mejores láminas. Una hermosa lancha que hendía las aguas azules; de la proa caía espuma blanca y una estela blanca seguía a la popa. Había gaviotas en el cielo y, en la parte anterior de la embarcación, un bebé envuelto en una mantilla. Le había costado dibujarlo, porque los bebés tienen caras muy raras, sin nariz ni mentón. Este bebé en particular parecía precario y a punto de caerse del barco en cualquier momento. Pero estaba allí.

Edie no dijo nada. Henry explicó:

—Es una lancha veloz. Y ése es el chico que nació.

—Sí, ya veo.

—¿Pero por qué se rió el señor McLintock? No es gracioso.

—No, no es gracioso. Es un hermoso dibujo. Es que... la palabra *speed*, aunque más adelante aparezca *boat,* en este caso no quiere decir veloz (*speedboat* = lancha veloz); quiere decir que la embarcación va muy rápido por el agua, pero no es una "lancha veloz", y el *niño que nació para ser rey* era el príncipe Prince Charlie, y ya era grande cuando se inventó la canción...

Ahora todo estaba claro.

—Ah —dijo Henry—, ya entiendo.

Edie le devolvió el dibujo.

—Pero es un buen dibujo, y me parece que el señor McLintock estuvo muy grosero al reírse. Ponlo en la mochila y llévaselo a tu madre para que lo vea, y Edie te preparará el té.

Mientras decía esto, Edie se puso trabajosamente de pie, dejó los anteojos en la repisa de la chimenea y salió de la habitación por la puerta del fondo, que llevaba a la cocina y al baño. Éstos eran agregados modernos, pues cuando Edie era niña, la casa sólo constaba de dos habitaciones. El living, que a la vez era cocina, y el dormitorio. No había agua corriente, y sólo un retrete de madera al fondo del jardín. Lo más notable es que Edie tenía cuatro hermanos, de manera que siete personas habían vivido alguna vez en esas habitaciones. Los padres dormían en una cama abatible en la cocina, con una pequeña plataforma sobre sus cabezas, onde dormía el bebé; el resto de los niños se amontonaban en la otra habitación. La señora Findhorn hacía todos los días el largo trayecto hasta la bomba del pueblo para acarrear el agua, y el baño se hacía una vez por semana, en una tina de madera, frente al fuego de la chimenea.

—Pero, ¿cómo entraban cinco en ese dormitorio, Edie? —preguntó Henry, fascinado por la logística del espacio. Ahora sólo estaban allí la cama de Edie y un guardarropa, y parecía increíblemente pequeño.

—Bueno, ten en cuenta que no estábamos los cinco allí todo el tiempo. Cuando nació mi hermano menor, el mayor ya estaba trabajando en el campo, donde vivía en una cabaña con otros trabajadores. Y las chicas, cuando tenían edad suficiente, se iban a trabajar de criadas en alguna de las grandes casas. Era un fuerte desgarramiento cuando tenían que irse, todos llorábamos, pero no había espacio para todos, y eran demasiadas bocas para alimentar, y mi madre necesitaba el dinero extra.

También le contaba otras cosas. Cómo, los domingos por la noche, cubrían el fuego con cáscaras de papas, y se sentaban alrededor a oír al padre, que leía los cuentos de Rudyard Kipling o el *Pilgrims Progress*. Las chicas tejían medias para su padre y hermanos. Cuando llegaban al talón, le daban el tejido a la madre para que hiciese los descuentos necesarios, porque esa parte era demasiado complicada para ellas.

Todo parecía muy pobre, pero también muy acogedor. A Henry le costaba tratar de imaginar la casa de Edie como era en aquellos tiempos. Porque ahora era notablemente colorida y alegre; ya no estaban la cama plegadiza ni las hermosas alfombras de varios colores en círculos concéntricos. Tampoco estaba el viejo hogar en la cocina; en su lugar había una hermosa chimenea de cerámica verde, y había cortinas floreadas y un televisor y montones de bonitos adornos de porcelana.

Henry guardó cuidadosamente el dibujo y cerró la mochila. *Speed Bonnie Boat.* Había entendido mal. Eso le pasaba con frecuencia. En la escuela había aprendido otra canción: *Ho Ro My Nut Brown Maiden.* Henry, cantando con gran entusiasmo junto con sus compañeros, imaginaba a esa chica como una pequeña paquistaní, como Kedejah Ishak, con su piel oscura y el pelo brillante recogido en cola de caballo, remando como una loca en un lago ventoso.* Su mamá tuvo que explicarle el verdadero sentido.

Las palabras comunes también eran confusas, a veces. Las personas mayores solían ir de vacaciones a "Mi Yorker" o a "Grease" (= Grasa, que suena igual que *Greece* = Grecia). "Grease" debía de ser un lugar horrible. Una vez Edie le contó que una señora estaba "hecha pedazos" porque su hija se había casado con un inútil que no era digno de ella. La pobre señora "hecha pedazos" estuvo presente durante semanas en las pesadillas de Henry.

Otra vez había ido a Pennyburn a tomar el té con su abuela Vi. Soplaba un viento huracanado que aullaba alrededor de la casita. Vi, que estaba sentada junto al fuego, de pronto lanzó una exclamación de fastidio, se levantó y fue a buscar una cortina arrollada, que colocó frente al vidrio de la puerta que daba al jardín. Henry le preguntó por qué hacía eso, y la respuesta de Violet lo aterrorizó de tal manera, que casi no pudo hablar el resto de la tarde. Cuando su mamá lo fue a buscar, se alegró tanto, que en un segundo tenía puesto el anorak y salió de la casa, casi olvidándose de agradecerle el té a Violet.

Fue horrible. Henry sentía que no quería volver nunca a Pennyburn; sin embargo sabía que tendría que volver, aunque sólo fuese para proteger a Violet. Cada vez que su madre le proponía ir a visitarla, daba una excusa o decía que prefería ir a casa de Edie. Finalmente, una noche,

* Además de "nuez", la palabra *nut* se usa a veces con el sentido de demente, chiflado. (*N. de la T.*)

mientras Henry se bañaba, la madre fue a sentarse junto a la bañera y le habló... Con mucho tacto, llevó la conversación al delicadotema, y por fin le preguntó directamente por qué ya no quería ir a visitar a Violet.

—Siempre te gustaba tanto. ¿Pasó algo?

Fue un alivio hablar del asunto.

—Me da miedo.

—Querido, ¿qué te da miedo?

—Entra desde el jardín, entra en la sala. Vi puso una cortina, pero puede tirarla abajo muy fácilmente. Le puede hacer daño. Creo que ella no debe seguir viviendo allí.

—¡Dios mío! ¿Qué es lo que entra?

Henry la veía. Con sus largas piernas con manchas, su largo cuello también manchado, sus grandes dientes amarillos y los labios retraídos, lista para saltar sobre uno, o morderlo.

—Una horrible jirafa.*

La madre quedó perpleja.

—¿Te has vuelto loco, Henry? No hay jirafas en Strathcroy. Las jirafas viven en África, o en los zoológicos. No hay jirafas en Strathcroy.

—¡Sí que hay! —gritó Henry ante la estupidez de su madre—. ¡Ella lo dijo! Dijo que había una horrible jirafa que entraba por la puerta del jardín a la sala. Ella *me lo dijo*.

Hubo un largo silencio. Henry miraba a su madre y ella le devolvía la mirada de sus vivaces ojos azules, pero sin sonreír.

Por último explicó:

—Violet no habló de una jirafa, Henry. Habló de una corriente de aire. Una horrible corriente de aire, de esas que dan escalofríos.

"Todo ese escándalo por una corriente de aire", pensó Henry. "¡Qué tonto soy!" Pero qué alivio que su abuela no estuviera amenazada por monstruos. El papelón no importaba.

* El chico confunde *giraffe* = "jirafa", con *draught* = "corriente de aire" (las pronunciaciones de estas palabras tienen un cierto parecido). (*N. de la T.*)

—No se lo cuentes a nadie —suplicó.

—Tendré que explicárselo a Vi. Pero ella no dirá una palabra.

—Está bien, cuéntaselo a Vi. Pero a nadie más.

Su madre se lo prometió, y él saltó de la bañera chorreando agua y un gran toallón afelpado lo envolvió, y también los brazos de su madre, y ella le dijo que lo quería tanto que se lo iba a comer crudo y él sintió el más rendido amor por ella. Cantaron juntos *Camptown races*, y esa noche había macarrones con salsa de tomate para la cena.

Edie había preparado salchichas y bocadillos de papa para el té, y abrió una lata de habas. Mientras Henry atacaba todo esto, sentado ante la mesa de la cocina, ella tomaba una taza de té. Luego cenaría mucho más tarde.

Mientras comía, Henry se dio cuenta de que Edie estaba más callada que de costumbre. Normalmente, en esas ocasiones, nunca dejaban de hablar, y él era el receptor interesado de todos los chismes del valle. Quiénes habían muerto y cuánto habían dejado; quién había abandonado a su padre en la granja y se había escapado a Relkirk a trabajar en un garaje; quién se había portado mal y había quedado embarazada. Pero esta vez faltaba esa conversación. En cambio, Edie estaba sentada con los codos apoyados en la mesa y miraba por la ventana su largo y estrecho jardín del fondo.

Henry dijo:

—¿En qué estás pensando, Edie? —Eso era lo que ella siempre le preguntaba cuando algo ocupaba su mente.

Edie suspiró profundamente.

—Ay, Henry, no lo sé, ésa es la verdad.

Con eso no le decía nada. Pero cuando él insistió, le contó su situación. Tenía una prima que había vivido en Tullochard. Se llamaba Lottie Carstairs y nunca había sido muy capaz. No se había casado. Comenzó a trabajar de criada, pero no servía para ese trabajo. Había vivid con sus padres hasta que ellos murieron, y entonces se puso rara y la llevaron al hospital. Edie dijo que era una crisis nerviosa; pero se estaba recuperando. Algún día saldría del hospital y vendría a vivir con Edie porque la pobrecita no tenía otro lugar adónde ir.

A Henry le pareció una pésima idea. Quería a Edie para él solo.

—Pero a ti no te sobra ningún cuarto.

—La pondré en mi dormitorio.

Henry se indignó.

—¿Y dónde dormirás tú?

—En el sofá cama del comedor.

Edie era demasiado gorda para ese sofá.

—¿Por qué no duerme Lottie allí?

—Porque ella será mi huésped.

—¿Se quedará mucho tiempo?

—Ya veremos.

Henry pensó en todo esto.

—¿Seguirás sirviendo el almuerzo en la escuela, y ayudando a mami y a Vi, en Pennyburn?

—Por Dios, Henry, Lottie no es una enferma postrada.

—¿A mí me va a gustar? —Esto era muy importante.

Edie no sabía qué palabras usar.

—¡Ay, Henry, no lo sé! Es una mujer triste. Siempre le faltan diez centavos para un peso, decía de ella mi padre. Chillaba como una gallina mojada si aparecía un hombre al abrir la puerta, ¡y qué torpe! Hace años, trabajó por muy poquito tiempo con Lady Balmerino en Croy, pero rompió tanta loza que tuvieron que despedirla. Después de eso, nunca volvió a trabajar.

Henry estaba horrorizado.

—No debes dejarla lavar los platos, o te romperá todas tus cosas bonitas.

—No sólo me romperá la loza... —profetizó sombríamente Edie, pero antes de que Henry pudiera captar esta interesante orientación de la charla, ella cambió su expresión por una más alegre, y pasó resueltamente a otro tema. "¿Quieres otro bocadillo, o ya te doy tu barra de chocolate?

4

Al salir con Archie y Virginia por la puerta del frente de Balnaid, y bajar la escalinata hasta el sendero de grava, Violet vio que la lluvia había cesado. Todavía estaba húmedo, pero mucho más cálido, y al levantar la cabeza, sintió en las mejillas la brisa que empezaba a soplar desde el oeste. Las nubes bajas se movían lentamente hacia un costado, revelando aquí y allá un fragmento de cielo azul y un penetrante y bíblico rayo de sol. Habría un hermoso atardecer de verano... demasiado tarde para que sirviera para nada.

El viejo Land Rover de Archie esperaba afuera. Se despidieron de Virginia; Violet, con un besito en la mejilla de su nuera.

—Un beso a Edmund —dijo Violet.

Subieron al Land Rover, los dos con cierto esfuerzo, Violet por la edad y Archie por la pierna ortopédica. Cerraron las puertas y Archie encendió el motor. Partieron. Recorrieron el sendero ondulado hasta la entrada, entraron en el estrecho camino que pasa frente a la iglesia presbiteriana y cruzaron el puente. Al llegar a la carretera, Archie se detuvo, pero no había tránsito, de manera que entró rápidamente en el camino que cruza Strathcroy de lado a lado.

Pasaron frente a la humilde iglesita episcopal. El pastor Gloxby estaba cortando el pasto.

—Trabaja tanto... —observó Archie—. Espero que podamos juntar bastante dinero con la kermés. Te agradezco mucho que hayas venido hoy, Vi. Seguro que te hubiera gustado quedarte trabajando en el jardín.

—El tiempo estaba tan feo, que no quería quedarme con las hierbas —respondió Vi—. Mejor dedicar el día a algo útil. —Reflexionó sobre lo que acababa de decir. —Como cuando una está terriblemente preocupada por un hijo o un nieto, pero no puede hacer nada, y se dedica a fregar el piso del lavadero.

—No estarás preocupada por tu familia, ¿verdad, Vi? ¿Qué podría preocuparte?

—Todas las mujeres se preocupan por su familia —respondió Vi con tono inexpresivo.

El Land Rover siguió avanzando por el camino, pasó frente a la estación de servicio, que antes era el taller del herrero, y el supermercado de los Ishak. Enseguida estaba el portón abierto que llevaba al sendero de la parte trasera de Croy. Archie movió la palanca de cambios, pasó por el portón, y pronto empezaron a subir la cuesta. Antes, y no hacía tanto tiempo, todas las tierras circundantes eran campos verdes donde pastaban los animales de raza, pero ahora habían sembrado cebada y nabos. Sólo quedaban algunos árboles de hojas anchas, testigos del esplendor de otros tiempos.

—¿Qué te tiene preocupada?

Violet vaciló. Sabía que podía hablar con Archie. Lo conocía de toda la vida, lo había visto crecer. En realidad, tenía tanta intimidad con él como si fuera su hijo porque, aunque tenía cinco años menos que Edmund, los dos se habían criado juntos, estaban siempre juntos y se habían hecho íntimos amigos.

Si Edmund no estaba en Croy, Archie estaba en Balnaid; y si no estaban en ninguna de las dos casas, andaban por los cerros con sus escopetas y sus perros, cazando liebres y conejos, ayudando a Gordon Gillock a quemar el brezo y reparar los toneles. O bien salían en bote por el lago, o pescaban truchas en los estanques marrones del Croy, o jugaban al tenis, o patinaban en el hielo formado en las aguas de la inundación. Inseparables, decían todos. Como hermanos.

Pero no eran hermanos, y se habían separado. Edmund era brillante. Mucho más que su padre y su madre, y éstos eran personas inteligentes. Archie, en cambio, no tenía instrucción superior.

Edmund terminó sin esfuerzo la universidad; regresó de Cambridge con diploma de honor en economía, y de inmediato obtuvo un empleo en un prestigioso Banco mercantil de la capital.

Archie, incapaz de pensar en otra carrera que pudiera seguir con éxito, decidió probar suerte en el ejército. Se presentó ante la comisión correspondiente y, de alguna manera, logró salir bien en la entrevista, porque los cuatro oficiales de alto grado juzgaron que sus modestos antecedentes educacionales estaban compensados por su personalidad activa y agradable y su enorme entusiasmo por la vida.

Pasó por Sandhurst, entró en el regimiento y lo enviaron a Alemania. Edmund se quedó en Londres. A nadie le sorprendió que tuviera éxito, y en cinco años, Sanford Cubben lo había ganado para la empresa. En su momento, se casó; incluso este acontecimiento romántico añadió brillo a su imagen. Violet recordaba la ceremonia en St. Margarets, Westminster, donde había recorrido el largo camino hasta el altar del brazo de Sir Rodney Cheriton, deseando de todo corazón que Edmund hubiera decidido casarse con Caroline porque realmente la amaba, y no sólo porque lo seducía el aura de riquezas que la rodeaba.

Y ahora el ciclo se había cerrado; los dos hombres estaban en Strathcroy. Archie en Croy, y Edmund en Balnaid. Dos hombres de edad madura, todavía amigos, pero ya no íntimos. A los dos les habían pasado demasiadas cosas, y no todas buenas. Habían transcurrido demasiados años, como el agua que pasa bajo un puente. Eran personas diferentes: uno, un hombre de negocios muy rico; el otro, siempre corto de dinero y luchando por sobrevivir. Pero no era sólo por esto que entre los dos había cierta formalidad, cierta cortesía forzada.

Ya no eran como hermanos.

Violet suspiró ruidosamente. Archie sonrió.

—Vamos, Vi, no será para tanto.

—Claro que no. —Bastantes preocupaciones propias tenía él. Ella no lo cargaría con las suyas. —Pero me preocupa Alexa, ¡está tan sola...! Sé que le gusta el trabajo que hace, y que tiene esa hermosa casita para vivir, y Lady Cheriton le ha dejado bastante como para darle seguridad durante el resto de su vida, pero me parece que su vida social es un desastre. Estoy segura de que cree plenamente que es fea y tonta y que no atrae a los hombres. No tiene confianza en sí misma. Cuando se fue a Londres, yo esperaba que hiciera su propia vida, que encontrara amigos de su edad. Pero se quedó en Ovington Street con su abuela por toda compañía. Si al menos conociera algún buen muchacho para casarse... Debería tener un marido de quien ocuparse, y chicos. Alexa nació para tener hijos.

Archie escuchó bondadosamente todo esto. Quería a Alexa, lo mismo que todos. Dijo:

—Perder a la madre cuando era tan pequeña... tal vez esa experiencia fue más traumática que lo que pensamos... Tal vez la hizo sentirse diferente de las otras chicas. En cierto modo, incompleta.

Violet lo consideró.

—Sí, tal vez. Sólo que Caroline nunca fue una madre muy demostrativa de su cariño. Nunca estuvo mucho con Alexa. Edie fue quien le dio afecto y seguridad. Y Edie siempre estaba allí.

—Pero a ti te gustaba Caroline.

—Ah, sí, a mí me gustaba. No había nada en ella que me disgustara, y creo que fue una buena esposa para Edmund. Pero era una muchacha extrañamente reservada. A veces yo viajaba al sur, a pasar unos días con ellos en Londres. Caroline me invitaba amablemente, pues sabía que a mí me gustaría estar con Alexa y Edie. Y por supuesto yo iba, pero nunca me sentía del todo cómoda. El caso es que odio las ciudades. Las calles y las casas y el tránsito me hacen sentir bloqueada. Soy claustrofóbica. Pero, además, Caroline nunca fue una anfitriona tranquila. Yo siempre sentía que molestaba un poco, y con ella era imposible hablar. Cuando nos quedábamos solas, tenía que luchar por mantener una conversación, y tú sabes muy bien que, en caso de necesidad, yo hablo hasta con las paredes. Pero había pausas, silencios no muy amigables. Y yo trataba de llenar esos silencios bordando mi tapiz como una posesa. —Volvió la cara para mirar a Archie. —¿Te suena ridículo, o me comprendes?

—Te comprendo. Conocí a Caroline, pero las pocas veces que nos encontramos siempre me hizo sentir torpe.

Ni siquiera esta leve tentativa de complicidad hizo sonreír a Violet, preocupada por los problemas de Alexa. Guardó silencio, pensando en su nieta.

Ya habían subido la mitad de la cuesta que llevaba a Croy y se acercaban a la curva de Pennyburn. Allí no había portón, simplemente una abertura que rompía el cerco a la izquierda del camino. El Land Rover entró por allí y Archie recorrió los cien metros de un sendero pavimentado, a cuyos lados había extensiones de pasto y un cerco de hayas muy bien recortado. Al final del sendero, el camino se abría hasta convertirse en un patio bastante grande, con la casita blanca a un costado y el garaje para dos autos al otro. Las puertas del garaje estaban abiertas y dejaban ver el auto de Violet y también la carretilla, la cortadora de césped y un montón de herramientas de jardinería. Entre el garaje y el cerco de hayas, estaba el cuadrado de pasto para secar la ropa. Violet había lavado esa mañana, y las sábanas colgadas en la cuerda se movían suavemente con la brisa. Las hortensas del color del papel secante rosado, que crecían en tinas de madera, flanqueaban la entrada de la casa, y cerca de las paredes, crecía un cerco de lavanda.

Archie detuvo el auto y apagó el motor, pero Violet no dio señales de moverse para bajar. Ya que había empezado a hablar de ese asunto, no quería dejar la conversación antes de terminarlo.

—De manera que no creo que haber perdido a su madre de esa manera trágica sea la causa principal de la falta de confianza en sí misma de Alexa. Tampoco el hecho de que Edmund se haya vuelto a casar y le haya traído una madrastra. Nadie pudo ser más dulce ni más comprensiva que Virginia, y la llegada de Henry sólo trajo alegría. No tuvo ni los más mínimos celos del hermano. —La mención del nombre de Henry le trajo a Violet otro recuerdo molesto. —Y ahora me preocupa Henry porque me temo que Edmund va a insistir en mandarlo pupilo a Templehall. Y creo que todavía no es tiempo. Si Edmund lo logra, me preocuparé por Virginia, pues su vida es Henry, y si lo separan de ella contra su voluntad, es posible que ella y Edmund se distancien. Él pasa demasiado tiempo afuera. A veces, toda la semana en Edimburgo, a veces en el otro extremo del mundo... Eso no es bueno para un matrimonio.

—Pero cuando Virginia se casó con Edmund, ella ya sabía cómo iba a ser. No te tortures tanto. Templehall es un buen colegio, y Colin Henderson es un director comprensivo. Tengo mucha fe en ese lugar. A Hamish le encantó, siempre lo pasó bien allí.

—Sí, pero Hamish es muy distinto a Henry. A los ocho años, Hamish ya sabía cuidarse solo.

—Es cierto. —Archie tuvo que admitirlo, con cierto orgullo. —Es un muchachito duro.

Violet tuvo otro pensamiento terrible.

—Archie, ¿no les pegan a los chicos? No, ¿verdad?

—Por Dios, no. El peor castigo es que los manden a sentarse en la silla de madera del hall. Por alguna razón, esto llena de terror el corazón de los niños más recalcitrantes.

—Bueno, menos mal. Es tan salvaje golpear a los niños pequeños. Y tan estúpido. Si recibes golpes de alguien que te disgusta, los resultados sólo pueden ser el odio y el miedo. En cambio, si un hombre a quien respetas y hasta quieres te manda a sentarte en una silla dura, la cosa es infinitamente más sensata.

—Hamish se pasaba casi todo el tiempo sentado en esa silla.

—¡Qué chico malo! Por Dios, no quiero ni pensarlo. Edie tampoco quiere pensarlo. Ahora tengo que preocuparme por Edie, que va a atarse a esa prima loca. Hace tantos años que dependemos de Edie, que nos hemos olvidado de que ya no es joven. Espero que no sea demasiado para ella.

—Bueno, todavía no ha sucedido. Tal vez no suceda nunca.

—No podemos desear que la pobre Lottie Carstairs se muera, y ésa parece ser la otra alternativa.

Miró a Archie y descubrió, muy sorprendida, que estaba al borde de la carcajada.

—¿Sabes una cosa, Vi? Me estás deprimiendo.

—Ah, lo siento. —Le dio una palmada amigable en la rodilla. —Soy una vieja imposible. No me hagas caso. Dime, ¿qué noticias hay de Lucilla?

—Lo último que supe es que se había metido en una buhardilla en París.

—Siempre dicen que los hijos son una alegría. Pero a veces son un terrible dolor de cabeza. Bien, debo dejarte ir a tu casa en lugar de detenerte con mi charla. Isobel te estará esperando.

—¿No quisieras volver a Croy a tomar el té? —Archie parecía ansioso. —Para ayudar a entretener a los norteamericanos.

A Violet, tal perspectiva le resultaba aplastante.

—Archie, no me siento con fuerzas para eso. ¿Te parece muy egoísta de mi parte?

—En absoluto. Se me ocurrió. A veces me supera todo ese cotorreo. Pero no es nada comparado con lo que tene que hacer Isobel.

—Debe de ser muchísimo trabajo. Ir a buscarlos y traerlos y cocinar y poner la mesa y tender las camas. Y conversar. Sé que es sólo dos veces por semana, pero, ¿no podrían pensar en otra forma de ganar dinero?

—¿A ti se te ocurre alguna?

—No de inmediato. Pero me gustaría que las cosas de ustedes cambiaran. Sé que no se puede ir hacia atrás en el tiempo, pero a veces pienso qué lindo sería si no hubiera cambiado nada en Croy. Si tus queridos padres estuvieran vivos, y todos ustedes fueran jóvenes otra vez. Yendo y viniendo, los autos zumbando por el camino. Las voces. Las risas.

Se volvió hacia Archie, pero él miraba hacia otro lado. Miraba la ropa tendida, como si las servilletas y las fundas y la sencilla ropa interior de Violet fueran el espectáculo más absorbente del mundo.

Ella pensó: "Y tú y Edmund, los mejores amigos del mundo", pero no lo dijo.

"Y Pandora. Esa niña traviesa, tan querida. Siempre pensé que al marcharse se había llevado muchas risas con ella.

Archie guardó silencio. Luego dijo "Sí", y nada más. Había una cierta reserva entre los dos. Para superar el momento, Violet recogió rápidamente sus pertenencias.

"No debo detenerte más. —Abrió la puerta y bajó del auto grande y viejo. —Gracias por traerme, Archie.

—Fue un placer, Vi.

—Cariños a Isobel.

—Sí, sí. Hasta pronto.

Violet esperó a que él diera la vuelta con el Land Rover, y lo miró alejarse por el sendero y empezar a subir la cuesta. Se sentía culpable, porque debía haber ido con él, tomar el té con Isobel y charlar un rato con los norteamericanos desconocidos. Pero ahora era tarde; él ya se había ido. Buscó la llave en su bolso y entró en la casa.

Ahora solo, Archie siguió su camino, que se hacía más empinado. Más adelante se veían árboles: pinos, hayas muy altas. Y después, más arriba, la ladera vuelta hacia el cielo, los acantilados de roca y piedra, frondas de retama y helechos y cierta especie de abedul plateado. Llegó a los árboles; el camino, después de trepar lo más alto posible, se hacía plano al girar a la izquierda. Más adelante, la avenida bordeada de hayas marcaba el camino hacia la casa. Desde lo alto del cerro, caía un arroyo que formaba una serie de estanques y cascadas, seguía bajando la ladera y pasaba bajo un puente con arcadas de piedra. Este arroyo era el Pennyburn, y más abajo llegaba hasta el jardín de la casa de Violet Aird.

Bajo las hayas, todo estaba sombreado; la luz era difusa, límpida y verdosa. Las ramas llenas de hojas formaban un espeso arco en lo alto, y era como andar en auto por la nave central de alguna enorme catedral. Luego, de pronto, el camino quedó atrás y apareció la casa, en una saliente del cerro, con toda la vista panorámica del valle a sus pies. La brisa del atardecer había hecho su obra, pues había convertido las nubes en harapos, y había levantado la niebla. Las colinas distantes, las tranquilas tierras de pastoreo estaban bañadas por un sol dorado.

De pronto, Archie sintió que era esencial que se permitiera unos minutos para sí mismo. Era egoísta, porque ya era tarde e Isobel lo esperaba, necesitaba de su apoyo moral. Pero apartó la culpa de su mente, se detuvo antes de que pudieran oírlo llegar, y apagó el motor.

Todo estaba muy tranquilo, sólo se oía el murmullo del viento en los árboles, el grito de los chorlitos. Escuchó el silencio, oyó el balido de una oveja desde un campo distante. Y la voz de Violet: "Todos ustedes jóvenes otra vez. Yendo y viniendo... Y Pandora..."

No tendría que haberlo dicho. Él no quería remover sus recuerdos. No quería consumirse en esa llorosa nostalgia.

Todos ustedes jóvenes otra vez.

Pensó en Croy tal como había sido alguna vez. Pensó en cuando volvía a casa en las vacaciones del colegio, en las licencias de soldado joven. Rugiendo cuesta arriba en su auto sport con la capota baja y el motor acelerado, el viento quemándole las mejillas. Sabiendo, con la confianza de la juventud, que encontraría todo tal como lo había dejado. Detenía el coche con un chirriar de frenos frente a la casa; los perros de la familia corrían afuera por la puerta abierta, ladrando, a recibirlo, el clamor que alertaba a toda la casa, de manera que cuando entraba todos estaban ya allí: su padre y su madre, Harris, el mayordomo, la señora Harris, la cocinera, y cualquier otra criada o mujer por horas que estuviese trabajando en la casa en ese momento.

—Harry, querido, bienvenido a casa.

Y luego Pandora. *Siempre pensé que al marcharse se había llevado muchas risas con ella.* Su hermana menor. En el recuerdo, tenía trece años y ya era hermosa; la veía volar escaleras abajo, con sus largas piernas, saltar a sus brazos. La veía, con su boca de labios llenos, sus ojos oblicuos de mujer provocativa. Sentía la liviandad de su cuerpo cuando la levantaba en el aire. Oía su voz.

—Has vuelto, bestia, y tienes un auto nuevo. Lo vi desde la ventana de la *nursery.* Llévame a dar un paseo, Archie. Vayamos a ciento cincuenta por hora.

Pandora. Archie se dio cuenta de que estaba sonriendo. Siempre, desde niña, Pandora había sido uno de esos seres que alegran la vida, que inyectan vitalidad y risas en las más delicadas situaciones. Archie no se explicaba de dónde había salido así. Era una Blair por nacimiento y educación, pero tan distinta de todos los demás, que parecía una mutante.

Archie la recordaba de bebé, de niñita, de adolescente deliciosa con sus largas piernas, porque nunca había sufrido los males de la edad: ni obesidad ni granos ni timidez. A los dieciséis años, parecía de veinte. Todos los amigos que entraban en la casa habían estado, si no enamorados de ella, al menos hipnotizados.

La vida de los jóvenes Blair vibraba de actividad. Fiestas en las casas, partidas de caza, tenis en verano, picnics en agosto, en las colinas bañadas de sol, rojas de brezos. Recordaba un picnic en el que Pandora, quejándose del calor, se había quitado toda la ropa y se había zambullido desnuda en el lago, sin importarle nada de los azorados espectadores. Recordó los bailes, Pandora con el vestido de gasa blanca, con los morenos hombros desnudos, girando en brazos de uno y otro hombre al son de *Strip the Willow* y *The Duke of Perth*.

Ya no estaba. Hacía veinte años que se había ido. A los dieciocho, poco después del casamiento de Archie, se había escapado con un norteamericano, que era el marido de otra mujer, y a quien había conocido en Escocia ese verano. Con ese hombre, voló a California, y con el correr del tiempo, se convirtió en su esposa. Por el condado pasaron oleadas de consternación y horror, pero los Balmerino eran tan conocidos y respetados, que los trataron con gran simpatía y comprensión. "Tal vez", decía la gente, "Pandora volverá". Pero Pandora no volvió. No volvió ni para los funerales de sus padres. En cambio, como si siguiera incesantemente las figuras de *Strip the Willow*, se arrojó, caprichosa como siempre, a un romance desastroso tras otro. Divorciada de su marido norteamericano, se mudó a Nueva York, más tarde pasó a Francia, y vivió unos años en París. Se mantenía en contacto con Archie a través de algunas tarjetas esporádicas en las que enviaba una dirección garrapateada, una migaja de información, y una enorme cruz que representaba un beso. Ahora parecía que había ido a dar a una villa en Mallorca. Sólo Dios sabía quién era su eventual compañero.

Hacía mucho que Archie e Isobel habían perdido toda esperanza de reencontrarse con ella, y sin ebargo, Archie la extrañaba más que a nadie. Porque la juventud se había ido, y la familia de su padre estaba dispersa. El matrimonio Harris se había retirado mucho tiempo atrás, y la ayuda doméstica se reducía a Agnes Cooper que, dos veces por semana, subía la cuesta para ayudar a Isobel en la cocina.

En cuanto a la propiedad, no estaba mucho mejor. Gordon Gillock, el cuidador, todavía estaba en su casita con las perreras al fondo, pero el pantano de los patos salvajes fue donado a un sindicato, y era Edmund Aird quien pagaba el sueldo del cuidador. Tampoco la granja existía más, y el parque se había convertido en tierras de cultivo. El viejo jardinero, un hombre flaco y curtido que fue parte importante de la infancia de Archie, finalmente había muerto y nadie lo había reemplazado. Su hermoso jardín amurallado quedó reducido al pasto, los rododendros se hicieron enormes y la cancha de tenis estaba verde de moho. Ahora era Archie el jardinero oficial, con la esporádica ayuda de Willy Snoddy, que vivía en una cabaña abandonada, al final del pueblo, atrapaba conejos y pescaba salmón furtivamente, y apreciaba poder ganar algo de dinero para bebida de vez en cuando.

¿Y él mismo? Archie hizo el inventario. Ex teniente coronel de los Queens Loyal Highlanders, inválido, con una pierna ortopédica, una pensión del sesenta por ciento por invalidez, y demasiadas pesadillas. Pero todavía, gracias a Isobel, en posesión de su herencia. Croy todavía era suya y, Dios mediante, luego sería de Hamish. Tullido, luchando por sobrevivir, él todavía era Balmerino de Croy.

De pronto, le dio risa. Balmerino de Croy. Un título tan altisonante, y una situación ridícula. De nada servía tratar de explicar por qué todo había salido mal, si nada podía hacerse para remediarlo. No debía mirar para atrás. El deber lo llamaba y Lady Balmerino lo esperaba.

Por alguna oscura razón, se sentía más alegre. Puso en marcha el motor, y por la grava recorrió la corta distancia, hasta el frente de la casa.

5

Había lloviznado casi todo el día pero ahora el tiempo había mejorado, de manera que, después de su té, Henry salió con Edie al jardín. El jardín bajaba hasta el río, y la cuerda de tender ropa estaba atada a dos manzanos. La ayudó a quitar la ropa de la cuerda y ponerla en un canasto de mimbre, y los dos doblaron las sábanas dándoles tirones para que quedaran sin arrugas. Una vez hecho esto, volvieron a la casa y Edie preparó la tabla para planchar las fundas, su delantal y una blusa. Henry miraba, fascinado por el olor y por la forma en que la plancha alisaba el hilo almidonado hasta dejarlo suave, brilloso y crujiente.

—Planchas muy bien —dijo.

—Es natural, después de haber pasado tantos años planchando.

—¿Cuántos años, Edie?

—Bien... —Apoyó la plancha por el borde y dobló la funda con sus manos rojas y llenas de hoyuelos. —Ahora tengo sesenta y ocho, y cuando fui por primera vez a trabajar para la señora Aird, tenía dieciocho. Haz la cuenta.

Hasta Henry sabía hacer la cuenta.

—Cincuenta años.

—Cincuenta años son muchos si los piensas para adelante, pero al mirar hacia atrás, no parecen nada. Te hace pensar qué es la vida.

—Cuéntame de Alexa y de Londres.

Henry nunca había estado en Londre, pero Edie había vivido allá en una época.

—Ay, Henry, ya te he contado mil veces estas historias.

—Quiero oírlas otra vez.

—Bien... —Edie planchó una arruga, notoria como el filo de un cuchillo—. Cuando tu padre era mucho más joven, estaba casado con una dama llamada Caroline. Se casaron en Londres, en St. Margarets, Westminster, y fuimos todos para esa ocasión; paramos en un hotel que se llamaba Berkeley. ¡Qué boda fue ésa! Diez hermosas damas de honor, todas de blanco, como una bandada de cisnes. Y después de la boda, todos fuimos a un gran hotel llamado Ritz, donde había camareros en traje de gala, tan elegantes, que parecían invitados a la fiesta. Y hubo champagne y tal cantidad de comida, que no se sabía por dónde empezar.

—¿Había gelatinas?

—Gelatinas de todos colores. Amarillas, verdes, rojas. Y había salmón frío y pequeños canapés que se podían comer con la mano, y uvas heladas centelleantes de azúcar. Caroline llevaba un vestido de seda salvaje con larga cola, y en la cabeza, una tiara de diamantes que le había dado su padre como regalo de bodas; parecía una reina.

—¿Era bonita?

—Ah, Henry, todas las novias son bonitas.

—¿Era tan bonita como mi madre?

Pero a Edie nunca se la pillaba desprevenida.

—Era bonita de otra manera. Muy alta, con hermosos cabellos negros.

—¿A ti te gustaba?

—Claro que me gustaba. No hubiera ido a Londres a cuidar a Alexa si no me hubiera gustado.

—Háblame de eso.

Edie dejó a un lado las fundas y comenzó a planchar un mantel de cuadros blancos y azules.

—Bien, fue muy poco después de la muerte de tu abuelo Geordie. Yo todavía vivía en Balnaid, y trabajaba para tu abuela Vi. Éramos las dos solitas en la casa, y nos hacíamos compañía. Sabíamos que Alexa estaba en camino, porque Edmund había venido al funeral de su padre y nos lo había dicho. "Caroline va a tener un bebé", dijo, y para tu abuela fue un gran consuelo saber que, aunque Geordie ya no estuviera con ella, había una nueva vida en camino. Y luego supimos que Caroline buscaba una niñera para que se hiciera cargo de Alexa. Tu abuelita Vi tuvo un gran conflicto. La verdad es que no le gustaba la idea de que alguna mujer uniformada se hiciera cargo de la niña y le llenara la cabeza de ideas equivocadas, sin tomarse tiempo para hablar con ella, o leerle. Nunca pensé en ir hasta que tu abuelita Vi me lo pidió. Yo no quería dejar Balnaid y Strathcroy. Pero... conversamos y finalmente decidimos que no se podía hacer otra cosa. De modo que fui a Londres...

—Seguro que a papá le gustó verte.

—Ah, sí, le gustó mucho. Y finalmente fue una gran cosa que yo haya ido. Alexa nació muy bien, pero poco después de su nacimiento, Caroline estuvo muy, muy enferma.

—¿Tuvo sarampión?

—No. No fue sarampión.

—¿Tos convulsa?

—No. No era esa clase de enfermedad. Estaba muy nerviosa. Lo llaman depresión posnatal, y es algo horrible. Tuvo que ir a un hospital a que la trataran, y cuando le permitieron volver a casa, no podía hacer nada, y por supuesto, no podía cuidar al bebé. Pero luego se recuperó un poco y su madre, Lady Cheriton, se la llevó a hacer un hermoso crucero hasta una isla que se llama Madeira. Después de pasar allá un mes o dos, se mejoró.

—¿Y tú te quedaste sola en Londres?

—No totalmente sola. Una señora muy agradable venía todos los días a limpiar la casa, y tu padre iba y venía.

—¿Por qué no volviste a Escocia a estar con Vi?

—En cierto momento, pensamos que podríamos volver. Aunque sólo fuera para una visita. En la semana de la boda de Lor y Lady Balmerino... Entonces, él era Archie Blair, un joven oficial muy apuesto. Caroline seguía en Madeira y Edmund dijo que todos vendríamos al norte para esa ocasión y nos alojaríamos en Balnaid. Tu abuela Vi estaba muy entusiasmada con la noticia de que iríamos de visita. Bajó la cuna del altillo, lavó las mantas de bebé y desempolvó el viejo cochecito. Entonces, Alexa empezó a echar los dientes... ¡era tan chiquita, y lo pasó tan mal! Lloraba toda la noche y yo no podía hacer absolutamente nada para calmarla. Creo que pasé dos semanas sin dormir una noche entera, y finalmente

Edmund dijo que el largo viaje al norte sería demasiado para las dos. Tenía razón, por supuesto, pero yo por poco lloro de desilusión.

—Y Vi también se habrá desilusionado.

—Sí, supongo que sí.

—¿Papá vino a la boda?

—Ah, sí, él vino. Él y Archie eran muy, muy viejos amigos. Tenía que estar aquí. Pero vino solo.

Edie había terminado de planchar el mantel. Ahora se abocó a su mejor blusa, y comenzó por trabajar con la punta de la plancha en los drapeados del hombro. Esto parecía todavía más difícil que planchar fundas.

—Háblame de esa casa en Londres.

—Ay, Henry, ¿no te cansas de estas viejas historias?

—Me gusta que me hables de la casa.

—Bien. Estaba en Kensington, en una hilera de casas iguales. Muy alta y angosta, ¡y qué trabajo daba! Las cocinas en el sótano y las nurseries en el piso más alto de la casa. Yo vivía bajando y subiendo escaleras. Pero era una casa hermosa, llena de objetos valiosos. Y siempre había actividades, gente que venía de visita, comidas, invitados que entraban por la puerta principal muy bien vestidos. Alexa y yo nos sentábamos en el descanso de la escalera y mirábamos todo por entre los barrotes.

—Pero nadie las veía.

—No. Nadie nos veía. Era como jugar a las escondidas.

—Y además iban al Palacio de Buckingham...

—Sí, a ver el cambio de guardia. Y a veces tomábamos un taxi hasta el Zoológico de Regents Park, para ver a los leones. Y cuando Alexa creció, yo la acompañaba a la escuela y a la clase de baile. Algunos de los otros chicos eran pequeños Lords y Ladies, ¡y las niñas eran tan estiradas!

Pequeños Lords y Ladies y la casa llena de objetos valiosos... Henry pensaba que Edie había tenido experiencias maravillosas.

—¿Te dio pena irte de Londres?

—Ay, Henry, estaba muy triste porque fue una época triste, y porque la razón para irme fue tan triste. Una tragedia terrible. Piensa, un hombre que maneja el auto tan rápido y sin pensar que pueda haber nadie más en el camino, y en un instante, Edmund había perdido a su esposa y Alexa, a su madre. Y la pobre Lady Cheriton a su única hija. Muerta.

Muerta. ¡Qué palabra terrible! Como el ruido seco de una tijera que corta en dos un trozo de cuerda, sabiendo que nunca, nunca, podrán volver a unirse esas partes.

—¿Alexa se puso mal?

—"Ponerse mal" no es la expresión adecuada para esa época de aflicción.

—Pero significaba que podías volver a Escocia.

—Sí. —Edie suspiró y dobló su blusa. —Sí, volvimos. Todos volvimos. Tu padre a trabajar en Edimburgo y Alexa y yo a vivir en Balnaid. Y las cosas mejoraron poco a poco. El dolor es algo extraño, porque no es algo con lo que hay que cargar por el resto de la vida. Después de un tiempo, uno lo pone a un costado del camino y lo deja descansar allí. Y para Alexa fue una nueva vida. Iba a la Primaria de Strathcroy, como tú ahora, y se hizo amiga de los chicos del pueblo. Y tu abuela Vi le regaló una bicicleta y un poni Shetland muy chiquito. Pronto nadie hubiera dicho que esa chica había vivido en Londres. in embargo, todas las vacaciones, cuando tuvo edad para viajar sola, volvía a pasar una temporadita con Lady Cheriton. Era lo menos que podía hacer por la pobre señora.

Edie había concluido el planchado. Desenchufó la plancha y la puso a enfriar sobre una rejilla, y luego plegó la tabla. Pero Henry no quería terminar esa fascinante conversación.

—Antes de Alexa cuidaste a papá, ¿verdad?

—Sí. Hasta que cumplió ocho años y lo mandaron a la escuela como pupilo.

Henry dijo:

—Yo no quiero ir pupilo.

—Ah, vamos, vamos —respondió Edie con tono enérgico. No quería nada de lágrimas tontas. —¿Y por qué no? Montones de chicos de tu misma edad, fútbol, críquet y grandes diversiones.

—No conoceré a nadie. No tendré un solo amigo. Y no podré llevar conmigo a Moo.

Edie sabía bien qué era Moo. Moo era un pedazo de tela satinada y lana, lo que quedaba de la mantita de la cuna de Henry. Vivía bajo sus almohadas y lo ayudaba a dormir de noche. Sin Moo, no podía dormir. Moo era muy importante para él.

—No —admitió Edie—, no podrás llevar a Moo, eso es seguro. Pero nadie se opondría a que llevaras un osito.

—Los ositos no sirven. Y Hamish Blair dice que sólo los bebés andan con ositos.

—Hamish Blair dice montones de tonterías.

—Y tú no estarás allí para servirme la comida.

Edie abandonó el tono enérgico. Extendió la mano y le revolvió el pelo.

—Hombrecito... Todos tenemos que crecer, avanzar. El mundo se detendría si todos nos quedáramos en el mismo lugar. —Miró su reloj. —Ahora ya es hora de que te vayas a casa. Le prometí a tu mamá que estarías de regreso a las seis. ¿Vas bien solo, o quieres que haga parte del camino contigo?

—No —respondió—. Iré muy bien solo.

6

Edmund Aird tenía casi cuarenta años cuando se casó por segunda vez, y Virginia, su nueva esposa, tenía veintitrés. No provenía de Escocia sino de Devon, y era hija de un oficial del Regimiento de Devon y Dorset, que se había retirado del ejército para dirigir una granja heredada, una considerable extensión de tierra ubicada entre Dartmoor y el mar. Se había criado en Devon, pero su madre era norteamericana, y todos los veranos, ella y Virginia cruzaban el océano para pasar los calurosos meses de julio y agosto en la vieja casa familiar, situada en Leesport, sobre la costa sur de Long Island, y separado de las dunas de Fire Island por la Gran Bahía del Sur.

La casa de los abuelos era de madera, grande y aireada, y la invadían las brisas del mar, que agitaban los delicados visillos y traían los aromas del jardín. Este jardín era espacioso y estaba separado de la calle tranquila y arbolada por un cerco de madera blanca. Había terrazas con sillones para la vida al aire libre, y grandes pórticos con persianas que los mantenían frescos y libres de insectos. Pero su mayor encanto era que estaba al lado del country club, esa colmena de actividad social con sus restaurantes y sus bares, su campo de golf, sus canchas de tenis y su enorme piscina de aguas turquesa.

La separaba un mundo de la húmeda y neblinosa Devon, y esa experiencia anual dio a la joven Virginia un refinamiento y una sofisticación que la diferenciaba de us coterráneos. Su ropa, comprada en grandes tiendas de la Quinta Avenida, era simple pero a la moda. En su voz había dejos del encantador acento de su madre, y al volver al colegio con su excelente corte en los cabellos rubios, y sus largas y elegantes piernas norteamericanas, era fuente de gran asombro y admiración, y recibía también, inevitablemente, una buena dosis de envidia.

Aprendió temprano a enfrentar todo esto.

No le atraían demasiado los estudios; su pasión era el aire libre, y por ende, cualquier tipo de actividad que pudiera practicar al aire libre. En Long Island, jugaba al tenis, navegaba y nadaba. En Devon, andaba a caballo y salía a cazar todos los inviernos con los perros del lugar. A medida que crecía, los jóvenes la rodeaban, fascinados por su figura en ropa de montar sobre algún caballo envidiable, o al verla volar con gran pericia de un lado a otro de la cancha de tenis, con una faldita blanca que apenas le cubría el trasero. En Navidad, los muchachos se arracimaban a su alrededor como las mariposas nocturnas se acercan a la luz. Cuando estaba en casa, el teléfono sonaba constantemente, y siempre para ella. Su padre protestaba, pero en el fondo estaba orgulloso. Con el tiempo, dejó de protestar e instaló un segundo teléfono.

Al terminar el colegio, fue a Londres y aprendió a escribir en una máquina eléctrica. Era muy aburrido, pero como no tenía talento para nada en particular y tampoco ambición, era lo único que podía hacer. Compartía un departamento en Fulham y hacía trabajos temporarios, porque de esa manera estaba libre para ir y venir cuando recibía invitaciones interesantes. Los hombres seguían rodeándola, pero ahora eran hombres diferentes, de más edad, más ricos, y a veces casados con otras mujeres. Ella les permitía gastar enormes sumas en cenas y regalos caros. Y después, cuando estaban a punto de enloquecer de tanta atracción y devoción no retribuidos, desaparecía de Londres sin previo aviso... para pasar otro delicioso verano con sus padres, o ir con un grupo a pasar unos días en Ibiza, o pasear en un yate por la costa oeste de Escocia, o a pasar la Navidad en Devon.

En una de esas impetuosas escapadas, había conocido a Edmund Aird. Fue en septiembre, mientras pasaba unos días con amigos en Relkirkshire para el Baile de la Cacería. Estaba con la familia de una muchacha que había sido compañera de colegio. Antes del baile, hubo una gran cena y todos los invitados, los que se alojaban en la casa y otros, se habían reunido en la enorme biblioteca.

Virginia fue la última en hacer su entrada. Llevaba un vestido de un verde tan pálido, que parecía blanco, sin breteles pero anudado en un hombro con un ramillete de hiedra, cuyas hojas oscuras eran de raso brillante.

Ella lo vio de inmediato. Él estaba de pie, de espalda a la chimenea, y era alto. Sus miradas se encontraron y no se apartaron. Él tenía cabellos negros con hebras blancas, como la piel del zorro plateado. Virginia estaba acostumbrada a ver hombres que llevaban con toda la gallardía del pavo real su atuendo de las Highlands, pero nunca había visto a uno que se sintiera tan cómodo y tan bien en su traje de gala, con las medias con rombos y el *kilt,* y la chaqueta de color verde oscuro con botones de plata.

—¡Ah, Virginia! —Le hablaba la dueña de casa. —¿A quién conoces y a quién no? —Rostros desconocidos, nombres nuevos. Apenas les prestó atención. Finalmente... —Y éste es Edmund Aird. Edmund, te presento a Virginia, que está con nosotros. Ha venido desde Devon. Y no debes hablarle ahora porque los he ubicado juntos para la cena, de manera que podrán hablar después...

Nunca antes se había enamorado en forma tan instantánea y tan total. Por supuesto que había tenido amores, locas pasiones en los buenos tiempos del Leesport Country Club, pero nada que durase más de seis semanas. Esa noche fue muy diferente, y Virginia supo, sin la menor duda, que acababa de conocer al únic hombre con quien deseaba pasar el resto de su vida. No llevó mucho tiempo saber que ese increíble milagro estaba sucediendo de verdad y que Edmund sentía exactamente lo mismo por ella.

El mundo se tornó brillante y hermoso. Nada podía salir mal. Encandilada por la felicidad, estaba dispuesta a entregar su destino a Edmund, abandonar todo sentido común y todo aburrido principio. Le entregaba su vida. Viviría en el último confín, si era necesario; en lo alto de una montaña, en pecado total. No importaba. Nada importaba.

Pero Edmund, que también había entregado su corazón, conservaba la cabeza. Se esforzó por explicar su situación. Al fin y al cabo, era director de la sucursal escocesa de Sanford Cubben, un hombre de cierta prominencia y mucho más a los ojos de los medios. Edimburgo era una ciudad pequeña, y él tenía muchos amigos y colegas de negocios, cuyo respeto y confianza valoraba. Hacer algo demasiado audaz y terminar con su nombre en las columnas de chismes de los diarios de la tarde no sólo sería tonto sino posiblemente desastroso.

Además, tenía que pensar en su familia.

—¿En tu familia?

—Sí, en mi familia. Estuve casado antes.

—Me parecía muy extraño que no lo hubieses estado.

—Mi esposa se mató en un accidente de auto. Pero está Alexa. Tiene diez años. Vive con mi madre en Strathcroy.

—Me encantan las niñas. Yo la cuidaría.

Pero aún había que discutir otros problemas.

—Virginia, tengo diecisiete años más que tú. Un tipo de cuarenta, ¿no te parece muy decrépito?

—Los años no tienen importancia.

—Tendrías que vivir en las tierras salvajes de Relkirkshire.

—Me envolveré en un manto de tela rústica y me pondré un sombrero con una pluma.

Él se rió, pero con ironía.

—Lamentablemente, no es septiembre todo el año. Todos nuestros amigos viven a kilómetros de distancia, y los inviernos son largos y oscuros. Todos invernan, creo que te resultará muy aburrido.

—Edmund, tengo la impresión de que lo estás pensando mejor y tratas de quitarme de encima.

—No, jamás. Pero debes conocer toda la realidad. No hacerte ilusiones. Eres tan joven, tan hermosa, tan vital, y tienes toda la vida por delante...

—Para estar contigo.

—Ése es otro problema. Mi trabajo. Es exigente. Estoy mucho afuera. A menudo, fuera del país, a veces durante dos o tres semanas seguidas.

—Pero volverás a mí.

La muchacha era de acero, y él la adoraba. Suspiró.

—Desearía por los dos que las cosas fueran distintas. Desearía ser joven otra vez, y sin responsabilidades. Libre de comportarme como me diera la gana. Y estar totalmente seguro.

—Yo estoy totalmente segura.

Lo estaba. No vacilaba jamás. Él la tomó en sus brazos y dijo:

—Entonces no hay nada que hacerle. Tendré que casarme contigo.

—¡Pobre!

—¿Serás feliz? Deseo tanto hacerte feliz...

—Ay, Edmund. Querido Edmund. ¿Cómo podría no serlo?

Se casaron dos meses después, a fines de noviembre, en Devon. Fue una boda tranquila en la pequeña iglesia donde habían bautizado a Virginia.

El final del comienzo. Sin nada que lamentar. Los amores fugaces, indiscriminados, habían terminado y ella los dejó ir sin mirar una sola vez hacia atrás. Ahora era la señora de Edmund Aird.

Después de la luna de miel, viajaron al norte, a Balnaid, el nuevo hogar de Virginia, y de su nueva familia ya existente: Violet, Edie y Alexa. La vida en Escocia era una experiencia nueva y distinta de todo lo que había experimentado Virgiia, pero hizo todos los esfuerzos posibles por adaptarse, aunque sólo fuera porque otros, obviamente, estaban haciendo lo mismo. Violet ya se había mudado definitivamente a Pennyburn. Era una dueña de casa que no interfería. Edie actuó con el mismo tacto: anunció que había llegado el momento de marcharse ella también e ir a vivir a la casa del pueblo donde se había criado y que había heredado de su madre. Ya no viviría en la casa, pero seguiría yendo todos los días; dividiría su tiempo entre Virginia y Violet.

En aquella primera época, Edie era fuerte como un roble, una excelente consejera y portadora de algunos pequeños chismes. Ella fue quien, por el bien de Alexa, llenó algunos vacíos en la información que tenía Virginia del primer matrimonio de Edmund; pero una vez que lo hizo, jamás volvió a mencionarlo. Era asunto terminado, agua que ya había corrido. Virginia se lo agradeció. Edie, la vieja criada que había visto y oído todo, bien podía haberse vuelto en su contra. En cambio, se convirtió en una de las mejores amigas de Virginia.

A Alexa le llevó un poco más de tiempo. Era una personita dulce y moderada que tendía a ser tímida y reservada. No era una criatura muy linda; era regordeta y tenía cabellos de un rojizo pálido, y la piel muy blanca que acompaña a este tipo de cabello; al principio, se sentía insegura de su posición en la familia, aunque su esfuerzo por agradar era conmovedor. Virginia respondía como mejor podía. La niña era, al fin y al cabo, la hija de Edmund y una parte importante de su matrimonio. Virginia nunca podría ser su madre, pero sí su hermana. Sin presionarla, consiguió que Alexa saliera de su reserva hablándole como si tuvieran la misma edad, cuidando mucho de no dañarla. Mostró interés en los juegos de la niña, en sus dibujos y sus muñecas, y la incluía en toda posible actividad u ocasión. Esto no siempre era conveniente, pero lo que importaba era que Alexa no se sintiese abandonada. El proceso llevó unos siete meses, pero valió la pena. Se vio recompensada por las confidencias espontáneas de Alexa, y por una conmovedora admiración y devoción por parte de la niña.

Así que había familia, y había amigos también. A ellos les gustó Virginia por su juventud, por el cariño que le tenía a Edmund, por el hecho de que Edmund la había elegido para casarse con ella, y la recibieron muy bien. Los Balmerino, por supuesto, pero también otros. Virginia era un ser gregario que no disfrutaba de la soledad, y se encontró rodeada de gente que parecía gustar de su compañía. Cuando Edmund salía en viaje de negocios (cosa que sucedía con mucha frecuencia y desde el comienzo) todos eran sumamente amables y atentos con ella, la invitaban a salir y la llamaban muy a menudo por teléfono para constatar que no estuviese sola ni se sintiese desdichada.

Ninguna de las dos cosas sucedía. Secretamente, casi disfrutaba de las ausencias de Edmund porque, de alguna extraña manera, valorizaban todo; él no estaba, pero Virginia sabía que volvería a ella, y cada vez que volvía era más hermoso estar casada con él. Ocupada con Alexa, con la nueva casa y los nuevos amigos, llenaba los días vacíos y contaba las horas que faltaban para el regreso de Edmund. De Hong Kong. De Frankfurt. Una vez, él la llevó a Nueva York, y después se permitió una semana de vacaciones con ella. La pasaron en Leesport, y esos días vivían en la memoria de Virginia entre los mejores de su vida.

Y luego, Henry.

Henry cambió todo, no para peor, sino para mejor, si eso era posible. Después del nacimiento de Henry, Virginia ya no quiso ir a ninguna parte. Nunca se había imaginado capaz de amar con tal entrega. Era distinto que amar a Edmund, pero tanto más precioso porque era algo inesperado. Nunca se había pensado como una mujer maternal, ni había analizado el verdadero sentido de esa palabra. Pero este ser humano pequeñito, esta pequeña vida la sumía en una inefable fascinación.

Todos le hacían bromas, pero no le importaba. Lo compartía con Violet, Edie y Alexa, y disfrutaba de compartirlo porque al final del día Henry era suyo. Lo miraba crecer y gozaba con cada uno de sus progresos. Él aprendió a gatear, a caminar, a decir algunas palabras; Virginia estaba maravillada. Jugaba con él, le hacía dibujos, miraba a Alexa, que lo paseaba por el césped en un viejo cochecito para muñecas. Se tendían en el pasto y observaban a las hormigas, caminaban junto al río y arrojaban piedrecillas a la rápida corriente oscura. Se sentaban junto al fuego en invierno, a leer libros ilustrados.

Henry tuvo dos años. Tres. Cinco. Virginia lo llevó por primera vez a la escuela primaria de Strathcroy, se quedó en la puerta y lo miró mientras se alejaba de ella, camino a la entrada del edificio. Había chicos por todas partes, pero ninguno le prestaba atención. En ese momento, a Virginia le pareció muy pequeño y vulnerable, y no podía tolerar ver que se iba.

Tres años después, todavía era pequeño y vulnerable, y ella sentía más que nunca la necesidad de protegerlo. Y ésta era la causa de la nube que se había formado en su propio horizonte personal. Le daba miedo.

De vez en cuando, surgía el tema del futuro de Henry, pero Virginia no se animaba a discutirlo con Edmund. Sin embargo, él conocía su opinión. Últimamente no habían tocado el tema. Ella prefería dejarlo así, con la idea de que si un tigre duerme es mejor no molestarlo. No quería pelear con Edmund. Nunca se había rebelado contra nada porque le complacía que fuera él quien tomara las decisiones importantes. Al fin y al cabo, tenía más años, sabía más y era infinitamente más competente. Pero esto era distinto. Se trataba de Henry.

Tal vez, si ella no miraba, si no prestaba atención, el problema desaparecería.

Cuando Archie y Violet se alejaron por el sendero en el viejo Land Rover, Virginia se quedó donde estaba, frente a la casa, sintiendo un desagradable vacío, sin saber qué hacer. La reunión de la iglesia había partido el día por la mitad, y era demasiado temprano para ir adentro y comenzar a pensar en la cena. El tiempo seguía mejorando, y pronto saldría el sol. ¿Y si trabajaba un poco en el jardín? Consideró esta idea y luego la descartó. Finalmente entró en la casa, levantó de la mesa las cosas del té y las llevó a la cocina. Los spaniels de Edmund dormitaban en sus cestas debajo de la mesa. Pero en cuanto oyeron los pasos de Virginia, se despertaron y salieron de las cestas ansiosos de ejercicio.

—Pondré a funcionar el lavaplatos —les dijo Virginia—, y luego saldremos un rato.

Siempre les hablaba a los perros, y a veces, como ahora la reconfortaba oír el sonido de su propia voz. Los locos hablan solos. A veces no era difícil entender por qué.

En la cocina del fondo, con los perros dando vueltas a su alrededor, tomó una vieja chaqueta de una percha y se puso botas de goma. Luego salieron; los perros correteaban adelante, por el sendero del bosquecillo que corría junto a la margen sur del río. Tres kilómetros más arriba, había otro puente que llevaba al camino principal, y por allí, al pueblo. Pero dejó atrás el puente y caminó hasta donde terminaban los árboles y comenzaba el pantano, kilómetros de brezo, pasto y helechos hasta llegar a los cerros. A lo lejos, balaban las ovejas. Sólo se oía el fluir del agua.

Llegó hasta el dique, donde el río se deslizaba por el borde; más allá, estaba el gran estanque. El lugar favorito de Henry para nadar. Virginia se sentó en la orilla donde, en verano, hacían picnics. A los perros les encantaba el río. Se metieron en el agua y bebieron como si hiciera meses que no veían agua. Después se sacudieron enérgicamente junto a Vrginia y la mojaron de pies a cabeza. El sol de la tarde estaba cálido. Virginia se quitó la chaqueta y se hubiera quedado allí sentada, disfrutando del sol, pero inevitablemente aparecieron mosquitos a montones y empezaron a picar, de manera que Virginia se levantó, silbó a los perros y emprendió el regreso a casa.

Estaba en la cocina preparando la cena cuando oyó que Edmund regresaba. Comerían pollo al horno, y Virginia estaba rallando pan para la salsa. Oyó el auto, miró el reloj con sorpresa y vio que eran sólo las cinco y media. Edmund llegaba muy temprano. Al volver de Edimburgo, nunca llegaba a Balnaid antes de las siete o aun más tarde. ¿Qué podía haber pasado?

Especulando, esperando que no fuera nada malo, terminó de rallar el pan y lo echó en la cacerolita con la leche, la cebolla y los clavos de olor. Revolvió. Oyó los pasos de Edmund primero en el hall y luego por el largo corredor. La puerta se abrió y Virginia se volvió, sonriente pero levemente ansiosa.

—Aquí estoy —anunció innecesariamente Edmund.

El porte masculino de su marido siempre llenaba a Virginia de satisfacción. Llevaba un traje azul marino con finas rayas color tiza, camisa celeste con cuello blanco, y una corbata de seda Christian Dior que ella le había regalado para Navidad. Edmund traía el portafolio, y se lo veía un poco ajado, como naturalmente tenía que estar después de un día de trabajo y un largo viaje, pero no cansado. Nunca se lo veía fatigado ni se quejaba de cansancio. Su madre juraba que nunca en su vida lo había visto cansado.

Era alto, con la figura tan juvenil como siempre, y el rostro atractivo, con los ojos de mirada tranquila y largas pestañas, y la piel casi sin arrugas. Sólo su cabello había cambiado. Tan negro en otra época, ahora era plateado, casi blanco, pero abundante y suave como antes. Por alguna razón, el rostro sin edad, en yuxtaposición con esos cabellos blancos, lo hacía parecer más distinguido y atractivo que nunca.

—¿Por qué tan temprano? —preguntó Virginia.

—Hubo motivos. Ya te explicaré. —Se acercó a darle un beso; miró la cacerolita. —¡Qué rico olor! Salsa de pan. ¿Pollo al horno?

—Claro.

Él arrojó el portafolio sobre la mesa de la cocina.

—¿Dónde está Henry?

—Con Edie. Llegará después de las seis. Fue a tomar el té con ella.

—Bien.

Virginia frunció el entrecejo.

—¿Por qué dices "bien"?

—Quiero hablar contigo. Vamos a la biblioteca. Deja la salsa, puedes seguir más tarde...

Ya estaba saliendo de la cocina. Desconcertada y asustada, Virginia puso a un lado la cacerolita y lo siguió. Lo encontró en la biblioteca, agachado junto a la chimenea; encendió una hoja de periódico con un fósforo para prender el fuego.

Virginia sintió una leve necesidad de defenderse, como si lo que él hacía fuera una especie de crítica.

—Edmund, yo iba a encender el fuego después de terminar con la salsa y de pelar las papas. Pero hoy fue un día diferente. Pasamos toda la tarde en el comedor, en esa reunión de la iglesia. Ni entramos aquí...

—No importa.

El papel había tomado, las ramas comenzaron a encenderse y a crujir. Edmund se incorporó, se sacudió las manos y, ya de pie, contempló las llamas. Su perfil no revelaba nada.

—Vamos a hacer una kermés en julio. —Virginia se sentó en el brazo de un sillón. —Yo tengo la peor tarea:

juntar los trastos. Y Archie buscaba un sobre de la Comisión de Forestación... dijo que tú sabías algo de eso. Lo encontramos en tu escritorio.

—Sí, está bien. Te lo iba a dar.

—Ah, y algo interesantísimo. Los Steynton van a dar un baile, para Katy, en septiembre...

—Ya lo sé.

—¿Lo sabías?

—Almorcé hoy con Angus Steynton en el New Club. Allí fue donde me lo dijo.

—Será con bombos y platillos. Marquesina, bandas, gran servicio de comida y bebida... de todo. Me compraré un vestido realmente sensacional.

Él se volvió y la miró, y ella se quedó muda. Se preguntó si él habría escuchado algo de lo que había dicho. Esperó unos momentos y luego preguntó:

"¿Qué pasa?

—He llegado temprano a casa porque no fui a la oficina esta tarde. Fui a Templehall. Estuve con Colin Henderson.

Templehall. Colin Henderson. Virginia sintió como un golpe en el estómago y se le secó la boca.

—¿Por qué, Edmund?

—Quería hablar con él. No estaba decidido con respecto a Henry pero ahora estoy seguro de que eso es lo que hay que hacer.

—¿Qué es lo que hay que hacer?

—Mandarlo allá en septiembre.

—¿Pupilo?

—No podría asistir como externo.

Ahora ya no había aprensión; había desaparecido para dar lugar a un lento, profundo enojo. Nunca había sentido semejante furia contra Edmund. Además, estaba consternada. Sabía que él podía ser dominador, incluso dictatorial, pero nunca con ocultamiento. Ahora, actuando a espaldas de ella, parecía que la había traicionado. Se sentía traicionada, sin defensas, destruida antes de poder disparar un solo tiro.

—No tenías derecho. —Su propia voz, pero no parecía la voz de Virginia. —Edmund, no tenías derecho.

Él alzó las cejas.

—¿Que no tenía derecho?

—No tenías derecho a ir sin mí. A ir sin decírmelo. Yo debería haber estado allí, para hablar, como tú dices. Henry es mi hijo tanto como lo es tuyo. ¿Cómo te atreves a actuar a mis espaldas, sin decir una sola palabra?

—No actué a tus espaldas y te lo estoy diciendo ahora.

—Sí. Como un *fait accompli*. No me gusta que me traten como a una persona que no cuenta, que no tiene voz ni voto. ¿Por qué has de tomar tú todas las decisiones?

—Supongo que porque siempre lo hice.

—Actuaste a mis espaldas. —Virginia se puso de pie, con los brazos firmemente cruzados sobre el pecho, como si ésa fuera la única forma de contenerlos para que no le pegaran a su marido. Siempre tan sumisa, ahora era una tigresa que luchaba por su cachorro. —Sabes, siempre supiste que no quiero mandar a Henry a Templehall. Es demasiado pequeño. No tiene la edad adecuada. Sé que tú tenías ocho años cuando fuiste al colegio como pupilo, y sé que Hamish Blair está allí pero, ¿por qué debemos seguir todos una rígida tradición? Es arcaico, victoriano, anticuado, enviar a los niños pequeños lejos de su casa. Y lo peor es que no hay por qué hacerlo. Henry puede quedarse perfectamente en Strathcroy hasta los doce años. Y luego ir al colegio como pupilo. Eso es razonable. Pero no antes, Edmund. *No ahora.*

Él la miró, realmente perplejo.

—¿Por qué quieres que Henry sea distinto de los otros chicos? ¿Por qué han de señalarlo como una rareza, un chico que se queda en su casa hasta los doce años? Tal vez lo confundes con los chicos norteamericanos, que parecen ser los jefes de la casa hasta que son prácticamente adultos...

La furia de Virginia creció.

—Esto no tiene nada que ver con Norteamérica. ¿Cómo puedes decir eso? Tiene que ver con lo que cualquier madre normal y sensible siente por sus hijos. Eres tú quien está equivocado, Edmund. Pero tú nunca admitirás la posibilidad de que puedes estar equivocado. Te portas como un victoriano. Anticuado, cerrado y chauvinista.

El estallido de Virginia no obtuvo ninguna reacción por parte de su marido. La expresión de Edmund no cambió. En estas ocasiones, ponía cara de jugador de póquer con ojos soñolientos y boca sin sonrisa. Virginia sintió que deseaba que él se comportara con naturalidad, que se soltara, que perdiera los estribos, levantara la voz. Pero ése no era el estilo de Edmund Aird. En los negocios, se lo conocía como a un ser imperturbable. No estaba sacudido, no había perdido el control, no parecía enojado.

—Sólo piensas en ti misma —dijo.

—Pienso en Henry.

—No. Quieres retenerlo a tu lado. Y hacer tu voluntad. La vida te ha tratado bien. Siempre hiciste lo que querías, mimada por tus padres, que te permitían todo. Y tal vez yo seguí haciendo lo mismo que ellos. Pero llega un momento en que todos tenemos que crecer. Henry no es un objeto tuyo y debes dejarlo ir.

Virginia apenas podía creer que él estuviera diciéndole esas cosas.

—Yo no pienso que Henry sea de mi propiedad. Ésa es una acusación insultante. Es una persona por sí mismo, y yo lo he hecho así. Pero tiene ocho años. Apenas ha dejado de ser un bebé. Necesita su hogar. Nos necesita. Necesita la seguridad del entorno que ha conocido toda la vida, y el Moo bajo la almohada. No se lo puede apartar de todo esto así como así. No quiero que lo saques de casa.

—Lo sé.

—Es muy pequeño.

—Justamente. Necesita crecer.

—Crecerá lejos de mí.

Edmund no comentó esta última frase. La dureza de la furia de Virginia se había disipado y ahora se la veía herida y derrotada, y al borde de las lágrimas. Para ocultarlas, se apartó de su marido y fue hasta la ventana, y allí se quedó con la frente apoyada en el vidrio frío. Con los ojos ardientes, miraba, sin verlo, el jardín.

Hubo un largo silencio. Luego, con el mismo tono razonable, Edmund comenzó a hablar otra vez.

—Templehall es un buen colegio, Virginia, y Colin Henderson es un buen director. A los chicos no se los trata mal.

Se les enseña a trabajar. La vida va a ser dura para Henry. Lo será para todos los jóvenes. Competitiva y dura. Cuanto antes enfrenten ese hecho, y aprendan a encarar lo difícil junto con lo fácil, mejor. Acepta la situación. Hazlo por mí. Trata de ver lo que te señalo: Henry es demasiado dependiente de ti.

—Soy su madre.

—Lo asfixias. —Dijo eso y salió tranquilamente de la habitación.

7

En el atardecer dorado, Henry volvió a su casa. Se veía poca gente porque eran casi las seis y todos estaban en sus casas comiendo ("tomando el té", lo llaman los escoceses). Imaginó esa buena comida. Sopa, quizá, y después pescado, o chuletas, y luego pastelillos y galletitas, todo acompañado de té fuerte, hirviente. Él mismo se sentía agradablemente lleno de salchichas. Pero tal vez antes de ir a la cama habría espacio para un jarrito de chocolate.

Cruzó el puente curvo sobre el Croy, entre las dos iglesias. Cuando llegó a lo alto, se detuvo y se inclinó sobre el antiguo parapeto de piedra a mirar el río. Había llovido mucho, demasiado para los granjeros, y el río estaba profundo; en sus aguas flotaban las cosas que recogía por el camino: ramas de árboles, briznas de paja. Una vez había visto un pobre coderito muerto, arrastrado bajo el puente. Más abajo, en el valle, la tierra se aplanaba y el Croy cambiaba su carácter, se ensanchaba y ondulaba entre los pastizales, entre los campos donde el apacible ganado venía a beber al borde del agua. Pero aquí corría cuesta abajo, saltando y deslizándose sobre las rocas en una serie de cascadas en miniatura y estanques profundos.

El ruido del Croy era uno de los recuerdos más antiguos de Henry. De noche, lo oía por la ventana abierta de su dormitorio, y su voz lo despertaba todas las mañanas. Más arriba, estaba el estanque donde Alexa le había enseñado a nadar. Con sus compañeros de la escuela, jugaba a muchos juegos con el barro de sus orillas, construían diques y hacían campamento.

Detrás de él, el gran reloj de la torre de la iglesia presbiteriana dio la hora con seis solemnes campanadas. De mala gana, se apartó del parapeto y siguió su camino, por el sendero que bordeaba la orilla sur del río. Los altos olmos unían sus ramas sobre su cabeza, con las ramas de arriba llenas del ruido que hacía una bandada de cornejas.

Al llegar al portón abierto de Balnaid, ansioso por llegar enseguida a casa, echó a correr con la mochila golpeándole el costado. Al acercarse a la casa, vio el BMW de su padre estacionado en la grava. ¡Qué espléndido, qué regalo inesperado! Su padre no solía llegar a casa antes de que Henry se acostara. Pero ahora encontraría a sus padres en la cocina, charlando tranquilamente, intercambiando las noticias del día, mientras mamá preparaba la cena y papá tomaba una taza de té.

Pero no estaban en la cocina. Lo supo en el momento en que atravesó la puerta de entrada porque oyó voces que venían desde detrás de la puerta cerrada de la biblioteca. Sólo voces y la puerta cerrada. Entonces, ¿por qué esa sensación de que algo andaba mal, de que había pasado algo?

Se le había secado la boca. Caminó en puntas de pie por el ancho corredor y se detuvo frente a la puerta. Su intención era entrar y sorprenderlos, pero en cambio se puso a escuchar.

"... Apenas ha dejado de ser un bebé. Necesita su hogar. Nos necesita." Su madre, que hablaba con una voz que nunca le había oído antes, muy aguda y como si estuviera a punto de estallar en lágrimas. "No se lo puede apartar de todo esto así como así. No quiero que lo saques de casa." "Lo sé." Ésa era la voz de su padre. "Es muy pequeño." "Justamente. Necesita crecer." "Crecerá lejos de mí."

Se estaban peleando. Discutían. Había sucedido lo increíble: papá y mamá peleaban. Helado de horror, Henry esperó para ver qué más sucedería. Después de un momento, su padre volvió a hablar.

"Templehall es un buen colegio, Virginia, y Colin Henderson es un buen director. A los chicos no se los trata mal. Se les enseña a trabajar. La vida va a ser dura para Henry..."

De manera que ése era el motivo de la pelea. Lo iban a mandar a Templehall. Pupilo.

"... y aprendan a hacer frente a lo difícil junto con lo fácil, mejor."

Lejos de sus amigos, de Strathcroy, de Balnaid, de Edie y Vi. Pensó en Hamish Blair, mucho más grande, tan orgulloso, tan cruel. *Sólo los bebés tienen ositos.*

"Henry es demasiado dependiente de ti."

No soportaba seguir escuchando. Todos los miedos que conocía se abatieron sobre él. Se apartó de la puerta de la biblioteca, llegó a la seguridad del hall, dio media vuelta y echó a correr. Corriendo subió las escaleras y siguió por el pasillo hasta su cuarto. Cerró la puerta de un golpe, se deshizo de la mochila, se arrojó en la cama y se envolvió con el cobertor de *duvet*. Buscó a Moo bajo la almohada.

"Henry es demasiado dependiente de ti."

Aí que tendría que irse de casa.

Se metió el dedo en la boca, apretó a Moo contra la mejilla y se sintió seguro, por el momento. Consolado. No lloraría. Cerró los ojos.

8

El salón de Croy, usado sólo para ocasiones formales, era de enormes dimensiones. El alto cielo raso y las molduras eran blancos, las paredes estaban forradas de damasco rojo desteñido, y el piso estaba cubierto por una gran alfombra turca, adelgazada por el uso en algunos lugares, pero con colores todavía intensos. Había sofás y sillones, algunos con almohadones y otros con su tapizado de terciopelo original; ninguno de ellos pertenecía a un mismo juego. Había varias mesitas llenas de cajas de Battersea, fotografías en marco, de plata, y pilas de números viejos de *Country Life*. Había muchos óleos oscuros, retratos y jarrones con flores, y en una mesa, detrás del sofá, una maceta de porcelana con un rododendro florido y perfumado.

Detrás de la defensa, ardía un buen fuego de leños. La alfombra, frente al hogar, era blanca y peluda, y cuando los perros mojados se echaban en ella, olía fuertemente a oveja. La chimenea era de mármol, con una notable repisa, sobre la cual había dos candelabros esmaltados con filetes dorados, dos imágenes de Dresden y un florido reloj victoriano.

El reloj dio las once con suaves campanadas.

Sorprendió a todos. La señora Franco, muy brillante con sus pantalones de seda negra y la blusa de *crêpe* color crema, dijo que no podía creer que fuese tan tarde. Habían charlado tanto, que la velada se había ido en un soplo. Tenía que ir a dormir, y su marido también, si al día siguiente quería estar bien para el partido de golf en Gleneagles. Los Franco se levantaron, y también la señora Hard- wicke.

—Todo ha estado perfecto, y qué cena tan elegante... Muchas gracias por su hospitalidad...

Se despidieron. Isobel, con su vestido de seda verde comprado dos años atrás (y que era el mejor que tenía), los acompañó al piso alto. Cerró la puerta del salón al salir, y no regresó. Archie tuvo que quedarse con Joe Hardwicke, quien evidentemente no tenía ganas de irse a la cama tan temprano. Se había arrellanado nuevamente en su sillón y no parecía tener intención de retirarse hasta por lo menos dos horas después.

A Archie no le molestaba; le agradaba quedarse en compañía de Hardwicke. Era uno de los mejores huéspedes, un hombre inteligente, con ideas liberales y un agudo sentido del humor. Durante la cena... siempre un poco acartonada... había hecho esfuerzos por mantener la conversación; contó un par de chistes muy graciosos y demostró saber mucho de vinos. Durante casi todo el segundo plato, se habló de la heredada bodega de Archie.

Ahora Archie sirvió una copa que el norteamericano aceptó de muy buen grado. Luego se sirvió una para él, arrojó un par de leños al fuego y se hundió en su sillón, con los pies sobre la alfombra de piel de oveja. Joe Hardwicke empezó a hacerle preguntas sobre Croy. Estos lugares antiguos lo fascinaban. ¿Cuánto tiempo hacía que su familia vivía allí? ¿De dónde venía el título? ¿Cuál era la historia de la casa?

N era curiosidad sino verdadero interés, y Archie respondió con mucho gusto a sus preguntas. Su abuelo, el primer Lord Balmerino, había sido un industrial de cierto renombre, que hizo fortuna con la industria textil. Con esto, se había ganado el título nobiliario y había comprado Croy, con sus tierras, a fines del siglo XIX.

—Por entonces no había aquí una casa habitable, sólo una torre fortificada que databa del siglo XVI. Mi abuelo construyó la casa pero dejó la torre original. De manera que, aunque algunas partes de los fondos son antiguas, la construcción es básicamente victoriana.

—Parece grande.

—Sí. Vivían con holgura en aquellos días...

—¿Y las tierras?

—Arrendadas en su mayor parte. El brezal pertenece a una asociación para la caza del pato salvaje. La dirige mi amigo Edmund Aird, pero yo tengo un permiso de la asociación y voy con ellos cuando salen en auto. Tengo un poco de caza al acecho, pero eso es sólo para los amigos. La granja está arrendada. —Sonrió. —De manera que, como usted ve, no tengo responsabilidades.

—¿Y a qué se dedica?

—Ayudo a Isobel. Doy de comer a los perros y los ejercito cuando puedo. Me ocupo de la leña, mantengo provista la casa. Tenemos una sierra circular en uno de los galpones; un sinvergüenza del pueblo viene de vez en cuando a ayudarme. Corto el pasto. —No dijo nada más. No era una gran respuesta pero no se le ocurría nada más que decir.

—¿Pesca?

—Sí. Tengo un lugar en el Croy, a unos tres kilómetros del pueblo, y hay un lago en los cerros. Es bueno ir allá con la crecida de la tarde. Sacar el bote. Es muy tranquilo. Y en invierno, cuando oscurece a las cuatro, voy al taller que tengo en el sótano. Siempre hay algo que arreglar. Arreglo los portones, renuevo los frisos, fabrico armarios para Isobel, pongo estantes. Me gusta trabajar con madera. Es algo básico muy terapéutico. Tal vez, en lugar de entrar en el ejército, debí haber sido ebanista.

—¿Estuvo en un regimiento escocés?

—Fui Loyal Highlander de la Reina durante quince años. Dos de ellos los pasamos en Berlín con las fuerzas norteamericanas...

La conversación pasó de Berlín a Europa Oriental, y de allí a la política y a los asuntos internacionales. Bebieron otra copa, perdieron noción del tiempo. Cuando finalmente decidieron finalizar la jornada, era la una de la mañana.

—Lo tuve levantado hasta esta hora... —se disculpó Hardwicke.

—No es nada. —Archie tomó las copas vacías y las dejó en una bandeja, sobre el piano de cola. —No suelo dormir mucho. Cuanto más corta sea la noche, mejor.

—Yo... —Joe vaciló. —Espero que no lo tome a mal, pero veo que usted tiene un problema. ¿Fue un accidente?

—No. Me volaron la pierna en Irlanda del Norte.

—¿Tiene una pierna ortopédica?

—Sí. De aluminio. Una maravillosa pieza de ingeniería. Bien. ¿A qué hora quiere desayunar? ¿A las ocho y cuarto está bien? De ese modo, tendrán tiempo suficiente antes de que venga a buscarlos el auto para llevarlos a Gleneagles. ¿Lo despierto?

—Sí, por favor. A eso de las ocho. Duermo como un lirón con este aire de la montaña.

Archie fue a abrir la puerta, pero Joe Hardwicke se ofreció a ocuparse de la bandeja. ¿Podía llevarla a la cocina? Archie le agradeció pero respondió con firmeza.

—De ninguna manera. Es una regla de la casa. Ustedes son invitados. No les permitimos mover un dedo.

Salieron al hall.

—Gracias —dijo Joe Hardwicke, al pie de la esclera.

—Gracias. Buenas noches. Que duerma bien.

Archie permaneció al pie de la escalera hasta que el norteamericano desapareció; oyó que abría y cerraba la puerta de su habitación. Luego volvió al salón, arregló los leños en el hogar, colocó la defensa, corrió los pesados cortinados. Afuera, el jardín estaba bañado por la luz de la luna. Oyó el grito de una lechuza. Dejó la bandeja donde estaba, apagó las luces y salió de la sala. Cruzó el hall para ir al comedor. En la mesa no quedaban huellas de la cena, y ahora estaba puesta para el desayuno. Se sintió culpable, porque tradicionalmente ésa era una tarea suya; Isobel lo había hecho sola mientras él charlaba.

Fue a la cocina. También allí todo estaba prolijo y ordenado. Sus dos perras labradoras negras dormían junto al horno, en sus cestas redondas. Al oír el ruido, se despertaron y levantaron la cabeza. Se oyeron los golpes de las colas contra las cestas.

—¿Salieron? —preguntó Archie—. ¿Isobel las sacó antes de irse a la cama?

Movimiento de colas. Estaban muy bien, muy cómodas. No quedaba nada por hacer.

A la cama. De pronto, se sintió muy cansado. Subió la escalera y fue apagando las luces. Se sacó la ropa en su cuarto de vestir. Se quitó la chaqueta, la corbata de moño, la camisa blanca con gemelos, los zapatos y las medias. Los pantalones eran lo más complicado, pero había perfeccionado una técnica para quitárselos. El alto espejo del ropero reflejaba su imagen, pero evitó cuidadosamente mirarla; el muñón amoratado del muslo, el metal brilloso de la pierna ortopédica, los tornillos y bisagras, los cinturones y correas que la mantenían en su lugar... todo expuesto, desvergonzado, casi obsceno.

Buscó y se puso rápidamente el camisón, más fácil de manejar que el pijama. Fue al baño, orinó y se cepilló los dientes. En el vasto dormitorio, no había ninguna lámpara encendida, pero entraba la luz de la luna por la ventana sin cortinas. Isobel dormía en su lado de la gran cama camera, pero cuando él cruzó la habitación se movió y se despertó.

—Archie.

Archie se sentó en el borde de la cama.

—Sí.

—¿Qué hora es?

—Casi la una y media.

"La una y media", pensó Isobel.

—¿Estuvieron charlando?

—Sí. Perdóname. Debí haberte ayudado.

—No tiene importancia. Son muy simpáticos.

Él se estaba quitando las correas de la pierna ortopédica: separó suavemente de la pierna la parte ahuecada de cuero tapizado; luego se inclinó para colocar el odiado aparato en el suelo, junto a la cama, con las correas prolijamente dispuestas para ponérselo fácilmente por la mañana. Sin la pierna, sentía el cuerpo ladeado y extrañamente liviano, y el muñón le ardía y le dolía después de la larga jornada.

Se acostó junto a Isobel y se cubrió con la sábana fría hasta la garganta.

—¿Estás bien? —preguntó Isobel con voz soñolienta.

—Sí.

—¿Sabes que Verena Steynton va a dar un baile para Katy? En septiembre.

—Sí. Me lo dijo Violet.

—Tendré que comprarme un vestido nuevo.

—Sí.

—No tengo nada que ponerme.

Y se durmió.

En cuanto empezó, él ya sabía lo que iba a suceder. Siempre lo mismo. Calles desiertas, heladas, las paredes de las casas cubiertas de *graffiti*. Cielo oscuro, lluvia. Llevaba una chaqueta antibalas y conducía un Land Rover blindado, pero faltaba algo; debía ir acompañado, e iba solo.

Lo único que tenía que hacer era llegar a la zona segura del cuartel. El cuartel era el centro militar controlado por el Ulster Constabulary, bien defendido y fortificado. Si podía llegar allá antes que ellos, estaría a salvo. Pero allí estaban. Siempre llegaban. Cuatro figuras allá adelante, en la lluvia. No tenían rostros, sólo capuchas negras, y lo apuntaban con sus armas. Buscó su rifle, pero había desaparecido. El Land-Rover se había detenido. Él no recordaba haber frenado. La puerta estaba abierta y ya estaban sobre él y lo arrastraban afuera. Quizás esta vez lo matarían a golpes. Pero era lo mismo. Era la bomba. Parecía un paquete envuelto en papel marrón pero era la bomba, y la pusieron en la parte de atrás del Land-Rover. Él estaba ahí, de pie, mirándolos. Luego estaba otra vez al volante y había comenzado la pesadilla. Porque iba a pasar con el auto por el portón abierto del cuartel, y la bomba estallaría y mataría a todos los que estuvieran adentro.

Manejaba como un loco, y seguía lloviendo, y no veía nada, pero pronto estaría allí. Lo que tenía que hacer era pasar por la entrada, llevar el vehículo al pozo para explosivos, salir como pudiera y correr desesperadamente antes de que la bomba estallara.

El pánico lo destrozaba, oía como un rugido su propia respiración. El portón se levantó, entró en el cuartel y bajó la rampa. Estaba en el pozo para explosivos. Las paredes de hormigón se alzaban a ambos lados. No había luz. Huir. Movió la manija de la puerta pero estaba trabada. La puerta no se abría, estaba atrapado, oía el tictac de la bomba como el de un reloj letal y asesino, y estaba atrapado. Gritó. Nadie sabía que él estaba allí. Siguió gritando...

Se despertó, aullando como una mujer, con la boca abierta, la transpiración corriéndole por la cara... unos brazos lo contuvieron...

—Archie.

Allí estaba ella, abrazándolo. Después de unos momentos, lo ayudó suavemente a volver a acostarse. Lo consoló como a un niño:

"Bueno, bueno, bueno...

Le besó los párpados.

"Está bien. Fue un sueño. Estás aquí. Estoy aquí. Estás despierto.

Los latidos del corazón de Archie eran como martillazos y él chorreaba sudor. Se quedó quieto entre los brazos de Isobel y gradualmente su respiración se fue calmando. Extendió la mano para tomar un vaso de agua pero ella se le adelantó; sostuvo el vaso mientras él bebía y cuando no quiso más volvió a ponerlo en la mesita.

Cuando Archie se tranquilizó, ella dijo, con la sombra de una sonrisa en el rostro:

—Espero que no hayas despertado a nadie. Creerán que te estoy asesinando.

—Es cierto. Lo siento.

—Fue... ¿lo mismo de siempre?

—Sí, siempre lo mismo. La lluvia, las capuchas, la bomba, y ese maldito pozo. ¿Por qué en las pesadillas pasan cosas que nunca me sucedieron?

—No lo sé, Archie.

—No quiero tener más pesadillas.

—Lo sé.

Él giró la cabeza y hundió la cara en el hombro terso de Isobel.

—Si dejara de tenerlas, tal vez podríamos hacer el amor otra vez.

AGOSTO

1

Lunes 15

La llegada del correo de la mañana a Croy era una fiesta móvil.* Tom Drystone, el cartero, en su camioneta roja, cubría un área enorme cada día. Se llegaba a los valles, a las remotas granjas y a los *crofts*** por largos caminos ondulados de un solo carril. Las jóvenes esposas, aisladas con sus hijos pequeños, esperaban su llegada mientras tendían la ropa al viento frío y estimulante. Los viejos que vivían solos dependían de Tom para darle sus recetas de medicamentos, charlar un ratito y hasta sentarse con él a tomar una taza de té. En invierno, el cartero cambiaba su camioneta por un Land-Rover, y sólo una tremenda tormenta de nieve le impedía llegar a entregar esa esperada carta de Australia, o la blusa nueva elegida en el catálogo de Littlewoods, y cuando el estridente huracán del noroeste dañaba las líneas de teléfono y los cables de la electricidad, él era a menudo la única fuente de comunicación con el mundo externo.

Por estos motivos, aunque hubiera sido un hombre de cara hosca a quien no le gustara charlar y no tuviera cierta agudeza, la cotidiana aparición de Tom siempre hubiera sido bienvenida. Pero era un tipo alegre, nacido y criado en Tullochard, y muy intrépido ante todo lo que los lugares agrestes o los elementos pudieran arrojar sobre él. Además, cuando no trabajaba como cartero, era muy admirado por su habilidad con el acordeón, una figura respetada en los locales, en la plataforma con el vaso de cerveza en el

* Aludе al libro de Hemingway titulado *A Moveable Feast* (Una fiesta móvil). (*N. de la T.*)
** *Croft*: Valle encerrado entre montañas, usado para cultivos. (*N. de la T.*)

suelo, y dirigiendo en el teclado una interminable serie de alegres gigas y ritmos vivaces. Esta música pegadiza iba con él a todas partes, porque mientras entregaba la correspondencia silbaba.

Mediados de agosto. Lunes. Un día ventoso, muchas nubes. No hacía calor, pero al menos no llovía. Isobel Balmerino se había puesto un delantal y estaba sentada en un extremo de la mesa de la cocina quitando las plumas a media docena de patos. Los había cazado el viernes y hacía tres días que estaban colgados en la despensa de la cocina. Tal vez debía haberlos dejado un poco más allí, pero deseaba quitarse de encima esa tarea sucia y tener los patos en el freezer antes de que llegara la próxima tanda de norteamericanos.

La cocina era enorme, victoriana, llena de evidencias de la vida activa de Isobel. Estantes con pilas de platos de metal, y una plancha de telgopor sobre la que había pinchado montones de tarjetas postales, direcciones y notas recordatorias como "llamar al plomero". Las cestas de los perros se hallaban cerca de la cocina de cuatro quemadores, y grandes ramos de flores puestas a secar colgaban del techo, en ganchos que antes se usaban para curar jamones. Sobre la cocina, había un tendedero de ropa con roldana, donde se ponían a secar los sacos de tweed empapados después de un día en la montaña, o la ropa planchada que no estaba totalmente seca. El lugar no era muy conveniente porque si había arenques para el desayuno, luego las fundas de las almohadas tenían un ligero olor a pescado, pero como Isobel no tenía secarropas, ésa era la única solución.

En tiempos pasados, en la época de Lady Balmerino, el tendedero había sido el origen de una anécdota familiar que se transmitió de una generación a otra. Por entonces, la señora Harris era la cocinera que vivía con la familia, una cocinera espléndida pero sin muchas reglas de higiene. Tenía la costumbre de mantener en forma constante sobre la cocina una enorme olla de hierro negro para caldo, con huesos y todos los restos de verdura que podía rescatar de los platos. Con esto, hacía sus famosas sopas. Cierta vez, se alojó por varios días en la casa un grupo de personas que participaría en una partida de caza. El tiempo era pésimo, de manera que el tendedero estaba constantemente lleno de chaquetas, pantalones, suéteres y medias de lana peluda. Durante esos quince días, la sopa se puso cada vez mejor, más y más sabrosa. Los invitados pedían la receta. "¿Cómo la hace, señora Harris? ¡El aroma! Es deliciosa." Pero la señora Harris no se dejaba seducir, y sólo respondía que la había aprendido de su madre. Finalmente, los invitados se fueron, no sin dejar buenas propinas en las manos rojas y castigadas de la señora Harris. Cuando se fueron, la olla fue vaciada para fregarla. En el fondo, encontraron una media de lana no demasiado limpia.

Otras cuatro aves desplumadas y faltaban dos. Las plumas flotaban por todas partes. Isobel las recogió con cuidado, las envolvió en papel de diario y metió los envoltorios en el tacho de la basura. Cuando estaba colocando sobre la mesa más papel de diario para comenzar con la quinta, oyó silbidos.

La puerta del fondo se abrió de golpe, y Tom Drystone entró como una tromba. La corriente de aire hizo volar por el aire una nube de plumas. Isobel dejó escapar un gemido, y Tom cerró rápidamente la puerta.

—Veo que el señor la tiene ocupada. —Las plumas cayeron. Isobel estornudó. Tom arrojó una pila de cartas sobre un armario. —¿El joven Hamish no le puede dar una mano?

—No está. Se fue por una semana a Argyll con un compañero de colegio.

—¿Cómo estuvo Croy el viernes?

—Creo que quedaron decepcionados.

—Trajeron como ochenta de Glenshandra.

—Probablemente eran todos nuestros; vuelan sobre el cerco del pantano para visitar a sus compañeros. ¿Quiere un café?

—No, hoy no, gracias. Tengo mucho que repartir en la camioneta. Circulares del consejo. Bueno, me voy...

Y se fue, silbando desde antes que se cerrara la puerta tras él.

Isobel siguió desplumando los patos. Quería ir a ver la correspondencia, ver si había algo interesante, pero se obligó a seguir con la tarea. Primero había que terminar de desplumar y luego tirar las plumas a la basura. Sólo entonces se lavaría las manos para ver las cartas, antes de emprender el feo trabajo de limpiar las aves.

La camioneta partió. Isobel oyó pasos que se acercaban por el corredor. Lentos, desparejos. Y bajaban los escalones de a uno por vez. Se abrió la puerta y apareció su marido.

—¿Era Tom?

—¿No lo oíste silbar?

—Espero esa carta de la Comisión de Forestación.

—Todavía no las he mirado.

—¿Por qué no me dijiste que estabas limpiando las aves? —El tono de Archie era más acusador que culpable. —Hubiera venido a ayudarte.

—¿Quieres limpiarlos tú?

Él hizo un gesto de disgusto. Podía cazar aves, y retorcerle el cuello a alguna que quedara viva y herida. Si no había otro remedio, hasta podía desplumarlas. Pero le impresionaba abrirlas y sacarles las vísceras. Ésta siempre había sido una pequeña ausa de malestar entre él e Isobel, de manera que cambió de tema rápidamente, como ella esperaba que haría.

—¿Dónde están las cartas?

—Las puso sobre el armario.

Él fue renqueando a buscarlas y las llevó al otro extremo de la mesa, donde no se ensuciarían. Se sentó y revisó los sobres.

—Maldito sea, no está aquí. Me gustaría que se apuraran un poco. Pero hay una de Lucilla...

—Ah, muy bien, la esperaba...

—... y algo muy grande, grueso y duro que podría ser una invitación de la Reina.

—¿Letra de Verena?

—Es posible.

—Es nuestra invitación.

—Y dos más, similares, que hay que enviar. Una para Lucilla, y otra para... —Vaciló. —Para Pandora.

Las manos de Isobel quedaron inmóviles.

Isobel y Archie se miraron a través de la mesa llena de plumas.

—¿Pandora? ¿Invitan a Pandora?

—Parece que sí.

—¡Qué extraordinario! Verena nunca me dijo que invitaría a Pandora.

—No había razones para que la invitara.

—Tendremos que enviársela. Abre la nuestra, a ver cómo es.

Lord y Lady Balmerino
Mrs. Angus Steynton
En casa
Para Katy
Viernes, 16 de septiembre de 1988

RSVP
Corriehill
Tullochard
Relkirkshire

Baile a las 22 hs.

—Muy lujosa. —Arqueó las cejas. —En relieve, en papel metalizado con bordes dorados. El 16 de septiembre. Verena la ha enviado bastante tarde, ¿eh? Falta apenas un mes.

—Hubo un gran contratiempo. Los de la imprenta cometieron un error. Imprimieron la primera serie en el revés del papel, y Verena las mandó todas de vuelta para que las hicieran de nuevo.

—¿Cómo se dio cuenta de que las habían impreso del revés?

—Verena conoce estas cosas. Es una perfeccionista. ¿Qué dice la invitación?

—Dice: "Lord y Lady Balmerino. Mrs. Angus Steynton. En casa. Para Katy. Bla, bla. Baile a las veintidós horas. R.S.V.P." ¿Qué te parece?

Isobel entrecerró los ojos para ver sin los anteojos.

—Muy impactante. Quedará espléndida en la repisa de la chimenea. Los norteamericanos creerán que nos han invitado a una fiesta de la Reina. Ahora léeme la carta de Lucilla. Es mucho más importante.

Archie abrió el delgado sobre con estampilla y sello franceses y sacó dos hojas de un barato papel rayado.

—Parece escrita en papel higiénico.

—Léela.

—"París. 6 de agosto. Queridos papá y mamá: Perdónenme por tardar siglos en escribir. No tengo tiempo para contarles mucho. Escribo esta nota para que sepan por dónde ando. Dentro de un par de días salgo de París para ir al sur. Viajo en ómnibus, así que no se preocupen pensando que hago *auto-stop.* Voy con un muchacho australiano que conocí, y que se llama Jeff Howland. No es estudiante de arte; tiene una granja de ovejas en Queensland, y está dedicando el año a recorrer Europa como puede. Tiene amigos en Ibiza, de manera que es posible que vayamos allá. No sé qué haremos cuando vayamos a Ibiza, pero si hay posibilidades de ir a Mallorca, ¿quieren que vaya a ver a Pandora? Si lo desean, envíenme su dirección, porque la he perdido. Y ando un poco corta de dinero, ¿podrían prestarme algo hasta que llegue la próxima cuota del mío? Manden toda a Hans Bergdorf, P. O. Box 73, Ibiza. París es maravilloso, pero ahora sólo hay turistas. Todos los demás se han ido a la playa o a la montaña. El otro día vi una estupenda muestra de Matisse. Los quiero muchísimo. *No se preocupen.* Lucilla. P. D.: No olviden mandarme el dinero."

Archie dobló la carta y volvió a meterla en el sobre.

—Un australiano —dijo Isobel.

—Que cría ovejas.

—Que recorre Europa como puede.

—Al menos, viajan en ómnibus.

—Bien, podría ser peor. Pero si piensas que puede ir a ver a Pandora... ¿no es extraordinario? No nombramos a Pandora desde hace meses y de pronto aparece por todas partes. ¿Ibiza queda muy lejos de Mallorca?

—No.

—Me gustaría que Lucilla volviera a casa.

—Isobel, lo está pasando maravillosamente bien.

—No me gusta que ande con poco dinero.

—Le enviaré un cheque.

—La extraño tanto...

—Lo sé.

Isobel había terminado de desplumar las aves y de recoger trabajosamente todas las plumas y tirarlas a la basura. Las seis pequeñas aves muertas formaban una patética fila, con las cabezas torcidas y las patas y las garras extendidas como bailarinas. Isobel tomó su cuchillo letalmente afilado e hizo rápidamente un tajo en el primer cuerpecito fláccido. Luego dejó el cuchillo y hundió la mano en el interior del ave. La sacó ensangrentada y con una larga tira de entrañas de color gris perla. Los menudos se fueron apilando en increíble profusión sobre el papel de diario. El olor era fortísimo.

Archie se puso de pie.

—Voy a hacer ese cheque. —Recogió las cartas. —Antes de que me olvide. —Y se fue a su estudio, cerrando firmemente la puerta de la cocina al salir, como un modo de bajar el telón sobre esa escena de pequeña carnicería doméstica.

Sentado ante su escritorio, tuvo unos instantes en la mano la carta de Pandora. Pensó en escribirle. En poner una carta suya en el sobre, junto con la invitación de Verena. "Es una fiesta", le diría. "Será divertido. ¿Por qué no vienes a casa para esa fecha y estás con nosotros en Croy? Nos encantaría verte. Por favor, Pandora. Trata de venir."

Pero ya le había escrito antes y en ese tono ella ni siquiera se había molestado en contestar. De nada servía. Suspiró y escribió cuidadosamente la nueva dirección en el sobre. Le pegó las estampillas y un autoadhesivo que decía "Correo Aéreo" y la dejó a un lado.

Hizo un cheque a la orden para Lucilla Blair por ciento cincuenta libras. Luego se puso a escribirle una carta a su hija.

Croy, 15 de agosto

Mi querida Lucilla:

Muchas gracias por tu nota, que llegó esta mañana. Espero que tengas un buen viaje al sur de Francia, y que puedas reunir el dinero para ir a Ibiza; te envío el cheque como me pediste. En cuanto a Pandora, estoy seguro de que le encantará verte, pero llámala por teléfono y avísale que piensas visitarla antes de incluirla en tus planes.

Su dirección es Casa Rosa, Puerto del Fuego, Mallorca. No tengo su número de teléfono, pero estoy seguro de que lo encontrarás en la guía en Palma.

Además, te envío una invitación para un baile que los Steynton darán para Katy. Sólo falta un mes y es posible que tú tengas cosas mejores que hacer, pero sé que a tu madre le gustaría mucho que estuvieras presente.

El 12 fue un buen día. Fuimos en auto, así que yo participé en la caza sólo por la mañana. Todos fueron muy amables y pude quedarme atrás. Hamish vino conmigo para ayudarme a llevar la escopeta y el morral, y ayudar a su viejo padre a subir la cuesta. Edmund Aird apuntó extraordinariamente bien, pero al final del día, en el morral sólo había unas cuarenta aves, y dos liebres. Hamish se fue ayer a pasar una semana en Argyll con un compañero de colegio. Se llevó la caña para pescar truchas, pero espera hacer también pesca en mar profundo. Mi querida niña, eso es todo.

Papi

Releyó la misiva y luego la dobló prolijamente. Tomó un sobre marrón grande donde puso la carta, el cheque y la invitación de Verena. Lo cerró, le puso estampillas y escribió la dirección de Ibiza que le había enviado Lucilla. Llevó las dos cartas al hall y las dejó sobre el arcón, junto a la puerta. Las despacharía el primero que fuese al pueblo.

2

Miércoles 17

La invitación de los Steynton llegó a Ovington Street el miércoles de esa semana. Era temprano. Alexa, descalza y envuelta en su bata, estaba en la cocina esperando que hirviera el agua. La puerta del jardín estaba abierta, y allí se encontraba Larry, oliéndolo todo, como de costumbre. A veces encontraba huellas de gato y se excitaba mucho. Era una mañana gris. Tal vez más tarde saldría el sol y disolvería la neblina. Alexa oyó ruido en el buzón, y al mirar por la ventana, vio las piernas del cartero, que seguía hacia la casa siguiente.

Puso una bandeja en la mesa y saquitos de té en la tetera. Cuando el agua hirvió, Alexa hizo el té; luego dejó al perrito abajo y subió la escalera con la bandeja en las manos. Las cartas estaban sobre el felpudo. Maniobrando con la bandeja, se agachó a recogerlas y las metió en el amplio bolsillo de la bata. Al incorporarse, sintió la blandura de la alfombra bajo los pies desnudos. La puerta de su dormitorio se hallaba abierta y las cortinas, corridas. No era una habitación muy grande y estaba casi totalmente ocupada por la cama que Alexa había heredado de su abuela. Era una cama imponente, ancha y mullida, con alto armazón de bronce. Alexa dejó la bandeja y se metió entre las sábanas.

—¿Estás despierto? Te he traído una taza de té —dijo.

El bulto que se veía del otro lado de la cama no respondió de inmediato a su llamada. Luego emitió un gruñido y se alzó. Por entre las mantas apareció un brazo desnudo, moreno, y Noel se volvió hacia ella.

—¿Qué hora es? —Su cabello, tan oscuro en contraste con la almohada, estaba revuelto y el mentón mostraba una sombra de barba crecida.

—Las ocho menos cuarto.

Él volvió a gruñir y se pasó los dedos por el pelo. Alexa dijo: "Buenos días", y se inclinó a besar la mejilla sin afeitar de Noel. Él le puso la mano en la nuca y la abrazó estrechamente. Murmuró:

—Me encanta tu olor.

—Champú de limón.

—No, no es el champú de limón. Eres tú.

Apartó la mano. Liberada, ella volvió a besarlo, y luego se dedicó a la tarea doméstica de servir el té. Ahuecó las almohadas y se incorporó para apoyarse en ellas. Noel estaba desnudo, con la piel tostada como si acabara de volver de unas vacaciones tropicales. Ella le entregó la humeante taza de té. Era algo de él que Alexa había descubierto, una de las pequeñas rutinas de su existencia. Como su forma de hacer el café, o de lustrar sus zapatos, o hacerse un Martini seco. Por la noche vaciaba sus bolsillos y dejaba el contenido prolijamente en fila sobre la cómoda, siempre en el mismo orden: la billetera, las tarjetas de crédito, el cortaplumas, un poco de cambio, las monedas cuidadosamente apiladas. Lo más lindo era acostarse y mirarlo hacer eso; después contemplarlo mientras se desvestía, esperar a que estuviese listo, a que fuese hacia ella.

Todos los días aprendía algo nuevo; cada noche había un nuevo y dulce descubrimiento. Todas las cosas buenas atesoradas para que cada momento, cada hora fuera mejor que el momento y la hora anterior. Vivir con Noel, compartir esa deliciosa mezcla de domesticidad y pasión, le hacía entender por primera vez por qué la gente llegaba a desear casarse. Era para que durase para siempre.

Y alguna vez... tres meses atrás... ella se había sentido perfectamente satisfecha. Sola en la casa, con Larry por única compañía, ocupada con su trabajo, sus actividades diarias, alguna salida de noche, visitas o amigos. Una vida a medias. ¿Cómo la había soportado?

No se echa de menos lo que nunca se ha tenido. La voz fuerte y clara de Edie. Pensando en Edie, Alexa sonrió. Se sirvió su propio té, lo dejó en la mesita de su lado y sacó las cartas del bolsillo. Las dejó caer sobre la colcha. Una cuenta de Peter Jones, un folleto sobre ventanas dobles, una tarjeta postal de una mujer que vivía en Barnes y que quería unas golosinas para tener en el freezer, y finalmente el enorme sobre blanco duro.

Alexa lo miró. Sello de Escocia. ¿Una invitación? A una boda, tal vez...

Abrió el sobre con el pulgar y sacó la tarjeta.

—Por Dios —dijo.

—¿Qué es?

—Una invitación al baile. "*Irás* al baile", le dijo el hada madrina a Cenicienta.

Noel extendió la mano y lo tomó.

—¿Quién es Mrs. Angus Steynton?

—Viven cerca de nosotros en Escocia. A unos quince kilómetros.

—¿Y quién es Katy?

—La hija de ellos, por supuesto. Trabaja en Londres. Tal vez la conociste... —Alexa pensó, y luego cambió de idea. —No, no creo. Suele salir con los muchachos de la Guardia... va a las carreras.

—Es el 16 de septiembre. ¿Vas a ir?

—No lo creo.

—¿Por qué no?

—Porque no querría ir sin ti.

—A mí no me han invitado.

—Lo sé.

—¿Dirás "Voy, si puedo llevar a mi amante"?

—Nadie sabe que tengo un amante.

—¿Todavía no le contaste a tu familia que he venido a vivir contigo?

—Todavía no.

—¿Hay alguna razón particular?

—Bueno, Noel, no sé... —Pero lo sabía. Quería guardarlo para ella sola. Con Noel vivía en un mundo de secreta magia del amor y del descubrimiento, y temía que si dejaban entrar a alguien de afuera, todo se disolvería y se estropearía de alguna manera.

Además... y esto era lo más patético que tenía que admitir... Alexa carecía totalmente de toda forma de coraje moral.Tenía veintiún años, pero eso no contribuía a nada; por dentro, todavía se sentía de quince, y se mostraba ansiosa por quedar bien con la gente. La idea de que pudiera haber reacciones en la familia la llenaba de una desdicha agónica. Imaginaba la desaprobación de su padre, el espanto de Vi, la preocupación de Virginia. Y luego las preguntas: "¿Pero quién es? ¿Dónde lo conociste? ¿Viven juntos? ¿En Ovington Street? ¿Pero cómo no nos lo has dicho antes? ¿Qué hace? ¿Cómo se llama?"

Y Edie. *Lady Cheriton debe de estar revolviéndose en su tumba.*

No era que no pudiesen entender. Ni que fueran rígidos ni hipócritas en ningún sentido. Ni que no amaran a Alexa... es que ella no podía soportar que se perturbaran.

Bebió un poco de té.

Noel dijo:

—Ya no eres una nena.

—Lo sé. Soy una mujer adulta. Me gustaría no ser una adulta tan poco divertida.

—¿Te da vergüenza que vivamos juntos en pecado?

—No me da vergüenza nada. Es sólo... mi familia. No me gusta herirlos.

—Mi amor, se sentirán mucho más heridos si se enteran de lo nuestro antes de que tú se lo digas.

Alexa sabía que esto era cierto.

—Pero, ¿cómo podrían enterarse?

—Esto es Londres. Todo el mundo habla. Me asombra que a tu padre no le haya llegado la noticia todavía. Sigue mi consejo, pórtate como una muchacha valiente. —Le dio la taza vacía y un rápido beso en la mejilla. Se sentó en el borde de la cama para alcanzar su bata. —Y luego puedes escribir a doña Estirada, o como se llame, y decirle que sí, que te encantaría asistir al baile, y que llevarás contigo al Príncipe Azul.

Alexa sonrió a pesar suyo.

—¿Vendrías?

—Probablemente no. Las danzas tribales no son mi escenario natural. —Y se fue al baño. Casi enseguida, Alexa oyó el ruido de la ducha.

¿Por qué tanto problema? Tomó nuevamente la invitación y la miró, ceñuda. "Ojalá nunca hubieras venido", le dijo. "Has removido un montón de problemas."

3

Lunes 22

Ese agosto toda la isla fue invadida por una ola de calor sin precedentes. Las mañanas empezaban con mucho calor, y hacia mediodía, la temperatura había subido a un límite insoportable. Toda la gente sensata se quedaba adentro durante la tarde, dando vueltas en la cama, sin aliento, o durmiendo en alguna terraza sombreada. En lo alto de la montaña, el viejo pueblo silencioso y con las persianas bajas, se amodorraba a la hora de la siesta. Las calles estaban vacías y los negocios, cerrados.

Pero abajo, en el puerto, era otra historia. Había demasiada gente, se gastaba demasiado dinero como para respetar esta costumbre tradicional. Los turistas no querían saber nada de siestas. No querían dedicar a dormir ni un solo momento de sus costosas vacaciones. Y los que hacían excursiones por un día no tenían adónde ir. De manera que enrojecidos y transpirados se sentaban en grupos, en las terrazas de los cafés, o vagaban sin rumbo fijo por las galerías de compras con aire acondicionado. La plaa estaba repleta de sombrillas de paja y cuerpos medio desnudos que parecían camarones, y el puerto, atestado de embarcaciones de todo tipo que salían al mar. Sólo la gente de los barcos sabía lo que les convenía. Esos yates y lanchas que generalmente hervían de actividad, ahora flotaban perezosamente en el agua aceitosa, y a la sombra de las velas, había cuerpos de color caoba, tendidos en la cubierta como si estuvieran muertos.

Pandora se despertó tarde. Había pasado una parte de la noche dando vueltas y finalmente, a las cuatro de la mañana, había tomado una píldora para dormir y había caído en un sopor pesado, sacudido por los sueños. Hubiera seguido durmiendo, pero la despertaron los ruidos que hacía Seraphina en la cocina. El tintineo deshizo un sueño, y al rato, de mala gana, Pandora abrió los ojos.

Había sido un sueño de lluvia, y de ríos marrones, y olores húmedos y fríos, y ruido del viento. De lagos profundos y montañas oscuras y senderos barrosos que conducían a las cumbres cubiertas de nieve. Pero lo más importante era la lluvia. No una lluvia vertical, atronadora y tropical como la que caía aquí, sino suave y neblinosa. Que se convertía en nubes, que era insidiosa como el humo...

Se movió. Las imágenes se disolvieron, desaparecieron. ¿Por qué soñaba con Escocia? ¿Por qué, después de tantos años, volvían esos helados recuerdos? Tal vez era por el calor de este agosto cruel, los días interminables de implacable sol, el polvo y la sequedad, las sombras geométricas del mediodía. Una añoraba esa suave neblina perfumada.

Volvió la cabeza en la almohada y vio, del otro lado de las puertas corredizas que habían estado abiertas toda la noche, la balaustrada de la terraza, el brillo intenso de los geranios, el cielo. Azul, sin nubes, ya amarillento de calor.

Se apoyó en un codo y buscó, del otro lado de la amplia cama vacía, su reloj, que estaba sobre la mesa de noche. Las nueve. Más ruidos desde la cocina. El ruido del lavaplatos en funcionamiento. Seraphina se hacía oír. Y si ella estaba allí, significaba que Mario, su marido y jardinero de Pandora, ya estaba trabajando con su arcaica azada en el jardín. Lo cual eliminaba todas las posibilidades de un chapuzón desnuda. Mario y Seraphina vivían en el viejo pueblo y venían a trabajar todas las mañanas en la moto de Mario, que rugía a toda máquina por la cuesta. Mario conducía este tosco y ruidoso vehículo con Seraphina pudorosamente sentada tras él, de costado, con sus fuertes brazos morenos alrededor de la cintura de su marido. Era increíble que el cotidiano asalto de ruidos que proclamaba su llegada no hubiera despertado antes a Pandora, pero las píldoras para dormir eran muy fuertes.

Hacía demasiado calor como para seguir acostada en la cama revuelta. Ya hacía mucho tiempo que estaba allí. Pandora arrojó a un lado la delgada sábana, y desnuda y descalza cruzó el extenso piso de mármol blanco para ir al baño. Se puso el bikini (apenas dos pañuelitos con un nudo) y volvió al dormitorio; salió a la terraza y bajó los escalones que llevaban a la piscina.

Se zambulló. El agua estaba fresca, pero no tanto como para refrescar realmente. Nadó. Recordó cuando se zambullía en el lago en Croy y subía a la superficie aullando porque el frío entraba en cada poro de su cuerpo; era un frío paralizante que quitaba el aliento. ¿Cómo se podía nadar en algo que era prácticamente agua de deshielo? ¿Cómo Archie, ella y los demás podían entregarse a placeres tan masoquistas? Pero, ¡qué divertido era! Y después salir, y ponerse trabajosamente los suéters calientes, y encender un fuego en la playa con piedrecitas del lago, y cocinar la mejor trucha del mundo sobre los carbones humeantes. Nunca había comido una trucha tan deliciosa como aquellas que cocinaban en esas improvisadas comidas junto a la fogata.

Siguió nadando. Ida y vuelta por la larga piscina. Escocia otra vez. Ahora no eran sueños sino recuerdos conscientes. ¿Y qué? Los dejó seguir su camino. Dejó que la apartaran del lago, por el sendero de pastos duros que seguía el curso del arroyo, saltando y salpicando cuesta abajo, para unirse finalmente con el Croy. Agua turbia, marrón y espumosa como la cerveza, agua que se derramaba sobre las rocas y salpicaba en las hoyas profundas en cuyas sombras se esconde la trucha. A través de los siglos, este arroyo había formado un vallecito, y sus orillas eran verdes y fértiles, y estaban protegidas de los vientos del norte y llenas de coloridas flores silvestres. Había un lugar especial. Lo llamaban "el Corrie", y era el elegido para muchos picnics en primavera y en invierno, cuando los vientos del norte eran demasiado fríos como para encender fogatas junto al lago.

El Corrie. No dejó que sus recuerdos se aferraran a ese lugar; los empujó hacia adelante. El sendero se hacía más empinado, ondulaba entre grandes formaciones rocosas, acantilados de granito, viejos como el tiempo. Una vuelta más y allá abajo aparecía el valle, bañado de sol, recorrido por sombras de nubes, revelando en todo su belleza pastoril. El Croy, como un hilo brillante, con sus dos puentes arqueados apenas visibles entre los árboles; el pueblo, reducido por la distancia al tamaño de un juguete de niños dispuesto sobre la alfombra de una habitación.

Una pausa para la contemplación y luego seguir. El sendero se aplanaba. Más adelante estaba el cerco para ciervos y el portón alto. Ahora se veían los primeros árboles. Pinos escoceses y más allá, el verde de las hayas. La casa de Gordon Gillock, con la ropa de la señora Gillock tendida al viento, y los perros de caza, alterados, estallando desde sus casillas en una cacofonía de ladridos enloquecidos.

Ya casi había llegado. Ahora ya no iba por un sendero, sino por un verdadero camino asfaltado que pasaba entre las casas de las granjas, construcciones de piedra, graneros y establos de vacas. Había olor a ganado y a estiércol. Otro portón y pasó frente a la casa, con su colorido jardín y su muro de piedra cubierto de madreselvas. El corral para el ganado... El sendero bordeado de rododendros...

Croy.

Suficiente. Pandora se sacudió los pensamientos rebeldes como si fueran chicos demasiado ansiosos. No quería seguir adelante. Basta de hacerse concesiones. Basta de Escocia. Nadó un último largo y salió de la piscina por los escalones. Las plantas de sus pies percibieron las piedras ya calientes. Volvió, chorreando, hacia la casa. Fue al baño a ducharse, se lavó la cabeza, se puso un vestido limpio, ancho y sin mangas, la prenda más fresca que tenía. Salió del baño, cruzó el hall y fue a la cocina.

—Seraphina...

Seraphina se dio vuelta desde la pileta donde estaba lavando caracoles. Era una mujer baja, cuadrada, morena, con toscas piernas desnudas; usaba zapatillas y llevaba su cabello oscuro recogido en un rodete en la nuca. Siempre iba de negro porque estaba perpetuamente de luto. No bien dejaba el luto por algún viejo abuelo o pariente lejano, se moría otro de su clan y vuelta al luto. Todos los vestidos negros parecían iguales, pero, como contraste con su trisza, sus delantales siempre eran de colores vivos y estampados alegres.

Seraphina venía con la Casa Rosa. Había trabajado quince años para el matrimonio inglés que había construido la villa. Cuando, dos años antes, debido a presiones familiares y problemas de salud, el matrimonio tuvo que volver a Inglaterra a pesar suyo, Pandora, que buscaba un lugar para vivir, les había comprado la propiedad, y descubrió que junto con ella había heredado a Seraphina y a Mario. Al principio, Seraphina no estaba segura de si quería trabajar con Pandora, y ésta tampoco estaba segura sobre Seraphina. La muchacha no era muy atractiva y a veces era un poco gruñona. Pero probaron mutuamente durante un mes; el mes se extendi a tres, luego a un año, y el arreglo se asentó cómodamente sin que se dijera nada concreto.

—Buenos días, señora. Ya está despierta.

Después de quince años de trabajar con ingleses, Seraphina se manejaba bastante bien con ese idioma. Pandora agradecía esta ventaja, pues ella hablaba francés con fluidez, pero ni una palabra de español. La gente decía que era fácil, si uno había aprendido latín en el colegio, pero el programa de estudios de Pandora no había incluido el latín, y ella no iba a aprenderlo ahora.

—¿Está listo el desayuno?

—Está en la mesa. Traeré el café.

La mesa estaba puesta en la terraza, que daba al sendero. Allí había sombra, y la frescura que traían las brisas del mar. Al cruzar la sala, Pandora vio un libro sobre la mesita baja. Era un volumen grande y lujoso que Archie le había enviado para su cumpleaños. *Wainwright in Scotland.* Ella sabía por qué se lo había mandado. Nunca cesaba, a su manera simple y transparente, de tratar de atraerla para que volviera a casa. Por eso no lo había abierto nunca. Pero ahora se detuvo, le prestó atención. *Wainwright in Scotland.* Otra vez Escocia. ¿Éste sería un día empapado de nostalgia? Se sonrió ante esta debilidad que de pronto la invadía. ¿Por qué no? Se agachó para recoger el libro y se lo llevó a la terraza. Lo abrió sobre la mesa mientras pelaba una naranja.

En realidad era un libro para tener en una mesita baja, un libro hecho para hojearlo, para curiosear. Dibujos a lápiz y a pluma, mapas bellamente ejecutados, y un texto simple. En todas las páginas, había fotos en color. Las arenas plateadas de Morar. Ben Vorlich. Las cascadas de Dochart. Los antiguos nombres resonaban agradablemente, como un redoble de tambores.

Empezó a comer la naranja. Cayó jugo en las páginas del libro, y lo limpió descuidadamente; quedaron manchas. Seraphina trajo el café pero Pandora no levantó la mirada, tan abstraída estaba.

Aquí el río, después de un trayecto largo y tranquilo, cobra de pronto una gran furia, y desciende en una turbulenta catarata de espuma blanca por un canal ancho y rocoso, en un notable despliegue de aguas rápidas. El flujo de los rápidos es interrumpido por las islas boscosas, una de las cuales fue el lugar donde enterraron al clan McNab, y una arcada de bellos árboles exalta la notable belleza del escenario...

Pandora se sirvió café, volvió la página y siguió leyendo. *Wainwright in Scotland* le llevó todo el día. Primero en la mesa del desayuno, luego en una silla de jardín, junto a la piscina; después del almuerzo, se lo llevó con ella a la cama. Por fin lo cerró y lo dejó caer al suelo.

Ahora estaba más fresco pero, por una vez, el calor no la había molestado mucho. Se levantó de la cama, salió y nadó otro rato; luego se puso pantalones blancos de algodón y una camisa azul y blanca. Se arregló el pelo, los ojos: se puso aros y una pulsera de oro. Sandalias blancas. Se perfumó. El frasco estaba casi vacío. Tendría que comprar otro. La perspectiva de este pequeño placer de lujo la llenó de alegría.

Se despidió de Seraphina, salió por la puerta del frente y bajó los escalones hacia el garaje donde tenía guardado el coche. Descendió con el auto por la ondulante cuesta hasta llegar al camino ancho que llevaba al puerto. Estacionó delante del correo para recoger su correspondencia, y la puso en el cesto de tiras de cuero. Luego bajó del auto y anduvo por las calles todavía repletas de gente; se detenía a mirar las vidrieras, a observar un vestido, a admirar un delicioso chal de encaje. En la perfumería, compró un frasco grande de Poison y siguió s camino hacia el mar. Por fin, llegó al amplio bulevar bordeado de palmeras que corría paralelo a la playa. Al final del día, parecía tan lleno de gente como siempre; las arenas se veían atestadas y aún había gente nadando. Más allá, los que hacían *windsurf* aprovechaban la brisa del anochecer para remojarse como alas de pájaros en la superficie del agua.

Pandora llegó a un pequeño café; había algunas mesas vacías en la acera. Cuando el camarero se acercó, Pandora le pidió café y coñac. Luego se apoyó en el incómodo sillón de hierro, se colocó los anteojos en lo alto de la cabeza, y sacó las cartas de la cesta. Una era de París. Otra, de su abogado de Nueva York. Una postal de Venecia. La dio vuelta: Emily Richter, que seguía en Cipriani. Un sobre grande, blanco y duro, dirigido a Croy y vuelto a enviar con la letra de Archie. Lo abrió y lo leyó, primero con asombro y después divertida: la invitación de Verena.

EN CASA
Para Katy

Extraordinario. Como si recibiera un llamado del pasado, de otro mundo. Y un mundo que, por alguna extraña coincidencia, le gustara o no, había habitado durante todo ese día. Se llenó de incertidumbre. ¿Sería algún tipo de presagio? ¿Debía prestar atención? Y si era un presagio, ¿acaso creía ella en los presagios?

En casa. Para Katy. Recordaba otras invitaciones, "rígidas", como las llamaban ella y Archie, expuestas en la repisa de la chimenea de Croy. Invitaciones a fiestas en el jardín, partidas de críquet, bailes, bailes en abundancia. Hubo una semana, en septiembre, en que casi nadie durmió; sobrevivieron de alguna manera con siestas robadas en la parte de atrás de los autos, o dormitando al sol mientras los otros jugaban al tenis. Recordaba un guardarropa lleno de vestidos de baile, y ella misma siempre quejándose a su madre de que no tenía nada que ponerse. Todo el mundo había visto el de satén azul claro porque se lo había puesto para el Northerns Meeting, y además alguno de los hombres le había volcado champagne en la parte delantera y la mancha no salía. ¿Y el rosa? El dobladillo estaba descosido y se le había soltado un bretel. Ante lo cual su madre, la más indulgente y paciente de las mujeres, en lugar de ordenar a su hija que buscara hilo y aguja y arreglara ese vestido rosa, la llevaría en el auto a Relkirk o a Edimburgo para sufrir allí los traumas de los caprichos de Pandora, que la arrastraba de negocio en negocio hasta que encontraba el más hermoso e inevitablemente el más caro de los vestidos posibles.

¡Qué mimada había sido Pandora, qué adorada! Y ella, a cambio...

Dejó la tarjeta y miró el mar. Vino el camarero con su café y su coñac en una bandejita. Ella le agradeció y le pagó. Mientras bebía el café amargo, negro, hirviente, Pandora contempló a los que hacían *windsurf*, y el lento deambular de los paseantes. El sol de la tarde desapareció en el horizonte y el mar tomó el color del oro derretido.

No había vuelto nunca. Por decisión propia, y de nadie más. No había corrido a buscarla, pero nunca habían perdido contacto. Siempre recibía cartas, todavía llenas de amor. Después de la muerte de sus padres, pensó que las cartas cesarían pero no, porque entonces empezó a escribir Archie. Descripciones detalladas de hechos relacionados con la caza, noticias de los chicos, algunos chismes del pueblo. Siempre terminaban de la misma forma: "Te extrañamos. ¿Por qué no vienes por unos días? ¡Hace tanto que no nos vemos!"

Un barco salía del amarradero; el motor hizo un suave ruido hasta que la embarcación se alejó de la playa y pudo extender las velas y llenarlas de viento. Lo miró pasar perezosamente. Lo veía, pero su mirada interior estaba llena de imágenes de Croy. Una vez más, sus pensamientos se le adeantaban y esta vez ella no los empujaba hacia atrás, sino que los dejaba avanzar. Hasta la casa. Hasta la escalinata de la puerta de entrada. La puerta estaba abierta. Nada se lo impedía. Podía ir...

Apoyó la taza con cierta fuerza. ¿Para qué? El pasado era siempre bueno porque una siempre evocaba los buenos momentos. Pero, ¿y el lado más oscuro de la memoria? Mejor dejar lo sucedido donde estaba, encerrado, como los recuerdos tristes que se esconden en un arcón, con la tapa cerrada y la cerradura con llave. Además, el pasado eran personas, no lugares. Los lugares sin gente eran como las estaciones ferroviarias por donde pasan trenes. "Tengo treinta y nueve años. La nostalgia le quita toda su energía al presente. Estoy demasiado vieja para la nostalgia."

Extendió la mano para tomar el coñac. Una sombra se interpuso entre ella y el sol. Sobresaltada, levantó la cabeza y vio el rostro de un hombre, de pie a su lado. Él hizo una pequeña reverencia.

—Pandora.

—¡Ah, Carlos! ¿Qué haces aquí, acercándote como un reptil?

—Estuve en Casa Rosa pero no encontré a nadie. Ya ves, si tú no vienes por mí, tengo que venir yo por ti.

—Lo siento.

—Entonces, probé en el puerto. Pensé que te encontraría por aquí.

—Estuve haciendo compras.

—¿Puedo acompañarte?

—Cómo no.

Él retiró una silla y se sentó frente a ella. Era un hombre alto, de unos cuarenta y cinco años, formalmente ataviado con cuello y corbata y una chaqueta liviana. Tenía cabello oscuro, como sus ojos, y aun en esa noche bochornosa su aspecto era fresco e impecable. Hablaba un inglés perfecto y, como pensaba siempre Pandora, parecía francés. Pero en realidad era español.

Y además, sumamente atractivo. Pandora sonrió.

"Déjame pedirte un coñac —dijo.

4

Miércoles 24

Virginia Aird pasó por la puerta de vaivén de Harrods y salió a la calle. Dentro de la tienda, el calor y el alboroto eran opresivos. Afuera no estaba mucho mejor. El día era húmedo, el aire estaba lleno de emanaciones de nafta y de la claustrofobia de una humanidad ofuscada. Brompton Road estaba atestada de tránsito y las aceras, asfixiadas por el río de los transeúntes. Virginia había olvidado que las calles de la ciudad podían contener tanta gente. Algunos debían de ser londinenses que se hallaban cumpliendo sus tareas diarias, pero la impresión general era de una inmigración global desde los cuatro puntos cardinales. Turistas y visitantes. Más visitantes de los que parecerían posibles. Corpulentos estudiantes rubios, con mochilas. Familias enteras de italianos o posiblemente españoles; dos señoras de la India con brillantes saris. Y, por supuesto, norteamericanos. "Mis compatriotas", pensó Virginia con ironía. Se los reconocía de inmediato por la ropa y por la cantidad de equipos fotográficos que llevaban colgados al cuello. Un grandote hasta llevaba puesto su enorme sombrero.

Eran las cuatro y media de la tarde. Virginia había estado haciendo compras todo el día y ahora estaba cargada de bolsos y paquetes. Y aunque le dolían los pies, se quedó un momento parada porque todavía no había decidido qué hacer a continuación.

Tenía dos alternativas.

Podía volver enseguida, en cualquier medio de transporte que encontrara, a Cadgewith Mews, donde podía alojarse con toda comodidad en casa de su amiga Felicity Crowe. Virginia tenía llave, de manera que aunque la casa estuviese vacía (si Felicity hubiera ido de compras, o a pasear al Daschund por el parque), ella podía entrar, dejar caer los zapatos en cualquier lado, hacerse una taza de té y caer desplomada en la cama. La perspectiva de este curso de acción era enormemente tentadora.

O podía ir a Ovington Street y arriesgarse a no encontrar a Alexa en casa. Eso era lo que debía hacer. No se sentía responsable por Alexa, pero era impensable volver a Escocia sin haber visto a la hija de su marido. Ya lo había intentado, pues había llamado por teléfono la noche anterior, desde la casa de Felicity, pero el teléfono había sonado y sonado hasta que Virginia colgó el receptor, pensando que, por una vez, Alexa habría salido a divertirse. Esa mañana, había vuelto a llamar, y otra vez a la hora del almuerzo, y también desde la peluquería, mientras se asaba de calor bajo el secador. Sin respuesta. ¿Alexa estaría fuera de Londres?

En ese mismo momento, un menudo japonés que miraba en dirección contraria la empujó e hizo caer uno de sus paquetes al suelo. Se disculpó muchísimo, a la manera japonesa, recogió el paquete, lo sacudió, se lo devolvió a Virginia, hizo una reverencia, sonrió, se quitó el sombrero y siguió su camino. Virginia no soportaba más. Un taxi paró para que bajara el pasajero, y antes de que algún otro pudiera hacerlo, Virginia lo tomó.

—¿Adónde la llevo?

Estaba decidida.

—Ovington Street.

Si Alexa no estaba en casa, iría en el mismo taxi a casa de Felicity. Habiendo tomado esa pequeña decisión, se sintió mejor. Abrió la ventanilla, se apoyó en el respaldo del asiento y hasta pensó en quitarse los zapatos.

Era un viaje corto. Cuando el taxi entró en Ovington Street, Virginia se inclinó hacia adelante para ver si estaba el auto de Alexa. Si el auto estaba allí, muy probablemente Alexa estaría en casa. Sí..., una pequeña camioneta blanca con una raya roja estaba estacionada junto a la acera, frente a la puerta azul. ¡Qué alivio! Le pidió al conductor que se detuviera, y él lo hizo.

—¿Me espera un momento? Quiero ver si una persona está en casa.

—Bueno, cómo no.

Virginia recogió sus paquetes y bajó del auto, subió los escalones y tocó el timbre. Oyó ladridos de Larry, y la voz de Alexa aquietándolo. Dejó caer los paquetes en el umbral, abrió el bolso y fue a pagarle al taxista.

Alexa estaba en la cocina, valientemente ocupada con las cosas usadas en su trabajo del día, y que había traído desde Chiswick en la camioneta. Cacerolas, recipientes de plástico, ensaladeras de madera, cuchillos, un batidor de alambre y una caja de cartón llena de vasos sucios. Cuando todo estuviese limpio, seco y guardado, pensaba ir arriba, quitarse la falda y la camisa de algodón, que estaban arrugadas, darse una ducha y vestirse con ropa limpia. Luego se haría una taza de té... Lapsang Souchong con una rodajita de limón... sacaría a Larry a dar un paseíto, y comenzaría a pensar en la cena. Al volver de Chiswick, se había detenido en la pescadería para comprar una trucha, el pescado favorito de Noel. La haría a la parrilla, con almendras. Y tal vez...

Oyó que un auto se acercaba lentamente por la calle. De pie frente a la pileta, tenía una visibilidad limitada. El auto se detuvo. Una voz de mujer. El ruido de unos tacos altos en la clle. Sin dejar de enjuagar un vaso bajo el agua de la canilla, Alexa escuchaba. Entonces, sonó el timbre.

Larry odiaba el timbre y se lanzó a un solo de ladridos. Alexa, tan atareada, lamentaba la interrupción y tampoco tenía ningún entusiasmo. ¿Quién diablos podía ser?

—Ah, cállate, tonto.

Dejó el vaso, se quitó el delantal y subió a ver quién era. Esperaba que no fuese nadie de importancia. Abrió la puerta y vio la pila de paquetes de aspecto costoso. El taxi dobló ciento ochenta grados y se alejó. Y...

Alexa abrió la boca. La esposa de su padre. Vestida para Londres pero instantáneamente reconocible. Vestido negro, chaqueta roja y calzado caro, recién salida de la peluquería, de manos de algún experto, con un nuevo peinado que apartaba el cabello de la cara y lo recogía con un enorme moño de terciopelo.

La esposa de papá. Espléndida, pero sin anunciarse y completamente inesperada. Las implicaciones de esta visita borraron todos los otros pensamientos de la cabeza de Alexa.

Noel.

—Virginia.

—No te desmayes. Dejé el taxi esperando por si no estabas. —Dio un beso a Alexa. —Estuve de compras —explicó innecesa- riamente, y se agachó a recoger los paquetes. Haciendo un esfuerzo Alexa se repuso y la ayudó.

—Yo ni siquiera sabía que estabas en Londres.

—Sólo por uno o dos días. —Amontonaron todo en la mesa del hall. —Y no me preguntes por qué no te llamé, te estuve llamando todo el tiempo. Pensé que no estabas en Londres.

—No. —Alexa cerró la puerta. —Nosotros... Yo comí afuera anoche, y hoy estuve trabajando todo el día. Estaba lavando la vajilla. Por eso tengo este aspecto...

—Estás espléndida. —Virginia la contempló. —¿Adelgazaste?

—No lo sé. Nunca me peso.

—¿Qué trabajo tuviste?

—Ah, un almuerzo para un anciano que cumplía noventa años. En Chiswick. Una hermosa casa, sobre el río. Veinte invitados, y parientes. Dos bisnietos.

—¿Qué preparaste?

—Salmón frío y champagne. Eso querían. Y una torta de cumpleaños. Pero, ¿por qué no me avisaste que venías?

—Ah, no sé, hice todo a último momento. Tuve ganas de irme por un par de días. Estuve todo el día de compras.

—Así parece. Y me encanta tu peinado. Debes de estar agotada. Entra y libera tus pies.

—Eso es lo que deseo... —Mientras se quitaba la chaqueta, fue hacia el sillón más grande, se desplomó en él, dejó caer sus zapatos y apoyó los pies en una banqueta. —¡Dios mío!

Alexa, de pie, la miró. ¿Cuánto tiempo pensaría quedarse? ¿Por qué...?

—¿Por qué no viniste a mi casa? —Gracias a Dios no lo había hecho, pero era la pregunta obvia.

—Me hubiera invitado sola, por supuesto, pero le había prometido a Felicity Crowe que la próxima vez que viniese a Londres me hospedaría en casa de ella. Sabes que es mi amiga de la infancia. Fue la más importante de mis damas de honor. Y casi nunca nos vemos, y cuando nos vemos charlamos y nos reímos sin parar.

Menos mal.

—¿Dónde vive?

—En una casita encantadora en Cadgewith Mews. Pero por cierto que no tan bonita como esta.

—¿Quieres... quieres un té?

—No, no te molestes. Una bebida fría, nada más.

—Tengo una lata de Coca-Cola en la heladera.

—Perfecto.

—Ya... ya te la traigo.

Dejó a Virginia y fue a la cocina. Abrió la heladera y sacó la lata. Virginia estaba allí y era necesario estar tranquila y ser objetiva. La tranquilidad y la objetividad no eran los fuertes de Alexa. Abajo había escasas evidencias de Noel. Su chaqueta Barbour y una gorra de tweed colgaban del perchero. En la sala había un *Financial Times*. Eso era todo. Pero arriba era diferente. Sus pertenencias estaban por todas partes, y la cama, muy obviamente, revelaba que la usaban dos personas. No había la menor posibilidad de ocultar el hecho. Si Virginia iba arriba...

Alexa se sintió invadida por la indecisión. Por un lado, tal vez ésta era la mejor manera de hacerlo. No había planeado nada pero había sucedido, y Virginia estaba allí. Además, Virginia era joven y ni siquiera, estrictamente hablando, era de la familia. Era de esperar que entendiera, e incluso que aprobara. Al fin y al cabo, ella había andado con montones de hombres antes de casarse con su padre. Virginia podía ser la delegada de Alexa, la mejor persona para dar la noticia con suavidad, contar que la tímida y regordeta Alexa no sólo había encontrado un hombre sino que lo había llevado hasta su corazón y su casa, y que vivía abiertamente con él.

Por otra parte, si lo hacía, el secreto se revelaría y Alexa tendría que compartir a Noel. Hablar de él y permitir que todos lo conocieran. Imaginó a su padre viniendo a Londres, llamándola por teléfono.

"Los llevaré a los dos a cenar a Claridges." La perspectiva le hizo temblar las rodillas pero, en el fondo, sabía que podría hacer frente a la situación. La pregunta sin respuesta era cómo reaccionaría Noel. ¿Sentiría que lo presionaban en algún sentido? Sería desastroso porque, después de tres meses de vivir con él y aprender todas las vueltas caprichosas del carácter de una persona, Alexa sabía que eso era lo único en la vida que Noel no podía soportar.

Desorientada, completamente confundida, hizo un esfuerzo por ser racional. "No hay nada que hacer", se dijo con la voz de Edie. "Tendrás que tomar las cosas como vengan." Pensar en Edie la hizo sentir un poco más fuerte. Cerró la puerta de la heladera, tomó un vaso y volvió a subir la escalera.

—Perdóname por haber tardado. —Virginia estaba fumando. —Creí que habías dejado de fumar.

—Dejé, pero volví a empezar. No se lo cuentes a tu padre.

Alexa abrió la Coca-Cola, y la sirvió y le pasó el vaso a Virginia.

"Ah, maravilloso. Delicioso. Me moría de sed. ¿Por qué hace tanto calor en los negocios? ¿Por qué hay tanta gente en todas partes?

Alexa se acurrucó en un ángulo del sofá.

—Los turistas. Me llevó horas salir de Chiswick. Y los zapatos que te pusiste no son buenos para un día de compras. Deberías andar en zapatillas.

—Lo sé. Qué locura, ¿verdad? Vestirse para venir a Londres. Es un hábito, supongo.

—¿Qué compraste?

—Ropa. Básicamente para la fiesta de los Steynton. Veo que tienes tu invitación.

—Todavía no he respondido.

—Vendrás, por supuesto.

—Bueno... no sé... tendré mucho trabajo por esa época.

—Pero tienes que venir. Contamos contigo...

Alexa cambió de tema.

—¿Qué tipo de vestido te compraste?

—Romántico. Un vestido de *voile* blanco, en capas, con motas negras por todas partes. Los breteles muy finos, como cuerdas. Tendré que acentuar mi bronceado.

—¿Dónde lo encontraste?

—Caroline Charles. Te lo mostraré antes de irme. Pero, Alexa, trata de ir. Es en septiembre, de modo que todo el mundo estará allí, y será un gran acontecimiento.

—Veremos. ¿Cómo está papá?

—Muy bien. —Virginia se volvió para apagar su colilla en el cenicero. Alexa esperó que dijera algo más, pero en vano.

—¿Y Henry?

—Henry está espléndido también.

—¿Están los dos en casa?

—No. Edmund pasa esta semana en el departamento de Edimburgo, y Henry se ha ido con su mochila a Pennyburn, con Vi. Yo lo llevé a Devon para las vacaciones de verano. Tres semanas, fueron un éxito. Lo llevé a andar a caballo por primera vez en su vida; le gustaron todos los animales de la granja y salir a pescar con mi padre. —Otra pausa, no del todo cómoda, ¿o era la imaginación de Alexa? Virginia continuó: —En realidad, yo quería llevarlo a Estados Unidos. De pronto me viene este deseo de ir a Leesport y a Long Island. Pero el abuelo y la abuela habían partido en ese crucero largo, de manera que no tenía mucho sentido que fuésemos nosotros.

—No, supongo que no. —Un auto arrancó y partió velozmente por la calle. —¿Cómo andan las cosas?

—No sucede nada importante. Lo de costumbre. En julio tuvimos una kermés en la iglesia, para juntar dinero para la instalación eléctrica. Fue más trabajo del que te imaginas, y recaudamos cuatrocientas libras. Apenas valió la pena el esfuerzo, pero Archie y el rector parecían muy satisfechos. Henry ganó una botella de vino de ruibarbo en la rifa. Se la regalará a Vi para su cumpleaños.

—Tuvo suerte, Vi. ¿Cómo está? ¿Y cómo está Edie?

—Ah, Edie. Ése es un problema serio. ¿No te han contado?

Parecía ser algo desastroso.

—¿Si me han contado qué?

—Ese horror de prima que tiene va a ir a vivir con ella. Llegó la semana pasada y Edie ya tiene aspecto de demente.

La idea de que Edie pareciera una demente le heló el corazón a Alexa.

—¿Quién es esa prima?

Virginia le contó con algún detalle la saga de Lottie Carstairs. Alexa quedó horrorizada.

—Recuerdo a los Carstairs. Eran muy viejos, y vivían en un vallecito en lo alto del cerro, cerca de Tullochard. Y a veces, los domingos venían a Strathcroy a cenar con Edie.

—Así es.

—Venían en un autito desvencijado. Los viejitos adelante y la hija grandota y boba en la parte de atrás.

—Bien, ahora los dos viejitos están muertos y la hija ha perdido la razón. Y ésta sería una versión suave.

Alexa se indignó.

—¿Pero por qué tiene que cuidarla Edie? Edie tiene ya bastante que hacer sin esa responsabilidad.

—Eso es lo que todos le dijimos, pero no nos escucha. Dice que la pobre no tiene otro lugar adónde ir. El caso es que la semana pasada llegó en una ambulancia y desde entonces está con Edie.

—¿Pero no para siempre, supongo? ¿Seguramente volverá a su propia casa?

—Esperemos que sí.

—¿Tú la has visto?

—¿Yo? Anda por el pueblo y habla con todo el mundo. Y no sólo en el pueblo. El otro día llevé los perros al dique, y estaba sentada en la orilla, cuando de pronto tuve una sensación extraña y me di vuelta, y allí estaba Lottie, espiándome.

—¡Qué espantoso!

—Ésa es la palabra. Edie no puede seguirla. Y eso no es lo peor. También sale de noche y vaga por ahí. Supongo que es inofensiva, pero la idea de que espía por las ventanas es suficiente para aterrorizar a todo el mundo.

—¿Qué aspecto tiene?

—No parece loca. Sólo un poco rara. De piel muy pálida y ojos como botoncitos. Y siempre está sonriendo, lo cual da más miedo todavía. Trata de hacerse querer. Eso es. Edie y Archie Balmerino dice que siempre fue así. Trabajó un año en Croy como criada. Creo que Lady Balmerino no encontraba otra. Vi dice que fue el año que Archie e Isobel se casaron. Archie jura que cada vez que uno abría una puerta, Lottie estaba del otro lado, acechando. Luego rompió tanta vajilla, que Lady Balmerino la echó. De manera que en conjunto, como ves, es un problema.

Sonó el teléfono.

—Ah, caramba. —Alexa, sumergida en el drama de Strathcroy, se molestó por la interrupción. De mala gana, se puso de pie y fue al escritorio a atender.

—Hola.

—¿Alexa Arid?

—Ella habla.

—No sé si me recuerda... Soy Moira Bradford... Estuve en la cena de los Thompson la semana pasada... quería saber...

Trabajosamente Alexa se sentó, tomó su agenda, su bolígrafo, su anotador.

"En octubre, pero pensé que era mejor arreglar las cosas ahora...

Cuatro platos, para doce personas. Tal vez, sugirió delicadamente la señora Bradford, Alexa podría darle alguna idea del costo...

Alexa escuchó, respondió preguntas, tomó nota. A sus espaldas, percibió que Virginia se había levantado del sillón e iba hacia la puerta. Levantó la mirada. Virginia hizo gestos, murmuró: "Voy al baño", y antes de que Alexa tuviera oportunidad de indicarle que usara el tocador de abajo y no subiera la escalera, ya no estaba.

—Por supuesto, mi esposo se ocupará del vino...

—Ah, sí, por supuesto. ¿La vuelvo a llamar?

—¿No podemos decidirlo ahora? Lo preferiría. Además, está el problema del servicio. ¿Usted tiene ayudante, o sirve usted misma?

Virginia había ido arriba. Vería todo, sacaría las conclusiones obvias, adivinaría la verdad. Curiosamente, Alexa sintió una especie de alivio resignado. Ya no tenía mucho sentido pensar esto o lo otro porque era demasiado tarde para remediarlo.

Inspiró profundamente. Y dijo, con tono seguro:

—No, no tengo ayudante. Pero no se preocupe, porque me arreglo muy bien sola.

Virginia subió la escalera descalza. Pensaba, como de costumbre, que ésta era una de las casitas más bonitas de Londres. Tan fresca, con el empapelado y la brillante pintura blanca. Y tan cómoda, con sus espesas alfombras y sus abundantes cortinados. Ya arriba vio que las puertas del dormitorio y del baño estaban abiertas. Entró en el baño y vio que Alexa había puesto cortinas nuevas, de *chintz* estampado con hojas y pájaros. Las admiró, y siguió recorriendo el lugar con la mirada en busca de otros cambios.

No los había, pero otros objetos inesperados atraparon su atención y barrieron todos los demás pensamientos de su cabeza. Dos cepillos de dientes en el soporte. Elementos de afeitar en el estante de vidrio, un recipiente de madera para el jabón, y una brocha de afeitar. Un frasco de loción para después de afeitarse —Antaeus, de Chanel—, la misma que usaba Edmund. Junto a la bañera, una enorme esponja turca, y colgado de la canilla, un jabón esférico con una cuerda. De los ganchos de la puerta, colgaban dos salidas de baño de toalla, una grande, a rayas azules y blancas, y otra más pequeña, blanca.

En este punto, Virginia ya no se acordaba para qué había subido. Salió del baño. Abajo había silencio. Aparentemente, la conversación telefónica había terminado, y ya no se oía la voz de Alexa. Virginia miró la puerta del dormitorio, extendió la mano, la abrió completamente y entró. Vio la cama, llena de almohadas; el camisón de Alexa prolijamente doblado, de un lado, y un pijama celeste, del otro. Sobre la mesa de noche un despertador de viaje de cuero de cerdo emitía un suave tictac. Ese reloj no era de Alexa. Los ojos de Virginia recorrieron la habitación. Cepillos de plata sobre la cómoda, corbatas de seda colgadas sobre el espejo. Una hilera de zapatos de hombre. Una puerta del ropero abierta, tal vez porque no cerraba bien. Vio varios trajes en sus perchas, y sobre la cómoda, una pila de camisas impecablemente planchadas.

Oyó pasos en la escalera. Se volvió. Allí estaba Alexa, con su ropa de algodón arrugada, más o menos con el mismo aspecto de siempre. Pero distinta. "¿Adelgazaste?", le había preguntado Virginia, pero sabía que ninguna dieta era responsable de esa indefinible radiación que había notado en el momento de volver a ver a Alexa.

Sus ojos se encontraron, y Alexa no bajó la mirada. No la apartó. No tenía culpa ni vergüenza, y Virginia se alegró por ella. Alexa tenía veintiún años. Le había llevado mucho tiempo, pero parecía que ahora, por fin, había crecido.

Recordó a Alexa de niña, como la primera vez que la había visto, tan tímida, tan insegura, tan ansiosa por agradar. Luego, cuando era recién casada, Virginia había tratado a Alexa con el máximo cuidado, eligiendo las palabras, siempre consciente del peligro de las frases impetuosas o las acciones equivocadas.

Y ahora era igual.

Finalmente, fue Alexa la que habló primero.

—Iba a decirte que usaras el tocador de abajo —dijo.

—Lo siento. No quería espiar.

—No hacía falta. Es obvio.

—¿Te molesta que lo sepa?

—No. En algún momento, lo hubieras descubierto.

—¿Quieres hablar de esto?

—Si tú quieres...

Virginia salió del dormitorio y cerró la puerta tras ella.

"Volvamos abajo y te contaré allá —dijo Alexa.

—Todavía no he ido al baño. —Y las dos se largaron a reír.

—Se llama Noel Keeling. Lo conocí en la calle. Había venido a cenar con una familia que se llama Pennington...

viven dos casas más allá... pero se había equivocado de día, de manera que no sabía qué hacer.

—¿Era la primera vez que lo veías?

—No, nos habíamos conocido antes, pero no fue nada memorable. Fue en algún cóctel; luego yo hice un almuerzo para el directorio de su empresa.

—¿Qué hace?

—Trabaja en publicidad. Wenborn & Weinburg.

—¿Qué edad tiene?

—Treinta y cuatro. —Alexa tenía un rostro soñador, el que corresponde a una chica que por fin puede hablar del hombre que ama. —Él... ¡ah, no puedo describirlo! Nunca supe describir a la gente.

Hubo una pausa. Virginia esperó. Luego, en un esfuerzo por hacer volver a Alexa al nudo de la historia, dijo:

—Así que había venido a cenar en una casa de Ovington Street y se había equivocado de día.

—Sí. Y estaba cansadísimo. Eso se veía. Acababa de llegar de Nueva York y no había dormido; estaba tan caído, que lo invité a entrar. Tomamos una copa, luego comimos algo. Chuletas. Y después se quedó dormido en el sofá.

—No lo entretuviste mucho.

—Ay, Virginia, ya te dije. Estaba muy cansado.

—Perdona. Adelante.

—La noche siguiente tenía que cenar con los Pennington, de manera que primero pasó un momento por aquí y me trajo un gran ramo de rosas. Una especie de agradecimiento. Dos noches después, salimos a comer. Y... bueno, desde allí fue como una bola de nieve.

Virginia se preguntó si, en esas circunstancias, "bola de nieve" era la expresión adecuada. Pero dijo:

—Claro, claro.

—Luego vino un fin de semana y fuimos a pasar el día al campo. Hacía calor, y el cielo estaba azul; llevamos a Larry y caminamos mucho. Cenamos en el camino de vuelta a Londres, y luego fuimos a su departamento a tomar café. Y se hizo... bueno, se hizo terriblemente tarde... y...

—Pasaste la noche con él.

—Sí.

Virginia buscó otro cigarrillo y lo encendió. Cerró el encendedor con un golpecito y preguntó:

—Y a la mañana siguiente, ¿no te arrepentiste?

—No. No me arrepentí.

—Para ti... ¿era la primera vez?

—Sí. Pero no tenías por qué preguntar eso, ¿sabes?

—Querida, te conozco muy bien.

—Al principio, resultó un poco violento. Porque yo no quería que él se diera cuenta, pero no podía fingir. Era como fingir que una nada estupendamente, y luego zambullirse en la parte honda y ahogarse. De manera que se lo dije. Estaba segura de que pensaría que yo era una colegiala o una pacata. Pero, ¿sabes lo que dijo? Que era como si le hiciesen un magnífico e inesperado regalo. Y a la mañana siguiente, me despertó abriendo una botella de champagne con un estampido tremendo; y el corcho voló. Nos sentamos en la cama y la bebimos juntos. Y después...

—¿Más bola de nieve?

—Bien, ya te imaginarás. Estábamos siempre juntos, excepto en horas de trabajo. Y después de un rato, aunque parezca ridículo, partíamos en direcciones opuestas o teníamos que pedirnos prestado el cepillo de dientes. Hablamos. Él tiene un departamento muy bonito en Pembroke Gardens y yo de buena gana me habría mudado allí, pero no podía dejar vacía esta casa llena de recuerdos de Granny Cheriton. Por el mismo motivo, no me hacía mucha gracia alquilarla. Era un dilema, pero luego Noel se encontró con unos amigos que acababan de casarse y querían alquilar un departamento hasta que encontraran uno propio. Entonces él les prestó el suyo y se vino a vivir conmigo.

—¿Cuánto hace que está aquí?

—Unos dos meses.

—Y nunca dijiste nada.

—No es porque tuviera vergüenza o quisiera guardar el secreto. Es que todo era tan increíblemente maravilloso, que yo quería que fuera sólo para nosotros. De alguna manera, era parte de la magia.

—¿Él tiene familia?

—Sus padres han muerto, pero tiene dos hermanas. Una está casada y vive cerca de Gloucestershire. La otra está en Londres.

—¿La conoces?

—No, y en realidad no quiero conocerla. Es mucho mayor que Noel y me da un poco de miedo. Es la jefa de redacción de *Venus*, una mujer terriblemente encumbrada.

—Entonces, cuando vuelva a casa, ¿quieres que diga algo?

—Como quieras.

Virginia, pensó.

—Sin duda, sería mejor decírselo a tu padre antes de que se entere por otra persona. Está mucho en Londres y ya sabes cómo habla la gente. En especial, los hombres.

—Es lo que dice Noel. ¿Podrías contárselo a papá? ¿Y a Vi? ¿Te resultaría muy difícil?

—En absoluto. Vi es increíble. Digiere cualquier cosa. Y en cuanto a tu padre, en este momento me da lo mismo lo que tenga que decirle.

Alexa se puso seria.

—¿Por qué dices eso?

Virginia se encogió de hombros. Había fruncido el entrecejo, y cuando hacía ese gesto, todas las finas arrugas de su rostro adquirían relieve, y ya no parecía tan joven.

—Será mejor que lo sepas. En este momento, no estamos en muy buenas relaciones. Hubo una pelea, sin palabras muy duras, y quedó una especie de fría cortesía entre los dos.

—Pero...

Noel quedó olvidado y Alexa se llenó de temor. Nunca había oído a Virginia hablar de su padre con un tono tan frío, ni recordaba que ellos jamás hubieran peleado. Virginia lo adoraba, se adhería a todos sus planes, estaba de acuerdo con todo lo que él sugería. Nunca habían tenido entre ellos otra cosa que un acuerdo amoroso, todas las evidencias del afecto físico y siempre (aun detrás de las puertas cerradas) muchas risas y charlas cuando estaban juntos. Nunca se les acababan los temas para hablar, y la estabilidad de su matrimonio era una de las razones por las cuales Alexa corría a Balnaid siempre que podía tomarse unas vacaciones. Le gustaba estar con ellos. La sola idea de que se separaran y no se hablaran, no se amaran más, era intolerable. Tal vez nunca volverían a amarse. Tal vez se divorciarían...

—No lo puedo soportar... ¿Qué pasó?

Al ver que toda la alegría se esfumaba de la cara de Alexa, Virginia se sintió muy culpable y pensó que había ido demasiado lejos. Hablando de Noel, Virginia se había olvidado de que Alexa era la hija de su esposo y se había permitido hablar dura y fríamente de sus problemas, como si los confiara a una vieja amiga íntima. A una mujer de su edad. Pero Alexa no lo era.

—No te horrorices —dijo rápidamente—. No es para tanto. Es sólo que Edmund insiste en mandar a Henry a un colegio como pupilo, y yo me opongo. Tiene sólo ocho años, y yo creo que es demasiado pequeño. Edmund siempre conoció mi opinión, pero arregló todo sin consultarme, y eso me hirió. Las cosas han llegado a un punto en que ni podemos hablar del asunto. Nunca tocamos el tema. Cada uno se ha mantenido en sus trece, y eso es todo. Por eso llevé a Henry a Devon. Él sabe que tendrá que ir al colegio, y también sabe que su padre y yo estamos enojados por ese tema. Por el bien de Henry, yo trato de divertirme con él, y hacer las cosas como siempre. Y no soñaría con decirle una palabra contra su padre. Sabes cómo lo adora. Pero no es fácil.

—Ah, pobre chiquito.

—Sí. Espero que un par de días con Vi mejorarán las cosas. Ya sabes lo compañeros que son. De manera que puse la excusa de un vestido nuevo y de verte a ti, y vine a Londres por unos días. En realidad, no necesito un vestido nuevo, pero te he visto, y por el giro que tomaron las cosas, veo que valió la pena.

—Pero tienes que volver a Balnaid.

—Sí. Pero quizá las cosas anden mejor.

—Lo siento mucho. Pero comprendo. Sé cómo puede ser papá una vez que ha tomado una decisión sobre algo. Como una pared de ladrillos. Es su forma de trabajar. Supongo que es una de las razones de su éxito, pero no es fácil si estás del otro lado del cerco y tienes tu propio punto de vista.

—Eso es. Creo que sería bueno que, por primera vez en su vida, le diera a algo la importancia que tiene. Entonces admitiría la posibilidad de haberse equivocado. Pero eso es algo que nunca ha hecho.

Las dos pensaban lo mismo; se miraron con tristeza. Luego Alexa dijo, sin mucha convicción:

—Tal vez a Henry le guste la escuela una vez que esté allá.

—¡Ah, cómo lo deseo! Por todos nosotros. Por Henry en particular. Ojalá me equivoque, pero tengo mis grandes temores de que la odiará.

—¿Y tú...? Ay, Virginia, no te imagino sin Henry.

—Ése es el problema. Yo tampoco.

Sacó otro cigarrillo y Alexa pensó que había llegado el momento de emprender alguna acción positiva.

—Tomemos una copa —propuso—. Creo que, con todo esto, a las dos nos vendrá bien. ¿Qué quieres? ¿Un whisky?

Virginia miró su reloj.

—Tengo que irme. Felicity me espera a cenar.

—Hay un montón de tiempo. Tienes que quedarte y conocer a Noel. No tardará. Ahora que estás enterada, por favor, no te vayas. Para ti será mucho más fácil contarle a papá, si conoces a Noel y puedes transmitirle cuánto te gusta.

Virginia sonrió. Alexa tenía veintiún años y ahora era una mujer con cierta experiencia, pero todavía era increíblemente ingenua.

—Está bien. Pero no me lo sirvas muy fuerte.

Noel había comprado las flores en un puesto de la calle, cerca de la oficina. Claveles, alverjillas y una bruma de florecillas blancas, etéreas. No pensaba comprar flores, pero las había visto al pasar, pensó en Alexa y desandó el camino para volver a mirarlas. La florista estaba deseando volver a casa y le dio dos ramos por el precio de uno. Dos ramos eran un buen espectáculo.

Ahora que vivía en Ovington Street, Noel volvía a casa caminando desde la oficina todas las tardes. Estiraba las piernas, y el trayecto no era tan largo como para cansarse al final del día de trabajo. Le gustaba doblar en el extremo de la calle y saber que éste era ahora su lugar.

Había descubierto que la vida doméstica con Alexa tenía muchas ventajas, porque ella no sólo era una amante encantadora y complaciente sino la menos exigente de las compañeras. Al principio, Noel había albergado temores de que fuera posesiva, celosa del tiempo que él pasaba sin ella. Ya había experimentado antes esos resentimientos y había terminado por sentir que llevaba un yugo atado al cuello. Pero Alexa era distinta; se mostraba generosa y comprensiva las noches en que él tenía el compromiso de ofrecer una comida a clientes del extranjero, o jugar sus partidas de squash en el club dos veces por semana.

Sabía que al abrir la puerta azul de la casa, ella estaría esperando el ruido de la llave en la cerradura, y subiría a toda velocidad la escalera desde el subsuelo para recibirlo. Él se aflojaría con una copa, se daría una ducha, y comería una excelente cena; más tarde, mirarían el noticiario o escucharían música. Finalmente tomaría a Alexa en sus brazos para llevarla a la cama.

Aceleró el paso. Subió los peldaños de a tres, maniobrando con las flores para buscar la llave con la otra mano en el bolsillo del pantalón. La puerta, bien aceitada, se abrió silenciosamente hacia adentro, y Noel oyó de inmediato las voces que llegaban desde la sala. Por lo visto, Alexa tenía una visita. Lo cual no era habitual, porque desde que Noel se había mudado a Ovington Street, Alexa mantenía firmemente a raya a todas las visitas.

—... espero que te quedes a cenar... —estaba diciendo.

Noel cerró la puerta, tratando de no hacer ruido.

"¿No puedes llamar a Felicity y darle alguna excusa?

La mesa del hall estaba repleta de paquetes de compras costosas que alguien había hecho. Noel dejó su portafolio en el suelo.

—No, sería muy grosero.

La visita era una mujer. Noel se detuvo un momento a controlar su propio aspecto; los pantalones estaban algo abolsados en las rodillas; se alisó los cabellos con la mano.

—Comeremos trucha a la parrilla con almendras...

La puerta de la sala se encontraba abierta. Noel entró. Alexa estaba en el sofá, de espaldas a él, pero la visita lo vio enseguida, y sus miradas se encontraron. La mujer tenía los ojos más asombrosamente azules que él jamás había visto, y su brillo era frío como un desafío.

—¡Hola! —dijo ella.

Alexa se levantó de un salto.

—Noel... No te oí entrar.

Se la veía rosada y un poco ajada pero muy dulce. Noel le dio las flores y se inclinó a darle un beso en la cabeza.

—Hablabas muy fuerte —le dijo, y se volvió hacia la invitada, que ahora se había puesto de pie. Era una rubia alta y llamativa y llevaba un ajustado vestido negro y un enorme moño de terciopelo en la nuca. —Mucho gusto. Soy Noel Keeling.

—Virginia Aird.

Le dio la mano en forma franca y amistosa, pero Noel pensó que eso no concordaba con la luz de sus ojos brillantes. Entonces supo que Alexa le había estado contando, y que esta atractiva persona estaba totalmente *au fait* de la situación. Le correspondía a él seguir adelante.

—¿Usted es...?

—La esposa de mi padre, Noel. —Alexa lo dijo con rapidez, revelando cierta agitación, como si estuviese fuera del contexto social. —Ha venido de Escocia a hacer unas compras. Apareció de repente. Una sorpresa maravillosa. ¡Ah, qué hermosas flores! Eres un encanto. —Metió la nariz en ellas y aspiró con placer. —¿Por qué será que los claveles siempre me hacen pensar en la salsa de pan?

Noel miró a Virginia.

—Sólo piensa en una cosa. En comida.

—Los pondré en agua enseguida. Estamos tomando una copa, Noel.

—Ya veo.

—¿Quieres una?

—Sí, claro, pero no te preocupes. Yo me la serviré.

Alexa llevó el ramo a la cocina. Solo con Virginia, Noel se volvió hacia ella.

—Siéntate. No quería molestarlas. —Virginia se sentó y cruzó sus largas piernas con cierta gracia. —Dime, ¿cuándo viniste a Londres? ¿Y cuánto tiempo te quedas?

Ella le explicó. Una decisión de último momento, una invitación de una vieja amiga. Tenía una voz profunda, con las atractivas huellas de un acento norteamericano. Había tratado de comunicarse por teléfono con Alexa, pero no había podido. Finalmente había tomado a Alexa por sorpresa.

Mientras ella le contaba todo esto, Noel se preparó su copa. La llevó adonde estaba Virginia y se sentó en un sillón, frente a ella. Ya había advertido que Virginia tenía unas piernas excepcionales.

—¿Y cuándo vuelves a Escocia?

—Ah, creo que mañana. O pasado.

—Oí que Alexa te invitaba a cenar. Me gustaría que te quedaras.

—Muchas gracias, pero tengo un compromiso. Tendré que irme muy pronto, pero Alexa quería que estuviese aquí cuando tú llegaras. —Tenía ojos como zafiros, que no parpadeaban. —Quería que te conociera. —Era espléndidamente directa, no se iba con vueltas. Noel decidió aceptar el dasafío.

—Supongo que Alexa te ha explicado la situación.

—Sí, estoy perfectamente enterada.

—Me alegro. Así las cosas serán más fáciles para todos.

—¿Fueron difíciles?

—En absoluto. Pero creo que Alexa tenía problemas de conciencia.

—Siempre los ha tenido.

—Le preocupa un poco su familia.

—Su familia significa mucho para ella. Ha tenido una extraña crianza, que la ha hecho madurar en algunos aspectos, pero en otros la ha dejado como una niña.

Noel se preguntó por qué le diría esto. Debía suponer que él ya había descubierto esas cosas por sí mismo.

—No quería herir a nadie —dijo.

—Me ha pedido que se lo cuente a su padre.

—Excelente idea. Yo la instaba a que lo hiciera. —Noel sonrió. —¿Piensa que aparecerá en nuestra puerta con un látigo?

—No lo creo. —Virginia tomó su bolso, sacó un cigarrillo y lo encendió con su encendedor de oro. —No es hombre de mostrar sus emociones. Pero creo que debes tratar de conocerlo lo antes posible.

—Nunca fui yo quien pusiera impedimentos.

Ella lo contempló a través del humo sinuoso del cigarrillo.

—Creo que lo mejor será que vengan a Balnaid. Todos estaríamos con ustedes, y Alexa tendría más apoyo moral.

Noel comprendió que lo estaba invitando a ir a la sólida casa eduardina, con los perros y el invernadero, en medio del campo. Alexa e había hablado bastante y con gran entusiasmo de las bellezas de Balnaid: el jardín, los picnics, el hermanito, la abuela, la vieja niñera. Él se había limitado a mostrarse cortésmente interesado, pero nada más. No parecía ser un lugar donde pasaran cosas divertidas, y su más grande horror era sentirse atrapado como huésped en la casa de otra persona, y aburrirse.

Pero ahora, enfrentado a Virginia Aird, sentía que sus preconceptos sobre Balnaid daban un brusco giro. Porque esta mujer elegante y sofisticada, con sus ojos que hipnotizaban y ese dejo encantador de acento transatlántico, nunca podía ser aburrida. Parecía ser lo suficientemente perceptiva como para dejarlo a uno solo con el *Times*, si eso era lo que uno quería, pero el tipo de anfitriona que podía, de un momento para otro, inventar una maniobra inesperada para entretener, o reunir a los amigos para beber una copa improvisada. La imaginación de Noel se desplazó hacia otros deleites. También habría pesca. Y caza. Aunque eso no le serviría mucho a él, que nunca había cazado. De todos modos...

—Te agradezco la invitación —dijo.

—Lo mejor sería que fuese informal... como si, por alguna razón, tuvieses que venir de todas maneras. —Lo pensó, y enseguida la inspiración iluminó su rostro. —¡Claro! El baile de los Steynton. ¿Qué podría ser más natural que eso? Sé que Alexa no está segura de querer ir, pero...

—Me dijo que no iría sin mí, y yo, por supuesto, no tengo invitación.

—Eso no es problema. Hablaré con Verena Steynton. Nunca alcanzan los hombres en estas fiestas. Estará encantada.

—Tendrás que persuadir a Alexa.

En ese momento, Alexa entró en la habitación, con un jarrón rosado y blanco donde había colocado el ramo de flores.

—¿Hablan de mí a mis espaldas? —Puso el jarrón sobre la mesa, detrás del sofá. —¿No son hermosas? Eres un ángel, Noel. Me hace sentir muy bien que me traigas flores. —Movió un clavel suelto, luego abandonó el arreglo de las flores y volvió a sentarse en un rincón del sofá. —¿Persuadir a Alexa de qué?

—De ir al baile de los Steynton —dijo Virginia—, y llevar contigo a Noel. Le haré enviar una invitación. Y estará con nosotros en Balnaid.

—No sé si Noel quiere ir.

—Nunca dije que no quería ir.

—¡Sí lo dijiste! —Alexa estaba indignada. —La mañana que llegó la invitación dijiste que las danzas tribales no eran precisamente tu fuerte. Supuse que con eso quedaba cerrado el asunto.

—Nunca lo discutimos realmente.

—¿Quieres decir que irías?

—Si tú quieres, por supuesto.

Alexa sacudió la cabeza, llena de dudas.

—Pero Noel, serán danzas tribales. ¿Lo soportarás? Si uno no sabe bailarlas, no son divertidas.

—Alguna experiencia tengo. Aquel año que fui a pescar a Sutherland... por la noche, en el hotel hubo un *hooley* y todos saltamos como salvajes, y creo recordar que yo salté como el que más. Con un par de whiskies, se me van todas las inhibiciones.

Virginia se rió.

—Bien, si eso resulta demasiado para el pobre hombre, con seguridad habrá un night-club o una *discothèque* para que se proteja allí. —Apagó la colilla. —¿Qué te parece, Alexa?

—Creo que no tengo mucho que decir. Ustedes ya lo han arreglado todo.

—En ese caso, nuestro pequeño dilema está resuelto.

—¿Qué dilema?

—El encuentro informal de Edmund y Noel.

—Ah, sí.

—No pongas esa cara. Es un plan perfecto. —Virginia miró su reloj y dejó su copa. —Tengo que irme.

Nol se puso de pie.

—¿Puedo llevarte en el auto a alguna parte?

—No. Muchas gracias, pero si puedes conseguirme un taxi, te lo agradecería...

Mientras Noel iba a cumplir con este pedido, Virginia se puso los zapatos, controló su hermoso peinado y fue a buscar su chaqueta roja. Mientras se la abotonaba, captó la mirada ansiosa de Alexa y sonrió para darle aliento.

—No te preocupes por nada. Todo andará bien desde antes que pongas el pie en la casa.

—Pero papá y tú no seguirán peleados, ¿verdad? No podría soportar que hubiera un clima horrible porque ustedes están enojados.

—No, claro que no. Olvídate de eso. En primer lugar, no debería habértelo contado. Lo pasaremos muy bien. Y me alegrará que estés allí después que el pobre Henry se haya ido al colegio.

—Pobre chiquito. No quiero ni pensarlo.

—Ya te dije que yo tampoco. De todos modos, no parece que podamos hacer mucho por evitarlo. —Se besaron. —Gracias por la copa.

—Gracias por venir. Y por ser tan maravillosa. A ti... a ti te gusta, ¿verdad, Virginia?

—Es un encanto. ¿Responderás a la invitación ahora?

—Por supuesto.

—Ah, Alexa, cómprate un vestido divino.

5

Jueves 25

Edmund Aird llevó su BMW al estacionamiento del aeropuerto de Edimburgo en el preciso instante en que el puente aéreo de las 19:00 procedente de Londres aparecía entre las nubes y se aprestaba para el aterrizaje. Sin apuro, buscó un lugar, bajó del auto y lo cerró con llave mirando, entre tanto, cómo se acercaba el avión. Había calculado perfectamente el tiempo, y esto le daba una gran satisfacción. Dar vueltas, esperar, lo llenaba de impaciencia. Cada minuto era precioso, y dedicar cinco minutos a vagar sin rumbo y no hacer nada le causaba una considerable dosis de frustración y angustia.

Atravesó el estacionamiento, cruzó la calle y entró en el hall. El avión que traía a Virginia había aterrizado. Había algunas personas que esperaban a amigos o familiares. Formaban un grupo heterogéneo, y a algunos se los notaba en un estado de gran excitación, y a otros de total indiferencia. Una joven madre, rodeada por tres niños que daban vueltas alrededor de ella, perdió la paciencia y le dio una cachetada a uno. El chico aulló de indignación. La banda giratoria comenzó a moverse. Edmund removía unas monedas en el bolsillo de su pantalón.

—Edmund.

Edmund se volvió y vio a un hombre, a quien encontraba casi todos los días almorzando en el club.

—¡Qué tal!

—¿A quién esperas?

—A Virginia.

—Yo vine a buscar a mi hija y sus dos niños. Vienen por una semana. La niñita va a ser dama de honor en una boda. Al menos, el avión llegó a horario. Yo tomé el puente de las 15:00 en Heathrow, y sólo salimos a las 17:30.

—Sí. Es terrible, ¿eh?

Se habían abierto las puertas en lo alto de la escalerilla y empezaba a descender la prmera fila de pasajeros. Algunos buscaban a quien había venido a esperarlos; otros parecían perdidos y ansiosos, cargados con demasiado equipaje de mano. Estaba la proporción habitual de hombres de negocios que volvían de encuentros y reuniones en Londres, con sus portafolios, sus paraguas, sus periódicos doblados. Uno, sin ninguna timidez, traía en la mano un ramo de rosas rojas.

Edmund los miraba, esperando ver a Virginia. Su aspecto, el de un hombre alto y elegantemente trajeado, su comportamiento, los ojos de párpados pesados y los rasgos impersonales no revelaban nada; un extraño que lo observara no recibiría ninguna clave de sus pensamientos. Porque la verdad era que Edmund no estaba seguro de que Virginia lo recibiría bien, ni de cuáles serían sus reacciones al verlo allí.

Desde la noche en que él le había hablado de sus planes de enviar a Henry al colegio, las relaciones entre los dos habían sido muy tensas. Nunca habían tenido antes una discusión, nunca se habían peleado, y aunque él era un hombre que podía vivir muy bien sin la aprobación de los demás, todo el asunto lo fastidiaba, anhelaba una tregua y que se terminara esta fría cortesía que había entre los dos.

No tenía muchas esperanzas. En cuanto la Strathcroy Primary comenzó las vacaciones, Virginia se llevó a Henry a Devon, con los padres de ella, por tres largas semanas. Edmund había esperado que esta larga separación sanara las heridas y terminara con el enojo de Virginia, pero esas vacaciones junto a su adorado hijo sólo contribuyeron a endurecer su actitud, y volvió a Balnaid más fría que nunca.

Por un tiempo limitado, Edmund podía enfrentar la situación, pero sabía que el clima helado que existía entre los dos no le pasaba inadvertido a Henry. El niño se mostraba poco comunicativo, con tendencia a llorar por cualquier cosa, y estaba más dependiente que nunca de su adorado Moo. Edmund odiaba a Moo. Le resultaba ofensivo que su hijo todavía no pudiese dormir sin ese asqueroso trapo que había sido una frazadita de bebé. Hacía meses que le sugería a Virginia que debía destetar a Henry de Moo, pero, por lo que veía, ella había desoído su consejo. Ahora, apenas unas semanas antes de la partida de Henry para Templehall, tendría que hacerlo de golpe.

Después del escándalo por las vacaciones en Devon, y frustrado por la incomunicación internacional de Virginia, Edmund pensó en precipitar otra pelea con su joven esposa para llegar a un desenlace. Pero luego juzgó que esto sólo contribuiría a empeorar la situación. En su actual estado anímico, Virginia era capaz de hacer las maletas e irse a Leesport, Long Island, con sus amados abuelos, que ya habían vuelto del crucero. Allí la mimarían como siempre y vociferarían que ella tenía razón y que Edmund era un monstruo de corazón de piedra por pensar en separarla del pequeño Henry.

De manera que Edmund no podía perder los estribos, y decidió sobreponerse a su tormenta emocional. Al fin y al cabo, él no iba a cambiar de idea ni a hacer concesiones. En definitiva, le tocaba actuar a Virginia.

Cuando le anunció que se iba sola a Londres por unos días, Edmund recibió la noticia con alivio. Si unos días de entretenimiento y compras no le mejoraban el estado de ánimo, es que no había nada que hacer. Virginia le dijo que Henry se quedaría con Vi; Edmund podía hacer lo que quisiese. Lo que hizo fue poner los perros al cuidado de Gordon Gillock, cerrar Balnaid y pasar la semana en su departamento de Moray Place.

El tiempo que estuvo solo no le resultó un problema. Simplemente se sacó de la cabeza todos los problemas domésticos. Se dejó absorber por su trabajo, y disfrutó de cumplir jornadas largas y productivas en su oficina. Además, pronto todos supieron que Edmund Aird estaba en la ciudad, y solo. Los hombres muy atractivos siempre eran muy solicitados, y le llovieron invitaciones a cenar. En ausencia de Virginia, no pasó una soa noche en casa.

Pero la pura verdad era que amaba a su esposa y lamentaba esta tensión tan prolongada que se había instalado, como un perro maloliente, entre los dos. Mientras la esperaba, deseaba con toda su alma que esos días de esparcimiento en Londres le hubieran devuelto el sentido común.

Lo deseaba por Virginia, ya que él no tenía intención de vivir un día más en ese clima de desaprobación y resentimiento, y ya había tomado la decisión de quedarse en Edimburgo, y no volver a Balnaid, si ella no cedía.

Virginia fue una de las últimas en aparecer. Atravesó la puerta y bajó la escalerilla. Él la vio de inmediato. Tenía un peinado diferente y ropa también distinta y obviamente flamante. Pantalones negros, una camisa color zafiro y un impermeable que le llegaba a los tobillos. Llevaba, junto con su bolso de mano, varias cajas y paquetes de aspecto brillante y muy costoso; era la viva imagen de una mujer elegante que vuelve de un viaje de compras monstruo. Y ella misma se veía enormemente atractiva y parecía diez años más joven.

Y era *su* esposa. A pesar de todo, Edmund se dio cuenta repentinamente de cuánto la había extrañado. No se movió de donde estaba, pero sentía el ritmo acelerado de su corazón.

Ella lo vio y se detuvo. Sus ojos se encontraron. Los ojos azules y brillantes de Virginia. Por un momento, simplemente se miraron. Luego ella se sonrió y fue hacia él.

Edmund inspiró profundamente con alivio, con alegría, con una ola de bienestar juvenil, todo inextricablemente mezclado. Por lo visto, Londres lo había logrado. Todo andaría bien. Sentía en las mejillas el esfuerzo de su enorme sonrisa de respuesta, y fue a recibirla.

Diez minutos después, estaban en el auto, con el equipaje de Virginia en el baúl, las puertas cerradas, los cinturones abrochados. Solos y juntos.

Edmund tomó las llaves del auto y las hizo tintinear.

—¿Qué quieres hacer? —preguntó.

—¿Qué sugerencias tienes?

—Podemos volver directamente a Balnaid. O ir al departamento. O cenar en Edimburgo y volver después a Balnaid. Henry va a pasar otra noche con Vi, de manera que somos completamente libres.

—Me gustaría ir a cenar y después, a casa.

—Entonces eso haremos. —Insertó la llave y puso en marcha el motor. —Tengo una mesa reservada en Rafaellis. —Maniobró por el estacionamiento lleno, fue hacia la puerta para pagar. Salieron a la carretera.

—¿Cómo está Londres?

—Caluroso y atestado. Vi toneladas de gente y fui a cuatro fiestas, y Felicity tenía entradas para *El fantasma de la Ópera*. Gasté tanto dinero, que te vas a desmayar cuando lleguen las cuentas.

—¿Te compraste un vestido para el baile de los Steynton?

—Sí. En Caroline Charles. Un sueño. Y fui a la peluquería.

—Ya me di cuenta.

—¿Te gusta?

—Muy elegante. Y ese impermeable es nuevo.

—Me sentí tan campesina cuando llegué a Londres, que me enloquecí un poco. Es italiano. No voy a usarlo mucho en Strathcroy, a decir verdad, pero no pude resistirlo.

Se rió. Su dulce Virginia. Edmund estaba lleno de agradecida satisfacción, y se prometió recordarlo cuando llegara la inevitable cuenta de American Express. Virginia dijo:

"Creo que tendré que ir más seguido a Londres.

—¿Viste a Alexa?

—Sí, y tengo mucho que contarte. Pero me lo guardaré hasta que estemos cenando. ¿Cómo está Henry?

—Llamé hace un par de noches. Como de costumbre, lo está pasando magníficamente bien. Vi invitó a Kedejah Ishak a tomar el té en Pennyburn, y ella Henry construyeron un puente en el arroyo y pusieron a navegar barcos de papel. A Henry le encantó pasar una noche más con Vi.

—¿Y tú? ¿Qué has estado haciendo?

—Trabajé, fui a cenar. He tenido una semana social.

Ella le echó una mirada oblicua.

—Me imagino —dijo sin rencor.

Él entró en Edimburgo por el viejo camino de Glasgow, y a medida que se aproximaban, la vieja ciudad parecía más imponente, como un grabado romántico bajo el inmenso cielo acerado. Las anchas calles lucían el follaje verde de los árboles, contra el cielo se perfilaban cúpulas y torres, y el Castillo, después de su roca, dominaba todo, con la bandera que ondeaba en lo alto del mástil. Al llegar a Ciudad Nueva entraron en la zona bellamente proporcionada de las terrazas y los espaciosos semicírculos georgianos. Todo había sido recientemente asfaltado, y los edificios, con sus clásicas ventanas y sus pórticos, tenían un color de miel en la luz del atardecer.

Edmund dio una vuelta en la rotonda de un solo carril y entró en un laberinto de callejuelas escondidas para llegar por fin a una estrecha calle empedrada; y allí estacionó frente al pequeño restaurante italiano. En la acera de enfrente, se alzaba una de las más hermosas iglesias de Edimburgo. Allá arriba, en la torre, sobre la gran arcada, las manecillas de un reloj dorado marcaron las nueve, y mientras Edmund y Virginia bajaban del auto, las campanadas que daban la hora resonaron sobre los tejados. Bandadas de palomas, perturbadas en sus aéreos lugares de reposo, salieron disparadas hacia arriba en desordenado vuelo. Después de la última campanada, volvieron a su sitio, en alféizares o parapetos, arrullándose, plegando las alas, fingiendo que no había pasado nada, como avergonzadas de su tonta agitación.

—Una pensaría que se acostumbran al ruido. Que se ponen *blasées*.

—Yo nunca vi una paloma *blasée*. ¿Y tú?

—Ahora que lo pienso, no.

Él la tomó del brazo y la guió por la acera hasta el restaurante. Entraron. El restaurante era pequeño, con escasa iluminación; olía a café recién hecho y a ajo y a deliciosa comida mediterránea. En el lugar, había una placentera actividad, y la mayoría de las mesas estaban ocupadas, pero el *maître* los vio enseguida y se acercó a recibirlos.

—Buenas noches, señor Aird. Buenas noches, señora.

—Buenas noches, Luigi.

—La mesa de ustedes está preparada.

La mesa que Edmund había pedido especialmente, en un rincón, junto a la ventana. Con mantel almidonado de damasco rosa, servilletas de la misma tela y color, una sola rosa en un vaso alto y fino. Encantadora, íntima, seductora. Un ambiente perfecto para terminar una pelea.

—Muy bien, Luigi, gracias. ¿Y el Moët et Chandon?

—Ya mismo, señor Aird. Lo tengo sobre hielo.

Bebieron el champagne helado. Virginia contó los detalles de su vida social, las exposiciones de arte que había visitado, el concierto en Wigmore Hall.

Pidieron sin prisa. Descartaron los ravioles y las *tagliatelle* y eligieron en cambio un *pâte* de ave y salmón frío de Tay.

—¿Para qué te traigo a restaurantes italianos, si puedes comer salmón de Tay en casa?

—Porque no hay nada en el mundo más delicioso, y porque después de mi vuelta por Londres ya he probado suficiente comida de países exóticos.

—No te preguntaré con quién has cenado.

—Ni yo a ti.

Sin apuro dieron cuenta de la perfecta comida, que terminó con frambuesas bajo una capa de crema espesa, y un Brie de consistencia ideal. Virginia habló de la exposición en Burlington House, de los planes de Felicity Crowe de comprar un chalet de verano en Dorset, trató de explicar, con cierta confusión en los detalles, el argumento de *El fantasma de la Ópera.* Edmund, que de todas maneras conocía el argumento, escuchó con gran interés, simplemente porque era maravilloso volver a tener a su lado a Virginia, escuchar su voz, oírla compartir sus placeres con él.

Por fin, se llevaron los platos y trajeron los pocillos de café, negro, aromático y humeante. Y una fuentecita de mentas cubiertas de chocolate, delgaditas como hostias.

Ahora la mayoría de las mesas se había desocupado, la gente ya se había marchado. Sólo quedaba otra pareja, bebiendo brandy. El hombre fumaba un cigarro.

El Moët et Chandon se había terminado; la botella vacía estaba en el balde con hielo.

—¿Quieres un brandy? —preguntó Edmund.

—No. Nada más.

—Yo bebería uno, pero tengo que manejar.

—Yo podría manejar.

Él hizo un gesto negativo.

—No necesito el brandy. —Se recostó en el respaldo de su silla. —Me contaste todo, pero no me dijiste nada sobre Alexa.

—Lo guardaba para el final.

—¿De manera que es algo bueno?

—Creo que es bueno. No sé qué pensarás tú.

—Hagamos la prueba.

—No te pondrás victoriano, ¿no?

—No creo que nunca lo sea.

—Porque Alexa tiene un compañero. Ha ido a vivir con ella. Viven juntos en la casa de Ovington Street.

Edmund no respondió enseguida. Luego dijo, con toda calma:

—¿Cuándo sucedió esto?

—Creo que en junio. No nos dijo nada porque temía que nos sintiéramos molestos o la desaprobáramos.

—¿Piensa que él no nos gustará?

—No. Creo que piensa que a ti te gustaría mucho. Pero no estaba segura de cómo lo tomarías. De manera que me encomendó la tarea de decírtelo.

—¿Tú lo conociste?

—Sí, estuve con él un ratito. Bebimos una copa juntos. No hubo mucho tiempo para más.

—¿Te gustó?

—Sí, es muy apuesto, muy encantador. Se llama Noel Keeling.

La taza de café de Edmund estaba vacía. Encontró la mirada de Luigi y le indicó que la llenara. Cuando estuvo llena, revolvió el café con los ojos bajos, pensativo, sin que su rostro revelara nada.

"¿Qué piensas? —preguntó Virginia.

Él la miró y sonrió.

—Pienso que estoy pensando que yo pensaba que esto no sucedería nunca.

—¿Pero te alegra que haya sucedido?

—Me alegro de que Alexa haya encontrado a alguien que la quiera lo suficiente para pasar tanto tiempo con ella. Sería más fácil para todos si esto hubiera tomado un curso menos dramático, pero creo que hoy es inevitable que se junten y hagan la prueba antes de tomar ninguna decisión importante. —Bebió un sorbo del café hirviente y dejó la taza sobre la mesa. —Es que Alexa es una criatura tan desprovista de sofisticación...

—Alexa ya no es una criatura, Edmund.

—Es difícil pensar en ella de otra manera.

—Tenemos que hacerlo.

—Me doy cuenta.

—Estaba muy ansiosa por que yo te dijera todo. Me pidió que te lo contara, pero sé que, por algún extraño motivo, tenía miedo de que el secreto se revelara.

—¿Qué piensas que debo hacer?

—Tú no tienes que hacer nada. Ella lo traerá a Balnaid para el fin de semana del baile de los Steynton. Y todos nos portaremos con la mayor naturalidad posible... como si él fuera un viejo amigo de la infancia o un compañero de colegio. Es todo lo que podemos hacer. Lo demás depende de ellos.

—¿Fue idea tuya o de Alexa?

—Mía —respondió, no sin orgullo.

—¡Qué inteligente eres!

—También le dije otras cosas, Edmund. Le conté que, en estas últimas semanas, tú y yo no hemos estado en la mejor de las relaciones.

—Eso es suavizar mucho la cosa.

Ella le dedicó una intensa mirada.

—No he cambiado de idea —dijo—. No he cambiado de actitud. No quiero que Henry se vaya, creo que es muy pequeño, y creo que cometes un terrible error; pero también creo que Henry está afectado por todos estos sentimientos amargos, y he decidido que debemos dejar de pensar en nosotros mismos y pensar en los chicos. En Henry y Alexa. Alexa dijo que si seguíamos peleados, ella no vendría con Noel porque no podía tolerar la idea de que hubiera ningún tipo de mal clima entre nosotros. —Hizo una pausa, esperando que Edmund hiciera algún comentario. Como él no dijo nada, ella continuó: —Lo he estado pensando. Traté de imaginar cómo sería volver a Leesport y encontrar a mis abuelos tratando de destruirse mutuamente, pero era inimaginable. Debemos lograr que Henry y Alexa sientan lo mismo. No estoy capitulando, Edmund. Nunca aprobaré tu modo de pensar. Pero si no hay más remedio, aguantaré. Te he echado de menos. En realidad, no me gusta estar sola. En Londres, deseaba todo el tiempo que estuvieras allí. —Puso los codos sobre la mesa, las palmas bajo el mentón. —Te quiero, ¿sabes?

Unos instantes después, Edmund dijo:

—Lo siento.

—¿Lamentas que te quiera?

Él hizo un gesto negativo.

—No. Lamento haber ido a Templehall y haber arreglado todo el asunto con Colin Henderson sin consultarte. Debí haber sido más considerado. Fue una actitud despótica.

—Es la primera vez que te oigo admitir que te equivocaste.

—Espero que sea la última. Es doloroso. —Le tomó la mano. —¿Entonces esto es un pacto?

—Con una condición...

—¿Cuál?

—Que cuando llegue el día terrible en que el pobre Henry tenga que ir a Templehall, no me pidan ni esperen que yo lo lleve, porque no creo que físicamente pueda soportarlo. Más adelante, tal vez, cuando me haya acostumbrado a vivir sin él. Pero no la primera vez.

—Yo estaré —respondió Edmund—. Yo lo llevaré.

Se hacía tarde. La otra pareja se había marchado, y los camareros daban vueltas por el salón tratando de que no se notara que deseaban que también Edmund y Virginia se fueran y ellos pudieran cerrar por esa noche. Edmund pidió la cuenta y mientras la esperaba se apoyó en el respaldo de su silla y sacó del bolsillo de la chaqueta un paquetito envuelto en grueso papel blanco y sellado con lacre.

—Es para ti. —Lo puso sobre la mesa, entre los dos. —Es un regalo de bienvenida a casa.

6

Si Henry no podía estar en casa, en Balnaid, lo mejor era estar en la de Vi. En Pennyburn tenía su propio dormitorio, un cuartito sobre lo que antes era la puerta de entrada, con una estrecha ventana que daba al jardín, al valle y a los cerros. Desde esa ventana, si torcía un poco el cuello, hasta podía divisar Balnaid, medio oculta entre los árboles, más allá del río y del pueblo. Y por las mañanas, cuando se despertaba y se sentaba en la cama, veía el sol, que lanaba sus rayos de luz temprana por los campos, y escuchaba la canción del mirlo que tenía su nido en las ramas más altas del viejo saúco, junto al arroyo. A Vi no le gustaban los saúcos, pero éste lo había dejado porque era un buen árbol para que se trepara Henry. Así fue como él descubrió el nido del mirlo.

La habitación era tan pequeña, que era casi como dormir en una casa de muñecas o en un armario, pero eso formaba parte de su encanto. Había espacio para su cama y una cómoda con un espejo colgado sobre ella, pero nada más. En la parte interna de la puerta, dos ganchos hacían las veces de ropero, y sobre la cabecera de la cama, había una linda lamparita para que pudiera leer, si lo deseaba. La alfombra era azul y las paredes, blancas. Había un bonito cuadro que representaba un monte de campanillas, y las cortinas eran de fondo blanco con ramilletes de flores silvestres.

Ésta era su última noche con Vi. Mañana su madre vendría a buscarlo y lo llevaría a casa. Habían sido unos días algo raros, porque la Strathcroy Primary ya había abierto para el período de invierno, y todos sus amigos estaban yendo a la escuela. De manera que Henry, destinado a Templehall, no tenía con quién jugar. Pero, en cierto modo, no le había importado. Edie estaba en casa casi todas las mañanas, y Vi siempre tenía excelentes ideas para entretener a un chico. Habían hecho jardinería juntos, y ella le había enseñado a hacer bizcochos, y para las noches, tenía un enorme rompecabezas que ambos luchaban por armar. Una tarde, Kedejah Ishak había ido a tomar el té, y ella y Henry construyeron un dique en el arroyo y se mojaron mucho. Otro día, él y Vi hicieron un picnic junto al lago y encontraron veinticuatro flores silvestres diferentes. Ella le enseñó cómo secarlas entre hojas de papel secante y libros pesados, y cuando estuvieran listas, las pegarían en un cuaderno viejo con cinta adhesiva.

Ya había cenado y se había bañado, y ahora estaba en la cama, en su bolsa de dormir, leyendo el libro que había tomado de la biblioteca, uno de Enid Blyton titulado *The Famous Five.* Oyó que el reloj del hall daba las ocho, y luego, los pesados pasos de Vi por la escalera; venía a darle las buenas noches.

La puerta del cuartito estaba abierta. Dejó el libro y esperó verla entrar. Vi apareció, alta, corpulenta y sólida, y se sentó cómodamente a los pies de la cama. Crujieron los resortes. Henry estaba abrigadito en su bolsa de dormir, y Vi lo había tapado con una frazada. Pensó que ésta era una de las mejores cosas del mundo, que alguien se sentara en la cama de uno, y uno sintiera la frazada bien estirada sobre las piernas. Así se sentía seguro.

Vi llevaba una blusa de seda con un camafeo en el cuello, y un cárdigan azul, suave y peludo. Tenía sus anteojos y estaba preparada, si Henry lo deseaba, para leerle en voz alta uno o dos capítulos de *The Famous Five.*

—Mañana, a esta hora, estarás otra vez en tu propia cama —dijo—. Pero lo hemos pasado bien, ¿verdad?

—Sí. —Henry pensó cómo se habían divertido. Tal vez no estaba bien desear ir a casa y dejarla, pero al menos sabía que ella estaba bien y contenta, sola en su casita. Le hubiera gustado sentir lo mismo con respecto a Edie.

Últimamente, Henry había dejado de ir a casa de Edie porque Lottie le daba miedo. Tenía algo de bruja, con sus extraños ojos negros que no parpadeaban nunca, y sus movimientos torpes, sin sentido, y esa charla incesante demasiado desarticulada como para que pudiera llamársela conversación. La mayor parte del tiempo, Henry no tenía idea de qué estaba diciendo, y sabía que agotaba a Edie. Edie le había pedido que fuera amable con Lottie, y él había hecho todo lo posible, pero en realidad la odiaba, y no soportaba pensar que Edie vivía encerrada con esa prima que daba miedo, y que todo el tiemp tenía que estar tratando con ella.

En varias oportunidades, Henry había visto titulares en los diarios sobre pobres personas asesinadas con hachas o con cuchillos de cocina, y estaba seguro de que Lottie, si la provocaban o le impedían hacer su voluntad, era perfectamente capaz de atacar a la querida Edie, tal vez en medio de la noche, en la oscuridad, y dejarla muerta y ensangrentada en el piso de la cocina.

La idea lo hizo temblar. Vi lo advirtió.

—¿Hay algo que te preocupa? Ha pasado un fantasma sobre tu sepultura.

Esta observación era demasiado acertada como para consolarlo.

—Estaba pensando en la prima de Edie. No me gusta.

—¡Henry!

—Creo que Edie corre peligro viviendo con ella.

Vi hizo una mueca.

—A decir verdad, Henry, a mí tampoco me hace feliz. Pero creo que es una gran prueba para Edie. Por las mañanas, mientras tomamos un café, hablamos de su prima. Por cierto que Lottie es una señora muy cansadora, pero además de volverla loca a Edie con su modo de ser, no creo que represente ningún peligro. No del tipo que tú imaginas.

Él no le había dicho lo que imaginaba, pero ella lo sabía. Vi siempre sabía esas cosas.

—Tú la cuidarás, ¿verdad, Vi? ¿No dejarás que le pase nada?

—No, claro que no. Y procuraré ver a Edie todos los días y vigilar la situación. Y alguna vez invitaré a Lottie a tomar el té para darle un respiro a Edie.

—¿Cuándo piensas que se irá Lottie?

—No lo sé. Cuando esté mejor. Estas cosas llevan tiempo.

—Edie estaba tan bien sola... Ahora no está nada contenta. Y tiene que dormir en el sofá cama. Debe de ser horrible perder la propia habitación.

—Edie es muy buena. Más que cualquiera de nosotros. Está haciendo un sacrificio por su prima.

Henry pensó en Abraham e Isaac.

—Espero que Lottie no la sacrifique a ella.

Vi se echó a reír.

—Tienes demasiada imaginación. No te duermas sumido en esa preocupación por Edie. Piensa que mañana verás a tu madre.

—Sí. —Eso era mucho mejor. —¿A qué hora crees que vendrá?

—Bien, mañana tendrás un día ocupado pues saldrás a cazar con Willy Snoddy y sus hurones. Creo que tu madre vendrá a la hora del té. Cuando vuelvas, estará esperándote.

—¿Crees que me habrá traído un regalo de Londres?

—Seguro.

—Tal vez a ti también.

—Ah, yo no espero un regalo. Además, pronto es mi cumpleaños, y entonces recibiré uno. Siempre me regala algo especial, algo que ni yo misma me había dado cuenta de cuánto deseaba.

—¿Qué día es tu cumpleaños? —Lo había olvidado.

—El 15 de septiembre. El día anterior al de la fiesta de los Steynton.

—¿Harás el picnic?

Vi siempre organizaba un picnic para su cumpleaños. Iba todo el mundo, se encontraban a orillas del lago, encendían fuego y asaban salchichas, y Vi traía su torta de cumpleaños en una caja grande, y mientras la cortaba, todos los presentes cantaban *Cumpleaños feliz.* A veces, era una torta de chocolate, a veces, una de naranja. El año pasado había sido de naranja.

Henry se acordaba del año pasado. Recordaba el día inclemente, el viento fuerte y los chaparrones aislados que no habían conseguido doblegar el entusiasmo de nadie. El año pasado le había regalado a Vi un dibujo hecho con sus lápices de colores, que su madre había hecho enmarcar como un verdadero cuadro. Vi lo tenía colgado en el dormitorio. Este año le regalaría la botella de vino de ruibarbo que había ganado en la rifa de la kermés de la iglesia.

Este año...

—Este año no estaré —dijo Henry.

—No, este año estarás en el colegio.

—¿No puedes hacer tu picnic de cumpleaños antes para que yo pueda estar?

—Ay, Henry, los cumpleaños adelantados no sirven. Pero no será lo mismo sin ti.

—¿Me escribirás una carta para contarme?

—Claro que sí. Y tú me escribirás a mí. Habrá tantas cosas que querré saber...

—No quiero ir —dijo Henry.

—No. No creo que quieras. Pero tu padre piensa que debes ir, y él casi siempre piensa bien.

—Mamá tampoco quiere que vaya.

—Es porque te quiere mucho. Y sabe que te extrañará.

Henry se dio cuenta de que era la primera vez que él y Vi hablaban de su partida. Era porque Henry ni siquiera quería pensar en eso, y mucho menos hablar del asunto, y Vi nunca había sacado el tema. Pero ahora que habían empezado a hablar, Henry descubrió que se sentía mejor. Sabía que a Vi podía decirle cualquier cosa, y sabía también que ella nunca lo repetiría.

—Se pelearon —contó—. Estuvieron enojados.

—Sí, lo sé —respondió Vi.

—¿Cómo lo sabes, Vi?

—Seré vieja, pero no estúpida. Y tu padre es mi hijo. Las madres saben mucho sobre los hijos. Las cosas buenas y las no tan buenas. No por eso dejan de quererlos, pero las hacen más comprensivas.

—Fue horrible, cuando se trataban mal.

—Sin duda.

—Yo no quiero ir a ese colegio, pero odio que estén peleados. Lo *odio*. Parece que toda la casa estuviera llena de dolores de cabeza y enfermedades.

—Si quieres saber lo que pienso —dijo Vi—, creo que los dos han estado muy cortos de vista y han sido egoístas. Pero no he podido decir nada porque no es asunto mío. Ésa es otra cosa que las madres no deben hacer. Nunca deben interferir.

—De veras quiero ir a casa mañana, pero... —miró a su abuela, sin terminar la frase porque, en realidad, no sabía lo que quería decir.

Vi sonrió. Cuando sonrió, en su cara aparecieron mil arrugas. Puso su mano sobre la de Henry. Era una mano cálida, y seca y áspera, por toda la jardinería que hacía.

—Hay un viejo refrán que dice que la ausencia aumenta el amor —explicó Vi—. Tu papá y tu mamá tuvieron unos días para ellos mismos, con tiempo para pensar. Creo que los dos han de haberse dado cuenta de lo equivocados que estaban. Se quieren mucho, ¿sabes?, y cuando uno quiere al otro, necesita estar junto a él. Necesita contarle cosas, reír junto con él. Es casi tan importante como respirar. A esta altura, seguramente ya lo han descubierto. Y estoy igualmente segura de que todo será como antes.

—¿De veras estás segura, Vi?

—De veras, Henry.

Lo dijo con tanta convicción, que Henry también lo sintió así. Era como si se hubiera quitado un enorme peso de los hombros. Y esto mejoraba mucho las cosas. Hasta la perspectiva de dejar su casa y a sus padres e ir a Templehall había perdido parte de su carácter atemorizante. Nada podía ser tan malo como pensar que esa casa nunca sería la misma. Más tranquilo, y lleno de amor y agradecimiento hacia su abuela, extendió los brazos y ella se inclinó y lo abrazó: él se colgó de su cuello y le llenó las mejillas de besos. Cuando se enderezó, vio que los ojos de Vi estaban muy brillantes.

—Es hora de dormir —dijo Vi.

Henry tenía sueño; de pronto, estaba amodorrado. Se dejó caer en la almohada y metió la mano debajo para sacar a Moo. Vi se rió de él, pero con suavidad, en broma.

"No necesitas ese pedazo de frazadita de bebé. Ahora eres un chico grande. Sabes hacer bizcochos, armar rompecabezas y recordar los nombres de las flores silvestres. Creo que puedes prescindir de Moo.

Henry se metió el dedo en la nariz.

—Pero no esta noche, Vi.

—Bien, esta noche no. Quizá mañana.

—Sí. —Henry bostezó—. Puede ser.

Ella se inclinó para besarlo, y luego se puso de pie. Los resortes del colchón volvieron a crujir.

—Buenas noches, mi pichón.

—Buenas noches, Vi.

Vi apagó la luz y salió del cuarto, pero dejó la puerta abierta. La oscuridad era suave y fresca y llevaba el perfume de los cerros. Henry se puso de costado, se acurrucó y cerró los ojos.

7

Viernes 26

Cuando, diez años atrás, Violet compró Pennyburn a Archie Balmerino, se convirtió en propietaria de una modesta casita con pocos atractivos, excepto la vista y el arroyito que bajaba de la montaña por la parte oeste del terreno. La casa había tomado su nombre de este arroyo.

La casa estaba en el corazón de la propiedad de Archie, en la ladera del cerro que bajaba al pueblo, y se llegaba a ella por el sendero de los fondos de Croy y luego por un caminito lleno de baches, cubierto de abrojos y cercado por unos postes torcidos y alambrado de púa roto.

El jardín original estaba en la ladera, al sur de la casa. También estaba rodeado de postes torcidos y alambrados en malas condiciones, y consistía en una pequeña parcela para secar la ropa, un cantero de hortalizas llenos de hierbas, y algunos restos destruidos que indicaban una pasada cría de gallinas: cobertizos de madera que se estaban cayendo, mucho alambre tejido y ortigas altas hasta la cintura.

La casa era de piedra grisácea, con techo de tejas también grises; la pintura marrón estaba en mal estado de conservación. Una escalera de hormigón llevaba del jardín a la puerta; las habitaciones, pequeñas y mal iluminadas, tenían un empapelado horrible que se estaba despegando, y olor a humedad, y se oía el goteo persistente de una canilla que había que arreglar.

El hecho es que la propiedad en conjunto era tan poco atractiva, que cuando Edmund Aird la vio por primera vez recomendó enérgicamente a su madre que abandonara para siempre la idea de vivir allí, y empezara a buscar otro lugar.

Pero a Violet, por razones personales, el lugar le gustaba. La casa había estado deshabitada varios años, lo cual explicaba el deterioro, pero a pesar de la humedad y el aspecto sombrío, se sentía algo agradable en ella. Y tenía ese arroyito en el terreno, que bajaba de la montaña. Y el paisaje. Mientras inspeccionaba la casa, Vi se detenía de tanto en tanto para mirar afuera; limpiaba un lugarcito en alguno de los vidrios cubiertos de polvo de las ventanas, y veía el pueblo allá abajo, el río, el valle, los cerros distantes. Nunca encontraría otra casa con semejante vista. La vista y el arroyo la seducían, y no atendió al consejo de su hijo.

Rehacer todo había sido enormemente divertido. Llevó seis meses completar el trabajo, y durante ese tiempo, Violet esquivó cortésmente la invitación de Edmund de permanecer en Balnaid hasta que pudiera mudarsea su nueva vivienda, y vivió en una casa rodante que había alquilado en un *camping* para turistas ubicado a pocos kilómetros del valle. Nunca había vivido antes en una casa rodante, pero la idea siempre había resultado atractiva para sus instintos de gitana, y le fascinó la perspectiva. La casa rodante estaba estacionada detrás de la nueva casa, junto con las mezcladoras de cemento, las carretillas y las palas y las impresionantes montañas de escombros, y desde la puerta abierta, Vi podía controlar a los obreros, y correr a hablar con el sufrido arquitecto desde el momento en que veía llegar su auto dando tumbos por el camino. Durante un mes o dos, al comienzo de esta alegre existencia de vagabunda, era verano, y los únicos peligros eran los mosquitos y las goteras del techo cuando llovía. Pero cuando comenzaron a soplar los fuertes vientos del invierno, la casa rodante se sacudía bajo su fuerza y se balanceaba sin control como un botecito en la tormenta. A Violet, esto la entusiasmaba, y disfrutaba de las noches oscuras y tempestuosas. Acostada en la litera, demasiado corta y angosta para una mujer tan corpulenta como era ella, escuchaba el silbido del viento y contemplaba el rápido paso de las nubes por el cielo frío, iluminado por la luna.

Pero Vi no pasaba todo el tiempo persiguiendo y mimando alternativamente a los obreros. Para ella, un jardín era hasta más importante que una casa. Antes de que los trabajadores comenzaran con sus tareas, ya había contratado a un hombre con un tractor, que tiró abajo todos los viejos postes de los cercos y el alambre de púa roto. En su lugar, plantó un cerco de hayas a ambos lados del sendero y alrededor del pequeño terreno. Diez años después, los árboles no estaban todavía altos, pero sí fuertes, firmes y siempre verdes, y constituían buen refugio para los pájaros.

Dentro de este cerco, a cada lado, plantó rosales. Hacia el oeste, coníferas. No eran sus favoritas, pero crecían rápido y servían para tener a raya al más frío de los vientos. En el oeste, sobre el arroyo, crecían saúcos carcomidos, sauces y cerezos blancos. En el extremo del jardín, Vi tenía plantas de poca altura para conservar la vista. Allí crecían azaleas y potentilas, y había restos de bulbos de la primavera debajo del pasto duro.

Había dos canteros, uno herbáceo y otro lleno de rosas, y entre ellos, una buena extensión de césped, que estaba en la ladera y era difícil de cortar. Violet había comprado una cortadora eléctrica, pero Edmund intervino otra vez porque temía que su madre cortara el cable y se electrocutara, de manera que contrató los servicios de Willy Snoddy para que viniera una vez por semana a hacer el trabajo. Violet sabía perfectamente que Willy era mucho menos hábil que ella para manejar máquinas complicadas, pero aceptó el arreglo hecho por su hijo porque lo consideraba un mal menor. De vez en cuando, Willy, postrado por alguna borrachera de la noche anterior, no aparecía, y entonces Violet, muy contenta y con toda eficiencia, se encargaba sola de cortar el pasto.

Pero no se lo contaba a Edmund.

En cuanto a la casa, la había transformado; había convertido la parte de atrás en parte delantera, y había ampliado todas las habitaciones mal ventiladas o mal proporcionadas. Ahora la entrada principal daba al norte, y la vieja puerta del frente se había conver-tido en una puerta de vidrio que daba al jardín, y por ella se entraba directamente en la sala. Había hecho demoler la escalera de cemento, y en su lugar había una escalinata semicircular de piedras viejas rescatadas del dique caído. En las grietas de las piedras crecía un tomillo perfumado que exhalaba un olor delicioso al ser pisado.

Después de meditarlo un poco, Violet decidió que no podía tolerar el color triste de las parees de piedra de Pennyburn, de manera que las hizo enduir y pintar de blanco. Las ventanas y los marcos de las puertas se pintaron de negro, lo que dio a la casa un aspecto fresco y práctico. Para embellecerla, Vi plantó una glicina, pero después de diez años, apenas había crecido hasta la altura de su hombro. Cuando la planta llegara al techo, probablemente Vi estaría muerta. A los setenta y siete años tal vez era mejor dedicarse a las plantas anuales y más fuertes.

Lo único que faltaba era un invernadero. El de Balnaid había sido construido al mismo tiempo que la casa, gracias a la insistencia de la madre de Violet, Lady Primrose Akenside, una mujer a quien no le gustaban los grandes espacios al aire libre. La opinión de Lady Primrose era que si una se veía obligada a vivir en Escocia, era absolutamente esencial tener un invernadero, ya que además de servir para mantener la casa provista de plantas en macetas y de uvas, era un lugar ideal para estar cuando había sol pero soplaba un viento helado. Esos días, como todos sabían, eran increíblemente frecuentes en otoño, invierno y primavera. Pero Lady Primrose pasaba también muchos días del verano en el invernadero, donde recibía amigos y jugaba al bridge.

A Violet le encantaba el invernadero de Balnaid por razones menos sociales: amaba la tibieza, la paz, el olor a tierra mojada, los helechos y las fresias. Cuando el tiempo era demasiado inclemente para hacer jardinería, siempre se podía remolonear en el invernadero y, ¿qué mejor lugar para tratar de resolver las palabras cruzadas del *Times*?

Sí, lo echaba de menos, pero después de pensarlo un poco había decidido que Pennyburn era demasiado pequeño para un agregado tan costoso. Haría que la casa pareciera pretensiosa y tonta, y Vi no quería infligir esa indignidad a su nuevo hogar. Y no era un sacrificio sentarse en su jardín protegido y soleado a hacer las palabras cruzadas.

• • •

Ahora estaba en el jardín, y había estado trabajando toda la tarde, colocando estacas para sostener las margaritas antes de que llegaran los vientos de otoño y las derribaran. Era un día como para empezar a pensar en el otoño. No frío pero sí fresco, con un cierto olor en el aire, algo estimulante. Los granjeros estaban recogiendo la cosecha, y el ruido lejano de las máquinas que funcionaban en los altos campos de cebada marcaba la estación y daba una extraña sensación de seguridad. El cielo era azul pero las nubes avanzaban desde el oeste, empujadas por el viento. "Un día de guiños", decían los campesinos, porque el sol salía y se ocultaba continuamente.

A diferencia de muchas personas, Violet no lamentaba la terminación del verano y la perspectiva de un largo y oscuro invierno.

—¿Cómo soportas vivir en Escocia? —le preguntaban a veces—. Con un tiempo tan impredecible, tanta lluvia, tanto frío...

Pero Violet sabía que no soportaba vivir en ninguna otra parte, y nunca ansiaba marcharse. Cuando Geordie vivía, los dos habían viajado mucho. Habían explorado Venecia y Estambul, habían recorrido las galerías de arte de Florencia y Madrid. En cierta oportunidad hicieron un crucero arqueológico a Grecia; otra vez, recorrieron los fiordos de Noruega y llegaron al Círculo Ártico y al sol de medianoche. Pero sin él, Violet no sentía necesidad de viajar al extranjero. Prefería quedarse allí, donde tenía raíces profundas, rodeada por los campos que conocía desde niña. En cuanto al tiempo, no le prestaba atención; no le importaba si helaba o nevaba o soplaba el viento o llovía o había un sol ardiente, siempre que pudiera estar al aire libre y participar de todo.

Lo cual podía comprobarse al mirar su tez, curtida por las inclemencias del tiempo y arrugada como la de un viejo hombre de campo. Pero a los setenta y siete años, ¿qué importaban unas cuantas arrugas? No era pagar un alto precio por gozar de una vejez activa y eérgica.

Violet colocó la última estaca, retorció el último pedazo de alambre. Listo. Dio unos pasos hacia atrás para contemplar su obra. Se veían las cañas, pero una vez que las margaritas se hubieran puesto más densas, aquéllas quedarían ocultas. Miró su reloj. Casi las tres y media. Suspiró, lamentando como siempre tener que abandonar el trabajo en el jardín e ir adentro. Pero se quitó los guantes y los arrojó dentro de la carretilla; luego recogió las herramientas, lo que quedaba de las cañas y el tambor de alambre, rodeó la casa y llevó todo hasta el garaje donde guardó las cosas cuidadosamente hasta el trabajo del día siguiente.

Luego entró en la casa por la puerta de la cocina, arrojó a un lado las botas de goma y colgó su chaqueta en una percha. Llenó un jarro con agua y lo puso al fuego. Tomó una bandeja y puso en ella dos tazas y dos platillos, una lecherita, una azucarera y un plato de bizcochos livianos. (Virginia nunca comía nada con el té, pero a Violet no le disgustaba comer algún bocado.)

Subió a su dormitorio y se lavó las manos en el baño; luego se puso un par de zapatos, arregló su peinado y se aplicó un poco de polvo en la nariz brillosa. Entre tanto, oyó el auto que subía la cuesta y entraba en el sendero. Un momento más tarde, se oyó el portazo del auto, se abrió la puerta del frente y se oyó la voz de Virginia.

—¡Vi!

—Ya voy.

Vi se puso las perlas, arregló un mechón de pelo rebelde y bajó la escalera. Su nuera la esperaba en el hall; sus largas piernas estaban enfundadas en pantalones de corderoy y llevaba una chaqueta de cuero sobre los hombros. Tenía un peinado nuevo, advirtió Violet, estirado hacia atrás y sostenido con un moño. Como siempre, lucía una elegancia informal, y se la veía más contenta que en mucho tiempo.

—Virginia. ¡Qué bueno tenerte en casa otra vez! ¡Y qué elegante estás! Me encanta tu peinado. —Se besaron. —¿Te lo hiciste en Londres?

—Sí. Pensé que era hora de cambiar mi imagen. —Virginia miró a su alrededor. —¿Dónde está Henry?

—Afuera, cazando con hurones con Willy Snoddy.

—Ay, Vi.

—No te preocupes. Estará en casa en media hora.

—No me refería a eso. Pensaba por qué anda con ese viejo vagabundo.

—Bueno, no hay chicos para jugar porque estaban todos en la escuela. Y se puso a hablar con Willy cuando vino a cortar el pasto esta semana, y Willy lo invitó a salir con los hurones. Tenía muchas ganas de ir, de manera que le di permiso. No lo desapruebas, ¿verdad?

Virginia rió y negó con la cabeza.

—No, por supuesto que no. Sólo que es inesperado. ¿Crees que Henry se da cuenta de lo que significa cazar con hurones? Es algo bastante sanguinario.

—No tengo idea. Seguramente nos enteraremos cuando vuelva. Sé que Willy se ocupará de que llegue a horario.

—Siempre creí que ese viejo borracho no te parecía confiable.

—No se atrevería a romper la promesa que me hizo, y nunca se emborracha por la tarde. Bien, ¿cómo estás tú? ¿Lo pasaste bien?

—Magnífico. Toma... —Puso un paquete chato, muy bonito, en las manos de Violet. —Te he traído un regalo de la gran ciudad.

—Querida, no era necesario.

—Es en agradecimiento de que hayas tenido a Henry en tu casa.

—Me encantó. Pero está deseando verte y volver a Balnaid. Esta mañana, antes del desayuno, ya tenía la maleta hecha. Bien, quiero que me cuentes todo. Ven conmigo, que voy a abrir mi regalo.

Llevó a Virginia a la sala y se sentó cómodamente en su sillón, frente al fuego. Era un alivio descansar los pies. Virginia se apoyó en el brazo del sillón a mirar Violet deshizo el moño y desenvolvió el paquete. Apareció una caja chata, naranja y marrón. Vi quitó la tapa. Adentro, doblada y sedosa bajo las capas de papel celofán, había un pañuelo Hermès.

—Ay, Virginia, esto es demasiado.

—Es lo que te mereces.

—Pero tener aquí a Henry es una delicia.

—A él también le traje un regalo. Está en el auto. Pensé que podía abrirlo aquí, antes de ir a casa.

El pañuelo era rosado, azul y verde, muy apropiado para alegrar su vestido de lana gris.

—Gracias otra vez... estoy encantada. Y ahora... —Dobló el pañuelo, volvió a ponerlo en la caja y lo dejó a un lado. —Tomemos un té y me contarás todo lo que pasó en Londres. Quiero saber todos los detalles...

—¿Cuándo volviste?

—Ayer por la tarde, en el puente aéreo. Edmund me esperó en Turnhouse, fuimos a Edimburgo y comimos en Rafaellis, y después volvimos a Balnaid.

—Espero —dijo Violet, y miró a Virginia con firmeza— que hayan usado el tiempo que pasaron juntos para aclarar sus diferencias.

Virginia no ocultó que se sentía avergonzada.

—Ay, Vi, ¿se notaba tanto?

—Era evidente para cualquiera que no estuviera ciego. Yo no dije nada, pero tienen que comprender que es muy perturbador para Henry que tú y su padre no estén en buenos términos.

—¿Henry te habló de eso?

—Sí. Está muy alterado. Creo que siente que ir a Templehall es bastante malo, pero verlos a ti y a Edmund con ganas de aniquilarse es algo que no puede soportar.

—No pensábamos exactamente aniquilarnos.

—Una cortesía helada es casi peor.

—Lo sé. Y lo lamento. Edmund y yo nos hemos arreglado. Con eso no quiero decir que nada haya cambiado. Edmund no se moverá un milímetro de su decisión, y yo creo que es un terrible error. Pero al menos hemos hecho un pacto. —Sonrió y extendió su delicada muñeca, rodeada por una ancha pulsera de oro. —Durante la cena, Edmund me regaló esto. Es un regalo de bienvenida a casa. De manera que sería grosero que siguiera quejándome.

—Esto es un gran alivio para mí. Logré convencer a Henry de que ustedes dos reflexionarían y harían las paces. Y les estoy agradecida, porque ahora sé que no lo estoy traicionando. Necesita que le brinden seguridad, Virginia. Mucha seguridad.

—Ay, Vi, ¿crees que no lo sé?

—Y hay otra cosa. Está muy preocupado por Edie. Le tiene miedo a Lottie. Piensa que Lottie puede dañar a Edie de alguna manera.

Virginia frunció el entrecejo.

—¿Dijo eso?

—Hablamos de eso.

—¿Crees que tiene razón?

—Los niños son perceptivos. Como los perros. Reconocen el mal donde tal vez los adultos no lo ven.

—"El mal" es una expresión muy fuerte, Vi. A mí, Lottie me pone nerviosa, pero siempre me he dicho que simplemente está chiflada.

—Realmente no sé —dijo Violet—, pero he prometido a Henry que vigilaremos la situación. Y si te habla de eso, debes escucharlo y procurar que su mente esté en paz.

—Por supuesto.

Después de tratar estos temas insoslayables, Violet llevó la conversación a un terreno más amable.

—Ahora cuéntame de Londres. ¿Te compraste un vestido? ¿Y qué más hiciste? ¿Viste a Alexa?

—Sí. —Virginia se inclinó hacia adelante para servirse una taza más de té. —Sí, me compré un vestido, y sí, vi a Alexa. De eso quiero hablarte ahora. Ya se lo conté a Edmund.

A Violet le dio un uelco el corazón. ¿Qué diablos pasaba ahora?

—¿Está bien?

—Nunca estuvo mejor. —Virginia se apoyó en el respaldo. —Ha conocido a un hombre.

—¿Alexa tiene novio? ¡Pero qué espléndida noticia! Comenzaba a pensar que a esa querida chica nunca le pasaría nada interesante.

—Viven juntos, Vi.

Por un instante, Violet se quedó muda.

—*¿Viven juntos?*

—Sí. Y no te estoy contando ningún chisme. Ella me pidió especialmente que te lo dijera.

—¿Y *dónde* viven juntos?

—En Ovington Street.

—Pero... —Violet, muy perturbada, buscaba las palabras.

—Pero... ¿cuánto hace que ha comenzado esta situación?

—Unos dos meses.

—¿Quién es él?

—Se llama Noel Keeling.

—¿Qué hace?

—Trabaja en publicidad.

—¿Qué edad tiene?

—Más o menos mi edad. Buen mozo. Encantador.

La edad de Virginia. A Violet se le ocurrió algo terrible.

—Espero que no esté casado.

—No. Es un soltero muy codiciable.

—¿Y Alexa...?

—Alexa está radiante.

—¿Crees que se casarán?

—No tengo idea.

—¿Es bueno con ella?

—Creo que sí. Sólo estuve con él un ratito. Volvió a casa de la oficina y los tres tomamos una copa juntos. Le trajo flores a Alexa. Y no sabía que yo iba a estar allí, de manera que no las compró para impresionarme.

Violet guardó silencio, tratando de aceptar esta asombrosa revelación. Vivían juntos. Alexa vivía con un hombre. Compartía con él la cama, su vida. Sin casarse. No lo aprobaba, pero se guardó sus opiniones para sí misma. Lo que importaba era que Alexa supiera que todos la apoyarían, ocurriera lo que ocurriere.

—¿Qué dijo Edmund cuando se lo contaste?

Virginia se encogió de hombros.

—No mucho. Lo que es seguro es que no piensa volar a Londres con un arma cargada. Pero creo que está preocupado, aunque sólo sea por el hecho de que Alexa es una chica con ciertos medios... tiene la casa y el dinero que heredó de Lady Cheriton. Lo cual, como señaló Edmund, es considerable.

—¿Teme que ese joven ande atrás del dinero de Alexa?

—Es un posibilidad, Vi.

—Tú lo conociste. ¿Qué piensas de él?

A mí me gustó...

—¿Pero con reservas?

—Es tan apuesto... Sereno... Como te dije, encantador. No estoy *segura* de confiar en él...

—¡Dios mío!

—Pero ésa es mi impresión. Puede ser un juicio completamente erróneo.

—¿Qué podemos hacer?

—No podemos hacer nada. Alexa tiene veintiún años, debe tomar sus propias decisiones.

Violet sabía que así era. Pero Alexa... tan lejos. En Londres...

—Si al menos pudiéramos conocerlo... Estaríamos en un terreno mucho más normal.

—Estoy totalmente de acuerdo contigo, y lo conocerás. —Violet echó una mirada de soslayo a su nuera y vio que se estaba sonriendo; parecía tan satisfecha consigo misma como un gato relamiéndose con la crema. —Me temo que me entrometí y me comporté como una madre. Les hablé a los dos y aceptaron venir para el fin de semana del baile de los Steynton. Estarán en Balnaid.

—¡Ah, qué buena idea! —Violet hubiera besado a Virginia de tan encantada que estaba. —Eres una chica brillante. Es la mejor manera de hacer las cosas, sin convertirlas enuna gran ocasión.

—Eso es lo que pensé. Y hasta Edmund lo aprueba. Pero tendremos que comportarnos con mucha naturalidad, tacto y sentido común. Nada de miradas sugestivas ni sobreentendidos.

—¿Quieres decir que no debo mencionar el tema del casamiento?

Virginia asintió. Violet lo pensó.

"No lo haría. Soy lo suficientemente moderna como para saber cuándo callarme la boca. Pero los jóvenes que viven juntos crean situaciones tan difíciles... Tan difíciles *para nosotros*... Si nos ocupamos mucho del joven, se sentirá presionado, retrocederá y dejará a Alexa con el corazón destrozado. Y si no le prestamos atención, Alexa pensará que lo desaprobamos y eso también le destrozará el corazón.

—No estoy muy segura. Alexa ha crecido mucho. Se siente mucho más segura. Ha cambiado.

—No soportaría que la hirieran. A Alexa, no.

—Me temo que ya no podemos protegerla. Lo que hay entre ellos ya ha ido muy lejos.

—Sí —dijo Violet. Sintió que la regañaban. No era el momento para sentimientos aprensivos. Si deseaba serle útil a alguien, debía conservar la sensatez. —Tienes toda la razón del mundo. Todos debemos...

Pero no hubo tiempo para más. Oyeron abrirse y luego cerrarse de golpe la puerta del frente.

—¡Mami!

Henry estaba de vuelta. Virginia dejó su taza de té y se puso de pie de un salto. Había olvidado totalmente a Alexa. Fue hacia la puerta pero Henry llegó primero y se lanzó sobre ella, con las mejillas rojas por la excitación y el esfuerzo de subir la cuesta.

"¡Mami!

Ella extendió los brazos, y él se arrojó en ellos.

8

Sábado 27

Muchos amigos que se encontraban con Edmund en alguna comida, le preguntaban con toda buena intención si el largo trayecto entre Edimburgo y Strathcroy no le resultaba un esfuerzo casi intolerable, pues tenía que recorrerlo todas las mañanas y todas las tardes de los días de semana que trabajaba en Edimburgo. Pero para Edmund, los kilómetros que recorría no eran nada. Volver a Balnaid, a reunirse con su familia, era más importante que el considerable esfuerzo que implicaba, y sólo cuando tenía que asistir a una cena de trabajo en Edimburgo, o tomar un avión muy temprano, o cuando los caminos estaban intransitables en invierno, se avenía a pasar la noche en el departamento de Mory Place.

Además, le gustaba conducir. Su auto era a la vez poderoso y seguro, y la ruta, que cruzaba el Forth y pasaba por Fife hasta Relkirk, le resultaba tan familiar como la palma de su mano. Una vez que había pasado por Relkirk, entraba en caminos de campo que exigían ir a una velocidad más prudente, pero aun así, el viaje rara vez le llevaba más de una hora.

Usaba este tiempo para desconectarse al final de un día de estrés y toma de decisiones, y para permitir que su mente se desconcentrara y se dedicara, en cambio, a otras facetas igualmente absorbentes de su activa existencia. En invierno, escuchaba la radio. No las noticias ni los programas políticos... ya había tenido bastante de eso antes de ordenar su escritorio y guardar con llave todos los documentosconfidenciales... Escuchaba Radio Tres, conciertos de música clásica y teatro serio. El resto del año, cuando las horas de luz se alargaban y ya no hacía el viaje en la oscuridad, encontraba mucho placer y solaz en contemplar simplemente el efecto de las sucesivas estaciones en el campo: el arado, la siembra, el reverdecer de los árboles, las plantaciones que tomaban color dorado, los recolectores de frambuesas en las largas hileras de cañas, la cosecha, las hojas secas del otoño, las primera nevadas.

Ahora estaban cosechando, en esa hermosa y ventosa tarde. El paisaje era a la vez tranquilo y espectacular. Campos y tierras de cultivo bañadas por un sol vacilante, pero con un aire tan límpido, que cada despeñadero, cada meseta, se divisaban con increíble nitidez. Sobre estas montañas, fluía la luz, que tocaba las cumbres con brillo reflejado; el río, que corría junto al camino, centelleaba, y el cielo, con las nubes en rápido movimiento, era infinito.

Hacía mucho tiempo que Edmund no se sentía tan satisfecho. Virginia había vuelto, él la había recuperado. El regalo que le había hecho era lo más aproximado que había podido encontrar a una disculpa por las cosas que le había dicho el día de la explosión desencadenante, cuando la acusó de asfixiar a Henry, de querer retenerlo a su lado por razones egoístas sin pensar en nadie excepto en sí misma. Ella había aceptado la pulsera con gratitud y amor, y su enorme placer equivalía al perdón.

La noche anterior, después de la cena en Rafaellis, la había llevado a Balnaid a través de los campos bañados por la luz del crepúsculo, y bajo un cielo espectacular, rosado al oeste, y cruzado por finas nubes oscuras como el carbón, que parecían obra de un enorme pincel.

La casa estaba vacía. Edmund no recordaba cuándo había sucedido por última vez, y esto hizo más especial la llegada. No había perros ni chicos; sólo ellos dos. Él había llevado el equipaje a la casa; luego había subido al dormitorio con dos whiskies de malta y la había contemplado mientras desempacaba. No había urgencia, porque toda la casa, la noche, la dulce oscuridad, les pertenecía. Más tarde, él se dio una ducha; luego, Virginia llenó la bañera. Se acercó a él, perfumada y fresca, e hicieron el amor de la manera más satisfactoria y maravillosa.

Él sabía que todavía quedaba un resto de animosidad entre los dos. Virginia no quería perder a Henry, y Edmund estaba decidido a mandarlo al colegio. Pero, por el momento, los dos habían dejado de reñir por esa causa y, con un poco de suerte, tal vez podrían olvidarla.

Además había otras cosas buenas en perspectiva. Esa noche volvería a ver a su hijito después de una semana de separación. Habría mucho que contar y mucho que oír. Y el mes siguiente, septiembre, Alexa vendría con su novio.

La bomba de Virginia sobre Alexa había tomado desprevenido a Edmund y lo había dejado confuso pero no consternado ni mal dispuesto. Quería mucho a su hija, y reconocía sus muchas y valiosas cualidades; pero durante el último par de años, había deseado secretamente, más de una vez, que dejara de ser una niñita y madurara. A los veintiún años, su falta de sofisticación, su timidez, sus formas poco esbeltas se habían convertido en una molestia para Edmund. Estaba acostumbrado a ver a su alrededor mujeres elegantes y mundanas (hasta su secretaria llamaba la atención) y se disgustaba consigo mismo por la impaciencia y la irritación que le provocaba Alexa. Pero ahora que estaba sola, Alexa había encontrado un hombre, y un hombre apuesto, según aseguraba Virginia.

Tal vez debería ser más severo. Pero nunca le había complacido verse como un pater familias, y le preocupaba más el aspecto humano de la situación que el moral.

Como era su costumbre cuando se enfrentaba con un dilema, decidió regirse por sus propios principios: actuar en forma positiva, planear en forma negativa, no alimentar expectativas. Lo peor que podía suceder era que Alexa resultara herida. Para Alexa, sería una experiencia nueva y atemorizante, pero al menos saldría de ella más adulta y tal vez más fuerte.

Entró en Strathcroy cuando el reloj de la iglesia daba las siete. Sintió placer ante la perspectiva de llegar a casa. Allí estarían los perros que Virginia habría sacado de la pensión, y Henry bañándose o tomando su té en la cocina. Se sentaría con Henry mientras el chico devoraba sus croquetas de pescado, sus hamburguesas de carne o cualquier otro horror que hubiera decidido comer; él lo escucharía contar todo lo que había hecho durante la semana, mientras bebía un gin tonic muy largo y muy fuerte.

Eso le recordó que no tenían agua tónica. Habían consumido toda la provisión de este precioso líquido, y Edmund había pensado comprar un cajón antes de salir de Edimburgo, pero se había olvidado. De manera que pasó junto al puente que iba a Balnaid y siguió hasta el pueblo, hasta detenerse frente al supermercado de los paquistaníes.

Todos los otros comercios habían cerrado sus puertas y persianas bastante antes, pero parecía que los paquistaníes no cerraban nunca. Mucho después de las nueve de la noche, seguían vendiendo cartones de leche, pan, pizzas y *curries* congelados a quien quisiera comprarlos.

Edmund bajó del auto y entró en el negocio. Había otros clientes que estaban llenando sus canastos de alambre con mercaderías de los estantes o pidiendo lo que necesitaban a la señora Ishak, y fue ésta quien sonrió a Edmund desde detrás del mostrador. Era una mujer buena moza, con enormes ojos oscuros delineados con *kohl*, y esa noche llevaba un vestido de seda color crema, y un pañuelo de seda de un amarillo más pálido sobre la cabeza y los hombros.

—Buenas tardes, señor Aird.

—Buenas tardes, señora Ishak. ¿Cómo está?

—Muy bien, gracias.

—¿Cómo está Kedejah?

—Mirando televisión.

—Me han dicho que estuvo una tarde en Pennyburn con Henry.

—Así es, y, ay, Dios mío, volvió a casa empapada.

Edmund se rió.

—Estuvieron construyendo diques. Espero que usted no se haya enojado.

—En absoluto. Lo pasaron muy bien.

—Necesito agua tónica, señora Ishak. ¿Tiene?

—Por supuesto. ¿Cuántas botellas necesita?

—Dos docenas.

—Si me espera, se las traeré del depósito.

—Gracias.

La mujer se fue. Edmund, sin impaciencia, se quedó esperando su regreso.

Oyó una voz a sus espaldas.

—Señor Aird.

La oyó tan cerca, detrás de su hombro, que se sobresaltó. Dio media vuelta y se enfrentó con la prima de Edie, Lottie Carstairs. Desde que había venido a vivir con Edie, él la había visto una o dos veces, vagando por el pueblo, pero había logrado eludirla, porque no deseaba enfrentarse con ella. Ahora, por lo que parecía, ella lo había acorralado y no había escapatoria.

—Buenas noches.

—¿Se acuerda de mí? —Lottie hablaba casi con timidez. A Edmund no le hacía ninguna gracia encontrarse tan cerca de ella, con esa piel pálida, sin sangre, y la fuerte sugerencia de un bigote sobre el labio superior. Su cabello tenía el color, y casi la textura, de la lana de acero, y bajo las cejas arqueadas y muy pobladas, sus ojos eran como dos pasas de uva redondas, y casi no pestañeaban. Aparte de todo esto, su aspecto era razonablemente normal. Llevaba una blusa y una falda, un largo cárdigan verde gallardamente adornado con un prendedor centelleante, y zapatos de taco alto sobre lo que se sostenía en forma poco firme mientras conversaba con Edmund.

"Yo estuve con Lady Balmerino; ahora vivo en casa de Edie Findhorn. Lo he visto en el pueblo, pero nunca tuve ocasión de charlar...

Lottie Carstairs. Ahora debía de tener sesenta años, pero no había cambiado mucho desde la época en que trabajaba en Croy y causaba a toda la gente de la casa inconvenientes y molestias sin límites con su paso furtivo y su hábito de aparecer cuando menos se la esperaba. Archie siempre juraba que la mujer espiaba por el ojo de la cerradura, y a cada momento abría bruscamente una puerta esperando atrapar allí a Lottie, acurrucada y escuchando lo que no debía. Por las tardes, recordaba Edmund, siempre llevaba un vestido marrón y un delantal de muselina. El delantal de muselina no era idea de Lady Balmerino sino de Lottie. Archie decía que era porque quería parecer servil. El vestido marrón tenía manchas en las axilas, y lo peor de Lottie era su olor.

La familia protestaba a gritos y Archie exigía a su madre que resolviera la situación, ya fuera echando a la maldita mujer o haciendo algo para asegurar un poco de aseo personal. Pero la pobre Lady Balmerino, cuya única preocupación era el casamiento de Archie, con la casa llena de huéspedes y la fiesta en Croy en la noche del gran día, no se sentía lo bastante fuerte como para echar a la criada. Y era demasiado considerada como para llamar a Lottie, enfrentarse con ella y decirle que olía mal.

Cuando la atacaban, se retiraba dando débiles excusas.

—Alguien tiene que limpiar los cuartos y hacer las camas.

—Que cada cual se haga la cama.

—Pobre, ése es el único vestido que tiene.

—Bueno, cómprale otro.

—A lo mejor está nerviosa.

—No tan nerviosa como para no poder bañarse. Regálale un pan de jabón.

—No creo que ganaríamos nada. Tal vez para Navidad le regale un tarro de talco...

Pero ni siquiera esta tímida idea se cumplió, porque poco después de la boda, Lottie dejó caer una bandeja y rompió un montón de porcelana de Rockingham, y finalmente Lady Balmerino tuvo que despedirla. Cuando llegó Navidad, Lottie ya se había marchado de Croy.

Ahora, atrapado por ella en el negocio de la señora Ishak, Edmund se preguntó si todavía tendría mal olor. No pensaba arriesgarse a averiguarlo. Tratando de que no se notara, retrocedió uno o dos pasos para alejarse de ella.

—Sí —dijo con la voz más agradable y amistosa del mundo—. Claro que la recuerdo...

—¡Aquellos tiempos en Croy! El año que Archie se casó con Isobel. ¡Dios mío, qué tiempos aquellos! Recuerdo que usted vino de Londres para la boda y estuvo toda la semana, ayudando a Lady Balmerino con esto y lo otro. Parece que hiciera mucho tiempo.

—Sí.

—Todos ustedes eran tan jóvenes... Y los viejos Lord y Lady Balmerino eran muy buenos. Me dicen que ahora Croy ha cambiado, y no para mejorar. Los tiempos son duros para todos. Qué triste fue el día que murió Lady Balmerino. Era tan buena conmigo... También fue muy buena con mis padres. Mi madre y mi padre murieron, ¿lo sabía usted? Hace rato que quería hablar con usted, pero no lo veía por el pueblo. Todos ustedes eran tan jóvenes. Archie tenía sus dos buenas piernas... ¡qué cosa que le hayan volado la pierna! Nunca oí nada tan ridículo...

¡Ay, señora Ishak, vuelva pronto! Por favor, señora Ishak, vuelva.

"...Tengo noticias suyas por Edie, por supuesto. Estoy muy preocupada por Edie, ha engordado tanto, eso no es bueno para el corazón. Todos ustedes eran tan jóvenes. ¡Y esa Pandora! Dando vueltas por todas partes, como un trompo. Era terrible, ¿eh? ¡Qué extraño que nunca haya vuelto a casa! Siempre pensé que volvería para Navidad, pero no Y no estar para el funeral de Lady Balmerino, bueno, lo siento y no me gusta decir estas cosas, pero en mi opinión eso no es cristiano. Pero ella siempre fue una avecilla nocturna, ¿no...? En varios sentidos... como usted y yo sabemos, ¿verdad?

En este punto tuvo un acceso de carcajadas maníacas y hasta le dio a Edie una amistosa aunque fuerte trompada en el brazo. La reacción inmediata de Edmund hubiera sido devolverle el golpe con un buen puñetazo en la punta de la nariz larga y husmeadora. Imaginó la nariz cayendo a pedazos. Y luego los titulares de los periódicos locales: "Terrateniente de Relkirkshire ataca a una señora de Strathcroy en el supermercado del pueblo". Metió las manos, con los puños cerrados, en los bolsillos del pantalón.

"¿Así que su esposa estuvo en Londres? ¡Qué bien! Y el chiquito, con su abuela. A veces lo veo por aquí. Es delgadito, ¿no? —Edmund sentía que la sangre se le agolpaba en las mejillas. Se preguntó cuánto tiempo tendría que seguir controlándose. No recordaba otra oportunidad en que alguien lo hubiera sumido en tal confusión de rabia impotente. —Pequeño para su edad, ¿verdad...? No muy fuerte...

—Perdón, señor Aird, por hacerlo esperar tanto... —Era la voz de la señora Ishak, que finalmente detuvo el chorro de la inconsciente malignidad de Lottie. La señora

Ishak, bendita de Dios, venía a salvar a Edmund con el cajón de agua tónica que llevaba contra su pecho como una ofrenda votiva.

—¿Puede ponerlo en mi cuenta? —Podía pagar perfectamente en efectivo pero no quería demorarse un momento más de lo necesario.

—Por supuesto, señor Aird.

—Gracias. —El cajón pasó a sus manos. Con ese peso tranquilizador que le ocupaba las manos, se volvió para despedirse de Lottie y escapar.

Pero Lottie se le había adelantado y ya no estaba. En forma brusca y desconcertante, había desaparecido.

9

Martes 30

—Esta tía tuya, ¿siempre vivió en Mallorca?

—No. Sólo hace dos años que está aquí. Antes vivió en París, y antes de eso, en Nueva York, y antes, en California —respondió Lucilla.

—Una "rolling stone".

—Sí, así la llamarías tú, sólo que ha juntado un montón de hermoso musgo.

Jeff se rió.

—¿Cómo es?

—No lo sé, porque nunca la he visto. Cuando nací, ya se había ido; se casó con un norteamericano inmensamente rico, y vivía en Palm Springs. A mí me parecía la mujer más sensacional del mundo. Tan mala y sofisticada como un personaje de esas viejas piezas teatrales de la década del 30, siempre rodeada de enamorados y siempre tan desvergonzadamente ultrajante. Se escapó con el novio a los dieciocho años. Fue increíblemente valiente. Yo nunca hubiera tenido coraje. Y era hermosa.

—¿Lo será todavía?

—No veo por qué no. Al fin y al cabo, sólo tiene cuarenta años, todavía no anda cuesta abajo. Hay un retrato de ella en Croy, en el comedor. Cuando lo pintaron, ella tenía catorce años y ya asombraba con su belleza. También hay fotografías por todas prtes, en marcos o en los viejos álbumes que mi abuelo llenaba de instantáneas. A mí me gustaban las tardes lluviosas porque podía dedicarlas a mirar los álbumes. Y cuando la gente hablaba de ella, aunque empezaban por criticarla por haber sido tan desconsiderada con sus padres, siempre terminaban por recordar alguna anécdota graciosa suya, y todo se disolvía en risas.

—¿Se sorprendió cuando la llamaste por teléfono?

—Por supuesto. Pero fue una sorpresa agradable, no terrible. Una se da cuenta. Al principio no podía creer que fuera yo. Pero enseguida dijo: "Por supuesto que puedes venir. Ven lo más pronto posible. Y quédate todo el tiempo que quieras". Me dio las indicaciones y cortó. —Lucilla sonrió. —De manera que ya ves, podemos quedarnos por lo menos una semana.

Habían alquilado un auto, un Seat pequeño, el más barato que encontraron, y ahora ya habían hecho un buen trecho por la isla, a través de campos intensamente cultivados, y cada tanto, veían un molino de viento en movimiento. Era de tarde y el camino rielaba a causa del calor. A la izquierda, distantes y brumosas, se veían montañas aparentemente imposibles de pasar. Del otro lado, oculto a la vista, estaba el mar. Ellos llevaban abiertas todas las ventanillas del auto para que entrara aire, pero el viento era caliente, lleno de polvo y muy seco. Jeff conducía y Lucilla iba sentada a su lado y sostenía en la mano el papelito donde había anotado las indicaciones que Pandora le había dado por teléfono.

Había llamado a Pandora desde Palma, adonde había llegado con Jeff esa mañana en barco, desde Ibiza. Habían pasado una semana en Ibiza, en casa de Hans Bergdorf, un pintor amigo de Jeff. Les había costado encontrar la casa de Hans, que estaba en lo alto de la ciudad vieja, dentro de los antiguos muros de la fortaleza que rodeaba la ciudad. Una vez que la descubrieron, vieron que era muy pintoresca, de paredes gruesas y blanqueadas con cal, pero increíblemente primitiva. Desde el balcón de piedra, la vista abarcaba todo el panorama de la ciudad vieja, la ciudad nueva, el puerto y el mar, pero ni siquiera esta delicia compensaba el hecho de tener que cocinar en un calentador en miniatura, y que la única agua corriente saliera de un solo grifo de agua fría. Por lo tanto, Jeff y Lucilla estaban muy sucios, por no decir malolientes, y las abultadas mochilas apiladas en el asiento posterior estaban llenas de ropa sucia y transpirada. Lucilla, que nunca había sido una de esas chicas preocupadas por su aspecto, empezó a tener fantasías de lavarse la cabeza, y Jeff, por desesperación, había comenzado a dejarse la barba, que era peración, había comenzado a dejarse la barba, que era rubia, como su cabello, pero despareja e hirsuta y lo hacía parecer más un vagabundo que un vikingo. En realidad, los dos tenían un aspecto tan poco respetable, que fue maravilloso que el hombre que les alquiló el auto no hubiera tenido inconvenientes en darles el Seat. Lucilla advirtió una cierta expresión de desconfianza en su rostro, pero Jeff sacó una pila de pesetas, y con dinero en efectivo en la mano, el hombre no pudo negarse.

—Espero que Pandora tenga lavarropas —dijo Lucilla.

—Yo me conformaría con una piscina.

—No puedes lavar la ropa en la piscina.

—¿Quieres apostar?

Lucilla miró por la ventanilla del auto. Observó que las montañas estaban más cerca y los campos se veían más verdes. Había pinos, y el olor de la resina caliente entraba por la ventanilla junto con el polvo. Llegaron a un cruce con otro camino principal. Pararon para dejar pasar el tránsito. La señal indicaba: "Puerto del Fuego".

—Vamos bien. ¿Y ahora?

—Tomaremos el camino de Puerto del Fuego, pero más o menos después de un kilómetro y medio, hay que doblar a la izquierda. Es un camino angosto señalado como "Cala San Torre". —Había menos tránsito. Jeff dio la vuelta cuidadosamente en el cruce. —Si llegamos al puerto, es que hemos ido demasiado lejos.

—Naturalmente.

Ahora Lucilla sentía el olor del mar. Aparecieron casas, un edificio nuevo de departamentos, un garaje. Pasaron por unos establos de caballos de montar, con cuadros de pasto achaparrado donde unos tristes caballos flacos trataban de pastar.

—Ay, pobres —dijo Lucilla, que era muy sensible, pero Jeff sólo tenía ojos para el camino que se extendía delante de él.

—Hay un cartel. "Cala San Torre."

—¡Allí es!

Salieron del soleado camino de dos carriles y se encontraron, de pronto, en unos campos verdes con mucha vegetación, completamente distintos de los campos llanos y áridos por donde habían venido. Unos pinos que parecían paraguas daban sombra al camino, moteado de rayitos de sol, y desde las granjas desvencijadas llegaba el cacareo satisfecho de las gallinas y el balido de las cabras.

—De pronto se ha puesto lindo —observó Lucilla—. Mira qué amor ese burrito.

—No quites los ojos del mapa, muchacha. ¿Y ahora?

Lucilla consultó obedientemente sus notas.

—Bien, ahora hay que doblar a la derecha en ángulo recto, y luego subir un cerro hasta la casa, que está en la cima.

Llegaron a la curva. Jeff puso la segunda y giró. El Seat, con un ruido que parecía que en cualquier momento iba a hervir como un jarro de agua, comenzó el penoso ascenso por el caminito ondulado y empinado. Había otras casas, grandes villas que apenas se veían detrás de los portones cerrados y los floridos jardines.

—Esto —dijo Lucilla— es lo que los agentes de las inmobiliarias llaman "un barrio muy buscado".

—Quieres decir un barrio esnob.

—No, más bien caro.

—Supongo que las dos cosas. Tu tía debe de tener mucha plata.

—Hizo un divorcio en California —respondió Lucilla, en un tono que implicaba que no había nada más que decir.

Unos cien metros más, una o dos curvas muy cerradas, y habían llegado: Casa Rosa. El nombre, grabado en cerámicas decoradas, se veía en una alta pared de piedra, y era claramente visible a pesar de la tupida enredadera con flores rosadas. Un portón abierto llevaba al interior de la propiedad. Por un sendero para autos, de bordes profundos, cuesta arriba, se llegaba al garaje. Allí había un auto estacionado, y otro auto, un envidiable BMW plateado, estaba estacionado a la sombra de un olivo de tronco retorcido. Jeff apagó el motor. Todo estaba muy silencioso. Luego Lucilla oyó el sonido del agua que salpicaba, como si surgiera de una fuente, y el tintineo suave y distante de los cascabeles de las ovejas. Ahora las montañas estaban cerca, con sus cumbres yermas, flechadas por el sol, y los olivos daban un tono plateado a las laderas más bajas.

Bajaron lentamente del auto, agradecidos de poder estirar brazos y piernas. Allí arriba, tan alto, soplaba una brisa marina fresca y estimulante. Lucilla miró alrededor y vio que la Casa Rosa estaba en una elevación rocosa un poco por encima de ellos; se llegaba a la entrada por una escalinata. Los escalones estaban cubiertos de mosaicos azules y blancos, con macetas con geranios en cada extremo. Además, todo estaba cubierto por un torrente de buganvillas color púrpura, y también había hibiscos y dondiegos. El aire estaba cargado del perfume de las flores mezclado con el olor húmedo de la tierra recién regada.

Todo era tan increíble, tan distinto de cualquier cosa que hubiese experimentado antes, que por un momento ninguno de los dos supo qué decir. Luego Lucilla suspiró.

—No tenía idea de que sería tan estupendo.

—Bueno, yo tengo ideas claras sobre un asunto: no podemos quedarnos aquí parados toda la mañana.

—No —Tenía razón. Lucilla tomó la delantera y enfiló hacia el primer escalón, pero antes de que apoyara el pie en él, el silencio fue quebrado por el ruido de unos tacos altos que corrían por la terraza, más arriba.

—¡Mis queridos! —Apareció una silueta en lo alto de la escalera, con los brazos extendidos en ademán de bienvenida. —Oí llegar el auto. Han venido. Y no se han perdido. Eso me dice que son muy inteligentes. ¡Qué magnífico verlos!

La primera impresión que Lucilla tuvo de Pandora fue la de una delgadez que llegaba a lo incorpóreo. Parecía etérea, como si con cualquier movimiento pudiera volarse. Abrazarla era como abrazar a un pajarito. Una no se animaba a estrecharla con fuerza por miedo de que se partiera en dos. Su cabello era castaño, le dejaba la frente despejada y caía, en espesos rizos, hasta los hombros. Lucilla pensó que Pandora usaba el pelo así desde los dieciocho años y que nunca había encontrado motivos para cambiar de peinado. Tenía ojos de color gris oscuro, sombreados por largas pestañas muy cargadas de rímel y labios llenos, bien dibujados y dulces. En la mejilla derecha, justo sobre la comisura del labio superior, tenía un bello lunar. Llevaba un conjunto de chaqueta y pantalones muy sueltos, del mismo rosado brillante de las flores de hibisco, cadenas de oro alrededor del cuello, y aros con pequeños lazos de oro. El perfume... Lucilla lo conocía. Poison. Había intentado usarlo ella misma pero no podía decidir si lo adoraba o lo odiaba. Aun al percibirlo en Pandora, no estaba segura.

—Hubiera sabido que eras Lucilla aunque nadie me lo hubiera dicho. Te pareces tanto a Archie... —Parecía que ni se daba cuenta de la descuidada apariencia de los jóvenes, de sus shorts sin dobladillo y sus remeras gastadas. Y si se daba cuenta, parecía que no le importaba. —Y tú debes de ser Jeff... —Le tendió la mano con uñas pintadas de rosa. —¡Qué maravilloso que hayas podido venir con Lucilla!

Él tomó esa manecita en su mano enorme y, un tanto perturbado por la bienvenida y la seductora sonrisa, dijo:

—Encantado de conocerla.

Ella reconoció su acento de inmediato.

—¡Eres australiano! ¡Qué maravilloso! Creo que nunca tuve aquí a un australiano hasta ahora. ¿El viaje fue muy terrible?

—No, para nada. Sólo caluroso.

—Estarán deseando un trago...

—¿Sacamos nuestras cosas del auto?

—Eso pueden hacerlo después. Primero, algo de beber. Vengan, aquí hay un amigo que quiero que conozcan.

A Lucilla se le cayó el alma a los pies. Con Pandora no importaba, pero ser presentados a alguien con esa traza...

—Pandora, estamos terriblemente sucios...

—Por Dios, qué importa eso. A él no le importará... —Dio media vuelta y echó a andar, y no quedaba otra alternativa que seguirla por una terraza larga y sombreada con sillones de caña y almohadones color crema y grandes tiestos de porcelana blanca y azul con palmas. —... No puede quedarse mucho tiempo y quiero que lo conozcan...

Doblaron el ángulo de la casa y, siempre siguiendo los ruidosos tacos de Pandora, salieron al sol enceguecedor. Lucilla echó de menos sus anteojos oscuros, que había dejado en el auto. Encandilada, contempló la extensa terraza, sombreada por un toldo rayado y con piso de mármol. Unos escalones bajos llevaban desde la terraza hasta un amplio jardín lleno de árboles y arbustos floridos. En los senderos de césped había lajas, y los senderos rodeaban una piscina de aguas azules y quietas como un espejo. Sólo de verla, Lucilla se sintió más fresca. En la superficie del agua, flotaba una colchoneta inflable, que se desplazaba levemente impulsada por la corriente del filtro.

En el otro extremo del jardín, medio oculta por los hibicos, Lucilla vio otra casa, pequeña y de una sola planta, pero con su propia terracita que daba a la pileta. La casa estaba a la sombra de un alto pino, y más allá del techo a dos aguas, sólo se veía el perfecto cielo azul.

—Aquí están, Carlos, llegaron lo más bien. Mis indicaciones no fueron tan confusas como temíamos.

En lo alto de la escalinata, a la sombra del toldo, había una mesita con vasos y una jarra. Un cenicero, un par de anteojos para sol, un libro. Más sillones de caña con almohadones amarillos. Cuando se acercaron, un hombre se puso de pie y esperó, sonriente, que los presentaran. Era alto, de ojos oscuros y muy apuesto.

"Lucilla, querida, éste es mi amigo Carlos Macaya. Carlos, ésta es Lucilla Blair, mi sobrina. Y Jeff...

—Howland —dijo Jeff.

—Es australiano. Qué interesante, ¿verdad? Ahora sentémonos y bebamos algo bueno. Esto es té helado, pero si quieren algo más fuerte, se lo pediré a Seraphina. ¿Una coca? ¿Vino? —Se echó a reír. —¿O champagne? Ésa es una buena idea. Pero tal vez es un poco temprano... Dejemos el champagne para después.

Le dijeron que el té estaba perfecto.

Carlos retiró un sillón para Lucilla y luego se sentó a su lado. Pero Jeff, que podía absorber el sol como una lagartija, se apoyó en la balaustrada de la terraza, y Pandora se sentó en el borde junto a él, con las piernas colgando y una de las sandalias de taco alto sólo sostenida por un dedo del pie.

Carlos Macaya sirvió té helado y le pasó el vaso a Lucilla.

—¿Viene usted de Ibiza?

—Sí, llegamos en el barco esta mañana.

—¿Cuánto tiempo estuvieron allá? —Su inglés era perfecto.

—Una semana. En casa de un amigo de Jeff. Una casa hermosa pero muy primitiva. Por eso estamos tan sucios. Realmente muy sucios. Lo lamento.

Él no hizo ningún comentario; se limitó a sonreír, comprensivo.

—¿Y antes de Ibiza?

—Estuve en París. Fue allí donde conocí a Jeff. Quería convertirme en pintora, pero había demasiadas cosas para ver y hacer. No tuve muchos logros.

—París es una ciudad maravillosa. ¿Era su primera visita?

—No, había estado antes. Pasé algún tiempo como *au pair*, para aprender el idioma.

—¿Y cómo llegaron de París a Ibiza?

—Pensábamos hacer *autostop*, pero finalmente viajamos en ómnibus. Hicimos el viaje por partes, parábamos en *gîtes*, nos tomamos tiempo para ver paisajes y otras cosas. Catedrales y castillos... esas cosas.

—No han perdido el tiempo. —Miró a Pandora, que charlaba con Jeff. Jeff la miraba atentamente, como si ella perteneciera a alguna extraña especie de vida salvaje que él nunca había visto antes. —Pandora me dijo que es la primera vez que ustedes se encuentran.

—Sí. —Lucilla vaciló. Probablemente este hombre era el actual amante de Pandora, lo cual significaba que no era el momento ni el lugar de hablar de la fuga juvenil de Pandora y de su posterior modo de vida. —Ella siempre estaba afuera. Quiero decir que vivía en el extranjero.

—¿Y su casa está en Escocia?

—Sí. En Relkirkshire. Allá viven mis padres. —Hubo una pequeña pausa, y Lucilla bebió un sorbo de té helado. —¿Alguna vez ha estado en Escocia?

—No. Estudié en Oxford un par de años. —Eso explicaba su buen inglés. —Pero nunca encontré tiempo para ir a Escocia.

—Siempre queremos que Pandora venga a visitarnos, pero nunca viene.

—Tal vez no le gusten el frío y la lluvia.

—No hay frío y lluvia todo el tiempo. Sólo una parte del tiempo.

Él se rió.

—Bien, será por alguna otra razón. Es magnífico que haya venido a visitarla. Y ahora... —Echó hacia atrás el puño de seda de la camisa y miró su reloj. Era un reloj hermoso y raro, pues los números estaban marcados por diminutas réplicas de insignias de *yachting*, y tenía una gruesa malla de oro. Lucilla se preguntó si se lo habría regalado Pandora. A lo mejor las insignias decían "Te amo" en código naval. —Bien, ahora debo irme. Espero que me disculpen. Tengo que trabajar...

—Por supuesto...

Volvió a ponerse de pie.

—Pandora, tengo que irme.

—Ah, qué lástima. —Se calzó bien la sandalia y saltó de la balaustrada. —No importa. Ya conociste a mis invitados. Vamos a despedirte.

—No molestes a todos.

—De todos modos deben ir a buscar su equipaje. No ven el momento de desempacar y darse un chapuzón. Vamos... —lo tomó del brazo.

Y volvieron al lugar donde estaba el auto de Carlos, a la sombra del olivo. Hubo saludos, él besó el dorso de la mano de Pandora, y luego se colocó detrás del volante del BMW.

Encendió el motor y Pandora se quedó más atrás. Pero antes de arrancar dijo:

—Pandora...

—¿Sí, Carlos?

—Si cambias de idea, avísame.

Ella no respondió de inmediato, y luego hizo un gesto negativo.

—No cambiaré de idea —le dijo.

Él sonrió, se encogió de hombros resignadamente, como aceptando de buena manera la decisión de ella. Puso el cambio en primera y, con un último saludo, los dejó, atravesó el portón, bajó la cuesta y desapareció de la vista. Se quedaron esperando hasta que dejó de oírse el motor del BMW. Ahora sólo quedaba el sonido del agua en esa fuente invisible, y el tintineo de los cascabeles de las ovejas.

Si cambias de idea, avísame.

¿Qué le habría pedido Carlos a Pandora?

Por un instante, Lucilla jugó con la idea de que le había propuesto matrimonio, pero casi enseguida se sacó esa idea de la cabeza. Era demasiado prosaica para una pareja tan sofisticada y atractiva. Tal vez Carlos había tratado de convencer a Pandora de que lo acompañara en algún viaje romántico, a las Seychelles o a las playas bordeadas de palmeras de Tahití. A lo mejor, simplemente la había invitado a cenar y ella no tenía ganas.

De todos modos, Pandora no parecía dispuesta a echar luz sobre el asunto. Carlos se había ido y ahora ella se lanzaba a una actividad práctica; juntó las palmas de sus manos con un golpecito.

—Bien. A moverse. ¿Dónde está su equipaje? ¿Esto es todo? ¿No hay maletas ni baúles ni cajas de sombreros? Yo llevo más que esto cuando me ausento por una sola noche. Bien, vamos...

Comenzó a subir una vez más los escalones, a paso rápido y otra vez la siguieron, Lucilla con su bolso de cuero, y Jeff con las dos abultadas mochilas.

"Les he acomodado la casa de huéspedes. Allí estarán cómodos y muy independientes. Y yo no funciono muy bien por las mañanas, de manera que tendrán que hacerse su propio desayuno. En la heladera hay muchas cosas ricas, y hay café y todo lo que necesiten en el armario. —Ahora estaban nuevamente en la terraza. —¿No habrá problemas?

—Por supuesto que no.

—Pensé que podemos cenar a las nueve. Algo frío, porque yo soy incapaz de cocinar aunque me vaya la vida en ello, y Seraphina, mi empleada, se va a su casa por la tarde. Pero ella dejará todo preparado. Vengan a las ocho y media y beberemos una copa. Ahora voy a dormir una siestia, de manera que ustedes pueden acomodarse. Más tarde, es posible que nade un rato antes de vestirme para la cena.

La idea de que Pandora estaría todavía mejor vestida que con el conjunto de seda rosa creaba un molesto problema respecto de la ropa.

—Pandora, nosotros no tenemos ropa para cambiarnos. Está toda sucia. Jeff sólo tiene una camisa limpia, pero está sin planchar.

—Ay, querida, ¿quieres que te preste algo?

—¿Una remera limpia?

—Por supuesto, qué tonta, yo debí haberla ofrecido. Espera un momento.

Esperaron. Ella desapareció detrás de unas anchas puertas corredizas de vidrio que seguramente correspondían a su dormitorio, y volvió casi enseguida con una camisa de seda azul marino atestada de lentejuelas.

—Toma esto. Es terriblemente vulgar, pero divertida. Puedes quedártela, yo nunca la uso. —La arrojó al aire y Lucilla la atajó. —Ahora váyanse a su nidito. Si desean algo, llamen por teléfono a la casa y Seraphina se lo llevará. —Les sopló un beso. —Ocho y media. Nos veremos entonces.

Y se fue, dejando que Lucilla y Jeff se arreglaran solos. Pero Lucilla aún vacilaba, saboreando por anticipado lo que vendría después.

—Jeff, no lo puedo creer, tenemos toda una casa para los dos.

—¿Entonces qué esperamos? Si no entro en esa piscina en los próximos dos minutos, exploto.

Se dirigieron a la casa; bajaron los escalones y bordearon el jardín. La casita los esperaba. Cruzaron la terraza y abrieron la puerta que daba al living. Las cortinas estaban corridas; Lucilla las abrió. Entró mucha luz, y vio el patiecito en el otro extremo, y el pequeño jardín protegido.

—¡Hasta tenemos un lugar para los baños de sol!

Había una chimenea llena de leña. Algunos cómodos sillones, una bandeja con bebidas y vasos, una mesita baja con muchas revistas, y una pared ocupada por estantes con libros. Abrieron otras puertas y vieron dos dormitorios con dos camas cada uno, y un cuarto de baño de proporciones maravillosamente enormes.

—Creo que éste es el dormitorio más bonito. Y sin duda, el más grande. —Jeff arrojó las mochilas al suelo y Lucilla abrió más las cortinas. —Desde aquí se ve el mar. Un pedacito, un triángulo, pero es vista al mar. —Lucilla abría las puertas de los armarios, veía hileras de perchas forradas, olía lavanda. Colgó la camisa prestada en una de las perchas, donde se la veía muy solitaria.

Jeff se había quitado las zapatillas y ahora se estaba quitando la remera.

—Tú puedes jugar todo lo que quieras con la casita. Yo me voy a nadar. ¿Vienes?

—Iré en un momento.

Jeff salió. Un instante después, ella oyó el ruido de la zambullida e imaginó la sedosa delicia del agua fresca. Pero más tarde. Ahora quería explorar.

La inspección en detalle de la casa de huéspedes de Pandora reveló que estaba perfectamente provista. Y Lucilla se llenó de admiración ante esas ideas y ese planeamiento tan meticulosos. Alguien... ¿y quién, sino Pandora?... había pensado en todo lo que un huésped podía querer o necesitar, desde las flores frescas y los hermosos libros nuevos hasta las frazadas extra para las noches frías y las botellas de agua caliente para algún dolor de barriga. En el baño, había toda clase de jabones y perfumes, champú, loción para después de afeitarse, una alfombrita de goma para la bañera y gruesas toallas blancas; colgadas en la parte interior de la puerta, dos salidas de baño de toalla, blancas como la nieve.

Lucilla abandonó todos estos lujos para cruzar la sala y buscar la cocina, y la encontró brillante, con armarios de madera oscura llenos de piezas de cerámica española, lustrosas ollas y cacerolas, una batería de cocina completa. Si ua quería (Lucilla no), sería posible preparar una cena para diez personas. Había una cocina eléctrica y una de gas, un lavaplatos y una heladera. Abrió la heladera y descubrió adentro, junto con todo lo necesario para un magnífico desayuno, dos botellas de agua Perrier y una de champagne. Había una segunda puerta en la cocina. La abrió y... ¡oh, maravilla!... un pequeño lavadero con un lavarropas, un tendedero, una tabla de planchar y una plancha. Ver estos elementos domésticos le causó más placer que todos los otros lujos juntos. Porque ahora, por fin, andarían limpios.

Se puso a trabajar sin pérdida de tiempo. Fue al baño, se desvistió, se puso una de las salidas de baño y comenzó a desempacar... lo cual consistió en vaciar el contenido de las dos mochilas en el piso del dormitorio. En el fondo de su mochila estaban su neceser, el peine y el cepillo, un cuaderno para bosquejos, un par de libros y el sobre que le había enviado su padre, con el cheque, la carta, y la invitación al baile de Verena Steynton. La sacó del sobre y la paró sobre la cómoda vacía. Ya tenía las puntas un poco dobladas, pero le daba una nota personal a la habitación, como si Lucilla le pusiera su nombre y la declarara suya.

Lucilla Blair
Mrs. Angus Steynton
En casa
Para Katy

¿Por qué resultaba tan ridícula? Se rió. Otra vida, otro mundo lejano. Recogió montones de medias, shorts, pantalones y remeras sucias y se dirigió al lavadero. Sin preocuparse por elegir las prendas (a su madre le daría un ataque si la viera poner medias rojas junto con camisas blancas, pero su madre no estaba allí para regañarla, de manera que, ¿qué importaba?), Lucilla llenó el tambor, echó detergente, cerró la tapa de un golpe y puso la máquina en funcionamiento. El agua entró a chorros y el tambor comenzó a girar; Lucilla retrocedió y observó todo esto con el mismo deleite con que miraría un esperado programa televisivo.

Luego apartó de un puntapié el resto de la ropa sucia, fue a buscar su bikini y se reunió con Jeff en la piscina.

Nadó largo rato, Jeff salió de la piscina y se tendió al sol para secarse. Otros dos largos, y Lucilla vio que él se había ido, había entrado en la casa. Salió de la piscina y estrujó sus cabellos para que no chorrearan agua. Entró en la casa. Encontró a Jeff en el dormitorio, tendido en una de las camas. Parecía a punto de dormirse. Ella no quería que se durmiera. Dijo su nombre, hizo una carrerita y un salto, y cayó directamente sobre él.

—Jeff.
—¿Sí?
—Te dije que era hermosa.
—¿Quién?

—Pandora, por supuesto.

Jeff no contestó de inmediato. Estaba al borde del sueño, sin muchas ganas de hablar. Su brazo extendido servía de almohada a la cabeza de Lucilla. Su piel olía a cloro y a piscina.

"¿No crees que es hermosa?

—Es muy sexy, por cierto.

—¿Te parece sexy?

—Pero demasiado vieja para mí.

—No se la ve vieja.

—Y además, demasiado flaca.

—¿No te gustan las mujeres flacas?

—No. Me gustan las mujeres con tetas grandes y culo gordo.

Lucilla, que había heredado sus formas de su padre y era alta y delgada y casi sin pechos, le dio un puñetazo a Jeff.

—No es cierto.

Él se rió.

—Bien, ¿qué quieres que diga?

—Ya sabes lo que quiero que digas.

Jeff atrajo la cara de Lucilla hacia la suya y le dio un beso profundo.

—¿Está bien así?

—Creo que vas a tener que afeitarte la barba.

—Pero, ¿por qué?

—Porque va a parecer que me limpio la cara con papel de lija.

—Entonces tendré que dejar de besarte. O besarte en un lugar donde no se note.

Se quedaron callados. El sol estaba bajando en el cielo, y pronto, repentinamente, habría oscurecido. Lucilla pensó en los crepúsculos del verano escocés, que duraban hasta medianoche.

—¿Crees que son amantes? —preguntó—. ¿Crees que tienen un ardiente romance?

—¿Quiénes?

—Pandora y Carlos Macaya.

—Qué sé yo.

—Él es tan apuesto...

—Sí. Muy suavecito.

—A mí me resultó agradable. Simpático. Es fácil charlar con él.

—A mí me gustó su auto.

—Tú sólo piensas en una dirección. ¿Qué crees que le preguntaba?

—¿Cómo?

—Él dijo: "Si cambias de idea, avísame". Y ella respondió: "No cambiaré de idea". Él debe de haberle pedido algo. Tal vez quería que ella hiciera algo con él.

—Bien, fuera lo que fuese, él no parecía muy alterado.

Pero Lucilla no estaba satisfecha.

—Estoy segura de que era algo muy significativo. Una encrucijada en las vidas de los dos.

—Tienes un exceso de imaginación. Lo más probable es que él tratara de arreglar la hora para un partido de tenis.

—Sí. —Pero en el fondo, Lucilla pensaba que no era eso. Suspiró, y el suspiro terminó en un bostezo. —Quizá.

A las ocho y media, estaban listos para encontrarse con Pandora, y Lucilla pensó que se había preocupado excesivamente: no tenían tan mal aspecto. Los dos se habían duchado y ahora exhalaban el dulce perfume del champú gratuito. Jeff se había recortado la barba con una tijerita para uñas, y Lucilla le había planchado su única camisa limpia y había rescatado de la pila de ropa del piso del lavadero los jeans más presentables.

Ella se había lavado los largos cabellos oscuros y los había secado y cepillado, se había puesto calzas negras y ahora se estaba abotonando la camisa prestada. La seda pesada se sentía deliciosamente fresca sobre la piel desnuda, y el bordado de lentejuelas, contemplado con los ojos entrecerrados en el espejo, no era tan chocante como había pensado al principio. Tal vez tenía algo que ver con estos lugares desacostumbrados. Tal vez el ambiente de gran lujo permitía absorber las vulgaridades. Era una idea interesante que a Lucilla le hubiera gustado discutir en profundidad, pero ahora no había tiempo.

—Vamos —dijo Jeff—. Es hora de ir allá. Necesito un trago.

Fue hacia la puerta y ella lo siguió, cuidando primero que quedaran apagadas todas las luces de la casa para huéspedes. Estaba casi segura de que a Pandora le importaría un rábano que quedaran todas las luces encendidas, pero ella había sido criada por una económica madre escocesa, y esas pequeñas economías domésticas se le habían hecho carne, como si su subconsciente fuera una computadora programada. Le parecía extraño, ya que las estrecheces de los últimos tiempos no le habían dejado ninguna impresión. Otra idea interesante que desmenuzaría en el futuro.

Salieron de la casa y entraron en una noche azul, bajo el brillo de las estrellas, y suave y cálida como el terciopelo. El jardín tenía una intensa fragancia, y la piscina estaba iluminada, lo mismo que las lajas del sendero. Lucilla oía el incesante zumbido de las cigarras, y llegaba música desde la casa de Pandora.

Rachmaninoff. El *Concierto para piano Nº 2*. Banal, tal vez, pero perfecto para esa noche mediterránea. Pandora había dispuesto la escenografía y ahora los esperaba en la terraza, tendida en una *chaise-longue*; sobre la mesa, a su lado, había una copa.

—¡Hola! —exclamó cuando Lucilla y Jeff se aproximaron—. Ya abrí el champagne. No podía esperar más.

Ellos subieron la escalinata y entraron en la zona de luz que iluminaba a su anfitriona. Pandora se había puesto un vestido negro como de telaraña y llevaba sandalias doradas en los pies desnudos. El perfume de Poison era todavía más fuerte que los del jardín.

"¡Qué elegantes se los ve! No veo por qué se preocupaban tanto. La camisa te queda espléndida, Lucilla, debes quedártela. Bien, traigan sillas y siéntense. Ay, caramba, olvidé las copas. Lucilla, querida, ve a traerlas, ¿quieres? El barcito está detrás de la puerta, allí encontrarás de todo. Hay otra botella de champagne en la heladera, pero la dejaremos hasta que terminemos ésta. Jeff, siéntate aquí, a mi lado. Quiero que me cuentes todo lo que hicieron los dos...

Lucilla los dejó y fue obedientemente en busca de las copas. Pasó al interior por las grandes puertas con cortinados. El bar estaba allí no más, y era un simple armario provisto de todo lo que un ser humano puede necesitar para prepararse algo para beber. Lucilla tomó dos copas del estante pero no volvió de inmediato a la terraza. En realidad, era la primera vez que estaba dentro de la casa de Pandora, y se encontró de pronto en un ambiente tan espacioso y espectacular que, por un momento, se olvidó de lo que había ido a hacer. Todo era fresco y de colores pastel, con toques de color brillante aquí y allá. Cortinados celeste y turquesa, y un enorme ramo de lirios de color coral en un jarrón cuadrado. Varios nichos sabiamente iluminados exhibían una colección de estatuillas de Dresden y esmaltes Battersea. Había una mesa baja con tapa de vidrio cubierta de libros y revistas, más flores, una cigarrera de plata. Vio una enorme chimenea recubierta de cerámicas blancas y azules, sobre la cual colgaba un espejo enmarcado con flores pintadas. En el otro extremo de la habitación, la mesa de comedor, de vidrio, estaba puesta para la cena, con velas, cristalería y aún más flores, y ante los ojos divertidos de Lucilla todo se parecía más a un escenario teatral que a una habitación para vivir en ella. Pero se dio cuenta de que también había detalles de vida doméstica: un libro abierto arrojado en un sofá; un tapiz a medio hacer, a mano para retomarlo en cualquier momento. Y había fotografías. Archie e Isobel el día de la boda. Los abuelos de Lucilla, unos ancianos encantadores con sus vestimentas de tweed, frente a Croy con sus perros.

Lucilla se conmovió con todas estas evidencias de nostalgia. Por alguna razón, no las esperaba, como si pensara que Pandora no era capaz de tener ese sentimiento. Imaginó a Pandora llevando esas fotos dondequiera que fuese, en medio de sus exóticos amores y su turbulenta vida de nómade. La vio sacándolas de las maletas en casas de California, en habitaciones de hotel, en departamentos de Nueva York y de París. Y ahora, en Mallorca. Como si pusiera el sello de su identidad y su pasado en una casa temporaria más.

(No se veían fotos de los hombres que poseían esos departamentos y que habían ocupado tanto espacio en la vida de Pandora, pero quizás ella las tenía en su dormitorio.)

Por las ventanas abiertas, entraban brisas cálidas, y Rachmaninoff brotaba de algún estéreo oculto tras una reja dorada. El solo de piano desgranaba sus notas, puras como gotas de lluvia. Desde la terraza, llegaba el suave murmullo de una conversación tranquila; las voces de Pandora y de Jeff sonaban plácidas, sin impaciencia.

Había otras fotos en la repisa de la chimenea: Lucilla fue hasta allá para observarlas más de cerca. La vieja Lady Balmerino, resplandeciente con su sombrero con plumas encasquetado hasta las cejas, parecía estar inaugurando una festividad del pueblo. Una instantánea de Archie y Edmund Aird de muy jóvenes, sentados en un bote a la orilla del lago, con sus avíos de pesca en los asientos. Por último, un retrato tomado en un estudio, de ella misma y Hamish, Lucilla, con un vestidito Liberty en punto *smock*, y Hamish, un bebé gordito, en sus rodillas. Seguramente Archie le había mandado esa foto a Pandora en una de sus cartas, y ella le había puesto un marco de plata y la había colocado en el sitio de honor. Enganchada en el marco, había una invitación que a Lucilla le resultó inmediatamente familiar.

Pandora Blair
Mrs. Angus Steynton
En casa
Para Katy

Lo primero que pensó Lucilla fue: "¡qué bien!". Y luego: "¡qué ridículo!". Una tarjeta desperdiciada, una estampilla desperdiciada, porque no había la más remota posibilidad de que Pandora aceptara la invitación. Se había ido de Croy a los dieciocho años y no había vuelto nunca. Había resistido todos los ruegos, primero de sus padres, después de Archie, y había permanecido resueltamente lejos. Era muy poco probable que Verena Steynton, precisamente Verena, lograra lo que la propia familia de Pandora no había logrado jamás.

—¡Lucilla!

—¡Ya voy!

—¿Qué estás haciendo?

Lucilla apareció en la terraza con las copas.

—Perdón. Estaba curioseando en esa hermosa habitación. Y escuchando la música...

—Ah, querida, ¿no te encanta Rachmaninoff? Es uno de mis favoritos. Sé que es un poco trillado, pero creo que me gustan las cosas trilladas.

—Yo soy igual —admitió Lucilla—. Las canciones como *Luna llena* y *La barcarola* me ponen la piel de gallina. Y algunos de los discos viejos de los Beatles. En Croy los tengo todos. Y si me siento realmente triste, tengo un casete de un Fiddlers Rally en Oban; lo pongo y enseguida se me levanta el ánimo, como el mercurio en el termómetro cuando una tiene fiebre. Todos esos viejos encantadores y esos chicos con sus *kilts* y en mangas de camisa, y una interminable serie de danzas tradicionales, como si no supieran parar ni lo desearan. Siempre termino bailando sola y saltando por la habitación como una idiota.

Jeff dijo:

—Nunca te vi hacer eso.

—Bien, si no te vas muy pronto, probablemente me verás. Pero, en serio, Pandora, qué casa tan hermosa tienes. Y nuestra casa de huéspedes es perfecta.

—Es mona, ¿verdad? Tuve suerte al conseguir todo esto. La gente que vivía antes aquí tuvo que volver a Inglaterra. Yo buscaba un lugar donde vivir y parecía que esto me estaba esperando. Jeff, tendrías que estar sirviendo champagne...

—¿Y los muebles? ¿Son también tuyos?

Pandora se rió.

—Querida, yo no tengo muebles, sólo algunas piezas sueltas que junté en mis viajes y que llevo conmigo adonde voy. La mayor parte de los muebles que hay aquí los tomé con la casa, pero por supuesto cambié casi todo. Los sofás eran de un azul horrible, y había una alfombra peluda. Me deshice de todo eso enseguida. Seraphina también pertenecía a la casa, y su marido se ocupa del jardín. Lo único que echo de menos es un perrito, pero a los perritos en Mallorca los matan a tiros, o se llenan de garrapatas o los roban, o los atropellan. Así que no tiene mucho sentido.

Ahora todas las copas estaban llenas hasta el borde. Pandora levantó la suya.

"Por ustedes, y por lo maravilloso que es tenerlos aquí. Lucilla, Jeff me estuvo contando el viaje por Francia. ¡Qué fascinantedebe de haber sido! Y vieron Chartres, qué experiencia. Deseo saber más, conocer todos los detalles; pero primero lo más importante: quiero saber cosas de casa, de Archie, Isobel y Hamish. Hamish estará enorme ahora. Isobel, con todos esos aburridos norteamericanos que atender... Archie me cuenta todo en sus cartas, cuando no me está hablando de la última cantidad de patos que cobraron o del tamaño del salmón que pescó la semana pasada. Es un milagro que pueda hacer tanto con esa pierna. Cuéntame cómo anda con ella.

—En realidad, no hace tanto —respondió secamente Lucilla—. Te escribe cartas optimistas porque no quiere que te preocupes, y la pierna, ¿qué? Es de lata, eso es todo. No va a mejorar, sólo debemos rogar que no empeore.

—Pobre Archie. ¡Qué bestias, los del IRA! Cómo se atreven a hacer esas cosas, y tan luego a Archie...

—No le estaban apuntando precisamente a él, Pandora. Estaban esperando, en la frontera, para disparar contra unos ingleses, y casualmente él estaba con ellos.

—¿Archie sabía que estaban allí? ¿O fue una emboscada?

—No lo sé. Y si se lo preguntara, no me lo diría. No quiere hablar de eso. No quiere hablar de eso con nadie.

—¿Y eso es bueno?

—No lo creo, pero, ¿qué podemos hacer?

—Archie nunca fue gran conversador. Un hombre buenísimo, pero ya desde chico se guardaba todo para él. Ni siquiera sabíamos que estaba de novio con Isobel, y cuando le dijo a mamá que quería casarse con ella, mamá por poco se desmaya, porque pensaba que elegiría una mujer completamente distinta. No importa, Isobel hizo lo mejor que pudo. Siempre hizo lo mejor que pudo... —Su voz se debilitó. Se quedó callada, luego vació rápidamente su copa. —Jeff, ¿queda algo en esa botella, o abrimos otra?

La botella todavía no estaba vacía, y Jeff volvió a llenar la copa de Pandora, y luego la suya y la de Lucilla. Ésta comenzaba a sentirse no sólo despreocupada sino también un poquito aturdida. Se preguntó cuánto habría bebido ya Pandora en el momento de reunirse con ellos. A lo mejor era el champagne lo que la hacía hablar tanto.

"Bien, díganme... —continuó Pandora—. ¿Qué van a hacer ustedes después?

Jeff y Lucilla se miraron. Hacer planes no era uno de sus fuertes. La mitad de la diversión residía en hacer cosas improvisadas a último momento.

Fue Jeff quien respondió:

—Realmente, no lo sabemos. Lo único que yo sé es que tengo que volver a Australia a principios de octubre. Tengo un vuelo reservado en Qantas para el día 3.

—¿Dónde te embarcas?

—En Londres.

—Entonces, en algún momento tendrás que volver a Inglaterra.

—Así es.

—¿Lucilla va contigo?

Otra vez se miraron.

—Aún no lo hemos discutido —dijo Lucilla.

—De manera que son libres. Libres como el aire. Libres de ir y venir adonde quieran. El mundo es de ustedes. —Hizo un gesto amplio con el brazo y voló un poco de champagne.

—Sí —respondió Jeff con cautela—. Supongo que sí.

—Entonces hagamos planes. Lucilla, ¿te gustaría hacer planes conmigo?

—¿Qué clase de planes?

—Cuando estabas curioseando, como tú dijiste, en el living, ¿viste en la repisa de la chimenea esa invitación grande y pretensiosa en lámina de cobre?

—¿La de Verena Steynton? Sí, la vi.

—¿A ti te han invitado?

—Sí, papá me mandó la invitación; la recibí en Ibiza.

—¿Y vas a ir?

—a verdad... es que todavía no lo había pensado.

—¿Sería posible que fueras?

—No lo sé. ¿Por qué?

—Porque... —Dejó su vaso. —Creo que yo iré.

El shock de este anuncio sacó a Lucilla de su agradable borrachera y la puso en un estado de absoluta sobriedad. Miró a Pandora sin poder creer lo que oía, y Pandora le devolvió la mirada, con una extraña euforia en sus ojos grises con grandes pupilas negras, como si disfrutara de la expresión de absoluta incredulidad que había provocado en el rostro de Lucilla.

—¿Irías?

—¿Por qué no?

—¿Volverías a Escocia?

—¿Adónde, si no?

—¿Para el baile de Verena Steynton?

—Es una razón como cualquier otra.

—Pero nunca viniste antes. Papá te lo pidió, te lo suplicó, y nunca viniste. Él me lo dijo.

—Tiene que haber una primera vez. Tal vez ahora sea el momento adecuado.

De pronto se puso de pie y se alejó de ellos para contemplar el jardín. Se quedó allí un momento, inmóvil, con su silueta recortada contra la luz que surgía desde la piscina. La brisa movía su vestido y sus cabellos. Luego se volvió a mirarlos, apoyada en la balaustrada. Cuando habló, su voz sonó completamente distinta.

"He pensado tanto en Croy... Últimamente, mucho más. Soñaba con Croy, me despertaba y recordaba cosas en las que hacía años que no pensaba. Y luego llegó la invitación. Como la tuya, Lucilla, enviada desde Croy. Y me trajo un montón de recuerdos de cómo nos divertíamos en esos ridículos bailes y en las cacerías. Y en las fiestas en las casas, y en el retumbar de los tiros de escopeta en los cerros, y en esas grandes cenas todas las noches. Yo no sé cómo tu pobre madre podía con todo eso. —Sonrió a Lucilla, y luego a Jeff. —Y llegan ustedes dos... Hablan desde Palma, vienen de no sé dónde, y Lucilla se parece tanto a Archie... Anuncios... ¿Crees en los anuncios, Lucilla?

—No sé.

—Yo tampoco. Pero creo que con la sangre de las Highlands que nos corre por las venas, deberíamos creer.

—Volvió adonde estaban ellos y se sentó en el escabel, con el rostro cerca del de Lucilla. Debajo de su belleza, Lucilla distinguía los años marcados en los hermosos rasgos de Pandora: las arrugas alrededor de los ojos y la boca, la piel seca, la mandíbula angulosa. —Bien, hagamos planes. ¿Quieren hacer planes los dos conmigo? ¿Les molestaría hacerlos?

Lucilla miró a Jeff. Él hizo un gesto negativo. Ella dijo:

—Podemos hacerlos.

—Entonces, esto es lo que haremos. Nos quedaremos una semana aquí, los tres, y ustedes lo pasarán magníficamente. Luego iremos en mi auto y tomaremos el ferry a España. Pasearemos por España y Francia, tomándonos tiempo para que sea un viaje de placer. Cuando lleguemos a Calais, cruzaremos a Inglaterra. Y seguiremos hacia el norte, hacia Escocia, hacia nuestro país. Volveremos a Croy. Ay, Lucilla, dime que te parece una idea maravillosa.

—Es algo completamente inesperado.

Eso fue todo lo que pudo decir Lucilla, pero si Pandora percibió cierta falta de entusiasmo en la respuesta, no dio muestras de haberla percibido llevada por su propio entusiasmo, preguntó a Jeff:

—Y a ti ¿qué te parece? ¿O piensas que estoy loca?

—No.

—¿Te gustaría venir a Escocia con nosotras?

—Si Lucilla y tú lo desean, a mí me encantaría.

—¡Entonces asunto arreglado! —Estaba triunfante. —Estaremos todos en Croy con Isobel y Archie, e iremos todos a la hermosa fiesta de los Steynton.

—Pero a Jeff no lo han invitado —señaló Lucilla.

—A, eso no es problema.

—Y no tiene qué ponerse.

Pandora lanzó una carcajada.

—Querida, me decepcionas. Pensé que eras una artista bohemia, ¡y lo único que te preocupa es la ropa! Miren, la ropa no importa. Nada importa. Lo único que importa es que regresamos a casa, juntos. Piensen cuánto nos divertiremos. ¡Y ahora a celebrarlo! —Se puso de pie de un salto. —¡El momento perfecto para abrir esa segunda botella de champagne!

SEPTIEMBRE

1

Jueves 8

Isobel Balmerino, sentada ante la máquina de coser, pegó la última cintita con el nombre, HAMISH BLAIR, en el último pañuelo nuevo, cortó el hilo, dobló el pañuelo y lo dejó sobre la pila de ropa que había en la mesa, junto a ella. Listo. Sólo quedaban las prendas en las que había que coser a mano las cintitas con el nombre... medias de toalla, un gabán y un suéter gris, pero eso podía hacerlo tranquilamente por la noche, sentada junto al fuego.

Desde que Hamish había ingresado en Templehall, cuatro años atrás, Isobel no había tenido semejante sesión de ponerle nombre a todo, pero Hamish había crecido en forma tan alarmante durante las vacaciones de verano, que ella se había visto obligada a llevarlo a Relkirk, con la lista de ropa que pedía la escuela, y comenzar todo otra vez. Como Isobel temía, la expedición fue penosa y cara. Penosa porque Hamish no quería pensar en la vuelta al colegio, odiaba ir de compras, odiaba la ropa nueva y no podía soportar que lo privaran un solo día de la libertad de las vacaciones. Y cara porque el uniforme del colegio sólo podía comprarse en el negocio más prestigioso y costoso de la ciudad. El gabán, el suéter y las medias abrigadas ya eran bastante, pero los cinco pares de enormes zapatos de cuero eran casi más de lo que Isobel y su saldo bancario podían afrontar.

Tratando de conformar a Hamish, le compró un helado, pero él lo comió lentamente, sin disfrutarlo, y ambos regresaron a Croy en un silencio poco comunicativo y mutuamente enemistoso. Una vez en casa, Hamish desapareció de inmediato con su caña de pescar truchas, y una expresión que implicaba que lo habían maltratado en form grosera. Isobel se quedó con las cajas y paquetes en el piso alto; los amontonó en el ropero y cerró firmemente la puerta; luego fue a la cocina, puso a hervir agua para hacerse una taza de té y se dispuso a preparar la cena.

La horrible experiencia de gastar grandes cantidades de dinero que no podía permitirse le dejaba una sensación de malestar, empeorada por la evidente ingratitud de Hamish. Mientras pelaba papas, dijo adiós en silencio a cualquier sueño de comprarse un vestido nuevo para el baile de los Steynton. Tendría que ponerse el vestido viejo de *taffetas* azul marino. Sintiéndose una mártir y una mujer explotada, jugó con la idea de renovarlo con algún toque blanco en el cuello.

Pero todo eso había sucedido dos semanas atrás, y ahora había llegado septiembre. Eso mejoró todo, por varias razones. La más importante era que hasta mayo del año siguiente había terminado con los huéspedes pagos. Scottish Country Tours cerraba durante el invierno, y el último grupo de norteamericanos, con su equipaje, sus *souvenirs* y sus gorras de tela se había marchado. El cansancio y la depresión que habían amargado el verano de Isobel se diluyeron casi de inmediato ahora que, una vez más, Archie y ella tenían Croy para los dos solos.

Pero esto no era todo. Nacida y criada en Escocia, Isobel experimentaba cada año, cuando el mes de agosto se borraba del calendario, esa mejoría del humor porque ya no había que fingir que era verano. Algunos años, en verdad, gozaban de estaciones como en los viejos tiempos, cuando el pasto se secaba por la falta de lluvia y los atardeceres dorados se dedicaban a regar las rosas y las alverjillas y las hileras de tiernas lechugas en la huerta. Pero con demasiada frecuencia, los meses de junio, julio y agosto no eran más que una larga y mojada prueba de resistencia a la frustración y la desilusión. Cielo gris, vientos fríos y lluvia torrencial bastaban para extinguir hasta el entusiasmo de un santo. Lo peor eran esos días oscuros y pegajosos cuando uno, por desesperación, encendía el fuego y se quedaba adentro, y enseguida aclaraba y salía el sol, demasiado tarde, obviamente, para servirle de nada a nadie.

Este verano, en particular, había sido especialmente decepcionante, y retrospectivamente Isobel se dio cuenta de que las semanas de nubes oscuras y ausencia de sol habían contribuido mucho a su decaimiento y agotamiento físico. La primera helada fue realmente bienvenida, y con ella, Isobel pudo guardar con cierta satisfacción sus camisas y faldas de algodón, y volver una vez más a sus amigables y viejas prendas de tweed y sus suéteres Shetland.

Pero aun después de veranos espléndidos, septiembre era un mes especial en Relkirkshire. Esas primeras heladas ligeras limpiaban el aire, de manera que los colores del campo tomaban tonalidades más fuertes y más ricas. El azul profundo del cielo se reflejaba en el lago y en el río, y ahora que ya se había levantado la cosecha, los campos habían quedado cubiertos de rastrojos dorados. En las acequias, crecían las campanillas, y el perfumado brezo, con sus flores ya totalmente abiertas, manchaba de púrpura las montañas.

Además, y esto era lo más importante, septiembre significaba diversión. Una época de mucha vida social antes de que la oscuridad del largo invierno se cerrara sobre todos, cuando el tiempo helado y los caminos cubiertos de nieve aislaban a las comunidades e impedían todo tipo de contacto. Septiembre significaba gente. Amigos. Entonces, Relkirkshire sentaba sus reales.

Hacia fines de julio, la mayoría de los veraneantes que componían la invasión anual ya se habían ido; se habían levantado las carpas y se habían marchado las casas rodantes a medida que los turistas volvían a sus casas. Agosto los sustituía por una inmigración secundaria del sur, la de los visitantes habituales que volvían todos los años a Escocia para el deporte y las fietas. Se abrían los cotos de caza que habían estado cerrados y abandonados la mayor parte del año, y sus dueños, subiendo por la carretera en sus *range-rovers* cargados hasta arriba de cañas de pescar, niños pequeños, adolescentes, amigos, parientes y perros, volvían a tomar posesión con alegría y gratitud.

Además, las casas del lugar rebosaban, no de norteamericanos sino de las jóvenes familias que pertenecían a esos lugares y que, por necesidad, se habían ido a vivir y a trabajar en Londres, y dejaban sus vacaciones anuales para volver a casa justo en esta época. Todos los dormitorios estaban ocupados, los altillos servían para acomodar temporariamente a las pandillas de nietos, y los escasos cuartos de baño trabajaban a toda hora. Se preparaban, cocinaban y comían enormes cantidades de comida cada día, en las mesas del comedor alargadas con tablas extra.

Y después, septiembre. En septiembre, de pronto, todo cobraba vida, como si algún celestial director de teatro hubiera hecho su cuenta regresiva y encendido las luces. El Station Hotel de Relkirk salía de su acostumbrada tristeza victoriana para convertirse en un lugar alegre, lleno de viejos amigos, y la Strathcroy Arms, ahora dirigida por la asociación de hombres de negocios que pagaban a Archie buenas sumas de dinero por el privilegio de matar patos salvajes en su territorio, resonaba de actividad y charla deportiva.

En Croy, las invitaciones se apilaban en la repisa de la chimenea, y abarcaban toda la gama de encuentros sociales. La contribución de Isobel a la alegría general era un almuerzo anual antes de los Strathcroy Games. Archie era el capitán de estos juegos, y conducía el desfile de inauguración de los notables del pueblo, quienes marchaban a un ritmo lento, adecuado a las dificultades que tenía Archie para caminar. Para esta importante ceremonia, Archie llevaba la gorra del regimiento y su espada desenvainada. Asumía sus responsabilidades con gran solemnidad y al final del día presentaba los premios, destinados no sólo a los gaiteros y bailarines de las Highlands sino también al suéter mejor tejido con lana hilada a mano, a la torta más esponjosa y liviana y al mejor frasco de mermelada de frutillas caseras.

Isobel tenía la máquina de coser en el viejo cuarto de costura de Croy, más que nada por razones de conveniencia, pero además porque era su retiro favorito. La habitación no era grande, pero el espacio era suficiente; las ventanas daban al oeste, al césped para cróquet y al camino que llevaba al lago, y en días despejados, se llenaba de sol. Las cortinas eran de algodón blanco, el piso, de linóleo marrón, y las paredes estaban ocupadas por grandes armarios pintados de blanco donde se guardaban todas las sábanas, toallas y frazadas extra y los cubrecamas limpios. La sólida mesa donde estaba la máquina de coser también servía para cortar y armar los vestidos, y la tabla de planchar y la plancha estaban siempre listas para su uso inmediato. Además, siempre había un agradable olor a sábanas limpias y a lavanda que Isobel ponía en saquitos entre las fundas almidonadas, y esto contribuía mucho a crear en el cuarto una notable aura de intemporalidad y paz.

Por eso, después de terminar con las cintitas de identificación, Isobel no hizo ningún esfuerzo inmediato por moverse, sino que se quedó sentada en la silla dura, con los codos apoyados en la mesa y las manos debajo del mentón. El paisaje que se veía por la ventana abierta llevaba, más allá de los árboles, hasta las primeras cumbres bajas de los cerros. Todo estaba bañado de sol. Las cortinas se movían por la brisa, la misma brisa que hacía temblar las ramas de los abedules plateados en el extremo más distante de la extensión de césped.

Cayó una hoja, que navegó en el aire como un diminuto barrilete.

Eran las tres y media, e Isobel estaba sola en la casa. Adentro, todo estaba en silencio, pero desde el atio de la granja, llegaba el ruido de un martilleo distante y el ladrido de uno de los perros. Por una vez en la vida, Isobel tenía tiempo para sí misma, sin compromisos y sin nadie que requiriera urgentemente su atención. No recordaba cuándo se había visto por última vez en esa situación, y sus pensamientos evocaron la infancia, la juventud y las alegrías casuales de los días vacíos.

Crujió un piso. En alguna parte, se cerró de golpe una puerta. Croy. Su hogar. Pero recordó el día en que Archie, más de veinte años atrás, la había llevado allí por primera vez. Ella tenía diecinueve años, y se había organizado un partido de tenis; luego sirvieron el té en el comedor. Isobel, hija de un abogado de Angus, una muchacha que no era ni hermosa ni aplomada, se sintió abrumada por el tamaño y la magnificencia del lugar, y también por la elegancia y sofisticación de los otros amigos de Archie, todos los cuales parecían conocerse tan bien, que la hacían sentirse aún más apocada. Ya estaba perdidamente enamorada de Archie, y no se imaginaba por qué él la había incluido en la invitación. Lady Balmerino parecía estar igualmente sorprendida, pero se mostró amable, hizo sentar a Isobel cerca de ella en la mesa, y se esforzó para que no la dejaran fuera de la conversación.

Pero había otra muchacha, una rubia de piernas largas, que parecía haberse apropiado de Archie, y lo manifestaba muy claramente al grupo reunido; le hacía bromas, le dirigía miradas como si compartieran un millón de secretos. Les decía a todos que Archie le pertenecía y que nadie más podía poseerlo.

Pero al final de ese día, Archie había decidido casarse con Isobel. Sus padres, una vez que superaron el asombro, estuvieron encantados y recibieron a Isobel en la familia no como esposa de Archie sino como una hija más. Isobel fue afortunada. Los Balmerino eran amables, divertidos, hospitalarios, nada mundanos y absolutamente encantadores; todos los adoraban, e Isobel no fue una excepción.

Oyó el ruido de un tractor que arrancaba desde la granja. Otra hoja cayó al suelo. A Isobel se le ocurrió que ésta podía ser una tarde de mucho tiempo atrás, como si el tiempo hubiera retrocedido. Una de esas tardes en que los perros buscan la sombra, y los gatos reposan en el alféizar de las ventanas, con sus panzas peludas al sol. Pensó en la señora Harris, seguida de una criada más joven: la vio cuando salía de la cocina e iba hacia el huerto rodeado de paredes, para llenar un recipiente con las últimas frambuesas, o arrancar las ciruelas Victoria maduras, para capturar su dulzura antes de que lo hicieran las avispas.

Todo Croy como había sido alguna vez. Nadie se había ido. Nadie había muerto. Todavía esas personas tan queridas estaban vivas; la madre de Archie con sus rosas, cortando las que estaban marchitas y encontrando tiempo para charlar con uno de los jardineros mientras él rastrillaba el polvoriento sendero de grava; y el padre de Archie en la biblioteca, durmiendo una siestita, con la cara cubierta con su pañuelo de seda. Isobel sólo tenía que ir a buscarlos y los encontraría. Imaginó que lo hacía, que bajaba la escalera, cruzaba el hall y se quedaba de pie ante la puerta abierta. Veía a Lady Balmerino con el sombrero de paja que se ponía para trabajar en el jardín, con la cesta llena de ramitas cortadas y pétalos marchitos. Pero cuando levantara la mirada y viera a Isobel, frunciría el entrecejo y mostraría cierta confusión, porque la Isobel de edad madura le resultaría tan extraña como un fantasma...

—¡Isobel!

La llamaban en voz alta, y la voz interrumpió sus sueños. Isobel se dio cuenta de que no era el primer llamado, pero era la primera vez que lo oía. ¿Quién la llamaba? De mala gana, volvió a la realidad, corrió hacia atrás la silla y se puso de pie. Era mucho pedir que la dejaran sola más de cinco minutos. Salió de la habitación y fue por el pasillo de la nursery hasta la escalera. Inclinándose sobre el pasamano, vio abajo la figura de Verena Steynton, de pie en el medio del hall; había entrado en la casa por la puerta abierta.

"¡Isobel!

—Estoy aquí.

Verena alzó la cabeza para mirarla.

—Empezaba a pensar que no había nadie.

—Sólo estoy yo. —Isobel comenzó a bajar la escalera. —Archie fue con Hamish y los perros al partido de críquet Buchanan-Wrights.

—¿Estás ocupada? —Verena no parecía haber estado ocupada. Como siempre, estaba inmaculada y adecuadamente vestida, y seguro que venía de la peluquería.

—Estuve cosiéndole el nombre a la ropa de colegio de Hamish. —Instintivamente, Isobel se llevó una mano a los cabellos, como si ese gesto habitual pudiera mejorar su propio cabello despeinado. —Pero ya he terminado.

—¿Puedes dedicarme unos minutos?

—Por supuesto.

—Tengo mucho que contarte y dos favores que pedirte. Iba a llamar por teléfono pero estuve todo el día en Relkirk, y después, al volver a casa, pensé que sería mejor y más agradable venir directamente.

—¿Quieres un té?

—Dentro de un rato. No te apures.

—Vamos a ponernos cómodas.

Isobel llevó a su visita a la sala, sin ninguna intención de grandeza, sino porque estaba llena de sol, y la biblioteca y la cocina, a esa hora del día, estaban más bien en penumbras. Las ventanas de la sala se hallaban abiertas, la habitación estaba fresca, y un gran ramo de alverjillas que Isobel había cortado esa mañana, dispuestas en una vieja sopera, llenaban el aire con su fragancia.

—Esto es el paraíso. —Verena se dejó caer en un extremo del sofá y estiró sus largas piernas; sus pies se veían elegantemente calzados. —¡Qué día para el partido de críquet! El año pasado llovió a baldes y tuvieron que quitar los postes en mitad de la tarde porque el campo estaba inundado. ¿Esas alverjillas son de tu jardín? ¡Qué colores! Las mías no salieron bien este año. ¿Sabes que realmente odio Relkirk en una tarde calurosa? Las aceras estaban llenas de muchachas gordas en jeans, que empujaban cochecitos de bebé. Y todos los bebés aullaban.

—Sí, conozco eso. ¿Cómo anda todo?

Isobel ya había imaginado que Verena quería hablar del baile, y así era.

—Ah... —Por un momento, Verena se puso muy dramática, dejó escapar un gemido como de dolor y cerró los ojos. —Estoy empezando a preguntarme por qué se me habrá ocurrido querer dar un baile. ¿Sabes que por lo menos la mitad de las invitaciones aún no han tenido respuesta? La gente es tan desconsiderada... Creo que dejan que las invitaciones se ajen en la repisa de la chimenea, hasta que se mueran de viejas. Así no se pueden organizar cenas ni encontrar camas para todos.

—Yo no me preocuparía —respondió Isobel con tono tranquilizante—. Que se arreglen solos.

—Pero eso sería el caos total.

Isobel sabía que no era realmente así, pero Verena era una perfeccionista.

—Sí, creo que sí. Sería terrible. —Preguntó, casi con miedo: —¿Lucilla ya contestó?

—No —respondió Verena secamente.

—Nosotros le enviamos tu invitación, pero está viajando, así que puede ser que todavía no la haya recibido. Nos mandó una dirección un poco vaga de Ibiza, pero no hemos sabido nada de ella desde que estuvo en París. Pensaba que podría ir a ver a Pandora.

—Tampoco de Pandora he tenido respuesta.

—Si la tienes, me sorprenderá. Nunca contesta a nada.

—Pero Alexa Aird viene, y trae un novio. ¿Sabías que Alexa encontró novio?

—Me contó Vi.

—¡Extraordinario! Me pregunto cómo será.

—Virginia dice que es muy agradable.

—¡Qué ganas de conocerlo!

—¿Cuándo llega Katy?

—Algún día de la semana que viene. Anoche llamó. Ése es uno de los favores que tengo que pedirte. ¿Tienes mucha gente en tu casa después del baile?

—Hasta ahora, nadie. Hamish estará de vuelta en el colegio y no sé si Lucilla estará aquí o no...

—Bien, ¿serías tan buena de alojar a un hombre solo? Katy me habló de él anoche. Lo conoció en una cena, y le gustó. Es norteamericano, abogado, creo, pero su esposa acaba de morir, y ha venido de vacaciones. Vendrá a Escocia de todas maneras, a casa de una gente que vive en la frontera, y Katy pensó que le gustaría recibir una invitación. No podemos alojarlo en Corriehill porque tengo la casa llena con todos los amigos de Katy, y Toddy Buchanan no tiene ni una habitación vacía en el Strathcroy Arms; pensé que podría dormir en tu casa... ¿Te molestaría? No sé nada de él, excepto eso de que su esposa murió, pero si a Katy le gusta no creo que sea un pesado.

—Pobre. Claro que puede venir a casa.

—¿Y tú lo traerás al baile? Eres un encanto. Esta noche la llamaré a Katy, y le diré que le diga que se ponga en contacto contigo.

—¿Cómo se llama?

—Tiene un nombre gracioso. Plucker. O... Tucker. Eso es, Conrad Tucker. ¿Por qué será que los norteamericanos tienen nombres tan raros?

—Seguramente ellos piensan que Balmerino es muy raro. ¿Qué más sucede? —rió Isobel.

—En realidad, nada más. Hemos convencido a Toddy Buchanan de que se ocupe de la comida y atienda el bar, y prepare alguna especie de desayuno. Por alguna razón, la generación de Katy siempre tiene hambre de lobo a las cuatro de la mañana. Y nuestro querido Tom Drystone está organizando la banda.

—Bien, no sería una fiesta si no estuviera nuestro cartero silbador en el palco. ¿Habrá una *discothèque*?

—Sí. Un joven de Relkirk se ocupará de eso. Él traerá todo. Una especie de equipo. Luces intermitentes y amplificadores. Me aterra pensar lo que será ese ruido. Y pondremos luces difusas a todo lo largo del sendero. Pensé que sería alegre, y si es una noche muy oscura, ayudarán a la gente a encontrar el camino.

—Quedará espléndido. Has pensado en todo.

—Excepto en las flores. Ése es el otro favor que tengo que pedirte. ¿Me ayudarías con las flores? Katy se ocupará, y he encontrado una o dos más para ayudar, pero nadie arregla las flores como tú, y te estaría eternamente agradecida si lo haces.

Isobel se sintió halagada. Era bueno pensar que había algo que ella hacía mejor que Verena, y era gratificante que se lo pidieran.

Verena prosiguió antes de que Isobel pudiera hablar.

"El caso es que no sé cómo decorar la marquesina. La casa no es tan difícil, pero la marquesina es un problema porque es tan enorme, que los arreglos florales comunes parecerían diminutos. ¿Qué opinas? Tú siempre tienes ideas brillantes.

Isobel buscó alguna idea brillante pero sólo encontró el vacío.

—¿Hortensias?

—Ya no habrá para esa época.

—Alquila macetas con plantas.

—Demasiado tristón. Parecería el salón de baile de algún hotel de provincia.

—Bien, ¿por qué no hacerlo realmente de campo y de acuerdo con la estación? Varas de cebada madura y ramas de fresno. Hermosas cerezas rojas y esas hojas tan bonitas. Y las hayas también estarán cambiando de color. Podemos empapar los tallos con glicerina y cubrir simplemente las estacas dela carpa, para que parezcan árboles otoñales.

—¡Ah, qué inspiración! Eres brillante. Haremos todo el día anterior al de la fiesta. El jueves. ¿Quieres anotarlo en tu agenda?

—Ese día es el picnic de cumpleaños de Vi, pero puedo no ir.

—Eres una santa. Me quitas un gran peso de encima. ¡Qué alivio! —Verena se estiró voluptuosamente, ahogó un bostezo y guardó silencio.

Se oía el suave tictac del reloj, sobre la repisa de la chimenea, y la quietud de la habitación envolvió a las dos mujeres. Los bostezos eran contagiosos. Y era un error sentarse en la mitad de la tarde porque luego una no tenía ganas de levantarse nunca más. Tardes de verano, y nada en especial que hacer... Una vez más, Isobel cayó en esa ilusión de intemporalidad en que estaba cuando apareció Verena. Volvió a pensar en Lady Balmerino, que solía sentarse allí, como ella y Verena estaban sentadas ahora, leyendo una novela o bordando pacíficamente su tapiz. Ahora todo era como había sido alguna vez. Tal vez dentro de un momento, se oiría un discreto golpecito en la puerta y entraría Harris, el mayordomo, empujando la mesita rodante de caoba con la tetera de plata y las finas tazas de porcelana; las fuentes de scones, recién salidas del horno, el pote de crema, la mermelada de frutillas, la esponjosa torta de limón y el oscuro, denso, pan de jengibre.

El reloj dio las cuatro con sus notas de plata, y la ilusión se desvaneció. Harris se había ido mucho tiempo atrás y ya no volvería. Isobel volvió a bostezar y luego, con cierto esfuerzo, se puso de pie.

—Voy a poner a calentar agua —dijo—, y tomaremos ese té.

2

Viernes 9

—... Ése fue el año que mi tía Flora tuvo su bebé. ¿Usted conocía a sus padres? El tío Hector era hermano de mi padre, mucho más joven, por supuesto, y se casó con una muchacha de Rum. Lo conocí cuando era policía; ella siempre fue un ser muy inútil, perdió todos los dientes cuando apenas tenía veinte años. Cuando mi abuela se enteró, ella era una atea, no quería católicos de los que llevan velas en la familia; la habían educado como librepensadora. Yo tejí una mantita para el bebé. De seda rosa, con un dibujo como un helecho, pero ella lo puso en la caldera con las sábanas, créame que me partió el corazón...

Violet dejó de escuchar. No parecía necesario. Bastaba con hacer gestos de asentimiento, o decir: "Ah, sí", cada vez que Lottie se interrumpía para respirar, y luego ella se lanzaba a otra confusa tirada.

"Empecé a trabajar a los catorce años, en una casa grande en Fife; lloré a mares, pero mi madre dijo que tenía que ir. Yo era criada de cocina y la cocinera era terrible; nunca estuve tan cansada en mi vida, me levantaba a las cinco y dormía en el desván con un ante.

Esto no pudo dejar de llamarle la atención a Violet.

—¿Con un ante, Lottie?

—Creo que era un ante. Una de esas cabezas embalsamadas. En la pared. Demasiado grande para ser un ciervo. El señor Gilfillan había estado en África, era misionero. Una no pensaría que un misionero andaría por ahí cazando antes, ¿verdd? Para Navidad, comían ganso asado, pero a mí me daban un pedacito de carnero frío. Tacaños... No eran capaces de dar ni el moco que les caía de la nariz. El desván era muy húmedo, mi ropa chorreaba agua, pesqué una neumonía. El señor Gilfillan me mandó a casa, nunca estuve tan contenta de volver. En casa tenía un gato. Tammy Puss. ¡Qué rápido era! Si uno abría la puerta de la despensa, ya estaba él con la crema. Y Ginger tuvo varios gatitos, medio salvajes, cómo le arañaron las manos a mamá... ella nunca sirvió para cuidar animales. Odiaba al perro de mi padre...

Las dos mujeres de edad estaban sentadas en un banco del gran parque de Relkirk. Frente a ellas, corría el río, cargado de agua de inundación y marrón por la turba. Un pescador, metido en el agua hasta las caderas, lanzaba el hilo de su caña salmonera. Hasta el momento, no parecía haber tenido pique. Del otro lado del río, había grandes casas victorianas, en medio de grandes jardines con césped que bajaba hasta la orilla. Un hombre que pasaba con un perro arrojó migas de pan, y los patos vinieron a devorarlas, haciendo un gran barullo.

"... El médico dijo que fue un derrame, por los nervios. Yo quería ir a la guerra como voluntaria, pero si me iba, ¿quién se quedaba con mi madre? Papá era un trabajador de campo, cultivaba hermosos nabos, pero una vez que estaba adentro, se quitaba las botas y basta... Nunca vi un hombre que comiera tanto. No era de mucho hablar, algunos días no decía una sola palabra. Atrapaba conejos. Comíamos mucho conejo, sí. Claro que eso fue antes de *mixamy toasties*. Cosas sucias...

Violet, que le había prometido a Henry que sacaría a Lottie de las manos de Edie por una tarde, se sintió culpable por no hacerlo hasta que un día decidió lanzarse a la aventura, e invitó a Lottie a salir de compras con ella y a tomar el té más tarde. Fue a buscar a Lottie a la casa de Edie, y la llevó al pueblo en el auto. Para la ocasión, Lottie se puso su mejor ropa: una chaqueta Crimplene beige y un sombrero que parecía un pan de granja. Llevaba un enorme bolso y sus zapatos con los tacos torcidos. Desde el momento en que subió al auto, nunca paró de hablar. Habló y habló mientras se dirigían a Mark and Spencer, mientras esperaban en la fila para comprar verduras frescas, mientras buscaban en las calles concurridas algo que Lottie insistía en llamar "mercería".

—Creo que ya no hay más mercerías, Lottie...

—Ah, sí, hay una pequeña por esa calle... ¿O era en la siguiente? Mamá siempre compraba allí la lana para tejer.

Sin creer que la encontrarían, Violet accedió a que Lottie la llevara en círculos, sintiendo cada vez más calor y los pies más doloridos, y ya no supo si sentir fastidio o alivio cuando Lottie finalmente dio con el negocio. Era muy viejo y polvoriento, y estaba lleno de cajas de cartón que contenían agujas para croché, hilos de bordar de colores desteñidos y modelos de tejido pasados de moda. La mujer que estaba detrás del mostrador parecía haber logrado escapar de un geriátrico, y le llevó quince minutos encontrar lo que buscaba Lottie, que era un metro de elástico. Finalmente, sin embargo, lo encontró en un cajón lleno de botones sueltos, lo puso con manos temblorosas en una bolsita de papel, y Lottie le pagó. Salieron a la calle, Lottie con aire triunfal.

—Yo le dije —alardeó—. Usted no me creía, ¿eh?

Al terminar las compras, todavía no era la hora del té, de modo que Violet sugirió dar un paseo por el parque. Volvieron al auto, arrojaron los paquetes en el baúl, y luego cruzaron la gran extensión de pasto que llevaba a la orilla del río. Violet se sentó firmemente en el primer banco que encontró.

—Vamos a descansar un poco —le dijo a Lottie.

Y ahí estaban, una junto a la otra bajo el sol dorado, Lottie siempre con muchas cosas más para decir.

—Ese es el Relkirk Royal, ahí estuve yo, ahí se ve, a través de los árboles. Un lugar bastante bueno, pero yo no aguantaba a las enfermeras. El doctor era bueno, pero era un estudiante joven, creo que no sabía nada, aunque quería hacer creer que sí. Hermosos jardines, eso sí, como los del crematorio. Yo quería cremar a mamá, pero el pastor dijo que ella quería yacer junto a mi padre en el cementerio de Tullochard. Aunque no sé cómo él podía saber más que yo.

—Tal vez tu madre se lo dijo...

—Más bien creo que lo inventó él; siempre le gustaba meter la nariz.

Violet miró el Relkirk Royal, del otro lado del río, en lo alto de la colina, con sus torrecillas y aleros rojos que apenas se veían a través de los frondosos árboles que lo rodeaban.

—El hospital está en un lugar hermoso —comentó.

—Así son los médicos. Pueden pagar cualquier cosa.

—¿Cómo se llamaba el joven médico que se ocupó de ti? —preguntó distraídamente Violet.

—Doctor Martin. Había otro, el doctor Faulkner, pero nunca me atendió. Fue el doctor Martin quien dijo que yo podía ir a vivir con Edie. Yo quería un taxi, pero me llevaron en ambulancia.

—Edie es muy buena.

—Ella sí tuvo una vida buena; algunos tienen suerte y otros no. Es distinto vivir en el pueblo que estar clavado en lo alto de la montaña.

—Tal vez podrías vender la casa de tus padres y venir a vivir al pueblo...

Lottie ignoró esta sensata sugerencia y siguió hablando a todo vapor, como si Violet nunca lo hubiera dicho. Entonces, a Violet se le ocurrió que Lottie era más astuta que lo que cualquiera de ellos imaginaba.

—Me preocupa que Edie esté tan gorda, cualquiera de estos días va a tener un ataque al corazón, con toda esa grasa que lleva encima. Y siempre corriendo para ir a su casa o a la de Virginia, jamás puede sentarse un rato tranquilamente a charlar o a mirar la tele. A veces tendría que pensar en ella misma. Me dijo que Alexa viene para la fiesta de los Steynton. Y que trae un amigo. Qué bien, ¿no? Pero tendrán que cuidarse, los hombres son todos iguales, en cuanto ven algo de lo que pueden echar mano...

—¿Qué quieres decir, Lottie? —preguntó secamente Violet.

Lottie la miró con sus ojos redondos y oscuros.

—Bien, Alexa no es pobre, ¿verdad? A la vieja señora Cheriton nunca le faltó dinero. Lo leí en los diarios, sé todo sobre esa familia. No hay como un poco de dinero para que los hombres se enamoren de las chicas.

Violet sintió una furia impotente que parecía surgir desde las plantas de sus pies. Se tocó las mejillas. Ardían. Furia por la impertinencia de Lottie, impotencia porque Lottie, al fin y al cabo, expresaba lo que toda la familia de Alexa oscuramente sentía.

—Alexa es muy bonita y es un encanto de persona. El hecho de que además sea independiente no tiene nada que ver con los amigos que elige.

Pero Lottie ignoró o no entendió la réplica. Soltó una risita y echó atrás la cabeza.

—Yo no estaría muy segura. Y viniendo de Londres, además. Allá hay un montón de cazadores de fortunas. Los *yuppies* —agregó con fuerza, como si dijera una mala palabra.

—Lottie, creo que no sabes lo que dices.

—Todas las chicas son iguales. Siempre lo fueron, ven un hombre apuesto y allá van, como perras en celo. —De pronto se estremeció, como si la excitación de la idea le hubiera llegado a todas las terminales nerviosas de su escuálido cuerpo. Luego extendió una mano y rodeó la muñeca de Violet. —Otra cosa: Henry. Yo lo veo en casa de Edie. Es chiquito, ¿eh? Viene y no abre la boca. A veces me parece raro. Yo, en su lugar, me preocuparía, Violet. No escomo los otros chicos...

Sus dedos huesudos tenían una extraña fuerza, apretaban como una morsa. Violet, asqueada, tuvo un momento de pánico. Su instinto inmediato fue hacerle aflojar la presión, levantarse y huir, pero en ese momento pasó una muchacha que empujaba a un bebé en su cochecito, y Violet sintió que le volvía el sentido común. Desaparecieron el miedo, el enojo. Al fin y al cabo, esta mujer no era otra que la pobre Lottie Carstairs, que no había tenido una vida fácil, y estaba dejando escapar sus frustraciones sexuales y su confusa imaginación. Si Edie podía soportar que esta prima viviera con ella, sin duda Violet podría aguantarla una tarde.

Sonrió.

—Te agradezco tu preocupación, Lottie, pero Henry es un chico como cualquiera y está perfectamente bien. Ahora...

—Se movió ligeramente y miró su reloj y entonces sintió que los dedos de Lottie aflojaban su presión maníaca y se apartaban. Sin prisa, Violet tomó su bolso. —Creo que es hora de que busquemos un lugar agradable para tomar el té. Tengo hambre. Ganas de comer pescado con papas fritas. ¿Y tú?

3

Así como Isobel, cansada de las exigencias cotidianas de su atareada vida, se retiraba de tanto en tanto a la sala de costura, su marido encontraba solaz en su taller. El taller estaba en el subsuelo de Croy, una zona con pasillos de lajas y sótanos poco iluminados. Allá abajo estaba la vieja caldera, un enorme monstruo de fuerte olor que parecía lo suficientemente grande como para mover un transatlántico, y que exigía atención regular y constante y grandes cantidades de carbón de piedra. Además, había una o dos habitaciones que todavía se usaban para guardar loza fuera de uso, muebles que nadie quería, el carbón y los leños y una provisión de vinos muy disminuida. Pero la mayor parte del subsuelo estaba abandonada y llena de telarañas y cada año era invadida por familias de ratones del campo.

El taller estaba junto a la sala de la caldera, con lo cual se mantenía agradablemente cálido, y tenía grandes ventanas, con barrotes como las de una cárcel, que daban al sur y al oeste y que dejaban entrar suficiente luz como para que el lugar tuviera un aspecto alegre. El taller lo había instalado el padre de Archie, hábil para el trabajo manual, y en él había un yesado banco de carpintero, estantes para herramientas, prensas y abrazaderas. Aquí le gustaba venir al anciano, para arreglar los juguetes rotos de sus hijos y las inevitables roturas que se producían en la casa, y para armar sus cebos para pescar salmón.

Después de su muerte, el taller quedó vacío durante años, sin que nadie lo usara, abandonado, juntando polvo. Pero cuando Archie volvió a Croy después de los ocho meses de hospital, bajó trabajosamente la escalera de piedra, recorrió rengueando el pasillo lleno de ecos y volvió a tomar posesión del lugar. Lo primero que vio al entrar fue un sillón de respaldo tapizado, roto, con las patas de atrás destrozadas por algún ocupante corpulento. Lo habían llevado al taller antes de la muerte de Lord Balmerino. Él había comenzado la reparación pero la había dejado sin terminar, y desde entonces, allí había quedado el sillón, olvidado y sin que nadie le hiciera nada.

Archie se quedó mirando el viejo mueble por un rato. Luego le gritó a Isobel que bajara. Isobel bajó. Le ayudó a quitar la suciedad y las telarañas y los excrementos de ratón y las mnchas de serrín viejo. Limpiaron el lugar de arañas, frascos de goma de pegar solidificada, pilas de diarios amarillentos, viejos tarros de pintura. Isobel limpió las ventanas y logró abrirlas, lo que permitió que entrara aire fresco.

Entre tanto, Archie, después de limpiar y aceitar todas las buenas herramientas viejas, las colocó en orden en los estantes. Una vez hecho todo esto, se sentó y escribió una lista de todo lo que necesitaba; Isobel fue a Relkirk y lo compró.

Sólo entonces, Archie se puso a trabajar y terminó la obra iniciada por su padre.

Ahora Archie estaba sentado en el mismo banco; el sol de la tarde entraba oblicuamente por la parte superior de la ventana. Archie estaba terminando de pulir la talla que venía haciendo de a ratos durante el último par de meses. Tenía unos veinticinco centímetros de alto y representaba la figura de una muchacha sentada en una piedra con un pequeño terrier Jack Russell apoyado en la rodilla. La muchacha llevaba un suéter y un *kilt*, y los cabellos al viento. En realidad, era Katy Steynton con su perro. Verena le había dado a Archie una fotografía de su hija, tomada el año anterior en el brezal, y de esa foto, él había sacado los dibujos para la talla. Una vez seco el barniz, la pintaría para reproducir en lo posible los colores tenues de la foto. Y se la regalaría a Katy para su cumpleaños.

Ya estaba lista. Archie dejó el pincel y se recostó en el respaldo de su asiento para aliviar los dolores de sus brazos y piernas, y evaluar su creación a través de la parte superior de sus lentes bifocales. Hasta ahora, nunca había enfrentado las dificultades de una figura sentada, y además femenina, y estaba particularmente encantado con lo que había salido. La muchacha y el perro formaban una composición muy bonita. Al día siguiente, la pintaría. Esperaría con cierta satisfacción el momento de darle los toques finales.

Desde arriba, le llegó el sonido atenuado del teléfono que sonaba. Era apenas audible, y hacía meses que él e Isobel discutían si tenía sentido poner otra campanilla en el subsuelo para que él oyera mejor los llamados cuando estaba solo en la casa. Pero nunca habían hecho nada y ahora él estaba solo, y se preguntó cuánto haría que sonaba el teléfono, y si tendría tiempo de llegar arriba y atender antes de que el que llamaba se desanimara y colgara. Pensó ignorarlo, pero los timbrazos continuaban. A lo mejor era un llamado importante. Echó hacia atrás la silla, caminó lentamente por el pasillo y subió la escalera para atender el maldito aparato. El más cercano estaba en la cocina y seguía sonando agudamente cuando Archie se acercó a la repisa y levantó el receptor.

—Croy.

—¡Papá!

—¡Lucilla! —El corazón de Archie dio un salto de alegría. Acercó una silla.

—¿Dónde estabas? ¡Hace horas que estoy llamando!

—Abajo, en el taller. —Se acomodó para aliviar el peso de la pierna.

—Ah, lo siento. ¿Mamá no está?

—No. Salió con Hamish a recoger moras. Lucilla, ¿dónde estás?

—En Londres. ¿Y a que no sabes desde dónde llamo? No lo adivinarías en mil años.

—En ese caso, dímelo tú.

—Desde el Ritz.

—¿Qué diablos haces allí?

—Voy a pasar la noche. Y mañana salimos para allá. Llegaremos a casa mañana por la noche.

Archie se quitó los anteojos; sentía la sonrisa maravillada que se expandía por su rostro.

—¿Quiénes son los que llegarán mañana?

—Jeff Howland y yo. Y... adivina... Pandora.

—¡Pandora!

—Sabía que te sorprenderías...

—Pero, ¿qué hace Pandora contigo?

—Viene a casa. Dice que para la fiesta de Verena Steynton, pero creo que, en realidad, es para ver a Croy y para verte a ti otra vez.

—¿Está contigo?

—No, está descansando. Te hablo desde mi habitación. Estoy sola, bueno, con Jeff. Tengo tanto que contarles a ti y a mamá, pero no ahora, porque es tan complicado...

Pero Archie no la iba a dejar liberarse con esa disculpa.

—¿Cuándo llegaste a Londres?

—Esta mañana. Justo antes del almuerzo. Todos hemos paseado por España y Francia en el auto de Pandora. Lo hemos pasado estupendamente. Esta mañana tomamos el ferry y vinimos a Londres. Yo quería seguir directamente al norte, pero Pandora quería recuperar fuerzas, y por eso nos trajo aquí. Insistió. Y no te preocupes por la cuenta porque la paga ella. Pagó todo el viaje desde que salimos de Palma. La nafta, los hoteles, todo.

—¿Cómo...? —La voz de Archie se quebró. Era ridículo, poco viril ser tan sensiblero. Probó otra vez. —¿Cómo está Pandora?

—Muy bien. Muy bonita. Muy divertida. Papá, te gusta que la lleve a casa, ¿verdad? ¿No será demasiado para mamá? Pandora no es lo que se llama una mujer doméstica, y no creo que mueva un dedo para ayudar en nada, pero está tan entusiasmada con volver a verlos a ustedes dos... Resultará bien, ¿verdad?

—Más que bien, querida. Es un milagro.

—Y no olvides que llevo también a Jeff.

—Tenemos muchas ganas de conocerlo.

—Entonces, te veo mañana.

—¿A qué hora?

—Alrededor de las cinco. Pero no te preocupes si nos atrasamos.

—Muy bien.

—¡Ya quisiera estar allí!

—Yo también me muero por verlos. Conduzcan con cuidado, querida.

—Por supuesto. —Ella le envió un beso a través de cientos de kilómetros de cables, y cortó.

Archie se quedó sentado en la dura silla de la cocina con el teléfono en la mano. Lucilla y Pandora. Volvían a casa.

Colgó el receptor. Dejó de oírse el tono de discar. El tictac del reloj de la cocina se desgranaba lentamente. Archie se quedó unos momentos donde estaba y luego se levantó, salió de la cocina y fue por el corredor hacia su estudio. Sentado ante su escritorio, abrió un cajón y sacó una llave. Con esta llave, abrió un cajón más pequeño y de allí extrajo un sobre, amarillento por el tiempo; la dirección estaba escrita con la letra grande e inmadura de Pandora. El sobre estaba dirigido a él, al cuartel de los Queens Loyal Highlanders en Berlín. En el sello del correo se leía el año: 1967. El sobre contenía una carta, pero él no la sacó para leerla porque la conocía de memoria. Lo cual significaba que no había razón para que no la hubiese roto en pedacitos, o arrojado al fuego, excepto que algo se lo impedía.

Pandora, de regreso a Croy.

Desde la distancia, llegó el ruido de un auto, cada vez más fuerte, que se aproximaba a la casa, subiendo la cuesta desde el camino principal. El ruido del motor era inconfundible. Isobel y Hamish volvían en la camioneta de su excursión para recoger moras. Archie volvió a poner el sobre en el cajón, lo cerró con llave, guardó la llave y fue a recibirlos.

Isobel había llevado la camioneta hasta el patio del fondo y la había estacionado allí, y cuando Archie volvió a la cocina, allí estaban su esposa y su hijo, triunfantes, agobiados por el peso de dos enormes cestas rebosantes de fruta oscura. Después de un día entre las zarzas, nadie hubiera dado nada por ellos; estaban sucios, manchados de barro, con un aspecto, pensó afectuosamente Archie, no mejor que el de un par de vagabundos.

Cada vez que miraba a Hamish, sentía una sacudida de sorpresa, porque durante esas vacaciones, el chico había crecido como un árbol joven; cada día estaba más alto. Tenía doce años y ya había pasado a su madre, y el suéter que le quedaba corto de mangas se estiraba sobre sus hombros musculosos. La camisa le colgaba fuera de los jeans, tenía las manos y la boca manchados de jugo color púrpura, y su abundante cabello color maíz necesitaba urgentemente un corte. Archie lo miró, lleno de orgullo.

—Hola, papá. —Hamish dejó caer las cestas sobre la mesa y gimió: —Me muero de hambre.

—Tú siempre te estás muriendo de hambre.

También Isobel dejó su carga.

—Hamish, estuviste toda la tarde comiendo moras. —Isobel llevaba unos deformados pantalones de cordero y y una camisa que Archie había descartado hacía mucho tiempo. —No puedes tener hambre.

—Claro que tengo hambre. Las moras no llenan. —Hamish se dirigió al armario donde se almacenaban las tortas. Quitó una tapa haciendo mucho ruido y buscó un cuchillo.

Archie admiró la cosecha.

—Les ha ido estupendamente bien.

—Creo que recogimos unos quince kilos. Nunca vi tantas. Fuimos al otro lado del río, donde el señor Gladstone cultiva sus nabos. Los setos que rodean esos campos están que se caen de fruta. —Isobel corrió una silla y se sentó. —Me muero por una taza de té.

—Tengo noticias —dijo Archie.

Isobel levantó rápidamente la mirada, siempre esperando lo peor.

—¿Buenas?

—Las mejores —respondió Archie.

—Pero, ¿cuándo llamó? ¿Qué dijo? ¿Por qué no nos avisó antes? —Isobel, en su excitación, no le daba tiempo a Archie para contestar. —¿Por qué no nos llamaron desde Palma, o desde Francia, para avisar antes que venían? No es que yo necesite que me avisen con anticipación, no importa; lo único que importa es que vienen. Así que estuvieron en el Ritz. Creo que Lucilla nunca había estado en un hotel en su vida. Pandora es ridícula. Podrían haber ido a un lugar menos lujoso...

—Tal vez Pandora no conoce otros lugares.

—¿Y se quedarán después del baile? ¿Y trae al criador de ovejas? ¿Crees que ella concretamente convenció a Pandora de que viniera? Es tan extraordinario, después de todos estos años, que haya tenido que ser Lucilla quien la convenciera... Habrá que preparar todos los dormitorios. Seremos muchos aquí, porque también está ese amigo norteamericano de Katy. Y hay que pensar en la comida. Creo que todavía hay algunos faisanes en el freezer.

Ahora estaban sentados a la mesa, tomando té. Hamish, en su desesperación por el hambre que tenía, había puesto a hervir agua y había hecho el té. Mientras sus padres hablaban, había puesto tres jarritos en la mesa, las latas que contenían tortas y bizcochos, y un pan sobre la tabla de madera. También había encontrado manteca y un frasco de Branston Pickle. Hamish había desarrollado una pasión por el Branston Pickle y lo untaba en cualquier cosa. En ese momento, estaba ocupado en hacerse un sándwich; la pasta oscura rebalsaba las dos enormes rebanadas de pan.

"... ¿te contó algo de Pandora? ¿Dijo algo sobre ella?

—No mucho. Parecía contenta.

—Ay, me gustaría haber estado aquí para hablar con Lucilla.

—Mañana hablarás con ella.

—¿Le has dicho a alguien más que vienen?

—No. Sólo a ti.

—Tendré que hablar con Verena y contarle que hay tres personas más para su fiesta. También se lo contaré a Virginia. Y a Vi.

Archie tomó la tetera y volvió a llenar su jarrito.

—Estaba pensando que quizá sería una buena idea invitar a los Aird almorzar el domingo. Después de todo, no sabemos cuánto tiempo se va a quedar Pandora, y la semana próxima va a ser como un circo de tres pistas, con una cosa después de otra. El domingo sería un buen día.

—Es una brillante idea. Llamaré a Virginia, y le encargaré un lomo al carnicero.

Hamish dejó escapar un gruñido de satisfacción y tomó otra porción de pan de jengibre.

"... y si es lindo día, podemos jugar al cróquet. En todo el verano, no hemos jugado al cróquet. Tendrás que cortar el pasto, Archie. —Dejó el jarrito, con aire ejecutivo. —Bien, tendré que hacer la jalea de moras, y ocuparme de arreglar los dormitorios. Pero no debo olvidarme de llamar a Virginia...

—Yo la llamaré. Déjame eso a mí.

Pero Isobel, que ya tenía sobre el fuego la gran cacerola donde las moras se estaban cocinando lentamente, sabía que estallaría si no podía compartir sus maravillosas noticias con alguien, de manera que encontró tiempo para llamar a Violet. Al principio, nadie atendió en Pennyburn, así que colgó y llamó media hora después.

—Hola.

—Vi, habla Isobel.

—Ah, querida...

—¿Estás ocupada?

—No, estoy sentada bebiendo algo.

—Pero Vi, son sólo las cinco y media. ¿Te has dado a la bebida?

—Por un rato. He tenido el día más agotador de mi vida. Estuve dando vueltas con Lottie por Relkirk y la llevé a tomar el té. No importa, ahora ya está hecho, y he realizado mi buena acción de la semana. Pero sentí que me merecía un whisky doble con soda.

—Ya lo creo... Hasta dos whiskies dobles con soda. Vi, ha pasado algo buenísimo. Lucilla habló desde Londres, llega mañana y trae a Pandora.

—¿Trae *a quién*?

—A Pandora. Archie está tan feliz, que camina a cincuenta centímetros del suelo. Imagínate, hace veintiún años que está tratando de hacerla volver a Croy y ahora vuelve realmente.

—No lo puedo creer.

—Es increíble, ¿verdad? Ven a almorzar el domingo y los verás a todos. Vamos a invitar también a todos los Aird; puedes venir con ellos.

—Me encantará. Pero... Isobel, ¿por qué decidió venir de pronto? Me refiero a Pandora...

—No tengo idea. Lucilla dijo algo sobre la fiesta de los Steynton, pero me parece una explicación bastante pobre.

—¡Qué extraordinario! Me pregunto cómo... cómo estará.

—Ni idea. Probablemente magnífica. Sólo que ahora tiene treinta y nueve años, de manera que tendrá algunas arrugas. De todos modos, pronto la veremos. Debo dejarte, Vi. Estoy haciendo jalea de moras y está a punto de hervir. Te veo el domingo.

—Muchas gracias. ¡Qué hermoso que venga Lucilla...!

Pero las moras reclamaban a Isobel.

—Hasta luego, Vi. —Y colgó.

Pandora.

Vi también colgó, se quitó los anteojos y se frotó los ojos cansados. Antes estaba cansada, pero las noticias de Isobel, transmitidas con tanta alegría, le dejaron la sensación de que la habían sitiado. Como si la sometieran a exigencias desmedidas y tuviera que tomar decisiones vitales.

Se recostó en el sillón, cerró los ojos y deseó que Edie estuviese allí para poder confiarle sus pensamientos, discutirlos y recibir apoyo. Pero Edie estaba en su casa, con la carga de Lottie, y ni siquiera podía llamarla por teléfono, pues si Lottie oía algo, sacaría sus propias y peligrosas conclusiones.

Pandora. Ahora tenía treinta y nueve años, pero Violet no la veía desde los dieciocho, y para ella seguía siendo la misma adolescente encantadora. Cmo alguien que ya hubiera muerto. Los que se morían no envejecían, quedaban en la memoria como habían sido alguna vez. Archie y Edmund habían madurado hasta llegar a la edad mediana, pero Pandora no.

Lo cual era ridículo. Todos envejecen a la misma velocidad, como la gente que en los aeropuertos es trasladada por la cinta transportadora. Pandora tenía treinta y nueve años y, si se podía creer en lo que se decía, había vivido una vida que había sido de todo, menos tranquila y pacífica. La experiencia habría dejado su marca en líneas, arrugas y falta de brillo en su magnífico cabello.

Pero era difícil de imaginar. Violet suspiró, abrió los ojos y tomó el vaso. No podía seguir así. Debía reponerse. Las connotaciones de la situación no tenían nada que ver con ella. No tenía que tomar decisiones porque no le correspondía hacerlo. Simplemente seguiría haciendo lo que siempre había hecho: observar, descartar, callar.

Edmund Aird, que regresaba a Balnaid desde Edimburgo a las siete de la tarde, entró en su casa en el preciso instante en que comenzaba a sonar el teléfono. Se detuvo en el hall; el teléfono siguió sonando sin que nadie atendiera; Edmund dejó el portafolio sobre la mesa y fue a la biblioteca; se sentó ante el escritorio y atendió.

—Edmund Aird.

—Edmund, habla Archie.

—Sí, Archie.

—Isobel me pidió que te llamara. Los invita a ti, a Virginia y a Henry a almorzar el domingo. También hemos invitado a Vi. ¿Podrán venir?

—Le agradezco a Isobel. Creo... un momento... —Sacó su agenda del bolsillo, la puso sobre el secante y buscó la página correspondiente. —Por mí, está muy bien, pero acabo de llegar y todavía no he hablado con Virginia. ¿Quieres que vaya a buscarla?

—No, no te molestes. Llámame si no puedes venir; si no llamas, los esperamos a eso de la una menos cuarto.

—Muy bien. —Edmund vaciló. —¿La invitación es por alguna ocasión que deberíamos recordar, o no es por ningún motivo especial?

—No —respondió Archie. Y enseguida agregó: —Sí, es decir... es una ocasión. Lucilla llega a casa mañana...

—¡Qué buena noticia!

—Trae a un australiano.

—¿El que cría ovejas?

—Eso es. Y trae a Pandora.

Edmund, con cierta parsimonia, cerró la agenda con tapas de cuero azul marino y sus iniciales en aro en un ángulo. La había encontrado en su media en la última Navidad, regalo de Virginia.

—¿Pandora?

—Sí. Lucilla y el australiano estuvieron en su casa en Mallorca. Vienen todos juntos, después de pasar por España y Francia. Llegaron a Londres esta mañana. —Hizo una pausa, como si esperara un comentario de Edmund. Pero Edmund no habló, y después de un momento, Archie siguió hablando. —Yo le mandé la invitación de Verena Steynton; supongo que pensó que sería divertido venir para la fiesta.

—Es una razón como cualquier otra.

—Sí. —Pausa. —¿Entonces los esperamos el domingo?

—Sí, por supuesto.

—A menos que llamen.

—Nos encantará ir. Gracias por la invitación.

Colgó. La biblioteca y la casa estaban en silencio. Se le ocurrió que tal vez Virginia y Henry habían ido a alguna parte, y él estaba absolutamente solo. La sensación de soledad creció, se tornó opresiva. Se dio cuenta de que se esforzaba por oír algo, que necesitaba el sonido tranquilizador de alguien que hablara en voz alta, el tintineo de unos platos, el ladrido de un perro. Nada. Luego, por la ventana abierta, llegó el prolongado grito de un chorlito que volaba sobre los campos, más allá el jardín. Una nube cubría el sol, y había un poco de viento fresco. Edmund metió la agenda en un bolsillo, se alisó los cabellos con la mano y salió de la habitación para ir a buscar a su esposa y su hijo.

4

Sábado 10

Lucilla dijo:

—Nunca había vuelto a casa con este estilo.

—¿Cómo volvías antes? —Jeff manejaba. Había estado al volante durante toda la larga jornada, camino al norte.

—En tren, desde el colegio. O en un autito destartalado desde Edimburgo. Una vez volví en avión desde Londres, pero eso fue cuando papá todavía era militar y la Secretaría de Guerra pagó el pasaje.

Eran las tres y media de una tarde de sábado, y sólo faltaban treinta kilómetros para llegar. Habían hecho rápido el viaje. La autopista había quedado atrás, ya habían pasado por Relkirk, y el camino ondulante, conocido, la reconfortaba; el camino que llevaba a Strathcroy y a casa. El río los acompañaba, y más adelante, se veían los cerros. El aire era limpio, el cielo se veía enorme y la brisa fresca entraba por las ventanillas abiertas, dulce y embriagadora como el vino nuevo.

Lucilla no podía creer en la buena suerte que tenían. Llovía en Londres y diluviaba en las Midlands, pero cuando cruzaron la frontera, vio dispersarse las nubes, desintegrarse, alejarse hacia el este, y Escocia los recibió con un cielo azul y los árboles a punto de ponerse dorados. Lucilla pensó que su país natal se portaba muy bien, y se sentía tan satisfecha como si ella misma hubiera orquestado la milagrosa transformación, pero deliberadamente no hizo ningún comentario sobre la suerte que tenían ni sobre el estupendo paisaje. Con el tiempo, había aprendido que a Jeff no le gustaban, y hasta lo perturbaban las excesivas efusiones.

Habían salido a las diez de la mañana, después de pagar el Ritz, y ver cómo los majestuosos empleados del hotel cargaban el imponente Mercedes rojo oscuro con el numeroso equipaje de Pandora, y con las humildes mochilas, la suya y la de Jeff.

Al comienzo, Pandora iba sentada en la parte delantera de su magnífico auto, envuelta en su tapado de visón, porque después del calor abrumador de Mallorca sentía la necesidad de este opulento abrigo. No esperaba la lluvia y el frío. Mientras Jeff salía de la ciudad atestada de tránsito y llegaba a la autopista, mantuvo un permanente chorro de charla superficial. Más tarde, guardó silencio y miraba por la ventanilla el campo gris y monótono que iban atravesando por el carril rápido, a ciento veinte kilómetros por hora. Los limpiaparabrisas funcionaban al máximo, los inmensos baches mandaban grandes salpicaduras de barro, y hasta Lucilla tuvo que admitir que todo era muy desagradable.

—¡Dios mío! ¡Qué feo! —Pandora se arrebujó en su abrigo.

—Sí, pero es sólo esta parte.

Se detuvieron para almorzar en la Motorway Service Station. Pandora quería salir de la autopista y buscar algún pub más alejado, preferentemente con teho de paja, donde pudieran sentarse junto al fuego y beber unos buenos cócteles de whisky y ginger ale. Pero Lucilla sabía que si se entretenían así, nunca llegarían a Croy.

—No hay tiempo. Esto no es España, Pandora. Ni Francia. No podemos perder tiempo en frivolidades.

—Querida, no es una *frivolidad.*

—Sí que lo es. Y tú te pondrías a charlar con el barman y no nos iríamos nunca.

De manera que almorzaron en la Motorway Service Station, que resultó ser tan poco agradable como temía Lucilla. Hubo que hacer cola con las bandejas para los sándwiches y el café, luego sentarse en sillas de plástico color naranja ante una mesa de fórmica, rodeados de familias irritables y chicos rebeldes, jóvenes punk con remeras pornográficas, y musculosos camioneros, todos aparentemente contentos de amontonarse alrededor de enormes platos de pescado con papas fritas, postres de colores increíbles y tazas de té.

Cuando volvieron al auto, Pandora y Lucilla intercambiaron sus lugares; Pandora se arrellanó en el asiento trasero y se quedó dormida de inmediato. Desde entonces, durmió todo el tiempo, de modo que se perdió el dramático cruce de la frontera, el cielo que se aclaraba, y la milagrosa sensación de estar volviendo realmente a casa.

Pasaron por un pequeño pueblo.

—¿Qué es esto? —preguntó Jeff.

—Kirkhornton.

Las calles estaban llenas de gente que hacía compras, y en las plazas se veían muchas dalias. En los bancos, había ancianos sentados que disfrutaban del clima templado. Los chicos lamían helados. Un puente alzaba su curva sobre un río tumultuoso. Un hombre pescaba. El camino subía por la montaña. Pandora, envuelta en su visón, iba acurrucada como un niño, la cabeza apoyada en el saco de Jeff, enrollado como una almohada. Un rizo de sus brillantes cabellos le caía en la cara, las pestañas negras coronaban los pómulos salientes.

—¿La despierto?

—Como te parezca.

Así había sido su conducta, su rutina durante todo el largo viaje desde Palma, por España y Francia. Estallidos de inmensa energía, actividad, conversación, muchas risas, y repentinas propuestas impetuosas.

Tenemos que ver esa catedral. Está a sólo diez kilómetros del camino.

Mira ese río, qué encantador. ¿Por qué no paramos un momento y nos zambullimos desnudos? Nadie nos verá.

¿Saben que hemos pasado por un café divino? Volvamos y entremos a tomar una copa.

Pero la copa se estiraba hasta un largo y tranquilo almuerzo, y Pandora se ponía a charlar con cualquiera que tuviera a mano. Otra botella de vino. Café y coñac. Y luego... afuera. A dormir. Pandora podía echarse siestitas en cualquier parte, y aunque esto era a veces incómodo, al menos dejaba de hablar y Lucilla y Jeff le agradecían ese alivio. Sin esas siestitas, Lucilla no sabía si hubiera aguantado el viaje. Viajar con Pandora era como viajar con un chico bullicioso, o con un perro... entretenido y compañero pero increíblemente cansador.

El Mercedes llegó a la cumbre del cerro. Allá arriba, el panorama se abría, y la vista era estupenda. Las hayas, los campos, las granjas aquí y allá, las ovejas que pastaban, el río mucho más abajo, los cerros allá lejos, llenos de flores y púrpuras como las ciruelas maduras.

—Si no la despierto ahora, seguirá dormida cuando lleguemos a casa. Faltan sólo diez minutos.

—Entonces, despiértala.

Lucilla extendió el brazo, apoyó la mano en la suave piel que cubría el hombro de Pandora y la sacudió un poco.

—Pandora.

—Mmmm...

—Pandora. —Otra sacudida. —Despierta. Casi hemos llegado. Casi estamos en casa.

—¿Qué? —Pandora parpadeó y abrió los ojos, que miraron a Lucilla sin verla, desorientados, confusos. Volvió a cerrarlos, bostezó, se movió, se estiró. —¡Qué bien he dormido! ¿Dónde estamos?

—Vamos hacia Caple Bridge. Casi hemos llegado.

—¿Casi hemos llegado? ¿A Croy?

—Enderézate y verás. Te has perdido lo mejor del viaje, roncando en el asiento de atrás.

—No roncaba. Nunca ronco. —Pero al rato hizo un esfuerzo y se incorporó, se apartó los cabellos de la cara y se envolvió en las pieles como si sintiera frío. Volvió a bostezar, miró por la ventanilla. Parpadeó. Le brillaron los ojos. —Pero... ¡si casi hemos llegado!

—Eso dije.

—Deberían haberme despertado mucho antes. Y ya no llueve. Hay sol. Y ese verde. Había olvidado el verde. ¡Qué bienvenida! "Caledonia, severa y salvaje, buena niñera para un niño poético." ¿Quién escribió eso? Algún estúpido. No es severa ni salvaje, es simplemente hermosa, muy hermosa. Y qué amable al presentarse tan bien. —Buscó el peine en su bolso; se peinó. Un espejo, lápiz labial. Un generoso golpe de Poison. —Quiero que Archie sienta mi perfume.

—No olvides lo de su pierna. No esperes que venga corriendo a alzarte en sus brazos. Si lo hace, seguramente se caerá de espaldas.

—Nunca se me ocurrió que lo haría. —Miró su pequeño reloj de diamantes. —Llegamos antes de la hora que dijimos. Todavía no son las cuatro.

—Hemos andado fantásticamente bien con el tiempo.

—Querido Jeff... —Pandora le dio un cariñoso golpecito en el hombro, como si palmeara a un perro. —Excelente al volante.

Ahora iban cuesta abajo. Al llegar al pie de la pendiente, comenzaron a subir la empinada senda hacia Caple Bridge, doblaron a la izquierda y ya estaban al pie del valle, encerrado entre montañas. Pandora se inclinó hacia adelante.

"Pero es increíble. Todo está absolutamente igual. En esa cabaña vivía un matrimonio que se llamaba Miller. Eran viejísimos. Él había sido pastor. Ya deben de haber muerto. Tenían abejas y vendían tarros de miel de brezo. Dios mío, estoy tan llena de cosas que creo que voy a tener que bajar a hacer pis. No, por supuesto que no. Es mi imaginación. —Le dio a Jeff otro golpecito en el hombro. —Jeff, otra vez tu número mudo. ¿No se te ocurre ni una palabrita de apreciación?

—Claro que sí —sonrió Jeff—. Es magnífico.

—Es más que eso. Son *nuestras* tierras. Los Balmerino de Croy. Realmente conmovedor, como un redoble de tambores. Y vamos a casa. Deberíamos llevar sombreros con plumas, y en algún lugar tendría que estar tocando un gaitero. ¿Por qué no lo pensaste, Lucilla? ¿Por qué no lo encargaste? Después de veinte años, era lo menos que podías hacer por mí, ¿no?

—Lucilla se rió.

—Disculpa.

Ahora otra vez el río corría junto al camino, con las orillas verdes de juncos, y en los pastizales de la otra orilla, se veían los tranquilos rebaños de vacas Friesian. Los campos donde ya se había levantado la cosecha eran alfombras de oro a la luz del sol. El Mercedes dobló la curva y apareció el pueblo de Strathcroy. Lucilla vio el racimo de casas de piedra gris, el humo que subía de las chimeneas, la torre de la iglesia, los agradables montecitos de hayas y robles que daban sombra. Jeff disminuyó la velocidad y pasaron por el monumento a las víctimas de la guerra y por la pequeña iglesia episcopal, y llegaron a la larga y recta calle principal.

—El supermercado es nuevo. —La voz de Pandora sonó acusadora.

—Sí. Es de una gente llamada Ishak. Son paquistaníes. Bien, Jeff, es aquí... dobla a la derecha... pasa por el portón...

—¡Pero el parque no está más! Ya no hay parque... ahora todo está sembrado.

—Pandora, tú sabes lo que pasó. Papá te escribió para contártelo.

—Me habré olvidado. Pero qué extraño parece todo...

Ahora subían por el sendero. El cerro se elevaba ante ellos. Las aguas del Pennyburn caían a saltos y se arremolinaban bajo el puentecito de piedra. Luego la avenida...

—Hemos llegado —dijo Lucilla, y se inclinó sobre Jeff para tocar la bocina.

En Croy, la familia de Lucilla llenaba de una u otra manera las largas horas de la tarde. Isobel estaba arriba, ocupándose de los últimos detalles del arreglo de las habitaciones para los invitados, controlando toallas, disponiendo las flores sobre la cómoda y la repisa de la chimenea. Hamish decidió sacar los perros a pasear; desapareció después del almuerzo y nadie volvió a verlo después. Y Archie, Lord Balmerino, estaba en el comedor poniendo la mesa para la cena.

Finalmente no había tenido otra salida. Esperar algo o a alguien no era su fuerte, y a medida que avanzaba el día, se había puesto cada vez más inquieto, impaciente y ansioso. No le gustaba pensar que sus seres queridos estaban recorriendo kilómetro tras kilómetro por la peligrosa autopista, y su imaginación no tenía dificultad en presentarle cuadros horrorosamente detallados de embotellamientos, metal retorcido y cadáveres. Había mirado mil veces el reloj, se había asomado por la ventana cada vez que oía el ruido de un auto, y era evidente que no podía quedarse tranquilo un minuto. Isobel le había sugerido que cortara el pasto de la cancha de cróquet, pero él rechazó la idea y dijo que quería estar seguro de estar allí cuando el auto se detuviera frente a la casa. Se retiró a su estudio con *The Scotsman*, pero no pudo concentrarse ni en las noticias ni en las palabras cruzadas. Arrojó el periódico a un lado y comenzó a pasearse otra vez de aquí para allá.

Finalmente Isobel, que ya tenía bastante que hacer sin chocar con su marido a cada momento, perdió la paciencia.

—Archie, si no puedes quedarte sentado en un lugar, ponte a hacer algo útil. Puedes poner la mesa para la cena. Los individuales y servilletas limpias están en el aparador. —Y se fue arriba muy enojada.

No era que a Archie le molestara poner la mesa. En los viejos tiempos, eso lo hacía Harris, de manera que no era algo poco varonil. Y cuando estaban los huéspedes norteamericanos, poner la mesa era siempre tarea suya, y le daba cierto placer hacerlo con meticulosidad militar: los cuchillos y los tenedores bien alineados, las servilletas dobladas como mitras.

Las copas para vino parecían estar ligeramente polvorientas; Archie encontró una servilleta de té y las estaba limpiando cuando oyó el auto que subía la cuesta. Le dio un salto el corazón. Miró el reloj: las cuatro. Demasiado temprano... Dejó la copa y la servilleta. No podía ser...

Oyó el bocinazo, largo y continuado, que quebró la quietud de la tarde e hizo trizas su propia incertidumbre.

La tradicional señal de Lucilla.

No podía moverse con rapidez, pero se movió. Recorrió el comedor en toda su longitud, salió por la puerta.

—¡Isobel!

Se abrió el portón de entrada. Archie estaba cruzando el hall cuando apareció el auto, un Mercedes atronador e imponente que hacía saltar la grava bajo sus ruedas.

"¡Isobel! Están aquí.

Apenas llegó hasta la puerta. Pandora, más rápida que él, saltó del auto casi antes de que se detuviera, y corrió por la grava hacia él. Pandora... con los mismos cabellos brillantes al viento y las mismas piernas largas y delgadas.

—¡Archie!

Llevaba un abrigo de piel que le llegaba casi a los tobillos, pero eso no le impidió subir los escalones de dos en dos, y si él ya no podía levantarla en sus brazos como hacía cuando ella era una niña, sus brazos estaban bien, y esperándola.

Isobel... la querida, hospitalaria, sencilla Isobel de siempre... había alojado a Pandora en el mejor dormitorio para huéspedes. Daba al frente de la casa, con altas ventanas de guillotina orientadas hacia el sur y hacia el valle y el río. Estaba amueblada en forma muy parecida a lo que Pandora recordaba de la época de su madre. Camas gemelas de bronce, altas, cada una de ellas como una cama camera chica. Una alfombra descolorida con un dibujo de rosas y una cómoda tallada, con muchos cajoncitos y un espejo móvil.

Pero las viejas cortinas ya no estaban, y en su lugar había pesados cortinados de hilo color crema. Seguramente, el cambio se había planeado pensando en los huéspedes pagos, que no apreciarían el *chintz* gastado ni los visillos estropeados por el sol. También para ellos, el cuarto de vestir contiguo se había convertido en un baño. No se lo veía muy distinto, porque Isobel simplemente había hecho instalar una bañera, un lavabo y un inodoro, y había dejado las alfombras, los estantes cargados de libros y el cómodo sillón allí donde estaban.

Se suponía que Pandora estaba desempacando.

—Saca las cosas de las maletas y ponte cómoda —le había dicho Isobel.

Entre ella y Jeff habían llevado todo el equipaje de Pandora al piso alto. (Archie, por supuesto, no podía llevar el equipaje a causa de su pierna. Pandora decidió no pensar en Archie. Su cabello gris la impresionó, y nunca había visto un hombre tan flaco.)

"Si quieres, date un baño. Hay toneladas de agua caliente. Luego baja y tomaremos una copa. Cenaremos a eso de las ocho.

Esto había sucedido quince minutos antes, y todo lo que había hecho Pandora había sido llevar su neceser al baño y colocar algunos frascos en la repisa de mármol, sobre el lavabo. Sus píldoras y pociones, su Poison, el aceite para baños, las cremas nutritivas y de limpieza. Más tarde, se daría un baño. Ahora, no.

Ahora tenía que convencerse de que realmente estaba en casa. De regreso en Croy. Pero era difícil, porque esta habitación no la sentía suya. Ella era una invitada, un pájaro de paso. Abandonó sus frascos y volvió al dormitorio, a la ventana; se asomó con los codos apoyados en el alféizar, para contemplar el paisaje frecuentemente recordado y estar segura de que todo esto no era un sueño. Le llevó algún tiempo conseguirlo. Pero, ¿qué había pasado con su propio cuarto, el cuarto que había ocupado desde que era un bebé? Decidió salir a curiosear un poco.

Salió de la habitación, fue hasta la escalera y allí se detuvo. Desde la cocina, llegaban alegres ruidos domésticos y voces apagadas. Isobel y Lucilla, ocupadas en la preparación de la cena y seguramente hablando de Pandora. ¿Cómo no iban a hablar? A Pandora no le importaba. Cruzó el pasillo y abrió la puerta de la que había sido la habitación de sus padres, y ahora era la de Archie e Isobel. Vio la enorme cama, la *chaise-longue* al pie, con un suéter de Isobel arrojado al azar, lo mismo que unos zapatos descartados. Vio las fotografías de familia, la plata y el cristal sobre la cómoda, los libros en las mesitas de noche. Había olor a polvo facial y a agua de Colonia. Perfumes dulces e inocentes. Cerró la puerta y siguió por el corredor. Encontró la habitación que había sido de Archie, barrida y ahora adornada con la mochila y la campera de Jeff en medio de la alfombra. La siguiente habitación... Lucilla. Todavía llena de las pequeñas cosas que atesora una colegiala... *posters* fijados con tachuelas en la pared, figuritas de porcelana, un grabador, una guitarra con una cuerda rota.

Y finalmente su propio cuarto. Su viejo cuarto. ¿Tal vez Hamish dormía aquí? Todavía no había visto a Hamih. Cautelosamente, movió el picaporte y abrió la puerta. No era el cuarto de Hamish. Ni de nadie. Vacío de toda pertenencia personal. Muebles nuevos, cortinas nuevas. Ni rastros de Pandora.

¿Qué habían hecho con sus libros, sus discos, su ropa, sus cuadernos, sus fotos... su *vida*? Seguramente habían arrumbado todo en algún altillo cuando vaciaron el cuarto, lo empapelaron, lo pintaron y le pusieron esa hermosa alfombra nueva, azul, de pared a pared.

Era como si Pandora hubiera dejado de existir, como si fuera ya un fantasma.

No tenía sentido preguntar por qué; era muy evidente. Croy pertenecía a Archie y a Isobel, y para mantener el lugar viable, había que dar buen uso a cada habitación. Y Pandora había perdido todo derecho a la suya por el simple acto de irse y no volver nunca.

De pie en la puerta de la habitación, pensó en sus últimas semanas allí, tan desgraciadas, cuando estaba destrozada por una desdicha de la que ni siquiera podía hablar. La infelicidad la había vuelto cruel, y fue cruel con las dos personas que más amaba en el mundo; contestaba mal a su padre, ignoraba a su madre, se encerraba días enteros en su mal humor, y había convertido sus vidas en un tormento.

En este cuarto, había pasado horas enteras acostada boca abajo en la cama, mientras el tocadiscos lanzaba al aire, una y otra vez, las canciones más tristes que conocía. Matt Monro le decía a alguna mujer "que se fuera" y Judy Garland le destrozaba las entrañas con *El hombre que se fue*.

El camino es más duro,
más solo, más difícil,
una arde de esperanza,
mañana volverá...

Voces.
Querida, ven a comer algo.
No quiero nada.
¿Por qué no me dices qué te pasa?
Lo único que quiero es que me dejen sola. ¿De qué serviría contártelo? Jamás comprenderías...

Volvió a ver el rostro de su madre, confuso y terriblemente herido. Y sintió vergüenza. "A los dieciocho años, podría haberme portado mejor. Pensaba que era adulta y sofisticada, pero la verdad era que sabía menos de la vida que un niño. Y me llevó largo tiempo darme cuenta."

Demasiado tiempo, y demasiado tarde. Todo terminado. Cerró la puerta y volvió a seguir desempacando.

Habían terminado de cenar. Los seis se habían sentado alrededor de la mesa, iluminada con velas, y habían consumido los platos elaborados con tanto amor por Isobel para la celebración. No había llegado a matar un ternero cebado, pero había trabajado mucho para preparar un festejo adecuado: caldo frío, faisán asado, *crème brûlée* y un espléndido Stilton, todo regado con el mejor vino que Archie pudo encontrar en la disminuida bodega de su padre.

Ahora eran casi las diez, e Isobel, con Pandora a su lado, estaba terminando de lavar los platos... las ollas y cacerolas, los cuchillos con mango de marfil y las fuentes de ensalada, tan enormes, que no entraban en la pileta. Pandora había ayudado algo, pero después de secar uno o dos cuchillos y poner tres cacerolas en un armario equivocado se hizo una taza de café soluble y se sentó a beberla.

Durante la cena, la conversación había sido incesante, porque había mucho que oír y mucho que contar. La aventura de Lucilla y Jeff en su viaje en ómnibus por Francia desde París; su excursión bohemia a Ibiza; por último, la maravilla de Mallorca y la Casa Rosa. Isobel se deleitaba escuchando la descripción de Lucilla de ese jardín.

—Ah, me encantaría verlo.

—Tendrías que venir. A acostarte al sol y no hacer nada.

Archie se rió de esto.

—¿Isobel acostada al sol sin hacer nada? Debes de estar loca. En meos que canta un gallo, estaría en los canteros de flores, arrancando hierbas.

—En mi jardín no hay hierbas —replicó Pandora.

Y luego las noticias de Croy. Pandora quería saberlo todo. Las últimas noticias de Vi, de los Aird, los Gillock,

Willy Snoddy. ¿Archie todavía sabía algo de Harris y su esposa? Escuchó, consternada, la historia de Edie Findhorn y su prima Lottie.

—¡Dios mío! Ese vampiro. No me digas que ha vuelto a nuestras vidas. Menos mal que me lo advertiste. Si la veo venir, me tomaré el trabajo de cruzar la calle.

Le hablaron de la familia Ishak, exiliada de Pakistán, que había llegado a Strathcroy sin un centavo.

—Pero tenían relaciones en Glasgow, gente de buena posición, y con un poco de ayuda financiera de ellos lograron comprar el negocio de diarios y revistas de la señora McTaggart. No reconocerías el lugar. Ahora es un verdadero supermercado. Pensamos que no durarían, pero nos equivocamos. Son industriosos como las hormigas, el local nunca cierra, y los negocios marchan brillantemente. Todos los queremos. Son muy serviciales y amables.

Y siguieron con los vecinos de los Balmerino, los de categoría algo más alta, lo cual significaba que vivían en un radio de treinta kilómetros: los Buchanan-Wright, los Ferguson-Crombie, la gente nueva que había venido a vivir a Ardnamoy, y cuya hija se había casado, y cuyo hijo difícil tenía ahora una casa de cambios en la City y ganaba millones.

Todos los detalles eran importantes. El único tema que nunca se tocaba, como por un acuerdo tácito, era el de Pandora y lo que había hecho en esos veintiún años.

A ella no le importaba. Por el momento, lo único que importaba era que estaba de vuelta en Croy. Los años de la rebeldía se esfumaban en la irrealidad, como una vida que hubiera sido vivida por otra persona. Rodeada por su familia, Pandora se sintió feliz de relegar esos años al olvido.

Sentada a la mesa de la cocina, Pandora bebía café y miraba a Isobel, que estaba fregando la pileta. Isobel se había puesto guantes de goma rojos, y un delantal azul y blanco sobre el bonito vestido, y Pandora pensó que era una mujer excepcional, que trabajaba tranquilamente sin molestarse porque el resto de la familia había desaparecido, y ella se había quedado sola para lavar todo lo que se había ensuciado con la comida.

Porque después de la cena todos se habían esfumado. Archie se disculpó y dijo que se iba al taller. Hamish, con la promesa de una recompensa económica, se había ido a cortar el césped en la cancha de cróquet, aprovechando la luz de la tarde. Fue a hacerlo de muy buen talante, lo cual impresionó a Pandora. Lo que no percibió fue cuánto había impresionado ella a Hamish. Una mujer fascinante, como una estrella de cine. Mientras comía el faisán, Hamish fantaseaba que se la mostraba a los otros chicos del último grado, en Templehall. A lo mejor, su papá la llevaba a ver algún partido. El prestigio de Hamish ante sus compañeros crecería notablemente. Se preguntó si a Pandora le gustaría el rugby.

—Isobel, me encanta Hamish.

—A mí también me gusta mucho. Espero que no crezca demasiado.

—Va a ser maravillosamente apuesto. —Pandora bebió otro sorbo de café. —¿Te gusta Jeff?

(Jeff, harto, como era de esperar, de estar en compañía exclusivamente femenina durante dos semanas, había tomado el auto y se había ido con Lucilla al Strathcroy Arms para beber una cerveza Foster en un medio agradablemente masculino.)

—Parece muy simpático.

—Es muy amable. En todo ese viaje tan largo, nunca perdió la paciencia. Un poco lacónico, eso sí. Supongo que todos los australianos son fuertes y silenciosos. No sé, nunca había conocido a ningún otro.

—¿Crees que Lucilla está enamorada de él?

—No, no lo creo. Sólo son... qué frase horrible... buenos amigos. Además, ella es tan joven... Una no quiere empezar a pensar en relaciones permanentes a los diecinueve años.

—Te refieres a casarse...

—No, querida, no me refiero a casarse.

Isobel calló. Pandora pensó que quizás había dicho algo inconveniente y buscó un tema más divertido y menos urticante.

—Isobel, ya sé de quiénes no me has hablado. Dermot Honeycombe y Terence. ¿Siguen teniendo el negocio de antigüedades?

—Ah, Dios mío. ¿No te lo contó Archie en una de sus cartas? Fue muy triste. Terence murió. Hace unos cinco años.

—No lo puedo creer. ¿Qué hizo el pobre Dermot? ¿Se buscó otro hermoso joven?

—No, nunca. Estaba desolado, pero fue fiel. Todos pensamos que se iría de Strathcroy, pero se quedó. Solo. Continúa con el negocio de antigüedades, y sigue viviendo en la pequeña casa que tenían. De vez en cuando, nos invita a comer, a Archie y a mí, y nos sirve porciones pequeñitas de comida refinada con salsas divertidas. Archie siempre vuelve a casa hambriento y tengo que darle sopa o copos de maíz antes de ir a la cama.

—Pobre Dermot. Tengo que ir a verlo.

—Le encantaría. Siempre pregunta por ti.

—Puedo comprarle alguna cosita para regalársela a Katy Steynton por su cumpleaños. Todavía no hemos hablado de eso. Me refiero al baile. —Isobel, que por fin había terminado, se quitó los guantes de goma y los dejó sobre el secador, y fue a sentarse con su cuñada. —¿Vendrá mucha gente aquí?

—No, sólo estaremos nosotros. Hamish no va a estar porque volverá al colegio. Vendrá un norteamericano triste que Katy conoció en Londres. Le dio lástima. Verena no tiene lugar para él, de manera que vendrá a casa.

—¡Pero qué bien! ¡Un hombre para mí! ¿Por qué está triste?

—Su esposa murió hace poco.

—¡Ah!, espero que no esté demasiado fúnebre. ¿Dónde va a dormir?

—En el que era tu dormitorio.

Con lo cual quedaba contestada aquella pregunta que se había hecho.

—¿Y la noche de la fiesta? ¿Dónde cenaremos?

—Creo que aquí. Podríamos invitar a los Aird y a Vi. Vienen mañana a almorzar; pensaba hablar con Virginia cuando vengan.

—No me lo habías dicho.

—¿Qué? ¿Que vienen a almorzar? Bien, ahora lo sabes. Por eso Hamish está cortando el césped de la cancha de cróquet.

—Hermoso programa para la tarde, todo organizado. ¿Qué te vas a poner para el baile? ¿Tienes algún vestido nuevo?

—No, me quedé sin dinero. Tuve que comprarle a Hamish cinco pares de zapatos nuevos para la escuela...

—Pero, Isobel, tienes que ponerte un vestido nuevo. Iremos las dos a comprarte uno. Podríamos ir a Relkirk. Nos tomaremos el día...

—Pandora, ya te dije... Y no puedo permitírtelo.

—Ay, querida, lo menos que puedo hacer es ofrecerte un regalito. Se abrió la puerta del fondo y apareció Hamish, que había terminado de cortar el césped antes de que oscureciera, y se encontraba otra vez en su estado de hambre voraz.

"Ya hablaremos de esto más tarde.

Hamish se sirvió la merienda. Un tazón de Weetabix, un vaso de leche, un puñado de bizcochos de chocolate. Pandora terminó el café y dejó el jarrito. Bostezó.

—Creo que me voy a la cama. Estoy agotada. —Se puso de pie. —Buenas noches, Hamish.

No hizo ademán de besarlo, y Hamish osciló entre el alivio y la desilusión.

"¿Encontré a Archie en el taller? Bajaré a hablar un momento con él. —Se inclinó y le dio un beso a Isobel. —Es divino estar aquí. La cena fue deliciosa. Los veré a todos por la mañana.

En el sótano, absorbido y concentrado, trabajaba junto a la intensa luz de una lámpara con pantalla que proyectaba un círculo brillante sobre el banco de carpintero. Pintar el tallado de Katy con su perro era a la vez difícil y trabajoso. Los cuadros esfumados de la falda, la textura del suéter, las sutiles variaciones en el color de los cabellos, todo era un desafío, y él necesitaba de toda su destreza para afrontarlo.

Dejó un pincel de marta y tomó otro, y oyó que Pandora se aproximaba. Era imposible confundir sus pasos, que bajaban por la escalera de piedra que venía de la cocina, lo mismo que los golpecitos de los tacos altos por el corredor mal iluminado, con piso de lajas. Interrumpió su trabajo para alzar los ojos y vio que la puerta se abría y Pandora asomaba la cabeza.

—¿Te interrumpo?

—No.

—¡Por Dios, qué oscuridad! No puedo encontrar la llave de la luz. Esto es como una fortaleza. Pero debo decir que tú estás muy cómodo aquí. —Encontró una silla y se sentó junto a él.

—¿Qué haces?

—Estoy pintando.

—Ya veo. ¡Qué estatuilla encantadora! ¿De dónde la sacaste?

—La hice yo —respondió Archie con cierto orgullo.

—¿Tú la hiciste? Archie, eres brillante. No sabía que eras tan hábil con las manos.

—Es para el cumpleaños de Katy. Es ella. Con su perro.

—Es una hermosa idea. Antes no sabías hacer cosas. Siempre era papá el que pegaba nuestros juguetes rotos y la loza rota. ¿Hiciste un curso o algo así?

—Supongo que sí. Después que me hirieron... —Se corrigió. —Después que perdí la pierna por un disparo, al salir del hospital, me mandaron a Headley Court. Es el centro de rehabilitación de las fuerzas armadas para tipos que han quedado discapacitados. Que han perdido un brazo o una pierna. Allí te ponen miembros artificiales. Piernas, brazos, manos, pies... Cualquier cosa que te falte. Dentro de lo razonable, por supuesto. Y luego pasas meses infernales hasta que aprendes a usarlos bien.

—No parece muy agradable.

—Era lo que había que hacer. Y siempre había algún desdichado que estaba peor que uno.

—Pero tú estabas vivo. No estabas muerto.

—Es cierto.

—¿Es muy horrible tener una pierna de metal?

—Es mejor que no tener pierna, y parece que ésa es la única alternativa.

—Nunca supe cómo sucedió.

—Mejor.
—¿Fue una pesadilla?
—La violencia es siempre una pesadilla.
Terreno prohibido. Pandora retrocedió.
—Perdona... Sigue contándome.
—Bueno, una vez yo... —Había perdido el hilo de lo que estaba diciendo. Se quitó los anteojos, se frotó los ojos. —Una vez... yo era más o menos ambulatorio, me enseñaron a usar una sierra de pedal. De allí en adelante, fue como una bola de nieve.
Muy bien. El momento peligroso había pasado. Si Archie realmente no quería hablar de Irlanda del Norte, Pandora tampoco quería oír.
—¿Arreglas cosas, como hacía papá?
—Sí.
—Y esa figura tan bonita... ¿cómo se empieza a hacer algo así? ¿Por dónde se empieza?
—Se empieza con un trozo de madera.
—¿Qué clase de madera?
—Para ésta uséhaya. Haya de Croy, una rama arrancada por el viento años atrás. La convertí en un bloque con el serrucho. Luego hice dos dibujos tomados de la fotografía, uno de frente y otro lateral. Luego transferí la elevación frontal a la parte de arriba del bloque, y la lateral al costado del bloque. ¿Me sigues?
—Perfectamente.
—Luego la corté con la sierra sin fin.
—¿Qué es una sierra sin fin?
Él la señaló.
—Ésta es la sierra sin fin. Funciona con electricidad y es letalmente filosa, de manera que no juegues con ella.
—No se me hubiera ocurrido. ¿Y luego qué haces?
—Empiezo a tallar, a cortar.
—¿Con qué?
—Con cinceles para tallar madera. Con un cortaplumas.
—Estoy maravillada. ¿Esto es lo primero que haces?
—De ningún modo, pero esto fue más difícil por la composición. La chica sentada y el perro. Fue muy difícil. Antes hice figuras de pie. La mayoría soldados, con distintos uniformes de regimientos. Los detalles de los

uniformes los saco de un libro de grabados que encontré en la biblioteca de papá. El libro me dio la idea. Son muy buenos regalos de casamiento, si el novio está en el ejército.

—¿Tienes algunos para mostrármelos?

—Sí. Aquí hay uno. —Archie se levantó de la silla, fue hasta un armario y sacó una caja. —Éste no lo regalé porque no estaba satisfecho con él. Entonces hice otro. Pero te dará una idea...

Pandora tomó el soldado que él le daba y lo dio vuelta. Era una réplica de un oficial del Black Watch, con todos los detalles perfectos... desde los borceguíes hasta el *kilt* y la pluma en la gorra kaki. A Pandora le pareció perfecta, y se llenó de una admiración sin palabras por el insospechado talento de Archie, por su precisión, su innegable calidad artística.

Además no podía creerle.

—¿Me dices que las regalas? Archie, estás loco. Son hermosas. Únicas. Los turistas te las arrancarían de las manos como *souvenirs*. ¿Alguna vez has tratado de venderlas?

—No. —A Archie parecía sorprenderle la idea.

—¿Alguna vez lo pensaste?

—No.

Pandora tuvo un estallido de irritación fraternal.

—Tú no tienes remedio. Siempre fuiste un estirado, pero esto es ridículo. Allá está Isobel, trabajando como una esclava, tratando de mantener la casa con montones de norteamericanos como huéspedes pagos, y tú podrías hacer una fortuna vendiendo estas cosas.

—Lo dudo. De cualquier manera, no se hacen en un periquete. Llevan mucho tiempo.

—Bien, hazte ayudar por alguien. Hazte ayudar por dos personas. Comienza una pequeña industria.

—No tengo espacio suficiente aquí abajo.

—¿Y los establos? Están vacíos. O uno de los graneros.

—Requeriría reconstrucción, equipamiento, instalación eléctrica, reglas de seguridad, precauciones contra incendio.

—¿Y?

—Y costaría dinero. Algo que no sobra en esta casa.

—¿No podrías obtener un subsidio?

—Los subsidios también son muy escasos.

—Podrías intentarlo. Ah, no seas tan pesimista, Archie. Sé un poco más emprendedor. Creo que es una idea estupenda.

—Pandora, tú siempre estuviste llena de ideas estupendas. —Tomó el soldado que le había dado y volvió a ponerlo en la caja. —Pero tienes razón en lo que dices de Isobel. Yo ayudo en lo que puedo, pero sé que ella tiene demasiado sobre sus espaldas. Antes de lo de Irlanda del Norte, yo pensaba que debía tener algún tipo de trabajo... en la policía, o algo así. N sabía quién querría emplearme pero no quería salir de Croy, y parecía que el único trabajo que podía hacer... —Su voz, meditativa, se apagó en el silencio.

—Pero ahora has aprendido un nuevo oficio. Todo esto... Han aparecido tus condiciones ocultas. Lo único que necesitas es un poco de espíritu emprendedor y mucha determinación.

—Y mucho dinero.

—Archie —dijo Pandora muy enojada—, con una pierna o con dos, no puedes eludir tus responsabilidades.

—¿Hablas por experiencia?

—*Touché.* —Pandora se rió y sacudió la cabeza. —No, yo no puedo predicar. Sólo puedo hablar superficialmente. —De pronto abandonó la discusión, bostezó, se estiró y extendió los brazos hacia arriba, con los dedos abiertos. —Estoy cansada. Vine a darte las buenas noches. Me voy a la cama.

—Que sueñes con los angelitos.

—¿Y tú?

—Yo quiero terminar esto. Luego pasaré todos mis ratos libres contigo.

—Eres un amor. —Ya de pie, se inclinó para besarlo. —Estoy contenta de haber vuelto a casa.

—Yo también.

Fue hasta la puerta, la abrió, vaciló y se volvió.

—Archie...

—¿Sí?

—Muchas veces me pregunté si habrías recibido la carta que te envié desde Berlín.

—Sí.

—Nunca me contestaste.

—Cuando decidí qué te iba a decir, ya te habías ido a Norteamérica y era demasiado tarde.

—¿Se lo dijiste a Isobel?

—No.

—¿Hablaste de eso con... alguien?

—No.

—Me parece bien. —Pandora sonrió. —Mañana vienen los Aird a almorzar.

—Lo sé. Yo los invité.

—Buenas noches, Archie.

—Buenas noches.

Ya había oscurecido totalmente. La casa se aquietó al terminar el movimiento de un día agitado. Hamish se quedó un rato mirando televisión y luego subió a su cuarto. Isobel, en la cocina, puso la mesa para el desayuno (la última tarea del día) y luego dejó salir a los perros para que dieran una última vuelta por el jardín oscuro, atentos al olor de los conejos que merodeaban. Apagó las luces, y ella también fue a acostarse. Un poco más tarde, Jeff y Lucilla volvieron del pueblo. Entraron por la puerta trasera. Archie oyó sus voces por encima de él, en el hall. Luego, silencio.

Después de medianoche, Archie finalmente terminó su trabajo. Un día más y el esmalte se habría secado. Ordenó las cosas, tapó los tarros de pintura, lavó los pinceles, apagó la luz y cerró la puerta. Lentamente recorrió el pasillo y subió la escalera para hacer su recorrida nocturna, que él llamaba "mandar la casa a la cama". Controló que puertas y ventanas estuviesen cerradas y trabadas, miró las pantallas protectoras de las chimeneas y los tomas de corriente. En la cocina vio que los perros dormían. Llenó un vaso con agua y la bebió. Finalmente subió la escalera.

Pero no fue de inmediato a su dormitorio. Caminó por el corredor y vio que por debajo de la puerta de la habitación de Lucilla salía un haz de luz. Golpeó, y abrió la puerta; Lucilla estaba en la cama, leyendo a la luz de la lámpara.

—Lucilla...

Ella alzó la mirada, marcó la página y dejó el libro a un lado.

—Pensé que hacía horas que te habías acostado.

—No. Estuve trabajando. —Archie se sentó en el borde de la cama. —¿Lo pasaste bien?

—Sí, fue divertido. Toddy Buchanan muy bien, como siempre.

—Quería darte las buenas noches, y agradecerte.

—¿Agradecrme por qué?

—Por volver a casa. Y traer a Pandora.

La mano de Archie estaba apoyada en la colcha. Lucilla la cubrió con la suya. Los camisones de Isobel eran de linón blanco con adornos de puntilla, pero Lucilla dormía con una remera verde con la inscripción: "Protejamos los bosques" en el pecho. Sus largos cabellos, castaños y sedosos, se esparcían por la almohada; Archie se sintió lleno de cariño por ella.

—¿No estás decepcionado? —preguntó Lucilla.

—¿Por qué habría de estarlo?

—A menudo sucede que cuando has pasado años esperando algo te sientes un poco deprimido cuando por fin sucede.

—Yo no me siento así.

—Pandora es hermosa.

—Pero está terriblemente delgada, ¿no te parece?

—Sí. Está hecha un hilo. Es tan acelerada, que quema todo lo que come.

—¿Qué quiere decir "acelerada"?

—Eso. Duerme mucho, pero cuando está despierta carga todas las baterías. Está superacelerada, diría. Estar con ella todo el tiempo es agotador. Y luego se desploma como si el sueño fuera lo único que le para las baterías.

—Siempre fue así. La señora Harris solía decir: "Esta Pandora... o está en las nubes o está en el fondo del pozo".

—Es maníacodepresiva.

—No será para tanto.

—Con tendencia a eso.

Archie frunció el entrecejo. Y luego hizo la pregunta que había estado persiguiendo desde el fondo de su mente toda la noche.

—¿No tomará drogas?

—¡Papá!

Inmediatamente Archie deseó no haber mencionado sus temores.

—Te lo pregunto porque supongo que sabes más de esas cosas que yo.

—Por cierto que no es una drogadicta. Pero es posible que tome algo para no deprimirse. Mucha gente lo hace.

—¿Y eso no es una adicción?

—Ay, papá, no sé. Pero de nada sirve preocuparse por Pandora. Tienes que aceptarla como es. Como la persona en que se ha convertido. Divertirte con ella. Reírte.

—¿Crees que es feliz en Mallorca?

—Parece que sí. ¿Y por qué no? Una casa maravillosa, un jardín, una piscina, un montón de dinero...

—¿Tiene amigos?

—Tiene a Seraphina y a Mario, que la atienden...

—No me refería a eso.

—Lo sé. No conocimos a sus amigos, de manera que no sé si los tiene o no. En realidad, no conocimos a nadie. Excepto un hombre. Estaba allí el día que llegamos, pero después nunca volvimos a verlo.

—Yo pensaba que viviría con un amante.

—Supongo que era su amante y que la razón por la que no volvió era que nosotros estábamos allí. —Archie no respondió a esto, y Lucilla sonrió. —Ése es otro mundo, papá.

—Lo sé. Lo sé.

Lucilla le echó los brazos al cuello, lo obligó a inclinarse y le dio un beso.

—No debes preocuparte —le dijo.

—Tienes razón.

—Buenas noches, papá.

—Buenas noches, querida. Que descanses.

5

Domingo 11

Domingo por la mañana. Cielo cubierto, muy tranquilo, muy quieto, con el silencio de la inercia semanal del día de descanso escocés. Había llovido durante la noche; quedaban charcos junto al camino y los jardines rezumaban humedad. En Strathcroy, las casas dormían, las cortinas no se habían descorrido. Poco a poco, los ocupantes empezaban a moverse, se levantaban, abrían las puertas, encendían fuegos, preparaban té. Subían nubecitas de humo de carbón de piedra desde las chimeneas. La gente sacaba a pasear a los perros, recortaba el cerco, lavaba el auto. El señor Ishak abrió el negocio para vender medialunas, leche, cigarrillos, los periódicos del domingo y cualquier otro artículo que pudiera necesitar una familia para pasar el día vacío. Desde la torre de la iglesia presbiteriana, comenzó a sonar la campana.

En Croy, Hamish y Jeff se levantaron antes que ningún otro y entre los dos se prepararon el desayuno: huevos con tocino, salchichas y tomates, montones de tostadas recién hechas, mermelada y miel, todo regado con muchas tazas de té muy cargado. Isobel bajó después, encontró la vajilla sucia del desayuno y una nota de Hamish.

Querida mami: Jeff y yo llevamos los perros al lago. Él quería verlo. Volvemos a eso de las doce y media. Justo para el almuerzo.

Isobel hizo café, se sentó a beberlo, pensó en pelar papas, en hacer un budín. Pensó si habría suficiente crema para cierto postre. Apareció Lucilla, y luego Archie con su traje bueno de tweed porque le tocaba leer la lección en la iglesia. Ni su esposa ni su hija se ofrecieron a acompañarlo.

Con diez personas para almorzar, tenían bastante que hacer.

Pandora durmió toda la mañana y no apareció hasta las doce y cuarto, hora en que ya se había hecho todo el trabajo pesado en la cocina. Sin embargo, se pudo ver de inmediato que no había estado ociosa, sino muy ocupada, acicalándose: se había pintado las uñas, lavado el pelo y maquillado, y se había echado medio frasco de Poison. Llevaba un vestido de jersey con dibujos de rombos de colores fuertes; se veía tan fino, elástico y elegante, que seguramente era italiano. Encontró a Lucilla en la biblioteca, juró que había dormido toda la noche, pero se mostró perfectamente feliz de hundirse en las profundidades de un sillón y aceptar muy agradecida una copa de jerez.

En Pennyburn, Vi se sentó en la cama, bebió su té de la mañana y programó su día. Tal vez debería ir a la iglesia. Había mucho por lo que rezar. Lo pensó y finalmente decidió no ir. En cambio, se tomaría las cosas con calma. Se quedaría donde estaba, para conservar su energía. Terminaría el libro que estaba leyendo y luego, después de un desayuno tardío, se sentaría ante su escritorio a ocuparse de cuentas por pagar, la pensión y esa incomprensible exigencia de impuestos internos. La habían invitado a almorzar en Croy. Edmund, Virginia y Henry vendrían a buscarla y la llevarían a lo alto del cerro.

Pensó en esto con más inquietud que alegría, y miró por la ventana para ver cómo estaba el tiempo: había llovido toda la noche pero ahora estaba húmedo, calmo y caluroso. Tal vez más tarde se compondría. Era la clase de día, en muchos sentidos, que necesitaba componerse. Por comodidad, decidió que se pondría el vestido de lana gris. Y para darse ánimos, el nuevo pañuelo Hermès.

En Balnaid, Virginia fue a buscar a Henry.

—Henry, ven a cambiarte.

Henry estaba en su cuarto de juegos, sentado en el suelo, armando el Lego Espacial, y no le gustó la interrupción.

—¿Por qué tengo que cambiarme?

—Porque saldremos a almorzar y no puedes ir así como estás.

—¿Por qué?

—Porque tienes los jeans sucios, y la remera también y los zapatos también, y tú también estás sucio.

—¿Tengo que vestirme *bien*?

—No tanto, pero ponte unos jeans limpios, una remera limpia y zapatillas limpias.

—¿Medias?

—Calcetines limpios.

Henry suspiró, agotado.

—¿Tengo que guardar el Lego?

—No, no es necesario. Déjalo donde está. Pero vamos, que tu padre se va a impacientar.

Virginia arrastró a Henry hasta su dormitorio, se sentó en la cama y le quitó la remera.

—¿Habrá otros chicos allá?

—Hamish.

—No va a querer jugar conmigo.

—Henry, le tienes miedo a Hamish. Si no te portas como un tonto, él querrá jugar contigo. Quítate los jeans y los tiradores.

—¿Quiénes van a estar allá?

—Nosotros. Y Vi. Y los Balmerino. Y Lucilla porque ha vuelto de Francia. Y su amigo. Se llama Jeff. Y Pandora.

—¿Quién es Pandora?

—La hermana de Archie.

—¿Yo la conozco?

—No.

—¿Tú la conoces?

—No.

—¿Papá la conoce?

—Sí. La conoció cuando era una niña. Vi también la conoce.

—¿Y tú por qué no la conoces?

—Porque hace mucho tiempo que vive en el extranjero. Vivió en orteamérica. Ésta es la primera vez que vuelve a Croy.

—¿Alexa la conoce?

—No. Alexa era apenas una beba cuando Pandora se fue a Norteamérica.

—¿Pandora conoce a tus abuelos de Leesport?

—No. Ellos viven en Long Island, y Pandora vivió en California, es decir, del otro lado de los Estados Unidos.

—¿Edie la conoce?

—Sí, Edie también la conoció de niñita.

—¿Cómo es?

—Por Dios, Henry, nunca la he visto, de manera que no te lo puedo decir. Pero, ¿has visto esa foto en el comedor de Croy? ¿De la muchacha bonita? Bien, ésa es Pandora cuando era joven.

—Espero que siga siendo bonita.

—A ti te gustan las mujeres bonitas.

—Seguro que no me gustan las feas. —Frunció la cara e hízo una mueca de monstruo. —Como esa Lottie Carstairs.

Virginia tuvo que reírse a pesar suyo.

—¿Sabes una cosa, Henry Aird? Tú acabarás conmigo. Ahora dame tu cepillo para el pelo, y luego ve a lavarte las manos.

Desde el pie de la escalera, Edmund llamó.

—¡Virginia!

—¡Ya vamos!

Él los esperó, vestido para la ocasión con un traje de franela gris, una camisa *country*, y un suéter de cachemira azul y los zapatos Gucci color beige.

—Es hora de salir.

Virginia se acercó a él y lo besó.

—Se lo ve muy apuesto, señor Aird, ¿sabe?

—A ti tampoco se te ve muy horrible. Vamos, Henry.

Subieron al BMW y partieron. Se detuvieron un momento en el pueblo; Edmund entró en el negocio de la señora Ishak y salió con el abultado rollo de los periódicos del domingo. Y siguieron viaje a Pennyburn.

Vi los oyó llegar; ya estaba lista para salir, a punto de cerrar la puerta con llave. Edmund se inclinó para abrir la puerta del otro lado, y ella se sentó junto a él. Henry la encontró muy elegante y se lo dijo.

—Gracias, Henry. Éste es el bonito pañuelo que tu mamá me trajo de Londres.

—Ya sé. A mí me trajo una pelota y un palo de críquet.

—Me los mostraste.

—Y a Edie le trajo un cárdigan. A Edie le encantó. Dice que lo guarda para las grandes ocasiones. Es de color azul tirando a rosado.

—Es lila —dijo Virginia.

—Lila. —Henry repitió la palabra porque sonaba bien. —Lila.

El poderoso auto dejó atrás Pennyburn y subió la cuesta velozmente.

Al llegar, vieron el viejo Land-Rover de Archie estacionado frente a la puerta. Mientras Edmund estacionaba su auto al lado y la familia Aird bajaba, apareció Archie en la puerta de la casa; salía a saludarlos. Subieron la escalinata.

—Bien, han llegado.

—Se te ve muy formal, Archie —comentó Edmund—. Espero no estar demasiado informal yo.

—Fui a la iglesia. Leí la lección. Pensaba cambiarme para no estar tan vestido, pero llegaron ustedes; ya no hay tiempo. De manera que tendrán que aceptarme como estoy. Vi, Virginia, qué gusto verlas. Hola, Henry, buen día. ¿Cómo estás? Hamish está en su cuarto, aseándose. Ha dejado su Scalectric armado en el cuarto de juegos. Si quieres ir a mirar...

La sugerencia, hecha con tono distraído, era inteligente y atrajo la atención de Henry, como esperaba Archie. No tenía temores con respecto a su hijo, a quien le había dicho bien claro que debía portarse amablemente con este pequeño invitado.

Henry sólo necesitó un momento para recordar que Hamish, cuando no había nadie más que reclamara su atención, podía ser una buena compañía. Y Henry no tenía el Scalectric de carreras. Era una de las cosas que pensaba poner en la lista de Navidad.

Se le iluminó la cara.

—Bueno —dijo, y echó a correr escaleras arriba.

—Brillante —murmuró Vi, como si hablara consigo misma.

—¿Qué congregación tuviste esta mañana?

—Eran dieciséis, incluido el rector.

—Yo debería haber ido para engrosar el grupo. Ahora me remorderá la conciencia todo el día...

—Pero no todas son malas noticias. El obispo ha encontrado fondos, ha desenterrado algún oscuro acuerdo hecho años atrás. Cree que puede sacar una buena suma de eso, que pagaría lo que resta de la cuenta de electricidad...

—¿No sería espléndido?

—Pero yo pensaba que para eso habíamos hecho la kermés —dijo Virginia...

—Siempre podemos utilizar los fondos para...

Edmund no hizo ningún comentario. Había tenido una mañana larga, deliberadamente llena de tareas pequeñas e insignificantes que, sin embargo, tenía pendientes desde hacía semanas. Escribir cartas, pagar cuentas, responder y aclarar una serie de preguntas del contador. Ahora se sentía cada vez más impaciente. En el otro extremo del amplio corredor, las puertas abiertas de la biblioteca invitaban a entrar. Deseaba un gin tonic, pero Archie, Virginia y Vi, reunidos al pie de la escalera, se habían absorbido en problemas de la iglesia. A Edmund le interesaban poco, siempre había hecho lo posible por mantenerse al margen.

—... claro, necesitamos reclinatorios nuevos.

—Vi, pagar el carbón para la caldera es más urgente que comprar reclinatorios nuevos.

La verdadera razón para ir a Croy parecía olvidada por su esposa y su madre. Ahogando su irritación, Edmund escuchaba. Desde la biblioteca, llegó el ruido de unos tacos altos. Edmund miró por encima de la cabeza de Virginia. Y vio aparecer a Pandora.

Pandora miró, observó al grupo, se detuvo en el marco de la puerta. A través de la gran distancia que los separaba, sus ojos se encontraron con los de Edmund. Él olvidó su impaciencia, y sintió que las palabras afluían a su cerebro como si de pronto le hubieran pedido que hiciera una especie de informe; buscaba frenéticamente, y enseguida descartaba, adjetivos adecuados para exponer el caso: más vieja, más delgada, atenuada, elegante, *mondaine*, amoral, experimentada. Hermosa.

Pandora. La habría visto, conocido, reconocido en cualquier lugar del mundo. Con esos grandes ojos vigilantes, la boca bien torneada y el lunar provocativo en el ángulo del labio superior. Los rasgos, la estructura ósea estaban intactos, la abundancia de los cabellos castaños todavía era juvenil.

Edmund sintió que se le congelaba la cara. No podía sonreír. Como si fuera un perro de caza que apunta a un pájaro, cierta cualidad de su silencio, de su inmovilidad, llamaron oscuramente la atención de los demás. Abandonaron el tema, sus voces se apagaron. Vi volvió la cabeza.

—Pandora.

Se olvidaron de la iglesia y sus asuntos. Vi se apartó de Virginia, cruzó el lustrado parqué con la espalda erguida, los brazos extendidos, la abultada cartera de cuero colgaba del brazo.

"Pandora querida. ¡Qué alegría! ¡Qué maravilla volver a verte!

—... pero Isobel, no puedes invitarnos a todos a cenar. Somos demasiados.

—No, si cuento bien, somos once. Sólo uno más que ahora.

—¿Verena no te ha llenado de gente para que la alojes?

—Sólo un hombre...

Pandora intervino.

—Lo llaman "el norteamericano triste", porque Isobel no recuerda sunombre.

—Pobre tipo —dijo Archie desde la cabecera de la mesa—. Parece condenado desde antes de llegar.

—¿Por qué está triste? —preguntó Edmund mientras tomaba su vaso de cerveza. En Croy nunca servían vino con el almuerzo. No era por razones de economía; era una tradición familiar que se remontaba a los padres de Archie, y a sus abuelos. Archie la conservaba porque le parecía una buena idea. Con el vino, los invitados se ponían demasiado charlatanes y pesados, y Archie opinaba que los domingos por la tarde debían dedicarse a actividades al aire libre, y no a quedarse dormidos mientras se leían los diarios en algún sillón.

—Tal vez no esté nada triste —respondió Isobel—. Seguramente es un tipo sensato y alegre, pero enviudó hace poco y se ha tomado unos dos meses afuera. Viene aquí como una especie de paréntesis.

—¿Verena lo conoce?

—No. Pero Katy sí. Le tuvo lástima y pidió a Verena que le mandara una invitación.

—Espero que no sea terriblemente solemne y sincero —dijo Pandora—. Ya sabes cómo son. Les muestras un sistema de cloacas y entran en una suerte de éxtasis. Juran que todo es muy interesante, y quieren saber cómo se construyó.

Archie se rió.

—Pandora, ¿cuántas veces has mostrado un sistema de cloacas a un norteamericano?

—Ay, querido, nunca, simplemente estaba dando un pequeño ejemplo.

Estaban sentados alrededor de la mesa del comedor. Ya habían consumido y apreciado debidamente el tierno asado, acompañado de habas y arvejas frescas, papas al horno, salsa de rábano y la salsa oscura de la carne, delicadamente aromatizada con vino tinto. Y ahora estaban saboreando la tarta de moras y almíbar, bañada con crema natural.

Afuera, el día, como una mujer caprichosa, había dejado de mostrar mala cara y, sin ninguna razón aparente, se había despejado. El viento refrescaba el aire. De vez en cuando, daba el sol en la mesa pulida, brillante de plata y cristal tallado.

—Bueno, si venimos todos a cenar —dijo Virginia volviendo al tema esencial—, tienen que dejarme ayudar. Yo haré un plato frío, o un postre, o algo.

—Sería una buena ayuda —admitió Isobel—, porque todo el día anterior yo estaré con Verena en Corriehill, ayudándola con las flores.

—Pero es el día de mi cumpleaños —dijo Vi con indignación—. Ese día hago el picnic.

—Lo sé, Vi, y lo lamento. Por primera vez en años, no podré estar allí.

—Bien, espero que no deserte nadie más. Tú no tienes que ir a arreglar las flores, ¿no, Virginia?

—No, acaban de pedirme prestados mis jarrones y floreros más grandes. Pero puedo llevarlos a Corriehill el miércoles.

—¿Cuándo llega Alexa? —preguntó Lucilla.

—El jueves a la mañana. Ella y Noel harán el viaje de noche. Noel no puede salir antes. Y por supuesto, traen al perro de Alexa. De manera que todos ellos estarán en el picnic, Vi.

—Tendré que anotar todo esto —respondió Vi—, de otro modo llevaré demasiada comida, o demasiado poca. —Se inclinó sobre la mesa y miró hacia el extremo para encontrar la mirada de Henry. La expresión de Henry era sombría. No le gustaba que la gente hablara del cumpleaños de Vi sabiendo que él no estaría allí. Vi dijo: —Enviaré dos porciones de torta por correo, una para Hamish y otra para Henry.

—Bien, trata de que sea una torta que no chorree. —Hamish logró juntar una última cucharada de almíbar de su plato. —Una vez mamá mandó una torta y la crema se salía del paquete y la preceptora estaba furibunda. Tiró todo a la basura.

—¡Qué vieja maldita! —comentó Pandora con simpatía.

—Es una vaca. Mamá, ¿me das un poco más?

—Sí, pero primero pásalo para que se sirvan los demás.

Hamish se levantó a hacerlo, con una fuente en cada mano.

—Nosotros tenemos un pequeño problema —anunció Lucilla. Todos la miraron, interesados en saber de qué se trataba, pero no especialmente preocupados. —Jeff no tiene qué ponerse. Me refiero al baile.

Todos los ojos se volvieron hacia Jeff, que había hablado muy poco durante la comida. Parecía algo avergonzado y sintió como un alivio que se aproximara Hamish para ofrecerle otra porción de postre. Hundió la cuchara en lo que quedaba de las moras.

—Cuando salí de Australia, nunca se me ocurrió que me invitarían a una fiesta de etiqueta —explicó—. Además no había espacio en mi mochila para esa clase de ropa.

Todos consideraron el problema.

—Yo te prestaría mi chaqueta —dijo Archie—, pero tengo que ponérmela yo.

—Tu chaqueta no le serviría a Jeff, papá —dijo Lucilla.

—Podría alquilar uno. Hay lugares en Relkirk...

—Ay, papá, son terriblemente caros.

Archie se sintió incómodo.

—Perdón, no sabía...

Edmund, sentado frente al australiano, lo contempló.

—Somos más o menos de la misma talla. Si quieres, yo te prestaré algo.

Violet se sorprendió al oír esto. Estaba sentada junto a su hijo y se volvió para mirarlo. Él no pareció percibir la aguda mirada de su madre, y su perfil, sereno y sin sonrisas, no revelaba nada. Tratando de analizar su nada maternal asombro, Violet se dio cuenta de que, en verdad, nunca había esperado que Edmund hiciera una propuesta tan amable e impetuosa.

Pero, ¿por qué? Era su hijo, el hijo de Geordie. Violet sabía que, cuando se trataba de cosas importantes, él era sin duda generoso, tanto con su tiempo como con su dinero; era amable y considerado. Violet podía acudir a él, y muchas veces lo había hecho, sabiendo que enfrentaría cualquier dificultad para resolver un problema o ayudarla a tomar una decisión.

Pero con las cosas pequeñas... con las cosas pequeñas era diferente... cuando se trataba de pequeños gestos, de palabras tiernas, de un regalito que apenas costara unos peniques y un momento de tiempo, pero que valía sólo por haber pensado en él. Sus ojos vagaron por la mesa y se fijaron en el grueso brazalete de oro que llevaba Virginia. Edmund se lo había regalado (y Violet prefería no saber cuánto había costado) como si fuera un tubo de pegamento, para reparar el desacuerdo. Pero cuánto mejor hubiera sido que no se hubieran peleado, y se hubieran ahorrado semanas de infelicidad.

Y ahora le ofrecía un favor a Jeff, el novio de Lucilla. No le costaría mucho, pero lo había ofrecido tan espontáneamente, que le recordó a Geordie. Lo cual debía llenarla de placer, pero no era así, porque no podía recordar cuándo había sido la última vez que había visto en Edmund alguna de las características de su noble padre.

Jeff parecía tan desconcertado como Violet.

—No, no quiero molestar. Alquilaré algo.

—No es ningún sacrificio. En Balnaid tengo algunas prendas que no uso. Pruébatelas, a ver cómo te van.

—Pero, ¿no las necesitarás tú?

—Yo iré ataviado con el *kilt*, como el hombre de la lata de galletitas.

Pero Lucilla estaba profundamente agradecida.

—Eres un santo, Edmund. ¡Qué alivio! Ahora sólo debo buscar algo que ponerme yo.

—Isobel y yo vamos a ir a comprar cosas lindas en Relkirk —dijo Pandora—. ¿Por qué no vienes tú también?

Para sorpresa de todo el mundo, Lucilla respondió:

—Me encantaría. —Pero la sorpresa duró poco. —En Relkirk hay un mercado maravilloso, y un puesto lleno de ropa de encaje de la década del 30. Seguro que allí encontraré algo.

—Sí —respondió su madre—, estoy segura de que encontrarás algo.

—Eres una bestia, papá. Me mandaste hasta los rododendros.

—Quería quitarte del camino.

—No hacía falta que me mandaras tan lejos.

—Sí hacía falta. Juegas demasiado bien como para que te deje cerca del aro. Ahora, Virginia, tú tienes que llegar justo aquí.

—¿A qué hoja de pasto te refieres?

Los invitados de Isobel, después de una taza de café, se dispersaron amigablemente. Los chicos abandonaron el Scalectric y se fueron a jugar a la casita del árbol de Hamish, y a hamacarse en el trapecio. Isobel llevó a Vi a ver el cantero que bordeaba su jardín, del que estaba muy orgullosa... No era tan grande e imponente como en épocas pasadas, pero todavía era digno de ser mostrado, y podía admirar a la gente. Archie, Virginia, Lucilla y Jeff habían decidido aprovechar el trabajo de Hamish y se dedicaban a un estimulante partido de cróquet. Edmund y Pandora los contemplaban, sentados en una vieja hamaca, en lo alto de la verde orilla del río.

La tarde se había puesto agradable y ventosa. Las nubes navegaban por el cielo, pero entre ellas había pedazos de azul, y cuando salía el sol, la temperatura se ponía muy cálida. A pesar de ello, Pandora, al salir al jardín, había tomado del guardarropa de Archie una vieja chaqueta de caza de color caqui, con forro de tweed peludo. Envuelta en este abrigo, se había sentado con las piernas recogidas bajo su cuerpo. De vez en cuando, Edmund le daba impulso a la hamaca para que se meciera. Necesitaba aceite; chirriaba terriblemente.

Un gemido llegó desde los rododendros.

—No puedo encontrar la maldita pelota y me lastimé con un espino.

—Dentro de un segundo, va a haber problemas —comentó Edmund.

—Siempre es así. Es un juego letal.

Callaron y siguieron hamacándose suavemente.

Virginia dio un golpe a su pelota, que rodó plácidamente casi cuatro metros más allá del lugar que había indicado Archie.

—Ah, perdona, Archie.

—Le diste demasiado fuerte.

—Nada es más obvio que una frase obvia —sentenció Edmund.

Pandora no dijo nada. La hamaca seguía chirriando.

Miraron en silencio cuando le tocó jugar a Jeff. Pandora preguntó:

—¿Me odias, Edmund?

—No.

—¿Pero me desprecias? ¿Piensas mal de mí?

—¿Por qué habría de pensar mal?

—Porque estropeé todo. Huí con el marido de otra mujer, un hombre que, por su edad, podía ser mi padre. Sin dejar una palabra de explicación, destrozándoles el corazón a mis padres. Y no volví nunca más. Envié ondas de consternación y horror que reverberaron en todo el condado.

—¿Eso sucedió?

—Tú sabes que sí.

—Yo no estaba aquí entonces.

—Claro. Estabas en Londres.

—Nunca supe por qué te habías escapado.

—Me sentía horriblemente mal. No sabía qué hacer con mi vida. Archie se había ido y se había casado con Isobel, y yo lo extrañaba. No encontraba a quién acudir. Luego llegó un poco de diversión, que me parecía muy atractiva y adulta. Muy interesante. Mi ego necesitaba apoyo, y él me lo proporcionó.

—¿Cómo lo conociste?

—Ah, en alguna fiesta. Tenía una esposa con cara de caballo, que se llamaba Gloria, per ella salió al galope cuando supo lo que estaba pasando. Se fue a Marbella y nunca volvió. Ésa fue otra razón para escaparnos a California.

Lucilla, con algunas hojas en la cabeza, surgió de entre los rododendros y continuó jugando.

—¿Quién ha pasado el aro, y quién no?

Gradualmente la hamaca dejó de balancearse. Edmund le dio otro impulso, y comenzó otra vez. Con los consabidos chirridos.

—¿Eres feliz? —preguntó Pandora.

—Sí.

—Creo que yo nunca he sido feliz.

—Lo lamento.

—Me gustó ser rica, pero no fui feliz. Echaba de menos mi casa, mis perros. ¿Sabes cómo se llamaba el hombre con quien me escapé?

—Creo que nunca me lo dijeron.

—Harold Hogg. ¿Puedes imaginar que alguien se escape con un hombre que se llama Harold Hogg? Después del divorcio, lo primero que hice fue cambiarme el nombre y volver a llamarme Blair. De manera que no conservé su nombre, pero sí gran parte de su dinero. Es una suerte que me haya divorciado en California.

Edmund no respondió.

"Y luego, cuando todo había terminado y yo usaba otra vez el nombre Blair, ¿sabes lo que hice?

—No tengo idea.

—Me fui a Nueva York. Nunca había estado antes allí, no conocía a nadie. Pero me alojé en el hotel más elegante que pude encontrar y luego fui a pasear por la Quinta Avenida sabiendo que podía comprarme todo lo que quisiera. Para mí. Y entonces no compré nada. Eso es algo parecido a la felicidad, ¿verdad, Edmund? Saber que puedes comprarte lo que quieras y luego descubrir que no lo quieres.

—¿Eres feliz ahora?

—Estoy en casa.

—¿Por qué volviste?

—Ah, no sé. Hubo razones. Estaban Lucilla y Jeff para traerme. Quería volver a ver a Archie. Y luego, por supuesto, el irresistible atractivo de la fiesta de Verena Steynton.

—Tengo la sensación de que Verena Steynton tiene poco que ver en esto.

—Tal vez. Pero es una buena excusa.

—No volviste cuando murieron tus padres.

—Eso fue imperdonable, ¿verdad?

—Tú lo dijiste, Pandora. No yo.

—No tuve coraje. Era incapaz de enfrentar los funerales, las sepulturas, las condolencias. No podía enfrentar a nadie. Y la muerte es tan definitiva, así como la juventud es tan dulce... No podía soportar la idea de que todo había terminado.

—¿Eres feliz en Mallorca?

—Allí también tengo un hogar. Lo tuve todos estos años. Y la Casa Rosa es el único hogar que realmente he poseído.

—¿Volverás allá?

Durante todo el tiempo que hablaron, no se habían mirado. En cambio, observaban con manifiesto interés a los jugadores de cróquet. Pero ahora él se volvió a mirarla, y ella también volvió la cabeza, y sus ojos notables, bordeados de negras pestañas, se clavaron en los de él. Tal vez porque ella estaba tan delgada, a Edmund le parecieron más enormes y brillantes que nunca.

—¿Por qué lo preguntas?

—No sé.

—Tal vez tampoco yo lo sé.

Pandora apoyó la cabeza en los desteñidos almohadones rayados y volvió a concentrar su atención en el cróquet. La conversación, por el momento, parecía terminada. Edmund miró a su esposa. Estaba en medio del césped, apoyada en su mazo, mientras Jeff se colocaba para hacer un tiro difícil. Virginia llevaba una camisa a cuadros y una falda corta de denim; sus piernas, largas y bronceadas, estaban desnudas y las zapatillas eran muy blancas. Fuerte y esbelta, estalló en carcajadas ante el frustrado intento de Jeff de hacer pasar la pelota por el aro; irradiaba el tipo de vitalidad que Edmund asociaba con los anuncios de ropa deportiva que aparecían en las revistas, junto con los bronceadores y los relojes Rolex.

"Virginia, mi amor", se dijo Edmund. "Mi vida." Pero por alguna razón, las palabras estaban vacías como encantamientos que nunca tendrían efecto, y Edmund sintió el tormento de la desesperanza. Pandora guardaba silencio. Edmund no podía imaginar qué estaría pensando. Se volvió para mirarla y de inmediato advirtió que se había quedado dormida.

Un tributo a la entretenida compañía de Edmund, que no sabía si enojarse o reírse, y esta saludable reacción ante la perfidia de ella le sirvió para defenderse, por el momento, de la sensación mortal de que había llegado al extremo de la cuerda.

6

Lunes 12

Los lunes por la mañana Edie iba a Balnaid para ayudar a Virginia, y ésta le agradecía que fuera precisamente ese día. Nunca le habían gustado los lunes. Una vez terminado el fin de semana, Edmund se iba, vestido con su traje de ciudad. Partía a las ocho, para llegar a Edimburgo y a su edificio antes de lo peor de la hora pico. Su partida dejaba un vacío, una chatura, una sensación de anticlímax, y siempre era un esfuerzo volver una vez más a la vida de todos los días y enfrentar las tediosas obligaciones para que la casa siguiera funcionando. Pero oír el golpe de la puerta del fondo cuando entraba Edie siempre hacía todo, instantáneamente, un poco más tolerable. Saber que Edie estaba allí. Alguien con quien hablar, con quien reírse, alguien que pasara el plumero en la biblioteca y la aspiradora para quitar los pelos de perro de la alfombra del hall. El tintineo que llegaba desde la cocina era reconfortante. Edie, que lavaba los platos del desayuno, cargaba el lavarropas con los montones de ropa sucia del fin de semana, les hablaba a los perros.

—Vamos, no se pongan debajo de mis pies, o les pisaré la cola.

Virginia, en el dormitorio, cambiaba las sábanas de la gran cama de dos plazas, su tarea habitual de los lunes por la mañana. Henry había salido a hacer compras. Su madre le había dado cinco libras y lo había mandado al pueblo para que comprara en el negocio de la señora Ishak la cantidad permitida de golosinas, chocolates y galletitas que podía llevar a Templehall en su bolso, y que debían durarle todo el cuatrimestre. Era la primera vez que Henry recibía tanto dinero para comprar golosinas, y la novedad lo había apartado momentáneamente del pensamiento de que al día siguiente se iría por primera vez de casa. Ocho años, y ya se iba. No para siempre, claro. Pero Virginia sabía que cuando volviera a verlo, sería un Henry distinto, porque habría visto, hecho y aprendido cosas completamente disociadas de la vida de su madre. Mañana se iba. El primer día de diez años de separación regular de sus padres y su casa. El comienzo de su pasaje a otra edad, de su alejamiento de ella.

Virginia dobló las fundas de las almohadas. Sólo les quedaban veinticuatro horas para estar juntos. Durante todo el fin de semana, había tratado de apartar de su mente esta inevitablepartida, como si el martes nunca fuera a llegar. Pensó que Henry había hecho lo mismo, y pensar en su inocencia le oprimió el corazón. La noche anterior, al despedirse de él, se había hecho fuerte para contener un torrente de lágrimas y lamentaciones. *Se acabó el fin de semana. Nuestro último fin de semana juntos. No quiero ir al colegio. No quiero dejarte.* Pero Henry simplemente le dijo que le había gustado jugar con Hamish, y que había estado colgado de una sola pierna del trapecio de Hamish; luego, agotado por la actividad del día, se había quedado instantáneamente dormido.

Virginia puso en la cama sábanas limpias y planchadas. "Soportaré el día de hoy y haré que sea divertido para él", se dijo. "Y luego, de alguna manera, soportaré el día de mañana. Cuando Edmund se haya llevado a Henry, cuando se hayan alejado y ya no oiga el motor del auto, trataré de buscarme alguna tarea entretenida, provechosa. Iré a ver a Dermot Honeycombe y pasaré horas eligiendo un regalo para Katy Steynton. Algo de porcelana, o una lámpara antigua, o tal vez algo de plata de Georgia. Escribiré una larga carta a los abuelos. Ordenaré el armario de la ropa de cama, coseré botones a las camisas de Edmund... Y luego Edmund volverá a casa, y entonces habrá pasado lo peor, y podré empezar a contar los días hasta que Henry vuelva para su primer fin de semana en casa."

Virginia hizo un bulto con las sábanas usadas y lo arrojó al descanso de la escalera, luego guardó alguna ropa y zapatos, enderezó un almohadón. Sonó el teléfono. Fue a atenderlo y se sentó en el borde de la cama recién hecha.

—Balnaid.

—Virginia...

Era Edmund. ¿A las nueve de la mañana?

—¿Estás en la oficina?

—Sí, llegué hace diez minutos. Escucha, Virginia. Tengo que ir a Nueva York.

Ella no se perturbó especialmente. Los vuelos de Edmund a Nueva York eran un hecho habitual.

—¿Cuándo?

—Ahora, hoy. Tomo el primer puente aéreo a Londres. Esta tarde salgo de Heathrow.

—Pero...

—Estaré de regreso en Balnaid el viernes, a tiempo para la fiesta, probablemente alrededor de las seis de la tarde. Más temprano, si puedo.

—Quieres decir... —Era difícil captar lo que le estaba diciendo. —... ¿quieres decir que estarás afuera toda la semana?

—Así es.

—Pero... las maletas... la ropa... —Esto era ridículo porque ella sabía que Edmund tenía ropa de repuesto en el departamento en Moray Place, con trajes, camisas y ropa interior adecuadas para cualquier ciudad y cualquier clima.

—Haré eso aquí.

—Pero... —El significado real, la verdad de lo que él estaba diciendo, saltó por fin. *"No puede hacerme esto."* La ventana del dormitorio estaba abierta y el aire que entraba no era frío, pero Virginia, encogida junto al teléfono, temblaba. Vio los nudillos de su mano que oprimía el receptor: se estaban poniendo blancos. —Mañana es martes —dijo—. Tienes que llevar a Henry a Templehall.

—No puedo.

—Lo prometiste.

—Tengo que ir a Nueva York.

—Puede ir algún otro. Tú no puedes ir.

—No hay ningún otro que pueda ir. Hay una situación de pánico y debo ir yo.

—Pero tú lo prometiste. Dijiste que llevarías a Henry. Te dije que era lo único que yo no haría. Fue mi condición y la aceptaste.

—Lo sé, y lo lamento. Pero lo que ha sucedido está más allá de mi control.

—Manda a otro a Nueva York. Tú eres el jefe. Manda a alguien de menos jerarquía.

—Es porque soy quien soy que debo ir yo.

—¡Eres quien eres! —Oyó su propia voz, severísima. —Edmund Aird, no piensas en otra cosa que en ti mismo y en tu odioso trabajo. Sanford Cubben. Odio a Sanford Cubben. Me doy cuenta de que estoy muy abajo en tu lista de prioridades, pero pensé que Henry estaba un poco más arriba. No sólo me lo prometiste a mí, se lo prometiste a Henry. ¿Eso no significa nada?

—No prometí nada. Sólo dije que lo llevaría, y ahora no puedo.

—A eso yo lo llamo un compromiso. Si hubieras hecho un compromiso así en tu trabajo, te matarías por cumplirlo.

—Virginia, sé razonable.

—¡No seré razonable! No me quedaré aquí sentada escuchándote mientras me pides que sea razonable. Y no llevaré a mi hijo a una escuela a la que, en primer lugar, nunca quise que fuera. Es como si me pidieras que llevara un perro al veterinario para que lo mate. ¡No lo haré!

Ahora hablaba como una verdulera, y no le importaba. Pero la voz de Edmund, que seguía, como de costumbre, fría y desapasionada, había logrado enfurecerla.

—En ese caso, te sugiero que llames a Isobel Balmerino y le pidas que lleve a Henry. Ella llevará a Hamish. Tendrá lugar para Henry.

—Si piensas que le voy a largar a Henry a Isobel...

—Entonces, tendrás que llevarlo tú.

—Eres un hijo de puta, Edmund. Lo sabes, ¿verdad? Te portas como un egoísta hijo de puta.

—¿Dónde está Henry? Me gustaría hablar con él antes de irme.

—No está aquí —respondió Virginia con cierta maligna satisfacción—. Fue a comprar sus golosinas al negocio de la señora Ishak.

—Bien, cuando vuelva a casa, dile que me llame a la oficina.

—Puedes llamarlo tú. —Y después de esta dura frase final, colgó el receptor de un golpe y puso fin al desgraciado diálogo.

Sus gritos habían llegado a la cocina.

—¿Qué pasaba? —preguntó Edie, volviéndose desde la pileta mientras Virginia entraba como una tromba, con los brazos cargados de ropa de cama usada, cruzaba a grandes pasos la cocina hacia la puerta abierta del lavadero y arrojaba el bulto cerca del lavarropas.

—¿Algún problema?

—Muchísimos problemas. —Virginia apartó una silla de la mesa y se sentó, con los brazos cruzados y la expresión endurecida. —Era Edmund. Se va a Nueva York *hoy. Ahora*. Y estará afuera una semana, y me había prometido... me había prometido, Edie... que mañana llevaría a Henry al colegio. Le dije que era lo único que yo no haría. Desde el comienzo, odio la idea de Templehall, y la única razón por la que finalmente cedí fue que Edmund prometió llevar a Henry mañana...

Edie sabía lo que era un ataque de furia. Dijo con tono razonable:

—Bueno, supongo que a los hombres de negocios importantes les suceden estas cosas.

—Sólo a Edmund. Otros hombres manejan sus cosas sin ser tan horriblemente egoístas.

—¿No quiere llevar usted misma a Henry?

—No, no quiero. Es lo último que quiero hacer en la vida. Es inhumano que Edmund espere eso de mí.

Mientras exprimía el trapo, Edie consideraba el problema.

—¿No puede pedirle a Lady Balmerino que lleve a Henry junto con Hamish?

Virginia no dejó entrever que Edmund ya había hecho esta sensata sugerencia y había recibido una dura respuesta.

—No sé. —Lo pensó. —Supongo que sí —admitió de mala gana.

—Isobel es muy comprensiva. Y ella también ha pasado por esto.

—No, ella no. —Edie se dio cuenta de que no había cosa que pudiera parecerle bien a Virginia. —Hamish nunca fue como Henry. A Hamish se lo puede mandar a la Luna, y su única preocupación sería quién va a darle su próxima comida.

—Eso es cierto. Pero yo, en su lugar, hablaría con Isobel. Es inútil que se ponga así, si no hay nada que hacer. No hay que...

—Ya sé, Edie. No hay que pedirle peras al olmo.

—Así es —respondió plácidamente Edie, y fue a poner agua a hervir para hacer té. Una taza de té era lo indicado. No había nada, en momentos de estrés, como una taza de té caliente.

Estaban tomándolo cuando volvió Henry, con un envoltorio lleno de cosas ricas.

—¡Mira, mami! —Vació el contenido sobre la mesa de la cocina. —Mira, Edie, Mars Bars, y Smarties, y el Dairy Milk de Cadbury, y Jellybabies, y masitas Jaffa, y chocolates, y toffees, y Rolos; y la señora Ishak me regaló un chupetín. ¿Puedo comerlo ahora?

Edie examinó el botín.

—Espero que no te los comas todos juntos o se te caerán todos los dientes.

—No. —Ya estaba desenvolviendo el chupetín. —Tienen que durar mucho.

La furia de Virginia ya había disminuido mucho. Rodeó a Henry con su brazo y le dijo con un tono deliberadamente alegre:

—Llamó papá.

Henry no abandonó el chupetín.

—¿Qué dijo?

—Tiene que ir a Norteamérica. Hoy. Sale de Londres esta tarde. De manera que no podrá llevarte a la escuela mañana. Pero yo pensé...

Henry dejó de chupar. Desapareció el placer de su cara, y volvió sus enormes ojos aprensivos hacia su madre.

Ella vaciló y luego volvió a empezar.

"... pensé llamar a Isobel y pedirle que te lleve con Hamish...

No continuó. La reacción de Henry ante la noticia fue aún peor que lo que ella había temido. Un gemido de desolación y un inmediato torrente de lágrimas...

—No quiero que me lleve Isobel...

—Henry...

Él se liberó bruscamente del abrazo de su madre y arrojó el chupetín al suelo.

—Yo no voy a ir con Isobel ni con Hamish. Quiero que me lleven mi mamá o mi papá. ¿A ti te gustaría, si tuvieras que ir tú...?

—Henry...

—¿... si tuvieras que ir tú con personas que no son ni tu papá ni tu mamá? Eres muy mala conmigo...

—Te llevaré yo.

—Y Hamish se pondrá terrible y no me hablará porque él es grande. ¡No es justo!

Sollozando furiosamente, dio vuelta y escapó hacia la puerta.

—Henry, yo te llevaré...

Pero se había ido, se oían sus pisadas en la escalera, hacia el santuario de su habitación. Virginia, rechinando los dientes, cerró los ojos y deseó poder cerrar también los oídos. Llegó el golpe mortal de la puerta del cuarto de Henry, que se cerraba. Luego, silencio.

Virginia abrió los ojos y miró a Edie, quien dejó escapar un largo suspiro.

—Ay, Dios mío, Dios mío.

—Nada que hacer con esa brillante idea.

—Pobrecito. Está alterado.

Virginia apoyó el codo en la mesa y se pasó una mano por los cabellos. De pronto, la situación se había convertido en algo que era más de lo que podía soportar.

—Esto es lo último que esperaba que sucediese. —Sabía, como sabía Edie, que las rabietas de Henry, aunque no eran frecuentes, lo dejaban vulnerable e hipersensible durante horas. —Yo quería que éste fuera un buen día, no un día horrible. Nuestro último día juntos... Y ahora Henry lo va a pasar con accesos de llanto y echándome la culpa de todo. Como si lo que pasa no fuera ya bastante malo. Maldito Edmund. ¿Qué hago, Edie?

—¿Qué le parece si vengo esta tarde y le quito a Henry de encima? Conmig nunca está tan mal. ¿Usted ya terminó con sus maletas? Bien, yo podría terminar con eso y cualquier cosita que quede por hacer, y él tendrá tiempo de andar por allí y reponerse. Un día tranquilo, eso es lo que necesita.

—Ay, Edie. —Virginia estaba llena de agradecimiento y cariño. —¿De veras haría eso?

—No hay problema. Eso sí, tendré que volver a casa a ocuparme de Lottie, darle la comida, pero volveré a eso de las dos.

—¿Lottie no puede prepararse sola la comida?

—Sí, pero desordena mucho, quema las cacerolas y deja la cocina imposible. Prefiero hacerlo yo misma.

Virginia estaba arrepentida de su conducta.

—Ay, Edie, usted hace tanto, lamento haberle gritado.

—Por suerte estaba aquí para que me gritara. —Se paró sobre sus piernas hinchadas. —Bien, debo continuar, o no haremos todo a tiempo. Usted suba y hable con Henry. Dígale que puede pasar la tarde conmigo, y que lo que yo realmente deseo es que me regale uno de sus lindos dibujos.

Virginia encontró a Henry tal como esperaba: metido bajo el cobertor de *duvet*, con Moo.

—Perdóname, Henry —le dijo.

Sacudido por enormes sollozos, Henry no contestó. Virginia se sentó en su cama.

"Fue tonto sugerirte eso. Papá me lo sugirió a mí, y en ese momento, me pareció tonto. Ni siquiera tenía derecho a mencionártelo. Por supuesto que no irás con Isobel. Irás conmigo. Yo te llevaré en el auto.

Esperó. Después de un rato, Henry se tendió de espaldas. Tenía la cara hinchada y mojada de lágrimas, pero parecía que el llanto había cesado.

—No me importa tanto Hamish, pero quiero que estés tú.

—Estaré. A lo mejor llevamos nosotros a Hamish. Sería bueno para Isobel. Le ahorraríamos un viaje.

Henry se sonó la nariz.

—Está bien.

—Edie volverá después del almuerzo. Dijo que le gustaría pasar la tarde contigo. Quiere que le dibujes algo.

—¿Ya guardaste mis marcadores?

—Todavía no.

Henry extendió los brazos, y Virginia lo recibió y lo abrazó fuerte, acunándolo, besándole la cabeza. Al rato, él salió de debajo de la colcha, tomó el pañuelo y volvió a sonarse la nariz.

Sólo entonces Virginia recordó el mensaje de Edmund.

—Papá quería que lo llamaras. Está en la oficina. Tú sabes el número.

Henry fue al dormitorio de sus padres para hablar por teléfono, pero Virginia se había acordado tarde; Edmund ya no estaba.

El cuarto de juegos estaba tranquilo y cálido. Entraba el sol por las amplias ventanas, y la brisa hacía que las ramas de vistaria golpearan suavemente contra los vidrios. Sentado ante la gran mesa, en el centro de la habitación, Henry dibujaba. Edie estaba sentada junto a la ventana, cosiendo la última cintita con el nombre en las medias nuevas. Por las mañanas, para trabajar, Edie se ponía la ropa más vieja y un delantal, pero ahora, a la tarde, había aparecido muy elegante, con su nuevo cárdigan lila. Henry se sintió muy halagado, porque sabía que sólo se lo ponía para las grandes ocasiones. En cuanto llegó, Edie armó la tabla de planchar y planchó toda la ropa lavada esa mañana, recién descolgada de la soga. Ahora la ropa estaba apilada, impecable y doblada, en el otro extremo de la mesa, y emanaba un agradable aroma.

Henry dejó el marcador y buscó en la caja de lápices.

—¡Caramba! —dijo.

—¿Qué pasa, mi amor?

—Necesito un bolígrafo. Dibujé personas y globos que les salen de la boca, y ahora tengo que escribir lo que dicen dentro de los globos.

—Busca en mi bolso. Hay una lapicera allí.

El bolso estaba en una silla, junto a la chimenea. Era grande, de cuero, y estaba lleno de cosas importantes: el peine, el abultado monedero de las compras domésticas, la chequera de la pensión a la vejez, la libreta de ahorro postal, el abono de ferrocarril, el pase para viajar en ómnibus y un horario de ómnibus, de Relkirkshire Bus Company. Mientras buscaba la lapicera, Henry vio este librito. Sin saber por qué, se le ocurrió que sería muy conveniente tener uno. Edie probablemente tendría otro en su casa.

Miró a Edie. Estaba concentrada en la costura, con la blanca cabeza inclinada. Henry sacó el librito del bolso y se lo metió en un bolsillo de los jeans. Encontró la lapicera, cerró el bolso y volvió a su tarea.

Enseguida Edie preguntó:

—¿Qué quieres para el té?

—Croquetas de queso.

El negocio de antigüedades de Dermot Honeycombe estaba en el extremo más alejado de la calle principal del pueblo, más allá del portón de entrada a Croy, y al pie de una suave pendiente que bajaba desde el camino hasta el río. En otra época, había sido la herrería del pueblo, y la casa donde vivía Dermot, la vivienda del herrero. La casa de Dermot era bastante pintoresca. Había macetas de begonias junto a la puerta, y tenía ventanas con rejas y techo de paja espesa. Pero el negocio seguía como siempre había sido, con sus paredes de piedra oscura y sus vigas ennegrecidas. Había un patio de adoquines donde, en otros tiempos, los pacientes caballos de granja esperaban que les pusiesen las herraduras, y allí Dermot había colocado el cartel que anunciaba su negocio, en un costado de un viejo carro pintado de azul: DERMOT HONEYCOMBE ANTIGÜEDADES. Quedaba muy bonito estampado allí, nadie podía dejar de mirarlo y atraía muchos clientes. Además, el carro servía para atar a los perros. Virginia anudó los extremos de las correas de los Spaniel a una de las ruedas. Allí se quedaron los perros, con aire de reproche.

—Enseguida vuelvo —les dijo Virginia.

Los perros movieron sus colas mochas, e hicieron que Virginia se sintiera una asesina por la forma en que la miraron, pero ella los dejó, cruzó el patio y entró en la antigua herrería. Allí estaba Dermot, en su diminuta oficina llena de papeles, hablando por teléfono. El negocio estaba atestado de trastos. Sillas apiladas sobre las mesas que, a su vez, estaban sobre una cómoda. Enormes roperos. Ollas para hacer manteca, otras para hacer jalea, pilas de piezas sueltas de porcelana, defensas para chimenea, esquineros, rieles para cortinas, almohadones, cortes de terciopelo, alfombras gastadas. Había olor a humedad y a moho, y Virginia tuvo un leve estremecimiento de ansiedad. Las visitas al negocio de Dermot eran siempre una lotería porque nadie sabía (ni siquiera Dermot) qué se podía encontrar allí por azar.

Virginia avanzó cuidadosamente entre las pilas de muebles, con el gran cuidado de quien camina entre pozos. Para sus adentros, ya se sentía más animada. Curiosear era siempre una buena terapia, y Virginia se permitió dejar fuera de su mente a Edmund, los traumas de esa mañana y todo lo que sucedería el día siguiente.

Un regalo para Katy. Su mirada vagaba de uno a otro objeto. Dirigió una mirada apreciativa a una cómoda y a un sillón. Buscó la marca de la plata en una cuchara, revolvió en una caja llena de viejas llaves y picaportes, volvió las páginas de un respetable libro, viejo y estropeado. Encontró una jarrita para crema, de cristal; le quitó el polvo y buscó posibles rajaduras. No las había.

Dermot terminó su conversación telefónica y se acercó a ella.

—Hola, querida.

"Hola, Dermot.

—¿Buscas algo en especial?

—Un regalo para Katy Steynton. —Levantó la jarrita. —Esto es muy bonito.

—Es un encanto, ¿verdad? Una delicia. Me encanta ese azul oscuro.

Dermot era un hombre grueso, de rostro blando y edad madura, pero al mismo tiempo parecía no tener edad. Tenía mejillas rosadas y sus cabellos eran como la pelusa amarilla de la hierba diente de león. Llevaba una gastada chaqueta de corderoy verde, y alrededor del cuello, un pañuelo con lunares rojos, elegantemente anudado.

”Eres la segunda persona que viene hoy a buscar un regalo para Katy Steynton.

—¿Quién más ha venido?

—Pandora Blair. Apareció esta mañana. ¡Qué bueno volver a verla! Cuando la vi pasar por esa puerta, no podía creerlo. Como en los viejos tiempos. ¡Después de todos estos años!

—Ayer almorzamos en Croy.

Virginia pensó en el día anterior; había sido un buen día, de ésos que todos recordarían cuando fuesen viejos y lo único que les quedara fueran las evocaciones. *Fue cuando Pandora volvió de Mallorca; estaba Lucilla, con un joven australiano. No recuerdo su nombre. Y jugamos al cróquet. Y Edmund y Pandora estaban sentados en la hamaca, y Pandora se quedó dormida, y todos nos reímos de Edmund por ser un compañero tan aburrido.*

”Fue allí donde conocí a Pandora.

—Pero claro... Increíble. ¡Cómo vuelan los años!

—¿Qué compró para Katy? No quiero llevarle lo mismo.

—Una lámpara. De porcelana china, y la pantalla la había hecho yo. De seda blanca, forrada de un rosa muy pálido. Después tomamos un café y nos intercambiamos todas las noticias. Se puso muy triste cuando le conté lo de Terence.

—Seguro. —Virginia tenía miedo de que Dermot se deshiciese en un mar de lágrimas, de manera que siguió a toda prisa. —Creo que me llevaré esta jarrita, Dermot. Katy puede usarla para crema o para flores. Ya de por sí es muy bonita.

—Creo que no podrías encontrar nada más lindo. Pero no te vayas, curiosea un poco más...

—Me encantaría, pero estoy paseando los perros. Recogeré la jarra en el camino de vuelta a casa, y te haré un cheque.

—De acuerdo. —Tomó la jarra que le entregaba Virginia y la guió por el sinuoso camino hasta la puerta. —¿Vas al picnic de Vi el sábado?

—Sí. También irá Alexa. Trae a un amigo para el baile.

—¡Ah, qué bien! Hace meses que no la veo. Veré si encuentro a alguien que me cuide la tienda ese día. Y si no, cerraré. Por nada del mundo me perdería el picnic de Vi.

—Espero que sea un buen día.

Salieron al patio soleado. Los perros los vieron y de inmediato se levantaron y enredaron las correas.

—¿Cómo está Edmund? —preguntó Dermot.

—En viaje a Nueva York.

—¡No! ¡Qué cosa! Yo jamás en la vida podría tener un trabajo así.

—No lo compadezcas. A él le encanta.

Virginia desató los perros, saludó con la mano a Dermot y siguió su camino. Dejó atrás las últimas casas dispersas de Strathcroy; caminó algo más de medio kilómetro y llegó al puente que cruzaba el río, en el extremo oeste del pueblo. El puente era antiguo, muy arqueado; en otra época, lo usaban para el ganado. Del otro lado, un sendero ondulado, bordeado de árboles y que seguía las evoluciones del río, llevaba de vuelta a Balnaid.

En lo alto del puente, Virginia se detuvo y soltó los perros para que corrieran en libertad. De inmediato, salieron disparados, con las narices estimuladas por el olor a conejo, y se zambulleron en un matorral de helechos y espinos. De vez en cuando, como para demostrar que no perdían el tiempo, lanzaban llamados de caza, o saltaban muy alto entre los helechos, con las orejas al viento como alas peludas.

Virginia los dejó que retozaran. Eran los perros de caza de Edmund, pacientemente entrenados, inteligentes y obedientes. Un solo silbido y volverían junto a ella. El viejo puente era un buen lugar para un descanso, con el parapeto de piedra entibiado por el sol. Virginia apoyó los brazos en el parapeto y se inclinó para contemplar las aguas, marrones como la turba. En ocasiones, ella y Henry jugaban a arrojar ramitas desde el puente, y luego corrían al otro lado para ver aparecer la primera, la ganadora. A veces, las ramitas no aparecían nunca, detenidas por alguna obstrucción.

Como Edmund.

Sola, con el río por toda compañía, Virginia se sentía lo suficientemente fuerte como para pensar en Edmund, que en esos momentos estaría cruzando el Atlántico, rumbo a Nueva York, atraído como por un imán a un lugar alejado de su esposa y su hijo, cuando más se lo necesitaba en casa. El imán era su trabajo, y ahora Virginia se sentía tan celosa, resentida y sola como si Edmund hubiera ido a encontrarse con una amante.

Lo cual era extraño porque nunca había tenido celos de otras mujeres; nunca se había torturado imaginando infidelidades durante los largos períodos en que Edmund estaba lejos de ella, en ciudades remotas de los confines de la Tierra. Una vez, en broma, le había dicho que no le importaba lo que él hiciese, mientras ella no lo viera. Lo único que importaba era que él siempre volvía a casa. Pero hoy Virginia había colgado el receptor de un golpe, sin despedirse, y se había acordado demasiado tarde de decirle a Henry que le hablara a su padre. Sintió un poco de culpa, y se defendió con sus sentimientos heridos. *La culpa es de él. Que lo medite. Tal vez la próxima vez...*

—Paseando, ¿eh?

No sabía de dónde venía la voz. "Dios mío", pensó Virginia. Dejó pasar unos segundos y luego se volvió lentamente. Allí estaba Lottie, a pocos pasos de ella. Venía del pueblo por el camino que llevaba al puente, el mismo que había seguido Virginia, sin que ella hubiese oído sus pasos. ¿Habría visto a Virginia en la calle desde la ventana de la casa de Edie? ¿Se habría puesto esa horrible boina y el cárdigan verde para seguirla? ¿Habría esperado mientras Virginia estaba con Dermot, y luego se habría escondido para finalmente seguirla, siempre sin ser oída? ¿Qué quería? ¿Por qué molestaba a la gente? ¿Y por qué, más allá de su irritación, Virginia sentía, como un fantasma, la presencia de un resentimiento, un presagio inquietante?

Ridículo. Se repuso. Eran cosas de su imaginación. Lottie era solamente la prima de Edie, ávida de estar con alguien. Con cierto esfuerzo, Virginia adoptó una expresión amigable.

—¿Qué hace por aquí, Lottie?

—El aire libre es de todos, como digo siempre. ¿Mirando el agua? —Se acercó a Virginia para inclinarse sobre el parapeto, como había hecho ella. Pero no era tan alta como Virginia y tuvo que ponerse en puntas de pie y torcer el cuello. —¿Vio peces?

—No buscaba peces.

—¿Estuvo en lo del señor Honeycombe, verdad? Tiene un montón de trastos inservibles. La mayor parte sólo servirían para hacer una fogata. Pero sobre gustos no hay nada escrito. ¿Qué hago por aquí? Salí a dar un paseo, como usted. Me dijo Edie que está sola. Que Edmund se fue a Norteamérica.

—Sólo por unos días.

—¡Qué pena! Por trabajo, ¿no?

—No iría por ninguna otra razón.

—Ah, ¡ja!, eso es lo que usted piensa. Esta mañana vi a Pandora Blair. Qué flaca, ¿no? Como un espantapájaros. ¡Y ese pelo! Teñido, seguramente. La llamé, pero no me vio. Llevaba anteojos oscros. Podríamos haber charlado sobre los viejos tiempos. Yo estaba en Croy, ¿sabe? De criada con cama. Con la vieja señora Balmerino. Era una señora encantadora. Me daba lástima por esa hija, que no era digna de ella. Fue para la época de la boda. ¡Qué trabajo! Había tanta gente alojada en la casa, que no podíamos movernos. Claro que estaba la señora Harris de cocinera, Lady Balmerino no cocinaba. Pasaron unas cuantas cosas, pero seguramente usted las sabe.

—Sí —respondió Virginia, sin saber cómo hacer para quitarse de encima esa desagradable catarata de palabras.

—Apenas había terminado la escuela, Pandora, pero sabía un par de cosas, créame. Sobre los hombres. Hacía con ellos lo que quería, y los dejaba mal. Una pequeña ramera.

Sonreía, y hablaba con tono trivial, casi aprobatorio, de manera que esa palabra arcaica tomó de sorpresa a Virginia, y la impulsó a decir secamente:

—Lottie, creo que no debería decir eso de Pandora.

—Ah, ¿no? —Lottie seguía sonriendo. —No es agradable enterarse de la verdad, claro. Qué bueno que haya vuelto Pandora, dicen todos. Pero yo en su lugar, Virginia, no estaría tan contenta. Ni con su marido ni con ella. Edmund y Pandora fueron amantes. Por eso ha vuelto ella, créame. Ella tenía dieciocho años, y Edmund era el padre de una bebita, pero eso no los detuvo. Eso no fue obstáculo para que él se metiera en la cama de Pandora. En la noche de boda. Todos bailaban, pero ellos no estaban bailando. Ah, no. Estaban en el piso alto, y creían que nadie se daba cuenta. Pero yo me di cuenta. A mí no se me escapa nada. —En las mejillas hundidas de Lottie habían aparecido manchas rosadas, y sus ojitos negros parecían clavos martillados profundamente en su rostro. —Yo los seguí. Me paré detrás de la puerta. Estaba oscuro. Yo oí. Nunca había oído nada igual. Usted no lo sabía, ¿verdad? Ese Edmund es de piedra. Nunca dejó sospechar nada. Ni una palabra. Los demás, lo mismo. Todos sabían. Era obvio, ¿no? Edmund de vuelta en Londres y Pandora encerrada en su cuarto, sin querer ver a nadie, con la cara hinchada de llorar, negándose a comer. ¡Y la forma en que le contestaba a la madre! Pero, por supuesto, ellos son todos muy reservados. Por eso me echó Lady Balmerino. No me quería en la casa. Yo sabía demasiado.

Y seguía sonriendo. Acalorada por el entusiasmo. Loca. "Debo conservar la calma", se dijo Virginia.

—Lottie, creo que todo esto es un invento —dijo.

La actitud de Lottie cambió de una manera curiosamente repentina.

—Ah, ¿sí? —La sonrisa se borró de su cara. Retrocedió un poco y la enfrentó como si estuvieran a punto de trabarse en una pelea física. —¿Y por qué piensa que su marido, de repente, se fue a Norteamérica? Pregúntele cuando vuelva, y no creo que le guste su respuesta. Lo siento por usted, ¿sabe? Porque la toma por tonta, lo mismo que a su primera esposa, pobre. Ese hombre no tiene decencia.

Y luego, bruscamente, todo terminó. Una vez que largó su veneno, Lottie se quedó ensimismada. Desapareció el color de sus mejillas. Frunció los labios, desprendió una ramita de su cárdigan, metió un mechón de pelo debajo de la boina. Su expresión se tornó complaciente, como si ahora todo estuviese bien, y parecía concentrada en acicalarse.

—Es mentira —dijo Virginia.

Lottie torció la cabeza y soltó una risita.

—Pregúntele a cualquiera de ellos.

—Es mentira.

—Diga lo que le parezca. A mí pueden hacerme pedazos...

—No diré nada.

Lottie se encogió de hombros.
—En ese caso, ¿para qué se ofusca?
—Yo no diré nada y usted miente.
El corazón le daba saltos y le temblaban las rodillas. Pero le diola espalda a Lottie y echó a andar, con firmeza y sin prisa, sabiendo que Lottie la miraba, decidida a no darle satisfacción. Lo peor fue no mirar nunca hacia atrás. Sentía hormigueos en la cabeza por la aterrorizada aprensión, el miedo de sentir que en cualquier momento Lottie podía saltar sobre sus hombros y tirarla al suelo con toda la fuerza sobrehumana de los monstruos con garras de las pesadillas infantiles.
Pero no sucedió nada de eso. Al llegar a la otra orilla del río, se sintió un poco mejor. Recordó a los perros y frunció los labios para silbarles, pero tenía la boca y los labios demasiado secos para silbar, y tuvo que probar otra vez. Le salió apenas un breve sonido, pero los Spaniel de Edmund estaban cansados de tanto perseguir conejos para nada y aparecieron casi de inmediato corriendo como una tromba hacia ella desde los helechos, con hojas de pasto y ramitas de espino en la pelambre.
Virginia nunca se había alegrado tanto de verlos, agradecida por su inmediata obediencia.
—Mis buenos perros. —Se detuvo a acariciarlos. —Así me gusta, que vengan enseguida. Es hora de ir a casa.
Los perros corrían por el sendero, delante de ella. Virginia dejó atrás el puente y fue tras ellos, con paso siempre deliberadamente lento. No se permitió mirar hacia atrás hasta llegar a la curva del río, donde también el sendero hacía una curva, bajo los árboles. Allí se detuvo y se dio vuelta. Todavía se veía el puente, pero no había señales de Lottie.
Se había ido. Asunto terminado. Virginia inspiró profundamente y soltó el aire con un gemido que no estaba lejos del pánico. Luego el pánico la invadió y, sin sentir vergüenza, echó a correr hacia la casa. Hacia Edie, hacia Henry, hacia el santuario de Balnaid.

• • •

Vuelta al comienzo.

Es mentira.

Las dos de la mañana y Virginia todavía estaba despierta, con los ojos muy abiertos, irritados por la fatiga, en la suave oscuridad. Había dado vueltas y vueltas, había sentido demasiado calor y después frío, había luchado con las almohadas, deformadas a fuerza de recibir sus golpes. De vez en cuando, bajaba de la cama, iba a buscar un vaso de agua, bebía, trataba nuevamente de dormir.

De nada servía.

En el otro lado de la cama, del lado de Edmund, Henry dormía como un bendito. Virginia, quebrantando como en un desafío las reglas más estrictas de Edmund, se había llevado a su hijo a dormir en la cama matrimonial. Cada tanto, como para sentirse más segura, extendía una mano para tocarlo, para sentir su suave respiración, su calor a través de la franela del pijama rayado. En la enorme cama, Henry parecía apenas un bebé.

Hacía con ellos lo que quería, y los dejaba mal. Una pequeña ramera.

Virginia no podía sacarse de la cabeza la terrible escena. Las palabras de Lottie sonaban una y otra vez como en un viejo disco rayado, gastado de tanto escucharlo. Vueltas y vueltas de tormento que no cesaban nunca, que nunca llegaban a ninguna conclusión.

Fueron amantes. Edmund estaba casado, era el padre de una bebita.

Edmund y Pandora. Si era cierto, Virginia sabía que no lo había imaginado ni sospechado por un solo instante. En su inocencia, no había buscado evidencias, no había encontrado ningún significado especial en las palabras casuales de Edmund, en su tranquila conducta. "Ha llegado Pandora", le había dicho mientras se servía una copa e iba a buscar hielo a la heladera. "Nos invitan a almorzar en Croy." "¡Qué bien!", había respondido Virginia, y había seguido friendo hamburguesas para la cena de Henry. Pandora era simplemente la hermana errante de Archie, que había vuelto de Mallorca. Y cuando tuvo lugar el gran reencuentro, Virginia no prestó atención al beso fraternal que Edmund le dio a Pandora en la mejilla, n a las risas de los dos y el comprensible afecto del saludo. Y en cuanto al resto del día, Virginia se interesó más en el partido de cróquet que en preguntarse de qué estarían hablando Edmund y Pandora, sentados en la hamaca.

¿Y qué importaba de qué habían estado hablando? Seamos sensatos. ¿Y qué si tuvieron un romance salvaje e impetuoso y terminaron en la cama de Pandora? A los dieciocho años, Pandora debía de haber sido sensacional, y Edmund estaría en el pináculo de su virilidad. No estamos en el siglo XIX, el adulterio ya no se llama adulterio sino relación extramatrimonial. Además, todo habría sucedido mucho tiempo atrás. Más de veinte años. Y Edmund no le había sido infiel a Virginia, sino a su primera esposa, Caroline. Y Caroline había muerto. De manera que no importaba. No había que atormentarse por nada. Nada...

Todos sabían. Pero son todos muy reservados. No me querían allí. Yo sabía demasiado.

¿Quiénes sabían? ¿Archie? ¿Isobel? ¿Vi? ¿Y Edie? Porque si sabían, habrían estado observando, temiendo quizá que todo volviera a suceder. Vigilando a Edmund y a Pandora. Observando a Virginia, con una piedad en la mirada que ella no había percibido. ¿Se preocupaban por Virginia como se habrían preocupado por Caroline? ¿Hablaban entre ellos, como conspiradores, todos de acuerdo en no decirle la verdad a la segunda esposa de Edmund? Porque si así era, la habían traicionado, y eran las personas que más cercanas sentía y en quienes más confiaba.

¿Y por qué piensa que su marido, de repente, se fue a Norteamérica? La toma por tonta, lo mismo que a su primera esposa, pobre.

Eso era lo peor. Ésas eran las dudas más temibles. Edmund no estaba. ¿Realmente había tenido que irse así, o Nueva York era sólo una excusa inventada para alejarse de Balnaid y de Virginia, y darse tiempo para resolver sus conflictos? Por ejemplo, el conflicto de que amaba a Pandora, que siempre la había amado, y ahora ella había vuelto, tan bella como siempre, y otra vez Edmund estaba atrapado en un matrimonio con otra mujer.

Edmund tenía cincuenta años, una edad vulnerable por la ansiedad y las crisis de la mitad de la vida. No era hombre de mostrar sus emociones, y la mayor parte del tiempo, Virginia no sabía en qué podía estar pensando. Las dudas de Virginia crecieron en proporciones pavorosas. Quizás esta vez él cortaría por lo sano y huiría, y dejaría a Virginia con su matrimonio y su vida hechos pedazos. Los dejaría, a ella y a Henry, entre los escombros de lo que alguna vez había creído inexpugnable.

Era intolerable pensarlo. Se dio vuelta y hundió la cabeza en la almohada para apartarse de la espantosa perspectiva. No la admitiría. No permitiría que fuera verdad.

Es mentira, Lottie.

Así empezamos. Vuelta al principio.

7

Martes 13

La lluvia era cruel, implacable e inoportuna. Había empezado antes del amanecer, y Virginia se despertó oyendo ese ruido y con un terrible peso en el corazón. Como si las cosas no fueran ya bastante malas ese día sin que los elementos se volvieran en su contra. Tal vez pararía. Pero los dioses no eran propicios y la intensa luvia, que caía con monotonía de un cielo color carbón, continuó durante toda la mañana y la larga tarde.

Ahora eran las cuatro y media e iban camino de Templehall. Como llevaba a los dos chicos con todos sus bártulos (baúles, cajas, mantas, pelotas de rugby y mochilas), Virginia había dejado su pequeño auto en el garaje y conducía el Subaru de Edmund, una camioneta que él usaba cuando iba a campo traviesa o subía una montaña. Virginia no estaba acostumbrada a manejar este vehículo; unido esto a su propia inseguridad, se agudizaba la sensación de tragedia y desesperación que la perseguía desde hacía veinticuatro horas.

Las condiciones para manejar eran pésimas. La poca luz que había ya se había ido; Virginia avanzaba con las luces delanteras encendidas y los limpiaparabrisas funcionando constantemente. Los neumáticos chirriaban en las partes inundadas del camino, y los autos y camiones que venían en dirección contraria levantaban olas de lodo enceguecedor. La visibilidad era casi nula, lo cual era frustrante porque, en condiciones normales, el camino de Relkirk a Templehall mostraba un paisaje excepcional: prósperas tierras de cultivo a ambos lados de un río ancho y majestuoso, famoso por sus salmones, y grandes campos donde se divisaban, a lo lejos, casas enormes.

El ambiente habría estado mejor si hubieran podido ver algo de esto. Comentar un paisaje hermoso, señalar algún pico distante le hubiera dado a Virginia algo de que hablar. De todas maneras, trató de entablar una conversación vivaz con Hamish, esperando sacar así a Henry de su profundo malestar sin palabras, y hasta conseguir que participara. Pero Hamish estaba mal dispuesto. Saber que se había terminado la libertad de las vacaciones de verano ya era bastante malo, pero lo peor era tener que volver al colegio en compañía de un chico nuevo. Un bebé. Así llamaban a los más pequeños. Los bebés. Viajar con un bebé estaba por debajo de la dignidad de Hamish, y lo único que rogaba era que ninguno de sus pares estuviese presente para ser testigo de esta humillante llegada. Él no iba a hacerse responsable de Henry Aird, hecho que aclaró a gritos a su madre mientras ella lo ayudaba a bajar el baúl por la escalera de Croy, y luego achataba con un cepillo sus cabellos ridículamente cortos.

Por lo tanto, había decidido cortar las comunicaciones, y pronto detuvo los avances de Virginia contestándole con una serie de gruñidos neutros. Virginia captó el mensaje, y desde entonces, los tres habían caído en un pétreo silencio.

Virginia deseó no haber traído a ese condenado chico; debía haber dejado que Isobel llevara a su malhumorado hijo. Pero sin la presencia de Hamish, tal vez Henry hubiera sucumbido a sus propias lágrimas, y hubiera llegado a Templehall sollozando y en un estado inadecuado para enfrentar los rigores de su nuevo y atemorizante futuro.

Para Virginia, la perspectiva era casi intolerable. "Odio todo esto", se dijo. "Es aún peor que lo que había imaginado; es inhumano, antinatural, infernal. Y todavía no ha llegado lo peor; más tarde tendré que despedirme de Henry y marcharme y dejarlo allí, entre desconocidos y solo. Odio Templehall, odio al director, y a Hamish Blair, lo estrangularía. Nunca en mi vida tuve que hacer algo que odiara tanto. Odio la lluvia, odio todo el sistema educativo, odio a Escocia, odio a Edmund."

—Hay un auto detrás de nosotros —dijo Hamish—. Quiere pasar.

—Que espere, carajo —respondió Virginia, y Hamish guardó silencio.

Una hora más tarde, Virginia estaba en el mismo camino, conduciendo la camioneta vacía en dirección contraria.

Todo había terminado. Henry ya no estaba. Se sentía entumecida, inexistente, como si el trauma de la separación le hubiera arrebatado su propia identidd. Ahora no pensaría en Henry, porque se pondría a llorar, y la combinación de las lágrimas, la semioscuridad y la lluvia incesante podían hacer que desviara el Subaru de la ruta, o lo estrellara contra un camión de diez toneladas. Imaginó el ruido del choque, su propio cuerpo lanzado como una muñeca rota al costado del camino, las luces de otros autos que se acercaban, los aullidos de las ambulancias y los coches policiales.

No pensaría en Henry. Esa parte de su vida había terminado. ¿Pero qué sucedía con su vida? ¿Qué hacía ella aquí? ¿Quién era? ¿Por qué razón volvía a una casa que estaba oscura y vacía? No quería volver a casa. No quería volver a Strathcroy. ¿Adónde quería ir? A un lugar maravilloso, a millones de kilómetros de Isobel y Archie y Edmund y Lottie y Pandora Blair. Un lugar lleno de sol y paz y sin responsabilidades, donde la gente le dijera que era un encanto y donde pudiera volver a ser joven en lugar de tener cien años como ahora.

Leesport. Claro. Iba hacia un aeropuerto para tomar un avión a Kennedy, luego una limusina a Leesport. Allá no llovería. Haría una temperatura otoñal en Long Island, con cielo azul y hojas doradas y una brisa fresca en la bahía, una brisa que llegaba desde el Atlántico. Leesport, igual que siempre. Las calles anchas, la rotonda, la ferretería y el drugstore, con los chicos en la calle en sus bicicletas. Luego, Harbor Road. Cercos de madera, grandes árboles, molinetes de riego en los jardines. El camino que bajaba hasta el agua, los mástiles de los yates anclados. El portón del country club, y luego la casa de la abuela. Y la abuela en el jardín, fingiendo rastrillar hojas pero en realidad esperando que llegara el auto, para poder estar en la acera en el momento en que se detuviera.

—Querida, has vuelto. —La suave mejilla arrugada, el aroma de White Linnen. —¡Cuánto hacía que no nos veíamos! ¿Viajaste bien? ¡Qué maravilloso volver a verte!

El interior de la casa, los otros olores. A humo del fuego de leños, a bronceador, a cedro, a rosas. Alfombras trenzadas y fundas desteñidas. Cortinas de algodón que se mecen con la brisa en las ventanas abiertas. El abuelo que viene de tomar sol, con los anteojos en lo alto de la cabeza y el *New York Times* bajo el brazo...

—¿Dónde está mi amorcito?

En la húmeda oscuridad, ahora se veían racimos de luces más adelante. Relkirk. Vuelta a la realidad, y Virginia supo que tendría que parar un rato. Necesitaba ir al baño, refrescarse. Entrar en un bar, tomar una copa, sentirse humana otra vez. Necesitaba calor, el sonido almibarado de la música, luces tenues. No tenía sentido apurarse por llegar a casa puesto que allá no había nadie esperándola. Una especie de libertad, quizá. Nadie que se preocupara si llegaba tarde, o quisiera saber lo que estaba haciendo.

Entró en el viejo pueblo. Las calles empedradas estaban mojadas, la lluvia brillaba en los faroles, las aceras estaban llenas de gente que hacía compras o salía de su trabajo, con botas, con impermeables, con paraguas y portafolios, todos apurados por llegar a casa, al lugar acogedor junto a la chimenea, a la mesa del té.

Fue al Kings Hotel porque lo conocía y sabía dónde estaba el *toilette* de damas. Era un edificio antiguo ubicado en el centro de la ciudad, sin estacionamiento propio. Virginia encontró un lugar enfrente y estacionó allí el Subaru, bajo un árbol que chorreaba agua. Mientras cerraba la puerta, vio que un taxi se detenía frente al hotel. Bajó un hombre con impermeable y sombrero de tweed; llevaba un portafolio en la mano, le pagó al conductor y subió la escalinata que llevaba a las puertas giratorias. Desapareció. Virginia esperó que pasara el tránsito, luego cruzó la calle corriendo y entró también ella en el hotel.

El *toilette* estaba en el extremo más lejano del hall. Virginia vio que el hombre se había detendo ante el mostrador de recepción. Se había quitado el sombrero y le sacudía las gotas de lluvia.

—¿Sí? —La recepcionista era una muchacha malhumorada, con gruesos labios rosados y cabello pajizo rizado.

—Buenas noches. Tengo una habitación reservada. Llamé hace una semana, desde Londres.

Un norteamericano. De voz ronca, pero nasal. Algo en él le llamó la atención a Virginia, como si le hubieran tirado de la manga. A mitad de camino hacia el *toilette*, se detuvo a mirarlo. Lo vio de espaldas; alto, de hombros anchos y con cabellos que empezaban a encanecer.

—¿Cómo dijo que se llama?

—No se lo dije, pero mi nombre es Conrad Tucker.

—Ah, sí. Firme aquí, por favor.

—Conrad —dijo Virginia.

Sobresaltado, él se volvió para mirarla. Se miraron. Conrad Tucker. Más viejo, encanecido. Pero era Conrad. Los mismos anteojos con grueso armazón de asta, el mismo bronceado indeleble. Por un segundo, su expresión no cambió; después lentamente, como sin poder creerlo, sonrió.

—Virginia...

—No puedo creerlo...

—Ni yo.

—Me pareció reconocer tu voz.

—¿Qué haces aquí?

La chica de cara hosca no dejaba que la distrajeran.

—Perdón, señor, ¿podría firmar aquí?

—Vivo cerca.

—No sabía...

—¿Y tú?

—Yo estoy...

—¿Cómo va a pagar, señor? —Otra vez la cara de piedra. —¿Con tarjeta de crédito o con cheque?

—Mira, no me va a dejar en paz —dijo Conrad a Virginia—. En cinco minutos me reuniré contigo en el bar y tomaremos una copa, ¿de acuerdo? ¿Tienes tiempo?

—Sí, tengo tiempo.

—Subo a mi habitación, me refresco y estoy contigo. ¿Qué te parece?

—En cinco minutos.

—No más.

Por suerte, el *toilette* de damas, lleno de *chintz* y adornos, estaba vacío. Virginia se había quitado el viejo Barbour abolsado, había ido al baño y ahora miraba su imagen en el espejo, sintiéndose más desorientada que nunca por lo inesperado de su encuentro con Conrad. Conrad Tucker. Hacía doce años o más que no lo veía ni pensaba en él. Y ahora aquí en Relkirk. Venía de Londres, por razones que Virginia no podía imaginar. Lo que sí sabía era que nunca se había alegrado tanto de ver una cara conocida, porque al menos ahora tenía alguien con quien hablar. Aunque no estaba vestida para la ocasión; llevaba blue jeans y una polera gris. El resto no estaba mucho mejor. El cabello, aplastado por la lluvia, y el rostro, sin ningún maquillaje. Vio las finas arrugas en la frente y en las comisuras de los labios, y las ojeras que delataban la noche de insomnio. Sacó un peine de la cartera, se arregló el pelo y se lo recogió en la nuca, con una banda elástica.

Conrad Tucker.

Doce años. Ella tenía veintiuno. Había pasado tanto tiempo, habían sucedido tantas cosas, que se necesitaba cierto esfuerzo para evocar los detalles de aquel verano. Pero se habían conocido en el country club de Leesport. Conrad era abogado y trabajaba en Nueva York con su tío. Tenía un departamento en los East Fifties, pero su padre era dueño de una vieja casa en Southampton, y Conrad había ido a Leesport desde allí para participar en un campeonato de tenis.

Hasta allí se acordaba bien. ¿Cómo había jugado? Eso se había perdido en las nieblas del tiempo. Virginia sólo recordaba que había visto el partido y había gritado por él, y que luego él la buscó y la invitó a tomar una copa, que era exactamente lo que ella quería.

Buscó en vano un lápiz labial en la cartera, pero encontró perfume y se puso un poco.

Fue un buen verano. Conrad aparecía en Leesport casi todos los fines de semana, y había asados a medianoche y festines de almejas cocinadas en la playa de Fire Island. Jugaban mucho al tenis, salían a navegar en la vieja chalupa del abuelo, en las aguas azules de la bahía. Virginia recordaba los sábados a la noche en el club, cuando bailaba con Conrad en la amplia terraza bajo el cielo estrellado y la orquesta tocaba *The Look of Love*.

Una vez, un día de semana, Virginia había ido a la ciudad con su abuela, al Colony Club; habían hecho compras y habían ido a ver un espectáculo. Y Conrad llamó por teléfono y la llevó a cenar a Lespleiades y luego al café Carlyle y se quedaron hasta la madrugada escuchando a Bobby Short.

Doce años. Hacía años luz de todo eso. Virginia recogió la cartera y el Barbour, salió del toilette, subió las escaleras y entró en el bar. Conrad todavía no había reaparecido. Virginia pidió un whisky con soda y compró un atado de cigarrillos, y llevó el vaso a una mesa vacía, en un rincón.

Bebió medio whisky de un sorbo, se sintió estimulada, consolada y algo más fuerte. El día aún no había terminado, pero al menos se le ofrecía una cierta gratificación, y ya no estaba sola.

—Comienza tú, Conrad —dijo Virginia.

—¿Por qué yo?

—Porque antes de decir una sola palabra, debo saber qué haces aquí. ¿Qué te ha traído a Escocia, a Relkirk? Tiene que haber una explicación lógica, pero no se me ocurre cuál.

Él sonrió.

—En realidad, no vine a hacer nada en especial. Me estoy tomando unas largas vacaciones. No diré un año sabático, pero sí una larga licencia.

—¿Sigues con tu trabajo de abogado en Nueva York?

—Sí.

—¿Trabajas con tu tío?

—No. Ahora estoy en la cúpula.

—Te felicito. Adelante.

—Bien... hace seis semanas que estoy viajando. Estuve con varios conocidos en Inglaterra. Somerset, Berkshire, Londres. Luego vine al norte y estuve unos días en Kelso con unos primos lejanos de mamá. Excelente lugar. Buena pesca. Me fui hoy después del almuerzo. Vine en tren.

—¿Cuánto tiempo te quedas en Relkirk?

—Sólo esta noche. Mañana alquilaré un auto y seguiré hacia el norte. Tengo que asistir a una fiesta.

—¿Y dónde es la fiesta?

—En un lugar llamado Corriehill. Pero me van a alojar en otra casa llamada Croy. De la familia...

—Balmerino. Archie e Isobel Balmerino.

—¿Cómo lo sabes?

—Porque son íntimos amigos nuestros. Todos vivimos en el mismo pueblo. En Strathcroy. Y... ¿conoces a Katy Steynton?

—La conocí en Londres.

—Eres el "norteamericano triste". —Esto se le escapó a Virginia sin querer, y lo lamentó.

—¿Cómo dices?

—Perdón, Conrad, no debería haber dicho eso. Es que nadie recordaba tu nombre. Por eso no sabía que eras tú quien venía.

—No entiendo nada.

—El domingo almorzamos con los Balmerino, e Isobel me habló de ti.

Conrad movió la cabeza.

—Sabía que te habías casado, y que te habías casado con un escocés, pero eso es todo. Nunca imaginé que nos encontraríamos así.

—Bien, aquí estoy, soy la señora de Edmund Aird. —*Al menos eso creo.* Vaciló. —Conrad, no quise decir eso. Lo del "norteamericano triste". Es que parecía que Isobel no sabía nada de ti. Excepto que Katy te había conocido en Londres. Y que tu esposa falleció.

Conrad tenía el vaso de whisky en la mano. Lo hizo girar y observó el movimiento del líquido dorado. Un momento después dijo:

—Sí, así es.

—Lo siento muchísimo. ¿Qué le pasó?

—Tuvo leucemia. Estuvo enferma mucho tiempo. Por eso vine, en cuanto falleció.

—¿Cómo se llamaba?

—Mary.

—¿Cuánto tiempo estuviste casado?

—Siete años.

—¿Tienes hijos?

—Una hija, Emily. Tiene seis años. En estos momentos, está con mi madre en Southampton.

—Alejarte... ¿te ha hecho bien?

—Lo sabré cuando vuelva.

—¿Cuándo te vas?

—Durante la semana que viene. —Bebió lo que quedaba del whisky y se levantó. —Traeré la otra mitad.

Virginia lo miró, mientras él, de pie junto a la barra, pedía y pagaba otros dos whiskies; trató de determinar por qué era tan típicamente norteamericano, ya que no mascaba chicle ni llevaba el pelo muy corto. Tal vez por su figura, por los hombros anchos, las caderas angostas, las piernas largas. O la ropa. Los zapatones lustrados, los pantalones de tela rústica, la camisa Brook Brothers y el suéter Shetland con la discreta etiqueta de Ralph Lauren.

Oyó que le pedía unas nueces al barman. Lo hizo en voz baja y muy cortésmente; el barman encontró un paquete y lo vació en un platillo, y Virginia recordó que Conrad nunca alzaba la voz y era siempre muy correcto con cualquiera que estuviese haciendo algo para él. Con los empleados de la estación de servicio, los camareros de los bares, los taxistas, los porteros. El viejo negro que se llevaba la basura y hacía todos los trabajos sucios en el embarcadero de Leesport quería mucho a Conrad, porque éste había averiguado su nombre, que era Clement, y cuando se dirigía a él, siempre lo llamaba por su nombre.

Un hombre bondadoso. Pensó en su esposa muerta; seguramente su matrimonio había sido feliz, y sintió enojo por esa muerte. ¿Por qué la tragedia derramaba siempre su veneno sobre las parejas que no lo merecían, mientras que a otros que vivían haciéndose daño y haciendo daño a los demás no les pasaba nada? Siete años. No era mucho tiempo. Pero al menos, tenía a su hijita. Virginia pensó en Henry, y se alegró de que Conrad tuviera una hija.

Conrad regresaba a la mesa. Virginia se obligó a sonreír. Los whiskies parecían muy oscuros.

—Yo no pensaba tomar más de una copa. Tengo que manejar.

—¿Cuánto?

—Unos treinta kilómetros.

—¿Quieres llamar a tu marido?

—No está en casa. Está en Nueva York. Trabaja en Sanford Cubben. No sé si esa noticia te llegó, o no.

—Creo que lo sabía. ¿Cómo está tu familia?

—Si te refieres a los chicos, no hay familia en casa. Tengo un solo hijo, un varón, y esta misma tarde lo he abandonado para que comience su primer trimestre en una escuela de pupilos. Así he pasado este terrible día. El día más espantoso de mi vida. Por eso entré aquí. Para ir al baño y recuperar coraje antes de seguir adelante. —Hasta a ella misma le sonaron truculentas sus palabras.

—¿Qué edad tiene tu hijo?

—Ocho años.

—¡Dios mío! —Su voz transmitía que le parecía terrible, y eso fue un consuelo para Virginia. Al menos, ésta era un alma gemela, alguien que pensaba igual que ella.

—Es sólo un bebé. Yo no quería que fuera, y luché todo lo que pude, pero el padre no cedió. Es la tradición. La buena tradición antigua de los británicos estirados. Él cree que es lo correcto, y estaba decidido a llevar él mismo a Henry. Pero tuvo que viajar a Nueva York. De manera que tuve que llevarlo yo. No sé cuál de los dos se sentía peor, si Henry o yo. No sé a cuál de los dos le tengo más lástima.

—¿Henry estaba bien? Cuando lo dejaste, cuando tuvieron que despedirse...

—Conrad, no lo sé. Realmente no lo sé. Fue la separación más rápida que se haya visto. Con un *timing* de fracciones de segundo. Ni un momento para quedarse, para derramar una lágrima. Apenas llegué, aparecieron dos tipos fornidos y pasaron todo el equipaje a unos carritos. Y la regente... joven y bonita... tomó a Henry de la mano y se lo llevó para adentro. Creo que ni se dio vuelta a mirarme. Yo estaba allí parada con la boca abierta, dispuesta a ver una escena, y de pronto apareció el director, no sé de dónde, y me dijo: "Adiós, señora Aird". Así que volví al auto y me fui. ¿Sabes una cosa? Me sentía como una gallina muerta en una cinta transportadora. ¿Crees que debí haber protestado?

—No. Creo que hiciste lo correcto.

—No había nada que pudiese mejorar las cosas. —Virginia suspiró, bebió un sorbo de whisky y dejó el vaso. —Al menos, ninguno de los dos hizo un papelón.

—Creo que eso es lo importante. —Sonrió. —Pero tú necesitas componerte un poco más. ¿Por qué no cenamos juntos?

—... Nunca pensé que iba a vivir en Escocia. Para mí, era un lugar donde una venía al final del verano a divertirse un poco, y a algún baile de caza; pero nunca un lugar para pasar el resto de la vida...

El Kings Hotel no era famoso por la comida, pero era un lugar cálido y amistoso, y afuera la oscuridad y la copiosa lluvia no alentaban a salir a la calle en busca de un lugar un poco más sofisticado. Virginia y Conrad ya habían tomado el caldo escocés, y ahora estaban con la carne, las cebollas, las papas fritas y el panaché de verduras. De postre, había torta con crema o una variedad de helados. Con fuerte acento escocés, la camarera les había dicho que la torta estaba excelente.

Conrad había pedido vino, lo cual tal vez fue un error, y Virginia lo estaba bebiendo, un error más grande todavía, porque habitualmente no hablaba tanto, y ahora no podía parar aunque quisiera. Porque Conrad sabía escuchar, y hasta el momento no parecía haberse aburrido. Todo lo contrario, parecía fascinado.

Virginia ya le había hablado de Edmund, y de su primera esposa, y de Vi y Alexa. Le había hablado de Henry, de Balnaid, de la increíble lejanía, no obstante llena de amigos, de su vida en Strathcroy.

—¿Qué pasa allí?

—Realmente nada. Es sólo un pequeño lugar de paso hacia otra parte. Y sin embargo, lo es todo. Ya sabes cómo son las comunidades pequeñas. Tenemos un pub, una escuela, y negocios, y dos iglesias, y un *gay* encantador que vende antigüedades. Siempre se hace algo. Una kermés de baratijas, la inauguración de un jardín, o un festival escolar. —Todo parecía muy aburrido. —Parece espantosamente aburrido —dijo Virginia.

—En absoluto. ¿Quiénes viven allí?

—La gente del pueblo, los Balmerino, el pastor y su esposa, el rector y su esposa, los Aird. Archie Balmerino es el Laird, lo cual significa que es el dueño del pueblo y de una gran extensión de tierra. Croy es enorme, pero él no es nada pomposo, y su esposa Isobel, menos. Isobel trabaja más que cualquiera otra mujer que yo conozca, y eso en Escocia es mucho decir, porque aquí todas las mujeres trabajan como hormigas y sin cesar. Tienen que dirigir grandes casas, o criar niños; hacen jardinería, organizan enormes fiestas de beneficencia o se ocupan de una u otra industria. Por ejemplo, dirigir una granja y vender sus propios productos, o desecar flores, o hacer apicultura, restaurar antigüedades, o confeccionar las más bellas cortinas.

—¿No tienen diversiones?

—Sí, pero no en el estilo de Long Island, ni siquiera en el de Devon. En agosto y septiembre, hay gran efervescencia y fiestas todas las noches, y bailes de caza, y cacerías y muchas otras cosas. Has llegado en buen momento, Conrad, aunque en una noche como esta, no lo parecería. Pero luego viene el invierno y todo el mundo hiberna.

—¿Cómo ves a tus amigas?

—No sé. —Virginia trató de encontrar una respuesta. —No es como en otros lugares. Todas vivimos a kilómetros de distancia, y no hay vida de club. Quiero decir que no hay country clubs, como en los Estados Unidos. Y los pubs no son como los del sur. Las mujeres, en realidad, no van a los pubs. Hay clubes de golf, por supuesto, pero tienen una orientación eminentemente masculina; allí las mujeres son estrictamente *personae non grata.* Una puede ir a Relkirk y encontrarse con una amiga, pero la mayor parte de la vida social se hace en casas particulares. Almuerzos para las chicas y cenas para los matrimonios. Todos no vestimos formalmente y, como te dije, recorremos setenta kilómetros o más. Ésa es una de las razones por las que la vida casi se detiene en el invierno. Entonces, la gente escapa. Se van a Jamaica, si pueden permitírselo, o a esquiar a Val d'Isère.

—¿Y tú qué haces?

—A mí no me molestan los inviernos. Odio los veranos húmedos, pero los inviernos son hermosos. Y voy a esquiar al valle, entre las montañas. Hay una zona de esquí a sólo quince kilómetros de Strathcroy, con un par de remolques y algunas buenas pistas. Sólo que si hay demasiada nieve, no se puede usar el camino. Y eso impide todo el resto.

—Tú andas a caballo.

—Y cazaba. Para mí, ése era el propósito de cabalgar. Cuando vine a Balnaid, Edmund dijo que podía tener caballos, pero no tenía sentido, si no había caza.

—Entonces, ¿cómo llenas tus días?

—Hasta ahora los llenaba Henry —respondió Virginia. Miró a Conrad con expresión desvalida porque, con una sola pregunta, él había aludido al total de sus aprensiones. Henry ya no estaba, se lo habían arrancado sin su consentimiento. *Lo asfixias*, le había dicho Edmund, y ella se había sentido terriblemente herida y furiosa, pero asfixiarlo y oficiar de madre habían sido su tarea diaria y su mayor alegría.

Privada de Henry, sólo le quedaba Edmund.

Pero Edmund estaba en Nueva York, y si no estaba en Nueva York estaba en Frankfurt, o en Tokio o en Hong-Kong. Antes, Virginia toleraba estas largas separaciones, primero porque siempre confiaba, dondequiera que estuviese Edmund, en la fuerza, la constancia y el amor de su marido.

Pero ahora... las dudas y las temibles posibilidades de la pesadilla insomne de la noche anterior se cernieron otra vez sobre ella. Lottie Carstairs, esa loca... quizá no tan loca... le había dicho cosas que ella nunca hubiera querido oír. Edmund y Pandora Blair. *¿Por qué piensa que se fue a Norteamérica? La hace pasar por tonta, lo mismo que a su primera esposa, pobre.*

De pronto, fue demasiado.

Con horror, sintió que le temblaba la boca y se le llenaban los ojos de lágrimas. Sentado frente a ella, Conrad la miraba y por un instante de locura, Virginia pensó en confiarle sus problemas, en volcar la angustia de sus desgraciadas incertidumbres. Pero entonces las lágrimas le velaron la mirada y la cara de él quedó en una especie de neblina, y Virginia pensó: "Ay, carajo, estoy borracha. Paré justo a tiempo". Afortunadamente, el momento había pasado, y la peligrosa tentación había quedado atrás. Nunca debía hablar de eso con nadie, porque las palabras dichas en voz alta podían tornarse realidad. Podían hacer que eso sucediera.

—Perdona —dijo—. ¡Qué tonta —inspiró ruidosamente, buscó un pañuelo y no lo encontró. Conrad le ofreció el suyo, blanco, limpio, recién planchado; ella lo tomó, agradecida, y se sonó la nariz. —Estoy cansada y me siento muy mal —dijo. Trataba de tomar las cosas con ligereza. —Además, estoy un poquito mareada.

—No puedes manejar hasta tu casa —dijo él.

—Debo hacerlo.

—Quédate aquí esta noche y te vas mañana a la mañana. Te conseguiremos una habitación.

—No puedo.

—¿Por qué no?

—Tengo que ir a alimentar a los perros.

Él no se rió.

—Espera un momento aquí —dijo—. Pide café. Tengo que hacer un llamado.

Dejó la servilleta, corrió la silla y se fue. Virginia se secó la cara, volvió a sonarse la nariz, miró a su alrededor para ver si alguien había notado su repentino acceso emocional. Pero el resto de los comensales estaban concentrados en la comida, consumiendo activamente el pescado frito, o devorando cucharadas del "excelente" postre. Por suerte, las lágrimas cedieron. La camarera se acercó a retirar los platos.

—¿Le gustó la carne?

—Sí, deliciosa.

—¿Desea postre?

—No. Creo que no, gracias. Pero, ¿podemos tomar café?

La camarera trajo el café, y Virginia estaba bebiendo ese líquido negro y malsano que parecía jugo de paraguas cuando Conrad volvió y se sentó. Ella lo miró, a la espera de lo que diría.

—Todo arreglado —anunció él.

—¿Qué has arreglado?

—He cancelado la habitación y el alquiler del auto para mañana. Yo te llevaré a Strathcroy. A tu casa.

—¿Irás a Croy?

—No. Allí me esperan mañana a la mañana. Puedo ir al *pub* que mencionaste.

—No puedes, porque no van a tener habitación. Está lleno de gente que viene a cazar patos en el brezal de Archie. —Virginia se sonó la nariz por última vez, sirvió café a Conrad. —Puedes venir a Balnaid y pasar la noche allí. Los cuartos de huéspedes están todos preparados. —Levantó la mirada para ver la expresión en el rostro de él. —No hay problema —agregó. Pero no había terminado de decirlo, cuando sintió que sí lo había.

Conrad manejaba en la oscuridad. Había dejado de llover, como si el cielo se hubiera quedado sin agua, pero la noche seguía nublada. El camino subía, hacía curvas, bajaba, y en las hondonadas había charcos, por el agua que venía de las banquinas inundadas. Virginia, arropada en su Barbour, pensaba en la última vez que había hecho ese viaje; fue la noche de su regreso, cuando Edmund había ido a buscarla, y habían cenado en Edimburgo. Recordó también que el cielo parecía pintado por un artista en tonos rosas y grises. Ahora la oscuridad era profunda y amenazante, y las luces que brillaban desde las ventanas de las casas, en las empinadas laderas que rodeaban a Strathcroy, no brindaban gran alivio; parecían distantes, inalcanzables como las estrellas.

Virginia bostezó.

—Tienes sueño —dijo Conrad.

—No es eso. Demasiado vino. —Virginia bajó el vidrio de la ventanilla, y el aire frío, húmedo, con olor a musgo, le dio en la cara. Las gomas del Subaru chirriaron en el pavimento mojado; en la oscuridad, se oyó el prolongado grito de un chorlito. —Sonidos de la vuelta a casa.

—De veras vives lejos de todo.

—Estamos llegado.

La calle principal del pueblo estaba vacía. Hasta la señora Ishak había cerrado el negocio, y las únicas luces eran las que se veían por los intersticios de las persianas cerradas. En noches así, la gente se quedaba en casa, miraba televisión, hacía té.

"Al salir del puente, a la izquierda.

Cruzaron el río, entraron en la senda que corría bajo los árboles, llegaron al portón abierto y al sendero que llevaba a la casa. Como era de esperar, todo estaba en la oscuridad.

"No des la vuelta para ir al frente, Conrad. Estaciona aquí, en los fondos. No uso la puerta principal cuando estoy sola. Tengo la llave de la puerta trasera.

Él paró y apagó el motor. Mientras las luces delanteras todavía estaban encendidas, Virginia bajó y fue a abrir la puerta del fondo, y a encender una luz adentro. Los perros habían oído el auto y esperaban; para saludar el regreso de Virginia, se echaron a sus pies y emitieron contenidos ruidos de bienvenida.

"Ah, qué buenos perritos. —Virginia se agachó a acariciarlos. —Lamento haber estado afuera tanto tiempo. Habrán pensado que ya no volvería más. Vamos, salgan a hacer sus necesidades y yo les daré unos riquísimos bizcochos antes de que se vayan a la cama.

Los perros salieron corriendo, felices, en la oscuridad; ladraron a la figura desconocida que bajaba del Subaru, fueron a olerlo, recibieron palmaditas y palabras y entonces, ya tranquilos, corrieron hacia los árboles.

Virginia encendió más luces. La gran cocina dormía, el horno estaba tibio, la heladera zumbaba suavemente. Conrad se reunió con Virginia, con su portafolio en la mano.

—¿Quieres que guarde el auto?

—De ningún modo, lo dejaremos en el patio. Quítale las llaves, nada más.

—Ya lo hice... —Las dejó sobre la mesa.

Se miraron, bajo la luz inflexible, y Virginia se encontró, de pronto, invadida por una ridícula timidez. Para disimularla, se puso muy activa y anfitriona.

—Bien... ¿Quieres una copa antes de ir a dormir? Edmund tiene un whisky de malta para estas ocasiones.

—Estoy bien así.

—¿Pero te gustaría?

—Sí.

—Voy a buscarlo. Enseguida vengo.

Cuando volvió con la botella, Conrad se había quitado el sombrero y la chaqueta y los perros habían vuelto de su expedición nocturna y ya se estaban acomodando en sus jergones, junto al horno. Conrad, en cuclillas, se hacía amigo de ellos, les hablaba con suavidad, les acariciaba las nobles cabezas. Cuando apareció Virginia, se levantó.

—Cerré la puerta con llave.

—Ah, gracias. Muchas veces nos olvidamos de poner llave. Los ladrones y asaltantes no son gran problema en Strathcroy. —Dejó la botella sobre la mesa y agarró un vaso. —Mejor sírvete tú.

—¿No me acompañas?

Ella hizo un gesto negativo, tímido.

—No, Conrad, yo ya he bebido bastante por esta noche.

Conrad se sirvió el whisky y llenó el vaso bajo la canilla de agua fría. Virginia les dio bizcochos a los perros, que los tomaron sin brusquedad, sin saltar ni abalanzarse, y los masticaron con parsimonia.

—Son unos hermosos Spaniels.

—Son los perros de caza de Edmund, y están muy bien educados. Con Edmund de patrón, no se atreven a otra cosa. —Los perros ya habían dado cuenta de los bizcochos. —Si quieres llevar tu copa arriba —dijo Virginia—, te mostraré la habitación donde dormirás.

Tomó el sombrero y el abrigo de Conrad, él tomó su portafolio y la siguió mientras ella salía de la cocina e iba apagando luces a su paso. Recorrieron el pasillo, el gran hall, y subieron la escalera.

—¡Qué hermosa casa!

—Es grande, pero a mí me gusta así.

Él la siguió. Desde abajo, llegaba el tictac del viejo reloj del abuelo, pero los pasos de Conrad y Virginia no hacían ruido en las espesas alfombras. La habitación de huéspedes daba al frente de la casa. Virginia abrió la puerta y encendió la luz, y todo quedó iluminado por el brillo frío de la araña del techo. Era una habitación grande, amueblada con grandes camas de bronce y un juego de muebles victorianos de caoba que Virginia había heredado de Vi. La primera impresión era impersonal, sin libros ni flores. Además, había olor a encierro.

—Me parece que no es muy acogedora. —Virginia dejó caer el sombrero y el abrigo de Conrad en una silla y fue a abrir de par en par la ventana corrediza. Entró el viento de la noche, y las cortinas se agitaron. Conrad se acercó a Virginia y los dos se asomaron y contemplaron la aterciopelada oscuridad. La luz que salía por la ventana dibujaba un cuadrado sobre la grava, frente a la puerta principal, pero todo lo demás estaba oscuro.

Conrad inspiró profundamente.

—Hay un aroma tan limpio y suave... Como agua de manantial.

—Tendrás que creer en mi palabra, pero estamos ante una hermosa vista. Ya la verás por la mañana. El jardín, los campos, los cerros...

Desde los árboles, junto a la iglesia, gritó una lechuza. Virginia se estremeció y se apartó de la ventana.

"Hace frío —dijo—. ¿Quieres que vuelva a cerrar?

—No, deja. El aire es demasiado bueno como para dejarlo afuera.

Ella corrió los pesados cortinados y los sujetó para que no hubiera resquicios.

—Ésa es la puerta del baño. —Él fue a investigar. —Hay toallas, y el agua está siempre caliente, si quieres darte un baño. —Encendió las lámparas de la cómoda y la de la mesa de noche, y fue a apagar la intensa luz de la araña. De inmediato, la habitación de alto cielo raso se hizo más acogedora, más íntima. —Lo que no hay es ducha. Éste no es un establecimiento muy moderno.

Cuando Conrad salió del baño, Virginia estaba doblando el pesado cubrecama; quedaron a la vista las almohadas, cuadradas, mullidas y con fundas de hilo bordado, y un acolchado floreado.

"Hay una frazada eléctrica, si quieres usarla. —Terminó de doblar el cubrecama y lo dejó a un lado. —Bien.

Ya no había nada en que ocupar las manos, la atención. Miró a Conrad. Por un momento, ninguno de los dos habló. Los ojos de Conrad, tras los gruesos anteojos, tenían una expresión melancólica. Virginia vio su rostro tenso, las arrugas a ambos lados de la boca. Él todavía tenía el vaso en la mano, pero ahora fue a dejarlo sobre la mesa de noche. Virginia lo miró hacer ese movimiento, y pensó en la mano que acariciaba suavemente la cabeza de uno de los perros de Edmund. Un hombre bueno.

"¿Estarás bien, Conrad? —Una pregunta inocente, pero en cuanto la vocalizó, la sintió cargada de intención.

—No sé —respondió él.

No hay problema, le había dicho ella, pero sabía que el problema había estado toda la noche entre los dos y que ahora ya no se podía eludir. De nada servía mentir. Eran dos adultos, y la vida era un infierno.

—Te estoy agradecida —dijo Virginia—. Necesitaba consuelo.

—Yo te necesito a ti...

—Tuve fantasías con Leesport... Con volver junto a los abuelos. No te lo había dicho.

—Ese verano me enamoré de ti...

—Imaginaba llegar allí. En una limusina, desde Kennedy. Y todo estaba igual. Los árboles, el pasto, el olor del Atlántico que llegaba desde la Bahía...

—Tú volviste a Inglaterra...

—Quería que alguien me dijera que yo era estupenda. Que todo lo hacía bien. Quería dejar de estar sola.

—Me siento como la mierda...

—Son dos mundos, ¿verdad, Conrad? Que se encuentran, y luego se apartan. A años luz uno del otro.

—... porque te deseo.

—¿Por qué tendrá que suceder todo cuando es tan tarde? ¿Por qué todo tendrá que ser imposible?

—No es imposible.

—Lo es, porque está terminado. La juventud está terminada. Desde el momento en que una tiene un hijo, la juventud está terminada.

—Te deseo.

—Yo ya no soy joven. Soy una persona diferente.

—No me he acostado con una mujer...

—No lo digas, Conrad.

—Eso es lo que se llama soledad.

—Lo sé —dijo ella.

Afuera, en el jardín, no se movía ni una brizna de pasto. Nada agitaba las hojas mojadas de los rododendros. En cierto momento, una silueta se alejó por los estrechos senderos que corrían entre los arbustos, y dejó una hilera de huellas en el pasto húmedo, las hendiduras de unos tacos altos.

8

Miércoles 14

Sentada ante la mesa de la cocina, Isobel bebía café y hacía listas. Era una inveterada fabricante de listas, y estos pequeños inventarios de lo que había que hacer —comprar comida, cocinar, llamar por teléfono, cortar las prímulas o desenterrar los bulbos de los gladiolos— siempre aparecían fijados en la tabla para mensajes en la pared de la cocina, junto con postales de amigos e hijos, y la dirección de algún hombre que podía limpiar la parte externa de las ventanas. En ese momento, estaba trabajando en tres listas: la de ese día, la del día siguiente y la del viernes. Por uno u otro motivo, la vida se había vuelto complicada.

Isobel escribió: "Cena de esta noche". Había unas presas de pollo en el freezer. Podía hacerlas a la parrilla o a la cacerola. Después: "Sacar las patas de pollo. Pelar papas. Pelar habas".

El día siguiente era más complicado, porque la gente de la casa partiría en tres distintas direcciones. Isobel misma estaría en Corriehill la mayor parte del día, ayudando a Verena y a su grupo de amigas a arreglar las flores y a decorar de alguna manera la enorme marquesina.

Escribió: "Tijeras de podar. Cuerda. Alambre. Pinzas. Ramas de haya. Ramas de fresno. Cortar todas las dalias".

Pero también había que pensar en el cumpleaños de Vi, junto al lago, y en un día de caza para Archie, porque al día siguiente iban a guiar a los patos salvajes hacia Creagan Dubh, lo cual significaba que él se reuniría con los demás cazadores.

Escribió: "Panecillos y jamón para la mochila de Archie. Pan de jengibre. Manzanas. ¿Sopa caliente?"

En cuanto al picnic de Vi, probablemente Lucilla, Jeff, Pandora y el "norteamericano triste" querrían ir, lo cual significaba una buena contribución de comida y bebida para Croy.

Escribió: "Salchichas para el asado de Vi. Hamburguesas. Ensalada de tomates. Pan francés. Dos botellas de vino. Seis latas de cerveza."

Se sirvió otra taza de café, y pasó al viernes.

"Once personas a cenar", escribió. Subrayó la frase y se puso a pensar si haría pato o faisán. El faisán Theodora era espectacular, cocinado con apio y panceta y servido con salsa de yemas y crema. Además de ser espectacular, el faisán Theodora podía prepararse con anticipación, lo que la liberaba de tareas de último momento mientras los invitados estaban tomando cócteles.

Escribió: "Faisán Theodora". Se abrió la puerta y apareció Archie.

Isobel apenas levantó la cabeza.

—A ti te gusta el faisán Theodora, ¿verdad?

—No para el desayuno.

—No pensaba hacerlo para el desayuno, sino para la cena de la noche de la fiesta.

—¿Por qué no hacer patos al horno?

—Porque son engorrosos para servir, hay que hacer varias cosas a último momento, como tostaditas para decorar y salsa para cubrirlos.

—¿Faisán al horno, entonces?

—Las mismas objeciones.

—¿El faisán Theodora es el que parece enfermo?

—Un poco, es cierto, pero puedo cocinarlo con anticipación.

—¿Qué hay para el desayuno?

—Está en el horno de abajo.

Archie abrió la puerta del horno.

—¡Un día de fiesta! Panceta, salchichas y tomates. ¿Qué pasó con el *porridge* y los huevos pasados por agua?

—Tenemos visitas. Siempre les servimos panceta, salchichas y tomates a las visitas.

Archie llevó su plato a la mesa y se sentó junto a Isobel; se sirvió café y tostadas con manteca.

—Pensé que Agnes Cooper vendría a ayudar el viernes a la noche.

—Y vendrá.

—¿Por qué no asa ella el faisán?

—Porque no es cocinera. Solamente lavará los platos.

—Pero puedes pedirle que cocine.

—Está bien. Se lo pediré. Y comeremos albóndigas y buñuelos porque eso es lo único que sabe hacer la pobre mujer.

Isobel escribió: "Limpiar los candelabros de plata. Comprar ocho velas rosadas".

—Me gustaría que el faisán Theodora no tuviese ese aspecto de enfermo.

—Si llegas a decir que tiene aspecto de enfermo delante de nuestros invitados, te degollaré allí mismo con el cuchillo de la fruta.

—¿Qué comeremos como primer plato?

—Podría ser trucha ahumada.

Archie se puso media salchicha en la boca y la masticó concienzudamente.

—¿Y de postre?

—*Mousse* de naranja.

—¿Vino blanco o tinto?

—Un par de botellas de cada uno, creo. O champagne. Beberemos champagne el resto de la noche. Tal vez deberíamos ceñirnos a eso.

—No tengo champagne.

—Encargaré hoy un cajón, en Relkirk.

—¿Vas a Relkirk?

—¡Ay, Archie! —Isobel dejó el bolígrafo y miró a su marido con total desesperación. —¿Nunca escuchas nada de lo que te digo? ¿Y por qué crees que estoy vestida con mi mejor ropa? Sí, hoy voy a Relkirk. Con Pandora, Lucilla y Jeff. Vamos de compras.

—¿Qué vas a comprar?

—Montones de cosas para el viernes a la noche. —No dijo "Un vestido nuevo" porque todavía no se había decidido sobre este despilfarro. —Luego almorzaremos en el Wine Bar, y volveremos a casa.

—¿Me comprarías unos cartuchos?

—Te compraré lo que quieras, si me haces una lista.

—De manera que yo no tengo que ir. —Parecía cotento. Odiaba hacer compras.

—Tú no puedes venir porque tienes que estar aquí cuando llegue el "norteamericano triste". Iba a alquilar un auto en Relkirk, y llegará en algún momento de la mañana. Y tú no te mueves de aquí, porque él se encontraría con una casa desierta, creería que no se lo espera y se marcharía.

—Podría ser. ¿Qué le doy de almorzar?

—Hay sopa y *pâté* en la despensa.

—¿En qué habitación dormirá?

—En el antiguo cuarto de Pandora.

—¿Cómo se llama?

—No me acuerdo.

—Entonces, ¿cómo debo saludarlo? Hola, Norteamericano Triste. —A Archie esto le pareció gracioso. Dijo con voz muy profunda: —Gran Jefe Nariz con Moco Habla con Lengua Bifurcada.

—Has mirado demasiada televisión. —Pero por suerte, a ella también le pareció gracioso. —Pensará que ha llegado a un manicomio.

—Y no se equivocaría por mucho. ¿A qué hora sales para Relkirk?

—A eso de las diez y media.

—Lucilla y Jeff están en movimiento, creo, pero te conviene hacer que Pandora se levante porque si no, estarás esperándola hasta las cuatro de la tarde.

—Ya la llamé. Hace media hora.

—Probablemente volvió a meterse en la cama y a dormirse.

Pero Pandora no había hecho eso. Archie apenas acababa de pronunciar esas palabras cuando oyeron sus tacos, que se acercaban por el pasillo desde el hall. Se abrió la puerta y Pandora entró en la cocina, sus abundantes cabellos como llamas, la cara risueña.

—Hola, hola, aquí estoy. ¿A qué creían que me había vuelto a la cama? —Le dio un beso a Archie en la cabeza y se sentó junto a él. Llevaba pantalones de franela gris oscuro y un suéter gris claro con dibujos de ovejitas rosadas, y tenía una revista en la mano. Aparentemente eso era lo único que la hacía reír. —Me había olvidado de esta maravillosa revista. Papá la compraba todos los meses. *El Country Landowners Journal.*

—Seguimos recibiéndola. Nunca me decidí a cancelar la suscripción.

—Encontré este ejemplar en mi cuarto. Es fascinante, está llena de complicados artículos sobre algo llamado "polvo de pulgas y escarabajos" y otros que instan a tratar muy bien a los tejones. —Empezó a pasar las páginas, mientras Isobel le servía café. —Ah, gracias, querida, qué maravilla. Pero lo mejor son los avisos de la parte final. Escuchen éste: "Señora con título nobiliario desea vender ropa interior. Calzones Directoire rosa salmón y corpiños de seda Ópera. Casi sin uso. Oferta."

Archie terminó de comer su tostada.

—¿A quién hay que escribirle?

—A una casilla de correos. ¿Crees que porque tiene título simplemente dejó de usar ropa interior?

—A lo mejor se murió alguien —sugirió Isobel—, una tía vieja, y ella está convirtiendo la herencia en efectivo.

—¡Qué herencia! Más bien creo que tiene la crisis de la mitad de su vida y ha cambiado su imagen. Se puso a dieta y adelgazó treinta kilos y ahora es una sílfide. Usa enteritos de raso con puntilla alrededor de la pierna, y el Lord está enardecido. Aquí hay otro, maravilloso: "Empleos — Pedido: Hijo de un granjero de buena presencia." ¿Quién tiene buena presencia? ¿El padre o el hijo? "Treinta años. Experiencia en drenaje. Sabe manejar. Le gustan la caza y la pesca." ¡Imagínense! —Pandora abrió muy grandes los ojos. —Sólo tiene treinta años y ya sabe manejar un auto. Podría serte muy útil, Archie. "Experiencia en drenaje." Podría ocuparse de todas las cañerías. Tapaduras y ese tipo de cosas. ¿Por qué no le escribes unas líneas lo tomas?

Archie lo pensó.

—Es demasiado calificado.

Los dos se largaron a reír de ese compartido sentido del ridículo que había aflorado entre los dos hermanos. Isobel, que los observaba, movía la cabeza ante sus tontos paroxismos de alegría, pero de todos modos, estaba maravillada y agradecida. Desde la llegada de Pandora, Archie estaba de mejor humor que en años, y ahora, sentado ante la mesa del desayuno, lo reconocía una vez más como aquel hombre atractivo y encantadoramente gracioso de quien se había enamorado más de veinte años atrás.

Pandora no era la invitada perfecta. Desde el punto de vista doméstico, era completamente negativa; Isobel dedicaba mucho tiempo a limpiar lo que ella ensuciaba, a hacerle la cama, limpiar el baño de su habitación, ordenarle la ropa y lavársela. Pero le perdonaba todo porque sabía que el milagroso cambio en Archie lo había operado su hermana, y sólo podía estarle agradecida, porque había vuelto a encender la juventud de su esposo y, como una ráfaga de viento fresco, había traído de vuelta las risas a Croy.

Uno por uno, fueron apareciendo todos lo que saldrían de compras. Después de consumir el enorme desayuno de Isobel, Jeff fue a buscar el Mercedes de Pandora y lo llevó al frente de la casa. Isobel se reunió con él, armada de grandes cestas y las inevitables listas. Pandora fue la siguiente en aparecer, con el abrigo de visón, los anteojos oscuros y bañada en Poison.

Era otro día ventoso y de vez en cuando, asomaba el sol. Todos estaban reunidos al aire libre esperando a Lucilla. Por fin apareció, después que su padre le gritó que bajara y la mandó salir por la puerta de entrada, como hacía con sus perros. Pero ella se volvió para saludarlo, lo abrazó y lo besó como si nunca fuera a volver a verlo, y luego bajó corriendo la escalinata con los cabellos al viento.

—Perdón, no sabía que me estaban esperando.

Lucilla llevaba unos jeans viejos, descoloridos y con desgarros en las rodillas toscamente remendados con tela de lunares rojos, y una arrugada camisa de algodón con muchos bordados y mangas caídas. Las colas de la camisa sobresalían de un pequeño chaleco de cuero con flecos. Su madre pensó que, por su aspecto, parecía que acababa de ser violada por un sioux.

—¿No te vas a cambiar, querida? —le preguntó, sin poder contenerse.

—Si me he cambiado, mamá. Éstos son mis mejores jeans. Los compré en Mallorca, cuando estaba en casa de Pandora.

—Ah, sí, claro. —Todos subieron al auto. —Perdona, Lucilla. ¡Qué tonta soy!

• • •

Una vez que llegaron a Relkirk y encontraron un lugar para estacionar, los integrantes del grupo se dividieron, porque Lucilla y Jeff querían ir a las tiendas de anticuarios y curiosear en la famosa feria callejera.

—Nos encontraremos en el bar para almorzar —dijo Isobel—. A la una.

—¿Reservaste una mesa?

—No, pero no habrá problema.

—Bien. Vamos, entonces.

Se alejaron por la calle empedrada. Isobel los miró irse, y vio que Jeff rodeaba con su brazo los delgados hombros de Lucilla. Y se sorprendió, porque Jeff le había parecido muy poco demostrativo.

—Ahora que nos los hemos quitado de encima, ¿dónde están los negocios de ropa? —preguntó Pandora con el aire travieso de una chica que acaba de liberarse de las personas mayores.

—Pandora, todavía no me he decidido...

—Vamos a comprarte un vestido para el baile, y ni una palabra más. Y deja de sufrir, porque será un regalo mío. Te lo debo. Estoy pagando una deuda.

—Pero... ¿no deberíamos hacer antes todas las compras importantes? La comida para el viernes, y...

—¿Qué puede ser más importante que un vestido nuevo? Podemos dejar todas las cosas aburridas para la tarde. Bien, no te quedes ahí parada, preocupándote por esto y lo otro, o perderemos todo el día. Llévame a...

—Bueno... está McKays... —dijo Isobel, vacilante.

—No quiero ir a grandes tiendas. ¿No hay algún lugar caro y exclusivo?

—Sí, pero yo nunca he ido.

—Bien, alguna vez hay que empezar. Vamos.

Isobel, sintiéndose de pronto libre y agradablemente pecadora, abandonó sus tendencias calvinistas y se puso en marcha.

El negocio era angosto y largo, con gruesas alfombras; las paredes se hallaban cubiertas de espejos, y estaba muy perfumado, como una mujer atractiva. Eran las únicas clientas, y cuando pasaron por la puerta de vidrio, una mujer se levantó de su asiento ante un envidiable escritorio con marquetería y fue a recibirlas. Su vestimenta para horas de trabajo a Isobel le hubiera parecido magnífica para ir a cenar.

—Buenos días.

Isobel y Pandora le dijeron lo que buscaban.

—¿Qué talle, señora?

—Ah... —Isobel se perturbó. —Doce... o mejor catorce...

—Ah, no. —Una mirada profesional recorrió a Isobel para medirla. Isobel deseó que sus caderas no hubieran engrosado. —Doce, con seguridad. Los vestidos de fiesta están por aquí. ¿Se molestan, por favor?

La siguieron al fondo del local. Ella apartó una cortina y aparecieron armarios llenos de vestidos de noche colgados en perchas, algunos largos, otros cortos, de seda y de terciopelo, de raso brillante, de gasa y de *voile*, de todos los más hermosos colores imaginables. La mujer corrió las perchas por el riel.

—Éstos son doce. Pero, por supuesto, si encuentra algo que le gusta en otro talle, puedo hacerlo arreglar.

—No tenemos tiempo —dijo Isobel. Sus ojos fueron hacia los trajes de colores más oscuros. Los colores oscuros no pasaban de moda, y siempre se les podía agregar algo para renovarlos. Había uno de raso marrón. Otro de seda azul marino, rayada. O tal vez negro. Isobel tomó uno de crêpe negro con botones de azabache, y fue hasta el espejo para ponérselo delante... un poco estilo gobernanta, quizá, pero Isobel se veía usándolo muchos años... Entrecerró los ojos para ver el precio en la etiqueta, pero no tenía los anteojos.

—Éste es lindo.

Pandora apenas le echó una mirada.

—Negro no, Isobel. Rojo tampoco. —Pandora corrió varias perchas más, y luego saltó sobre uno. —Éste.

Isobel, que seguía con el de *crêpe* negro en la mano sin prestar mucha atención, miró... y vio el vestido más hermoso que jamás hubiera imaginado. Una seda Thai en color zafiro con una especie de manchas negras, de manera que la luz jugaba con la tela, brillaba como las alas de algún insecto exótico. El vestido tenía escote bajo, y la falda era enorme, abultada por enaguas. Las mangas hasta el codo terminaban en angostos volados de la misma seda, y el borde tenía idéntica terminación.

Casi sin atreverse a imaginar que podía ser la dueña de semejante prenda, Isobel miró la cintura diminuta.

—Imposible que pueda ponérmelo.

—Pruebe.

Era como si hubiera perdido la voluntad. En el probador con cortinas, se quitó la ropa como si se preparara para un sacrificio votivo. En ropa interior, deslizó toda esa seda susurrante sobre sus hombros; recogió las mangas, corrió el cierre...

Se quedó sin aliento, pero no hubo problema. La cintura le ajustaba sin incomodarla; podía respirar. La vendedora le arregló los hombros, le ahuecó la falda, dio un paso atrás para admirarla.

Isobel se vio de cuerpo entero en el espejo, y era como ver a otra persona. Una mujer de otra época salida del marco de un retrato del siglo XVIII. El dobladillo rozaba el suelo, la tela caía en brillantes pliegues. Las mangas eran infinitamente sentadoras, y el profundo escote revelaba lo mejor del cuerpo de Isobel: sus bellos hombros redondeados y la curva de sus pechos.

Isobel deseaba intensamente el vestido, pero trató de seguir siendo práctica.

—Es demasiado largo.

—No lo será con tacos altos. Y el color resalta admirablemente el color de tus ojos.

Isobel observó que eso era cierto. Pero se tocó la cara bronceada y curtida.

—Mi cara no está nada bien.

—Querida, no te has maquillado.

—Y mi pelo.

—Yo te peinaré. —Pandora entrecerró los ojos. —Necesitas joyas.

—Puedo ponerme los aros Balmerino. Las lágrimas de diamantes con las perlas y los zafiros.

—Por supuesto. Perfecto. ¿Y la gargantilla de perlas de mamá? ¿La tienes también?

—Está en el Banco.

—La sacaremos esta tarde. Estás hermosa con ese vestido, Isobel. Todos los hombres se enamorarán de ti. No podríamos haber encontrado algo más sentador. —Se volvió para sonreír a la silenciosa pero satisfecha vendedora. —Lo llevamos.

La vendedora bajó el cierre, le quitó delicadamente el vestido a Isobel y se lo llevó para empaquetarlo.

—¡Pandora! —murmuró angustiada Isobel mientras tomaba su enagua de Marks y Spencers—. No preguntaste el precio.

—Si tienes que preguntar el precio, es porque no puedes permitírtelo —respondió Pandora, también en un susurro, y desapareció.

Isobel, tironeada entre el entusiasmo y la culpa, tuvo que ponerse la blusa y la falda, abotonarse la chaqueta y anudar los cordones de sus zapatos. Cuando terminó, Pandora ya había hecho el cheque, la empleada había retirado la etiqueta con el precio, y el estupendo vestido estaba dentro de una caja gigantesca.

La vendedora fue a abrirles la puerta.

—Muchas gracias —dijo Isobel.

—Me alegro de que hayas encontrado algo que te gusta.

Toda la transacción no había llevado más de diez minutos. Pandora e Isobel estaban en la calle, al sol.

—Nunca podré agradecerte...

—No me agradezcas...

—Nunca en la vida tuve un vestido así...

—Entonces era hora de que lo tuvieses. Te lo mereces...

—Pandora...

Pero Pandora no quería oír más. Miró su reloj.

—Es sólo la una menos cuarto. ¿Qué vamos a comprar ahora?

—Pero, ¿no has gastado ya bastante dinero?

—Por Dios, no, apenas he comenzado. ¿Qué se va a poner Archie para la fiesta? ¿El *kilt*?

Echaron a andar lentamente por la acera.

—No. Nunca se lo puso desde que le volaron la pierna. Dice que una horrible pierna metálica al descubierto es una obscenidad. Se pondrá su esmoquin.

Pandora se detuvo bruscamente.

—Pero Lord Balmerino no puede ir a un baile en las Highlands con esmoquin.

—Bien, hace años que va así.

Una señora gorda, con un cesta, molesta porque no la dejaban pasar, les pidió disculpas y se abrió paso entre ellas. Pandora la ignoró.

—¿Por qué no se pone los pantalones del regimiento?

—No tiene.

—Pero, ¿por qué?

Isobel trató de imaginar por qué esta obvia solución no se había empleado en todos esos años, y se dio cuenta de que, junto con la pierna, Archie había perdido too orgullo y placer en su apariencia. Era como si ya no le importara más. Además, la ropa de lujo costaba dinero, y siempre había algo más esencial en qué gastarlo.

—No lo sé.

—Pero siempre estaba tan elegante en las fiestas... Y además, lo sabía. Con un viejo esmoquin parecerá un empleado de pompas fúnebres, o un camarero *part-time.* O peor todavía, un maldito inglés. Vamos, le compraremos algo magnífico. ¿Sabes cuál es su talle?

—No lo sé con exactitud. Pero su sastre lo sabrá.

—¿Dónde está su sastre?

—En la próxima calle.

—¿Tendrá pantalones del regimiento? ¿Sueltos?

—Creo que sí.

—¿Entonces qué esperamos?

Y Pandora echó a andar otra vez, con sus largos pasos, el abrigo de piel abierto y flotante. Isobel, abrazada a su paquete, tenía que correr para mantenerse a la par.

—Pero aunque encontremos los pantalones, ¿qué se va a poner con ellos? No puede ponerse la chaqueta del esmoquin.

—Papá tenía un esmoquin muy lindo, color verde botella. ¿Qué habrá sido de él?

—Está en el altillo.

—Bien, iremos a buscarlo. ¡Ah, qué interesante! Imagina qué majestuoso quedará nuestro querido Archie.

Encontraron al viejo sastre trabajando en su mesa, al fondo del negocio; era un Sastre de Caballeros Especializado en Ropa de las Highlands para toda Ocasión. Con la interrupción, levantó la cabeza de una pieza de tweed sin desenrollar, vio a Isobel, dejó las tijeras y le dedicó una gran sonrisa.

—Lady Balmerino...

—Buen día, señor Pittendriech. ¿Recuerda usted a mi cuñada Pandora Blair?

El viejo miró a Pandora por encima de los anteojos.

—Sí, la recuerdo. Pero de hace mucho tiempo. Usted era una niñita. —Le dio la mano a Pandora por encima de la mesa. —Me alegro de volver a verla. ¿Cómo está el Lord, Lady Balmerino?

—Está muy bien.

—¿Puede andar cuesta arriba?

—No mucha distancia, pero...

Pandora, impaciente, los interrumpió.

—Hemos venido a comprarle un regalo, señor Pittendriech. Unos pantalones del regimiento. Usted conoce sus medidas. ¿Vendría a ayudarnos a elegirlo?

—Cómo no. Será un gran placer.

Dejó la pieza de tweed y salió de detrás de la mesa para llevarlas otra vez a la parte principal del local, donde se veía una plétora de pantalones, faltriqueras forradas de cuero, medias de rombos, *jabots* de encaje, zapatos con hebillas plateadas, broches con piedras escocesas que casi encandilaban. El señor Pittendriech, sin duda, pensaba que todo esto estaba por debajo de su dignidad.

"¿No sería mejor que yo le hiciera al Lord unos pantalones como los del regimiento? Él jamás ha sido un caballero que se compra la ropa hecha.

—No tenemos tiempo —dijo Isobel por segunda vez esa mañana.

—En ese caso, ¿quieren tartán del regimiento o tartán civil?

—Ah, civil —dijo firmemente Pandora—. De todas maneras, es muy bonito.

Llevó algún tiempo encontrar el par de pantalones del tartán adecuado, y más aún probar con un centímetro para asegurarse de que el interior de la pierna estaba bien de largo. Por fin, el señor Pittendriech eligió.

—Estos pantalones le irán muy bien al Lord.

Isobel los examinó.

—No serán muy angostos, ¿no? Porque no le permitirían pasar la pierna metálica.

—No, creo que serán muy cómodos.

—En ese caso, los llevaremos —dijo Pandora.

—Necesitará un lazo para la cintura?

—Puede usar el de su padre, señor Pittendriech. —Le dedicó su arrolladora sonrisa. —Pero tal vez sí una hermosa camisa nueva de algodón blanco.

Más paquetes, más cheques. A la calle otra vez.

—Hora de almorzar —dijo Pandora, y se encaminaron, encantadas una con la otra, hacia el Wine Bar.

Una vez que entraron por las puertas giratorias en este popular lugar de encuentro, encontraron el primer obstáculo del día. Jeff y Lucilla no estaban por ninguna parte, la mayoría de las mesas estaban ocupadas, y las que no lo estaban tenían el cartelito de "Reservada".

—Necesitamos una mesa para cuatro —le dijo Pandora a la mujer con aire arrogante que estaba sentada detrás de un escritorio alto.

—¿Han reservado?

—No, pero de todos modos, necesitamos una mesa para cuatro.

—Si no han reservado, creo que tendrán que esperar su turno.

Pandora abrió la boca para discutir, pero antes de que pudiera decir nada, providencialmente empezó a sonar el teléfono, y la mujer atendió.

—Wine Bar.

A sus espaldas, Pandora le dio a Isobel un golpecito en las costillas, y luego, muy tranquila, caminó hacia una mesa vacía y reservada ubicada junto a una ventana. Retiró con disimulo el cartelito de "Reservada" y lo metió en las profundidades del bolsillo de su abrigo. Una muestra brillante y profesional de habilidad manual. Luego se sentó con mucha elegancia, dispuso de su cartera y sus paquetes, colgó el visón sobre el respaldo de una silla, y tomó el menú.

Isobel, horrorizada, se quedó inmóvil.

—Pandora, no puedes...

—Ya lo he hecho. Maldición, mujer. Siéntate.

—Pero alguien la reservó.

—Pero la tenemos nosotras. La posesión es nueve décimas de la ley.

Isobel, que odiaba toda clase de escenas, seguía vacilando, pero Pandora no prestó atención a sus súplicas, y después de un momento, sin otra alternativa, Isobel se sentó también, frente a su abiertamente delictiva cuñada.

"Ah, mira, podemos tomar un cóctel. Y podemos comer *quiche* y ensalada, o una *omelette aux fines herbes.*

—Esa mujer se va a poner furiosa.

—Yo odio los cócteles, ¿y tú? ¿Crees que tendrán champagne? Preguntémosle cuando venga a pegarnos un tiro.

Lo cual hizo la mujer, casi enseguida.

—Señora, esta mesa está reservada.

—Ah, ¿sí? —Los ojos de Pandora eran órbitas pacíficas e inocentes. —Pero no hay cartel.

—Esta mesa está reservada, y había un cartel.

—¿Dónde puede estar? —Pandora torció el cuello para mirar debajo de la mesa. —No está en el suelo.

—Lo siento, pero tendrán que levantarse y esperar su turno.

—Yo también lo siento, pero no es lo que haremos. ¿Va a tomar usted el pedido o va a llamar a una camarera?

El cuello de la mujer se iba poniendo rojo como cresta de gallo. Le temblaban los labios. Isobel le tuvo lástima.

—Usted sabe perfectamente que había un cartel de reserva en esa mesa. El gerente mismo lo puso esta mañana.

Pandora arqueó las cejas.

—Ah, hay un gerente, ¿eh? Entonces hará el favor de llamarlo y decirle que Lady Balmerino está aquí y desea pedir su almuerzo.

Isobel, acalorada por la vergüenza, sentía arder las mejillas. Ahora la adversaria de Pandora parecía a punto de estallar en lágrimas. En su cara se leía la humillación.

—El gerente no está aquí esta tarde —admitió.

—En ese caso, usted está a cargo,y ha hecho todo lo que pudo. Ahora tal vez enviará a una camarera y podremos pedir.

La pobre mujer, hecha pedazos por esta impasible demostración de autoridad, vaciló un momento, pero finalmente cedió y se desinfló como un globo pinchado. En silencio, recuperando lo que pudo de su dignidad, y con los labios apretados, se volvió para irse. Pero Pandora era implacable.

"Ah, otra cosa. Dígale al barman que queremos una botella del mejor champagne. —Su sonrisa encandilaba. —Helado.

No más objeciones, no más discusión. Asunto terminado. Isobel dejó de sonrojarse.

—Pandora, no tienes vergüenza —dijo.

—Lo sé, querida.

—Pobre mujer. Casi lloraba.

—Vieja estúpida.

—Y lo de Lady Balmerino...

—Eso fue decisivo. Este tipo de gente es increíblemente esnob.

De nada servía regañarla. Así era Pandora, generosa, afectuosa, risueña... y despiadada, si no lograba lo que quería. Isobel movió la cabeza.

—No tienes remedio.

—Ay, querida, no te enojes. Hemos pasado una mañana divina, y yo me portaré bien todo el resto del día y cargaré con todos los paquetes del supermercado. Ah, mira, allá están Lucilla y Jeff. Cargados con bolsas un tanto chillonas. ¿Qué habrán comprado? —Les hizo señas, agitando la mano con uñas pintadas de rojo. —¡Aquí estamos! —Los jóvenes la vieron y fueron hacia la mesa. —Hemos pedido champagne, Jeff, así que espero que no seas aburrido y digas que quieres una lata de Fosters.

Mientras bebían el champagne, Lucilla y Jeff escucharon la historia de la mesa reservada, narrada en tono bajo y con disimulado regocijo.

A Lucilla le resultó divertida, pero a la vez estaba tan consternada como su madre, y esto a Isobel le gustó.

—Pandora, ¡qué terrible! ¿Qué hará la pobre gente que reservó la mesa?

—Eso que lo resuelva la vieja. Ah, no te preocupes, ya los meterá en alguna parte.

—Pero es terriblemente deshonesto.

—Creo que eres desagradecida. Si no hubiera sido por mi rápida actuación, todos estaríamos parados en fila con los pies doloridos después de una mañana de compras. De cualquier forma, ella estuvo grosera conmigo. Y no me gusta que me digan que no puedo conseguir algo que realmente quiero.

Archie se quedó solo y con prohibición de su esposa de alejarse de los alrededores de la casa, de modo que decidió aprovechar el tiempo hasta que llegara el huésped para recoger las primeras hojas secas que cubrían el pasto que crecía más allá de la grava. Tal vez más tarde encontraría tiempo para cortar el pasto, y todo estaría en orden para la fiesta del viernes a la noche. Con los perros por única compañía, sacó el tractor del garaje y se puso a trabajar. Los perros, que creían que él los iba a llevar a dar un paseíto, se echaron con aire aburrido, pero pronto llegó la diversión, porque Archie sólo había dado dos vueltas cuando apareció un Land-Rover que subió el sendero del frente, pasó sobre el guardaganado y se detuvo a pocos metros de donde él estaba trabajando.

Era Gordon Gillock, el cuidador de Croy, con sus dos Spaniels encerrados en la parte trasera del auto. De inmediato, surgió una cacofonía de ladridos, desde adentro y desde afuera del Land-Rover, pero los cuatro perros fueron rápidamente acallados por Gordon con una serie de insultos habituales en él, y una vez más, reinó la calma.

Archie paró la máquina y apagó el motor, pero permaneció sentado donde estaba, porque ese lugar era tan bueno como cualquier otro para iniciar una conversación.

—Hola, Gordon.

—Buen día, milord.

Gordon era un Highlander fuerte y ágil, de poco más de cincuenta años de edad, pero con su cabello y sus ojos oscuros parecía mucho más joven. Había ido a Croy como asistente del cuidador en la época del padre de Archie, y desde entonces era empleado de la familia. Hoy llevaba ropa de trabajo, una camisa con el cuello abierto y un sombrero de tweed lleno de anzuelos, que había visto muchos años de tiempo ventoso. Pero en días de caza, usaba cuello y corbata y un traje con *knickerbockers* y estaba mucho mejor vestido que otros caballeros que iban al brezal.

—¿De dónde vienes?

—De Kirkhornton, señor. Llevé treinta pares de aves al comerciante.

—¿Obtuviste buen precio?

—No muy malo.

—¿Qué sucederá mañana?

—Por eso vine, señor. Quería hablar con usted. El señor Aird no estará con nosotros. Está en Norteamérica.

—Lo sé. Me llamó antes de irse. ¿Iremos a Creagan Dubh?

—Eso es, al valle principal. Pensé que primero iremos al Clash, y luego por el otro lado a Rabbies Naup.

—¿Y por la tarde? ¿Probamos en Mid Hill?

—Como usted quiera, señor. Pero tenga en cuenta que las aves se están poniendo muy salvajes. Llegarán rápido y los cazadores deberán conservar la calma.

—¿Saben que son responsables de que todas las aves heridas sean recogidas y bajadas al pie del cerro? Nada de abandonar a las que corren. No quiero aves heridas abandonadas a su suerte.

—Ah, sí, lo sé. Recuerde que este año hay varios perros buenos.

—Tú estuviste haciendo una recorrida el lunes. ¿Cómo te fue?

—Había bastante viento y agua. Luego un águila y un halcón empezaron a sobrevolar y los patos se asustaron mucho. No ascendían, o bien volaban en todas direcciones. Pero hubo algunos disparos buenos. Terminamos con treinta y dos pares.

—¿Había ciervos?

—Ah, sí, una gran manada. Los vi en lo alto de los cerros, alzando la cabeza sobre el Sneck de Balquhidder.

—¿Y el puente roto sobre el arroyo de Taitnie?

—Me he ocupado de eso, señor. Estaba casi caído, por toda la lluvia que tuvimos y la creciente.

—Bien. Sería bueno que ninguno de los caballeros de Londres se diera un chapuzón. ¿Qué tal los ojeadores para mañana?

—Tengo dieciséis.

—¿Y los flanqueadores? La última vez que fuimos, un montón de aves se escapó por mal flanqueo.

—Sí, eran dos inútiles. Pero para mañana tengo al hijo del maestro y a Willy Snoddy. —El cuidador y Archie se miraron y los dos sonrieron. —Es un sinvergüenza, pero muy buen flanqueador. —Gordon cambió de posición, se quitó el sombrero, se rascó la nuca y luego volvió a ponerse el sombrero. —Yo estuve en el lago ayer a la mañana temprano. Lo atrapé allí con ese viejo ratero, sacando sus truchas del agua. También va por las tardes, para aprovechar la creciente.

—¿Tú lo ves?

—Viene escondiéndose por el sendero de atrás del pueblo, pero, sí, yo lo he visto más de una vez.

—Yo sé que es furtivo, Gordon, lo mismo que el policía local. Pero lo ha hecho toda su vida, y no va a dejar de hacerlo ahora. Yo no digo nada. Además... —Archie sonrió. —Si lo llevan preso, nos quedamos sin flanqueador.

—Eso es muy cierto, señor.

—¿Y el dinero para los ojeadores?

—Esta mañana fui al Banco, señor, y lo retiré.

—Parece que tienes todo bien organizado, Gordon. Muchas gracias por venir. Te veo mañana...

Gordon y sus perros partieron, y Archie siguió barriendo hojas. Acababa de termiar la tarea, cuando oyó que se acercaba un segundo auto por el sendero y pensó que esta vez, con seguridad, sería el "norteamericano triste" en su auto alquilado. Deseó saber el nombre de esa persona. Preparándose a recibirlo, una vez más paró el tractor y apagó el motor, y mientras se ponía de pie con cuidado, el auto se acercó por la senda, y él advirtió que era el Subaru de Edmund, de manera que al fin y al cabo no era el "norteamericano triste". Virginia manejaba, pero había un hombre sentado a su lado. El Subaru se detuvo, y cuando

Archie, muy rígido, echó a andar, renqueando, hacia ellos, ambos bajaron del auto y fueron a saludarlo.

—Virginia...

—Hola, Archie. Te he traído a tu huésped.

Archie, confundido, miró al desconocido. Alto, fornido, bastante apuesto aunque algo maduro. No era joven, y llevaba gruesos anteojos con armazón de hueso.

"Conrad Tucker; Archie Balmerino.

Los dos hombres se dieron la mano.

—Perdón... —dijo Archie—, pensé que usted vendría por su cuenta, en un auto alquilado...

—Es lo que pensaba hacer, pero...

Virginia interrumpió.

—Yo te explicaré. Es una coincidencia extraordinaria, Archie. Ayer a la tarde me encontré con Conrad en el Kings Hotel, en Relkirk. De pura casualidad. Y hete aquí que somos muy viejos amigos. Nos conocimos en Long Island cuando éramos jóvenes. De manera que, en lugar de pasar la noche en el hotel como había planeado, vino conmigo a Balnaid y durmió allí.

Ahora todo estaba claro.

—Pero, ¡qué casualidad, y qué buena idea! —Y luego agregó, dirigiéndose a Conrad: —Lo ridículo es que mi esposa nunca supo su nombre, o se lo olvidó, y por eso Virginia no sabía que la persona que alojaríamos en nuestra casa era usted. Es que a veces hablamos en forma muy vaga.

—Ustedes son muy amables al invitarme.

—De todos modos... —Archie vacilaba, deseaba que Isobel estuviera allí. —Bueno... todo esto es espléndido. Adelante. Entremos. No hay nadie, porque se han ido todos a hacer compras. ¿Tiene una maleta, Conrad? ¿Qué hora es? Las doce menos cuarto. Aunque todavía no es el atardecer podríamos tomar un gin tonic...

—No, Archie —dijo Virginia.

Parecía nerviosa, extraña. Archie la miró con mucha atención y vio la palidez bajo el bronceado y las ojeras oscuras. Estaba alterada, y Archie se preocupó por ella, y luego recordó que el día anterior había tenido que llevar a Henry a Templehall para dejarlo allí. Y eso explicaba todo.

—¿Por qué no? Te haría bien —dijo Archie con tono comprensivo.

—No es que no quiera quedarme, pero debo llevar unas cosas a Corriehill para Verena. Jarrones para las flores... ese tipo de cosas. Si no te molesta, prefiero irme a casa.

—Como tú digas.

—Nos veremos todos mañana, en el picnic de Vi.

—Yo no. Salgo a cazar. Pero Lucilla, Jeff y Pandora llevarán a Conrad.

Conrad había sacado su maleta del auto de Virginia y estaba esperando a ver qué sucedía ahora. Virginia se le acercó y le dio un beso.

—Hasta mañana, Conrad.

—Gracias por todo.

—Fue lindísimo.

Ella se alejó en el Subaru; pasó bajo los árboles para empezar a bajar la cuesta. Cuando desapareció, Archie le dijo a su huésped:

—¡Qué bueno que ya conociera a Virginia! Vamos, le mostraré su habitación...

Lo condujo hacia la puerta y entraron en la casa. Conrad adaptó su paso al andar vacilante del dueño de casa.

De vuelta en su casa, en el lugar donde guardaba jarrones, florero, jarras, bols y viejas soperas, Virginia se alegró de tener una ocupación doméstica. En esos momentos, no le convenía tener ni la mente ni las manos vacías. Tomó lo que necesitaba y además algunos broches y pedazos de alambre, esenciales para mantener en su lugar los arreglos florales pesados. En dos o tres viajes, llevó todo al Subaru y lo guardó prolijamente en la parte posterior.

Entre tanto, hizo planes. A la mañana siguiente, llegarían Alexa, Noel y el perro de Alexa, que viajaban desde Londres. Estarían en Balnaid para la hora del desayuno. "Cuando vuelva de Corriehill", pensó, "prepararé los dormitorios para Alexa y Noel. Dos dormitorios, no uno." En Londres, dormían en la misma cama, pero Virginia sabía que si en Balnaid los ponía en una habitación con una sola cama, Alexa se sentiría mal, aun peor que su padre.

Mañana. Pensaría en el día siguiente, y no en el día anterior. Ni en la noche anterior. Ya se habían ido. Estaban terminados. Nada podía cambiarse ni alterarse.

Cuando los dormitorios estuvieran preparados, emularía a Isobel y haría listas, iría al negocio de la señora Ishak y realizaría una enorme compra. Habría que sacar a los perros. Después podía dedicarse un poco a la cocina, hacer una torta o preparar una sopa. O *brownies*, para el picnic del día siguiente. Entonces, ya sería el atardecer, y luego la noche, y habría concluido el largo día solitario. Dormiría en su cama vacía, en la casa vacía. Sin Edmund, sin Henry. Pero por la mañana, llegarían Alexa y Noel, y con esa compañía, seguramente se sentiría mejor; la vida parecería menos imposible y más fácil de soportar.

Fue a Corriehill y encontró la casa en plena revolución. Camionetas y camiones desconocidos estacionados afuera, en la grava, y adentro, la casa parecía tomada por un ejército de trabajadores, como si la familia estuviera a punto de mudarse, o estuviera mudándose realmente. En el hall, casi todos los muebles y las alfombras estaban amontonados a un costado, había cables eléctricos entrecruzados en todas direcciones, y las puertas abiertas del comedor revelaban que éste, por medio de telones rayados en colores oscuros, se había transformado en una cueva sin luz: la *discothèque*. Se detuvo a admirarlo, pero casi enseguida tuvo que hacerse a un lado para dejar pasar a un joven de largos cabellos que se tambaleaba, con las rodillas dobladas, bajo el peso de una parte del equipo de audio.

—¿Sabe dónde está la señora Steynton?

—Fíjese en la marquesina.

Abriéndose paso en medio de la confusión, Virginia llegó a la biblioteca y vio, por primera vez, la enorme carpa que habían armado en el césped el día anterior. Era muy alta y amplia, y quitaba casi toda la luz a los dormitorios. Habían retirado las puertas ventanas de la biblioteca, y la casa y la marquesina estaban unidas por el cordón umbilical de un pasillo similar a la carpa. Por el pasillo, Virginia llegó a la oscuridad acuosa, filtrada, que era el interior de la marquesina, vio los postes, altos como mástiles, el forro a rayas amarillas y blancas de la carpa. En lo alto de sus escaleras, los electricistas colocaban las luces del techo, y en el otro extremo, varios hombres fornidos estaban construyendo, con planchas de madera y bastidores, una plataforma para la banda. Había olor a pasto pisoteado y a tela, como en una exhibición agrícola, y en medio de todo esto, Virginia encontró a Verena con el señor Abberley, que estaba a cargo de toda la operación, y a quien evidentemente Verena le estaba comunicando lo que pensaba.

—... pero es ridículo decir que tenemos mal las medidas. Usted tomó las medidas.

—Lo que sucede, señora Steynton, es que el piso viene en unidades prefabricadas. De seis por tres. Yo se lo expliqué cuando usted encargó la carpa más grande.

—Nunca pensé que habría problemas.

"Y hay otra cosa. Su césped no es parejo.

—Claro que es parejo. Si antes era una cancha de tenis.

—Lo siento, pero no es parejo. En ese rincón, se hunde más de veinticinco centímetros. Hay que poner tacos.

—Bien, ponga tacos. Lo importante es que el piso no se hunda.

El señor Abberley parecía ofendido.

—Mis pisos nunca se hunden —le respondió, y se fue a solucionar la situación.

—Verena —dijo Virginia—. Me parece que llegué en un mal momento.

—Oh, Virginia. —Verena se pasó los dedos por los cabellos en forma desusada en ella. —Me estoy volviendo loca. ¿Alguna vez viste un desorden así?

—A mí me parece fantástico. Imponente.

—Pero es tan gigantesco...

—Bien, tu fiesta será gigantesca. Cuando esté lleno de gente y flores, y con la banda y todo lo demás, será distinto.

—¿No crees que será un lamentable fracaso?

—Claro que no. Será el baile del siglo. Mira, te traje los jarrones para flores. Si me dices dónde ponerlos, los llevaré a la casa y no te molestaré más.

—Eres un encanto. Si vas a la cocina, encontrarás a Katy con unas amigas. Están haciendo estrellas de plata, o guirnaldas, o algo así para decorar la *discothèque*. Ella te dirá dónde ponerlos.

—Si necesitas algo más...

Pero la atención de Verena ya se dispersaba.

—Si se me ocurre algo te llamaré... —Pensaba en demasiadas cosas al mismo tiempo. —¡Señor Abberley! Ahora que me acuerdo... Quería pedirle algo más.

Virginia volvió a su casa. Cuando llegó a Balnaid, eran casi las dos. Empezaba a sentir un hambre voraz, y decidió comer algo antes de ponerse a hacer nada más. Un sándwich de carne fría, unas galletitas con queso y un café. Estacionó el Subaru en el fondo y entró por la puerta de la cocina.

Inmediatamente, se le borraron de la cabeza los pensamientos sobre la comida. Se detuvo bruscamente, con el estómago vacío contraído por un espasmo de shock y de furia.

Porque allí estaba Lottie. Esperándola. Sentada ante la mesa de la cocina. Y no sólo no se mostró avergonzada en ningún sentido, sino que miró a Virginia sonriendo, como si la hubieran invitado a hacer una visita en cualquier momento y ella, amablemente, hubiera aceptado la invitación.

—¿Qué hace aquí? —preguntó Virginia, esta vez sin esforzarse por disimular la irritación en su voz. Estaba sobresaltada, pero además enfurecida. —¿Qué quiere?

—La esperaba. Para hablar un momentito con usted.

—No tiene derecho a meterse en mi casa.

—Usted debería aprender a cerrar las puertas con llave.

Las dos se enfrentaron por encima de la mesa de la cocina.

—¿Cuánto hace que está aquí?

—Una media hora. —¿Dónde más había estado? ¿Haciendo qué? ¿Espiando en la casa de Virginia? ¿Habría ido al piso alto y se habría puesto a abrir armarios y cajones, a tocar la ropa de Virginia? —Supuse que, como había dejado las puertas abiertas, no tardaría mucho. Los perros ladraron, sí, pero pronto los calmé. Ellos sabían que la que llegaba era una amiga.

Una amiga.

—Tiene que irse ya mismo, Lottie. Y hágame el favor de no venir cuando no la invitan.

—Ah, la señora importante... ¿Yo no me merezco estar con gente como usted?

—Por favor, váyase.

—Me iré cuando me parezca, después de haber dicho lo que tengo que decir.

—Usted no tiene nada que decirme.

—En eso se equivoca, señora Aird. Tengo mucho que decirle. Estaa muy nerviosa cuando nos encontramos en el puente. No le gustó lo que le dije, ¿eh? Me di cuenta. No soy estúpida.

—Era mentira.

—¿Y por qué iba yo a mentir? No tengo necesidad de mentir; ya la verdad es bastante negra. La llamé ramera a Pandora Blair y usted apretó los labios como si hubiera dicho una mala palabra, fingiendo ser usted muy pura, muy elevada y poderosa.

—¿Qué quiere?

—No quiero ver pecado ni fornicación —dijo Lottie con el tono dramático que emplearía el ministro de una secta protestante para augurar a su congregación que se quemaría eternamente en el infierno. —La vileza de hombres y mujeres. Las prácticas de la lujuria...

Enfurecida, Virginia la interrumpió.

—Está diciendo necedades.

—Necedades, ¿eh? —Lottie volvió a ser ella misma. —¿Es una necedad que cuando su marido está ausente, y usted se ha quitado de encima a su hijito, traiga a su casa a los hombres que le gustan y los lleve a su cama? —Era imposible. Lo estaba inventando. Su loca y retorcida imaginación se alimentaba de sus propias fantasías carnales. —Ah, sabía que a esto no podría contestarme. ¡La señora de Edmund Aird! Es una trotacalles cualquiera.

Virginia se aferró al borde de la mesa. Conservando la voz tranquila y fría, replicó:

—No sé de qué está hablando.

—Ahora me pregunto, ¿quién miente? —Lottie, con las manos enlazadas en la falda, se inclinó hacia adelante y clavó su extraña mirada en el rostro de Virginia. Su piel tenía el color de la cera y la leve sombra del bozo le oscurecía el labio superior. —Yo estaba allí, señora Aird. —Bajó la voz; ahora hablaba con el tono de quien cuenta una historia de fantasmas y trata de provocar el mayor miedo posible. —Estaba frente a su casa cuando usted llegó anoche. La vi volver. La vi encender todas las luces y subir por la escalera con su amante. Los vi en la ventana del dormitorio, asomados como dos novios y susurrándose cosas. La vi correr los cortinados, encerrarse con él, con su lujuria y su adulterio.

—No tenía derecho a estar en mi jardín. Como no tiene derecho a estar en mi casa. Es usted una intrusa, y si quiero, llamo a la policía.

—La policía. —Lottie cacareó una risita. —Para lo que sirven... Y les encantaría enterarse de lo que pasa mientras el señor Aird está en Norteamérica. Lo echa de menos, ¿eh? ¿Piensa en él y en Pandora? Yo se lo conté, ¿verdad? ¿Estuvo preguntándose cómo habría sido? Y preguntándose en quién puede confiar.

—Quiero que se vaya ahora mismo, Lottie.

—Y a *él* no le va a hacer mucha gracia enterarse de lo que ha sucedido.

—Váyase. Ahora.

—Una cosa es segura. Usted no es mejor que las otras, y no trate de convencerme de que no es culpable, porque su rostro la delata...

Finalmente, Virginia perdió la calma. Con los dientes apretados gritó "¡FUERA!", extendió un brazo y señaló la puerta.

—¡Váyase y no vuelva más, vieja rastrera!

Lottie se calló. No se movió. Miró a Virginia con los ojos enrojecidos de odio. Temiendo lo que pasaría ahora, Virginia estaba tensa como un arco. Si Lottie hacía un solo movimiento para tocarla, daría vuelta la pesada mesa encima de la vieja loca y la aplastaría como a una cucaracha. Pero, lejos de ponerse físicamente violenta, Lottie mostró en su rostro una expresión de gran complacencia. El brillo de sus ojos se apagó. Había dicho su parte, y había logrado lo que quería. Sin prisa, dándose tiempo, se puso de pie y se abotonó el cárdigan.

—Bien, me voy, pues. Adiós, perritos, gusto de haberlos visto.

Virginia la miró irse. Los tacos altos de Lottie resonaron en la cocina. Al llegar a la puerta abierta, se dio vuelta para mirar a Virginia.

—Lo he pasado muy bien. Nos veremos, sin duda.

Y se fue, después de cerrar suavemente la puerta tras ella.

Violet se hallaba en su pequeña cocina de Pennyburn; se había puesto un delantal, y estaba cubriendo con un baño su torta de cumpleaños. La había hecho Edie, y era de gran tamaño y de tres capas; Vi había tenido que ocuparse de decorarla. Primero había unido las tres capas con una crema de chocolate y manteca, y ahora estaba esparciendo el resto de esta crema sobre el exterior de la torta. No era experta en decoración de tortas, y ésta, ya terminada, tenía un aspecto algo tosco, muy parecido al de un campo recién arado, pero cuando pegara unas pastillas de colores en la cobertura y colocara la única vela que se permitía, el resultado sería agradable.

Dio un paso atrás para observar su obra, mientras chupaba unas gotas de la crema que le habían quedado en los dedos. En ese momento, oyó que un auto subía la cuesta y luego entraba en su sendero. Miró por la ventana y vio que la visita era Virginia, y se alegró. Virginia venía sola, y Violet siempre se complacía cuando su nuera aparecía en su casa sin invitación, porque eso significaba que deseaba verla. Y ese día era especialmente importante, porque tendrían tiempo de sentarse a charlar, y Violet se enteraría de cómo habían andado las cosas con Henry.

Fue a lavarse las manos. Oyó abrirse y cerrarse la puerta del frente.

—¡Vi!

—Estoy en la cocina.

Se secó las manos y comenzó a desanudarse el delantal.

—¡Vi!

Violet arrojó a un lado el delantal y fue al hall. Su nuera estaba al pie de escalera, y Virginia supo de inmediato que pasaba algo malo. Virginia estaba pálida como un papel, y su mirada era dura y brillosa, como si las lágrimas no derramadas le quemaran los ojos.

Violet se llenó de aprensión.

—Querida, ¿qué sucede?

—Tengo que hablar contigo, Vi. —El tono era controlado, pero había un cierto temblor en su voz. Estaba al borde del llanto. —Tengo que hablar.

—Pero claro. Ven, siéntate... —Rodeó a Virginia con un brazo y la llevó a la sala. —Bien, siéntate. Tranquilízate un poco. Nada nos molestará.

Virginia se hundió en un mullido sillón, apoyó la cabeza en el almohadón, cerró sus hermosos ojos y luego, casi inmediatamente, volvió a abrirlos.

—Henry tenía razón —dijo—. Lottie Carstairs es una mala persona. No puede quedarse. No puede quedarse con Edie. Tiene que volver a irse.

Vi se sentó en su sillón preferido junto al fuego.

—Virginia, ¿qué pasó?

—Estoy asustada —respondió Virginia.

—¿Temes que le haga algún daño a Edie?

—A Edie no. A mí.

—Cuéntame.

—No sé cómo empezar.

—Cuéntame todo desde el principio.

Su tono tranquilo dio buen resultado. Virginia se repuso, con cierto esfuerzo visible por conservar el control y mantenerse sensata y objetiva. Se enderezó, se alisó los cabellos, se apretó las mejillas con los dedos como si ya hubiera llorado y estuviese secándose las lágrimas.

—Nunca me gustó —comenzó—. Como nunca le gustó a ninguno de nosotros, ni nos hizo feliz que viviera con Edie. Pero, como los demás, me dije que era inofensiva.

Violet recordó sus propias reservas sobre Lottie. Y el momento de pánico que había vivido, sentada con ella junto al río Relkirk, con la mano de Lottie que la apresaba la muñeca con dedos de acero.

—¿Pero ahora piensas que estábamos todos equivocados?

—Un día antes de llevar a Henry al colegio... el lunes... saqué a pasear a los perros. Fui a la tienda de Dermot a comprar algo para Katy, y luego seguí adelante hasta cruzar el puente del oeste. De pronto, no sé de dónde, apareció Lottie. Me había estado siguiendo. Me dijo que todos ustedes sabían... todos..., tú, Archie, Isobel, Edie... Dijo que ustedes sabían...

"Ay, Dios mío", pensó Violet.

—¿Que sabíamos qué, Virginia?

—Que Edmund y Pandora Blair habían estado enamorados. Que habían sido amantes.

—¿Y Lottie cómo lo sabía?

—Porque trabajaba en Croy en la época del casamiento de Archie con Isobel. Esa noche hubo un baile, ¿verdad? Dijo que ellos subieron al piso alto en la mitad del baile, y que ella los siguió, y que escuchó detrás de la puerta del dormitorio de Pandora. Dijo que Edmund estaba casado y tenía una hija, pero que eso no importaba porque estaba enamorado de Pandora. Dijo que todos lo sabían porque era absolutamente obvio. Dijo que todavía están enamorados, y que por eso volvió Pandora.

La cosa era todavía peor que lo que había pensado Violet, y por una vez en su vida, se encontró sin saber qué decir. ¿Qué se podía decir? ¿Qué se podía hacer para consolar a Virginia? ¿Cómo encontrar un granito de consuelo en las profundidades cenagosas del escándalo, agitada por un loca que lo único que podía hacer con su patética vida era crear problemas?

A través del pequeño espacio que las separaba, los ojos de Violet se encontraron con los de Virginia. Y en los ojos de Virginia había una súplica, porque lo único que deseaba era que Violet le asegurara que toda esa historia era un hato de mentiras.

Violet suspiró, y dijo algo totalmente inadecuado.

—Ay, Dios mío.

—Entonces es cierto. Y tú lo sabías.

—No, Virginia, no lo sabíamos. Todos lo sospechábamos, pero no lo sabíamos, y nunca hablamos de esto entre nosotros, y seguimos comportándonos como si nada hubiera pasado.

—Pero, ¿por qué? —Era un grito de desesperación. —¿Por qué me lo ocultaron? Estoy casada con Edmund. Soy su esposa. ¿Cómo imaginaron que no me daría cuenta? Y que haya tenido que enterarme por esa horrible mujer... Es una especie de traición, como si no confiaran en mí. Como si pensaran que soy una especie de niña inocente, sin la madurez necesaria para conocer la verdad.

—Virginia, ¡cómo podíamos decírtelo! Ni siquiera lo sabíamos con certeza. Sólo lo sospechábamos, y siendo la clase de gente que somos, lo metimos en un rincón y esperamos que se quedara allí. Ella tenía dieciocho años, y Edmund la conocía desde que era una niña. Pero había estado en Londres, se había casado y había nacido Alexa, y hacía años que no veía a Pandora. Y vino para el casamiento de Archie, y allí estaba ella. Ya no era una niña, sino la más fascinante, traviesa y deliciosa criatura que puedas imaginarte. Y creo que siempre había estado enamorada de Edmund. Cuando volvieron a encontrarse, fue como una explosión de fuegos artificiales. Todos vimos los fuegos artificiales pero nos dimos vuelta para no mirar. Lo único que podíamos hacer era esperar que se apagaran. Tampoco la cosa podía durar eternamente. Edmund tenía compromisos en Londres. Su esposa, su hija, su trabajo. Después de la boda, se fue, volvió a sus propias responsabilidades.

—¿Se fue de buena gana?

Violet se encogió de hombros.

—Con Edmund, es imposible saberlo. Pero recuerdo que fui a despedirlo cuando partía de Balnaid en su auto, le dije adiós y estuve a punto de decirle algo más. Algo ridículo como "Lo siento", o "El tiempo cura todas las heridas", o "Olvidarás a Pandora", pero finalmente perdí coraje y no le dije nada.

—¿Y Pandora?

—Entró en una especie de depresión adolescente. Lágrimas, rabietas, sufrimiento. Su madre hablaba conmigo, y estaba realmente desolada, pero realmente, Virginia, ¿qué podíamos decir? ¿Qué podía hacer cualquiera de nosotros? Yo sugería enviar afuera a Pandora por un tiempo... a estudiar algo, o tal vez que fuera a París o a Suiza. A los dieciocho años, todavía era muy joven en muchos aspectos, y algún proyecto que valiera la pena... aprender un idioma o trabajar con niños... podía haberla distraído de sus pesares. Al tener oportunidad de conocer otra gente joven, se olvidaría de Edmund. Pero creo que siempre la habían mimado demasiado y, esto es extraño, la madre de Pandora parecía tenerles miedo a las rabietas de su hija. No sé si alguna vez habló de esto. Lo que sé es que Pandora simplemente se quedó vagando en Croy un par de meses, haciendo sufrir a todo el mundo, y luego se escapó con ese horrible Harold Hogg, que era riquísimo y tenía edad para ser su padre. Y así terminó ese asunto.

—Hasta ahora.

—Sí, hasta ahora.

—¿Te preocupaste al saber que volvía?

—Sí. Un poco.

—¿Crees que todavía están enamorados?

—Virginia, Edmund te ama. —Virginia no respondió. Violet frunció el entrecejo. —Y con seguridad, tú lo sabes.

—Hay tantas clases de amor... Y a veces, cuando realmente lo necesito, no parece que Edmund pueda dármelo.

—No comprendo.

—Me quitó a Henry. Dijo que yo lo asfixiaba. Que yo quería retener a Henry porque era una especie de posesión mía, un juguete con el que yo quería seguir jugando. Rogué y supliqué y finalmente tuvimos una pelea espantosa, pero no cambió nada. Era como discutir con una pared. Las paredes no aman, Vi. Eso no es amor.

—No debería decirlo, pero estoy de tu lado en lo que respecta a Henry. De todos modos, es el hijo de Edmund, y creo realmente que Edmund hace lo que considera mejor para Henry.

—Y luego esta semana se largó a Nueva York, justo cuando verdaderamente lo necesitaba aquí. Llevar a Henry a Templehall y dejar allí a esa pobre criatura es lo peor que he tenido que hacer en toda mi vida.

—Sí —dijo Vi, aunque no era lo correcto—. Sí, lo sé. —Se quedaron calladas. Violet consideró la lamentable situación, revisó mentalmente todo lo que habían dicho. Y luego halló una pequeña incoherencia. —Virginia —dijo—, todo esto sucedió el lunes. Pero tú viniste a verme hoy. ¿Ha ocurrido algo más?

—Ah. —Virginia se mordió el labio. —Sí, hay algo más.

—¿Lottie otra vez? —Violet apenas se animaba a preguntar.

—Sí, Lottie... Vi, ¿te acuerdas del domingo, cuando estábamos almorzando en Croy, y le hacíamos bromas a Isobel sobre el huésped que va a tener, el "norteamericano triste"? Bien, en mi regreso de Templehall paré en el Kings Hotel para ir al baño, y me lo encontré allí. Y lo conozco. Lo conozco muy bien. Se llama Conrad Tucker y jugábamos al tenis en Leesport hace unos doce años.

Era lo más alegre que Vi le había oído decir a Virginia desde su llegada.

—¡Pero qué bien! —dijo.

—El caso es que cenamos juntos, y me pareció tonto que se quedara en Relkirk si iba a Croy al día siguiente, de manera que fue a Balnaid conmigo y se quedó allí. Esta mañana lo llevé a Croy y lo dejé con Archie. Lego fui a Corriehill a llevarle unos jarrones a Verena. Luego volví a casa y encontré a Lottie en la cocina.

—¿En la cocina de Balnaid?

—Sí. Me estaba esperando. Me dijo... que la noche anterior había estado en Balnaid, en el jardín, en medio de la oscuridad y la lluvia, cuando llegamos Conrad y yo. Nos vio. Por la ventana. Las cortinas no estaban corridas. Nos vio ir arriba... —Virginia advirtió la mirada horrorizada de Violet, abrió la boca y volvió a cerrarla. Finalmente dijo: —Me llamó ramera. Dijo que Conrad era un tipo que yo me llevaba a la cama. Y siguió delirando sobre la lujuria y la fornicación...

—Está obsesionada.

—Tiene que irse, o se lo contará a Edmund. —Ante los ojos de Violet, Virginia repentinamente se desmoronó, con la cara compungida como la de un chico; las lágrimas asomaron a sus ojos azules y corrieron por sus mejillas. —No aguanto más, Vi. No puedo soportar algo tan horrible. Es una bruja, y me tiene tanto odio... No sé por qué me odia...

Buscó a tientas un pañuelo pero no lo encontró, de manera que Violet le entregó el suyo, de linón con puntillas y poco adecuado para servir de dique a esa inundación de pesares.

—Está celosa de ti. Celosa de la felicidad normal... Y si se lo dice a Edmund, él sabrá, lo mismo que yo, que todo es un montón de mentiras.

—Es que precisamente... —gimió Virginia—... es cierto. Eso es lo terrible. Es cierto.

—¿Cómo dices?

—Es cierto que me acosté con Conrad. Me acosté con él porque lo deseaba, porque quería que me hiciera el amor.

—Pero, ¿por qué?

—Ay, Vi. Supongo que nos necesitábamos.

Lo confesaba por desesperación, y viendo llorar a su nuera, Violet se llenó de compasión. Que Virginia, justamente Virginia, hubiera llegado a eso era una clara indicación del estado en que se encontraba su matrimonio. Pero, pensándolo bien, era perfectamente razonable. El hombre, Conrad Tucker o como se llamase, acababa de perder a su esposa. Virginia, perturbada por las actitudes de Edmund, acababa de perder a su hijo adorado. Eran viejos amigos. Cuando uno busca consuelo, acude a los viejos amigos. Ella era una mujer deseable, atractiva, sexy, y el norteamericano seguramente era un hombre atractivo también. Sin embargo, Violet hubiera deseado, más allá de todas esas consideraciones, que eso nunca hubiera sucedido. Es más: hubiera deseado que Virginia no se lo hubiese contado.

Sólo quedaba por decir algo esencial, claro como el agua.

—Edmund nunca debe saberlo.

Virginia se sonó la nariz en el pañuelo empapado.

—¿Eso es todo lo que tienes que decir?

—Es lo único importante.

—¿No me haces reproches? ¿Ni recriminaciones?

—Lo que sucedió no es asunto mío.

—Estuvo mal.

—Pero, en esas circunstancias, es comprensible.

—Ay, Vi. —Virginia se deslizó del sillón, se arrodilló, rodeó con sus brazos a Violet y escondió la cara en su considerable busto. —Lo siento.

Violet le puso una mano en la cabeza.

—Somos humanos —dijo con tristeza.

Permanecieron un rato así como estaban, consoladas por la proximidad. Los sollozos de Virginia se acallaron poco a poco. Luego se apartó de Violet y se quedó en cuclillas. Se sonó la nariz como cerrando el episodio.

—Hay una sola cosa más, Vi. Cuando vuelva Edmund, y haya pasado la fiesta, pienso volver a Long Island por un tiempito. Para estar con los abuelos. Necesito alejarme. Hace meses que quiero ir pero nunca puedo, y ahora que no está Henry parece ser un buen momento.

—¿Y Edmund?

—Pensé... ¿Edmund no puede quedarse contigo?

—¿Cuándo planeabas irte?

—La semana que viene, tal vez.

—¿Será conveniente?

—Dímelo tú.

—Sólo recuerda que no puedes huir de la realidad, así como no puedes huir de la culpa.

—¿La realidad son Edmund y Pandora?

—No quise decir eso.

—Pero es lo que piensas, ¿verdad? Acabas de decirme que Pandora siempre estuvo enamorada de él. Y estoy segura de que ella no es menos hermosa ahora que a los dieciocho años. Y comparten algo que yo no puedo compartir con Edmund: mil recuerdos de su juventud. Y, aunque parezca extraño, esos recuerdos son lo más duraderos y los más importantes.

—Tú eres importante, y no creo que debas dejar a Edmund ahora.

—Nunca me había importado antes. Cuando tenía que irse y dejarme, nunca conocí los celos ni me preocupó saber en qué andaba. Yo le decía que no me importaba lo que hiciera siempre que yo no tuviera que verlo. Era una broma. Pero ahora no es broma. Si algo ha de suceder, no quiero verlo.

—Subestimas a tus amigos, Virginia. ¿Crees que Archie vería suceder eso bajo su nariz sin hacer nada?

—Si Edmund quiere hacer su voluntad, no será Archie quien se lo impida.

—Pandora no se quedará eternamente en Croy.

—Pero ahora está allí. Y mi problema va a ser ahora.

—¿No te gusta?

—Me parece encantadora.

—¿Pero no le tienes confianza?

—En este momento, no le tengo confianza a nadie, y mucho menos a mí misma. Necesito tomar distancia, hacer una nueva evaluación, ver las cosas en perspectiva. Por eso vuelvo a los Estados Unidos.

—Sigo pensando que no debes irte.

—Creo que debo hacerlo.

No parecía haber nada más que decir. Violet suspiró.

—En ese caso, no se hable más del asunto. En cambio, seamos prácticas y tomemos medidas. Lo que queda muy claro es que Lottie tiene que irse. Volver al hospital. Es letal creando el caos, y temo por Edie. Me ocuparé de eso de inmediato. Y mientras hago mi llamado, te sugiero que vayas a lavarte la cara y a peinarte, y luego vayas a buscar mi botella de brandy, que está en el armario del comedor, y un par de vasos. Las dos tomaremos un traguito medicinal para levantar el ánimo y nos sentiremos mucho mejor y más fuertes.

Virginia cumplió las indicaciones. Mientras ella salía de la habitación, Violet se levantó del sillón y fue a su escritorio. Buscó el número del Relkirk Royal, discó y pidió que la comunicaran con el doctor Martin. La telefonista pasó la comunicación, y segundos después, el médico atendió.

—¿El doctor Martin?

Violet dedicó unos minutos a explicar quién era ella, y su relación con Lottie Carstairs.

—Sabe de quién le hablo, ¿verdad, doctor Martin?

—Sí, por supuesto.

—Creo que realmente no está en condiciones de salir del hospital. Se comporta en forma muy irracional, y molesta y perturba a una cantidad de gente. Y para la señorita Findhorn, con quien ella vive, creo que realmente es excesivo. No es una persona joven, y Lottie es demasiada reponsabilidad para ella.

—Sí. —El médico parecía meditar en el caso. —Comprendo.

—No parece usted sorprendido.

—No, no estoy sorprendido. Le di de alta y la puse al cuidado de la señorita Findhorn pues pensaba que tal vez al volver a la vida cotidiana y vivir en un hogar como todos podría recuperar una cierta normalidad. Pero siempre era un riesgo.

—Parece que no ha dado resultado.

—No, veo que no.

—¿Volverá a tomarla en su cuidado?

—Sí, por supuesto. Hablaré con la hermana encargada del pabellón. ¿Podrá usted traer a la señorita Carstairs al hospital? Sería mejor que mandar una ambulancia. Y que venga también la señorita Findhorn. Es importante que esté presente, porque es el familiar más cercano de la paciente.

—Muy bien. Estaremos con usted esta tarde.

—Si hay algún problema comuníquemelo.

—Por cierto —prometió Violet, y colgó el receptor.

Saber que el problema con Lottie Carstairs había sido tratado, y que probablemente la prima de Edie volvería al Relkirk Royal esa misma tarde hizo más que el trago del mejor brandy de Violet para restablecer el equilibrio de Virginia.

—¿Cuándo la llevan?

—Ahora —respondió Violet. Ya se había cambiado los zapatos y se estaba abotonando la chaqueta.

—¿Y si Lottie se niega a ir?

—No se negará.

—¿Y si le da un ataque en el auto y quiere estrangularte?

—Edie estará conmigo, y lo impedirá. Sé que esto será un gran alivio para nuestra querida Edie. No puede oponerse.

—Yo iría contigo, sólo que...

—No. Creo que tú debes mantenerte aparte de todo esto.

—¿Me llamarás cuando haya terminado?

—Por supuesto.

—Cuídate. —Virginia abrazó y besó a Violet. —Y gracias. Te quiero mucho, y nunca te lo digo.

Violet se conmovió, pero ahora estaba pensando en otras cosas.

—Yo también te quiero mucho. —Le palmeó distraídamente el hombro a Virginia mientras planeaba cómo encarar a Edie y a Lottie. —Te veo mañana en el picnic.

—Claro. Y también estarán Alexa y Noel.

Alexa y Noel. Más gente de la familia, más amigos que llegaban. Tanta gente, tantas exigencias, tantas decisiones, tanto que resolver. "Mañana cumplo setenta y ocho años", se dijo Violet, y se preguntó por qué no estaría tranquilamente sentada en un sillón de ruedas con una cofia de encaje en la cabeza. Tomó su cartera, sacó las llaves del auto, abrió la puerta de la casa. Alexa y Noel.

Había temido una escena terrible con Lottie, pero finalmente todo resultó bien. Encontró a Lottie sentada en el sillón de Edie, mirando televisión con la mayor frescura. Violet se detuvo a saludarla, pero ella estaba mucho más interesada en una señora gorda que, en la televisión, mostraba cómo hacer una pantalla con un pedazo de empapelado viejo. Por la ventana de la cocina Violet vio a Edie en su jardín, colgando ropa recién lavada. Fue a reunirse con ella y a contarle, en voz baja para que Lottie no pudiera oírla, todo lo que se había decidido y dispuesto.

Edie, que día a día parecía más cansada, ahora estaba a punto de ponerse a llorar.

—No quiero mandarla al hospital —dijo.

—Edie, es demasiado para todos nosotros. Siempre ha sido demasiado para ti, y ahora ha comenzado a perseguir a Virginia y está divulgando rumores sumamente desagradables. Ya sabes de qué hablo.

Por supuesto que Edie sabía, pero entre ellas no era necesario decir nada.

—Me lo temía —admitió Edie.

—Está enferma, Edie.

—¿Ya se lo dijo?

—Todavía no.

—¿Qué le dirá?

—Sólo que el doctor Martin quiere verla otra vez. Que quedará un día o dos en el Relkirk Royal.

—Se enfurecerá.

—No lo creo.

Edie colgó la última prenda y se agachó a recoger la cesta vacía. Lo hizo como si pesara una tonelada, como si estuviera cargando con todas las pesadumbres del mundo.

—Tendría que haberla vigilado —dijo.

—¿En qué forma?

—Yo tengo la culpa.

—Nadie podría haber hecho más por ella. —Violet sonrió. —Vamos, tomaremos una taza de té y yo le diré lo que sucede mientras tú le haces la maleta.

Juntas recorrieron el largo jardín para volver a la casa.

—Me siento como una asesina —dijo Edie—. Es mi prima, y le he fallado.

—Es ella quien te ha fallado a ti, Edie. Y no tú a ella. Como jamás nos has fallado a ninguno de nosotros.

A las seis de la tarde, todo el desagradable episodio había terminado, y Lottie estaba otra vez recluida en el Relkirk Royal al cuidado de la bondadosa hermana encargada del pabellón, y del increíblemente juvenil doctor Martin. Gracias a Dios, Lottie no había hecho objeciones cuando Violet le comunicó lo que sucedería; simplemente había dicho que esperaba que el doctor Faulkner se ocupara un poco más de ella, y luego había levantado la voz para recordarle a Edie que no olvidara guardar en la maleta su mejor cárdigan verde.

Llegó a la puerta del hospital, acompañada por la hermana de guardia, y saludó alegremente a Violet y Edie mientras ellas se alejaban con el auto por los jardines tristes y serios que Lottie creía tan hermosos.

—No debes preocuparte por ella, Edie.

—No puedo evitarlo.

—Hiciste todo lo que pudiste. Fuiste una santa. Puedes visitar a Lottie. No es el fin.

—Pobrecita...

—Necesita atención profesional. Y tú tienes mucho que hacer. Ahora debes dejar esto atrás y volver a disfrutar de la vida. Mañana es mi picnic. No quiero caras largas el día de mi cumpleaños.

Edie guardó silencio un rato. Luego preguntó:

—¿Le hizo el baño a la torta? —Y se pusieron a hacer planes para el picnic, y cuando Violet dejó a Edie en su casa, sabía que ya había pasado lo peor.

Volvió a Pennyburn, entró por la puerta trasera y dejó escapar un gran suspiro de alivio al encontrarse otra vez en casa. La torta de cumpleaños estaba donde la había dejado, sobre la mesa. Setenta y ocho años. No era extraño que se sintiera totalmente exprimida. La cobertura se había endurecido y ya no era posible pegar los confites de colores, de manera que tendría que quedar como estaba. Puso la torta en una lata, luego fue a la sala y se sirvió un whisky grande con poca soda; se sentó ante su escritorio e hizo el último y vitalmente importante llamado del día.

—Colegio Templehall.

—Buenas noches. Habla la señora de Geordie Aird. Soy la abuela de Henry Aird, y quisiera hablar con el director.

—Soy la secretaria del director. ¿Quiere dejar un mensaje?

—No. Quiero hablar con él.

—El director está ocupado en este momento. ¿Quiere que él la llame más tarde?

—No, quiero hablar con él ahora. Por favor dígale que esperaré.

La secretaria vaciló, luego dijo de mala gana:

—Bien. Pero puede tardar unos minutos.

—Esperaré —respondió Violet con tono majestuoso.

Esperó. Después de bastante tiempo oyó que, desde algún lejano pasillo sin alfombrar, llegaba el ruido de pasos que se aproximaban.

—Sí... Habla el director.

—¿El señor Henderson?

—Sí.

—Habla la señora de Geordie Aird, la abuela de Henry Aird. Lamento molestarlo, pero es importante que le dé a Henry un mensaje de mi parte.

—¿Cuál es el mensaje? —Henderson parecía algo impaciente, o enojado.

—Dígale que Lottie Carstairs ha vuelto al hospital, y que ya no vive con Edie Findhorn.

—¿Eso es todo? —La voz sonaba incrédula.

—Sí, eso es todo.

—¿Y es importante?

—Vitalmente importante. Henry estaba muy preocupado por la señorita Findhorn. Sentirá un gran alivio al saber que Lottie Carstairs ya no vive con ella. Le quitará un peso de encima.

—En ese caso, tomaré nota.

—Sí, será mejor. Se lo repetiré. —Y eso hizo, en voz más alta y con claridad, como si el director fuera sordo como una tapia. *—Lottie Carstairs ha vuelto al hospital. Ya no vive con Edie Findhorn.* ¿Entendido?

—Está clarísimo —dijo el director, revelando un ligero sentido del humor.

—Es usted muy amable. Lamento haberlo molestado. —Pensó en preguntar si Henry estaba bien, y luego decidió no hacerlo. No quería que la tomaran por una vieja fastidiosa. —Adiós, señor Henderson.

—Adiós, señora Aird.

En lo alto de la larga cuesta, donde el camino apenas mejorado llega a la cumbre del Creagan Dubh, Archie detuvo el Land-Rover, y los dos hombres bajaron a contemplar el maravilloso paisaje.

Esa tarde, habían partido de Croy por el sendero que atravesaba el campo, habían pasado por el cerco que encerraba a los ciervos, junto al lago, y así habían entrado en la parte salvaje de las montañas. Ahora el Wester Glen había quedado atrás, más abajo, y las aguas azules del lago eran como una joya. Más adelante, el valle principal de Creagan bajaba en una sucesión de anfiteatros naturales y estribaciones donde las aguas susurrantes de un estrecho arroyo brillaban como un hilo de plata a la luz intermitente del sol. Hacia el norte, las rampas de los campos vacíos se desplegaban hasta el infinito. La luz era caprichosa, cambiaba constantemente; los picos distantes eran azules, y sobre ellos, se veían las nubes, como un manto de humo.

En los jardines de Croy, el aire estaba agradablemente cálido; el sol pasaba por entre los árboles dorados y sólo una leve brisa refrescaba el aire. Pero a esta gran altura, el mismo aire era puro y trasparente como el agua helada y, por momentos, el viento del noroeste castigaba al golpear contra el erial abierto, sin árboles ni nada que se opusiera a su paso.

Archie abrió la puerta trasera del Land-Rover y sus dos perros, que esperaban ese momento, saltaron afuera. Archie sacó dos abrigos impermeables muy deteriorados, sucios y rotos, pero con gruesos forros de lana.

—Tome. —Le arrojó uno a Conrad y luego apoyó el bastón contra el auto y se puso el otro. El abrigo tenía los bolsillos desgarrados y manchas de sangre en la parte delantera, que hablaban de alguna liebre o algún conejo matados mucho tiempo atrás. —Nos sentaremos un rato. Hay un lugar un poquito más adelante... donde podemos protegernos del viento...

Guió a Conrad por la dura superficie del camino hasta los brezos altos, usando su bastón como tercera pierna para pasar por la parte más densa. Conrad lo seguía, observando los penosos esfuerzos de Archie, pero sin ofrecerle ayuda. Poco después, llegaron a un promontorio de granito, pulido por millones de años a la intemperie y cubierto de líquenes, que se elevaba como un antiguo monolito desde su profundo lecho de brezos. Su forma natural proporcionaba un lugar donde sentarse y un respaldo no muy cómodo, pero, una vez que se acomodaron, lograron cierto refugio de lo peor del viento.

A los perros se les había ordenado sentarse, pero la más joven no era tan obediente como su madre, y una vez que Archie se acomodó lo mejor posible y tomó sus prismáticos, olió una presa, salió con gran nerviosismo y encontró una nidada de patos salvajes. Ocho aves salieron disparadas del brezal a pocos metros del lugar donde estaban sentados, gritando, navegando hacia las profundidades del valle, en un vuelo espasmódico bajo el perfil recotado en el cielo de las montañas, hasta que finalmente se posaron mucho más abajo y desaparecieron.

Maravillado, Conrad observó su vuelo. Pero Archie le gritó a la perra, y ella, con el rabo entre las patas, volvió a su lado, le apoyó la cabeza en el hombro y se disculpó profusamente. Archie la abrazó y le perdonó la pequeña travesura.

—¿Los marcó? —le preguntó a Conrad.

—Creo que sí.

Archie le pasó los prismáticos.

—Fíjese si los encuentra.

Conrad miró por los prismáticos. Ahora veía en detalle a la distancia. En las profundas masas de brezos, al pie del valle, buscó en vano las aves desaparecidas, sin ver rastros de ellas ni señales de movimiento. Ya no estaban. Le devolvió los prismáticos a Archie.

—Nunca imaginé que vería los patos salvajes tan cerca.

—Yo los he visto toda la vida y nunca dejan de asombrarme. Tan astutos y valientes... Llegan a volar a ciento veinte kilómetros por hora, y usan mil trucos para despistar a un hombre con una escopeta. Son los adversarios más exigentes, y por eso, brindan un entretenimiento incomparable.

—Pero ustedes los matan...

—He matado patos salvajes toda la vida. Sin embargo, a medida que pasan los años, salgo a cazar con menos frecuencia, y debo admitir que con ciertas reservas. Mi hijo Hamish hasta ahora no tiene escrúpulos, pero Lucilla odia toda esta actividad y se niega a venir conmigo. —Archie estaba sentado con la espalda encorvada bajo el viejo abrigo raído, con la pierna buena recogida y el codo apoyado en la rodilla. Llevaba la gastada gorra de tweed encasquetada hasta las cejas, para proteger sus ojos de los intensos rayos de sol. —Lucilla siente que son aves silvestres y, por lo tanto, parte de la creación de Dios. Al decir silvestres me refiero a que se perpetúan solas. Es imposible criarlas como se crían los faisanes, porque poner polluelos en estos eriales significaría para ellos muerte segura e instantánea por las aves de rapiña.

—¿De qué se alimentan?

—De los frutos del brezo. De unas bayas pequeñas que crecen en los brezales. Pero principalmente del brezo. Por eso, en los brezales bien mantenidos, se queman franjas regularmente. Las quemas son controladas por ley. Sólo se permiten durante algunas semanas en abril, y si uno no lo ha hecho hasta entonces, tiene que dejarlo para el año siguiente.

—¿Para qué queman?

—Para estimular nuevos crecimientos. —Señaló con el bastón. —En la montaña del medio, se ven las franjas negras donde quemamos este año. El brezo más alto se deja para dar una buena protección a las aves.

Conrad contempló un tanto perplejo la enorme extensión que lo rodeaba.

—Es muchísima tierra para tan pocas aves.

Archie sonrió.

—Parece un poco anacrónico, en nuestros días. Pero si no fuera por las grandes áreas de caza, en Escocia vastísimas tierras quedarían descuidadas o serían diezmadas por intensos cultivos de uno u otro tipo, o por la forestación comercial.

—¿Está mal plantar árboles?

—Es un tema espinoso. El pino escocés es nuestro árbol nativo, y no el abeto noruego Sitka ni el pino Lodge Pole estadounidense. Y depende de cómo se organizan las tierras forestales. Pero una zona muy densa de abetos Sitka destruye el terreno de cría de las aves de montaña, porque no anidan en ochocientos metros a la redonda. Da refugio a demasiados animales de rapiña... a cuervos y a zorros. Y no hablo solamente de los patos, sino también de los chorlitos y otras formas de vida silvestre. Todo tipo de bichos, insectos, ranas, víboras. Y de la vida vegetal, como campanillas, musgos y hongos de especies poco frecuentes, asfódelos... Si se lo cuida bien, un brezal es una fábrica de ecología racional.

—¿Pero la imagen de un hombre rico en el brezal de patos disparando a las aves no es un poco ridícula?

—Claro que sí. El aristócrata con papada que carga la escopeta con billetes de diez libras... Pero creo que esa imagen está desapareciendo, a medida que los políticos ecologistas advierten que el lazo entre los deportes del campo y la conservación es de inmensa importancia para la supervivencia del ecosistema básico de las Highlands.

Dejaron de hablar. Secretamente, el silencio se fue llenando de pequeños sonidos, así como el agua que gotea va llenando un hueco. El leve silbido y el tamborileo del viento. El murmullo de la creciente, en el arroyo distante. En todo el valle, esparcidas sobre la ladera de la montaña, las ovejas pacían, se movían, balaban. Y mientras estos sonidos llenaban el silencio, Conrad, muy cómodo con su compañero, se sintió invadido por una sensación de tranquilidad, por una paz espiritual cuya existencia había olvidado.

Quizás esto estaba mal. Quizá después de lo ocurrido la noche anterior, tendría que estar sufriendo una agonía de culpa y remordimiento. Pero su conciencia estaba adormecida, hasta satisfecha. "Me siento como la mierda", le había dicho a Virginia, "porque te deseo."

Y realmente se había sentido culpable, sufriendo con la necesidad física de hacerle el amor a la esposa de otro hombre, a espaldas de éste, y en la casa de ese hombre. Pero poco podía hacer por calmar su deseo, y aún menos cuando quedó claro que la necesidad de consuelo y cariño de Virginia era tan grande como la suya. Para él, había sido una noche de feliz liberación después de meses de obligado celibato. Y para ella, tal vez un alivio de su soledad y un último e impetuoso festín de la juventud perdida.

La noche anterior, al ir hacia Balnaid, Virginia se había mostrado tímida y había mantenido un poco de distancia a Conrad, con sus atenciones de anfitriona, pues percibía el peligro potencial como un animal joven. Pero, por la mañana, se había repuesto. Él se despertó tarde; había dormido tan profundamente como no le sucedía desde muchos meses atrás, y ella se había ido. Ya vestido, Conrad bajó la escalera y encontró a Virginia en la cocina preparando el desayuno; mientras hacía el café, les hablaba a los dos Spaniels. Todavía estaba pálida, pero menos tensa, y lo saludó con una sonrisa. Comieron huevos con tocino, y hablaron de asuntos triviales, y él respetó la reticencia de ella. Tal vez fuera mejor así, que ninguno de los dos se entregara al análisis de los sentimientos, ni tratara de racionalizar los acontecimientos de la noche anterior.

Una relación de una noche. Para Virginia, tal vez, la cosa terminaba allí; Conrad no estaba tan seguro. Él simplemente se sentía muy agradecido de que el destino los hubiera reunido en un momento en que los dos estaban vulnerables, desposeídos, con una profunda necesidad uno del otro. Todo había seguido su propio curso en una progresión natural tan básica como la respiración.

Nada que lamentar. Por Virginia, Conrad no se preocupaba. En cuanto a él, sólo sabía que doce años antes había estado enamorado de ella, y ahora no podía estar demasiado seguro de que algo hubiera cambiado.

Su mirada captó un movimiento. Apareció un milano flotando en el cielo y empezó a descender en un vuelo en espiral. Un segundo después, otra nidada de patos brotó del brezal a mitad de camino cuesta abajo y voló hacia el sur a increíble velocidad. Los dos hombres los miraron irse.

—Desearía que viéramos más aves —dijo Archie—. Mañana vendremos a cazar a este valle. Más allá de las partes quemadas.

—¿Usted también vendrá?

—Sí. Es todo lo que puedo hacer, siempre que vaya a la zona despejada de más abajo. Es una de las cosas que realmente lamento, no poder subir ya la cuesta. Ésos fueron los mejores días, cuando subía con unos amigos y media docena de perros. Ahora es sólo algo del pasado.

Conrad vaciló. Los dos hombres habían pasado casi todo el día juntos, pero Conrad, que no deseaba ser curioso ni impertinente, había evitado deliberadamente el tema de la obvia discapacidad de Archie. Pero ahora parecía una oportunidad sensata.

—¿Cómo perdió la pierna? —preguntó con tono natural.

Archie miraba al milano.

—Por un disparo.

—¿Fue un accidente?

—No, un accidente no. —El milano osciló, descendió bruscamente, volvió a ascender hacia el cielo con su presa, un conejo pequeño, colgado del pico. —Un accidente en Irlanda del Norte.

—¿Qué hacía allá?

—Estaba en el ejército. Estaba allí con mi regimiento.

—¿Cuándo sucedió?

—Hace siete u ocho años. —El milano había desaparecido. Archie volvió la cabeza para mirar a Conrad. —Hace veinte años que el ejército está en Irlanda del Norte. A veces pienso que el resto del mundo olvida cuánto tiempo lleva este maldito conflicto.

—Veinte años es mucho tiempo.

—Fuimos a detener la violencia, a mantener la paz. Pero no hemos detenido la violencia, y la paz todavía está muy lejos. —Cambió de posición, dejó los prismáticos y se apoyó en un codo. —En verano tenemos huéspedes pagos norteamericanos. Les damos cama, comida, vino, les organizamos diversiones, conversamos con ellos. En las conversaciones, a menudo surge el tema de Irlanda del Norte, e inevitablemente algún gracioso expresa la opinión de que Irlanda del Norte es el Vietnam de Gran Bretaña. He aprendido a cambiar rápidamente de tema.

—Yo no iba a decir eso. Me refiero a lo de Vietnam. Yo no sería tan presuntuoso.

—Y yo no quise ser agresivo. ¿Usted estuvo en Vietnam?

—No. Uso anteojos desde los ocho años, de manera que me declararon no apto.

—Sin esa legítima excusa, ¿hubiera luchado?

Conrad movió la cabeza.

—No sé. Mi hermano fue. Estuvo con los *marines*. Era piloto. Lo mataron.

—¡Qué guerra espantosa, sangrienta, inútil! Pero toda guerra es así. Y la de Irlanda del Norte es la más inútil de todas porque tiene raíces en el pasado, y nadie está dispuesto a arrancar y destruir esas raíces y empezar a plantar algo nuevo y decente.

—¿Con lo del pasado, se refiere a Cromwell?

—A Cromwell, a Guillermo de Orange, a la batalla del Boyne, a los Blacks-and-Tans y a los jóvenes que hicieron huelga de hambre y murieron de inanición. Y me refiero a los viejos y amargos recuerdos, a la segregación y las áreas prohibidas y la intolerancia religiosa. Y a lo peor de todo: la incapacidad de poder aplicar la lógica a la situación.

—¿Cuánto tiempo estuvo allí?

—Tres meses. Deberían haber sido cuatro, pero cuando el batallón volvió a Escocia, yo estaba en el hospital.

—¿Qué le pasó?

—¿A mí o al batallón?

—A usted.

La respuesta de Archie fue un silencio profundo, elocuente a pesar suyo. Al mirarlo, Conrad advirtió que otra vez la atención de Archie se centraba en algún movimiento distante en la montaña que tenían enfrente. Su perfil era anguloso, inmóvil por la concentración. Conrad percibió que su compañero no tenía ganas de hablar, y retiró rápidamente la pregunta.

—Perdóneme.

—¿Qué debo perdonarle?

—Parezco un curioso. Pero no es eso.

—No tiene importancia. Fue un incidente. Ese es el eufemismo para hablar de bombas, asesinatos, emboscadas, todo tipo de mutilaciones. Es una palabra que se oye día por medio en el noticiario de la tarde. Un incidente en Irlanda del Norte en el que estuve implicado.

—¿Usted era operativo?

—Todos éramos operativos, pero mi tarea real era comandar el cuartel de la compañía.

—Uno se entera de esos incidentes, pero es difícil imaginar cómo será estar allí... Dicen que es un país muy hermoso. —Conrad estuvo a punto de decir: "No quise decir eso", pero lo pensó mejor y dejó que Archie continuara.

—Hay partes en Irlanda del Norte que son muy hermosas. A veces, por mi trabajo, estaba todo el día fuera del cuartel, visitando unidades en sus puestos, por todo el campo. Algunas unidades de la frontera estaban en fuertes bloqueados, a los que sólo se podía llegar en helicóptero por temor a una emboscada en los caminos. Era fantástico volar sobre el país. Una parte la vi en primavera y comienzos del verano. Fermanagh y todos sus lagos, y las montañas de Mourne. —Se interrumpió, se sonrió irónicamente, movió la cabeza. —Aunque no había que olvidar que ellos no sólo llegaban a la orilla del mar, sino también a los territorios peligrosos. A la frontera.

—¿Allí estaba usted?

—Sí. En lo más denso. Es una región muy diferente. Muy verde, con pequeños campos, caminos ondulados, *lachans* y arroyos. Poco poblada. Pequeñas granjas aquí y allá, casas como cuevas, rodeadas de máquinas viejas y rotas; autos y tractores viejos convertidos en chatarra. Pero todo muy pastoril. Tranquilo. A veces me resultaba imposible vincular ese entorno con lo que estaba pasando.

—Debe de haber sido duro.

—No había problemas. Estábamos todos juntos en eso. Estar con el propio regimiento es un poco como estar con la propia familia. Uno soporta casi todo, si está rodeado de su familia.

Archie calló otra vez. El promontorio de granito no era un asiento muy cómodo, y estaba dolorido. Cambió ligeramente de posición para aflojar la tensión en la pierna. La perra más joven, alerta, se colocó a su lado, y Archie le acarició suavemente la cabeza.

—¿Tenían su propio cuartel? —preguntó Conrad.

—Sí. Si a una fábrica de ropa requisada se la puede llamar cuartel. Vivíamos detrás del alambre de púas, el hierro corrugado y las bolsas de arena; rara vez veíamos la luz del día, y no podíamos hacer mucho ejercicio. Trabajábamos en un piso, bajábamos para comer, y subíamos a dormir. No era el Ritz, por cierto. Yo tenía un guardaespaldas que iba conmigo a todas partes, y aunque estuviéramos vestidos de civil, siempre íbamos armados. Se vivía en estado de sitio. Nunca nos atacaron realmente, pero siempre existía el peligro de algún tipo de emboscada o asalto, de manera que uno estaba preparado para cualquiera de los diversos modos de volar un establecimiento policial o militar y borrarlo de la faz de la Tierra. Uno de los métodos era secuestrar un Land Rover armado, cargarlo con poderosos explosivos y dejar que el pobre diablo que lo conducía lo llevase al cuartel, lo estacionara y entonces hacerlo volar desde la distancia. Esto sucedió una o dos veces, y se encontró un recurso para manejar esta contingencia. Un pozo de hormigón con una rampa empinada. La idea era llevar el vehículo al foso, salir corriendo y avisar a los gritos, como un loco, antes de que todo explotara. La devastación era enorme, a pesar de todo, pero en general se salvaban vidas.

—¿Eso le sucedió a usted?

—No, a mí no. Tengo pesadillas con esos terribles fosos; sin embargo, no es una experiencia que yo haya tenido que soportar. Extraño, ¿verdad? Pero no hay explicación para el funcionamiento del subconsciente.

Conrad ya había abandonado sus inhibiciones con respecto a la curiosidad.

—¿Entonces qué sucedió?

Archie rodeó a la perra joven con un brazo, y el animal se acomodó, con la cabeza apoyada en la rodilla de su amo.

—Fue en junio. A comienzos del verano. Sol y flores por todas partes. Hubo un incidente en la frontera, en un cruce de caminos cerca de Keady. Una mina enterrada en el camino, en una alcantarilla. Dos vehículos blindados, los llamábamos Cerdos, patrullaban la frontera, y en cada Cerdo había cuatro hombres. La mina se hizo detonar por control remoto desde el otro lado de la frontera. Un Cerdo quedó hecho trizas, lo mismo que los cuatro hombres que había adentro. El otro quedó muy dañado. Dos muertos y dos heridos. Uno de los heridos era el sargento, y él fue quien se comunicó por la radio con el cuartel. Yo estaba en la sala de operaciones cuando llegó el mensaje. En estas ocasiones, por razones de seguridad, no se mencionan nombres por radio, pero todos los hombres del batallón tienen su propio código Zap, un número de identificación. De manera que cuando el sargento dijo los números, supe de inmediato quiénes habían muerto y quiénes estaban vivos. Y todos eran hombres míos.

—¿Hombres *suyos*?

—Ya le dije que yo comandaba la compañía administrativa más bien que la militar. Eso significaba que estaba a cargo de Señales, del Comisario Ordenador, de la Oficina de Pagos y de Gaitas y Tambores.

—¿Gaitas y Tambores? —Conrad no podía creerlo. —¿Tenían una banda allí?

—¡Por supuesto! La banda de gaitas y tambores es una parte importante del Regimiento de las Highlands. Tocan a diana y al atardecer, la retirada en ocasiones ceremoniales, tocan en los bailes y conciertos, y en las noches con invitados en los casinos de oficiales y suboficiales. Y los lamentos con las gaitas en los funerales. *Las flores del bosque.* El sonido más triste de la Tierra. Pero además de ser parte integrante del batallón, cada gaitero y cada tambor es también un soldado en servicio activo y está entrenado para usar una ametralladora. Algunos de esos hombres fueron los que cayeron en la emboscada. Yo los conocía a todos. Uno de ellos era un chico llamado Neil McDonald, que tenía veintidós años y era hijo del capataz de Ardnamore... que queda en lo alto del valle, más allá de Tullochard. La primera vez que lo oí tocar la gaita fue en los Juegos de Strathcroy, cuando él tenía quince años. Ese año sacó todos los premios, y yo sugerí que cuando tuviera edad suficiente entrara en el regimiento. Y ese día, al escuchar los códigos Zap, supe que había muerto.

A Conrad no se le ocurrió ningún comentario adecuado, y tuvo la sensatez de no decir nada. Hubo una pausa, en un clima de compañerismo, y poco después Archie continuó sin necesidad de estímulo.

"Para estas emergencias, siempre hay una Fuerza Aérea de Reacción en alerta general. Dos escuadrones y un helicóptero Lynx listo para despegar. Ese día le dije al sargento que se quedara, y fui yo en su lugar con los hombres. Éramos ocho en el helicóptero: el piloto y otro tripulante, cinco Jocks y yo. Me llevó menos de cinco minutos captar la escena. Cuando llegamos a la zona, volamos en círculos para evaluar exactamente lo que había pasado. El explosivo, que había destruido totalmente el primer Cerdo, había dejado un agujero en la tierra del tamaño de un cráter, y el segundo Cerdo estaba pegado a él. Alrededor estaba lleno de trozos de metal, ropas, latas de comida, pedazos de red de camuflaje, cadáveres, neumáticos en llamas. Mucho humo, llamas, olor a goma quemada, a combustible y pintura que ardían. Ninguna señal de movimiento. Ninguna señal de nada ni nadie.

Una vez más, Conrad se asombró por lo que parecía una obvia incoherencia.

—¿Quiere decir que ninguna persona del lugar, un granjero, un peón de campo, oyó la explosión y corrió a investigar?

—No. Ninguno. En ese lugar del mundo, nadie se acerca siquiera al lugar del problema a menos que desee estar muerto o con una pierna menos esa misma semana. No había nadie, sólo el humo y la carnicería. Había una zona de pasto junto al camino. El helicóptero aterrizó y todos bajamos. Nuestra tarea inmediata era delimitar el área y sacar a los heridos mientras el helicóptero volvía a la base a traer al oficial médico y sus muchachos. Pero apenas despegó el helicóptero, y antes de que tuviéramos tiempo de movernos, nos alcanzó una ráfaga de ametralladora desde la frontera. Nos estaban esperando, ¿se da cuenta? Vigilando y esperando. Tres de mis Jocks murieron en el acto, otro recibió una herida en el pecho, y a mí me dieron en la pierna. Me la hicieron pedazos. Cuando volvió el helicóptero con el médico a bordo, yo y los heridos más graves fuimos transportados directamente al hospital en Belfast. El sargento murió en el camino. En el hospital me amputaron la pierna por encima de la rodilla. Permanecí allí algunas semanas, y luego volví a Inglaterra para someterme al largo proceso de la rehabilitación. Finalmente volví a Croy, con el rango de teniente coronel.

Conrad intentó hacer mentalmente una cuenta de las víctimas, pero se perdió y renunció.

—¿Entonces qué se logró con ese incidente? —preguntó.

—Nada. Un agujero en el camino. Unos cuantos muertos más entre los soldados ingleses. A la mañana siguiente, el IRA asumió oficialmente la responsabilidad del hecho.

—¿Y a usted le quedó amargura por todo esto? ¿Enojo?

—¿Por qué? ¿Porque perdí la pierna? ¿Porque tengo que renquear con este invento de aluminio? No. Yo era un soldado regular, Conrad. Ser despedazado a tiros por un enemigo implacable es uno de los azares ocupacionales de ser un soldado. Pero lo mismo podía haber sido un civil común, un tipo cualquiera que trata de seguir adelante pacíficamente con su propia vida. Un viejo padre, tal vez, que el Día del Armisticio va a Enniskillen a llorar a su hijo muerto, y termina muriendo bajo una pila de escombros. Un chico joven que lleva a su novia a un pub de Belfast a tomar una copa y la ve segada por una bomba cazabobos.

Yo podría haber sido un soldado fuera de servicio, en un auto fatal, en el lugar fatal, en el momento inadecuado; arrastrado por una multitud a un terreno baldío, desnudado, molido a palos casi hasta la muerte, y finalmente ser asesinado de un tiro.

Conrad se estremeció. Se mordió el labio, avergonzado de ser tan flojo.

—Leí sobre ese caso —dijo—. Me dio ganas de vomitar.

—Violencia inconsciente, sin sentido, sangrienta. Y hay otras monstruosidades que nunca llegan a los diarios, nunca se hacen públicas. Mire: una vez un hombre entró en un pub a tomarse unas cervezas. Era un joven común y corriente, excepto que era un miembro del IRA. Uno de los muchachos que bebían con él sugirió que sería gracioso dispararle a alguien en las rodillas. Él nunca lo había hecho, pero después de tres cervezas, se sentía capaz de intentarlo. Le dieron un arma y él salió del pub y fue hasta un barrio cercano. Vio a una chica que volvía a su casa luego de visitar a una amiga. Se escondió en una callecita y cuando pasó la muchacha, la detuvo y la arrojó al suelo. Después le disparó en las dos rodillas. Esa chica nunca volverá a caminar. Un incidente más. Pero no puedo olvidarlo porque podría haber sido la hija de cualquier hombre, pienso que podría haber sido mi Lucilla. Ya ve que no siento amargura ni enojo. Sólo tengo una desesperada tristeza por el pueblo de Irlanda del Norte, por la gente común, decente, que trata de vivir y criar a sus hijos bajo esta terrible, perpetua sombra de sangre, venganza y miedo. Y siento tristeza por la raza humana, porque si semejante crueldad insensible se acepta como norma, no veo futuro alguno para nosotro. Me da miedo. Y me da miedo por mí mismo porque, como un chico, todavía tengo pesadillas que me aterrorizan, y me despierto gritando. Y algo peor. Culpa y remor- dimientos por ese joven de quien le hablé. Neil McDonald. Vein- tidós años y se fue para siempre. No quedó nada de su cuerpo, nada para enterrar. Los padres se fueron sin siquiera el consuelo de un funeral, o una tumba para visitar. Conocí a Neil como soldado, y era muy bueno, pero lo recuerdo de chico, de pie en la plataforma en los Strathcroy Games, tocando su Pibroch. Recuerdo ese día, el pasto soleado, y el río y las montañas, y él y su Pibroch como parte de todo. Con toda la vida por delante, tocando esa música maravillosa.

—Usted no puede culparse por su muerte.

—Se hizo soldado por mi culpa. Si no me hubiera entrometido, hoy todavía estaría vivo.

—No es así, Archie. Si iba a entrar en su regimiento... Creo que podríamos tutearnos... Decía que si iba a entrar en tu regimiento, lo hubiera hecho sin que lo estimularas.

—¿Te parece? No tiendo a ser fatalista. Ojalá pudiera serlo, porque entonces dejaría a su alma en paz y dejaría de preguntarme "¿Por qué?" "¿Por qué he de estar yo aquí, en la cumbre de Creagan Dubh, viendo, respirando, tocando, sintiendo, cuando Neil McDonald está muerto?"

—Siempre es peor para los que quedan vivos.

Archie volvió la cabeza y miró a Conrad. Los ojos de los dos hombres se encontraron. Luego Archie dijo:

—Tu esposa murió.

—Sí. De leucemia. La vi morirse y llevó mucho tiempo. Y todo ese tiempo, yo estuve lleno de resentimiento y amargura, porque no era yo el que se moría. Y cuando murió, me odié a mí mismo por estar vivo.

—Tú también...

—Probablemente es una reacción inevitable. Simplemente hay que aceptarla. Lleva tiempo. Pero en definitiva todas esas preguntas autoacusadoras, toda esa introspección, carecen de respuesta. De manera que hasta es tonto formularlas.

Hubo una larga pausa. Luego Archie sonrió.

—Tienes razón. Es tonto. —Levantó la cara para contemplar el cielo. —Tienes razón, Conrad. —Estaba oscureciendo. Se habían quedado allí sentados demasiado tiempo, y empezaba a hacer frío. —Creo que hay que ir enfilando para casa. Y tengo que disculparme. Admito que por un momento olvidé que tú tienes tus propias tragedias. Espero que me creas si te digo que no te traje aquí arriba para descargar mis pesares sobre tus hombros.

Conrad sonrió.

—Yo lo pedí —le recordó a Archie.

Conrad advirtió que estaba helado y entumecido, por haber estado sentado en esa piedra poco acogedora. Trabajosamente se puso de pie y estiró las piernas acalambradas. Sin la protección de la roca, el viento lo golpeó, le hizo arder las mejillas, se le metió bajo el cuello del abrigo. Se estremeció ligeramente. Las perras se pusieron inquietas con la promesa de actividad, y anticipando ya su comida, miraron esperanzadas el rostro de Archie.

—Es cierto que tú lo pediste —dijo Archie—, pero ahora olvidemos todo y no hablemos más de eso. Bien, perras voraces, las llevaré a casa y les daré de comer. —Extendió un brazo. —Dame una mano, querido Conrad, para levantarme.

Por fin dejaron atrás las montañas y volvieron lentamente hacia la casa por el valle principal hasta llegar a Croy. Estaban entrando por la puerta principal cuando el viejo reloj del abuelo dio la media. Las seis y media. Las perras estaban hambrientas. Su hora de comer había pasado hacía rato, y corrieron a la cocina. Archie miró en la biblioteca, pero no había nadie por allí.

—¿Qué te gustaría hacer? —le preguntó a Conrad—. Generalmente comemos a eso de las ocho y media.

—Si te parece bien, creo que subiré a deshacer mi maleta, y tal vez me dé una ducha.

—Bien. Usa cualquier baño que esté libre. Y baja cuando hayas terminado. Si todavía no ha llegado nadie, encontrarás una bandeja con bebidas en la biblioteca. Sírvete tú mismo. Ponte cómodo.

—Muchas gracias. —Conrad echó a andar hacia la escalera y luego se volvió. —Y gracias por el día de hoy. Fue muy especial.

—Creo que yo soy quien debo agradecerte a ti.

Conrad siguió su camino. Archie fue con los perros a la cocina y allí encontró a Lucilla y Jeff en plena tarea, los dos con delantales, industriosos y muy compañeros. Lucilla apartó la mirada de la cacerola donde estaba revolviendo.

—Has vuelto, papá. ¿Dónde estuviste?

—En el brezal. ¿Y ustedes dos qué están haciendo?

—La cena.

—¿Dónde está mamá?

—Fue a darse un baño.

—¿Podrías darles de comer a los perros?

—Por supuesto, no hay problema... —Siguió revolviendo. —Pero tendrán que esperar un momento, o se me harán grumos en esta salsa.

Archie los dejó cocinando, cerró la puerta, volvió a la biblioteca, se sirvió un whisky con soda, y con el vaso en la mano, subió la escalera en busca de su esposa.

La encontró en el baño, sumergida en un vapor perfumado, y con aspecto muy cómico, como siempre que se ponía la gorra de plástico azul con lunares blancos.

—Archie. —Él se sentó sobre la tapa del inodoro. —¿Dónde estuviste?

—En la cumbre de Creagan Dubh.

—Habrá estado hermosísimo. ¿Al "norteamericano triste" le gustó?

—Sí, y no es triste. Es muy agradable estar con él. Y se llama Conrad Tucker, y resultó que es un viejo amigo de Virginia.

—¡No lo puedo creer! ¿Así que se conocían? ¡Qué coincidencia extraordinaria, y qué suerte! Así no se sentirá tan solo en una casa extraña. —Isobel se incorporó y tomó el jabón. —Entonces, te gusta.

—Un encanto de hombre. Excepcionalmente simpático.

—¡Qué alivio! ¿Qué está haciendo ahora?

—Lo mismo que tú, creo.

—¿Había estado antes en Escocia?

—No lo creo.

—Estaba pensando que ni él ni Jeff van a poder participar en los bailes el viernes a la noche. ¿No sería una buena idea enseñarles algo después de la cena esta noche? Si pueden participar en una danza de ocho y una o dos más, al menos en parte lo disfrutarán.

—¿Por qué no? Buena idea. Buscaré las grabaciones. ¿Dónde está Pandora?

—Agotada, creo. Volvimos a casa a las cinco. Archie, ¿te molestaría que ella subiera a la montaña contigo mañana? Le hablé del picnic de Vi, pero dijo que prefería pasar el día contigo. Quiere sentarse a charlar en tu promontorio.

—Está bien, siempre que no haga demasiado ruido. Cuida que vaya bien abrigada.

—Le prestaré mis wellies verdes y mi Barbour.

Archie bebió un sorbo de whisky. Bostezó. Estaba cansado.

—¿Qué tal las compras? ¿Me compraste los cartuchos?

—Sí. Y el champagne, y las velas, y comida como para un batallón. Y tengo un vestido nuevo para el baile.

—¿Tú te compraste un vestido?

—No, yo no. Me lo compró Pandora. Y es hermosísimo, y no me permitió ver cuánto costaba, pero seguro que costaba un ojo de la cara. Parece que Pandora es increíblemente rica. ¿Crees que debí permitirle ser tan generosa y despilfarradora?

—Si quería regalarte un vestido, no había forma de pararla. Siempre le encantó hace regalos. Pero fue muy amable. ¿Puedo ver el vestido?

—Lo verás el viernes, cuando te asombre con mi belleza.

—¿Qué más hiciste?

—Almorzamos en el Wine Bar... —Mientras exprimía el agua de la esponja, Isobel pensó en contarle a Archie la historia de la mesa reservada, pero después decidió que no porque sabía que Archie no lo aprobaría. —Lucilla se compró un vestido en un puesto del mercado.

—Dios mío, debe de estar lleno de pulgas.

—Hice que lo dejara en la tintorería. Alguien tendrá que ir a Relkirk a recogerlo el viernes por la mañana. Pero he dejado la noticia más interesante para el final. Porque Pandora te compró a ti también un regalo, y si me alcanzas la toalla, saldré de la bañera y te lo mostraré.

—¿Un regalo para mí? —Trató de imaginar qué diablos le habría comprado su hermana. Esperaba que no fuera un reloj de oro, o una tijerita para cortar cigarros, o un alfiler de corbata, objetos que él nunca usaría. Lo que realmente necesitaba era un cinturón para cartuchos...

Isobel terminó de secarse, se quitó la gorra de baño, sacudió sus cabellos, se puso la bata de seda y la anudó en la cintura.

—Ven a ver. —Archie se levantó y la siguió al dormitorio. —Allí.

Todo estaba extendido en la cama. Los pantalones, la camisa blanca nueva, todavía envuelta en celofán, el lazo de raso negro para la cintura, y la recordada chaqueta esmoquin de terciopelo verde que había pertenecido a su padre, y que Archie nunca había mirado después de su muerte.

—Y esto, ¿de dónde salió?

—Estaba en el altillo, con naftalina. Lo colgué sobre la bañera para quitarle las arrugas. Los pantalones y la camisa son regalo de Pandora. Y te lustré tus zapatos negros.

Archie estaba con la boca abierta.

—Pero, ¿para qué es todo esto?

—Para el viernes a la noche, tonto. Cuando le conté a Pandora que no te ibas a poner el *kilt*, y que ibas a ir a la fiesta de Verena con ropa de noche común se horrorizó. Dijo que te tomarían por un camarero *part-time*. Así que fuimos a ver al señor Pittendriech y él nos ayudó a elegir estas cosas. —Levantó los pantalones. —¿No son divinos? Ay, pruébate todo, Archie, no aguanto las ganas de ver cómo te queda.

Lo último que quería hacer Archie en ese preciso instante era probarse un montón de ropa nueva, pero Isobel parecía tan entusiasmada, que le dio pena negarse. De manera que dejó el vaso en la cómoda y obedientemente comenzó a quitarse los viejos pantalones.

"Déjate puesta la camisa. Será mejor no desenvolver la nueva para que no se ensucie. Quítate los borceguíes y esas viejas medias que huelen mal. Bien...

Con ayuda de Isobel, Archie se subió los pantalones nuevos. Isobel se ocupó de cierres relámpago y botones, metió las colas de la rústica camisa azul dentro del pantalón, como si estuviera vistiendo a un chico para una fiestita. Le colocó el lazo, le anudó los cordones de los zapatos y le alcanzó la chaqueta de terciopelo verde. Él metió los brazos en las mangas con forro de seda, y ella lo hizo darse vuelta para abrocharle los cierres militares.

"Bueno. —Le alisó los cabellos con las manos. —Ve a mirarte en el espejo.

Por alguna razón, él se sentía como un idiota. Le dolía el muñón y ardía por un baño caliente, pero rengueó obedientemente hasta el ropero de Isobel, que tenía un espejo de cuerpo entero en el panel central. Mirarse al espejo no era la ocupación favorita de Archie, porque ahora su imagen era apenas una caricatura de la atractiva imagen del pasado. Había adelgazado y encanecido mucho, había perdido elegancia con sus gastadas ropas, se sentía incómodo con la chirriate y odiada pierna de aluminio.

Aun ahora que Isobel lo miraba con orgullo, le causó cierto esfuerzo enfrentarse consigo mismo. Pero lo hizo, y no resultó tan mal como esperaba. No resultó nada mal. Se lo veía muy bien. En realidad, se lo veía estupendo. Los pantalones, largos y angostos, de corte perfecto y con la raya marcada, tenían aspecto pulcro y militar. Y la chaqueta, de un terciopelo maravillosamente lujoso y brillante, brindaba exactamente el necesario toque de varonil elegancia de abolengo; su color verde apagado combinaba con el tono verdoso de los pantalones.

Isobel le había alisado los cabellos y él volvió a hacerlo, y se dio vuelta para ver otros detalles de su vestimenta. Desabrochó la chaqueta para admirar el brillo satinado del lazo que rodeaba su delgada cintura. Abrochó nuevamente la chaqueta. Miró su rostro en el espejo y sonrió irónicamente el verse orgulloso como un pavo real.

Se volvió hacia su esposa.

—¿Qué te parece?

—Estás magnífico.

Archie extendió los brazos.

—Lady Balmerino, ¿quiere bailar un vals conmigo?

Isobel se acercó y él la abrazó estrechamente y apoyó la mejilla en la cabeza de ella; así abrazados bailaban mucho tiempo atrás, en los clubes nocturnos. A través de la fina seda de la bata, las manos de Archie palparon la piel, todavía tibia por el agua del baño, la curva de las caderas, la pequeña cintura. Los pechos de Isobel, suaves, libres, se apretaban contra él, y todo su cuerpo tenía un dulce perfume a jabón.

Se balancearon ligeramente sobre uno y otro pie, y uno en brazos del otro, bailaban como podían, al compás de una música que sólo ellos oían.

—¿En este momento tienes algo urgente que hacer? —preguntó él.

—No que yo sepa.

—¿No tienes que preparar la cena, ni dar de comer a los perros, ni desplumar aves, ni arrancar hierbas en los canteros?

—No.

Él le besó los cabellos.

—Entonces ven a la cama conmigo.

Ella estaba inmóvil, pero la mano de Archie seguía moviéndose, acariciándole la espalda. Un momento después, ella se apartó, y él vio sus ojos azules brillosos por las lágrimas no derramadas.

—Archie...

—Por favor...

—¿Y los otros?

—Todos están haciendo algo. Cerraremos con llave. Colgaremos un cartel que diga *No molestar*.

—Pero... ¿Y tu pesadilla?

—Las pesadillas son para los niños. Ya somos demasiado grandes para que los sueños nos impidan amarnos.

—Estás distinto. —Frunció el entrecejo, con el dulce rostro lleno de desconcierto. —¿Qué te ha sucedido?

—¿Será que Pandora me compró un regalo?

—No es eso. Es otra cosa.

—Encontré a un tipo que me escuchó. En la cumbre de Creagan Dubh, con el viento, los brezos y los pájaros como única compañía, y nadie que interrumpiera. De modo que hablé.

—¿De Irlanda del Norte?

—Sí.

—¿Todo?

—Todo.

—¿De la explosión de la bomba y los cuerpos despedazados y los Jocks muertos?

—Sí.

—¿Y lo de Neil McDonald? ¿Y la pesadilla?

—Sí.

—Pero a mí me lo contaste. Conmigo hablaste de eso. Y no sirvió de nada.

—Porque eres parte de mí. Con un desconocido es diferente. Es objetivo... Nunca hubo nadie así antes. Sólo familiares y amigos que me conocían de toda la vida. Demasiado cercanos...

—La pesadilla todavía está, Archie. Eso no se irá.

—Tal vez no. Pero tal vez ha retraído sus garras.

—¿Por qué estás tan seguro?

—Mi madre tenía un dicho: "Don Miedo llamó a la puerta, Doña Fe fue a abrir y no encontró a nadie". Ya veremos. Te amo más que a la vida misma, y eso es lo único que importa.

—Archie... —Sus lágrimas finalmente asomaron, y él las enjugó con sus besos, desató el lazo de la bata y deslizó la mano sobre la piel tersa para acariciar la desnudez de Isobel. Los labios de Archie fueron hacia la boca de ella, a esos labios que se abrían para él...

—¿Lo intentamos?

—¿Ahora?

—Sí. Ahora. No bien logres quitarme estos malditos pantalones.

9

Jueves 15

A las cinco de la mañana Virginia, ya despierta, esperaba el amanecer. Era jueves y ese día Vi cumplía setenta y ocho años.

Como le había prometido, Vi la había llamado por la noche, justo antes del noticiario de las nueve. Lottie estaba otra vez en el Relkirk Royal, había dicho Vi. Nada perturbada, parecía tomarlo muy bien. Edie se había puesto muy mal, pero finalmente Vi había logrado persuadirla, y ella había aceptado lo inevitable. Y Vi había hablado por teléfono a Templehall y le había pedido al director que le asegurara a Henry que ya no debía angustiarse por su queridísima Edie. El horrendo episodio había terminado, por fin. Virginia debía borrarlo de su mente.

La conversación dejó a Virginia en un estado de emociones confusas, de las cuales la más importante era la del agradecimiento, unido a un enorme alivio. Ahora podía enfrentar la oscuridad de la noche, irse a la cama sola en la gran casa vacía; dormir con la certeza de que no había un vampiro entre las sombras del jardín, acechando, vigilando, esperando para abalanzarse sobre ella. Lottie no volvería; estaba encerrada junto con sus peligrosos secretos. Virginia se había liberado de ella.

Sin embargo, sentía una cierta inquietud. Era odioso imaginar la tristeza de Edie al tener que admitir su fracaso, y sus pocos deseos de someter una vez más a su prima a los cuidados profesionales pero impersonales del hospital. Pero con seguridad, en lo profundo de su mente, Edie sentiría cierto alivio, aunque sólo fuera por el hecho de que ya no tendría que cargar con esa casi intolerable responsabilidad ni tendría que soportar la catarata aparentemente interminable de la conversación de Lottie.

Finalmente estaba Henry, y aquí Virginia se llenaba de culpa. Sabía lo que Henry sentía con respecto a Lottie, y cómo temía por Edie, y sin embargo nunca se le había ocurrido la sensata idea de hacer un llamado al colegio, y se dio cuenta de que la vergonzosa razón era que Henry se le había borrado de la mente, de tan absorbida que había estado en los acontecimientos de los últimos días.

Primero Edmund y Pandora. Ahora Conrad.

Conrad Tucker. Aquí, en Escocia, en Strathcroy, ya como parte de los habitantes de la casa Balmerino y como personaje importante en el elenco de los próximos días, su presencia cambiaba toda la configuración. Principalmente la había cambiado a ella misma, como si él hubiera revelado una faceta insospechada y oculta de su personalidad. Se había acostado con Conrad. Se habían hecho el amor con un deseo mutuo que tenía más que ver con el consuelo que con la pasión, y ella se había quedado con él, y había pasado la noche en sus brazos. Un acto de infidelidad; un adulterio. Aunque tuviese el peor hombre del mundo, Virginia no lamentaba nada.

Hagas lo que hagas, nunca debes contárselo a Edmund.

Vi era una anciana sabia, y la confesión no era un castigo sino una autoindulgencia. Significaba descargar el así llamado pecado en otra persona y de ese modo liberarse de la culpa. Pero su falta total de remordimientos había tomado por sorpresa a Virginia, y sentía que en las últimas veinticuatro horas había crecido, no físicamente, sino en su interior. Era como si hubiese estado trepando por una cuesta empinada y ahora tuviera tiempo para respirar, para descansar, para apreciar las perspectivas más amplias que había obtenido con sus esfuerzos.

Durante mucho tiempo, se había contentado con ser la madre de Henry, la esposa de Edmund, una de los Aird, con su existencia moldeada por el clan, y con todo su tiempo, su energía y su amor canalizados en la construcción de un hogar para su familia. Pero ahora Alexa estaba grande, Henry se había ido, y Edmund... por el momento, había perdido de vista a Edmund. Con lo cual quedaba ella sola. Virginia. Un individuo, una entidad con un pasado y un futuro, y un puente entre los dos que eran los fugaces años de su matrimonio. La partida de Henry no sólo había terminado con una era, sino que también la había liberado. Nada le impedía extender sus alas, volar. El mundo era suyo.

La visita de Long Island, que durante meses sólo había sido un sueño que apenas se permitía dejar aflorar a la conciencia, ahora era posible, positivo, casi imperativo. A pesar de la opinión de Vi, era hora de ir, y si se necesitaban excusas, hablaría de la avanzada edad de sus abuelos, y de su propia y ardiente necesidad de verlos antes de que estuviesen demasiado viejos para disfrutar de su compañía, antes de que se enfermaran o decayeran, antes de que murieran. Ésa era la excusa. Pero la verdadera razón tenía que ver con Conrad.

Él estaría allá. Estaría cerca. En la City, o en Southampton, pero siempre a la distancia de un simple llamado telefónico. Podrían estar juntos. Un hombre a quien sus abuelos siempre habían conocido y querido. Un hombre bueno. No era alguien que se iba bruscamente, ni rompía promesas, ni la abandonaba a una cuando más lo necesitaba; ni amaba a otra mujer. Se le ocurrió en ese momento que tal vez la confianza era más importante que el amor para que una relación fuese realmente duradera. Para meditar sobre estas incertidumbres, necesitaba tiempo y espacio, una especie de interludio para tomar distancia y rever la situación. Necesitaba solaz, y sabía que lo encontraría en compañía de alguien que siempre había sido su amigo y ahora era su amante. Su amante. Una palabra ambivalente, cargada de significados. Una vez más, buscó en su conciencia esa obligatoria punzada de culpa, pero sólo encontró una sensación de seguridad, una fuerza que la reconfortaba, como si Conrad le hubiera traído una segunda oportunidad, otro sabor de juventud, toda una nueva libertad. Lo que fuese. Sólo sabía que iba a aferrarse a eso, antes de eludirlo para siempre. Leesport estaba cerca, a sólo un vuelo en jet. Igual, porque era un lugar que no cambiaba. Sentía el estimulante aire del otoño, veía las anchas calles cubiertas de hojas rojas, el humo de los primeros fuegos que subía por las chimeneas de las grandes casas de madera pintadas de blanco y seguía dulcemente hacia arriba en el cielo muy azul de un verano de Long Island.

Recordando otros años, hizo el inventario: ya había pasado el Día del Trabajo, los chicos habían vuelto a la escuela, el ferry ya no iba a Fire Island, los bares de la costa estaban cerrados. Pero el abuelo todavía no habría sacado la lanchita del agua, y las grandes playas del Atlántico estaban a poca distancia. Evocó los médanos, alisados por el viento, y las interminables arenas cubiertas de conchillas de almejas y marcadas por la espuma de las enormes olas. Sentía en las mejillas las salpicaduras de esa espuma. Se veía a sí misma, como si estuviera a gran distancia, caminando por la arena mojada, su silueta recortada contra el cielo de la tarde, con Conrad a su lado...

Luego, a pesar de todo, Virginia se descubrió sonriendo, no con un placer romántico, sino con un saludable sentido del ridículo. Porque ésa era la imagen de una adolescente, tomada de algún aviso de la televisión. Oyó la música trivial, la voz masculina profundamente sincera que la instaba a usar cierto champú, o desodorante, o polvo limpiador biodegradable. Sería demasiado fácil deslizarse por ese día en una nube de fantasía. Los sueños diurnos no eran sólo un derecho de los jóvenes; es que sus mayores no tenían tiempo de perderse en fantasías. Tenían demasiado que hacer, demasiado que ver, que organizar. Como ella misma. Ahora mismo. La vida, inmediata y exigente, reclamaba su atención. Resueltamente se sacó de la cabeza a Leesport y a Conrad y puso en su lugar a Alexa. Alexa debía llegar a Balnaid en una o dos horas, y un mes atrás, en Londres, Virginia le había prometido algo.

—... tú y papá... no seguirán enojados, ¿verdad? No soportaría que hubiera un clima horrible... —había suplicado Alexa.

—Por supuesto que no —le había asegurado Virginia—. Olvídate de eso... Lo pasaremos muy bien...

Las promesas había que cumplirlas, y Virginia tenía orgullo suficiente como para saber que ésta no era una excepción. El viernes Edmund estaría de regreso. Virginia se preguntó si le traería otra pulsera de oro, y deseó que no lo hiciera, porque ahora no era sólo Henry el que estaba entre los dos, como un hueso que se disputaban, sino el nuevo conocimiento de Virginia, tanto de sí misma como de su marido. Sentía que nada volvería a ser simple o directo, pero de alguna manera, por Alexa, ella lograría que lo pareciera. Básicamente era cuestión de pasar los próximos días. Imaginó una serie de vallas. La llegada de Alexa, el picnic de Vi, el regreso de Edmund, la cena de Isobel, el baile de Verena; todo tendría que transcurrir sin que Virginia revelara una sola emoción personal. Ni duda, ni anhelos, ni sospechas, ni celos. Eventualmente todo habría terminado. Y cuando se hubieran marchado los huéspedes de septiembre, y la vida hubiera vuelto a la normalidad, Virginia, liberada de sus compromisos, haría planes para su partida. Esperó el amanecer encendiendo de vez en cuando la luz de la lámpara para ver la hora, pero alrededor de las siete, ya se había cansado de esa inútil tarea y dejó con gusto la cama con sus sábanas arrugadas.

Corrió las cortinas y la recibió un cielo azul pálido, un jardín estriado por las largas sombras de esa temprana hora, y una leve neblina a ras del suelo en los campos. Todas eran señales potenciales de un lindo día. Cuando saliera el Sol, se disiparía la niebla, y con un poco de suerte, la temperatura sería realmente cálida.

Sintió cierto alivio. Si, en cambio, hubiera sido un amanecer frío, gris y lluvioso, no sabía cómo lo hubiera soportado. No sólo porque su ánimo estaba de por sí bastante abajo sin agregarle más depresiones, sino porque el picnic de Vi se haría, cualquiera que fuese el clima. Vi era muy apegada a las tradiciones, y no le importaba si todos sus invitados debían refugiarse bajo sus paraguas, chapotear con sus botas de goma y cocinar sus salchichas húmedas sobre un fuego lleno de humo, azotado por la lluvia. Por lo que parecía, este año no tendrían que someterse a estos placeres masoquistas.

Virginia bajó la escalera, se ocupó de los perros, se hizo una taza de té. Pensó en empezar a preparar el desayuno, abandonó la idea, volvió arriba a vestirse y a hacer la cama. Sonó el teléfono, corrió a atender, esperando alguna explicación de Alexa, que tal vez llamaba desde una cabina telefónica de la carretera. Pero era Verena Steynton.

—Virginia, perdón por llamar tan temprano. ¿Estás levantada?

—Por supuesto.

—¡Qué día precioso! Tú no tienes manteles de damasco, ¿verdad? Blancos y enormes. Es la única cosa en la que jamás pensamos, y por supuesto Toddy Buchanan no puede proveerlos.

—Creo que tengo como una docena, pero necesito mirarlos. Eran de Vi; los dejó cuando se fue.

—¿Son realmente largos?

—Medida para banquetes. Los usaba en las fiestas.

—¿Tú serías tan amorosa como para traérmelos esta mañana? Si no, iré yo a buscarlos, sólo que estamos arreglando las flores, y realmente no tengo un solo momento libre.

Virginia se alegró de que Verena no pudiera verle la cara.

—Sí, sí, cómo no —respondió con el tono más cortés posible—. Pero no puedo ir hasta que hayan llegado Alexa y Noel. Y después tengo que ir al picnic de Vi...

—Está bien. Puedes dejárselos a Toddy. Un millón de gracias. Eres un amor. Te veré mañana, o antes. ¡Hasta luego!

Cortó. Virginia sonrió con cierta exasperación, porque lo último que quería hacer esa mañana era viajar quince kilómetros hasta Corriehill y volver. De todos modos, después de años de vivir en Escocia, se había adaptado a las costumbres locales, y sabía que en momentos de estrés todos daban una mano y ponían buena cara ante cualquier inconveniente. Suponía que dar un baile se consideraba un momento de estrés, pero aun así, Verena podía haber pensado antes en los manteles.

Escribió "manteles" en el anotador del teléfono. Pensó en el picnic y puso un pollo grande en el horno. Una vez cocido y frío, seguramente Alexa ya estaría allí y Virginia le pediría que lo cortara en partes que se pudieran comer con la mano.

Volvió a sonar el teléfono. Esta vez era Edie.

—¿Podría pasar a buscarme con su auto para ir al picnic?

—Sí, por supuesto. Iré a buscarla. Edie, siento mucho lo de Lottie.

—Sí. —El tono de Edie era cortante, como siempre que se alteraba por algo pero no quería hablar de eso. —Me sentí mal. —Con lo cual Virginia se quedó en la duda de si Edie se sentía mal porque Lottie había tenido que irse, o por su participación en todo el desdichado asunto. —¿A qué hora debo estar lista?

—Debo ir a Corriehill para llevar unos manteles, pero trataré de pasar por su casa a eso de las doce.

—¿Alexa ya llegó?

—No, todavía no.

Inmediatamente, Edie imaginó muerte y destrucción y se puso ansiosa.

—Dios mío, espero que no les haya pasado nada.

—Seguro que no. Mucho tránsito, seguramente.

—Esos caminos me dan mucho miedo.

—No se preocupe. Nos veremos al mediodía, y entonces ellos ya estarán aquí.

Virginia sirvió un jarrito de café. Sonó el teléfono.

—Balnaid.

—Virginia...

Era Vi.

—¡Feliz cumpleaños!

—¡Qué suerte tengo con el tiempo! ¿Llegó Alexa?

—Todavía no.

—Pensé que ya habrían llegado.

—Yo también, pero todavía no aparecieron.

—Me muero de ganas de ver a esa chiquita. ¿Por qué no vienen todos temprao a Pennyburn, y tomamos una taza de café y charlamos antes de salir para la montaña?

—Yo no puedo —dijo Virginia, y explicó lo de los manteles—. Ni siquiera sé dónde están.

—Están en el estante más alto del armario de las sábanas, envueltos en papel de seda. ¡Qué molesta es Verena! ¿Por qué no te los pidió antes?

—Tiene muchas cosas en la cabeza.

—¿Entonces a qué hora vendrán todos?

Virginia hizo cálculos y planes.

—Mandaré a Alexa y Noel a Pennyburn en el Subaru. Luego iré a Corriehill en el auto chico, y al volver recogeré a Edie y la llevaré a Pennyburn. Y luego pondremos todas las cosas del picnic y toda la gente en el Subaru y seguiremos desde allí.

—Eres una organizadora espléndida. Seguramente por tu madre norteamericana. Y traerás mantas, ¿verdad?, y los vasos de vino que necesitarán ustedes. —Debajo de "manteles" Virginia escribió "mantas, vasos para vino". —Y esperaré a Alexa y Noel a eso de las once.

—Espero que no estén agotados.

—No estarán agotados —aseguró enérgicamente Vi—. Son jóvenes.

Noel Keeling era un tipo de ciudad, nacido y criado en Londres; su hábitat eran las calles de la ciudad y las escapadas de fin de semana al campo cada vez más poblado de los Home Counties. De vez en cuando, sus placeres lo llevaban un poco más lejos, y volaba a Costa Esmeralda, en Cerdeña, o a Algarve, al sur de Portugal, invitado por alguna familia amiga; entonces jugaba al tenis y hacía un poco de yachting. Ver paisajes, visitar iglesias o castillos o admirar las grandes extensiones de viñedos no entraba en sus planes de entretenimiento, y si se presentaba una salida de ese tipo, solía encontrar buenas razones para no ir, y en cambio pasar un montón de tiempo tendido junto a la piscina, o ir al pueblo más próximo a sentarse bajo el toldo de algún bar con mesas en la acera a ver pasar el mundo.

Una vez, años atrás, había ido a Escocia a reunirse con unos amigos para una semana de pesca de salmón. Había volado a Wick desde Londres; allí lo esperaba otro miembro del grupo, y desde allí fueron a Oykel Bridge. Llovía. Llovió todo el camino hasta el hotel, y siguió lloviendo durante el resto de la semana. A intervalos infrecuentes, la intensa lluvia se alternaba con un leve disiparse de la neblina, lo cual revelaba grandes extensiones de terreno cenagoso y no mucho más que eso.

Sus recuerdos de aquella semana eran variados. Pasaban día tras día en la creciente del río, azotando las aguas en busca del elusivo pez. Y las noches transcurrían en una camaradería alegre y borrosa, comiendo cantidades de deliciosa comida escocesa y bebiendo cantidades aun más grandes de whisky de malta. El paisaje no le había dejado la más mínima impresión.

Pero ahora, al volante de su Volkswagen Golf, en los últimos kilómetros del largo viaje, se dio cuenta de que no sólo estaba en terreno familiar, sino también en un territorio inesperado.

Lo de "terreno familiar" era metafórico. Noel era un huésped experimentado, con largos años de fines de semana en casas de campo detrás de él, y por cierto, no era la primera vez que se aproximaba a una casa desconocida donde estaría con desconocidos. En otra época, había ideado un *rating* para fines de semana, a tantas estrellas según la comodidad y el placer. Pero eso había pasado cuando Noel era mucho más joven y más pobre, y no podía retribuir las invitaciones. Ahora ya adulto, y más próspero, con amigos y conocidos de su gusto, podía permitirse ser más selectivo, y rara vez quedaba decepcionado.

Pero este juego, si se jugaba bien, tenía sus rituales propios. Por lo tanto, en la maleta que llevaba en el baúl del auto, Noel había puesto o sólo su chaqueta de gala y una selección de ropa apropiada para el campo, sino también una botella de The Famous Grouse para su anfitrión, y una caja generosamente grande de chocolates artesanales Benedick para la señora. Además, este fin de semana implicaba regalos de cumpleaños. Para la abuela de Alexa, que celebraba ese día sus setenta y ocho años, había brillosas cajas de jabones y aceites para baño de Floris... lo que Noel siempre regalaba a las señoras de edad; y para Katy Steynton, a quien no conocía, un grabado de caza enmarcado que representaba a un Spaniel de ojos tristes con un faisán muerto en la boca.

Al llevar regalos, Noel cumplía con las reglas.

El territorio inesperado era algo material: el asombrosamente bello condado de Relkirkshire. Noel nunca había imaginado tierras tan ricas y prósperas, campos sembrados tan verdes, con cercos inmaculados y el hermoso ganado que pastaba. No esperaba esas avenidas de hayas, los jardines junto al camino con tal profusión y colorido de flores.

Después de viajar toda la noche, había visto filtrarse la luz en una madrugada nublada y neblinosa, pero ahora el sol había hecho lo suyo, y el gris se disolvía en una mañana de claridad brillante. Habían dejado atrás a Relkirk y el camino estaba despejado, los campos con una pelusa dorada, los ríos burbujeantes, los helechos de color amarillo azafrán, los cielos enormes, el aire claro como el cristal, impoluto de humo o *smog* o cualquiera de los horrores que produce la mano del hombre. Era como volver atrás en el tiempo y regresar a un mundo que uno creía perdido para siempre. ¿Noel había conocido ese mundo? ¿Lo había conocido alguna vez y había olvidado su existencia?

Caple Bridge. Cruzaron un río que corría por una garganta profunda más abajo, y llegaron a una curva con el cartel que indicaba: "Strathcroy". Las montañas, todavía con el brezo florecido, se desplegaban a ambos lados del camino serpenteante. Noel vio granjas aquí y allá, un hombre que llevaba un rebaño de ovejas por los verdes campos de pastoreo hasta los pastos duros que había más adelante. Alexa estaba sentada junto a él, con Larry en la falda. Larry dormía, pero Alexa estaba notoriamente tensa con la excitación apenas disimulada del regreso a casa. En realidad, hacía semanas que se encontraba en un estado de alegre anticipación, y tachaba los días en el calendario, buscaba un vestido nuevo en las tiendas, compraba regalos. También había ido a cortarse el pelo. Los dos días anteriores anduvo como loca con los últimos preparativos; hizo las maletas de los dos, planchó las camisas de Noel, vació la heladera y le dejó las llaves de su casa a un vecino, por si entraban bandidos vandálicos. Todo esto lo había hecho con la transparente energía y el entusiasmo de un chico, y Noel había observado su furiosa actividad con cariñosa tolerancia, y a la vez había fingido que él sentía lo mismo.

Pero ahora que quedaba atrás el largo viaje, con el sol que iluminaba desde el vasto cielo prístino, el aire limpio que entraba por la ventanilla abierta, las nuevas perspectivas reveladas en cada curva del camino, de pronto el entusiasmo de Alexa se hizo contagioso, y Noel se llenó de una euforia ridícula... que no era precisamente la felicidad, pero sí una ola de bienestar físico que tal vez era lo que más se le parecía. Impulsivamente retiró una mano del volante y la apoyó en la rodilla de Alexa, quien de inmediato la cubrió con la suya.

—No digo "¡Qué hermoso! ¿verdad?" a cada momento porque es demasiado banal decirlo con palabras —explicó Alexa.

—Lo sé.

—Y regresar siempre es algo especial, pero más esta vez, pues estás conmigo. Eso era lo que estaba pensando. —Entrelazó los dedos con los de él. —Nunca lo había visto así.

Noel sonrió.

—Me portaré muy bien para que se mantenga así.

Alexa se inclinó y lo besó en la mejilla.

—Te amo —dijo.

Cinco minutos después, habían llegado. Al llegar a la aldea, cruzaron otro puente, pasaron por un portón abierto y siguieron por un sendero. Él vio las extensiones de césped, los rododendros y las azaleas; vislumbró el paisaje entre las montañas del sur. Paró frente a la casa, la casa que conocía por la fotografía de Alexa, y que ahora era realidad, ante sus ojos; sólida y maciza, con el gran invernadero a un costado. La enredadera que bordeaba la puerta se estaba poniendo de color carmesí, y aun antes de que Noel apagara el motor ya los Spaniels estaban allí, no echados obedientemente en los escalones sino abalanzándose sobre ellos, ladrando furiosamente y con las orejas al viento, para investigar a los recién llegados. Larry, bruscamente despertado, contestó al saludo y saltó al suelo desde los brazos de Alexa cuando éste bajó del auto.

Casi enseguida, detrás de los perros, apareció Virginia, con jeans y una camisa blanca de cuello abierto, y tan atractiva como cuando llevaba su sofisticada ropa londinense, la primera vez que Noel la había visto.

—Alexa querida, creí que no llegabas nunca. —Besos y abrazos. Mientras estiraba los brazos y las piernas doloridos por el viaje, Noel presenciaba el cariñoso encuentro.

—¡Y qué gusto verte a ti, Noel! —dijo Virginia volviéndose hacia él—. ¿Tuvieron un viaje muy terrible? Alexa, no puedo soportar el ruido. Deja a Larry en el suelo y que se haga amigo de los otros perros aquí en el jardín para que no haga pis en las alfombras. ¿Por qué han llegado tan tarde? Hace horas que los espero.

—Paramos en Edimburgo a tomar el desayuno —explicó Alexa—. Noel tiene unos amigos allá, que se llaman Delia y Calum Robertson. Viven en una adorable casita rústica al final de Moray Place. Los despertamos arrojándoles piedras a la ventana y bajaron, nos hicieron entrar y frieron huevos con panceta y no les enojó para nada que los despertáramos. Debería haberte llamado por teléfono, pero no se me ocurrió. Perdona.

—No importa, lo único que importa es que han llegado. Pero no hay un minuto que perder porque tienen que estar en casa de Vi a las once, y tomar café con ella antes de que todos vayamos a la montaña para el picnic. —Miró a Noel comprensivamente. —Pobre, realmente no te dejan descansar, pero Vi está ansiosa por verlos a los dos. ¿Podrás soportarlo? ¿No estás demasiado cansado después de este largo viaje?

—En absoluto —aseguró él—. Nos turnamos para manejar y el que no estaba al volante aprovechaba para dormir un poco... —Abrió el baúl del auto, y Virginia alzó las cejas.

—¡Dios mío, cuánto equipaje! Vamos, dejémoslo en...

Estaba en su dormitorio con su equipaje, y tenía que acomodar sus cosas. La puerta había quedado abierta y oía las voces de Alexa y Virginia, que todavía tenían mucho de que hablar. De tanto en tanto, había un estallido de risas. Noel fue a cerrar la puerta, necesitando de un momento de privacidad antes de las muchas demandas que todavía le harían. Tenía que manejar el Subaru, le habían dicho. Había alguna complicación con unos manteles, pero él y Alexa irían a tomar café con la abuela de Alexa, y más tarde Virginia y Edie se reunirían con ellos y todo el grupo subiría a la montaña para el picnic celebratorio.

No lo asustaba la perspectiva; al contrario, tenía mucho interés en ver qué le depararía el día. Abrió la maleta y empezó a vaciarla en forma caprichosa. Colgó su chaqueta de gala en el alto ropero victoriano, sacó el regalo de cumpleaños de Vi, sus cepillos para el cabello, sus elementos de higiene. Puso los cepillos sobre la cómoda y fue a inspeccionar el baño. Allí encontró una bañera de dos metros, con enormes grifos de bronce, piso demármol, altos espejos, toallones de baño inmaculados, doblados sobre una barandilla tibia. Noel se sentía cansado y pegajoso después de manejar toda la noche; en un impulso, abrió las canillas, se arrancó la ropa y se dio el baño más rápido y más caliente de su vida. Muy reanimado, volvió a vestirse; se abotonó la camisa limpia, fue hasta la ventana a observar el bello paisaje, más allá de los límites del jardín. Campos, ovejas, montañas. En el silencio, sonó el grito agudo de un chorlito. El grito se intensificó y luego se apagó, y Noel trató de recordar cuándo había oído por última vez ese sonido penetrante y evocador, pero no pudo.

Virginia Aird era medio norteamericana; joven, vital y *chic*. Una vez, durante un viaje de negocios, Noel se había alojado en casa de un colega que vivía en el estado de Nueva York. La casa era de tipo *ranch*, con extensiones de césped que se unían con las de la casa vecina, y estaba diseñada tomando como prioridades la comodidad y la facilidad de mantenimiento. Con calefacción central, maravillosamente bien pensada y con todo tipo de aparatos modernos, debería haber sido el lugar más cómodo del mundo para pasar un fin de semana de invierno. Pero de alguna manera, era insuficiente porque la anfitriona, aunque era una mujer encantadora, no tenía la menor idea de cómo atender a los huéspedes. A pesar de que poseía una gran cocina espectacular, jamás preparaba una comida. Todas las noches se vestían e iban a comer al country club, y la única comida que surgía de esa cocina eran huevos fritos o hamburguesas hechas en el horno de microondas. Pero eso no era todo. En el living, había una chimenea, pero la habían llenado de macetas con plantas, y en lugar de estar alrededor de un reconfortante fuego de leños, los mullidos sillones y divanes estaban dispuestos hacia el punto focal, que era el televisor, y el sábado por la tarde se dedicaba a ver un partido de fútbol cuyas reglas y jerga eran incomprensibles para Noel. Había otro televisor en su dormitorio, y el baño estaba meticulosamente dotado de ducha, elementos de afeitar y hasta bidé, pero la toalla más grande del juego en la gama del azul era tan pequeña, que apenas le cubría sus partes íntimas, y este ligero inconveniente le había hecho desear volver a la delicia de sus propias toallas de baño, blancas, inmensas, absorbentes. Pero lo peor era la incomodidad y el dolor de la congestión nasal causada por dormir en una habitación caldeada, con una ventana que no se podía abrir.

Era mezquino y desagradecido encontrar defectos, porque todos habían sido tan increíblemente amables, pero nunca en su vida Noel se alegró tanto de marcharse de un lugar.

El chorlito gritó otra vez. La paz. Y... Noel volvió al dormitorio y metió las colas de la camisa dentro del jean... Una maravillosa opulencia eduardina. Tan opulenta como la de Ovington Street, pero todo en escala masiva y masculina. La gran bañera, adecuada para el más enorme de los hombres. Las monstruosas toallas, los pesados cortinados que se corrían con cordones de seda. Volvió a pensar en Virginia, y se dio cuenta de que, si bien no había albergado miedos de repetir aquella estada, no esperaba que Virginia fuera la dueña de esta casa que parecía haber sido decorada y amueblada cincuenta años atrás, sin sufrir ningún cambio desde entonces.

Pero la aprobaba. Se sentía como en casa. Le gustaba el clima, la sólida comodidad, el agradable olor a casa de campo, el brillo de los muebles bien cuidados, las sábanas crujientes, la sensación de familia. Mientras se ponía medias limpias y un suéter grueso y se cepillaba el pelo, descubrió que estaba silbando. Se miró al espejo y sonrió. Realmente comenzaba a disfrutar.

Ya listo, con el regalo de Vi en la mano, salió del dormitorio, bajó la escalera y, siguiendo el sonido de voces femeninas, se encontró en la cocina de Virginia. Que no era una cocina espectacular, sino una cocina grande y hogareña, llena de sol y también del aroma fragante a café recién hecho. Con mano profesional, Alexa había cortado el pollo en presas y las estaba acomodando en una caja de plástico, mientras Virginia llenaba un termo con café. Cuando Noel apareció, dejó el termo en la mesa y enroscó la tapa.

—¿Todo bien? —le preguntó.

—Más que bien. Me he dado un baño, y ahora estoy listo para cualquier cosa.

—¿Eso es un regalo para Vi? Puedes ponerlo en esta caja grande, junto con los nuestros... —Era una caja de cartón ya llena de envoltorios de formas diversas y colores vistosos. Noel agregó el suyo.

—Alguien le regala una botella.

—Henry. Es vino ruibarbo. Henry la ganó en la kermés de la iglesia. Noel, el Subaru está en el fondo de la casa. Podrías meter la caja junto con las demás cosas, y dársela a Vi cuando lleguemos a Pennyburn.

Noel tomó la caja con los regalos y salió por la puerta de la cocina. En un patio, estaba estacionado el Subaru, un vehículo resistente, con el compartimiento de atrás ya lleno de objetos varios. Para Noel, un picnic significaba comer un sándwich en un campo, o tal vez llevar un canasto bien elegido de Fortnums con champagne incluido, que se abría ceremoniosamente en el pasto en Glyndebourne. Pero los preparativos para el de ese día se parecían más a las maniobras del ejército. Mantas, paraguas; cañas de pescar, cestos de pescador y bolsos; un envoltorio de cartón, otro con material para encender el fuego; parrillas y pinzas, platos para la comida de los perros, un botellón de agua, latas de cerveza, un cesto lleno de platos de plástico de colores vivos y vasos también de plástico. Había un rollo de toallas de papel, un montón de avíos para la lluvia, la cámara de Alexa, jarritos, traíllas para perros y un silbato.

—Parece que saliéramos a acampar por lo menos dos semanas —le dijo Noel a Alexa.

—Tenemos que estar preparados para cualquier eventualidad. —Noel tomó la bolsa que llevaba Alexa y buscó un rincón donde ponerla. —Y tenemos que salir. Ya estamos retrasados.

—¿Y los perros?

—Vienen todos con nosotros. Habrá que meterlos como se pueda junto con todas las cosas.

—¿No pueden ir en el asiento de atrás?

—No, porque somos cinco para subir la cuesta, y ni Edie ni Vi son muy delgadas que digamos.

—Podríamos llevar también mi auto.

—Sí, pero no llegaríamos muy lejos. Espera a ver el camino. Es empinado y accidentado. Éste es el único auto que puede hacerlo.

Noel cuidaba su Volkswagen, de manera que con eso terminó la discusión. Apresaron a los tres perros, los metieron en la parte trasera del vehículo y les cerraron la puerta en la cara. Tenían expresión resignada. Alexa y Noel treparon a los asientos delanteros, Noel al volante.

—Estaré con ustedes alrededor de las doce y cuarto —les dijo Virginia—. Que lo pasen bien con Vi.

Partieron; rodearon la casa, pasaron por el portón y cruzaron el puente. Entre tanto, Alexa informaba a Noel sobre los últimos acontecimientos locales.

—Papá está en Nueva York. Virginia me contó todo esto mientras yo cortaba el pollo. Pero vuelve mañana, no sé a qué hora, de manera que estará aquí para la fiesta. Y Lucilla Blair está en Croy... Ha vuelto de Francia... Y está Pandora Blair, la hermana de Archie Balmerino, de manera que vas a conocer a las dos.

—¿Todos van al picnic?

—Eso espero. No estoy segura de que vaya Pandora, sin embargo. Tengo ganas de verla porque no la conozco. Es la oveja negra de la familia Balmerino, con una reputación maravillosamente *risquée*.

—Parece interesante.

—Bien, no te entusiasmes. Es mucho mayor que tú.

—Siempre me gustaron las damas maduras.

—No creo que la palabra "madura" le cuadre a Pandora. Y hay otro hombre en Croy que se llama Conrad Tucker. Es norteamericano, y es un viejo amigo de Virginia. ¿No es extraordinario? Y la pobre Virginia tuvo que llevar ella misma a Henry al colegio, porque papá no estaba aquí. Dijo que fue realmente horrible y no quiere hablar de eso. Y todavía no ha tenido noticias de Henry, que es un amor, de manera que no sabemos cómo anda. Dice que no quiere llamar por teléfono al director para no mostrarse como una madre fastidiosa. —En ese momento, ya andaban por la calle del pueblo. —No sé por qué no llama. No sé por qué no habla con Henry, si quiere. Dobla a la izquierda, Noel, pasa por el portón y empezaremos a subir la cuesta. Ahora estamos en Croy. Tierras de Archie Balmerino. Creo que hoy iba a cazar, pero mañana vamos todos allá a cenar, antes del baile, de manera que lo conocerás...

La cuesta era empinada; pasaba por tierras de pastoreo que antes habían sido parques. Las hojas de las imponentes hayas se estaban poniendo doradas, y más adelante, las montañas elevaban sus cumbres contra el brillante cielo otoñal. A pesar del calor del sol, había una brisa fría, y Noel se alegró de haberse puesto el suéter grueso.

"Ahora tenemos que doblar por este sendero. Antes era muy agreste, una senda mal cuidada que llevaba a la vieja cabaña del jardinero, pero Vi la rehízo toda cuando le compró el lugar a Archie. Es una jardinera maniática, ya te lo dije. Pero mira el paisaje... Por supuesto, está muy expuesto al viento, pero es mejor ahora que ha crecido el cerco de hayas...

Apareció la casita, de un blanco que encandilaba por efecto del sol; se alzaba en medio de un jardín con césped verde y canteros de flores multicolores. Cuando Noel paró frente a la puerta, ésta se abrió y salió a recibirlos una señora de buen porte, con los brazos extendidos y los cabellos grises ondeando en la brisa. Llevaba una vieja falda de tweed, un cárdigan, zoquetes y toscos borceguíes. Alexa bajó de un salto y cayó casi enseguida en el abrazo enorme de la abuela.

—Alexa, mi chiquita, qué alegría verte.

—Feliz cumpleaños.

—Setenta y ocho, querida. ¿No es terrible? Soy vieja como Matusalén.

Violet besó a Alexa y luego miró por sobre su cabeza a Noel, que bajaba del Subaru. Sus miradas se encontraron y no se apartaron; la mirada de Violet era firme y alerta; aguda, pero no despiadada. "Me está catalogando", pensó Noel. Ofreció su mejor sonrisa.

—Encantado. Soy Noel Keeling.

Violet soltó a Alexa y extendió la mano. Ella y Noel se dieron un buen apretón; la palma de la mano de Violet era cálida y seca, los dedos fuertes. Violet no era una señora bonita, y tal vez nunca lo había sido, pero Noel vio sabiduría y vivacidad en sus rasgos curtidos por la vida al aire libre, y todas las arrugas de su cara parecían generadas por la risa. A Noel le gustó, tuvo con ella un *rapport* instintivo y sin palabras, y supo que era la clase de persona que, aunque capaz de una enemistad implacable, podía también convertirse en la más auténtica y fiel de las amigas. De inmediato, Noel deseó que estuviese de su lado.

Entonces ella dijo algo extraño.

—¿No nos conocemos?

—No creo.

—Tu nombre... Keeling... Me recuerda algo. —Se encogió de hombros y aflojó la mano. —No tiene importancia. —Sonrió, y entonces él se dio cuenta de que si no había sido nunca hermosa, lo que sí había poseído era una gran atracción física. —¡Qué bueno que hayas venido a conocernos a todos!

—Debo desearle feliz cumpleaños. Tenemos una caja de regalos para usted.

—Tráelos adentro. Los abriré más tarde.

Él volvió al auto, abrió la puertas, calmó a los perros, tomó la caja con los regalos y volvió a cerrar las puertas. Cuando terminó con todo esto, Alexa y su abuela habían desaparecido en el interior de la casa, y Noel las siguió a un pequeño corredor, y de allí a una sala bien aireada, con una puerta de vidrio que daba al encantador jardín de la anciana.

"¡Deja la caja allí! No los abriré todavía, porque quiero que me cuenten muchas cosas. Alexa, el café y las tazas están en la cocina. ¿Me traerías la bandeja? —Alexa desapareció para hacerlo. —Bien, Noel... no te llamaré señor Keeling porque hoy nadie lo hace, y tú llámame Violet. ¿Dónde te gustaría sentarte?

Pero Noel no quería sentarse. Como siempre que estaba en un entorno nuevo, quería recorrer, curiosear, sentir lo que tenía alrededor. Era una habitación encantadora, con paredes amarillo claro, brillantes cortinas de *chintz* con rosas, y alfombras color crema de pared a pared. Noel sabía que hacía pocos años que Violet Aird vivía en la casa, y todo parecía nuevo y alegre, recientemente restaurado; pero sus muebles, sus libros y su vajilla sin duda provenían de alguna vivienda anterior, presumiblemente Balnaid. Los sillones y el sofá tenían fundas de hilo color coral, y una vitrina de ébano, cuyas puertas se hallaban abiertas y estaban forradas del mismo color coral, contenía una colección de porcelana Famille Rose. Dondequiera que posaba la mirada, Noel veía series de objetos envidiables o bien muy prácticos, las posesiones de ardilla de una señora mayor que las arracimaba a su alrededor como una provisión de bellotas. Las reconfortantes posesiones de toda una vida... Había almohadones hechos a mano, un cesto de mimbre lleno de leños, una defensa de bronce frente al hogar, un fuelle, el costurero, un pequeño televisor, pilas de revistas, bandejas con multitud de objetos diversos. Además, todas las superficies horizontales estaban atestadas de objetos pequeños y decorativos: cajas esmaltadas, jarrones con flores frescas, un recipiente de cobre lleno de brezo color púrpura, fotografías con marco de plata, pequeños conjuntos de porcelana de Dresden. Violet lo observaba. Él la miró y sonrió.

—Usted sigue las reglas de William Morris —le dijo.

—¿Qué quieres decir?

—No tiene nada en la casa que no sepa que es útil o bello.

A Violet la idea le pareció divertida.

—¿Quién te enseñó eso?

—Mi madre.

—Es un concepto fuera de moda.

—Pero todavía viable.

Violet había encendido un pequeño fuego. En la repisa de la chimenea había dos perros de Staffordshire, y sobre la repisa...

Noel entrecerró los ojos y fue a mirar más de cerca el cuadro. Era un óleo que representaba a un niño en un campo de ranúnculos, con sus flores doradas. El campo estaba en sombras, pero más allá del campo brillaba el sol sobre las rocas y el mar y las figuras distantes de dos niñas más grandes. La ilusión de luz y color le había llamado la atención, no sólo por su inmensa calidez sino porque la técnica, que lograba una forma tridimensional, lo asaltaba con toda la familiaridad de un rostro recordado desde la infancia.

Tenía que ser. Noel apenas necesitó leer la firma para saber quién era el pintor.

Dijo, maravillado:

—Éste es un Lawrence Stern.

—¡Lo reconociste! Es lo que más amo.

Él se volvió para mirarla.

—¿Cómo llegó a sus manos?

—Parece que te asombra.

—Sí. Hay muy pocos.

—Me lo regaló mi marido hace muchos años. Él estaba en Londres. Lo vio en una galería, entró y lo compró para mí sin importarle que pagaba por él mucho más de lo que podía permitirse.

hence Stern era mi abuelo —dijo Noel.

Violet arrugó el entrecejo.

—¿Tu abuelo?

—Sí. El padre de mi madre.

—¿De tu madre...? —Hizo una pausa, siempre ceñuda, y de pronto sonrió, resuelto el enigma, el rostro lleno de placer. —¡Por eso conozco tu nombre! Noel Keeling. Si yo la conocí... ¡Ah! ¿Qué fue de Penelope?

—Murió hace cuatro años.

—¡Qué pena terrible! Era una persona encantadora. Sólo nos vimos una vez, pero...

Los interrumpió la reaparición de Alexa, que venía de la cocina trayendo la bandeja con la cafetera y las tazas.

"¡Qué extraordinario, Alexa! Fíjate que Noel no es un extraño para mí, porque yo conocí a su madre... y nos hicimos muy amigas. Y siempre tuve la esperanza de que volviéramos a encontrarnos, pero por uno u otro motivo, eso nunca sucedió...

Este descubrimiento, esta revelación, el comprobar una vez más qué pequeño es este mundo, atrajeron la atención de todos. Por el momento, olvidaron el cumpleaños y el picnic, y Alexa y Noel se sentaron a beber el café muy caliente y escucharon con fascinación la historia de Vi.

—Fue a través de Roger Wimbush, el retratista. Cuando Geordie regresó de la guerra, del campo de prisioneros, y volvió a trabajar en Relkirk, se decidió que, como presidente de la empresa, debía hacerse pintar un retrato al óleo para la posteridad. Y se lo encargaron a Roger Wimbush. Vino a Balnaid y lo alojamos allí; pintó el retrato en el invernadero, y lo colgó, en una ceremonia, en el Salón de Reuniones de la Junta.

"Por lo que sé, todavía está allí. Nos hicimos muy amigos, y cuando murió Geordie, Roger me escribió una carta encantadora, y me mandó una invitación para la Exposición de Retratos, en Burlington House. Yo no iba muy a menudo a Londres, pero me pareció que la ocasión justificaba el largo viaje, de manera que fui, y Roger me recibió y me presentó a todo el mundo. Y de pronto, vio a estas dos señoras. Una era tu madre, Noel, y la otra creo que era una vieja tía de ella, a quien tu madre había llevado para entretenerla. Una señora muy viejita, menuda y arrugada, pero rebosante de vitalidad...

—La tía abuela Ethel —dijo Noel, porque no podía ser otra.

—Eso es, Ethel Stern, hermana de Lawrence Stern.

—Murió hace unos años, pero mientras vivió, nos brindó siempre alegría y diversión.

—Me lo imagino. Bueno, el caso es que Roger y tu madre eran amigos desde hacía muchísimo tiempo. Creo que ella lo había tomado como pensionista muchos años antes, cuando él era un estudiante sin un centavo que trataba de abrirse camino. Hubo un gran reencuentro entre ellos, y luego presentaciones, y me hablaron de su relación con Lawrence Stern, y yo le hablé a tu madre del cuadro. Enseguida se creó un clima muy amistoso, y de todas maneras ya habíamos visto todos los retratos, así que decidimos almorzar juntos. Yo había pensado ir a un restaurante, pero tu madre insistió en invitarnos a almorzar en su casa.

—En Oakley Street.

—Exactamente. En Oakley Street. Todos dijimos que era mucha molestia, pero ella ignoró nuestras objeciones, y sin saber cómo, de pronto estábamos en un taxi camino a Chelsea. Era un día hermoso. Lo recuerdo muy bien. Muy cálido y soleado, y tú sabes qué hermoso es Londres a principios del verano. Y almorzamos en el jardín, un jardín grande, muy verde, y con un perfume de lilas tan intenso, que a uno le parecía estar en otro país, tal vez en el sur de Francia. El ruido del tránsito llegaba muy apagado por los árboles, y todo salpicado de sol y sombra. Nos sentamos en una terraza sombreada, donde había una mesa y sillas de jardín, y bebimos vno helado, mientras tu madre preparaba todo en la gran cocina del subsuelo, y aparecía de vez en cuando para charlar o servir más vino, o poner el mantel, los cuchillos y los tenedores.

—¿Qué comieron? —preguntó Alexa, fascinada por la descripción de Vi.

—A ver, déjame pensar. Era delicioso, eso es lo que recuerdo. Sopa helada... gazpacho, creo, con pan casero crocante. Y una ensalada. Y *pâté*. Y queso francés. Y había una bandeja con duraznos, que ella había arrancado del árbol esa mañana, de un árbol que crecía contra el muro, en el otro extremo del huerto. Nos quedamos toda la tarde. No teníamos otro compromiso, y si lo teníamos, lo olvidamos. Las horas se deslizaban como en un bello sueño nebuloso. Luego recuerdo que Penelope y yo dejamos a Ethel y a Roger en la mesa, bebiendo café y coñac y fumando cigarrillos Gauloise, y tu madre me llevó a dar una vuelta por el jardín y a mostrarme sus bellezas. Mientras paseábamos por el jardín, charlábamos sin darnos reposo, y sin embargo me sería difícil decir de qué hablábamos. Creo que Penelope me habló de Cornualles y de su niñez allá, de la casa que tenían, y de la vida que llevaban antes de la guerra. Y todo era muy distinto de lo mío. Cuando por fin llegó el momento de despedirnos, yo no quería irme. No quería decir adiós. Pero cuando volví a casa, a Balnaid y a Strathcroy, ese cuadro que siempre amé había adquirido otro significado, porque había conocido a la hija de Lawrence Stern.

—¿Nunca volviste a verla? —preguntó Alexa.

—No, ¡qué triste! Yo rara vez iba a Londres, y luego ella se fue a vivir al campo. Perdimos contacto. Qué tonto y qué descuidado de mi parte, perder el contacto con alguien que me gustaba tanto, de quien me sentía tan cerca...

—¿Cómo era? —preguntó Alexa, naturalmente fascinada por este inesperado cuadro familiar de Noel, y ávida de detalles.

Vi miró a Noel.

—Cuéntaselo tú.

Pero Noel no podía hacerlo. No recordaba los rasgos, los ojos, los labios, la sonrisa. No hubiera podido dibujarlos aunque lo estuvieran apuntando con un revólver. Lo que le quedaba, después de cuatro años de vivir sin su madre, era su presencia, su calidez, su risa, su generosidad, su terquedad, las actitudes que lo enojaban, su inagotable cornucopia de hostilidad y regalos. La evocación hecha por Vi de ese almuerzo del pasado, espontáneo e informal pero imbuido de un estilo tal, que Vi no había olvidado un solo detalle de la ocasión, trajo de vuelta los días de Oakley Street con tanta claridad, que se sintió invadido de nostalgia por todo lo que le había parecido eterno y que no había tenido tiempo de apreciar.

Hizo un gesto negativo con la cabeza.

—No puedo.

Vi lo miró a los ojos. Y luego, como aceptando y comprendiendo su dilema, no insistió más. Se volvió hacia Alexa.

—Era alta y muy buena moza... a mí me pareció hermosa. Tenía el cabello gris oscuro, recogido en la nuca con peinetas de carey. Los ojos oscuros, muy grandes y brillantes, la piel suave y morena, como si siempre viviera al aire libre como una gitana. No era una mujer *chic*, a la moda, pero tenía un porte tan orgulloso que la dotaba de elegancia. Transmitía una enorme carga de... placer. Una mujer inolvidable. —Se volvió hacia Noel. —Y tú eres su hijo. Imagínate. ¡Qué extraña es a veces la vida! A los setenta y ocho años, parecería que una ya no va a recibir sorpresas, y sucede algo como esto, y es como si el mundo acabara de empezar.

• • •

El lago de Croy estaba escondido detrás de las montañas, y sólo se accedía a él por una senda primitiva y ondulante que llegaba al brezal en una serie de curvas cerradas.

No era un curso de agua natural. Mucho tiempo atrás, este valle estaba rodeado por ls montañas del norte, y la gran altura de Creagan Dubh era un lugar de remota soledad, hábitat de águilas, ciervos, gatos monteses, patos salvajes y chorlitos. En Croy, todavía había fotografías color sepia del valle como había sido alguna vez, cruzado por un arroyo, flanqueado por altas orillas donde crecían los juncos, y junto al arroyo, se veían las ruinas de una casa pequeña, con los establos y los corrales de ovejas sin techo, reducidos a la desolación, y las paredes de granito derrumbadas. Pero luego, el primer Lord Balmerino, el abuelo de Archie, con una fortuna para gastar y la pesca de la trucha en la mente, decidió crear un lago. Para eso, hizo construir un dique resistente como un bastión, de seis metros de alto o más, lo suficientemente amplio como para permitir el pasaje de un carruaje en la parte superior. Se construyeron esclusas para evitar desbordamientos, y el arroyo quedó atrapado. Debido al tamaño del muro del dique, quien se aproximaba por primera vez no veía el agua hasta que ésta subía con la última creciente, cuando la enorme extensión del lago —tres kilómetros de largo por un kilómetro y medio de ancho— de pronto estaba allí. Según la hora y la estación, era azul brillante a la luz del sol, o estaba inmóvil como un cristal a la luz del atardecer, con la pálida luna reflejada en su superficie como en un espejo, interrumpido de vez en cuando por los peces que saltaban.

Construyeron un lugar resistente para guardar los botes, con un sector extra a uno de los lados, donde se podía disfrutar de un picnic en un día inclemente. Pero no sólo los pescadores iban al lago. Generaciones de chicos se lo apropiaron como su lugar especial. En las montañas circundantes, crecía el pasto, y este pasto bien cortado, que llegaba hasta la orilla del agua, brindaba espléndidos lugares para armar carpas, jugar a la pelota y organizar partidas de críquet. Los Blair, los Aird y sus grupos de amigos aprendieron a pescar truchas en sus aguas heladas y pasaron largos días felices construyendo balsas y canoas que intrépidamente llevaban a las aguas profundas, embarcaciones que inevitablemente se hundían.

El Subaru, sobrecargado, en segunda y con Virginia al volante, recorría a los saltos el último tramo del camino, con el capó apuntando hacia el cielo. Después de una hora de gran incomodidad, Noel decidió que a la vuelta bajaría a pie. Virginia había optado por manejar porque, como bien decía, conocía el camino y Noel no, y a Violet le habían dado, como correspondía, el asiento de al lado; llevaba sobre su falda la enorme caja que contenía la gran torta de cumpleaños. En la parte trasera del vehículo, las cosas no eran tan fáciles. Edie Findhorn, de quien Noel había oído hablar tanto, resultó ser una señora de amplia circunferencia; ocupaba tanto espacio, que Noel se vio forzado a llevar a Alexa sobre sus rodillas. Allí se acurrucó ella, y a medida que pasaba el tiempo, parecía que su peso aumentaba, lo cual amenazaba con provocar calambres en los muslos de Noel; pero como con cada salto causado por las irregularidades del camino, ella se daba de cabeza contra el techo, Noel se contenía de agregar sus quejas.

Pararon dos veces. Una en la gran casa de Croy, donde Virginia bajó para ver si ya había partido el grupo de los Balmerino. La puerta estaba con llave, de modo que sin duda ya se habían ido. La segunda parada fue para abrir y luego cerrar la tranquera de los ciervos, y aquí Alexa dejó bajar a los dos Spaniels; el resto del camino, los perros corrieron detrás del auto, que avanzaba lentamente. Noel hubiera deseado que lo dejaran correr con ellos, pero ahora era demasiado tarde para hacer esa sugerencia.

Porque parecía que habían llegado. Violet miró por el vidrio delantero.

—¡Parece que ya encendieron el fuego! —anunció.

Alexa se torció para mirar, lo que causó aún más molestias a Noel.

—¿Cómo lo sabes?

—Veo humo.

—Entonces trajeron con qué encenderlo —dijo Edie.

—Tal vez usaron cuero quemado —dijo Alexa—, o frotaron dos piedras. Espero que Lucilla se haya acordado de traer la llave del cobertizo de los botes. Puedes ir a pescar, Noel.

—Por el momento, sólo quiero devolver la sensibilidad a mis piernas.

—Perdona. ¿Soy terriblemente pesada?

—No, no eres pesada. Es que se me acalambraron los pies.

—¿Será gangrena?

—Probablemente.

—Sucede en un abrir y cerrar de ojos, y luego se extiende como un incendio por todo el cuerpo.

Edie se indignó.

—Por favor, Alexa, ¡qué cosas dices!

—Ah, sobrevivirá —respondió despreocupadamente Alexa—. Además, casi hemos llegado.

Así era. El accidentado camino se hizo más parejo, no hubo más saltos, y el Subaru siguió por el pasto blando, en pendiente, hasta detenerse. Virginia apagó el motor. Noel abrió la puerta enseguida, empujó suavemente a Alexa para que bajara, y la siguió, agradecido. De pie, mientras estiraba las piernas doloridas, se sintió invadido por un golpe de luz, aire, brillo, azul, agua, espacio, aromas, viento. Hacía frío, más frío que al abrigo del valle, pero Noel estaba tan encandilado por todo lo que veía, que apenas lo notaba. Además estaba impresionado, como lo había estado por la grandeza y la aparente magnificencia de Croy. No había pensado que el lago sería tan grande, tan hermoso, y le resultaba difícil aceptar el hecho de que esta inmensa extensión de campo, con las montañas y los brezales, pertenecía a un solo hombre. Todo en escala tan gigantesca, tan abundante, tan rica... Miró a su alrededor y vio el cobertizo de los botes, con aleros y ventanas muy trabajados, el Land-Rover ya estacionado a pocos metros, la parrilla de material desde la que ya se elevaba el humo en el aire transparente.

En la orilla cubierta de piedrecillas, vio a dos hombres que estaban recogiendo ramitas para el fuego. Oyó el grito de un pato en lo alto de la montaña, y después el ruido muy lejano de tiros de escopeta, que llegaba desde algún valle distante.

Los demás habían bajado del auto. Alexa había abierto la puerta trasera para dejar salir a su perrito. Los dos Spaniels de Virginia aún no habían llegado, pero llegarían enseguida. Violet ya se dirigía al cobertizo de los botes, y entre tanto, apareció una chica por la puerta abierta.

—¡Hola! —gritó—. Ya llegaron. ¡Feliz cumpleaños, Vi!

Se hicieron las presentaciones, y en cuanto se cumplió con esa tarea, todo el mundo se puso a trabajar, y Noel comprendió que había una organización muy clara para estas ocasiones tradicionales. Bajaron las cosas del Subaru e hicieron fuego con ramas y carbón. Se transportaron dos grandes mesas plegables desde el cobertizo, se colocaron cerca y se cubrieron con grandes manteles a cuadros. Sobre las mesas, se pusieron platos, comida, ensaladas, vasos. Se colocaron mantas sobre asientos de cuero. Los dos Spaniels sin aliento y con las lenguas afuera, se abalanzaron desde lo alto del cerro y fueron directamente al agua, donde se refrescaron las patas, bebieron ansiosamente y por fin se dejaron caer, exhaustos. Edie Findhorn, con un gran delantal blanco, desempaquetó las salchichas y las hamburguesas, y cuando el carbón comenzó a cubrirse de ceniza, comenzó a hacer el asado. El humo se hizo más denso. Las mejillas rosadas de Edie se pusieron más rosadas aún y el viento hizo ondear su delantal como una aureola.

Uno por uno fueron apareciendo otros autos, que descargaron más invitados. Abrieron el vino; algunos se quedaron de pie con el vaso en la mano, y otros se acomodaron en las mantas. Seguía brillando el sol. Luego Julian Gloxby, el rector de Strathcroy, apareció en la cima del cerro con su esposa y DermotHoneycombe. Como ninguno de ellos poseía un vehículo lo bastante resistente como para soportar el camino desde Croy, habían venido a pie, y ninguno estaba fatigado, a pesar de que todos llevaban botas y bastones. Dermot traía una mochila a la espalda, de donde sacó su contribución para la fiesta: seis huevos de codorniz y una botella de vino de saúco.

Lucilla y Alexa enmantecaron *baps*, los panecillos dulces que obligadamente se sirven en toda fiesta escocesa.

Violet espantaba a las avispas de la torta, y el perro de Alexa robó una salchicha de la parrilla y se quemó la boca.

La fiesta estaba en pleno desarrollo.

—Te haré un regalo —dijo Virginia. Uno por uno, arrancó un montón de juncos de los que crecían en la orilla.

—¿Qué vas a hacer? —preguntó Conrad.

—Mira y espera.

Ya todos habían dado cuenta de la comida y habían bebido el café. Ellos se habían apartado de los demás; caminaron junto al muro del dique y luego siguieron por la costa este del lago donde, a través de los años, los vientos y las inundaciones habían erosionado la orilla de turba y habían formado una estrecha playa de cantos rodados. Nadie los había seguido, y excepto por los dos Spaniels de Balnaid, estaban totalmente solos.

Él esperó, sin impaciencia, observándola. Virginia sacó de un bolsillo de sus pantalones de cordero y un poco de lana de oveja recogida en un alambrado de púas; la retorció para hacer una hebra, y con ella ató los juncos y formó un manojo. Luego extendió los juncos y comenzó a trenzar y plegar; los juncos giraban como los ejes de una rueda. Entre sus dedos, se formó una canastita que, una vez terminada, tenía el tamaño de una taza de té.

Conrad estaba fascinado.

—¿Quién te enseñó?

—Vi, y a ella le enseñó de chica una mujer que reparaba cacerolas. Ya está. —Enlazó los últimos cabos sueltos y levantó su obra para que él la admirara.

—¡Qué bonita!

—Ahora la llenaré de musgo y flores, y podrás ponerla de adorno sobre la cómoda.

Virginia miró alrededor, vio musgo en una roca, lo desprendió y lo metió en la canastita. Siguieron paseando y cada tanto, Virginia se detenía a recoger una campanilla, una ramita de brezo o una brizna de pasto y las agregaba a su diminuta creación. Finalmente satisfecha, se la entregó a Conrad.

—Toma, Conrad, un recuerdo. Un *souvenir* de Escocia.

Él lo tomó.

—Es realmente preciosa. Gracias. Pero no necesito un *souvenir* porque jamás olvidaré. Nada.

—En ese caso —respondió ella con ligereza—, puedes tirarla.

—Nunca haría eso.

—Entonces ponla en un jarro con agua, y no se marchitará ni morirá. Puedes llevarla contigo a Norteamérica. Pero tendrás que esconderla, o el empleado de la aduana te multará por importar gérmenes.

—Tal vez pueda secarla, y entonces se mantendrá para siempre.

—Tal vez puedas hacerlo.

Siguieron caminando, al viento. Hasta la orilla, llegaban pequeñas olas oscuras, y dos botes de pescadores se mecían suavemente en el agua. Los pescadores, silenciosos, absortos, tiraban sus líneas. Virginia se detuvo, se inclinó a recoger una piedra chata y la lanzó con habilidad, haciendo que rebotara diez veces antes de hundirse y desaparecer para siempre.

—¿Cuándo te vas?

—¿Cómo dices?

—Cuándo te vas a los Estados Unidos.

—Tengo una reserva para el próximo jueves.

Virginia buscó otra piedra.

—Tal vez vaya contigo —dijo. Encontró otra piedra y la arrojó. Un fracaso. Se hundió de inmediato. Se enderezó y lo enfrentó. El viento le llevaba el cabello hacia atrás. Él miró sus ojos extraordinarios.

—¿Por qué lo harías?

—Necesito alejarme.

—¿Cuándo lo decidiste?

—Hace meses que lo pienso.

—Con eso no contestas a mi pregunta.

—Muy bien. Ayer. Lo decidí ayer.

—¿Cuánto tengo que ver yo con esa decisión?

—No lo sé. Pero no es sólo por ti. Es también por Edmund y por Henry. Por todo. Todo me supera. Necesito tiempo para mí. Necesito tomar distancia y ver las cosas en perspectiva.

—¿Adónde irás?

—A Leesport. A la vieja casa. A ver los abuelos.

—¿Yo también andaré por allí?

—Si quieres... Espero que sí.

—No sé si aprecias las connotaciones...

—¿Te parece que no, Conrad?

—Será una situación riesgosa.

—No nos arrojaremos desde la cumbre de una montaña. Iremos por caminos seguros.

—No creo que yo desee eso.

—Tampoco yo estoy segura de mí.

—Con tu marido y tu familia del otro lado del océano, no sólo me sentiré como la mierda, sino que probablemente empezaré a portarme como la mierda.

—Es un riesgo que estoy decidida a correr.

—En ese caso, no digo más.

—Eso quiero que digas.

—Salvo que viajo por Pan Am. Salgo a las once de la mañana de Heathrow.

—Trataré de conseguir lugar en el mismo avión.

"Lo peor de ponerse vieja", pensó Violet, "es que la felicidad la elude a una en el momento más inapropiado." Ahora debería sentirse feliz, y no era así.

Ahora era la tarde del día de su cumpleaños, y en general, todo era perfecto. Ninguna persona podía pedir más. Vi estaba sentada en un colchón de brezos, más arriba del lago, y a pesar de unas nubes de aspecto siniestro que se estaban juntando al oeste, el Sol seguía brillando en un diáfano cielo otoñal. Mucho más abajo, pero claramente visibles, como si se vieran con unos prismáticos al revés, sus invitados seguían moviéndose; pequeños grupos se habían dispersado, cada uno dedicado a una actividad distinta. Los dos botes estaban en el agua. Julian Gloxby y Charles Ferguson-Crombie pescaban desde uno de ellos; Lucilla y su joven amigo australiano, desde el otro. Dermot se había alejado solo en busca de flores silvestres. Virginia y Conrad Tucker paseaban sobre la parte superior del dique; ahora se los veía, caminando uno junto al otro, por la estrecha orilla del otro lado del lago. Los acompañaban los dos Spaniels de Edmund. De vez en cuando, se detenían, como enfrascados en la conversación, o se agachaban a recoger una piedrecilla y la hacían rebotar en el agua centellante. Los demás se habían quedado en el lugar del picnic, reunidos alrededor del fuego, al sol, sin hacer nada. Edie y Alexa estaban juntas. La señora Gloxby, que rara vez estaba sentada, había traído su tejido y un libro y disfrutaba de la paz del lugar.

Pequeños ruidos llegaban a los oídos de Violet. El silbido del viento, una voz más fuerte, el chapoteo de los remos, el canto de un pájaro. De tanto en tanto, desde un valle alejado, llegaba el sonido de los disparos traído por el viento, por sobre la cumbre de Creagan Dubh.

Todo era como debía ser, y sin embargo, Violet tenía un peso en el corazón. "Es porque sé demasiado" se dijo. "Me gustaría vivir en una dichosa ignorancia. No percibir que Virginia y Conrad... ese simpático, atractivo norteamericano... son amantes... Ni que Virginia ha llegado a un punto crítico de su vida; qu ahora que se ha ido Henry, es capaz de tomar una decisión desastrosa. Me gustaría no saber que Edie todavía se tortura por la pobre Lottie."

Y por otra parte, había incertidumbres que le hubiera gustado ver resueltas. "Me gustaría confiar en que Alexa no sufrirá un terrible desengaño, en que Henry no sufre demasiado lejos de su madre. Me gustaría saber exactamente qué sucede en la mente impenetrable de Edmund."

Su familia. Edmund, Virginia, Alexa, Henry y Edie. El amor y el compromiso con los demás traían alegrías, pero también podían ser una pesada piedra de molino colgada al cuello. Y lo peor era que se sentía inútil porque nada podía hacer por ayudarlos a resolver sus problemas.

Suspiró. El suspiro fue muy audible; Violet se dio cuenta y, con cierto esfuerzo, se recuperó, puso una expresión alegre y se volvió hacia el hombre que estaba a su lado, apoyado en un codo.

Dijo lo primero que se le pasó por la cabeza.

—Me gustan los colores del brezal porque me recuerdan el mejor tweed. Bermejo, púrpura, verde alerce y marrón como la turba. Y me encantan los buenos tweeds porque me recuerdan el brezal. ¡Qué inteligente son los que emulan tan bien a la naturaleza!

—¿Eso pensaba?

No era tonto. Vi hizo un gesto negativo.

—No —admitió—. Pensaba... que no es lo mismo.

—¿Qué es lo que no es lo mismo?

Violet no sabía muy bien por qué Noel había venido con ella. Ella no lo había invitado a acompañarla en el paseo, ni él había sugerido que iría. Violet simplemente había salido a caminar, cuesta arriba, y él la había alcanzado, como si hubieran hecho un arreglo tácito. Y habían subido juntos; Violet lo había guiado por el sendero de las ovejas, y ambos se habían detenido de tanto en tanto a admirar el paisaje cada vez más vasto, a observar el vuelo de un pato salvaje, a recoger una ramita de brezo blanco. Al llegar a la cumbre, ella se sentó a recuperar aliento, y él se acomodó a su lado. A Violet la conmovía que él hubiera elegido estar con ella, y las reservas que tenía hacia él se ablandaron un poco más.

Porque al verlo por primera vez había sentido desconfianza. Aunque estaba dispuesta a que le gustara ese joven de quien se había enamorado Alexa, mantenía altas sus defensas, decidida a no dejarse conquistar por el ligero disfraz de un encanto demasiado obvio. Su apostura morena, su figura alta, sus ojos azules, inteligentes y brillantes, la habían desorientado un poco, y el hecho de que fuese hijo de Penelope Keeling también la ablandaba. Eso era algo más que oscurecía el día: Noel le había dicho que Penelope había muerto, y por alguna razón, le costaba resignarse. Se llenaba de lamentos por el ayer; sabía que a nadie podía culpar sino a sí misma por no haber tratado de volver a ver a esa mujer fascinante y vital. Y ahora era demasiado tarde.

"¿Qué es lo que no es lo mismo? —insistió suavemente Noel.

Ella se guardó los pensamientos que habían flotado por su mente.

—Mi picnic.

—Es un picnic espléndido.

—Pero distinto. Hay ausentes. No están ni Henry ni Edmund ni Isobel Balmerino. Es la primera vez que Isobel falta a mi fiesta de cumpleaños; tuvo que ir a Corriehill a ayudar a Verena Steynton con el arreglo de las flores para el baile de mañana. Y mi pequeño Henry irá a la escuela pupilo durante por lo menos diez años, y cuando pueda venir otra vez, probablemente yo estaré bajo la tierra. Así lo espero. No tolero pensar en ochenta y ocho años. Demasiado vieja. Tal vez dependiendo de mi hijo... Es mi único temor.

—No me la imagino a usted dependiendo de nadie.

—La senectud llega de un día para el otro.

Guardaron silencio. En medio de ese silencio, les llegó el eco de un tiro de escopeta, más allá de los cerros.

Violet sonrió.

—Al menos, parece que ellos tienen un día bueno.

—¿Quiénes están cazando?

—Supongo que los miembros del sindicato que están aquí. Y Archie Balmerino con ellos. —Se volvió para sonreír a Noel. —¿Tú cazas?

—No. Nunca tuve una escopeta. No tuve esta crianza. He vivido toda mi vida en Londres.

—¿En esa bella casa de Oakley Street?

—Sí.

—Eres un muchacho afortunado.

Él movió la cabeza.

—Lo vergonzoso es que no me consideraba afortunado. Fui a una escuela común y pensaba que era una desgracia que mi madre no pudiera permitirse mandarme a Eton o a Harrow. Además, cuando debía empezar a ir al colegio, mi padre ya se había ido y se había casado con otra mujer. No es que lo echara de menos, porque apenas lo conocía, pero de alguna manera me causaba resentimiento.

Violet no se apenó demasiado por él. En cambio, pensando en Penelope Keeling, dijo:

—No es fácil para una mujer llevar adelante sola a la familia.

—Nunca se me ocurrió pensar en eso mientras estaba creciendo.

Violet se rió; apreciaba su honestidad.

—Los jóvenes no valoran su juventud. ¿Pero te llevabas bien con tu madre?

—Sí. Pero de vez en cuando, teníamos tremendas peleas. Generalmente por dinero.

—La mayoría de las peleas familiares son por eso. No creo que ella fuera muy materialista.

—Todo lo contrario. Tenía su propia filosofía de la vida, y una selección de frases hechas que repetía en momentos de gran exigencia, o en medio de alguna discusión realmente agria. Por ejemplo, que la felicidad es aprovechar al máximo lo que uno tiene, y la riqueza es aprovechar al máximo lo que se ha obtenido. Parecía plausible, pero nunca entendí bien esa lógica.

—Tal vez necesitabas algo más que palabras sabias.

—Sí, necesitaba más. Necesitaba no sentirme alguien de afuera. Quería ser parte de un modo de vida diferente, tener otro entorno. El *establishment*. Casas antiguas, familias antiguas, nombres antiguos, dinero antiguo. Nos criaban en la creencia de que el dinero no importaba, pero yo sabía que no importaba únicamente cuando había mucho.

—No estoy de acuerdo, pero comprendo. Lo que tienen los demás siempre parece mejor que lo de uno, y es propio de la naturaleza humana ansiar lo que no se puede tener.

—Pensó en esa joya que era la casita de Alexa en Ovington Street, y en la seguridad financiera que había heredado de su abuela materna, y experimentó una ligera inquietud.

—Lo peor —agregó— es que cuando uno logra lo que quería, a menudo descubre que no lo deseaba en absoluto.

—Noel no respondió, y Violet frunció el entrecejo. —Dime, ¿qué piensas de todos nosotros? —preguntó bruscamente.

Noel se desconcertó ante esta pregunta tan directa.

—Bueno... no he tenido tiempo de formarme una opinión.

—Vamos, sí que tienes una opinión. ¿Crees que somos el *establishment*, como tú lo llamas? ¿Crees que somos todos muy importantes?

Él se rió. Tal vez con eso disimulaba cierta incomodidad. No se sabía a ciencia cierta.

—No sé si son importantes. Pero usted tendrá que admitir que viven con bastante abundancia. Para lograr este estilo de vida en el sur, habría que ser varias veces millonario.

—Pero esto es Escocia.

—Precisamente.

—Entonces, ¿piensas o no que somos importantes?

—Importantes no. Distintos.

—No somos distintos, Noel. Somos gente común que ha tenido la suerte de criarse en este país incomparable. Admito que hay títulos, tierras, casas enormes y cierto feudalismo, pero si le quitas un poco el barniz a cualquiera de nosotros, y retrocedes una o dos generaciones, encontrarás modestos campesinos, obreros, pastores, pequeños granjeros. El sistema del clan escocés fue algo extraordinario. Nadie era sirviente de nadie, sino miembro de una familia. Por eso el highlander no suele ser pendenciero. Es orgulloso. Sabe que es tan bueno como tú, y quizá mucho mejor. Además, la revolución industrial y el dinero victoriano crearon una enorme clase media acomodada que provenía de artesanos muy trabajadores. Archie es el tercer Lord Balmerino, pero su abuelo hizo el dinero con la industria textil pesada, y se crió en las calles de la ciudad. Mi propio padre empezó su vida como el hijo descalzo de un campesino de la isla de Lewis. Pero tenía cabeza, talento para aprender de los libros, y sus ambiciones le hicieron obtener becas y hasta estudiar medicina. Llegó a ser cirujano y prosperó y llegó a grandes alturas... fue jefe de la cátedra de anatomía en la Universidad de Edimburgo y recibió un título nobiliario. Sir Hector Akenside. Un nombre resonante, ¿no crees? Pero siempre siguió siendo un hombre sin orgullo ni pretensiones, y por esa razón fue no sólo respetado sino también querido.

—¿Y su madre?

—Mi madre venía de un medio completamente distinto. Debo admitir que ella sí era un poco aristocrática. Lady Primrose Marr, hija de una antigua y conocida familia de los Borders que, por problemas propios, se había empobrecido totalmente. Era muy hermosa... famosa por su belleza. Pequeña y elegante, de cabello rubio muy claro recogido en lo alto de la cabeza; daba la impresión de que ese peso podía quebrar su delicado cuello. Mi padre quedó prendado de ella en algún baile o recepción en los Assembly Halls; se enamoró a primera vista. No creo que ella se haya enamorado de él, pero entonces él era un personaje, y además estaba en buena posición económica, y ella sabía lo que le convenía. Su familia, que mal podía aprobar al candidato, no puso objeciones... seguro que estaban encantados de quitarse a la muchacha de encima.

—¿Fueron felices?

—Creo que sí. Creo que se complementaban bien. Vivían en una casa alta y llena de corrientes de aire en Heriot Row; allí nací yo. A mi madre le encantaba Edimburgo, con toda su vida social, amigos que iban y venían, el teatro y los conciertos, los bailes y las recepciones. Pero mi padre seguía siendo un campesino con el corazón en las montañas. Siempre había amado a Strathcroy; en sus vacaciones venía a pescar. Cuando yo tenía cinco años, compró las tierras del sur del río y construyó Balnaid. Todavía trabajaba, y yo iba a la escuela en Edimburgo, de manera que al principio Balnaid sólo era una casa de vacaciones, una especie de refugio de caza. Para mí, era el paraíso, vivía esperando los meses de verano. Cuando finalmente mi padre se retiró, se vino a Balnaid. A mi madre le pareció una pésima idea, pero mi padre tenía su vena terca, y finalmente ella optó por aprovecharlo lo mejor posible. Llenaba la casa de invitados para asegurarse una mesa de bridge y una comida de gala todas las noches. Pero conservamos la casa en Heriot Row, y cuando llovía en forma incesante o soplaba el frío viento invernal, mamá siempre encontraba alguna excusa para volver a Edimburgo, o para irse a Italia o al sur de Francia.

—¿Y usted?

—Ya te dije. Para mí era un paraíso. Yo era hija única, y una gran desilusión para mi madre, porque no sólo era grandota y gorda, sino además fea. Era más alta que cualquiera de mis compañeras, y un fracaso total en la clase de baile, porque ninguno de los chicos quería ser mi pareja. En la sociedad de Edimburgo, mis defectos eran conspicuos, pero en Balnaid parecía que no importaban, y en Balnaid podía ser yo misma.

—¿Y su marido?

—¿Mi marido? —La cálida sonrisa de Violet transformó sus facciones marchitas. —Mi marido era Geordie Aird. Me casé con mi más querido amigo, y al cabo de treinta años, seguía siendo eso: mi más querido amigo. No muchas mujeres pueden decir esto.

—¿Cómo lo conoció?

—En una partida de caza, en los brezales de Creagan Dubh. A mi padre lo habían invitado a cazar con Lord Balmerino, y como mi madre estaba afuera, en algún crucero por el Mediterráneo, él me pidió que lo acompañara. Salir a cazar con papá era siempre algo muy preciado, y yo hacía grandes esfuerzos por ser útil, le llevaba los cartuchos y me quedaba sentadita y en silencio en el lugar donde él se apostaba.

—¿Geordie era uno de los que cazaban?

—No, Noel. Era ojeador. Su padre, Jaime Aird, era el cuidador jefe de Lord Balmerino.

—¿Usted se casó con el hijo de un cuidador? —Noel no pudo disimular su asombro, pero en su tono había también admiración.

—Sí. Se parece un poco a Lady Chatterley, ¿verdad? Pero puedo asegurarte que no fue así en absoluto.

—¿Pero cuándo sucedió esto?

—A principios de la década del 20. Yo tenía diez años y Geordie, quince. Decidí que era el muchacho más hermoso que jamás había visto, y cuando llegó la hora del almuerzo, me llevé mis sándwiches al lugar donde estaban los ojeadores y los cuidadores y comí con ellos. Digamos que le eché el lazo. Después nos hicimos amigos; yo era su sombra, me llevaba bajo el ala. Ya no estaba sola. Estaba con Geordie. Pasábamos días enteros juntos, siempre al aire libre. Me enseñó a echar la línea para pescar salmón, y a buscar la trucha. A veces caminábamos kilómetros y él me mostraba los valles encerrados entre montañas donde pastaban los ciervos y los altos picos donde anidaban las águilas. Y después de un día en el brezal, me llevaba a la casita donde vivían sus padres... donde Gordon Gillock, el cuidador de Archie, vive ahora... y la señora Aird me daba bizcochos y scones y té fuerte que hacía en su mejor tetera.

—¿Su madre no se oponía a esa amistad?

—Creo que estaba contenta de que no la importunara a ella. Sabía que yo no haría nada malo.

—¿Y Geordie siguió los pasos de su padre?

—No. Lo mismo que mi padre, era un muchacho inteligente y estudioso y le iba bien en el colegio. Mi padre lo estimuló en sus ambiciones. Creo que se identificaba un poco con Geordie. Así Geordie obtuvo un lugar en la Grammar School de Relkirk, y después completó su aprendizaje trabajando en una compañía de contadores de primera línea.

—¿Y usted?

—Lamentablemente, tuve que crecer. De pronto, tenía dieciocho años y mi madre advirtió que su patita fea se había convertido en una pata fea. A pesar de mi tamaño y mi falta de atractivos sociales, decidió que necesitaba una presentación en sociedad... pasar una temporada en Edimburgo y ser presentada a la realeza en Holyrood House. Era lo último que yo quería hacer, pero Geordie me había abandonado —vivía como pensionista en Relkirk— y yo elaboré la idea de que si me sometía a ese espantoso plan de mi madre, con el tiempo ella aceptaría que Geordie Aird era el único hombre del mundo con quien pensaba casarme. Llegaron la temporada y la presentación en sociedad y, como puedes imaginarte, fue un fracaso total. Con mis enormes vestidos de fiesta de raso brillante, parecía un personaje de circo. Al final de la temporada, nadie me había cortejado. Mi madre, muy avergonzada, me trajo de vuelta a Balnaid, y allí me dediqué a arreglar el jardín y a sacar a pasear a los peros... y a esperar a Geordie.

—¿Cuánto tuvo que esperar?

—Cuatro años. Hasta que él se recibió y estuvo en condiciones de mantener una esposa. Yo tenía mi propio dinero, que estaba depositado y pude cobrar cuando cumplí veintiún años, pero Geordie no quería saber nada con vivir de eso. De modo que seguí esperando. Hasta que llegó el gran día en que él aprobó el último de sus exámenes. Recuerdo que yo estaba en el lavadero de Balnaid, bañando al perro. Lo había sacado a pasear y se había revolcado en algo inmundo, y allí estaba yo con un delantal, empapada de pies a cabeza y con olor a fenol. Se abrió bruscamente la puerta del lavadero, apareció Geordie y allí mismo me propuso matrimonio. Fue un momento muy romántico. Desde entonces, siempre he tenido cierta predilección por el olor a fenol.

—¿Cuál fue la reacción de sus padres?

—Ah, hacía años que lo veían venir. Papá estaba encantado, y mamá, resignada. Una vez que superó la agonía de pensar qué dirían sus amigas elegantes, creo que pensó que era mejor que me casara con Geordie y no que me quedara solterona, molestándola en su vida frívola. De manera que un día de principios del verano de 1933, Geordie y yo finalmente nos casamos. Y para dar el gusto a mi madre, me dejé empaquetar con corsé y ballenas dentro de un vestido de raso tan duro, que parecía de cartón. Y después de la recepción, Geordie y yo nos metimos en su pequeño Baby Austin y nos fuimos a Edimburgo, y allí pasamos la noche de bodas en el hotel Caledonian. Recuerdo que en el baño me quité el vestido, me desanudé el corsé y lo tiré de inmediato en el tacho de residuos. Y juré que nadie me obligaría nunca más a ponerme un corsé. Y lo cumplí. —Se echó a reír con ganas y le dio una palmada a Noel en la rodilla. —Ya ves que en mi noche de bodas le dije adiós no sólo a mi virginidad sino también al corsé. Y me resultaría difícil decir cuál de las dos cosas me causó más satisfacción.

Noel se rió.

—¿Y fueron felices y comieron perdices?

—Fuimos muy felices. Pasamos años muy felices en una casita con terraza, en Relkirk. Luego nació Edmund, y apareció Edie en nuestra vida. Tenía dieciocho años y era la hija del carpintero de Strathcroy. Vino a trabajar como mucama y niñera, y desde entonces, hemos estado juntas. Fue una buena época. Tan buena, que traté de ignorar la amenaza de guerra que se cernía sobre nuestro horizonte. Geordie entró en la Highland Division y fue a Francia. En mayo de 1940, fue tomado prisionero en Saint Valéry y no volví a verlo hasta cinco años y medio después. Edie, Edmund y yo volvimos a Balnaid y nos mantuvimos lejos de la guerra junto a mis padres, pero ellos estaban envejeciendo y cuando llegó la paz, ya habían muerto. De manera que cuando por fin Geordie volvió, vino a Balnaid, y allí pasamos el resto de nuestra vida juntos.

—¿Cuándo murió?

—Unos tres años después del casamiento de Edmund... de su primer casamiento, con la madre de Alexa... Todo sucedió con increíble rapidez. Nuestra vida era tan buena... Yo hacía planes... para el jardín, para la casa, para las vacaciones que tendríamos juntos... como si los dos fuéramos a vivir eternamente. De manera que me sorprendí cuando me di cuenta de que repentinamente Geordie no estaba bien. Perdió el apetito, adelgazó, se quejaba de molestias y dolores vagos. Al principio, me negué a asustarme y me dije que serían sólo problemas digestivos, el legado de los largos años pasados como prisionero de guerra. Pero finalmente consultamos a un médico y luego a un especialista. Llevamos a Geordie a Relkirk General para lo que, en esa época, se conocía eufemísticamente como "estudios". El resultado de esos estudios me lo comunicó un especialista. Estaba sentado ante un escritorio, en una habitación llena de sol, y fue muy considerado, y cuando terminó de explicarme me levanté, salí de la habitación y recorrí los pasillos revestidos de goma hasta donde estaba Geordie, en una sala lateral, recostado sobre las almohadas en la alta cama de hospital. Yo le había llevado narcisos de Balnaid, y los puse en un florero, con mucha agua para que no se marchitaran. Geordie murió dos semanas después. Edmund estaba conmigo, pero Caroline, su esposa, no. Estaba en los comienzos de un embarazo y tenía náuseas. Saber que Alexa vendría al mundo fue una de las cosas a las que me aferré en esos días negros, espantosos. Geordie ya no estaba, pero una pequeña vida nueva estaba en camino, para poner el sello en los lazos de la continuidad. Ésta es una de las razones por las que Alexa siempre ha sido tan especial para mí.

Después de unos momentos, Noel dijo:

—Usted también es alguien muy especial para ella. Me ha hablado mucho de usted.

Violet se calló. Se levantó un viento que barría el pasto y traía olor a lluvia. Violet miró el cielo y vio las nubes que se acercaban desde el oeste, haciendo borroso el perfil de los cerros y sumiendo las laderas inferiores en las sombras.

—Hemos disfrutado lo mejor del día. Espero que no pienses que fue un día perdido. Y espero que no te hayas aburrido.

—Ni un segundo.

—Empecé por hablar del picnic y terminé por contarte la historia de mi vida.

—Me siento privilegiado.

—Viene Alexa —dijo Violet.

Él se incorporó y sacudió briznas de pasto de las mangas de su suéter.

—Es cierto.

La vieron aproximarse, subiendo la cuesta empinada con velocidad y energía juveniles. Llevaba jeans y un suéter azul oscuro, y sus cabellos rubio oscuro estaban despeinados y las mejillas rosadas por el viento y el sol y el esfuerzo por subir. Violet pensó que parecía absurdamente joven. De pronto, supo que tenía que hablar.

—Yo tuve mucha suerte. Me casé con el hombre que amaba. Sólo espero que a Alexa le suceda lo mismo. —Noel volvió lentamente la cabeza y sus miradas se encontraron.

—Virginia me dijo que debo callarme la boca y no interferir. Pero creo que tú ya sabes cuánto te ama, y yo no tolero que la lastimen. No te estoy presionando, pero te pido que tengas cuidado. Y si tienes que herirla, mejor que sea ahora y no cuando sea demasiado tarde. Seguro que la quieres lo suficiente para poder hacer eso...

El rostro de Noel era inexpresivo, pero su mirada, firme. Un momento después, respondió:

—Sí, claro que sí.

No hubo tiempo para nada más, y tal vez fue una suerte. Alexa ya estaba allí, podía oírlos, recorría los últimos metros que los separaban, se desplomó sobre el brezo, junto a Noel.

—¿De qué hablaban ustedes dos? Hace siglos que están aquí.

—Ah, de distintas cosas —respondió distraídamente Violet.

—Me han mandado que les diga que tal vez es hora de ir levantando campamento. Los Ferguson-Crombie tienen que ir a una fiesta, y se ofrecen a llevar hasta Croy a los Gloxby y a Dermot Honeycombe. Y no tardará en empezar a llover; el cielo está muy negro.

—Sí —dijo Violet. Los botes ya salían del agua. Alguien había echado agua para apagar el fuego y los invitados estaban ya en movimiento, doblando mantas, cargando sus cosas en los autos. —Sí, es hora de marcharnos.

Empezó a levantarse, pero Noel, que ya estaba de pie, le dio la mano para ayudarla.

"Gracias, Noel. —Sacudió ramitas de brezo de su gruesa falda de tweed y echó una larga mirada alrededor. Todo había terminado hasta el año siguiente. —Vamos.

Echó a andar a la cabeza, fue bajando la cuesta y dejando atrás el cerro.

Noel se despertó en la oscuridad, con una sed terrible. Y algo más apremiante. Una vez analizado, esto último resultó ser un intenso deseo de hacer el amor con Alexa. Se quedó acostado unos momentos, con la boca seca, frustrado y solo, en la cama extraña, en el dormitorio extraño, con las ventanas totalmente abiertas a una noche oscura y ventosa, sin luces, sin autos que pasan, y con el único sonido del silbido del viento en las ramas más altas de los árboles. Pensó con nostalgia en Londres, en Ovington Street, donde había vivido los últimos meses tan cómodo y mimado. Si se despertaba con sed en Londres, no tenía más que estirar el brazo y encontraba el vaso de agua mineral que Alexa le dejaba todas las noches, con una tajadita de limón. Si a la madrugada la deseaba, no tenía más que darse vuelta en la cama mullida, extender un brazo y atraerla hacia él. Ya despierta, Alexa nunca se molestaba ni tenía demasiado sueño; siempre respondía con la suave pasión que él le había enseñado, disfrutando de ese conocimiento recientemente adquirido, confiaba en que él la deseaba.

Pensar en esto no lo ayudaba para nada. Finalmente, cuando no pudo seguir aguantando la sed, Noel encendió la lámpara y bajó de la cama. Fue al baño, abrió la canilla y llenó el vaso con agua. El agua estaba fría como el hielo y tenía un sabor dulce y limpio. Volvió a llenar el vaso, regresó al dormitorio y contempló la perfumada oscuridad en medio de la fuerte corriente de aire.

Bebió un poco más de agua. Ya no tenía sed, pero su otra necesidad seguía allí. Agua y Alexa. Se le ocurrió que las dos necesidades básicas, inmediatas, más urgentes que cualquier otra cosa en la vida eran, en cierto modo, reflejo una de la otra. Se llenó la mente de adjetivos:

limpia, dulce, pura, transparente, buena, inocente, inmaculada. Se aplicaban por igual al agua y a la joven. Y luego, el broche final: portadoras de vida.

Alexa.

Se preciaba de ser él el responsable de que hubiera madurado: ya no era una muchacha desmañada sino una mujer confiada; descubrir que era virgen había sido una de las experiencias que más desarmado lo habían dejado en la vida, pero además sabía que el trato era mutuo, y se había encontrado como receptor de una gran cornucopia de amor, compañía y aceptación sin exigencias, porque aunque ella tenía la suerte de poseer riquezas materiales, sus regalos no eran todos materiales. Estar con Alexa había sido un buen interludio en su vida, uno de los mejores, y pasara lo que pasare en el futuro, Noel sabía que siempre la recordaría con gratitud.

¿Y qué pasaría? En ese momento, no deseaba pensar en eso. Tenía más urgencia concentrarse en el presente. Alexa. Ahora estaba durmiendo en su propia cama, en el dormitorio de su infancia, a sólo unos pocos metros de distancia, al fondo del corredor, del otro lado de la escalera. Pensó en ir a buscarla, en abrir la puerta y cerrarla tras de sí silenciosamente, y deslizarse entre las sábanas junto a ella. Alexa le haría espacio, se volvería hacia él, con los brazos tendidos, mientras su cuerpo despertaba para él...

Pensó un momento en este plan y lo descartó por razones más bien prácticas que profundas. Sabía por experiencia que era demasiado fácil perderse en los oscuros corredores de las casas de campo, y no le gustaba la idea de que lo descubrieran dentro de algún armario, en compañía de una aspiradora y varios plumeros. Y aquí, en Balnaid, ni siquiera tenía la excusa de haber querido ir al baño, porque en su cuarto disponía de un baño perfectamente instalado para su uso exclusivo.

Sin embargo, aun sin estas excusas, y dejando de lado razones más valederas, seguía preguntándose si reuniría coraje para ir en busca de Alexa. Tenía algo que ver con la casa. Con la atmósfera que él había percibido casi desde el momento de entrar, una sensación de familia que simplemente rechazaba la idea de andar merodeando por los corredores. Su larga conversación con Vi en la montaña, esa misma tarde no había hecho más que fortalecer su concepción de Balnaid. Era como si todas las generaciones que habían vivido en Balnaid todavía estuvieran allí, en su lugar, viviendo y respirando, realizando sus actividades diarias, mirando y tal vez juzgando. No sólo Alexa y Virginia, sino también Violet y su amado Geordie. Y antes de ellos, los ancianos, Sir Hector y Lady Primrose Akenside, sólidamente instalados, con sus elevados principios, y todavía al frente de una casa muy poblada; niños en las *nurseries*, invitados en las habitaciones para huéspedes, criadas y doncellas roncando en los altillos. El tipo de casa duradera que Noel había deseado cuando era un chico atrapado en Londres. Un estilo de vida bien ordenado y abundante, con todos los placeres de la vida al aire libre. Torneos de tenis y picnics en escala todavía más elaborada que el de ese día. Ponis, escopetas, cañas de pescar, y asistentes y cuidadores para los deportes y la caza, siempre ansiosos por dar una mano al joven caballero.

Esa mañana, mientras iba en el auto a Strathcroy con Alexa, había tenido la sensación de que, en cierto modo, estaba volviendo al pasado, a un mundo que alguna vez había conocido y olvidado. Tenía que admitir que nunca había conocido ese mundo, pero ahora que lo había encontrado, no quería dejarlo ir. Por primera vez en su vida, sentía que pertenecía a algo.

¿Y Alexa?

Oyó la voz de Violet: *Si tienes que herirla, mejor que sea ahora, y no cuando sea demasiado tarde.*

Esas palabras resonaban en forma ominosa. Tal vez ya era demasiado tarde, en cuyo caso había llegado al punto en que su camino se apartaba del de Alexa, y con la advertencia de Vi en los oídos, supo que era el momento de evaluar la situación. Antes de que terminara el fin de semana, debería tomar una decisión.

Se vio a sí mismo como si estuviera a gran distancia, vacilando en una encrucijada, tratando de tomar la decisión vital de cuál camino seguir. Podía volver por el camino que lo había traído, lo cual significaba dejar a Alexa, decirle adiós, tratar de explicarle, hacer las maletas, mudarse de Ovington Street; volver al departamento del subsuelo en Pembroke Gardens, hablar con sus inquilinos, informarles que tendrían que encontrar otra vivienda. Significaba volver a la vida de antes, ponerse otra vez en circulación social. Llamar a los amigos, encontrarse con ellos en los cafés, comer en restaurantes, tratar de encontrar los números de teléfono de todas esas mujeres delgadas y hermosas, invitarlas a comer, escuchar su conversación. Significaba ir al campo los viernes por la tarde y luego luchar por regresar a Londres en los caminos atestados de tránsito el domingo a la noche.

Suspiró. Pero ya lo había hecho antes, y no había motivo para no volver a hacerlo. La otra alternativa, el otro camino, llevaba al compromiso. Y por Alexa y todo lo que ella representaba, Noel sabía que esta vez tendría que ser un compromiso total. Toda una vida de responsabilidad asumida, matrimonio y quizás hijos.

Tal vez ya era hora. Tenía treinta y cuatro años, pero todavía sufría las incertidumbres de la inmadurez. Las inseguridades básicas, muy arraigadas, lo asaltaban como perros de presa. Tal vez era hora, pero la perspectiva lo llenaba de terror.

Se estremeció. ¡Basta! El viento arreciaba. Una ráfaga golpeó en la ventana abierta. Descubrió que estaba helado hasta los huesos pero, como una ducha fría, finalmente ese aire había aplacado su ardor insatisfecho. Lo cual resolvía al menos un problema. Volvió a la cama, se cubrió con las mantas y apagó la luz. Estuvo un largo rato despierto, pero cuando por fin se dio vuelta y volvió a dormirse, aún no había tomado su decisión.

10

Viernes 16

La lluvia empezó poco después de salir de Relkirk. Al subir por el camino de montaña hacia el norte, se veía la niebla en las cumbres, y los vidrios estaban llenos de gotas de humedad. Puso a andar el limpiaparabrisas. Era la primera vez que veía llover en una semana, porque Nueva York brillaba en un verano seco; las torres de cristal reflejaban el sol, las banderas ondeaban en la brisa en el Rockefeller Center, y los vagabundos disfrutaban el final de la estación cálida, rodeados por los bultos con sus magras posesiones.

Edmund había pasado de un mundo a otro en un mismo día. Nueva York, Kennedy, Concorde, Heathrow, Turnhouse, y ahora de vuelta en Strathcroy. En circunstancias normales, habría hecho a tiempo para pasar por la oficina, pero ésa era la noche del baile de los Steynton, y por tal razón prefirió seguir directamente hasta su casa. Sacar sus galas de las Highlands llevaría algún tiempo, y quizá ni Virginia ni Edie se habían acordado de lustrar los botones de plata de la chaqueta y el chaleco, en cuyo caso tendría que resignarse a hacer él mismo la tarea.

Un baile. Seguro que no se acostaría antes de las cuatro de la mañana. Estaba un poco cansado por el cambio de horario. Pero se le pasaría con un whisky. Su reloj todavía marcaba la hora de Nueva York, pero el reloj del tablero le decía que eran las cinco y media. Todavía había luz, aunque las nubes bajas disminuían la visibilidad. Encendió las luces laterales.

Caple Bridge. El poderoso auto zumbaba por las curvas del estrecho camino del valle. El asfalto brillaba con la humedad, la retama y el árgoma se desdibujaban en la neblina. Abrió la ventanilla y sintió el aroma de ese aire incomparable. Pensó que vería a Alexa. Y que no vería a Henry. Pensó en Virginia...

Temía que la pequeña tregua hubiera terminado. El diálogo final, cuando él estaba a punto de salir para Nueva York, había sido áspero. Ella había tenido un estallido, lo había acusado de ser egoísta y desconsiderado, de romper sus promesas. Se había negado a escuchar sus explicaciones perfectamente razonables, y finalmente había colgado de un golpe el receptor. Él quería hablar con Henry, y ella se había olvidado, o bien había omitido deliberadamente darle a Henry el mensaje de su padre. Quizá después de una semana sin él, habría recapacitado, pero Edmund no tenía muchas esperanzas. Últimamente, Virginia no olvidaba las ofensas.

Su salvación sería Alexa. Sabía que por Alexa, Virginia pondría su mejor cara; si fuera necesario, fingiría alegría y afecto durante todo el fin de semana. Al menos, Edmund se sentiría agradecido por esta pequeña gracia.

Apareció la señal en medio de la neblina: "Strathcroy". Edmund disminuyó la velocidad, hizo el cambio, cruzó el puente frente a la iglesia presbiteriana, pasó bajo las altas ramas de los álamos, rumorosos de cornejas, y entró por el portón abierto de Balnaid.

Su hogar. No fue a la parte delantera; dobló para dejar el auto frente al establo. En el garaje había un solo auto, el de Virginia, y la puerta trasera, que llevaba a la cocina, estaba abierta. Pero Edmund sabía que esto no necesariamente significaba que había alguien en casa.

Apagó el motor y se quedó esperando, si no una familia encantada que saliera a recibirlo, al menos los ladridos de sus perros. Pero sólo lo recibía el silencio. Aparentemente, no había nadie.

Bajó del auto, cansado, y fue a abrir el baúl para sacar su equipaje. La maleta, el abultado portafolio de cuero, el impermeable, la bolsa de plástico amarillo del *Duty Free,* llena de botellas, whisky escocés y Gordons Gin, y generosos frascos de perfume francés para su esposa, su hija y su madre. Llevó todo adentro para que no se mojara con la lluvia. Encontró una cocina cálida, muy limpia y ordenada pero vacía; la única señal de los perros eran las cestas vacías. Se oía el zumbido de la heladera. En la pileta, una canilla goteaba levemente. Dejó la maleta y el impermeable en el suelo, la bolsa del *Duty Free* sobre la mesa, y fue a cerrar bien la canilla. Cesó el goteo. Trató de captar otros sonidos, pero nada más rompía el silencio.

Salió de la cocina con el portafolio y recorrió el pasillo y el hall. Allí se detuvo un momento, esperando que se abriera una puerta, que se oyera el ruido de unos pasos, una voz, algo que indicara la presencia de otra persona. Oyó el tictac del reloj. Y nada más. Siguió adelante, con el ruido de sus pasos apagado por la espesa alfombra, y cruzó la sala para abrir la puerta de la biblioteca.

Allí tampoco había nadie. Vio los almohadones impecables en el sofá, la chimenea vacía, una prolija pila de revistas *Country Life*, un ramo de flores desecadas de colores desvaídos. La ventana abierta dejaba entrar una gran corriente de aire húmedo y frío. Dejó el portafolio y fue a cerrarla; luego volvió a su escritorio, donde vio la correspondencia de una semana cuidadosamente apilada, esperando su atención. Miró uno o dos sobres, pero sabía que allí no había nada que no pudiese esperar hasta el día siguiente.

Sonó el teléfono. Atendió.

—Balnaid.

Oyó algunos ruiditos y la comunicación se cortó. Tal vez era alguien que había discado un número equivocado. Colgó, y de inmediato sintió que no aguantaría un momento más la tristeza de la habitación vacía. La biblioteca de Balnaid, sin fuego en la chimenea, era como una persona sin corazón; sólo en los días más calurosos del verano quedaba apagada. Encontró fósforos, encendió los papeles que había en el hogar, esperó a que se encendieran las ramitas, agregó leños. Las llamas subieron por la chimenea, calentando e iluminando, dando vida a la habitación. Así se dio a sí mismo la bienvenida y se sintió relativamente mejor.

Estuvo unos momentos mirando las llamas, luego puso las defensas en su lugar y se dirigió a la cocina. Guardó el whisky y el gin en la alacena, y fue arriba a llevar la bolsa del *Duty Free* y su maleta. El tictac del reloj del abuelo acompañaba sus pasos. Cruzó el corredor y abrió la puerta de su dormitorio.

—Edmund.

Estaba allí, había estado en la casa todo el tiempo. Sentada ante el tocador, se estaba pintando las uñas. La habitación, tan espaciosa y femenina, dominada por la enorme cama camera tendida con sábanas antiguas de hilo blanco y con puntillas, estaba, cosa extraña, algo desordenada. Había zapatos en el piso, una pila de ropa doblada en una silla; las puertas del ropero estaban abiertas. En una de esas puertas, Virginia había colgado una percha con su vestido nuevo, el que había comprado en Londres para la fiesta de esa noche. La falda, en capas superpuestas de tela transparente, estaba salpicada de motitas negras. Así, colgado en la percha, parecía un poco triste y vacío.

Virginia y Edmund se miraron.

—Hola —dijo Edmund.

Virginia tenía puesta una salida de baño y su cabeza estaba llena de esos enormes ruleros que, según Henry, le daban el aspecto de un ser de otro planeta.

—Estás de vuelta. No oí el auto.

—Lo estacioné en el garaje. Creía que no había nadie.

Edmund llevó la maleta a su cuarto de vestir y la dejó en el suelo. Toda su ropa para la noche estaba extendida sobre la cama angosta: el *kilt*, las medias, el lazo para la cintura, la camisa, la chaqueta y el chaleco. Los botones de estas dos últimas prendas brillaban como estrellas, lo mismo que las hebillas de los zapatos.

Edmund volvió al dormitorio.

—Lustraste los botones...

—Edie lo hizo.

—Muchas gracias. —Se acercó a Virginia y se inclinó para besarla. —Esto es para ti. —Puso la caja sobre el tocador.

—Ah, qué bonito. Gracias. —Había terminado de pintarse las uñas, pero el esmalte todavía no se había secado. Extendió bien los dedos y, de tanto en tanto, soplaba sobre las uñas para acelerar el proceso. —¿Qué tal Nueva York?

—Bien.

—No te esperaba tan temprano.

—Tomé el puente aéreo temprano.

—¿Estás cansado?

—Estaré bien cuando beba un trago. —Se sentó en el borde de la cama. —¿El teléfono anda mal?

—No sé. Sonó hace cinco minutos, pero sólo una vez, y dejó de sonar.

—Yo atendí abajo, pero se cortó.

—Eso sucedió hoy un par de veces. Pero no hay problemas en los llamados para afuera.

—¿Pediste que lo repararan?

—No. ¿Tengo que pedirlo?

—Yo lo haré después. —Se reclinó en la pila de almohadas y apoyó la cabeza en la cabecera acolchada. —¿Y a ti cómo te ha ido?

Ella observó sus uñas.

—Muy bien.

—¿Y Henry?

—De Henry no sé nada. No he tenido noticias y no he hablado por teléfono. —Lo miró. Su brillante mirada azul estaba serena. —Pensé que a lo mejor no era correcto hablar por teléfono... que tal vez no era tradicional.

Lo cual hacía evidente que no lo había perdonado. Pero éste no era el momento de recoger el guante y precipitar otra pelea.

—¿Lo llevaste tú a Templehall?

—Sí, yo lo llevé. No quiso ir con Isobel, de manera que llevamos nosotros a Hamish. Hamish estaba en uno de sus peores momentos, Henry no dijo una palabra en todo el viaje, y no dejó de llover en todo el día. Fuera de eso, todo magnífico.

—No se llevó a Moo con él, ¿verdad?

—No, no se llevó a Moo.

—Gracias a Dios. ¿Y Alexa?

—Llegó ayer a la mañana, con Noel.

—¿Dónde están ahora?

—Creo que sacaron a pasear a los perros. Después del almuerzo, tuvieron que ir a Relkirk a retirar el vestido de Lucilla de la tintorería. Recibimos un SOS de Croy. Se habían olvidado del vestido, y están todos tan ocupados con la cena, que nadie tenía tiempo de ir.

—¿Qué más pasó?

—¿Qué más pasó? Vi hizo el picnic. Verena nos ha tenido a todos a sus órdenes como esclavos, y la prima de Edie ha vuelto al hospital.

Edmund levantó la cabeza durante una fracción de segundo, como un perro alerta que para las orejas. Segura de que el esmalte de sus uñas ya estaba seco, Virginia se puso a deshacer el envoltorio de celofán.

—¿Ha vuelto?

—Sí. —Abrió la caja y sacó el frasco, cuadrado y opulento, con una cinta de terciopelo marrón alrededor de la tapa. Retiró la tapa y se puso un poquito de perfume en el cuello. —Delicioso. Fendi. Muchas gracias. Deseaba este perfume, pero es demasiado caro para comprarlo sola.

—¿Cuándo sucedió?

—¿Te refiere a lo de Lottie? Hace un par de días. Se puso tan imposible, que Vi insistió. Nunca tendrían que haberla dejado salir. Está loca.

—¿Qué hizo?

—Ah, dijo cosas. Se entrometió. Se comportó mal. Me perseguía. Es una mala persona.

—¿Qué dijo?

Virginia, mirándose al espejo, comenzó a quitarse uno a uno los ruleros, y fue dejándolos sobre el tocador. Se miró el perfil, la línea de la mandíbula, la curva de su hermoso cuello.

—¿De veras quieres saberlo?

—De otro modo, no te lo preguntaría.

—Bien. Dijo que Pandora Blair y tú fueron amantes. Hace años, en la época de la boda de Archie e Isobel, cuando Lottie trabajaba de criada en Croy. Tú siempre dijiste que escuchaba detrás de las puertas. Parece que no se perdió nada. Su descripción fue muy vívida. Se excitó mucho. Parecía que se calentaba. Dijo que fue a causa de ti que Pandora se escapó con ese hombre casado y nunca volvió a su casa. Que era todo culpa tuya. Y ahora... —Uno de los ruleros no quería soltarse y Virginia dio un tirón; tratando de soltarlo, estiraba y despeinaba su pelo color maíz. —... ahora dice que tú eres la razón por la que Pandora ha vuelto a Croy. No por la fiesta de esta noche. Ni por Archie. Sólo por ti. Que quiere empezar todo otra vez. Para que vuelvas a ella.

Otro tirón y el rulero se soltó; a Virginia se le saltaban las lágrimas de dolor. Edmund la observaba, atónito ante el daño que se hacía a sí misma.

Recordó la tarde que había encontrado a Lottie en el supermercado de la señora Ishak, y la forma en que ella lo había apestillado. Él se había apartado de su desagradable presencia. Recordaba sus ojos, su pálida piel y su bigote, y la furia inútil que había desatado en él, de manera que había estado a punto de perder los estribos y castigarla físicamente. Recordaba haber sentido una terrible aprensión. Una aprensión con fundamentos, porque había llevado a esto.

—Miente —dijo con frialdad.

—¿Miente, Edmund?

—¿Tú le crees?

—No sé...

—Virginia...

—Ay... —En un estallido de exasperación, Virginia se arrancó otro rulero, lo arrojó contra su propia imagen en el espejo, y luego encaró a Edmund. —No sé, no sé, ya no puedo pensar. Y no me importa, ¿por qué iba a importarme? ¿Qué me importa si alguna vez tú y Pandora Blair tuvieron un enloquecido *affaire*? Por lo que a mí respecta, está perdido en las nieblas del tiempo y no tiene absolutamente nada que ver conmigo. Sólo sé que sucedió cuando tú ya eras un hombre casado... casado con Caroline... y padre de una criatura. Lo único que ocurre es que no me hace sentir demasiado segura.

—¿No confías en mí?

—A veces me parece que ni siquiera te conozco.

—Eso es ridículo.

—Muy bien, es ridículo. Pero lamentablemente no todos pueden ser tan fríos y objetivos como tú. Y si es ridículo, atribúyeselo a la frialdad humana, aunque no creo que sepas lo que eso significa.

—Comienzo a darme cuenta de que lo sé demasiado bien.

—Es de nosotros que estoy hablando, Edmund. De ti y de mí.

—En tal caso, será mejor suspender esta conversación hasta que estés menos sobreexcitada.

—No estoy sobreexcitada y ya no soy una niña, no soy tu mujercita. Y creo que más vale que te diga ya que me voy por un tiempo. Vuelvo a Long Island, a Leesport, a pasar una temporada con mis abuelos. Ya se lo he dicho a Vi. Dice que puedes vivir con ella. Cerraremos la casa.

Edmund no respondió. Virginia lo miró y vio su cara de jugador de póquer, la inmovilidad de sus hermosas facciones, los ojos entrecerrados que no revelan nada. No demostraba sentirse herido ni enojado. Virginia dejó que se prolongara el silencio, esperando que él reaccionara ante su anuncio. Durante un momento de delirio, imaginó que él lanzaba su reserva al viento, se acercaba a ella, la tomaba en sus brazos, la amaba, le hacía el amor...

—¿Cuándo planeaste todo esto?

Las lágrimas contenidas le quemaban los ojos, pero apretó los dientes y consiguió no llorar.

—Hace meses que pienso en irme. Finalmente me decidí después de la partida de Henry. Sin Henry, no hay razón para que no me vaya.

—¿Cuándo te vas?

—Tengo un pasaje para un vuelo de Pan Am que sale de Heathrow el jueves por la mañana.

—¿El jueves? Falta menos de una semana.

—Lo sé. —Virginia volvió a mirarse al espejo, se quitó el último rulero, tomó el peine y comenzó a desenredar los rizos, a alisar los remolinos. —Pero hay una razón, y será mejor que te la cuente ahora, porque si yo no lo hago, lo hará otro. Ha sucedido algo extraño. ¿Te acuerdas que el domingo pasado Isobel nos habló de un norteamericano desconocido que ella iba a alojar en su casa? Resultó ser un hombre llamado Conrad Tucker, y nos conocimos años atrás, en Leesport.

—El "norteamericano triste".

—Sí. Y está triste. Su esposa acaba de morir de leucemia y tiene una hija pequeña. Hace un mes o más que está aquí, pero el jueves vuelve a Estados Unidos. —Dejó el peine, sacudió los cabellos limpios y brillantes; con un movimiento de cabeza, los llevó hacia atrás, y se volvió para enfrentar a Edmund. —Nos pareció una buena idea viajar juntos.

—¿Fue idea de él o tuya?

—¿Qué importa eso?

—Es cierto. No hay ninguna diferencia. ¿Cuándo piensas volver?

—No lo sé. Tengo un pasaje abierto.

—Creo que no debes ir.

—Eso me sonó ominoso, Edmund. ¿Es una advertencia?

—Estás huyendo.

—No. Simplemente hago uso de una libertad que me fue impuesta. Sin Henry, estoy en una especie de limbo, y tengo que acomodarme al hecho de que me han separado de él, y aquí no puedo hacerlo. Necesito tiempo para adaptarme. Estar sola. Ser yo misma. Por una vez en la vida, tendrás que tratar de ver una situación desde el punto de vista del otro. En este caso, el mío. Y tal vez me des algún crédito por ser honesta contigo.

Después de eso, no parecía haber nada más que decir. Por las ventanas abiertas, se veía un neblinoso anochecer otoñal. Virginia encendió las luces de su tocador, y luego se levantó y se acercó a los pesados cortinados de *chintz*. Llegaron ruidos desde abajo. Una puerta se abrió y se cerró, ladraron los perros, se oyeron voces.

—Noel y Alexa —dijo Virginia.

—Voy abajo. —Edmund se puso de pie, estiró los brazos, ahogó un bostezo. —Necesito un trago. ¿Tú quieres uno?

—Más tarde.

Él fue hacia la puerta.

—¿A qué hora nos esperan en Croy?

—A las ocho y media.

—Puedes tomar una copa en la biblioteca antes de salir.

—No hay fuego.

—Yo lo encendí.

Salió de la habitación. Virginia lo oyó atravesar el pasillo y bajar la escalera. Y luego, la voz de Alexa:

—¡Pa!

—¡Hola, mi amor!

Edmund había dejado la puerta abierta. Virginia fue a cerrarla y volvió al tocador, con la idea de maquillarse.

Pero las lágrimas, tanto tiempo controladas, asomaron a sus ojos y corrieron por sus mejillas.

Se quedó sentada donde estaba, mirando en el espejo su rostro sollozante.

El ómnibus avanzaba a los tumbos en el atardecer, cada tanto se detenía, se tomaba su tiempo y volvía a arrancar. Al salir de Relkirk, estaba lleno, con todos los asientos ocupados y uno o dos pasajeros de pie. Algunas personas volvían del trabajo a sus casas, otras venían de hacer compras. Muchos de los pasajeros parecían conocerse entre ellos, sonreían y charlaban mientras subían. Probablemente viajaban juntos todos los días. Había un hombre con un ovejero. El perro iba sentado entre las rodillas de su dueño y lo miraba incesantemente a los ojos. Al perro no era necesario comprarle un pasaje.

Henry estaba sentado en el primer asiento, detrás del conductor. Iba apretado contra la ventanilla, porque una mujer tremendamente gorda había elegido sentarse a su lado.

—Hola, nene —le había dicho, y luego se había acomodado, para lo cual lo había empujado a un lado con su gran trasero; ocupaba casi todo el espacio con sus abultados muslos.

Llevaba dos grandes bolsos; colocó uno entre sus pies y el otro, en la falda. De su bolso sobresalían una cabeza de apio y un molinillo de celuloide rosado. Henry pensó que sería un regalo para su nieto.

La mujer tenía cara redonda y bondadosa, como la de Edie, y bajo el ala de su sencillo sombrero sus ojos lo miraban con cordialidad. Pero cuando ella le habló, Henry no contestó; simplemente dio vuelta la cara y miró por la ventanilla, aunque lo único que había para ver era la lluvia.

Henry llevaba puestos los zapatos y las medias del colegio, el nuevo sobretodo de tweed y el pasamontañas. Había sido buena idea ponerse ese gorro, y Henry estaba orgulloso de haberse acordado de eso. Era azul marino y muy grueso, y se lo había encasquetado de modo que le cubriera la cara, como si fuera un terrorista, así que sólo se le veían los ojos. Era su disfraz, porque no quería que nadie lo reconociera.

El ómnibus avanzaba lentamente, y hacía casi una hora que viajaban. Más o menos cada kilómetro y medio, se detenía en algún cruce de caminos o en una casa solitaria para dejar bajar a la gente. Henry miraba cómo se vaciaban los asientos; los pasajeros tomaban sus pertenencias e iban bajando uno por uno para recorrer a pie el tramo que les faltaba para llegar a sus casas. La señora gorda sentada junto a Henry bajó en Kirkhornton, pero no tuvo que caminar porque su marido la esperaba en el camioncito de la granja. Mientras se ponía trabajosamente de pie, le dijo "Adiós, nene". A Henry le pareció muy amable, pero tampoco ahora respondió. No es fácil hablar con un pasamontañas que te cubre la boca.

Arrancaron una vez más. Ahora sólo había media docena de personas en el ómnibus. El motor del vehículo hacía mucho ruido al subir la cuesta para salir del pueblito, y en lo alto del cerro, había mucha niebla. El conductor encendió las luces delanteras; los cercos de espinos y las hayas dobladas por el viento avanzaban hacia ellos desde la oscuridad, envueltos en la neblina y con aspecto fantasmal. Henry pensó en los siete kilómetros que tendría que caminar entre Caple Bridge y Strathcroy, porque en Caple Bridge tenía que bajar del ómnibus. La perspectiva lo asustaba un poco, pero no demasiado, porque conocía el camino, el tramo difícil ya había pasado, y casi había llegado.

En Pennyburn, Violet se preparaba para las exigencias de la noche.

Ni se acordaba cuándo la habían invitado por última vez a un baile, y a los setenta y ocho años, era difícil pensar que volverían a invitarla en el futuro. Por esa razón, había decidido aprovechar la ocasión al máximo. Con ese motivo, había ido por la tarde a Relkirk y se había hecho lavar la cabeza y peinar. También se había permitido hacerse las manos. Una manicura sentada en un almohadón dedicó largo rato a sacar la tierra de debajo de las uñas de Vilet y arreglarle las cutículas descuidadas. Después de esta pequeña sesión de belleza, fue al Banco y sacó de la caja de seguridad la diadema de diamantes de Lady Primrose. No era muy grande, y se ajustaba atrás con un elástico.

Ya en su casa, Violet se dispuso a limpiarla con un cepillo de dientes empapado en gin puro. Era un procedimiento doméstico que había aprendido muchos años atrás de la señora Harris, la que había sido cocinera en Croy. Daba resultado, pero a Violet le seguía pareciendo un terrible desperdicio de gin.

Luego sacó del ropero el vestido de fiesta de terciopelo negro, que tenía por lo menos quince años. El volado de encaje negro del cuello estaba un poco descosido y hubo que arreglarlo, y los zapatos de noche de raso negro con hebillas de *strass* estaban algo deshilachados en las puntas, problema que Violet corrigió con una tijera.

Cuando todo estuvo listo, se permitió relajarse un poco. Sólo a las ocho y media debía estar en Croy, de manera que había tiempo de servirse un reconfortante whisky con soda y sentarse a mirar las noticias por televisión y después a Wogan. Le gustaba Wogan. Le gustaba su alegre encanto irlandés, su *blarney*. Esa noche entrevistaba a un joven artista pop quien, vaya a saber por qué razón, se interesaba muchísimo en la conservación de los setos vivos. "La gente es extraordinaria", pensó Violet mientras miraba a ese joven con el cabello punk y el aro, que hablaba de cómo anidaban los pájaros carpinteros.

Cuando terminó Wogan, vino un programa de preguntas y respuestas. Los participantes debían adivinar el valor de varias antigüedades que les mostraban. Violet, por su cuenta, intervino en las adivinanzas, y comprobó que sus evaluaciones eran mucho más aproximadas que las de los invitados del programa. Comenzaba a divertirse cuando sonó el teléfono.

¡Qué molesto! ¿Por qué ese maldito teléfono sonaría siempre en momentos inoportunos? Dejó el vaso, se levantó del sillón y fue a atender.

—Hola.

—¿La señora Aird?

—Sí.

—Habla el doctor Martin, del Relkirk Royal.

—Ah, sí.

—Señora Aird, tenemos un problema. La señorita Carstairs ha desaparecido.

—¿Qué dice? ¿Ha desaparecido? —Dicho de esa manera, parecía un acto de magia: una explosión, una nube de humo y Lottie se esfumaba en la nada. —¿Cómo es posible que haya desaparecido?

—Se fue. Salió a dar un paseo por el jardín con otra paciente y no regresó.

—Pero eso es terrible...

—Creemos que simplemente salió por el portón. Por supuesto que hemos avisado a la policía, y estoy seguro de que no puede estar lejos. Probablemente volverá por su propia voluntad. Aquí estaba muy bien, respondía al tratamiento y no causaba problemas de ningún tipo. No hay motivos para que no vuelva. Pero pensé que usted tenía que saberlo...

A Violet le pareció que había sido un descuido.

—Tendrían que haberla vigilado, ¿verdad?

—Señora Aird, el hospital está superpoblado y hay poco personal. En estas circunstancias, hacemos todo lo que podemos, pero los pacientes ambulatorios a quienes consideramos capaces, hasta cierto punto, de cuidarse solos, siempre tienen cierta libertad.

—¿Y ahora qué hacemos?

—No se puede hacer nada. Pero, como le dije, pensé que usted debía estar enterada de lo que sucede.

—¿Habló con la señorita Findhorn, su pariente más cercana?

—Todavía no. Me pareció mejor hablar antes con usted.

—En ese caso, yo se lo diré a la señorita Findhorn.

—Le agradeceré mucho que lo haga.

—Doctor Martin... —Violet vaciló. ¿Usted cree que Lottie tratará de volver a Strathcroy?

—Es posible, por supuesto.

—¿Iría a la casa de Edie Findhorn?

—Muy posiblemente.

—Sinceramente, no me gusta la perspectiva. Temo por la señorita Findhorn.

—Comprendo sus temores, pero no tienen fundamento.

—Me gustaría estar tan segura como usted, pero gracias, doctor Martin, por su llamado —respondió secamente Violet.

—Si tengo noticias, la llamaré.

—No estaré aquí, pero me encontrará en Croy, porque cenaré con Lord Balmerino.

—Tomaré nota. Gracias. Adiós, señora Aird, y perdone la molestia.

—Sí —dijo Violet—, fue una molestia. Adiós.

Era más que una molestia. Toda su tranquilidad hecha trizas. No sólo estaba molesta sino muy asustada. Era el mismo miedo irracional que había sentido cuando estaba sentada junto al río con Lottie, aquel día en Relkirk. Y Lottie le apretaba la muñeca con dedos de hierro. Había tenido ganas de levantarse de un salto y echar a correr. Ahora sentía lo mismo, el corazón le saltaba en el pecho. Era el miedo a lo desconocido, lo inimaginable, a algún peligro oculto...

Analizándolo, comprendió que el miedo no era por ella misma, sino por Edie. Su imaginación saltó más adelante. Un golpe en la puerta del chalet de Edie, Edie que va a abrir, y Lottie, con las manos como garras, saltando sobre Edie...

Era una idea intolerable. En la pantalla de televisión, le presentaron a una mujer una bacinilla floreada. La mujer se quedó muda, con la boca abierta, soltó una risita incómoda y se tapó los ojos con la mano. Violet apagó el aparato, levantó el receptor del teléfono y discó el número de Balnaid. Edmund ya debía de haber vuelto de Nueva York. Edmund sabría exactamente qué hacer.

El teléfono sonó. Siguió sonando. Violet esperaba, impaciente. ¿Por qué nadie atendía el llamado? ¿Qué estaban haciendo?

Finalmente, exasperada, ya en un estado de perturbación, colgó de un golpe el receptor y marcó el número de Edie.

Edie también estaba mirando televisión. Un buen programa escocés, bailes regionales y un actor cómico con *kilt* que contaba historias curiosas. Edie tenía la bandeja de la cena sobre la falda; estaba comiendo patas de pollo a la parrilla con papas fritas y arvejas. Para después, tenía el pastel de manzanas que había quedado en la heladera. Esa noche comía tarde. Una de las cosas buenas de estar sola otra vez era que podía comer cuando se le antojaba, sin que Lottie estuviera insistiendo sobre cuándo sería la próxima comida. Y había otras cosas buenas. Una de ellas era la tranquilidad. Y disfrutar de un buen descanso en su propia cama todas las noches, en vez de dar vueltas y vueltas en el incómodo sofá cama. Descansar bien de noche la había ayudado más que cualquier otra cosa a recuperar la energía y el buen humor. Todavía se sentía culpable por la pobre Lottie, otra vez en el hospital, pero no había duda de que la vida era mucho más fácil sin ella.

Sonó el teléfono. Dejó la bandeja a un lado y se levantó a atenderlo.

—¿Sí?

—Edie.

Edie sonrió.

—Hola, señora Aird.

—Edie... —Pasaba algo. Edie se dio cuenta enseguida, por la forma en que la señora Aird pronunciaba su nombre. —Edie, acabo de hablar con el doctor Martin, del hospital. Lottie se escapó. No saben dónde está.

A Edie se le cayó el alma a los pies. Un momento después dijo:

—¡Ay, Dios mío! —y eso fue lo único que pudo decir.

—Avisaron a la policía, y el doctor Martin dice que no puede haber ido lejos, pero está de acuerdo conmigo en que hay una fuerte posibilidad de que vuelva a Strathcroy.

—¿Tiene dinero encima? —preguntó Edie, siempre práctica.

—No lo sé. No lo había pensado. Pero estoy segura de que no puede haber ido lejos sin la cartera.

—No, eso es cierto. —Lottie tenía gran apego a su cartera, y siempre la tenía a su lado, aunque estuviese en casa, sentada junto al fuego. —Pobrecita. Algo la habrá puesto mal.

—Sí, puede ser. Pero, Edie, yo estoy preocupada por ti. Si vuelve a Strathcroy, no quiero que te encuentres sola en la casa.

—Pero yo tengo que estar aquí. Si vuelve, tengo que estar aquí.

—No. No, escucha, Edie. Debes escucharme. Tienes que ser sensata. No sabemos lo que se le pasa por la mente a Lottie. Se le puede haber ocurrido que, de alguna manera, tú la abandonaste. Que le hiciste daño, la rechazaste. Si está con uno de sus ataques, tú sola no vas a poder manejarla.

—¿Y qué daño podría hacerme?

—No lo sé. Lo único que sé es que tienes que salir de tu casa... Ven a pasar la noche conmigo, o quédate en Balnaid hasta que la policía la haya encontrado y sepamos que está otra vez en el hospital.

—Pero...

Violet no escuchó la protesta.

—No, Edie. No aceptaré que me digas que no, porque no tendría otro momento de paz. Llevas contigo un camisón y te vas a Balnaid, o vienes aquí. Me da lo mismo. Y si dices que no, me voy a buscarte con el auto. Y como tengo que estar en Croy a las ocho y media, y todavía no estoy bañada ni vestida, para mí sería un gran inconveniente. Tú dirás.

Edie vaciló. Lo último que quería era causar inconvenientes. Por otra parte, hacía mucho que conocía a Violet, y sabía que una vez que había decidido algo era imposible hacerla cambiar de idea. Y sin embargo...

—Yo debo quedarme aquí, señora Aird. Soy su pariente más cercana... Es mi responsabilidad.

—Eres también responsable ante ti misma. Si te perturban o te amenazan o te dañan de cualquier manera, yo nunca me lo perdonaría.

—¿Y qué sucederá si viene y encuentra la casa vacía?

—La policía está avisada. Estoy segura de que andará un patrullero por allí. No les será difícil recogerla.

Edie no tenía más argumentos. La había derrotado, su destino estaba sellado. Suspiró, y dijo, malhumorada:

—Bueno, muy bien. Pero creo que usted magnifica las cosas.

—Puede ser. Ojalá que sea así.

—¿En Balnaid saben que voy?

—No. No me puedo comunicar por teléfono. Creo que algo anda mal en las líneas.

—¿Llamó a Reparaciones?

—Todavía no. Te llamé a ti enseguida.

—Bien, llamaré a Reparaciones para decir que el teléfono no funciona. Tienen que estar allí, preparándose para la fiesta.

—Sí, Edie. Habla tú a Reparaciones. Y luego prométeme que te irás a Balnaid. Allá tu habitación está siempre lista, y Virginia comprenderá. Explícale lo que ha sucedido. Si hay algún inconveniente, échame la culpa a mí. Lamento ser tan dictatorial, Edie, pero realmente no podría divertirme en la fiesta sabiendo que estás sola.

—Me parece un gran alboroto por nada, pero supongo que no me moriré por pasar una noche en Balnaid.

—Gracias, querida Edie, adiós.

—Que lo pase bien en la fiesta.

Edie cortó. Y luego, antes de olvidarse, llamó a Reparaciones. La atendió un hombre muy amable que dijo que investigaría el problema y volvería a llamarla.

Lottie se había escapado. ¿Qué más sucedería? Era terrible pensar en Lottie sola, vagando por ahí, ta vez asustada, perdida. ¿Qué estaría pensando esa estúpida? ¿Por qué no se quedó donde estaba, atendida por gente buena? ¿Qué idea loca se le había metido en la cabeza esta vez?

Edie iría a Balnaid, pero no enseguida. La cena la esperaba en la bandeja, y estaba enfriándose. Terminaría de comer, lavaría los platos, ordenaría la cocina y cargaría la estufa con carbón de leña. Después pondría un camisón en el bolso de cuerina y se pondría en camino.

Suspiró, exasperada. Esa Lottie era sin duda un problema, siempre perturbando la vida de todos los demás. Volvió a sentarse con la bandeja en la falda, pero el pollo se había enfriado y había perdido sabor, y ni siquiera el programa escocés atraía su atención.

Una vez más, sonó el teléfono, y una vez más, dejó la bandeja y fue a atender. El hombre de Reparaciones le dijo que parecía que el teléfono de Balnaid no sonaba, pero que un técnico iría al día siguiente a ver qué pasaba.

Edie le agradeció. No se podía hacer nada más. Tomó la bandeja de la cena y la llevó a la cocina. Tiró las sobras a la basura, lavó los pocos platos y cubiertos y los dejó en el secador; durante todo ese tiempo estuvo tratando de imaginar adónde habría ido esa pobre tonta de su prima.

Archie Balmerino, bañado, afeitado, acicalado y vestido con su ropa de gala, recibió un beso de aprobación de su esposa. La dejó ante el espejo del tocador, haciéndose algo complicado en las pestañas, y salió del dormitorio.

Se detuvo un momento en el pasillo tratando de detectar otras señales de actividad, pero no parecía haber nadie más por allí, de manera que empezó a bajar la escalera, de a un peldaño por vez, y apoyándose en el pasamanos. Durante todo el día, los ocupantes de Croy habían trabajado mucho, cada uno con una tarea asignada, porque había muchísimo que hacer. Ahora la casa estaba lista, vestida para la fiesta; el escenario se hallaba preparado para la actuación, esperando que se alzara el telón y entraran los personajes.

Él fue el primero. En el ángulo de la escalera, se detuvo a admirar con cierta satisfacción la escena de abajo. El gran hall de entrada, ahora que estaba ordenado, sin la habitual miscelánea de objetos de todos los días, mostraba un aspecto a la vez imponente y acogedor. En el enorme hogar, con su repisa tallada, ardían los leños, y la mesa que había en el centro reflejaba, en la superficie muy pulida, el gran arreglo floral de crisantemos blancos y rosados, que Isobel había armado en algún momento de la tarde.

Croy se vestía para la fiesta. Había una excitación en el aire, una promesa de los placeres que aguardaban. Por una vez, la austeridad y la necesaria economía se habían olvidado, y se sentía que la vieja casa disfrutaba con un despilfarro desacostumbrado.

Pensó en otras noches. Cuando él cumplió veintiún años; la noche en que él e Isobel festejaron su compromiso. Cumpleaños, Navidades, bailes de caza, las bodas de plata de sus padres...

Después se puso serio y abandonó las evocaciones. La nostalgia era su gran debilidad. Uno podía pasarse la vida mirando hacia el pasado, pero ésa era una ocupación propia de los viejos, y él no era viejo. Todavía no había llegado a los cincuenta. Croy era suya... y no lo era. Le había llegado de su padre y su abuelo, y él la conservaba para Hamish. Y la fuerza de una cadena está en la fuerza del eslabón más débil.

Él mismo. Los horrores de Irlanda del Norte lo acompañarían hasta la muerte, pero por fin los fantasmas y pesadillas persecutorias lo habían dejado en paz, y con esto, él sabía que no le quedaban excusas ante sí mismo. Había llegado el momento de dejar de vacilar y comenzar a hacer planes prácticos para su herencia y su familia y para el futuro de ellos. Había estado inmóvil demasiado tiempo, y ya no podía perder más años. No estaba seguro de lo que iba a hacer, pero tenía que hacer algo. Pedir dinero prestado y comenzar con esa fábrica de la que había hablado Pandora y que a ella le parecía una brillante idea. O cultivar ciertas frutas, como las moras y las frutillas, en gran escala comercial. O dedicarse a la pesca comercial. Había muchas oportunidades a su alrededor. Sólo tenía que decidirse y arrancar.

Arrancar. La palabra era estimulante. Sintió otra vez algo de su antigua confianza juvenil. Supo que había pasado lo peor, y que ya nada podría ser tan malo.

Terminó de bajar la escalera y fue al comedor. Él y Pandora habían puesto la mesa juntos, como siempre la habían puesto para las grandes ocasiones, cuando Harris era el mayordomo, y enseñaba con mucho gusto a los jóvenes Blair el procedimiento correcto, prestigiado por el tiempo. La tarea les había llevado casi toda la tarde; Archie había repasado las finas copas para vino, y Pandora había doblado las servilletas como mitras, cada una con el título nobiliario y la letra B bordados en la punta.

Ahora Archie observaba su trabajo con mirada crítica. El efecto era espléndido. Los cuatro candelabros de plata se alineaban en el centro de la mesa, y el fuego reflejaba sus destellos en la plata y el cristal, porque también aquí estaba encendido el fuego, y a Jeff Howland le había dado la tarea de llenar todos los cestos de leña. El aroma de pino seco, crujiente, era cálido e intenso. Archie recorrió todo el comedor controlando la disposición de la vajilla; enderezó un tenedor, cambió de lugar un salero. Satisfecho, pasó a la cocina.

Allí encontró a Agnes Cooper, que había venido del pueblo para ayudar. Normalmente, Agnes venía a trabajar en pantalones, pero esta noche llevaba debajo del delantal su mejor vestido de color turquesa, y había ido a la peluquería.

Estaba lavando una cacerola, pero se dio vuelta al entrar Archie.

—Agnes, ¿todo en orden?

—Todo bajo control. Sólo tengo que vigilar la cacerola, y poner los trocitos de trucha ahumada en los platos cuando diga Lady Balmerino.

—Te agradezco que vengas a ayudarnos.

—Para eso estoy. —Lo miró con cierta admiración. —Espero que no le moleste que le diga que está fantástico.

—Ah, gracias, Agnes. —Se sintió un poco cohibido, y para disimularlo, le ofreció un trago. —Una copa de jerez. ¿Qué te parece?

Agnes se sorprendió un poco.

—Ah, sí, me gustaría mucho.

Tomó un repasador y se secó las manos. Archie sirvió una generosa cantidad de Harveys Bristol Cream en un vaso.

—Para ti...

—Gracias, Lord Balmerino... —Agnes levantó la copa con jovialidad. —Por una buena fiesta. —Y luego bebió un sorbito como una dama y chasqueó la lengua apreciativamente por el buen sabor. —El jerez es divino —dijo—. Como yo siempre digo, da un hermoso resplandor.

Archie volvió al comedor, cruzó el hall y entró en la sala. Otro fuego encendido, más flores, luces suaves, pero ningún invitado. Por lo visto, se estaban tomando su tiempo. La bandeja de las bebidas estaba preparada, sobre el piano de cola. Archie consideró la situación. Beberían champagne toda la noche, pero él necesitaba un whisky. Sirvió uno, después otro, y con mucho cuidado, empezó a subir penosamente la escalera.

En el corredor, se encontró con su hija quien, no se sabía por qué, andaba en ropa interior.

—¡Lucilla! —le reprochó.

Pero ella estaba más preocupada por el aspecto de él que por el suyo.

—Por Dios, papá, estás magnífico. Realmente romántico y distinguido. Lord Balmerino en su mejor forma. ¿Los pantalones son nuevos? Son divinos. Quisiera un par para mí. Y el viejo esmoquin del abuelo. Perfecto. —Le echó al cuello los brazos desnudos y le dio un beso en la mejilla recién afeitada. —Además, tienes un perfume delicioso. Todo acicalado y afeitado y divino. ¿Para quiénes son las copas?

—Pensé que convendría asegurarse de que Pandora está despierta. ¿Por qué andas sin ropa?

—Iba a pedirle una enagua prestada a mamá. Mi vestido nuevo es muy finito.

—Más vale que te apures. Son las ocho y veinticinco.

—Ya estoy lista. —Fue a abrir la puerta del dormitorio de sus padres. —¡Mami! Voy a tener que ponerme enagua...

Archie cruzó el corredor y llegó a la puerta del cuarto de huéspedes. Desde adentro, le llegaron algunos sonidos musicales, lo cual significaba que Pandora había prendido la radio, pero no necesariamente que estaba despierta. Archie tomó los dos vasos con una mano, dio un golpecito en la puerta, y abrió.

—Pandora...

No estaba en la cama, pero sí tendida en ella, envuelta en una bata de seda y encaje. Había ropa esparcida por toda la habitación, y la atmósfera se sentía pesada, con ese extraño perfume que se había convertido en parte de su presencia.

"Pandora.

Abrió los hermosos ojos grises. Se había maquillado, y sus pestañas estaban pesadas de rímel. Vio a Archie y sonrió.

—No estoy dormida —dijo.

—Te traje una copa.

Archie fue a sentarse en el borde de la cama y apoyó el vaso en la mesita de noche, junto a la lámpara. La radio de Pandora sonaba con bajo volumen sin que nadie la escuchara; era un programa de música bailable que parecía venir del pasado.

—¡Qué amable! —dijo Pandora.

—Ya casi es hora de bajar. —Los cabellos brillantes de Pandora se esparcían en la almohada como si tuvieran vida propia, pero allí tendida se la veía tan delgada, tan incorpórea, que de pronto él se preocupó.

—¿Estás cansada?

—No, sólo perezosa. ¿Dónde están todos?

—Isobel se está arreglando la cara, y Lucilla anda por ahí en ropa interior, con ánimo de pedirle una enagua a su madre. Hasta ahora, no hay señales de los hombres.

—Éste siempre es un buen momento, ¿verdad? Antes de la fiesta. Hora de reposar un poco y escuchar melodías del pasado. ¿Te acuerdas de ésta? Es muy bonita. Un poco triste. No recuerdo la letra.

Escucharon juntos. El saxo tenor tocaba la melodía. Archie se esforzó por recapturar la letra olvidada. La música lo transportó a veinte años atrás, a Berlín y a algún baile del regimiento. Berlín era la clave.

—Hablaba sobre el tiempo que pasa desde mayo hasta diciembre.

—Sí, claro. Kurt Weil. "Pero los días se acortan al llegar a septiembre." Luego habla de las hojas secas, y de los días que se van, y dice que no hay tiempo para el juego de esperar. Tan terriblemente conmovedor...

Pandora se incorporó y amontonó las almohadas detrás de ella. Extendió la mano para tomar la copa, y Archie vio su estrecha muñeca, y la mano con uñas rojas, tan fina y pálida y con venas tan azules, que le pareció casi transparente.

—¿Estás casi lista? —le preguntó.

—Casi. Sólo tengo que ponerme el vestido y subir el cierre. —Bebió un gran sorbo de whisky. —Ah, delicioso. Esto me pondrá en movimiento. —Sobre el borde del vaso, sus ojos parecían enormes.

—Estás estupendo, Archie. Tan magnífico como siempre.

—Agnes Cooper me dijo que estoy fantástico.

—¡Qué cumplido! Querido, yo no dormía. Sólo estaba pensando en el día de ayer. Todo fue tan perfecto. Como siempre lo era. Nosotros dos. Sentados en el refugio, y con tiempo para charlar. O no charlar, según el caso. Tal vez hablé mucho, pero después de veinte años, hay mucho que contar. ¿Fue muy aburrido?

—No. Me hiciste reír. Siempre me hiciste reír.

—Y el sol y el cielo azul y los pajaritos piando en el brezal y los pobres patos que caían del cielo. Y esos perritos tan inteligentes. ¡Qué suerte tuvimos con el tiempo! Como si nos hubieran hecho un regalo maravilloso.

—Ah, ya lo creo —respondió Archie.

—Es lindo pensar que esos hermosos días vuelven. Que no se han ido para siempre.

—Debemos cambiar. Terminar con este odioso hábito de familia de habitar en el pasado.

—Fue un pasado tan bueno, que es difícil no hacerlo. Además, ¿qué otra cosa nos queda para pensar?

—El ahora. El ayer está muerto y el mañana no ha nacido. Sólo tenemos el ahora.

—Sí. —Pandora bebió otro sorbo. Guardaron silencio. Desde el otro lado de la puerta, llegaban señales de actividad. Una puerta se abrió y se cerró. Y luego la voz de Lucilla:

—Conrad. ¡Qué elegante estás! No sé dónde está papá, pero puedes bajar y enseguida estaremos todos contigo...

—Espero —dijo Archie— que se haya puesto la enagua de Isobel.

—Conrad es tan caballero, que aunque Lucilla estuviese totalmente desnuda, no le prestaría atención. Es un hombre muy simpático. Hubiera sido terrible para todos nosotros que fuera un opio.

—No debes olvidar bailar con él.

—Lo haré girar con el *Dashing White Sergeant* y le presentaré a todos los nobles mientras damos vueltas por el salón. Lo único de esta noche que me entristece un poco es que tú no podrás bailar.

—No te preocupes por eso. Al cabo de los años, he perfeccionado el arte de la conversación brillante...

Finalmente fueron interrumpidos por Lucilla, que se asomó por la puerta.

—Perdón por interrumpir, pero hay una crisis. Papá, Jeff no sabe hacerse el nudo de la corbata de Edmund. Sólo una vez en la vida llevó corbata moñito, y era con elástico. Traté de ayudar, pero fue un fracaso total. ¿Puedes venir tú?

—Claro que sí.

El llamado del deber. Lo necesitaban. Se había terminado la tranquilidad. Le dio un beso a Pandora.

—Hasta luego. —Se levantó y salió de la habitación detrás de Lucilla.

Una vez sola, Pandora terminó lentamente su whisky.

Los preciosos días que pasaré contigo.

La canción había terminado.

Violet, con su sangre de las Highlands corriéndole por las venas, siempre afirmaba que ella no era supersticiosa. Caminaba bajo las escaleras, no le daba importancia al martes trece y jamás tocaba madera. Si se presentaba algo que parecía un presagio, se decía firmemente a sí misma que seguramente era para bien y esperaba buenas noticias. Estaba agradecida de no poseer la gracia (o la maldición) de la clarividencia. Era mejor no saber qué depararía el futuro.

Se había ocupado de Edie, le había arrancado esa promesa, y esperaba que sus ansiedades se calmaran, lo mismo que su mente. Pero esto no sucedió, y volvió a su sillón junto al fuego en un estado de grave aprensión. ¿Qué andaba mal? ¿Por qué se sentía de pronto perseguida por miedos ocultos, sin nombre? Envuelta en el salto de cama, se inclinó hacia adelante y miró las llamas, como buscando las causas de su repentino escalofrío, de esa inquietud que le pasaba en lo profundo de su ser.

Saber que Lottie andaba suelta, vagando por allí, quién sabe en qué actividades, ya era bastante malo, pero, aunque fuera ridículo, el no poder comunicarse con Balnaid y decírselo a Edmund era peor todavía. No era sólo la frustración de no poder hablar con él. A menudo, en las tempestades de nieve del invierno, Violet quedaba incomunicada en Pennyburn por uno o dos días, y eso no la preocupaba en lo más mínimo. Es que el corte había ocurrido en un momento tan absolutamente inapropiado, que parecía que estuviera actuando alguna fuerza incontrolable y malévola.

Violet no era supersticiosa. Pero las desgracias siempre sucedían de a tres. Primero Lottie, después el teléfono descompuesto, después, ¿qué?

Dejó que su imaginación saltara hacia adelante, hacia la noche, y sintió que allí había un campo minado de desastres potenciales. Por primera vez, los actores del drama que había surgido en la última semana se reunirían, estarían todos alrededor de la mesa del comedor de Croy: Edmund, Virginia, Pandora, Conrad, Alexa y Noel. Todos, a su manera, confundidos e inquietos, buscando alguna evasiva felicidad, como si fuera posible encontrarla, como si se tratara de un recipiente de oro en el extremo de un arco iris de cuento de hadas. Pero todo lo que parecían haber desenterrado con sus esfuerzos era un conjunto de emociones destructivas: resentimiento, desconfianza, egoísmo, voracidad y deslealtad. Y adulterio también. Sólo Alexa, por lo que parecía, seguía intacta. Para Alexa sólo existía el sufrimiento del amor.

Un leño terminó de quemarse y cayó con un susurro en el lecho de cenizas. Una interrupción. Violet miró su reloj y se horrorizó al ver cuánto tiempo se había quedado meditando; ya eran las ocho y cuarto. Llegaría tarde a Croy. En circunstancias normales, le hubiera molestado porque tenía el hábito de la puntualidad, pero esa noche, con tantas cosas en la cabeza, no parecía importar mucho. Si llegaba quince minutos más tarde, nadie se daría cuenta, e Isobel no los haría pasar al comedor antes de las nueve.

Además se dio cuenta de que lo último que quería hacer era salir. Sonreír, charlar, ocultar sus aprensiones. No quería dejar el puerto protegido de su casa, su lugar junto al fuego. Algo, en alguna parte, parecía estar a la espera, y su frágil instinto humano le indicaba quedarse en casa y echar el cerrojo, sentirse segura, quedarse junto al teléfono y vigilar.

Pero no era supersticiosa.

Se recompuso, se levantó del sillón, puso la defensa frente al fuego casi extinguido, y subió la escalera. Se dio un baño rápido y se vistió para la fiesta. Ropa interior de seda y medias de seda negra, el venerable vestido de terciopelo negro, los zapatos de raso. Se peinó y luego se colocó la diadema de diamantes y la aseguró con cierta dificultad, con la banda de elástico en la parte posterior de la cabeza. Se empolvó la nariz, tomó un pañuelo de encaje, se puso un poco de agua de Colonia. Moviéndose ante el largo espejo, apreció con mirada crítica su aspecto general. Vio a una matrona corpulenta y gruesa para quien la palabra "digna" parecía la descripción más bondadosa.

Corpulenta y gruesa. Y vieja. De pronto, se sentía muy cansada. El cansancio hacía cosas raras a la imaginación porque, al mirarse al espejo, veía, más allá de su propio reflejo, la imagen nebulosa de otra mujer. Nunca hermosa, pero sin arrugas, con cabellos castaños y con una indomable energía vital. Ella misma, con el vestido de baile de raso rojo que era su favorito. Y junto a esa otra mujer, estaba Geordie. Por un instante, la visión persistió, tan real, que se podía tocar. Luego se esfumó y desapareció, y Violet se quedó sola. Hacía años que no se sentía tan sola. Pero no había tiempo para quedarse allí, teniéndose lástima. Otras la esperaban, exgían, como siempre, su compañía, su atención. Se apartó del espejo, se puso el abrigo de piel, tomó su bolso de noche y apagó las luces. Bajó, salió por la puerta de la cocina y cerró la puerta con llave. La noche estaba oscura y húmeda, había neblina y lloviznaba. Cruzó hasta el garaje y subió a su auto. Todos le habían ofrecido llevarla, pero ella había preferido manejar hasta Croy, y después de la cena, manejaría hasta Corriehill. Así sería totalmente independiente de cualquier persona y volvería a casa cuando quisiera.

Hay que irse de las fiestas en el momento en que uno está divirtiéndose más.

Ésa era una de las máximas de Geordie. Pensar en Geordie, oír su querida voz en su mente la llenaba de cierto consuelo. Cómo se divertiría al verla a ella ahora, a los setenta y ocho años, ataviada con terciopelo y diamantes y pieles, y yendo sola en su auto embarrado a... no se podía creer... ¡a un baile!

Mientras subía la cuesta mirando la parte del camino iluminada por las luces delanteras, hizo una promesa a Geordie.

"Sé que esta situación es ridícula, querido, pero es la última vez. Después de esta noche, si alguien es tan amable de invitarme a un baile, le diré que no. Y mi excusa será que realmente estoy demasiado vieja."

Henry seguía caminando. Ya estaba oscuro y una fina lluvia le mojaba la cara. El río, el Croy, que corría junto al camino ondulado, le hacía compañía; Henry no lo veía, pero sentía todo el tiempo la presencia del agua en movimiento, el susurro de las aguas que bajaban por la pendiente y formaban estanques y cascadas. Era reconfortante saber que ya estaba en Croy. Los únicos otros ruidos que le llegaban eran conocidos, pero extrañamente magnificados por su propia soledad. El del viento, al mover las ramas de los árboles, y el grito solitario del chorlito. Sus pasos resonaban fuertemente. A veces, imaginaba otros pasos detrás de él, pero tal vez era el eco de sus propios pasos. No quería ni pensar en ninguna de las dos posibilidades, porque le daban miedo por igual.

Sólo habían pasado tres autos, que venían de Caple Bridge y se dirigían, como él, al valle. En cada ocasión, al ver aproximarse las luces, Henry había corrido hasta la cuneta y se había escondido hasta que el auto desaparecía junto con el ruido de las gomas en el camino mojado. No quería que lo vieran ni que le ofrecieran llevarlo. Aceptar que un desconocido lo llevara en el auto no sólo era peligrosísimo sino que lo tenía prohibido, y en esta etapa de su largo viaje, Henry no se iba a arriesgar a que lo llevaran donde no quería ir y lo asesinaran.

Pero cuando estuvo más o menos a un kilómetro de Strathcroy y ya veía las luces del pueblo, que brillaban como estrellas bienvenidas en la oscuridad, aceptó que lo llevaran. Apareció un enorme camión de transporte de ovejas, de dos pisos, y Henry no tuvo la energía suficiente para saltar a la cuneta antes de que lo iluminaran las luces delanteras. Al pasar junto a Henry, el camión ya estaba aminorando la marcha. Se detuvo con mucho ruido, y el conductor abrió la puerta de la alta cabina y esperó que Henry se pusiera a la par. Forzando la vista en la oscuridad, el hombre vio la cara de Henry, tapada con el pasamontañas.

—Hola, hijito. —Era un hombre muy corpulento y llevaba una gorra de tweed. Un personaje familiar. No un desconocido. Además, Henry empezaba a sentir las piernas flojas como fideos cocidos, y no sabía si iba a poder aguantar el último tramo del camino a Strathcroy.

—Hola.

—¿Adónde vas?

—A Strathcroy.

—¿Perdiste el ómnibus?

Parecía una buena excusa.

—Sí —mintió Henry.

—¿Te llevo?

—Sí, muchas gracias.

—Entonces, sube.

El hombre le extendió su mano tosca. Henry puso en ella su propia mano y el hombre lo subió como si no pesara más que una mosca, lo pasó por encima de sus rodillas y lo ubicó en el asiento de al lado. La cabina estaba cálida y confortable y muy sucia. Había olor a tabaco viejo y a oveja, y el piso estaba lleno de envoltorios de golosinas y fósforos quemados, pero a Henry no le importó porque era bueno estar allí, en compañía de otra persona, y saber que no tendría que caminar más.

El conductor cerró la puerta de un golpe, puso el motor en marcha y arrancó.

—¿Desde dónde estás caminando?

—Desde Caple Bridge.

—Es mucho para una noche húmeda.

—Sí.

—¿Vives en Strathcroy?

—Voy a visitar a alguien allá. —Antes de que el hombre pudiera preguntar nada más, Henry decidió preguntar él. —¿Adónde fue usted?

—Al mercado, en Relkirk.

—¿Llevó muchas ovejas?

—Sí.

—¿Eran suyas?

—No, yo no tengo ovejas. Yo manejo el camión.

—¿Dónde vive?

—En Inverness.

—¿Va allá esta noche?

—Sí.

—Es lejos.

—Tal vez sí, pero me gusta dormir en mi propia cama.

Los limpiaparabrisas estaban en movimiento. Por la parte limpia del vidrio, Henry veía acercarse las luces de Strathcroy. Después pasaron la señal de velocidad máxima de cuarenta y cinco kilómetros por hora, y luego el monumento a los muertos en la guerra. Doblaron la última curva del camino y, en la oscuridad, apareció la larga calle principal del pueblo.

—¿Dónde quieres que te deje?

—Aquí está muy bien, gracias.

Una vez más, el enorme camión paró con una sacudida.

—¿Aquí está bien? —El hombre abrió la puerta para que bajara Henry.

—Sí, muy bien. Muchas gracias, muy amable.

—Cuídate, ahora.

—Sí. —Se descolgó desde esa gran altura hasta el camino. —Adiós.

—Adiós, hijito.

La puerta se cerró con un golpe. El gran vehículo siguió viaje, y Henry lo miró alejarse, con las luces rojas haciendo guiños como los ojos de unos buenos amigos. El ruido del motor se perdió en la oscuridad, y todo quedó muy silencioso.

Echó a andar otra vez, por el medio de la calle desierta. Estaba muy cansado, pero no importaba porque casi había llegado. Sabía exactamente adónde iba y lo que iba a hacer, porque había planeado todo secretamente con el mayor cuidado posible. Había sopesado todas la posibilidades y no había dejado nada a merced de la casualidad. No iría ni a Balnaid, ni a Pennyburn, sino a la casa de Edie. Su madre, su padre y Alexa y su amigo estaban todos en Balnaid, cenando antes de ir a la fiesta de la señora Steynton. Y no iría a Pennyburn porque Vi estaba también en Croy. Y aunque todos estuvieran en casa, él igual hubiera elegido ir a la de Edie, porque Edie estaba allí.

Sin Lottie. La horrible Lottie estaba en el hospital. La noticia le había llegado a Henry por el señor Henderson, y el alivio de saber que Edie estaba otra vez sola y a salvo lo había llenado de coraje y finalmente había precipitado su escapada ilegal. Saber que tenía un lugar seguro adonde ir lo había decidido. Edie lo tomaría en sus brazos, no le haría preguntas y le prepararía una taza de chocolate caliente. Edie lo escucharía. Comprendería. Estaría de su lado. Y con Edie de su lado, seguramente cualquiera prestaría atención a lo que diría ella y no se enojarían con él.

Todavía había luces encndidas en el supermercado de la señora Ishak, pero Henry siguió por el otro lado de la calle para que la señora Ishak no lo viera si, por casualidad, miraba hacia allá. El resto de la calle estaba a oscuras, sólo iluminada por las luces del interior de las casas, que se veían a través de las cortinas. Desde detrás de esas ventanas, Henry oía las voces apagadas de la gente o la música de sus televisores. Edie estaría sentada en un sillón, tejiendo y mirando televisión.

Llegó a la pequeña casa con techo de paja, que parecía aún más pequeña entre las casas vecinas. La ventana del living estaba a oscuras, lo cual significaba que Edie no estaba mirando televisión. Pero desde la ventana del dormitorio, salía mucha luz; parecía que Edie había olvidado correr las cortinas. Tenía unos visillos de encaje para que no se viera el interior desde afuera, pero se podía ver muy bien a través de ellas. Henry se acercó y, para espiar, puso las manos como pantallas a los lados de los ojos, como había visto hacer a las personas mayores. Las cortinas de encaje velaban un poco el interior, pero Henry vio a Edie de inmediato. Estaba sentada ante el tocador, con la espalda vuelta hacia él. Llevaba el cárdigan lila nuevo y parecía que se estaba empolvando la cara. A lo mejor, estaba por salir. Si se había puesto el cárdigan nuevo...

Henry golpeó el vidrio con el puño para llamarle la atención. Ella se dio vuelta, sobresaltada, y fue hacia él. La luz de arriba le iluminó la cara, y a Henry le dio un salto el corazón, por el horror de ver que a Edie le había sucedido algo terrible. Tenía otra cara, con ojos que miraban fijamente, y la boca pintada de rojo, manchada, como si fuera de sangre. Y el cabello estaba mal, y las mejillas pálidas como el papel...

Era Lottie.

Esa mirada fija. Un rechazo más fuerte que el miedo apartó bruscamente a Henry de la ventana. Retrocedió y cruzó la calle para salir del cuadrado de luz proyectado en la acera mojada. Temblaba de pies a cabeza, y el corazón le saltaba en el pecho, como si quisiera escaparse. Estaba tan petrificado de terror, que pensó que nunca más iba a poder moverse. Terror por él mismo, pero principalmente por Edie.

Lottie le había hecho algo. La peor de las pesadillas de Henry se había hecho realidad. De alguna manera, Lottie había llegado de vuelta a Strathcroy y se había abalanzado sobre Edie, que no se había dado cuenta de lo que sucedía. Ahora Edie estaba en algún lugar de la casita. Tal vez en el piso de la cocina, con el cuchillo de picar carne clavado en la nuca y charcos de sangre a su alrededor.

Abrió la boca para gritar y pedir ayuda, pero el único sonido que emitió fue un débil suspiro tembloroso.

Y ahora Lottie estaba allí, en la ventana; había levantado el visillo de encaje para ver la calle, con su horrible rostro pegado al vidrio. Un momento más, y estaría en la puerta, iría tras él.

Henry obligó a sus piernas a moverse, retrocedió y luego dio media vuelta y echó a correr. Era como correr en medio de un sueño horrible, pegajoso, pero esta vez sabía que nunca despertaría. Tenía los oídos llenos del ruido de sus propios pasos y su respiración agitada. Le costaba respirar. Se arrancó el pasamontañas y recibió el aire frío en la cabeza y las mejillas. Se le aclaró el cerebro, y allá adelante vio su refugio. Las vidrieras iluminadas del negocio de la señora Ishak, llenas de los artículos habituales: un colorido despliegue de polvos jabonosos, paquetes de cereal y ofertas de descuentos.

Corrió hacia la señora Ishak.

El largo día de la señora Ishak estaba terminando. Su marido, después de sacar de las gavetas el dinero cobrado ese día, estaba en el depósito, donde todas las noches contaba el dinero y lo guardaba en la caja de seguridad. La señora Ishak había recorrido las esanterías para reponer latas y otras mercaderías, y llenar los huecos que habían dejado los clientes. Ahora estaba barriendo el piso con una escoba.

Cuando la puerta se abrió tan bruscamente y con tanta fuerza, se sobresaltó un poco. Levantó la mirada, con las cejas arqueadas sobre los ojos delineados con *kohl*, y se sobresaltó todavía más al ver quién entraba.

—¡Henry!

Tenía un aspecto terrible, con ese abrigo de tweed varios talles más grande que el que necesitaba, y manchado de barro, las medias caídas y los zapatos tan sucios. Pero la señora Ishak se preocupó menos por la ropa que por el estado del niño. Casi sin aliento, con la cara color ceniza, Henry se quedó un segundo allí y luego cerró la puerta de un golpe y apoyó la espalda en ella.

"Henry... —La señora Ishak dejó la escoba. —¿Qué pasó? —Pero Henry no tenía aliento para hablar. —¿Por qué no estás en el colegio?

Henry movió los labios.

—Edie está muerta.

—Pero...

Henry se echó a llorar. La señora Ishak abrió los brazos y él voló a ellos. Ella se arrodilló, lo estrechó contra su pecho y atrajo su cabeza con la mano.

"No —murmuró—, no, no es cierto.

Pero como Henry seguía llorando y asegurando histéricamente que sí, que era cierto, ella trató de calmarlo hablándole en *katchi*, ese dialecto íntimo, imposible de escribir, que toda la familia Ishak usaba cuando hablaban entre ellos. Henry había oído antes esos suaves sonidos, cuando la señora Ishak consolaba a Kedejah, o la sentaba en sus rodillas para mimarla. Henry no entendía una palabra pero también se sentía reconfortado, y la señora Ishak tenía un aroma delicioso, y el contacto de su hermosa túnica rosada le refrescaba la cara.

Pero tenía que hacerle entender. Se liberó de su abrazo y miró la cara confundida y preocupada de la señora.

—Edie está muerta.

—No, Henry.

—Sí, está muerta. —Le dio un empujón en el hombro, furioso de que ella fuese tan estúpida.

—¿Por qué lo dices?

—Lottie está en su casa. La mató. Le está robando el cárdigan.

La señora Ishak dejó de mostrarse confundida. Su rostro se despejó. Frunció el entrecejo.

—¿Viste a Lottie?

—Sí. Está en el dormitorio de Edie, y...

La señora Ishak se levantó.

—¡Shamsh! —llamó a su marido, en voz alta y con urgencia.

—¿Qué sucede?

—Ven, rápido.

Apareció el señor Ishak. La señora le dio instrucciones en una larga tirada en *katchi*. Él hizo preguntas; ella las respondió. Él volvió al depósito, y Henry oyó que estaba discando un número en el teléfono.

La señora Ishak fue a buscar una silla e hizo que Henry se sentara. Se arrodilló a su lado y le tomó las manos.

—Henry, no sé qué haces aquí, pero debes escucharme. En este momento, mi marido está llamando a la policía. Vendrán con un patrullero y llevarán a Lottie de vuelta al hospital. Ya sabían que ella se fue del hospital sin permiso, y estaban vigilando a ver si aparecía. ¿Comprendes?

—Sí, pero Edie...

Con sus dedos delicados, la señora Ishak secó las lágrimas que mojaban las mejillas de Henry. Luego tomó una punta del pañuelo de gasa rosada con que recogía sus cabellos, y le limpió la nariz.

—Edie está en Balnaid —le dijo—. Pasará la noche allí. Está a salvo.

Henry miró en silencio a la señora Ishak, aterrorizado de que no le estuviese diciendo la verdad.

—¿Cómo lo sabe? —preguntó finalmente.

—Porque al ir para allá, pasó a verme para comprar un diario de la tarde. Me dijo que tu abuela, la señora Aird, la llamó para decirle que Lottie se había escapado, y también que no quería que se quedara sola en la casa.

—¿Vi también tenía miedo de Lottie?

—Miedo, no. La señora Aird no se asusta así no más. Pero sí estaba preocupada por tu querida Edie. De modo que todo está bien. Está a salvo.

Desde el fondo del negocio, se oía al señor Ishak, que hablaba por teléfono. Henry volvió la cabeza para escuchar, pero no distinguía las palabras. Luego el señor Ishak dejó de hablar y cortó. Henry esperó. El señor Ishak apareció en la puerta.

—¿Todo bien? —preguntó la señora Ishak.

—Sí. Hablé con la policía. Enviarán un patrullero. Tendría que llegar al pueblo en cinco minutos.

—¿Saben adónde ir?

—Sí, saben. —Miró a Henry, y le sonrió para darle ánimos. —Pobre chico. Te has dado un buen susto. Pero ahora todo ha pasado.

Eran muy buenos. La señora Ishak seguía arrodillada, con las manos de Henry entre las suyas. Unos momentos después, Henry preguntó:

—¿Puedo llamar a Edie?

—No. No es posible porque tu teléfono, en Balnaid, está descompuesto. Edie llamó a Reparaciones antes de salir de su casa, pero le dijeron que no podían atender el asunto antes de mañana a la mañana. Pero esperaremos un rato, te daré algo caliente de beber, y después tú y yo iremos a Balnaid y estarás con tu Edie.

Sólo entonces Henry terminó de convencerse de que Edie no estaba muerta. Estaba en Balnaid, esperándolo, y la sola idea de que pronto estaría con ella fue más de lo que podía soportar. Sintió que le temblaba la boca como a un bebé y se le llenaban los ojos de lágrimas, pero estaba demasiado cansado como para contener el llanto. La señora Ishak lo llamó por su nombre y una vez más lo encerró en su abrazo perfumado, y él lloró largo rato.

Finalmente, el llanto terminó, excepto por algunos sollozos inoportunos. El señor Ishak le trajo un jarro de chocolate caliente muy dulce, oscuro y espumoso, y la señora Ishak le hizo un sándwich de mermelada.

—Dime —dijo la señora Ishak cuando Henry ya se sentía mucho más fuerte y más repuesto—, todavía no has respondido a mi primera pregunta. ¿Por qué estás aquí y no en la escuela?

Henry rodeó con sus manos el jarro caliente, y clavó su mirada en los ojos oscuros y brillantes de la señora Ishak.

—No me gustó —le dijo—. Me escapé. He vuelto a casa.

El reloj de la repisa de la chimenea marcaba las nueve menos veinte cuando Edmund entró en la sala de Croy. Esperaba encontrarla llena de gente, pero en cambio sólo vio a Archie y a un desconocido, y por un simple proceso de eliminación supuso que era el "norteamericano triste", Conrad Tucker, y la causa básica de su propio conflicto con su esposa.

Los dos hombres resplandecían con sus trajes de gala; Edmund juzgó que hacía muchos años que no veía tan bien a Archie. Éste y Conrad se hallaban sentados junto al fuego, como dos camaradas, con sendos vasos en la mano. Conrad Tucker ocupaba un sillón, y Archie otro, de espaldas a la chimenea. Cuando la puerta se abrió, dejaron de hablar, levantaron la mirada, vieron a Edmund y se pusieron de pie.

—Edmund.

—Llegamos tarde. Lo siento. Hemos tenido algunos dramas.

—Ya ves que no es tarde. Nadie ha aparecido todavía. ¿Dónde está Virginia?

—Fue arriba a dejar su abrigo. Y Alexa y Noel vienen enseguida. A último momento, Alexa decidió lavarse el cabello, y se lo estaba secando cuando salimos. Dios sabe por qué no lo pensó antes.

—Nunca piensan antes —respondió Archie sombríamente, hablando por años de experiencia—. Edmund, no conoces a Conrad Tucker.

—No, creo que no. Encantado.

Se dieron la mano. El norteamericano tenía la misma altura que Edmund, y era corpulento. Sus ojos, tras los anteojos de grueso armazón, se encontraron con los de Edmund, quien sintió una inseguridad poco frecuente en él.

Porque en lo profundo de su alma, y aunque disimulados por un disfraz de buenas maneras, sentía arder una furia y un resentimiento intensos contra este hombre, este norteamericano que parecía haber ocupado su lugar mientras él no estaba, y había vuelto a encender la juventud de Virginia, y que ahora planeaba volver a los Estados Unidos con ella, con su propia esposa. Mientras sonreía cortésmente al rostro franco de Conrad Tucker, Edmund jugaba con la hermosa idea de cerrar el puño y descargarlo contra su nariz aguileña y tostada por el sol. Imaginar el desastre consiguiente, la sangre y los moretones, lo llenaba de un vergonzoso deleite.

Sin embargo, por otra parte sabía que, en diferentes circunstancias, éste era el tipo de persona que a él le hubiera gustado instantáneamente.

La expresión amistosa de Conrad Tucker reflejaba la de Edmund.

—Mucho gusto en conocerte. —*Que se fuera al carajo.*

Archie fue a buscar la bandeja de las bebidas.

—Edmund, ¿un poco de whisky?

—Bueno. Me vendrá bien.

Su anfitrión tomó la botella de The Famous Grouse.

—¿Cuándo volviste de Nueva York?

—A la cinco y media de la tarde.

—¿El viaje fue bueno? —preguntó Conrad.

—Más o menos. Resolví algunos problemas, elegí bien algunas palabras... Tengo entendido que eres un viejo amigo de mi esposa.

Si pensaba sacar al hombre de su equilibrio, no lo logró. Conrad Tucker no demostró nada, no reveló desconcierto.

—Así es. Fuimos compañeros de baile en nuestra lejana y mal aprovechada juventud.

—Ella me dijo que piensan viajar juntos a Estados Unidos.

Tampoco hubo reacción. Si el norteamericano sintió que lo estaba acicateando, no se traicionó con un solo gesto.

—¿Consiguió asiento en ese avión? —preguntó.

—Parece que sí.

—No sabía. ¡Qué bueno! Es un viaje largo para hacerlo solo. Yo me iré a la ciudad directamente desde Kennedy, pero puedo estar con ella cuando pase por Migraciones y recoja el equipaje, y asegurarme de que tiene transporte a Leesport.

—Es muy amable de tu parte.

Archie entregó su copa a Edmund.

—Conrad, no sabía que planeabas todo esto. Ni siquiera sabía que Virginia pensaba ir a Estados Unidos...

—Va a visitar a sus abuelos.

—¿Y cuándo te vas tú?

—Yo me quedo hasta el domingo, si no tienes inconveniente, y me embarco en Heathrow el jueves. Necesito un par de días en Londres para hacer algunas cosas.

—¿Cuánto hace que estás en el país? —preguntó Edmund.

—Un par de meses.

—Espero que te haya gustado la visita.

—Gracias. Lo he pasado muy bien.

—Me alegro. —Edmund levantó su copa. —Salud.

En ese punto, los interrumpió la aparición de Jeff Howland quien, habiendo resuelto finalmente el problema de la corbata moñito, terminó de vestirse y bajó. Obviamente, estaba incómodo y no se sentía bien con el atuendo desacostumbrado, y en su rostro haía cierta cortedad cuando entró en la habitación; pero ciertamente se lo veía más presentable con la ropa que él y Lucilla habían tomado del guardarropa de Edmund. A Edmund le divirtió ver que Jeff había elegido una chaqueta color crema, comprada en un momento de crisis en Hong Kong. Resultó ser una compra equivocada; Edmund sólo se la había puesto una vez.

—Jeff...

El joven torció el cuello y pasó un dedo por el cuello duro de la almidonada camisa de gala.

—No estoy acostumbrado a esta clase de cosas —dijo—. Me siento raro.

—Estás espléndido. Ven a tomar una copa. Bebemos whisky hasta que vengan las mujeres y exijan champagne.

Jeff se aflojó un poco. Siempre se sentía mejor en compañía exclusiva de hombres.

—¿No habrá una lata de Fosters?

—Ya lo creo que sí. En la bandeja. Sírvete.

Jeff se aflojó un poco más, tomó la lata y la vació en un vaso alto.

—Muchas gracias por prestarme la ropa. Realmente, muchas gracias.

—Es un placer. La chaqueta te queda perfecta. Estás bien vestido, pero con el necesario toque de informalidad.

—Eso dijo Lucilla.

—Tiene razón. Y a ti te queda mucho mejor que a mí. Cuando me la ponía yo parecía un barman viejo... de esos inútiles que no saben ni mezclar un Martini seco.

Jeff sonrió, tomó un sorbo estimulante y miró alrededor.

—¿Dónde están todas las chicas?

—Una buena pregunta —dijo Archie—. Dios sabrá. —Se había sentado otra vez, porque no veía razón para estar de pie un instante más de lo necesario. —Abotonando sus vestidos de fiesta, supongo. Lucilla buscaba ropa interior, Pandora decidió irse a la cama, Isobel se encuentra en un estado de pánico por sus zapatos de fiesta. —Se volvió hacia Edmund. —Pero tú dijiste que hubo dramas. ¿Qué sucedió en Balnaid?

Edmund le contó.

—Por un lado, nuestro teléfono está descompuesto. Nosotros podemos hacer llamados, pero nadie puede comunicarse con nosotros. De todos modos, ya han llamado a Reparaciones y mañana vendrá alguien a verlo. Y ése es el menor de nuestros problemas. De pronto, apareció Edie con el camisón en su bolso y la noticia de que Lottie Carstairs anda suelta otra vez. Se escapó del Relkirk Royal y no la han vuelto a ver.

Archie sacudió la cabeza con exasperación.

—Esa maldita mujer da más trabajo que una perra en celo. ¿Cuándo sucedió esto?

—No lo sé. Esta tarde, supongo. El médico llamó a Vi para avisarle. Después Vi trató de llamarme pero no pudo comunicarse. Entonces llamó a Edie y le dijo que no se quedara en su casa esta noche, sino que viniera a dormir a casa. Y eso ha hecho Edie.

—¿Vi no pensará que esa loca es peligrosa?

—No lo sé. Personalmente creo que es capaz de casi cualquier cosa, y si Vi no le hubiera dicho a Edie que fuera a Balnaid, lo habría hecho yo mismo. De todas maneras, Alexa la dejará con las puertas bien trabadas y en compañía de los perros. Pero, como se imaginan, todo llevó algún tiempo.

—No tiene importancia. —Archie, con sus problemas domésticos resueltos, cambió de tema para hablar de asuntos más importantes. —Ayer te extrañamos, Edmund. Tuvimos un gran día. Treinta y tres parejas, y las aves volando como el viento...

Violet fue la última en llegar. Supo que era la última porque cuando paró en el sendero de grava, frente a Croy, vio cinco vehículos ya estacionados allí. El Land Rover de Archie, la camioneta de Isobel, El BMW de Edmund, el Mercedes de Pandora y el Volkswagen de Noel. Pensó que el lugar se parecía un poco a un estacionamiento, y que eran demasiados vehículos para sólo dos familias.

Bajó del auto, se alzó la falda para que no se le mojara y se dirigió a la puerta del frente. Mientras subía la escalinata, se abrió la puerta y vio a Edmund, que la esperaba en la brillante luz del hall. Con el cabello plateado, el *kilt,* el jubón y las medias con rombos, parecía aún más distinguido que de costumbre, y a pesar de todas sus fastidiosas ansiedades, Violet tuvo tiempo de experimentar un destello de orgullo materno, y el alivio de volver a tenerlo cerca la llenó de gratitud.

—Ah, Edmund.

—Oí tu auto. —Le dio un beso.

—¡Qué momentos pasé! —Violet entró, Edmund cerró la puerta y la ayudó con el tapado de piel. —Tu teléfono no funciona...

—Ya está todo bajo control, Vi. Mañana a la mañana lo arreglarán...

Dejó el tapado en una silla mientras Vi alisaba su amplia falda de terciopelo y enderezaba los volados de encaje en sus hombros.

—Menos mal. ¿Y mi querida Edie? ¿Está en Balnaid?

—Sí. Y perfectamente bien. Tú pareces perturbada. Deja de preocuparte ahora, o no disfrutarás de la fiesta.

—Es imposible no preocuparse. Esa desdichada Lottie... Una cosa tras otra. Pero ustedes están todos bien, y eso es lo único que importa. He llegado terriblemente tarde, ¿verdad?

—Esta noche todos llegan tarde. Isobel acaba de aparecer. Ahora ven a beber una copa de champagne y te sentirás mucho mejor.

—¿Mi diadema está bien?

—Perfecta. —La tomó del brazo y la llevó a la sala.

—Creo que Verena se ha olvidado de algo —dijo Pandora—. Todos deberíamos tener nuestro pequeño carnet de baile, con un lapicito colgado...

—Eso demuestra cuánto tiempo has estado afuera —respondió Archie—. Los carnets de baile son cosa del pasado...

—Es una lástima. Eran muy divertidos. Y una los conservaba, atados con una cinta, y pensaba en el novio perdido.

—Estaban bien para las mariposas de la sociedad, con montones de admiradores. No era tan divertido si nadie quería bailar contigo —dijo Isobel.

Con cierta galantería transatlántica, Conrad dijo:

—Estoy seguro de que eso nunca te sucedió a ti.

—Ay, Conrad, qué amable de tu parte. Pero de vez en cuando se daba una noche desastrosa en que te había salido un grano en la nariz, o llevabas un vestido horrible.

—¿Qué hacías en esos casos?

—Me escondía, avergonzada, en el guardarropa de damas. Ese lugar siempre estaba lleno de las pobres que no bailaban...

—Como Daphne Brownfield —intervino Pandora—. Archie, debes recordar a Daphne Brownfield. Era un ropero y su madre siempre la vestía de encaje blanco... estaba locamente enamorada de ti y se ponía coloradísima cuando estabas cerca...

Pero Archie era más caritativo.

—Jugaba espléndidamente bien al tenis.

—¡Al tenis, al tenis! —se burló Pandora.

El comedor estaba lleno de voces y ahora, de risas. Violet, sentada a la derecha de Archie y ya con una copa de champagne en su interior, se sentía un poco menos nerviosa. Escuchó las burlas de Pandora, pero sólo a medias, porque era mucho más fascinante mirar que escuchar. El comedor de Croy presentaba esa noche un espléndido espectáculo. La larga mesa estaba dispuesta para la ceremonia, como un barco de guerra, cargada con lustrosa plata, hilo almidonado, porcelana verde y dorada, cristal centelleante. Como centro de mesa, estaban los faisanes de plata, y todo iluminado por las llamas del fuego y las velas.

—No sólo las chicas sufrían —señaló Noel—. Para un joven, el carnet de baile podía ser terriblemente limitado. No había posibilidades de bailar con todas, y cuando descubrías algún buen bocado ya era demasiado tarde...

—¿De dónde sacaste tanta experiencia? —preguntó Edmund.

—Haciendo mi circuito de seductor; pero aquellos días, gracias a Dios, ya pertenecen al pasado...

Estaban comiendo trucha ahumada, con rodajitas de limón, y finas rebanadas de pan con manteca. Lucilla daba la vuelta a la mesa para servir el vino blanco. A Violet se le ocurrió que Lucilla había vaciado la caja de los disfraces. Su vestido, comprado en la feria de ropa usada, era de *voile* gris metálico y sin mangas, y colgaba de sus hombros huesudos; la falda le llegaba hasta más abajo de las rodillas y terminaba como una serie de puntas de pañuelos. Era tan feo, que tendría que hacerla parecer horrible pero, por alguna razón, Lucilla estaba encantadora.

¿Y los otros? Violet se recostó en el respaldo de su silla y los observó cautelosamente por encima del marco de sus anteojos. Familiares directos, viejos amigos, amigos nuevos, todos juntos para esta celebración tan esperada. Restó importancia a las tensiones ocultas que cargaban la atmósfera como cables eléctricos, y su mirada se mantenía objetiva. Veía a los cinco hombres, dos de los cuales venían de otras partes del mundo. Distintas edades, distintas culturas, pero todos afeitados y perfectamente vestidos. Veía a las cinco mujeres, cada una hermosa a su manera.

Los colores asaltaron su mirada. Vestidos de baile de seda oscura o de *chintz* floreado. Virginia, sobria y sofisticada, en blanco y negro; Pandora, etérea como una dríada, en gasa verde mar. Veía joyas. Los heredados diamantes y perlas de Isobel, la cadena de plata y turquesas alrededor del elegante cuello de Pandora, el brillo del oro en las orejas y en la muñeca de Virginia. Vio la cara de Alexa, quien, en el otro lado de la mesa, reía por algún comentario de Noel. Alexa no usaba joyas pero sus cabellos pelirrojos ardían como una llama, y su carita de durazno estaba encendida de amor...

De pronto, nada le pareció bueno. Violet estaba demasiado involucrada como para poder ver las cosas con objetividad, para continuar observándolas con los ojos desapasionados de una extraña. Sufría mucho por Alexa, tan transparente y vulnerable. ¿Y Virginia? Miró a su nuera, sentada enfrente, y supo que aunque Edmund estaba otra vez en casa, no se había resuelto nada entre los dos. Porque esa noche Virginia era la más animada. Estaba rodeada de un brillante y frágil resplandor, y en sus ojos azules, había destellos peligrosos.

"No debo imaginar lo peor", se dijo Violet. "Simplemente debo esperar lo mejor." Tomó su vaso y bebió un poco de vino.

Ya habían terminado el primer plato. Jeff se levantó para actuar de mayordomo y retirar los platos. Mientras tanto, Archie se volvió hacia Virginia.

—Virginia, Edmund me dijo que te vas a Estados Unidos a visitar a tus abuelos.

—¡Así es! —Su sonrisa fue demasiado inmediata, abrió demasiado los ojos. —Estoy encantada. No puedo pasar más tiempo sin ver a los queridos viejos.

De manera que a pesar de las advertencias de Violet, lo había hecho. Era algo definitivo, oficial. Sabiendo que sus peores miedos se habían confirmado, Violet sintió una opresión en el pecho.

—¿Así que te vas? —No se esforzó por eliminar la desaprobación de su tono.

—Sí, Vi, me voy. Te dije que me iba. Y ahora ya está todo organizado. Me voy el jueves. Conrad y yo viajaremos juntos.

Por un instante, Vi no dijo nada. Sus ojos se encontraron con los de Virginia. La mirada de su nuera era desafiante y no cedía.

—¿Cuánto tiempo estarás afuera? —preguntó Violet.

Virginia se encogió de hombros.

—Todavía no estoy segura. Tengo un pasaje abierto. —Se volvió hacia Archie. —Siempre quise llevar a Henry, pero ahora que ya no está con nosotros, pensé que lo mismo podía ir sola. Es una sensación extraña la de poder hacer cosas de un momento para otro. Sin responsabilidades. Sin lazos.

—¿Y Edmund? —preguntó Archie.

—Ah, Vi cuidará a Edmund mientras yo no esté. ¿Verdad, Vi?

—Por supuesto. —Reprimió un impulso de sacudir a su nuera por los hombros hasta que se le entrechocaran los dientes. —No será ninguna molestia.

Después de esto, Violet se volvió para hablar con Noel.

—... mi abuelo tenía un joven cuidador que se llamaba Donald Buist. Veinte años de edad, un muchacho fuerte, agradable...

Estaban en el segundo plato, el Faisán Theodora de Isobel. Jeff había pasado los platos de verdura, y Conrad Tucker había vuelto a llenar los vasos de vino. Archie, inspirado y ayudado por Pandora, contaba una clásica anécdota familiar que, como la saga de la señora Harris y la media sucia, se había convertido, con el correr de los años, en anécdota a menudo repetida. Los Blair y los Aird lo habían oído antes muchas veces, pero habían convencido a Archie de que lo contara de nuevo para los recién llegados.

—Era un excelente cuidador pero tenía una falla, y el resultado neto fue que todas las chicas en treinta kilómetros a la redonda quedaron embarazadas en forma nada fortuita. La hija del pastor en Ardnamore, la hija del carnicero de Strathcroy; hasta la doncella de mi abuela se desmayó una vez a la hora del almuerzo mientras servía el *soufflé* de chocolate.

Hizo una pausa. Desde el otro lado de la puerta que daba a la despensa y a la cocina, se oía claramente sonar el teléfono. Sonó dos veces, después paró. Agnes Cooper había atendido. Archie continuó con la historia.

"Finalmente, mi abuela intervino e insistió en que mi abuelo hiciera algo con Donald Buist. De manera que lo llevaron a la oficina de mi abuelo para la desagradable entrevista. Mi abuelo nombró a media docena de damas que habían dado a luz a los pequeños bastardos de Donald, y luego le preguntó a él qué tenía que responder, y qué posible excusa daría para su conducta. Hubo un largo silencio mientras Donald lo pensaba, y finalmente presentó su defensa: "¡Lo que pasa, señor, es que tengo una bicicleta!"

Mientras se apagaban las risas, se oyó un sonoro golpe en la puerta que daba a la despensa. Enseguida la puerta se abrió y se asomó la cabeza de Agnes Cooper.

—Perdón por molestarlos, pero habla Edie Findhorn por teléfono. Quiere hablar con la señora Violet Aird.

Las desgracias siempre venían de a tres.

De inmediato, Violet sintió mucho frío, como si al abrirse la puerta de la despensa, no sólo hubiera aparecido Agnes, sino también una corriente de aire frío, helado. Se levantó tan bruscamente de su silla, que la hubiese tirado al suelo si Noel no hubiera puesto la mano para sostenerla.

Nadie habló. Todos miraban a Violet, reflejando en sus caras la preocupación de ella.

—Si me disculpan... —dijo, y se avergonzó del temblor en su voz—. Vuelvo enseguida...

Se volvió y abandonó la mesa. Agnes mantenía la puerta abierta para que pasara, y entró por allí a la gran cocina de Isobel. Agnes la seguía, pero no importaba... En esos momentos, la privacidad era lo último que la preocupaba. El teléfono estaba sobre la mesada. Levantó el receptor.

—Edie...

—Ah, señora Aird...

—Edie, ¿qué pasa?

—Lamento interrumpir la cena...

—¿Lottie está allí?

—Lo de Lottie se arregló, señora Aird. Tenía razón. Volvió a Strathcroy. Tomó un ómnibus y fue a mi casa. Entró por la puerta del fondo...

—¿Tú no estabas?

—No, no estaba allí. Estaba aquí, en Balnaid.

—Gracias a Dios. ¿Dónde está ahora?

—El señor Ishak habló a la policía y en cinco minutos llegaron con un autito Panda y se la llevaron.

—¿Y dónde está ahora?

—En el hospital, a salvo...

El alivio hizo que Violet se sintiera débil. Le temblaban las rodillas. Miró alrededor buscando una silla, pero no había ninguna a mano. Agnes Cooper, viendo su necesidad, le acercó una, y Violet pudo descansar las piernas.

—¿Y tú estás bien, Edie?

—Yo estoy bien, señora Aird.

Se interrumpió. Violet esperó. Había algo más. Frunció el entrecejo.

—¿Cómo supo lo de Lottie el señor Ishak? ¿Él la vio?

—No. No exactamente. —Otra larga pausa. —Es que me falta decirle algo. Tendrá que decírselo a Edmund. Henry está aquí. Se escapó de la escuela, señora Aird. Se vino a casa.

Edmund manejaba a excesiva velocidad, en la lluvia y la oscuridad, alejándose de Croy, cuesta abajo hacia el pueblo. Virginia, con el mentón hundido en el cuello del tapado de piel, iba junto a él, con la mirada fija en el limpiaparabrisas. No hablaba. No porque no hubiera nada que decir, sino porque se habían distanciado tanto uno del otro, tan perturbadora era la situación en que se encontraban, que no había manera de decirlo. Llevó apenas unos minutos. Pasaron a toda velocidad por el portón de Croy y salieron a la calle del pueblo. Unos cien metros más y pasaron el puente. Los árboles, el portón abierto: Balnaid.

—Por fin, Virginia habló.

—No debes enojarte con él —dijo.

—¿Enojarme? —Edmund no entendía cómo su esposa podía ser tan poco receptiva.

Virginia no dijo nada más.

Edmund entró el BMW en el patio trasero, frenó y apagó el motor. Bajó del auto antes que ella, llegó a la casa y abrió la puerta.

Edie y Henry estaban en la cocina, sentados a la mesa, esperándolos. Henry miró hacia la puerta. Estaba pálido y con los ojos muy abiertos por la aprensión. Llevaba el suéter gris de la escuela y parecía patéticamente pequeño e indefenso.

¿Cómo diablos había logrado hacer ese largo y solitario camino? La idea pasó como un relámpago por la cabeza de Edmund, y enseguida se esfumó.

—Hola, Henry —dijo.

Henry vaciló un instante, luego se deslizó de la silla y se lanzó a los brazos de su padre. Edmund lo levantó en sus brazos; le pareció que pesaba menos que un bebé. Henry le echó los brazos al cuello, y Edmund sintió lágrimas de su hijo en su propia mejilla.

"Henry.

Virginia estaba allí, junto a él. Después de un rato, el abrazo del niño se aflojó. Edmund lo puso en el suelo, con suavidad. Henry se volvió hacia su madre, y Virginia, en un solo movimiento fluido, se puso de rodillas, sin importarle el vestido de fiesta, y lo abrazó contra las suaves pieles de su abrigo. Él hundió la cara en el cuello.

—Mi querido, mi querido... Basta. No llores más...

Edmund se volvió hacia Edie. Ella se había puesto de pie, y los dos se miraron desde cada extremo de la mesa. Edie lo conocía de toda la vida, y él le agradeció que no hubiera reproches en sus ojos.

En cambio, ella dijo:

—Lo lamento.

—¿Qué, Edie?

—Estropearles la fiesta.

—No seas ridícula. Como si eso importara... ¿Cuándo llegó aquí?

—Hace unos quince minutos. Lo trajo la señora Ishak.

—¿Llamó alguien del colegio?

—El teléfono no funciona. Nadie puede llamar.

Lo había olvidado.

—Claro. —De manera que había cosas que resolver, asuntos prácticos de la mayor urgencia. —En ese caso, voy a hacer unos llamados.

Los dejó. Henry seguía sollozando. Edmund caminó por la casa silenciosa y llegó a la biblioteca; encendió las luces, se sentó ante su escritorio y discó el número de Templehall.

El teléfono sólo alcanzó a sonar una vez y alguien levantó el receptor.

—Templehall.

—Con el director, por favor.

—Habla él.

—Colin, habla Edmund Aird.

—Ah... —El sonido que llegó del otro lado de la línea expresaba gran alivio. Edmund tuvo tiempo de pensar cuánto tiempo el pobre hombre habría buscado algún tipo de contacto. —Me he vuelto loco tratando de comunicarme contigo.

—Henry está aquí. Está bien.

—Gracias a Dios. ¿Cuándo apareció?

—Hace un cuarto de hora. No conozco los detalles. Nosotros llegamos hace unos minutos. Habíamos salido a cenar. El mensaje nos llegó allá.

—Desapareció poco después de la hora de acostarse. A las siete. Desde entonces, estuve tratando de hablar contigo.

—Nuestro teléfono anda mal. No recibe llamados.

—Finalmente me di cuenta. Entonces llamé a tu madre, pero tampoco allá atendían.

—Estaba cenando en el mismo lugar que nosotros.

—¿Henry está bien?

—Parece que sí.

—¿Cómo diablos llegó a casa?

—No tengo idea. Como te dije, yo mismo acabo de llegar. Casi no he hablado con él. Quería hablar antes contigo.

—Te lo agradezco.

—Lamento todo este problema.

—Soy yo quien debe disculparse. Henry es tu hijo, y yo soy responsable por él.

—¿Tú sabes... si hubo algo en especial que precipitó su huida?

—No. Los chicos mayores tampoco saben. Ni el personal. No parecía ni contento ni descontento. Y siempre lleva una o dos semanas el período de adaptación de un chico nuevo, para que acepte el cambio y el entorno desconocido. Yo lo vigilaba, por supuesto, pero él no mostraba señales de lanzarse a una acción tan dramática.

Parecía tan alterado y desconcertado como Edmund mismo. Edmund dijo:

—Sí, sí. Sí, ya veo...

El director vaciló, y luego preguntó:

—¿Lo enviarás de nuevo aquí?

—¿Por qué lo preguntas?

—Estaba pensando si querrías que volviera.

—¿Hay alguna razón en contrario?

—Desde mi punto de vista, no hay absolutamente ninguna razón. Es un chico muy simpático, y sé que yo podría trabajar bien con él. Personalmente, lo recibiría muy bien en cualquier momento, pero... —Hizo una pausa, y Edmund tuvo la impresión de que elegía las palabras con el mayor tacto. —... tú sabes, Edmund, que de vez en cuando llega un chico a Templehall que, en primer lugar, no debería haber dejado su casa. No he tenido a Henry el tiempo suficiente como para estar totalmente seguro, pero creo que es uno de esos chicos. No sólo es muy pequeño por su edad; es que no está preparado para las exigencias de una escuela de internos.

—Sí, sí, ya entiendo.

—¿Por qué no te tomas un par de días para pensarlo? Y que Henry se quede en casa hasta que lo hayas decidido. No deseo eludir mis responsabilidades ni renegar de mis compromisos, pero sugeriría seriamente que reconsideraras la situación.

—¿Y qué debo hacer?

—Que Henry vuelva a su escuela primaria local. Evidentemente es una buena escuela, y él tiene una buena base. Cuando tenga doce años, puedes volver a pensarlo.

—Me dices exactamente lo que me dijo mi esposa durante todo el año pasado.

—Lo siento. Pero mirando retrospectivamente, parece que ella tenía razón. Creo que tú y yo tenemos la culpa y que los dos estábamos equivocados.

Hablaron un poco más, quedaron en volver a hablar en un par de días, y finalmente se despidieron.

... es uno de esos chicos. No está preparado para las exigencias de una escuela de internos. Los dos estábamos equivocados.

Equivocados. Ésa fue la palabra que le llegó más profundamente, como un clavo martillado en una plancha de madera. "Tu esposa tiene razón, y tú estás equivocado." Llevaba algo de tiempo aceptar la palabra, aceptar sus connotaciones. Edmund estaba sentado ante su escritorio, reconciliándose poco a poco con la idea de que había estado casi desastrosamente equivocado. Era un ejercicio al que no estaba acostumbrado, y le llevaba tiempo.

Pero después de un rato, se levantó. Vio que el fuego casi se había apagado. Cruzó la habitación y lo alimentó con leña, como había hecho más temprano esa noche. Cuando las ramas secas se prendieron y vio saltar otra vez las llamas reconfortantes, salió de la biblioteca y volvió a la cocina.

Allí las cosas habían vuelto más o menos a la normalidad. Una vez más, estaban todos sentados alrededor de la mesa; Henry, en la falda de su madre. Virginia tenía puesto el tapado de piel. Cuando Edmund entró, todos lo miraron, y él vio que las lágrimas de Henry se habían secado y le había vuelto un poco del color a las mejillas.

Edmund adoptó una expresión alegre.

—Hecho, entonces... —Le revolvió el pelo a su hijo y acercó una silla. —¿Hay una taza de té para mí?

—¿Qué estuviste haciendo? —preguntó Henry.

Hablando con el señor Henderson.

—¿Estaba muy enojado?

—No, enojado, no. Sólo un poco preocupado.

—Lo siento —dijo Henry.

—¿Nos contarás qué pasó?

—Sí, claro que sí.

—¿Cómo llegaste a casa?

Henry tomó un sorbo de chocolate dulce y humeante, y luego dejó el jarro sobre la mesa.

—Tomé un ómnibus —dijo.

—¿Pero cómo saliste de la escuela?

Henry explicó. Todo sonaba ridículamente simple. A la hora de acostarse, se puso el pijama sobre la ropa, y encima se puso la bata. Luego, cuando se apagaron las luces, fingió que iba al baño. En el baño, había un gran armario, y en la parte de atrás de este armario él había escondido su abrigo. Se sacó la bata y el pijama, se puso el abrigo y salió por la ventana a la escalera de incendios. Después recorrió el sendero del fondo y por él llegó al camino principal, por donde circulan los ómnibus.

—Pero, ¿cuánto tiempo tuviste que esperar el ómnibus?

—Muy poco. Sabía que llegaba uno.

—¿Cómo lo sabías?

—Tenía un horario. —Miró a Edie. —Un día te lo saqué de la cartera, y lo guardé.

—Yo me preguntaba qué había pasado con mi horario.

—Yo me lo llevé. Busqué el ómnibus que va a Relkirk, así que sabía que vendría. Y vino.

—¿Pero nadie te preguntó qué hacías solito?

—No. Me había puesto el pasamontañas. Era mi disfraz, sólo se me veían los ojos. No parecía un escolar porque no llevaba la gorra.

—¿Cómo pagaste el pasaje? —preguntó Edmund.

—Vi me regaló dos libras cuando nos despedimos. No las entregué. Las guardé en el bolsillo interior de mi abrigo para que no las encontrara nadie.

—¿Y así llegaste a Relkirk?

—Sí. Llegué a la estación de ómnibus. Y estaba oscureciendo, y tenía que encontrar el otro ómnibus, el que pasa por Caple Bridge. Había también un ómnibus a Strathcroy, pero no quería tomar ése por miedo a que me viera alguien, alguien que me conociera. Y era muy difícil encontrar ese ómnibus porque había un montón de ómnibus y tenía que leer los nombres en todos. Pero lo encontré. Pero tuvimos que esperar mucho tiempo hasta que salió.

—¿Dónde te bajaste de ese ómnibus?

—Ya te dije. En Caple Bridge. Y desde allí, seguí caminando.

—¿Caminando desde Caple Bridge? —Virginia miró a su hijito sin poder creerlo. —Pero, Henry, ¡son siete kilómetros y medio!

—No fui a pie todo el tiempo —admitió Henry—. Sé que no debo aceptar que un auto me lleve, pero casi al final, subí a un camión de un señor muy simpático. Y me llevó a Strathcroy. Y después... —Su voz, que hasta el momento era clara y confiada, empezó a quebrarse otra vez. —Después... —Volvió la mirada hacia Edie.

—No llores, chiquito —le dijo—. No hablaremos de eso, si no quieres.

—Quiero que tú les cuentes.

Edie lo hizo, de la manera más sencilla y práctica, pero ni siquiera esto calmó el terror de Henry por la terrible experiencia vivida. Al oír nombrar a Lottie, desapareció el color de las mejillas de Virginia. Abrazó a Henry y apretó la cara contra la cabeza de su hijito y le cubrió los ojos con las manos como si así pudiera borrar para siempre la imagen de Lottie Carstairs yendo hacia la ventana del dormitorio de Edie para ver quién estaba del otro lado.

—Ay, Henry... —Lo acunaba como a un bebé. —Es terrible... Cómo pudo pasar algo así... Pasarte a ti...

Edmund, igualmente sacudido, conservaba la voz tranquila.

—Entonces, ¿qué hiciste, Henry?

El tono sereno de su padre restableció en parte el coraje de Henry. Se desprendió del abrazo de su madre, y dijo:

—Fui al negocio de la señora Ishak. Todavía estaba abierto y ella estaba barriendo el piso. Fue muy buena conmigo. Y el señor Ishak habló a la policía y vinieron con las sirenas y la luz azul. Los vimos desde el negocio. Y después, cuando ya se habían ido de vuelta a Relkirk, la señora Ishak se puso el abrigo y me acompañó hasta aquí. Toqué el timbre porque la puerta estaba cerrada, los perros ladraron y vino Edie. —Henry bebió el resto del chocolate y dejó el jarro en la mesa. —¡Yo creí que la había matado! —dijo—. Lottie se había puesto el cárdigan lila y tenía la boca toda colorada, y pensé que había matado a Edie...

Arrugó la cara. Era demasiado para él. Volvió a sollozar, y lo dejaron llorar, y Edmund no le dijo que los hombres no lloran, sino que se quedó allí sentado, contemplando a su hijito deshecho en lágrimas, con creciente orgullo y admiración. Porque Henry, a los ocho años, no solamente se había escapado de la escuela sino que había llevado a cabo la evasión con cierto estilo. Había cumplido todo el operativo con coraje, sentido común y previsión impensados. Parecía estar preparado para cualquier contingencia, y sólo lo había vencido la desastrosa y fortuita aparición de Lottie Carstairs.

Finalmente dejó de llorar. Parecía haber agotado las lágrimas. Edmund le dio su impecable pañuelo de hilo, y Henry se incorporó y se sonó la nariz.

—Ahora quisiera irme a la cama —dijo.

—Claro. —Virginia le sonrió. —¿Quieres darte un baño primero? Debes de estar todo sucio y con frío.

—Sí, está bien.

Bajó de la falda de su madre. Volvió a sonarse la nariz y fue a devolverle el pañuelo a su padre. Edmund lo tomó, abrazó estrechamente a Henry y se inclinó para darle un beso en la cabeza.

—Hay una sola cosa que no nos has dicho. ¿Por qué te escapaste? —preguntó.

Henry pensó un momento, y luego dijo:

—No me gustaba. Estaba todo mal. Como estar enfermo. Con dolor de cabeza.

—Ajá —respondió Edmund después de unos segundos—. Sí, me doy cuenta. —Vaciló, y luego continuó: —Bueno, muchacho, ¿qué te parece si subes con Edie y te das ese baño? Mami y yo nos vamos a ir a esa fiesta, pero primero llamaré a Vi y le diré que estás magníficamente bien, y nosotros iremos a darte las buenas noches cuando estés acostado.

—Bueno. —Henry tomó la mano de Edie y ambos fueron hacia la puerta. Pero él se volvió. —¿Vendrán, no?

—Prometido.

Se cerró la puerta tras él. Edmund y Virginia se quedaron solos.

Cuando Henry se fue, Virginia siguió desplomada en la dura silla de la cocina. Ya no había necesidad de ocultar el shock y el sufrimiento; bajo el maquillaje, su rostro estaba pálido y tenso, tenía ojeras y sus ojos habían perdido el brillo de las risas de esa noche.

Parecía vaciada. Él se acercó, le tomó la mano y la hizo levantar.

—Vamos —dijo, y la llevó por el corredor hasta la biblioteca vacía.

El fuego que él había alimentado seguía ardiendo, y la gran habitación en penumbras estaba cálida. Virginia se sintió agradecida por el calor. Fue hacia el hogar, se dejó caer en la butaca, junto al fuego, y extendió las manos hacia las llamas. Su larga falda de muchas capas caía a su alrededor, y el cuello del abrigo de piel le sostenía la cabeza, el nítido perfil.

"Pareces una Cenicienta muy bien calzada. —Ella alzó la cara y le envió la sombra de una sonrisa. —¿Quieres beber algo?

Ella hizo un gesto negativo.

—No, estoy bien.

Él se acercó al escritorio, encendió la lámpara y discó el número de Croy. Archie atendió.

—Archie. Habla Edmund.

—¿Henry está bien?

—Sí, está bien. Tuvo una experiencia... Pero no le digas nada a Vi. Sólo dile que Edie está con él, y que Henry ahora se va a acostar.

—¿Vuelves aquí?

Edmund miró a su esposa, de espaldas a él, recostada contra el resplandor del fuego.

—Creo que no —respondió—. Iremos directamente a Corriehill y nos encontraremos allá.

—Bien, se lo diré a todos. Hasta luego, Edmund.

—Hasta luego.

Dejó el teléfono, volvió junto al fuego y se quedó parado, con un pie sobre la defensa de la chimenea y una mano apoyada en la repisa, contemplando las llamas, como su esposa. Pero el silencio que había entre los dos ya no era de enemistad, sino la comunión pacífica de dos seres que, habiendo sobrevivido a una crisis, no necesitan palabras.

Fue Virginia quien rompió el silencio.

—Perdóname.

—¿Qué tengo que perdonarte?

—Perdona por haberte dicho en el auto que no te enojaras. Fue estúpido. Debería saber que tú nunca te enojarías con Henry.

—Al contrario, me siento orgulloso de él. Se las arregló muy bien.

—Debe de haerse sentido muy mal.

—Creo que sólo se sintió perdido. Yo me equivoqué. Tú tenías razón. Colin Henderson dijo lo mismo. Todavía no está preparado para el colegio de pupilos.

—No debes sentirte culpable.

—Eres muy generosa.

—No, no soy generosa. Estoy agradecida, porque ahora podemos dejar de discutir y pelear y destruirnos uno al otro. Y tú tenías las mejores intenciones. Pensabas que sería bueno para Henry. Todo el mundo comete errores, tarde o temprano. Un hombre que nunca se equivocó es porque nunca hizo nada. Ahora todo ha terminado. Dejémoslo atrás. Agradezcamos que no le haya sucedido nada malo a Henry, y que esté a salvo.

—Le sucedió lo de Lottie. A mí, esa experiencia me bastaría para tener pesadillas el resto de mi vida...

—Pero él manejó bien la situación. En forma muy sensata. Acudió a la señora Ishak. Se cuidó, dio la alarma. No tiene sentido torturarse con eso, Edmund.

Edmund no contestó. Un momento después, se alejó del fuego, se hundió en un extremo del gran sofá y estiró las largas piernas con medias de tartán blancas y rojas, y zapatos con hebilla de plata. El resplandor del fuego ponía destellos en los botones pulidos y en el enjoyado monedero que colgaba sobre el *kilt*.

—Debes de estar agotado —dijo Virginia.

Él se frotó los ojos.

—Sí. Ha sido un largo día. Pero tenemos que hablar.

—Podemos hablar mañana.

—No. Tiene que ser ahora. Debería habértelo dicho esta tarde, cuando volví y tú empezaste a hablarme de Lottie. Lottie y sus habladurías, sus chismes. Dije que mentía, pero no es exactamente así.

—Vas a hablarme de Pandora. —La voz de Virginia sonaba serena, resignada.

—Debo hacerlo.

—Estuviste enamorado de ella.

—Sí.

—Le tengo miedo.

—¿Por qué?

—Porque es muy hermosa. Misteriosa. Bajo esa inundación de palabras, no se sabe lo que piensa. No puedo imaginar qué le pasa por la cabeza. Y porque te conoce desde siempre, desde antes que yo te conociera, y eso me deja afuera e insegura. ¿Por qué volvió a Croy, Edmund? ¿Sabes por qué?

Él movió la cabeza.

—No.

—Tengo miedo de que aún esté enamorada de ti. Todavía te desea.

—No.

—¿Cómo puedes estar tan seguro?

—Los motivos de Pandora, sean los que fueren, no tienen importancia. Para mí, la única que importa eres tú. Y Alexa. Y Henry. Parece que has perdido de vista esa prioridad básica.

—Tú estabas casado cuando te enamoraste de Pandora. Estabas casado con Caroline. Tenías una beba. ¿Era tan diferente?

Era una acusación, y él la aceptó.

—Es cierto. Y les fui infiel a las dos. Pero Caroline no era como tú. Si tratara de explicarte por qué me casé con ella, en primer lugar, supongo que no entenderías. Tuvo que ver con cómo eran las cosas en aquella época, en la alocada década del 60; todos nosotros éramos jóvenes y había un cierto ansioso materialismo en el aire. Yo me estaba abriendo camino, estaba ganando dinero, ganándome un lugar en la sociedad londinense. Ella era parte de mis ambiciones, parte de lo que yo quería. Sus padres eran inmensamente ricos y ella era hija única, y yo ansiaba la seguridad de sentirme sólido, y el encandilamiento reflejado del éxito.

—¿Pero tú la amabas?

Edmund movió la cabeza.

—No lo sé. No pensaba mucho en eso. Sólo sé que ella era muy hermosa, muy elegante, el tipo de mujer que hace volver la cabeza, que suscita cierta envidia. Me gustaba que me vieran con ella. Me setía muy orgulloso de ella. La parte sexual, amorosa, de nuestra relación no era tan fácil. No sé muy bien cuándo empezó a andar mal. Estoy seguro de que era tanto por culpa mía como por culpa de ella, pero era una chica rara. Usaba el sexo como arma, y la frigidez, como castigo. Antes de que se cumpliera el primer año de nuestro matrimonio yo dormía con bastante frecuencia en mi cuarto de vestir, y cuando supo que estaba embarazada de Alexa, no hubo alegría, sólo lágrimas y recriminaciones. No quería un bebé porque le tenía miedo al parto, y tal como resultaron las cosas, tenía todas las razones para sufrir ese temor. Porque después del nacimiento de Alexa, entró en una depresión posnatal que le duró meses. Estuvo largo tiempo en el hospital, y cuando estuvo en condiciones de viajar, su madre la llevó a Madeira a pasar el invierno allá. A comienzos del verano de ese año, se casaron Archie e Isobel. Archie era mi más viejo amigo, el más querido. Yo lo había visto poco después que me fui a Londres, pero sabía que tenía que estar en esa boda. Tomé una semana de licencia y vine a casa. Tenía veintinueve años. Volví solo a Strathcroy. Me quedé aquí, en Balnaid, con Vi, pero Croy estaba lleno de invitados y actividades, como un gran circo, y el día de mi llegada fui a ver a Archie y empecé a participar en todas esas diversiones.

"Y allí estaba Pandora. Hacía cinco años que no la veía. Ella había terminado el colegio, había terminado la infancia. Yo la conocía desde siempre. Era parte de mi vida, había estado siempre allí. Una beba en su cochecito, una niñita que nos seguía a Archie y a mí, sin perderse ninguna travesura. Terriblemente mimada, caprichosa, maligna, pero absolutamente encantadora, cariñosa. La volví a ver y supe que no había cambiado. Lo único que había sucedido es que ahora era grande. La vi venir hacia mí por el hall de Croy, y vi sus ojos y su sonrisa, y sus largas piernas, y un aura de sexualidad que la rodeaba, tan poderosa, casi visible. Y me echó los brazos al cuello y me besó en la boca y dijo: "Edmund, eres un monstruo, ¿por qué no me esperaste?" Eso fue todo lo que dijo. Y yo sentí que me ahogaba, que las aguas profundas ya se habían cerrado sobre mi cabeza.

—Ustedes fueron amantes.

—Yo no la seduje. Ella sólo tenía dieciocho años pero, en algún momento, había perdido su virginidad. No fue difícil estar juntos. Había tantas actividades, tanta gente en la casa, que nadie nos echaba de menos si salíamos por nuestra cuenta.

—Ella estaba enamorada de ti.

—Eso decía. Decía que siempre lo había estado, desde que era niñita. El hecho de que yo estuviese casado sólo sirvió para aumentar su insistencia. Nunca se le había negado nada que deseara, y cuando yo trataba de hacerla razonar, se tapaba los oídos y cerraba los ojos y se negaba a escuchar. No podía creer que la dejaría. No podía creer que no volvería.

"La boda fue un sábado. Yo tenía que volver a Londres el domingo por la tarde. Ese mismo día, por la mañana, Pandora y yo subimos el camino de montaña que va hasta el lago. Pero nos detuvimos en el Corrie y nos tendimos en el pasto, con el murmullo del arroyo a nuestros pies. Y finalmente la convencí de que debía irme y ella lloró y protestó y se aferró a mí; entonces, para calmarla, le dije que volvería, que le escribiría, que la amaba. Todas las estupideces que se dicen cuando uno no tiene el coraje de terminar algo. Cuando no se tiene el coraje de ser fuerte. Cuando no soporta destruir el sueño de otro.

—Ay, Edmund.

—Hice un mundo de todo esto. Fui un cobarde. Volví a Londres, y a medida que dejaba kilómetros y kilómetros atrás comencé a odiarme por lo que les había hecho a Caroline y a Alexa, y por lo que le estaba haciendo a Pandora. Cuando llegué a Londres, había decidido escribirle a Pandora para decirle que lo sucedido entre los dos era una especie de fantasía; días robados que no tenían más consistencia ni más futuro que una pompa de jabón. Pero no le escribí. Porque a la mañana siguiente, entré en la oficina, y esa misma noche estaba en un avión con el presidente de la compañía volando a Hong Kong. Se estaba realizando un gigantesco acuerdo comercial y me habían elegido para manejarlo. Estuve afuera tres semanas. Cuando volví a Londres, esa semana pasada en Croy se había disuelto como algo nebuloso, como unos días robados a la vida de otra persona. Casi no podía creer que el episodio me hubiera sucedido a mí. Yo era el hombre de negocios de cabeza fría, no ese romántico indeciso levantado en el aire por una pasajera infatuación sexual. Y había tanto en juego... Mi trabajo, supongo. Un modo de vida que yo había luchado con todas mis fuerzas por conseguir. Alexa. No toleraba la idea de perder a Alexa. Ni a Caroline, mi esposa, para bien o para mal, que ya había vuelto de Madeira, bronceada, bien, recuperada. Habíamos pasado una época mala, pero ya superaríamos el problema. Estábamos otra vez juntos, y no era el momento de hacer volar todo en pedazos. Retomamos los hilos de la vida, la trama de un matrimonio de conveniencia.

—¿Y Pandora?

—Nada. Asunto terminado. Nunca escribí esa carta.

—Ay, Edmund, ¡qué crueldad!

—Sí. Pecado de omisión. Conocerás esa terrible sensación de que hay algo tremendamente importante que debes hacer y que no has hecho. Y cada día que pasa se vuelve más y más difícil hacerlo, hasta que finalmente sobrepasa los límites de lo posible y se torna imposible. Estaba terminado. Archie e Isobel fueron a Berlín, y quedaron cortados mis lazos directos con Croy. No supe nada más. Hasta el día que Vi llamó desde Balnaid y me dijo que Pandora se había ido. Que se había escapado al otro lado del mundo con un norteamericano rico que tenía edad para ser su padre.

—¿Te sientes culpable?

—Por supuesto.

—¿Alguna vez se lo contaste a Caroline?

—Nunca.

—¿Fuiste feliz con ella?

—No. No era una mujer que generara felicidad. La cosa funcionaba bien porque la hacíamos funcionar; éramos esa clase de personas. Pero el amor de cualquier clase era siempre escasísimo. ¡Ojalá hubiéramos sido felices! Hubiera sido más fácil aceptar su muerte, si hubiéramos vivido una vida buena, y yo no hubiera estado seguro de que fueron... —Edmund buscó las palabras. —... diez años desperdiciados.

No parecía haber nada más que decir. A través de la distancia que los separaba, marido y mujer se miraron, y Virginia vio los ojos entrecerrados de Edmund llenos de tristeza y desesperanza. Entonces, se levantó de la butaca y fue a sentarse junto a él. Le acarició la boca con los dedos. Lo besó. Él extendió el brazo y la atrajo hacia él.

—¿Y nosotros? —preguntó Virginia.

—Nunca supe cómo podía ser el amor hasta que te conocí.

—Me gustaría que me lo hubieras contado antes.

—Me daba vergüenza. No quería que te enteraras. Daría mi brazo derecho por cambiar las cosas. Pero no puedo, porque sucedieron. Se hacen parte tuya, se quedan contigo para siempre.

—¿Hablaste de esto con Pandora?

—No. Apenas la he visto. No hubo oportunidad.

—Debes aclarar las cosas.

—Sí.

—Creo que todavía es muy apreciada para ti.

—Sí, pero es parte de la vida tal como fue. No como es ahora.

—Tú sabes que siempre te amé. Supongo que si no te hubiera amado tanto, no hubieras podido hacerme sufrir tanto. Pero ahora que me doy cuenta de que eres humano y frágil y haces las mismas idioteces que el resto de la gente, es todavía mejor. Ya ves, nunca pensé que me necesitabas. Pensaba que eras autosuficiente. Que a una la necesiten es más importante que cualquier otra cosa.

—Yo te necesito ahora. No te vayas. No me dejes. No te vayas a Norteamérica con Conrad Tucker.

—No me estaba escapando con él.

—Yo pensé que sí.

—No te creo. Aunque es un hombre muy agradable.

—Yo quería matarlo.

Nunca debes contárselo a Edmund. Todavía no había sido tocada por la culpa y se sentía protectora de su marido; llevaba su secreto como un orgulloso trofeo privado.

Dijo, con tono superficial:

—Eso hubiera sido una terrible pérdida.

—¿Tus abuelos quedarán muy desilusionados?

—Iremos alguna otra vez. Tú y yo juntos. Dejaremos a Henry con Vi y con Edie e iremos a verlos los dos solos.

Él la besó, volvió a apoyar la cabeza en los mullidos almohadones del sofá, y suspiró.

—Me gustaría no tener que ir a ese maldito baile.

—Lo sé. Pero tenemos que ir. Un ratito.

—Me gustaría mucho, mucho más llevarte a la cama.

—Ay, Edmund, tenemos un montón de tiempo para el amor. Años y años. El resto de nuestras vidas.

En ese momento, Edie golpeó a la puerta y la abrió. La luz del hall convertía sus cabellos blancos en una aureola.

—Sólo vine a decirles que Henry está en la cama y los espera.

—Ah, gracias, Edie...

Subieron. Henry estaba acostado en su cama, en su cuarto.

La luz baja de su lámpara alumbraba apenas la habitación, que tenía zonas en sombras. Virginia se sentó en el borde de la cama y lo besó. Ya estaba medio dormido.

—Buenas noches, querido.

—Buenas noches, mami.

—Vas a estar muy bien.

—Sí.

—Sin sueños...

—No, no creo que sueñe.

—Si sueñas, Edie está abajo.

—Sí, ya sé.

—Te dejo con papá.

Se levantó y fue hacia la puerta.

—Que te diviertas en la fiesta —le dijo Henry.

—Gracias, querido.

Virginia salió del cuarto, y Edmund ocupó su lugar.

—Bueno, Henry, estamos en casa otra vez.

—Siento lo de la escuela. No estaba bien, de veras.

—No. Ya lo sé. Me doy cuenta. El señor Henderson también.

—No tengo que volver allá, ¿verdad?

—No creo. Tendremos que ver si la Strathcroy Primary te vuelve a tomar.

—¿Crees que dirán que no?

—No lo creo. Estarás otra vez con Kedejah.

—¡Qué bueno!

—Buenas noches, muchacho. Te portaste bien. Estoy orgulloso de ti.

A Henry se le cerraban los ojos. Edmund se levantó y se apartó de la cama. Pero al llegar a la puerta, se volvió y se dio cuenta, con cierta sorpresa, de que tenía los ojos húmedos.

—Henry...

—¿Sí?

—¿Tienes a Moo allí contigo?

—No —respondió Henry—. Ya no necesito más a Moo.

Al salir, Virginia vio que la lluvia había cesado. De alguna parte, venía un viento frío como la nieve, que removía la oscuridad y hacía murmurar, crujir y mover sus copas a los álamos de Balnaid. Al levantar la mirada, Virginia vio estrellas, porque el vient arrastraba las nubes hacia el este, lo que dejaba ver el cielo claro e infinito, enjoyado por el brillo de un millón de constelaciones. El aire perfumado y frío le golpeaba las mejillas. Respiró profundamente y se sintió revitalizada. Ya no estaba cansada. Ya no se sentía muy mal, enojada, resentida, perdida. Henry estaba en casa y se iba a quedar en casa, y Edmund había vuelto a ella, en más de un sentido. Era joven y sabía que era hermosa. Magníficamente vestida, iba a una fiesta a bailar toda la noche.

Avanzaban con la luz de los faroles del auto, e iban dejando atrás los ondulados caminos de campo. Al aproximarse a Corriehill, la noche se iluminaba con el brillo reflejado por los *spots* enfocados hacia el frente de la casa. Mientras se acercaban vieron las luces difusas que colgaban de un árbol a otro por el largo sendero, y también, aproximadamente cada veinte metros, el fuerte resplandor de las antorchas romanas que surgían desde el borde del césped.

El BMW dobló la última curva, y apareció la casa en toda su gloria, recortada contra el fondo oscuro del cielo, muy imponente y orgullosa.

—Tiene que sentirse realmente bien esta noche —dijo Virginia.

—¿A qué te refieres?

—A Corriehill. Como un monumento. En memoria de todas las cenas, bodas y bailes que habrá conocido en el curso de su historia. Y bautizos. Y también funerales, supongo. Pero principalmente fiestas.

Tres intensos reflectores lanzaban sus haces de luz hacia arriba, e iluminaban Corriehill desde el subsuelo hasta las chimeneas. Más allá, estaba la marquesina, iluminada desde adentro como un teatro de sombras. Siluetas distorsionadas se movían y giraban contra la tela blanca. Oyeron el ritmo de la música. Era evidente que el baile estaba en su apogeo.

Otro reflector, colgado de un árbol, a la izquierda del sendero, iluminaba el gran parque. Allí había autos prolijamente estacionados, en largas filas, hasta donde alcanzaba la mirada. De la oscuridad, surgió un hombre con una linterna en la mano. Edmund detuvo el auto y bajó el vidrio de la ventanilla. El hombre que llevaba la linterna se inclinó para mirar. Era Hughie McKinnon, el viejo criado de los Steynton, obligado esa noche a actuar como asistente de estacionamiento; ya olía fuertemente a whisky.

—Buenas noches, señor.

—Buenas noches, Hughie.

—¡Ah, es usted, señor Aird! Perdón, no reconocí el auto. ¡Cómo está, señor? —Se agachó un poco más para poder ver a Virginia, y otra vez se percibieron los vapores del whisky. —Y la señora Aird. ¿Cómo anda, señora?

—Muy bien, gracias, Hughie.

—Bien, bien. Llegan tardísimo —comentó Hughie—. El resto de la gente está aquí desde hace una hora.

—Tuvimos un inconveniente insalvable.

—Ah, no importa. La noche es larga. —Ahora que había terminado con las galanterías, se enderezó. —Bien, señor, si quiere llevar a la señora hasta el frente de la casa, y luego vuelve aquí, lo guiaré para que estacione el auto allá. —Señaló vagamente con la linterna en dirección a la pradera, y eructó discretamente. —Espero que lo pasen bien y se diviertan mucho.

Dio un paso atrás. Edmund cerró la ventanilla.

—Dudo de que Hughie aguante toda la noche.

—Al menos tiene buena calefacción central. No morirá de hipotermia.

El auto avanzó y se detuvo frente a la entrada, detrás de un gran Audi con número de patente personalizado, del que bajó un grupo de muchachos y chicas, todos entusiastas y divertidos, que venían de alguna cena generosa y prolongada. Virginia los siguió por la escalinata mientras Edmund se alejaba para que Hughie lo ayudara a estacionar.

Virginia entró en la casa y se sintió asaltada por la luz, el calor, la música, el aroma de las flores, las plantas y el humo de los leños; por el ruido de voces, intensificado a causa de los saludos, las risas y las conversaciones en voz alta. Mientras subía lentamente la escalera, contempló por sobre la barandilla la escena de carnaval. Gente por todas partes. A algunos los conocía, otros eran extraños que habían venido de todas partes del país especialmente para la ocasión. Un fuego de leños crepitaba en el gigantesco hogar, y alrededor del fuego, conversaban hombres vestidos con *kilt* o con ropa de gala, con las copas en la mano. Dos de ellos eran oficiales del regimiento de Relkirk, brillantes con sus chaquetas militares color escarlata.

Desde el comedor —cuyas puertas estaban festoneadas con colgaduras azul oscuro—, llegaba el poderoso ritmo de la música disco. Por las puertas, pasaba un denso tránsito a dos manos. Ansiosos jóvenes, conduciendo a sus parejas, desaparecían en la oscuridad, mientras surgían otros, muchachos acalorados y sudorosos como si acabaran de jugar una partida de *squash*, y muchachas informales con asumida sofisticación, que se pasaban los dedos por los cabellos desordenados y buscaban sus cigarrillos. Las luces bajas y el ruido generaban claramente una cierta excitación sexual.

En uno de los sofás que flanqueaban la entrada a la biblioteca, estaba sentado el viejo general Grant-Palmer, con *kilt* y las rodillas indecentemente separadas. Hablaba con una formidable señora de enorme busto, a quien Virginia no reconoció. Otros pasaron frente a ellos para cruzar la biblioteca y pasar a la marquesina, al frente de la casa.

—¡Virginia! —llamó un hombre al verla pasar.

Ella lo saludó con la mano, le sonrió y siguió subiendo la escalera. Entró en la habitación destinada a guardarropa de las mujeres, y dejó su abrigo sobre una pila que había ya sobre la cama. Se acercó al espejo para peinarse. Detrás de ella, se abrió la puerta del baño y salió una muchacha. Tenía el cabello claro como una aureola de pelusilla, y los ojos ennegrecidos como los de un oso panda. Virginia estaba a punto de hacerle notar que se había enganchado el borde de la falda en el slip, cuando se dio cuenta de que llevaba una falda abullonada. Deseó que Edmund hubiera estado con ella para disfrutar juntos del chiste; volvió a poner el peine en la cartera y salió del *toilette.*

Edmund la esperaba al pie de la escalera. Le tomó la mano.

—¿Todo bien?

—Tengo algo buenísimo para contarte. ¿Ya estacionaste el auto?

—Hughie me encontró un lugar. Ven, vamos a ver cómo anda esto.

Virginia había visto todo el día anterior, cuando había ido a llevar los jarrones; entonces la marquesina estaba vacía y sin terminar, y todavía había hombres trabajando por doquier. Ahora todo estaba transformado, y los largos meses de planeamiento y durísimo trabajo de Verena rendían frutos. Virginia pensó que Corriehill parecía haber sido diseñado especialmente para esta ocasión. Desde la biblioteca, el camino hasta la marquesina incluía la escalinata de piedra del jardín. En lo alto y al pie de los escalones, se veían tiestos con grandes masas de crisantemos verdes y blancos, y las lámparas que los iluminaban se mecían en la leve corriente que soplaba bajo el toldo cerrado.

La parte superior de la escalinata formaba un *belvedere*, y allí se detuvieron Virginia y Edmund para contemplar, con cierta admiración, la escena que se presentaba ante sus ojos.

Las altas estacas de la carpa se habían transformado en verdaderos árboles, con espigas de cebada y ramas de haya y de fresno, brillantes de bayas escarlata. En lo alto, colgaban cuatro arañas de luces centelleantes. En el otro extremo, había una plataforma adornada con globos plateados inflados con gas, y allí estaba Tom Drystone con su conjunto musical; el *reelue estaba tocando era The Soldier's, Dance.* Tom, con su acordeón, estaba sentado en el medio, y a su alrededor se agrupaban los otros músicos: un pianista, dos violinistas y un joven con una batería. Con sus chaquetas blancas y sus pantalones de tartán, hacían muy buena figura; Tom cruzó su mirada con la de Virginia y le dedicó un guiño y un movimiento de cabeza. Junto a él, había un gran jarro rebosante de cerveza.

Los conjuntos de bailarines, de ocho o de dieciséis, giraban en círculos y se mecían, con los brazos enlazados, cambiando de pareja, batiendo palmas y golpeando con los pies al ritmo hipnotizante de la música. En el medio de uno de estos conjuntos, había un joven que se lucía en forma individual. Parecía lo suficientemente fuerte como para ser levantador de pesas, pero esa noche ponía toda su energía en el baile. Con el kilt ondeando, los brazos elevados por encima de sus grandes hombros, la camisa escapándose del chaleco escarlata, se entregaba totalmente, y sus piernas musculosas se sacudían a gran altura al saltar, mientras lanzaba gritos maníacos.

—Si no se cuida, se va a lastimar —comentó Edmund.

Pero a las chicas les encantaba, gritaban de alegría; él las alzaba en el aire o las hacía girar como trompos. Virginia esperaba que cualquiera de ellas fuera lanzada como una muñeca hasta el techo de la carpa.

Edmund la rozó con el codo.

—Mira a Noel.

Virginia siguió el dedo de Edmund, vio a Noel y estalló en carcajadas. Allí estaba él, con expresión confundida en el atractivo rostro, en el centro de uno de los conjuntos, sin tener la menor idea de lo que se esperaba que hiciera. Alexa, impertérrita, conteniendo la risa, trataba de señalarle cuál sería su próxima compañera, mientras ella, deliberadamente, no lo ayudaba y remedaba una expresión de aburrimiento.

Buscaron a los otros; localizaron a Vi, a Conrad y a Pandora, y a Jeff y Lucilla, todos bailando en un grupo de dieciséis. La pareja de Vi era un Lord de Edimburgo, un abogado retirado la mitad de grande que ella, y que era tal vez la única persona presente de más edad que Vi. A pesar de ser alta y corpulenta, al bailar se movía tan liviana como una pluma, pasaba con mucha gracia de uno a otro hombre y nunca perdía el compás. La miraron ocupar nuevamente su lugar en la rueda, y otras dos señoras ocuparon el centro. Vi miró por encima de sus cabezas y vio a Edmund y Virginia, de pie y tomados de la mano, en lo alto de la escalinata de piedra.

Por un momento, su rostro sonrojado y alegre se nubló. Alzó las cejas en una pregunta temerosa. A manera de respuesta, Edmund alzó sus manos enlazadas, en un gesto de triunfo. Vi recibió el mensaje. Una sonrisa iluminó su cara tosca. Se aceleró el ritmo de la contagiosa música, ella y el viejo juez enlazaron sus brazos para bailar otra vez, y Violet lo hizo girar tan bruscamente, que casi lo levantó en el aire.

Por fin, la Gran Cadena, un último giro, un largo acorde de la banda, y el *reel* terminó. Inmediatamente estallaron aplausos para los músicos, vivas, golpeteo de pies. Los bailarines, acalorados, sin aliento, sudorosos, querían más. Hubo ruidosos pedidos de bis, otra ronda.

Pero para Violet era suficiente. Se disculpó y dejó a su compañero y empezó a cruzar la pista de baile para encontrarse con Edmund y Virginia. Ellos bajaron los escalones de piedra para recibirla, y Violet abrazó a su nuera.

—Por fin llegaste. Estaba muy preocupada. ¿Todo bien?

—Todo bien, Vi.

—¿Y Henry?

—A salvo y bien.

Violet miró fijamente a su hijo.

—Edmund, ¿no lo irás a mandar de nuevo?

—Si me miras de esa manera, no creo que me atreva. No, lo tendremos en casa un tiempo más.

—Ah, gracias a Dios. Has recobrado el sentido común. Y no sólo en esto, si no me equivoco. Se percibe con sólo mirarlos. —Abrió su cartera, sacó un pañuelo y se enjugó la frente transpirada. —Yo ya he tenido bastante —dijo—. Me voy a casa.

—Pero, Vi —protestó Edmund, yo no he bailado contigo.

—Te quedarás con las ganas, porque me voy. He tenido una noche espléndida, una cena espléndida, y he bailado un reel de ocho. Hice la prueba del sombrero. Me estoy divirtiendo muchísimo, y éste es el momento de irme.

Era inapelable.

—Si quieres, te voy a buscar el auto y te lo traigo a la puerta —ofreció Edmund.

—Te lo agradeceré. Iré arriba a buscar mi abrigo. —Volvió a besar a Virginia. —Tenemos mucho de qué hablar, pero éste no es el momento ni el lugar. Pero me alegro tanto por los dos... Buenas noches, querida. ¡Que se diviertan!

—Buenas noches, Vi.

Edmund, después de cierta búsqueda, finalmente encontró a Pandora en la sala, donde había sofás y sillones dispuestos para los grupos que querían conversar. Allí había una comparativa calma, aunque era imposible escapar totalmente al persistente ritmo de la música que llegaba desde la marquesina o la *discothèque*. De pie en la puerta, observó que muchos invitados de Verena habían decidido no participar en un par de bailes, respirar y beber una copa. Las chicas muy jóvenes estaban sentadas en el suelo... una buena posición para levantar la mirada hacia los ojos de los jóvenes que las acompañaban. Una de ellas ya le había llamado la atención a Edmund, porque llevaba el vestido de lentejuelas negras más pequeño que él hubiera visto en su vida; la mínima faldita apenas bajaba de la entrepierna. Preguntó quién era y le dijeron que era una antigua compañera de colegio de Katy, lo cual era difícil de creer, ya que las provocativas lentejuelas y las interminables piernas enfundadas en seda negra no parecían ir bien con los palos de hockey.

Edmund fue al encuentro de Pandora, quien estaba acurrucada en un extremo de un sofá, cerca del fuego, enfrascada en una conversación con un hombre. Edmund se dirigió hacia ellos; ella lo oyó venir y volvió la cabeza mientras él se aproximaba.

—Edmund...

—Vamos a bailar.

—Ay, querido, estoy agotada. Estuve saltando como un yo-yo.

—La *discothèque*, entonces. Están tocando *Lady in Red.*

—Una melodía divina. Edmund, conoces a Robert Bramwell, ¿verdad? Claro que sí, es uno de los cazadores de tu sindicato. ¡Qué tonta soy!

—Perdona, Robert, ¿no te molesta si te la robo?

—No, claro que no... —Tuvo cierta dificultad en levantarse del sofá, porque era muy corpulento. —De todos modos, es hora de que vaya a buscar a mi esposa. Dije que iba a hacer algo que se llama *Hamilton House* con ella. No sé cómo diablos se hace, pero creo que será mejor que me presente.

—La copa era excelente...

—Fue un placer.

Lo miraron irse por la atestada habitación y salir por la puerta. Después, Edmund ocupó resueltamente su lugar.

—Ay, Edmund, ¡qué malo eres! Creí que querías bailar.

—¡Pobre tipo! Con lo que le habrá costado conseguir que le prestaras atención, y ahora yo desbaraté sus planes.

—A mí no me los desbarataste. No tienes nada de beber...

—Por el momento, paso. Ya he bebido bastante esta noche.

—Pobrecito, lo has pasado muy mal. ¿Cómo está Henry?

—Considerando las que pasó, está espléndido.

—Qué valiente, escaparse de la escuela. En realidad, muy valiente para escaparse, no más.

—Tú lo hiciste.

—Ay, querido, ¿volvemos a hablar de eso? Pensé que no tocaríamos más el tema.

—Perdóname.

—¿Que te perdone por hablar de esto?

—No, que me perdones por todo lo sucedido. Por la forma en que me porté. Nunca te lo expliqué, y supongo que ahora es tarde para explicarlo.

—Sí —respondió ella—, es un poco tarde.

—¿Nunca me perdonaste?

—Ay, Edmund, yo no perdono a la gente. No soy lo suficientemente buena como para perdonar. "Perdonar" es una palabra que no entra en mi vocabulario. ¿Cómo puedo yo perdonar si en el curso de mi vida hice terriblemente desdichada a tanta gente?

—Ésa no es la cuestión.

—Si quieres hablar de esto, seamos objetivos. Tú dijiste que me escribirías, que te mantendrías en contacto, que me amarías siempre, y no cumpliste con ninguna de esas cosas. No era propio de ti romper tus promesas, y nunca pude entender...

—Si te hubiera escrito, habría sido para decirte que mis promesas eran falsas y que me retiraba... Y dejé pasar demasiado tiempo, y cuando finalmente me decidí era demasiado tarde... De manera que seguí el camino fácil.

—Ésa fue la parte mala. Yo creí que nunca buscabas una salida fácil. Creía conocerte mucho, y por eso te amaba. Y no podía creer que no me amaras. Te deseaba. ¡Qué estúpida! Pero toda mi vida conseguí todo lo que quise, me permitieron todo. Y no quería aceptarlo. No podía creer que no ocurriría algún milagro, y todo lo que habías hecho, irte a Londres, casarte con Caroline, tener a Alexa... podía esfumarse mágicamente, barrerse y esconderse debajo de la alfombra. ¡Qué estúpida! Pero, bueno, tenía dieciocho años, no pensaba mucho...

—Perdóname.

Ella le sonrió, le tocó la mejilla.

—¿Te echas la culpa por todo los desastres que hice yo? No, por favor. Yo nací para hacer desastres. Y si no hubiera estado Harold Hogg, lleno de plata y jadeando de deseo, con seguridad hubiera encontrado otro hombre para escaparme con él. Nunca te hubiera hecho feliz. No creo que Caroline te haya hecho feliz. Pero creo que ahora, con Virginia, eres feliz al fin. Y eso me alegra.

—¿Qué más te alegra?

—Aunque lo supiera, no te lo diría.

—¿Por qué volviste a Croy?

—Ah, un capricho. Un impulso. Para volver a verlos a todos.

—¿Te vas a quedar?

—Creo que no. Soy demasiado inquieta, querido.

—Eso me hace sentir culpable.

—¿Por qué?

—No sé. Todos tenemos tanto...

—Yo también. Pero tengo cosas diferentes.

—No me gusta saber que estás sola.

—Es mejor así.

—Tú eres parte de todos nosotros. ¿Lo sabes?

—Gracias. Es lo más lindo que podías decirme. Así quiero que sea. Y que siga siendo. —Se inclinó hacia adelante y lo besó en la mejilla, y él se sintió asaltado por su proximidad, por el roce de sus labios, por su perfume.

—Pandora...

—Bueno, querido, hace demasiado tiempo que estamos aquí sentados... ¿No crees que deberíamos ir a buscar a los otros?

Eran más de la una de la mañana, y en lo mejor de la fiesta, Noel Keeling, incapaz de meterse en las complejidades de una danza llamada *The Duke of Perth* y sin ningún deseo de intentarlo, se encontró abandonado y solo y decidió que necesitaba beber algo fresco. Fue al bar, y allí le ofrecieron champagne, pero tenía la boca seca y prefirió un vaso de cerveza liviana, muy helada. Acababa de acercar el vaso a sus labios y beber un gran sorbo refrescante cuando de pronto apareció Pandora Blair a su lado.

Desde la cena, no había vuelto a verla, y lo lamentaba, porque le resultaba atrayente, la mujer más llamativa y divertida que había conocido en mucho tiempo.

—Noel.

Era gratificante que lo buscaran. Enseguida dejó su vaso, y ella se sentó en un taburete, se puso cómoda y le sonrió con aire de conspiración.

"Tengo que pedirte un favor —dijo.

—Pero por supuesto... ¿Quieres una copa?

Ella tomó una copa rebosante de champagne y lo bebió como si fuera agua.

Él se rió.

"¿Has bebido esto toda la noche?

—Por supuesto.

—¿De qué favor se trata?

—Creo que es hora de volver a casa. ¿Me llevarías?

A decir verdad, Noel se sorprendió un poco. Era lo último que hubiera esperado.

—¿Pero por qué quieres volver?

—Creo que ya he estado bastante tiempo aquí. Bailé con todos, dije lo que había que decir, y ahora quiero ir a mi camita. Le pediría a Archie que me lleve, pero lo está pasando tan bien, encerrado en el estudio de Angus Steynton con el viejo general Grant-Palmer y una botella de Glen Morangie, que me da pena aguarle la fiesta. Y en la carpa todos saltan, bailan danzas tribales. Hasta Conrad, nuestro "norteamericano no tan triste".

—Me sorprende que sepa bailarlas.

—Archie e Isobel organizaron una pequeña clase en Croy el miércoles a la noche, le enseñaron, pero no me imaginé que él se iba a interesar tanto. ¿Me llevas, Noel? ¿Está muy mal que te lo pida?

—Claro que no. Por supuesto que te llevaré.

—Tengo mi auto, pero por cierto que no estoy bien para manejar y estoy segura de que me quedaría dormida en el camino de regreso y terminaría en la cuneta. De manera que mejor se lo dejo a ellos...

—Yo te llevaré en mi auto.

—Eres un ángel. —Pandora vació la copa de champagne. —Voy a buscar mi abrigo. Te espero en la puerta del frente.

Noel pensó en decirle a alguien lo que pensaba hacer, y después decidió no hacerlo, porque el viaje a Croy no llevaría más de media hora, y lo más probable era que nadie lo echara de menos. La esperó al pie de la escalera, y le divirtió descubrir que se encontraba en un estado de placentera anticipación, como si él y Pandora se estuvieran embarcando en alguna actividad compartida y secreta, con posibles connotaciones románticas. Lo cual, pensándolo un poco, tenía mucho que ver con ella y seguramente siempre hacía su efecto en cualquiera que ella eligiese.

—Listo.

Pandora bajó la escalera corriendo, envuelta en su largo y voluptuoso abrigo de visón. Él la tomó del brazo y salieron, bajaron la escalinata y cruzaron el sendero de grava. El pasto estaba frío y húmedo, y el suelo, barroso; Noel ofreció alzarla en brazos para llevarla hasta el auto, pero ella se rió de él, se quitó las frágiles sandalias y siguió caminando descalza junto a él.

El viejo Hughie había desaparecido, pero pronto ubicaron el Golf de Noel. Él encendió la calefacción para que Pandora se calentara los pies.

—¿Quieres música?

—No especialmente. Podría interferir con las estrellas.

Noel retrocedió, giró, salió de Corriehill, enfiló por el sendero con las luces difusas, y entró en el campo oscuro. El cálido interior del auto estaba invadido por el perfume de Pandora, y Noel tenía la extraña sensación de que en el futuro, cuando volviera a percibirlo, recordaría ese momento, ese viaje, esa mujer.

Ella empezó a hablar.

—Fue una hermosa fiesta. Todo estuvo bien desde el comienzo hasta el fin. Como antes, pero mejor. Teníamos bailes así en Croy, hace siglos, cuando todos éramos jóvenes. Navidades y cumpleaños. Era mágico. Tendrás que volver a Croy, porque desde ahora las cosas andarán mejor. Ya no habrá melancolía. Archie está mejor. Es otra vez él mismo. Ha tenido una época horrible, de pesadilla, pero ya ha terminado. Se ha reconciliado con la vida.

Guardó silencio unos momentos. Tenía la cabeza vuelta hacia la ventanilla, y sus cabellos se derramaban sobre la suave piel del abrigo. Miraba el camino desierto, sin luces.

Finalmente preguntó:

"¿Volverás a Croy, Noel?

—¿Por qué lo preguntas?

—Tal vez estoy preguntando otra cosa. Tal vez te estoy preguntando por Alexa.

Él se puso en guardia.

—¿Qué me estás preguntando?

—Estás vacilando, no te siento firme. No sabes qué hacer.

A Noel le sorprendió esa percepción.

—¿Estuviste hablando con Vi?

—Querido, yo nunca hablo con nadie. No hablo de cosas importantes.

—Alexa es importante.

—Es lo que pensaba. Es que tengo la extraña sensación de que tú y yo somos parecidos. Yo nunca supe muy bien lo que quería. Cuando lo tuve, descubrí que en realidad no lo deseaba. Y era porque en realidad buscaba algo que no existía.

—¿Estás hablando de algún hombre en particular, o de un modo de vida?

—Creo que de las dos cosas. ¿Acaso no van juntas? Y de la perfección. La perfección absoluta. Pero nunca se da, porque no existe. Amar no es encontrar la perfección, sino perdonar defectos horribles. Supongo que todo es una cuestión de compromiso. Y reconocer el momento en que hay que decidir si uno va a pescar o a preparar la carnada.

Noel respondió:

—Quiero mucho a Alexa, pero no estoy enamorado de ella. —Pensó en lo que acababa de decir y sonrió. —Nunca había dicho esto en voz alta, ¿sabes? Ni a mí mismo. Ni a nadie. Ni sobre nadie.

—¿Qué sientes al decirlo en voz alta?

—Miedo. Tengo miedo de hacer promesas, porque nunca fui muy bueno para cumplirlas.

—El miedo es la peor razón para hacer algo, o para no hacerlo. Es negativo. Como no hacer algo por lo que pueda decir la gente. "Pandora, ¡no puedes portarte así! ¿Qué dirá la gente?" Como si eso importara. No, no sirve. Tendrás que pensar en una excusa mejor.

—Bien, ¿qué te parece ésta? No me comprometo, sigo a cargo de mi propia vida.

—Eso está bien cuando uno es joven. Pero los hombres que andan por allí sin comprometerse a menudo terminan como patéticos solterones, si no tienen cuidado. Del tipo de los que las señoras invitan a cenar para completar el número de hombres. Y que después se van a su casita solitaria y sólo tienen un perro para llevar a la cama.

—¡Qué perspectiva divertida!

—Sólo se vive una vez. No hay una segunda oportunidad. Si dejas escapar algo realmente bueno, lo pierdes para siempre. Y luego pasarás el resto de tu vida tratando de volver a encontrarlo... pasando de una relación insatisfactoria a otra... y por fin llega el día en que te das cuenta de que nada sirve de nada. Es inútil. Sólo una pérdida de tiempo y esfuerzo.

—Entonces, ¿cuál es la respuesta?

—No lo sé. No soy tú. Supongo que un poco de coraje y un montón de fe.

Pensó en lo que había dicho.

"Parezco una directora de escuela diciendo un discurso. O un político. "Trabajemos y miremos hacia adelante, porque allí está el camino." —Pandora se echó a reír. —"Vote a Blair y le regalaremos autoadhesivos."

—Hablas de compromiso.

Pandora dejó de reír.

—Hay cosas peores. Esta noche conocí a Alexa, pero la observé durante la cena... te miraba, y su rostro estaba lleno de amor. Es de las que dan. Es de oro.

—Todo eso lo sé.

—Bien, sostengo mi hipótesis.

Otra vez guardaron silencio. Faltaba poco para llegar; tenían que atravesar el largo valle; las luces de Strathcroy se habían apagado; sólo los faroles de la calle derramaban su resplandor. El interior del auto estaba muy caldeado. Noel bajó un poco la ventanilla y sintió el aire puro y frío en la cara, y oyó el murmullo del río que corría junto al camino.

Llegaron al primer chalet, luego a la entrada de Croy y al sendero del frente. Noel cambió la velocidad y empezó a subir la cuesta. La casa los esperaba, con las ventanas oscuras. Únicamente el Land Rover de Archie estaba estacionado frente a la puerta. Noel paró y apagó el motor. La noche estaba serena; sólo se movía el viento.

—Aquí estamos, has llegado a casa.

Ella se volvió hacia él con una sonrisa llena de gratitud.

—Eres un ángel. Espero que no te haya estropeado la diversión. Y si he interferido, perdóname.

—No entiendo bien por qué dijiste todas esas cosas.

—Probablemente porque bebí demasiado champagne. —Le dio un beso en la mejilla. —Buenas noches, Noel.

—¿La puerta estará abierta?

—Por supuesto. Nunca cierran con llave.

—Te acompaño hasta adentro.

—No. —Lo detuvo poniéndole la mano en el brazo. —No es necesario. No vengas. Vuelve con Alexa.

Pandora bajó del auto y cerró la puerta con un golpe. Iluminada por las luces delanteras, se alejó por el sendero de grava y subió la escalinata. Él la miró irse. Se abrió la gran puerta, ella se volvió para saludarlo con la mano y entró. La puerta se cerró. Pandora ya no estaba.

Ni siquiera Tom Drystone podía tocar eternamente. Después de dos estimulantes *The Duke of Perth* terminó con las notas nada escocesas de *The Girl I Left Behind Me*, arrancó una larga y esforzada nota a su acordeón, lo dejó en el suelo y anunció por el micrófono que él y sus músicos se iban a cenar. A pesar de las exageradas protestas y burlas detractoras, se mantuvo en sus trece y condujo a su grupo de músicos agotados en dirección al bien ganado refrigerio.

En el sosiego resultante, los bailarines, por un momento, se quedaron sin saber qué hacer, pero casi enseguida fueron asaltados por el olor a panceta frita y café recién hecho que llegaba desde la casa.

Esto les recordó que hacía horas que no comían, y se inició un éxodo general en busca de alimento. Sin embargo, mientras la marquesina se vaciaba lentamente, un joven, tal vez en forma espontánea, o bien instruido por Verena, se sentó al piano y empezó a tocar.

—Virginia... —Ella ya estaba subiendo la escalinata que llevaba a la casa. Se volvió y vio a Conrad. —Ven a bailar conmigo.

—¿No quieres huevos con panceta?

—Más tarde. Esto es demasiado bueno para perdérselo.

Era bueno. El tipo de música suave, penetrante, con la que uno se remonta a mucho tiempo atrás, a restaurantes caros y sofisticados y clubes nocturnos oscuros y películas sentimentales y pañuelos empapados de lágrimas.

Embrujada. "Otra vez perturbada, otra vez engañada..."

Virginia cedió.

—Bueno.

Bajó los escalones, él la recibió en sus brazos, la estrechó, apoyó la mejilla en su pelo. Bailaron, casi sin moverse, sin percibir a las otras parejas que, sucumbiendo a la seducción del piano plañidero, habían vuelto a la pista.

—¿Te parece que este tipo sabrá tocar *The Look of Love?* —preguntó Conrad.

Ella se sonrió secretamente.

—No sé, podemos preguntarle.

—¡Qué linda fiesta!

—Me impresionó cómo aprendiste el *reel*.

—Si uno aprende a bailar una cuadrilla, puede aprender cualquier cosa.

—Sólo se necesita coraje.

—¿Siempre hacen bailes el sábado a la noche en el Country Club de Leesport?

—Supongo que sí. Habrá toda una nueva generación arrullándose en la terraza, bajo las estrellas.

—Nosotros no lo hacemos mal.

—No voy a volver, Conrad. No vuelvo contigo —dijo Virginia.

Ella sintió que la mano de Conrad se movía lentamente sobre su espalda, como una caricia. Alzó la cara para mirarlo.

"Ya lo sabías, ¿verdad?

—Lo supuse.

—Todo ha cambiado. Henry está en casa. Hemos hablado. Ahora todo es distinto. Estamos otra vez juntos, Edmund y yo. Las cosas se han arreglado.

—Me alegro.

—Edmund es mi vida. Lo había perdido de vista, pero ahora ha vuelto y estamos juntos.

—Realmente me alegro por ti.

—Éste no es el momento de dejarlo e irme.

—Edmund tiene suerte.

—No, no tiene suerte. Es un hombre especial.

—Además, es un tipo simpático.

—Lo siento, Conrad. Espero que no pienses que te estuve usando.

—Creo que nos usamos uno al otro. Respondimos a una necesidad mutua. En el momento exacto, estaba allí la persona adecuada. Al menos para mí, era la persona adecuada. Eras tú.

—Tú también eres un hombre especial. Lo sabes, ¿verdad? Y algún día, más tarde o más temprano, encontrarás a alguien. Alguien tan especial como tú. No llenará el lugar de Mary, porque ella tiene su propio lugar. Y lo llenará por otras razones. Debes recordarlo. Por ti, y por tu hijita.

—Bueno. Es un enfoque positivo.

—No quiero que sigas estando triste.

—No más el "norteamericano triste".

—¡Ay, no me lo recuerdes! ¡Qué torpe fui al dejarlo escapar!

—¿Cuándo volveré a verte?

—¡Ah, pronto! Edmund y yo iremos a Estados Unidos en algún momento. Entonces, nos reuniremos todos. —Virginia apoyó la cabeza en el hombro de Conrad. —Estoy embrujada, molesta y aturdida.

Las últimas notas de la canción se desgranaron en el piano.

—Te amo —dijo Conrad.

—Yo también —respondió Virginia—. Fue magnífico.

Noel volvió a Corriehill. Con el viento que entraba por la ventanilla abierta, el Golf enfiló otra vez hacia las montañas. Noel quiso tomarse su tiempo, de modo que iba despacio. Estar solo era extrañamente sedante, un pequeño espacio de descanso para revisar sus pensamientos y dejar vagar otros. Al dejar Croy, había pensado en poner música, pero después decidió no hacerlo porque, por una vez, lo que deseaba era silencio. Además, parecía casi blasfemo violar la infinita oscuridad de la noche con un estallido de rock.

El campo, todo alrededor, estaba oscuro, desolado y apenas habitado, y sin embargo, él sentía que, de alguna manera inexplicable, alguien percibía su pasaje. Ésta era una tierra antigua. Las cumbres que se alzaban al cielo tenían esa forma desde el comienzo de los tiempos, y el entorno inmediato seguramente tenía ese aspecto desde hacía cientos de años.

Adelante, veía serpentear el camino. Mucho tiempo antes, cuando lo trazaron, seguramente bordeaba los límites del campo de un granjero, circunvalaba los diques de piedra de la pequeña finca de un arrendatario. Ahora eran otros los dueños de la tierra, y por este camino viajaban tractores, camiones que transportaban leche y ómnibus, pero el camino hacía curvas y subía y bajaba sin ninguna razón aparente, como siempre lo había hecho.

Sin poder liberarse de la sensación de que lo observaban, Noel pensó en esos arrendatarios desaparecidos mucho tiempo atrás, que habían enfrentado con sus energías el duro clima, la tierra terca, el suelo estéril. Habían arado la delgada tierra detrás de un caballo, y cortado con azada las magras cosechas; habían desafiado las tormentas de nieve en busca de ovejas, habían partido carbón de piedra para guardarlo como combustible. Imaginó a algunos de esos hombres volviendo a casa, como él volvía ahora, por el valle desierto, tal vez a caballo, pero más probablemente a pie, fatigándose cuesta arriba, encorvado bajo el viento que soplaba del oeste. Entonces, el camino seguramente parecía muy largo, y las tareas para sobrevivir, interminables.

Le resultaba imposible imaginar esas penurias, esa existencia extraña. Hombre del siglo XX, para quien las necesidades y los lujos no eran tema de discusión, Noel nunca había contemplado el problema de la supervivencia, y mucho menos había tenido que resolverlo, y en comparación, sus propias incertidumbres parecían tan poco importantes, que se sintió disminuido por su trivialidad.

Sin embargo, era su vida. *Sólo se vive una vez,* había dicho Pandora. *No hay una segunda oportunidad. Si dejas escapar algo realmente bueno, lo pierdes para siempre.*

Volvía a Alexa. Alexa es de oro. Pandora tenía razón, y Noel sabía que tenía razón. *Si tienes que herirla, hazlo ahora...* Ésa era la vieja Vi, en la montaña sobre el lago; Vi, que había abierto su corazón.

Pensó en Vi, en Pandora, en los Balmerino y los Aird. Juntos, constituían un modo de vida que él nunca había experimentado realmente. Familia, amigos, vecinos; comunicados e interdependientes. Pensó en Balnaid y otra vez lo asaltó la irracional convicción de que él pertenecía a ese lugar.

Alexa era la clave.

Ahora, tomándolo por sorpresa, su madre intervenía en la discusión. *La felicidad consiste en lograr lo más posible de lo que tienes.* El tono enérgico y certero de Penelope sonaba claramente en su cabeza, sin tolerar oposición, enunciando la ley como siempre lo hacía cuando sostenía firmemente alguna idea.

¿Y qué era lo que él tenía?

La respuesta era penosamente directa. Una chica. Nada sofisticada y no particularmente hermosa. En realidad, la verdadera antítesis de cualquier mujer que hubiera estado antes con Noel. Una muchacha que lo amaba. Sin locuras, sin perseguirlo con exigencias. Pero con una constancia que brillaba como una llama perenne. Pensó en los últimos meses, en el tiempo que había vivido con Alexa en la casita de Ovington Street, y en su mente aparecieron imágenes al azar que él no había convocado. Y lo tomaron por sorpresa porque, por alguna razón, su subconsciente no le presentó las ricas posesiones materiales que habían captado su atención aquella primera noche, tanto tiempo atrás, cuando Alexa lo había invitado a tomar una copa. Los cuadros, los muebles, los libros y la porcelana; las hermosas bandejas sobre el aparador, y los dos faisanes de plata en el centro de la mesa del comedor. En cambio, vio objetos deliciosos y domésticos. Una frutera con manzanas frescas, un pan recién horneado, un jarrón lleno de tulipanes, el brillo del sol de la tarde en los cacharros de cobre colgados en la cocina.

Y las otras cosas buenas que compartían. Kiri te Kanawa en el Covent Garden, la Tate Gallery un domingo por la mañana. Un almuerzo en San Lorenzo. Hacer el amor. Pensó en la apacible sensación de volver a casa de la oficina por las noches, doblar por Ovington Street y saber que Alexa estaba allí, esperándolo.

Eso era lo que tenía. Alexa. Allí. Esperándolo. Era todo lo que quería. Era lo único que importaba. Entonces, ¿por qué diablos vacilaba? ¿Qué diablos estaba buscando? De pronto, esas preguntas tenían tan poca importancia, que ni se molestó en buscar las respuestas.

Porque la perspectiva de un futuro sin Alexa era inimaginable.

Entonces supo que ya no estaba en la encrucijada sino en el camino del compromiso. Para mejor, para peor. "Hasta que la muerte nos separe." Pero las palabras intimidatorias ya no lo hacían cagarse de miedo. En cambio, se sintió lleno de una desacostumbrada e inesperada sensación de tener un objetivo, y también lleno de euforia.

Y de urgencia. Ya no había razones para demorarse. Sentía, por el contrario, una nueva impaciencia. Ya había perdido bastante tiempo. Inspiró profundamente, aceleró. El motor respondió y el auto subió velozmente la cuesta. Por el camino a Corriehill.

Su madre todavía andaba por allí. "Bien", le dijo, "ya te oí. Voy para allá." Y dijo las palabras en voz alta, y el viento se las arrebató de la boca y las dejó caer detrás de él. "¡Allá voy!", gritó. Se lo decía a las dos, a su madre muerta y a su amor vivo.

Los primeros invitados ya estaban volviendo a sus casas. Desde la distancia, se veían los faros de sus autos que se alejaban de Corriehill y pasaban entre los árboles y por la imponente entrada. Mientras viajaba cuesta arriba hacia la casa, Noel se cruzó con varios de estos autos, pero había mucho espacio en el sendero, y también hubo tiempo para algunos comentarios graciosos sobre la supuesta llegada tarde de Noel a la fiesta, y frases tales como "más vale tarde que nunca".

Evidentemente, los que regresaban a su casa se habían divertido.

Como ya había comenzado el éxodo, Noel no se preocupó por estacionar el auto en el campo, sino que lo llevó al sendero de grava, frente a la puerta. Cuando llegó a lo alto de la escalinata, apareció una pareja; Noel se hizo a un lado y sostuvo la puerta para que pasaran. El marido agradeció cortésmente, le dio las buenas noches, y luego, solícito, tomó del brazo a su esposa para ayudarla a bajar. Noel los miró irse: caminaban con cuidado, inmersos en la conversación. Oyó sus risas. Eran viejos, sí, pero también ellos se habían divertido, lo habían pasado bien, y ahora volvían a casa juntos. Noel volvió a pensar: "Hasta que la muerte nos separe." Pero la muerte, al fin y al cabo, no era más que parte de la vida, y lo que importaba era la vida.

Entró en la casa en busca de Alexa. No estaba en la *discothèque* y tampoco en la sala. Al salir de la sala, oyó su nombre.

—Noel.

Se detuvo, se volvió y vio a una chica a quien no le habían presentado formalmente; pero él sabía que era Katy Steynton, porque Alexa se la había señalado. Era rubia y muy esbelta, con rasgos típicamente ingleses: una hermosa piel, rostro alargado, ojos celestes y boca pequeña. Llevaba un vestido de raso del mismo color que sus ojos, e iba de la mano de un hombre que estaba muy impaciente por entrar con ella en el mundo estentóreo, estroboscópico de la *discothèque.*

—Hola.

—Eres Noel Keeling, ¿verdad? ¿El amigo de Alexa?

Por alguna razón, Noel se sintió un poco tonto.

—Así es.

—Está en la marquesina. Yo soy Kate Steynton.

—Sí, lo sabía.

—Está bailando con Torquil Hamilton-Scott.

—Ah, gracias. —Lo cual sonó un poco abrupto, de manera que Noel agregó, con más tacto: —¡Qué hermosa fiesta! Estarás fascinada. Muchas gracias por invitarme.

—Estuvo super... —Su compañero la tironeaba. —¡Qué suerte que hayas podido venir!

Un camarero se abrió camino con una bandeja rebosante de copas de champagne. Noel tomó una al pasar, y luego se encaminó por la biblioteca hacia la marquesina. Allí el ritmo de la música iba *in crescendo,* porque la banda estaba en su segunda actuación, y la velocidad parecía aumentar con cada momento que pasaba. Noel se detuvo en lo alto de la escalera para buscar a Alexa, pero a pesar de su ansiedad por encontrarla, se distrajo, cautivado por el espectáculo. No sentía gran amor por el baile, pero la atmósfera se había puesto eléctrica, con una carga que no podía ignorarse. Además, sus instintos profesionales, creativos, respondían a este asalto visual a sus sentidos, a los círculos de color y movimientos, y deseó, más que nada, poder captarlo con la cámara. Porque esta danza tenía una agresiva simetría que le recordaba la precisión de alguna marcha militar ensayada a menudo. El falso piso gemía audiblemente mientras cien pares de pies lo golpeaban con perfecto ritmo, y el centro de cada rueda era un vórtice que absorbía a un bailarín del costado del conjunto y un segundo más tarde lo arrojaba con todo el impacto de la fuerza centrífuga. Muchachas con los brazos desnudos exhibían los moretones infligidos por los botones de plata de la chaqueta *kilt* de su pareja, pero, en líneas generales, estaban hipnotizadas por las complicaciones del *reel* y, concentradas, esperaban su turno para entrar en el infierno giratorio.

Por fin vio a Alexa, con su vestido floreado, las mejillas rosadas y el cabello flotante. Ella no percibió su presencia; estaba bailando con uno de los jóvenes soldados, muy apuesto con su cabello negrísimo y su chaqueta militar escarlata. Noel la vio concentrada, excitada, enormemente feliz, la cara alzada hacia la de su compañero y llena de risas.

Alexa.

—Qué baile espectacular, ¿eh?

Sobresaltado, Noel miró alrededor y vio a un hombre junto a él, alguien que presumiblemente había venido a disfrutar del espectáculo, como él.

—Ya lo creo —respondió Noel—. ¿Qué es esto que están haciendo?

—El *reel* de la Fifty-first Highland Division.

—No lo conocía.

—Lo idearon en un campo de prisioneros, en Alemania, durante la guerra.

—Parece sumamente complicado.

—Bueno, ¿por qué no? Tuvieron cinco años y medio para inventarlo.

Noel sonrió cortésmente y volvió a observar a Alexa. Pero ahora se le estaba acabando la paciencia, y deseaba que el baile terminara pronto, lo cual sucedió unos momentos después. Sonaron los últimos compases entusiastas y al final, un atronar de la batería. Los aplausos y los gritos ocuparon el lugar de la música, pero Noel no perdió un momento. Dejó su copa en una maceta, y se abrió camino por la pista atestada hasta llegar a Alexa. La encontró fuertemente abrazada por su acalorado compañero.

—Alexa.

Ella levantó la mirada, lo vio y su rostro sonrojado se iluminó. Se liberó de su pareja y extendió la mano hacia Noel.

—Noel. ¿Dónde estuviste?

—Ya te explicaré. Ven a tomar una copa...

Le tomó una mano y la guió firmemente para salir de la pista. Entre tanto, Alexa le agradecía al soldado que había bailado con ella pero sin resistir el rápido andar de Noel. Él la sacó de la carpa, y pasaron por la biblioteca. Noel buscaba un lugar tranquilo, y juzgó que el descanso de la escalera por donde estaban subiendo era un lugar tan bueno como cualquier otro.

—Pero, Noel, yo creía que íbamos a tomar una copa.

—En un mometo iremos.

—Me estás llevando al *toilette* de señoras.

—No.

En el descanso no había ruido, y la iluminación era suave. Noel se sentó en la amplia escalera revestida por una alfombra turca y obligó a Alexa a sentarse a su lado; le tomó la cabeza entre sus manos y le besó las cálidas mejillas arrebatadas, y la frente, y los ojos, y luego la dulce boca abierta, con lo que acalló sus rientes protestas.

Llevó largo tiempo. Por fin se separaron. Unos momentos después, él le dijo:

—Te miré bailar, pero esto era lo único que quería hacer.

—No comprendo, Noel.

Él sonrió.

—Yo tampoco.

—¿Qué pasó?

—Llevé a Pandora a Croy.

—No sabía dónde te habías metido.

—Te amo.

—Te busqué, pero...

—Te quiero para siempre.

—Me tienes.

—Hasta que la muerte nos separe.

De pronto, ella parecía casi asustada.

—Ay, Noel...

—Por favor.

—Eso quiere decir para siempre.

Noel pensó en la pareja de ancianos que, tomados del brazo, habían partido en la oscuridad, hacia su casa. Juntos.

—Lo sé. —Nunca en su vida se había sentido tan confiado, tan libre de miedo, tan seguro. —Ya ves, mi amada Alexa, te estoy pidiendo que te cases conmigo.

Pandora cerró la puerta tras de sí. Dentro de la casa, con las cortinas corridas y las puertas cerradas, estaba muy oscuro; el gran hall sólo se hallaba iluminado por el resplandor de las cenizas rojas del fuego que se extinguía. Estaba sola. Era la primera vez en su vida que estaba sola en Croy. Siempre había otra gente alrededor. Archie, Isobel, Lucilla, Conrad, Jeff. Y mucho antes, sus padres, los sirvientes, la constante corriente de visitas y amigos, siempre alguien que iba o venía. Voces distantes, risas distantes.

Encendió la luz, subió la escalera y caminó por el corredor hasta llegar a su habitación. La encontró como la había dejado, con la ropa tirada por todas partes, la cama deshecha, el vaso de whisky vacío todavía sobre la mesa de noche, junto con la radio y un libro con las puntas dobladas. El tocador estaba lleno de potes y frascos, y cubierto de polvo facial derramado; la puerta del ropero estaba abierta, los zapatos tirados de cualquier manera en el suelo.

Pandora arrojó la cartera en la cama y fue hasta el escritorio bombé. Allí estaba la carta que había estado escribiendo antes de sucumbir al agotamiento y darse un descansito. La leyó desde el principio hasta el fin. No le llevó mucho tiempo. La dobló, la metió en un sobre, pasó la lengua por el borde engomado y lo pegó. Dejó la carta sobre el escritorio.

Fue al baño, que también estaba en el habitual desorden, con la alfombrita y las toallas mojadas en el suelo, y el jabón ablandado, olvidado en el fondo de la bañera. Llenó un vaso con agua en el lavatorio y la bebió, mientras observaba su propia imagen en el alto espejo. Sus frascos de píldoras estaban en el estante, debajo del espejo; quiso tomar uno pero, por descuido o porque le temblaba la mano, volteó el frasco de Poison que estaba al lado. El frasco se ladeó y cayó, y Pandora vio suceder todo esto gradualmente, como una película en cámara lenta. Sólo cuando el frasco chocó con el lavabo y se hizo pedazos, ella extendió la mano como para atajarlo.

Demasiado tarde. No quedaba nada. El lavabo estaba lleno de fragmentos de vidrio, y ella misma, casi anestesiada por la esencia concentrada del precioso perfume dorado...

¡Qué torpe!

No importaba. Ni intentaría limpiar, porque sólo consegiría lastimarse terriblemente. Isobel se ocuparía de eso. Por la mañana. Mañana por la mañana, Isobel se ocuparía.

Guardó el frasco de píldoras en lo profundo del bolsillo del abrigo de visón y luego apagó cuidadosamente todas las luces y cerró la puerta del dormitorio; bajó la escalera y entró en la sala. Movió una llave y la enorme araña, suspendida del centro del cielo raso, surgió en mil facetas de brillante cristal iluminado. También aquí el fuego estaba casi apagado, pero la habitación todavía estaba tibia y acogedora; gastada y familiar, con sus paredes de damasco rojo donde colgaban los viejos retratos y óleos que Pandora conocía desde chica. Todo le era tan querido... Los deteriorados sillones y sofás, los almohadones de colores mal combinados, el pequeño escabel de terciopelo verde donde ella se sentaba de niña mientras su padre le leía cuentos antes de ir a la cama. Y el piano. Su madre solía tocar el piano por las noches, y Pandora y Archie cantaban viejas canciones. Canciones escocesas. Canciones de lealtad, amor y muerte... casi todas ellas terriblemente tristes.

Orillas y lomas que bajan al Doon,
¿cómo pueden florecer así? *

Ah, si pudiera tocar como su mamá. Pero entonces tomaba lecciones y pronto se cansó y su madre, blanda como siempre, le permitió hacer lo que quisiera. De manera que nunca aprendió.

Una cosa más para lamentar. Otra oportunidad de placer que se perdió.

Fue hasta el piano, levantó la tapa y tocó las notas con un dedo.

Pasa largo tiempo
de mayo a diciembre,
pero los días se acortan...

Nota equivocada, probemos otra vez.

... se acortan
cuando llega septiembre.

La ejecución no fue muy brillante.

Cerró la tapa del piano, salió de la habitación, cruzó el hall y entró en el comedor. Aquí también había desorden. La mesa sin levantar, tazas de café y vasos de oporto usados, servilletas arrugadas, envoltorios de bombones, olor a humo de cigarro. El aparador estaba lleno de botellas, y encontró una de champagne abierta, llena hasta más de la mitad, que Archie había tapado con un corcho para posterior consumo. Tomó la botella, volvió a cruzar el hall y salió por la puerta principal.

La esperaba el Land Rover de Archie. Subió y se sentó al volante; el interior estaba destartalado y olía mal. Nun-

* *Ye Banks and braes of bonnie Doon,*
How can ye bloom sae fresh and fair...

ca lo había manejado antes, y le llevó unos momentos accionar las complejidades del encendido, los cambios, las luces. Con las luces encendidas, el viejo motor se puso en marcha con mucho ruido, y Pandora partió.

Recorrió el sendero flanqueado por masas oscuras de rododendros, dobló a la derecha y enfiló hacia las montañas. Conducía muy lentamente, con el mayor cuidado, buscando el camino entre las luces mortecinas, como si caminara en puntas de pie. Pasó frente a la casa de la granja y por los cobertizos. Luego, por la casa de Gordon Gillock. Tenía miedo de que los perros de Gordon oyeran el ruido del motor, empezaran a ladrar y despertaran a su amo, pero esto no sucedió.

Pandora encendió las luces delanteras y pudo así ganar un poco de velocidad. El camino era muy ondulante, pero ella lo conocía palmo a palmo. Poco después, llegó al cerco de los ciervos, con sus altos portones. El último obstáculo. Paró, puso el freno de mano, dejó el motor en marcha y bajó a abrir. El cerrojo estaba oxidado y resultaba difícil correrlo, pero finalmente lo logró, y el portón se abrió solo. Pandora subió al auto, pasó por la abertura y volvió a bajar para cerrar y trabar el portón.

Libre. Ahora era libre. Sin nada que temer. Nada de que preocuparse. El Land Rover avanzaba a los tumbos por el sendero de tierra, con los faros apuntando hacia el cielo, y el aire perfumado y limpio que se colaba por las ventanillas desvencijadas le refrescaba las mejillas.

A sus espaldas, el mundo se alejaba, se empequeñecía, se hacía infinitesimal, perdía toda su importancia. Las montañas estrechaban filas, la rodeaban como brazos reconfortantes. Esta era su tierra. La había llevado en su corazón todos esos años desperdiciados, y ahora había vuelto para siempre. Ésta era la realidad. La oscuridad, la sensación de pertenencia. Cálida y segura y acogedora como el útero materno.

"Ustedes son mi seno materno", les decía a las montañas. "Vuelvo al seno materno." Se puso a cantar.

Orillas y lomas que bajan al Doon,
¿cómo pueden florecer así?

Su voz, tenue, entrecortada y desafinada, resonaba solitaria como el grito de un cuervo. Demasiado banal. Mejor, cantar algo alegre:

El gato negro meó en el ojo del gato blanco,
y el gato blanco dijo "Caramba".
"Perdón, señor, si he meado en su ojo,
pero no sabía que estaba ahí detrás."

Le llevó bastante tiempo llegar al lago, pero el tiempo no importaba porque ahora no había prisa ni estrés ni pánico. Todo estaba resuelto, nada olvidado. Llegaban y pasaban todos los puntos que marcaban el camino. El Corrie era uno de ellos. Pandora pensó en Edmund, y después dejó de pensar en él.

Por fin, supo que se estaba acercando al lago cuando cesaron las sacudidas y el terreno se hizo más parejo, y las ruedas del Land Rover avanzaron sin dar tumbos por el pasto poco crecido.

La luz de los faros reveló las aguas oscuras del lago. La costa del otro lado era invisible, se mezclaba con los brezales. Vio los contornos negros del cobertizo de los botes, el pálido semicírculo de la playa de piedrecillas.

Apagó el motor y las luces, tomó la botella de champagne y bajó del auto. Los tacos de sus zapatos se hundían en la tierra blanda y el aire, en esas alturas, era muy frío. Se arrebujó en el abrigo de visón y estuvo un momento escuchando el silencio. Después oyó el silbido del viento, el ruido del agua contra las piedrecillas, el susurro lejano de los altos pinos, en el extremo del dique.

Sonrió, porque la sensación era la misma de siempre. Bajó hasta la orilla del agua y se sentó sobre el pasto, en la pequeña playa. Dejó la botella a su lado, sacó el frasco de píldoras para dormir del bolsillo del abrigo, le quitó la tapa y volcó todo el contenido en la palma de la mano. Había muchísimas. Se llevó la mano a la boca y dejó caer todas las píldoras. El sabor y la textura hicieron que se estremeciera y le dieran arcadas. Imposible masticarlas o tragarlas. Tomó la botella de champagne, le arrancó el corcho, se la llevó a los labios y el líquido hizo bajar las píldoras. El champagne todavía estaba efervescente. Era importante no empezar a vomitar. Bebió más champagne y se enjuagó la boca como si acabara de soportar una fastidiosa sesión con el dentista.

Se le ocurrió algo divertido. ¡Qué elegante hacerlo con champagne! Como envenenarse con una ostra o estrellarse con un Rolls Royce. ¿Qué podía ser más elegante? Una vez le habían contado que la madre de alguien había muerto de un ataque al corazón en el almacén de Fortnum and Mason... Seguramente la había preparado...*

Su mente divagaba. En realidad, no era el momento de estar ahí sentada, recordando a esa pobre señora.

... preparada por algún amable caballero con chaqué, almacenada detrás de los tarros de aspic de lengua Larks...

Interrumpió estos pensamientos para quitarse los zapatos, y al enderezarse sintió que la cabeza le daba vueltas, como si alguien le hubiera dado un golpe en la nuca. "No hay tiempo que perder", se dijo. Se quitó el abrigo y lo dejó en el suelo; se puso de pie y caminó la corta distancia que la separaba del lago. Las piedras eran una agonía para sus pies descalzos, pero era una agonía separada de ella, como si le sucediera a otra persona.

El agua del lago estaba fría, pero no más que otras veces, otros recordados veranos, cuando iban a nadar a medianoche. En ese lugar, la playa tenía un brusco declive. Un paso con el agua hasta los tobillos; otro, y ya le llegaba a las rodillas. Las finas capas del vestido tiraban hacia abajo por el gran peso del agua. Otro paso. Otro más, y ya estaba.

Se zambulló hacia adelante, hacia la profundidad, y el agua se cerró sobre su cabeza. Volvió a la superficie, jadeando, buscando aire. Los largos cabellos mojados se adherían a sus hombros desnudos, y empezó a nadar, pero las piernas se le trababan en las capas de gasa empapada. Tal vez podría liberarlas, pero estaba demasiado cansada... siempre demasiado cansada... para hacer el esfuerzo.

* Juego de palabras: *Lay out*: preparar, disponer; amortajar. (*N. de la T.*)

Sin duda, sería más descansado flotar con la corriente.

Vio, con agradecido asombro, el cielo de la noche lleno de estrellas. Echó atrás la cabeza para contemplarlas, y las aguas oscuras le cubrieron el rostro.

11

Sábado 17

Eran las cinco y media de la mañana cuando Archie Balmerino miró su reloj; al ver la hora que era, se levantó de mala gana del sillón donde estaba sentado, bebiendo plácidamente lo que quedaba de un whisky de malta mientras charlaba con el joven Jaime Ferguson-Crombie.

La fiesta había terminado. No había señales de Isobel ni del resto de la gente de su casa; los de la banda se habían retirado y la marquesina estaba desierta. Sólo desde la *discothèque* seguía llegando música, y al mirar adentro, Archie vio dos o tres parejas que se arrastraban en la oscuridad, como si se hubieran quedado dormidas de pie. Tampoco había señales de los dueños de casa. Desde la cocina, llegaban voces; pensó si debía ir a buscar a Verena, y decidió no hacerlo. Era hora de volver a casa; escribiría una nota de agradecimiento a la mañana siguiente.

Salió de la casa, bajó la escalinata y se encaminó al estacionamiento. Ya no estaba tan oscuro, el cielo se iba poniendo gris. No faltaba mucho para el amanecer. Se le ocurrió que tal vez no habría ningún auto esperándolo. Tal vez los otros habían regresado en grupitos pequeños, olvidados de él, y no le habían dejado en qué volverse. Entonces vio la camioneta de Isobel, sola en el medio del campo; supo así que su esposa no lo había olvidado, y se sintió lleno de gratitud por su cuidado.

Salió de Corriehill. Las antorchas romanas se habían extinguido, y habían apagado las luces difusas.Archie sabía que estaba un poco bebido pero, por alguna razón, tenía la cabeza muy despejada. Conducía lentamente, con atención concentrada, sabiendo que en el improbable caso de que lo detuviera la policía, no resistiría la prueba de alcohol en el aliento. Por otra parte, si se encontraba con un policía, sería con el joven Bob McRae, y lo último que Bob haría en su vida sería remolcar al Laird en un auto de auxilio para alcoholizados.

Archie pensó con ironía que eso estaba muy mal, pero era uno de los privilegios de la aristocracia local.

Una buena fiesta. La había disfrutado desde el principio hasta el fin. Se había encontrado con un montón de amigos y había hecho amigos nuevos. El whisky era excelente, lo mismo que el desayuno de huevos con panceta, salchichas y morcillas, hongos, tomates y tostadas. Y café negro. Seguramente por eso se sentía tan despierto y tan fresco.

Lo único que lamentaba era no haber podido bailar. Pero había disfrutado mucho mirando los *reels* y escuchado la música vivaz. El único momento en que había ansiado poder bailar fue cuando tocaron *The Duke of Perth*. Era una danza que tradicionalmente se bailaba con la esposa, y le resultó un poco irritante ver a Isobel en brazos de otro compañero. De todos modos, él e Isobel habían dado unas vueltas a la pista en la *discothèque*, y fue muy romántico y satisfactorio bailar *cheek to cheek*, como en los viejos tiempos.

Ya el sol aparecía en el horizonte cuando Archie entró en el sendero delantero de Croy y subió la cuesta. Frente a la casa, no había autos. No estaba el Land Rover. Seguramente el bueno de Jeff lo había guardado en el garaje. Bajó de la camioneta y entró en la casa. Físicamente estaba muy cansado y el muñón le dolía mucho, como siempre que pasaba demasiado tiempo de pie. Subió trabajosamente la escalera, tomándose del pasamanos. Encontró a Isobel en el dormitorio, profundamente dormida. Sus galas de esa noche estaban tiradas en el suelo. Zapatos, ropa interior; el hermoso vestido azul oscuro, abandonado en el sofá al pie de la cama. Sus joyas estaban sobre el tocador, el bolso, en una silla. Archie se sentó en el borde de la cama y la miró dormir. Todavía tenía rímel en las pestañas, y los cabellos revueltos. Un rato después se inclinó a besarla, y ella no se movió.

La dejó dormir, fue a su cuarto de vestir y se sacó la ropa lentamente. En el baño, abrió las canillas y el aire se llenó de vapor. Se sentó en la tapa del inodoro, se quitó la pierna ortopédica y la dejó en la alfombrita. Luego, con habilidad adquirida en años, se deslizó en la bañera llena de agua caliente.

Estuvo allí largo tiempo, y abría la canilla de agua caliente cada vez que el contenido de la bañera se enfriaba. Se enjabonó y se lavó la cabeza: luego se afeitó. Pensó en irse a la cama, y después decidió quedarse levantado. Había empezado un nuevo día, y prefería vivirlo.

Más tarde, vestido con un viejo pantalón de cordero y una polera gruesa que tenía muchos años, bajó a la cocina. Los perros lo esperaban, listos para la salida matinal. Puso a calentar agua. Cuando regresara, se prepararía una taza de té. Atravesó el hall y llevó a los perros hasta la puerta. Los animales salieron corriendo por la grava y el pasto, oliendo el rastro de los conejos que habían correteado por allí durante la noche. Desde lo alto de los escalones, Archie los miró alejarse. La siete de la mañana y ya el sol ascendía en el cielo. Una mañana límpida; sólo algunas nubes por el oeste. Los pájaros cantaban, y había un silencio tal que, lejos, oyó el ruido de un auto que arrancaba y cruzaba el pueblo.

Otro ruido. Pasos en la grava, pasos que se aproximaban. Vio con cierta sorpresa la figura inconfundible de Willy Snoddy que, seguido por su perro, venía hacia él. Willy, con su aspecto de vagabundo, con su gorra y su bufanda y la vieja chaqueta con bolsillos abultados de cazador furtivo.

—Willy —dijo Archie mientras bajaba los escalones para recibirlo—, ¿en qué andas? —Una pregunta ridícula, porque sabía muy bien en qué andaba Willy Snoddy a esa hora del día, y no era nada bueno.

—Estuve... —El viejo abrió la boca y volvió a cerrarla. Su mirada se encontró con la de Archie y enseguida se apartó. —Estuve en el lago... con el perro... y...

Se interrumpió.

Archie esperaba. Willy se puso las manos en los bolsillos y luego las sacó. Entonces el perro, como si percibiera algo, empezó a aullar. Willy lanzó un juramento y le dio un golpe en la cabeza. Archie tuvo un escalofrío y se puso tenso, consumido por una terrible aprensión.

—Bien, ¿qué pasa? —preguntó bruscamente.

—Estuve en el lago...

—Ya lo dijiste...

—Sólo un par de truchas pequeñas... —Pero no era eso lo que Willy había venido a decir. —Su Land Rover. Está allí. Y el abrigo de piel de la señora...

Y entonces Willy hizo algo extraño: se quitó la gorra, en un instintivo y conmovedor gesto de respeto; luego la retorció entre sus manos. Archie nunca lo había visto antes con la cabeza descubierta. La gorra de Willy era parte de su imagen, y se decía que dormía con ella puesta. Sin la gorra encasquetada, era como si el poco agraciado cazador furtivo quedara desarmado; ya no era el villano conocido que se escurría por todos lados con sus hurones, sino sólo un viejo campesino, ignorante y confundido, que luchaba por encontrar las palabras para decir lo indecible.

—Lucilla.

La voz llegaba desde muy lejos. Lucilla decidió ignorarla.

"Lucilla.

Una mano la sacudía suavemente por el hombro.

"Lucilla, querida.

Su madre. Lucilla gimió, hundió la cabeza en la almohada y fue despertando lentamente. Se quedó un momento más acostada boca abajo y luego se puso de espaldas y abrió los ojos. Isobel estaba sentada en el borde de la cama, con la mano apoyada en el hombro de su hija.

"Querida, despierta.

—Estoy despierta —balbuceó Lucilla. Bostezó y se estiró. Parpadeó. —¿Por qué me despertaste? —preguntó, resentida.

—Perdona.

—¿Qué hora es?

—Las diez.

—Las diez. Ay, ma, quería dormir hasta la hora del almuerzo.

—Lo sé. Perdona.

Lucilla se fue despejando lentamente. Las cortinas estaban descorridas y entraba un rayo de sol mañanero que llegaba hasta el otro ángulo de la habitación. Lucilla miró a su madre con ojos soñolientos. Isobel estaba vestida, con suéter y falda, pero sus cabellos estaban desprolijos, como si sólo hubiera encontrado tiempo para pasarse un peine, y su rostro se veía tenso. Estaría cansada, con falta de sueño. Ninguno se había acostado antes de las cuatro de la mañana.

Pero Isobel no sonreía.

Lucilla frunció el entrecejo.

—¿Sucede algo?

—Querida, tenía que despertarte. Sí, sucede algo. Ha sucedido algo muy triste. Debo decírtelo. Y tú tienes que ser valiente. —Lucilla abrió muy grandes los ojos, asustada. —Pandora... —Se le quebró la voz. —Ay, Lucilla, Pandora ha muerto.

Ha muerto. ¿Pandora ha muerto?

—No. —La reacción instintiva fue negarlo. —No puede ser.

—Querida, ha muerto.

Ahora Lucilla estaba despierta; con el shock, no le quedaban huellas de somnolencia.

—Pero, ¿cuándo? —Noel Keeling había traído a Pandora de vuelta de la fiesta. —¿Cómo? —Imaginó a Pandora, como un espectro, sin respirar, inmóvil en la cama. Un ataque al corazón, quizá.

Pero no podía estar muerta. Pandora, no.

—Se ahogó, Lucilla. Creemos que se ahogó...

—¿Se ahogó? —Las connotaciones eran demasiado horribles como para aceptarlas.

—En el lago. Se llevó el Land Rover de papá. Debe de haber llegado por el camino. Pasó por la casa de Gordon Gillock, pero ellos no oyeron nada. El portón de los ciervos estaba cerrado y atrancado. Ella lo habrá cerrado después de pasar.

Pandora ahogada. Lucilla pensó en Pandora en algún lugar de Francia, mojándose los pies en un río profundo y rápido, nadando contra la corriente, gritándoles a ella y a Jeff que era divino, que el agua estaba divina, ¿por qué no entraban?

Pandora ahogada. Había echado el cerrojo al gran portón después de pasar. ¿Sin duda eso era una prueba de que no había sido un suicidio? Seguro que nadie, en esas circunstancias, hubiera hecho el penoso esfuerzo de trabar el portón de los ciervos.

No.

—Habrá sido un accidente. Ella jamás, jamás, se suicidaría. Ay, mamá. Pandora no...

—No fue un accidente. Nosotros esperábamos que lo fuese. Que al volver a casa del baile se le hubiera antojado ir a nadar. Era el tipo de locura que se le podía ocurrir a ella. Un capricho impulsivo. Pero junto al lago encontraron su abrigo de visón y sus sandalias, y un frasco vacío de píldoras para dormir, y una botella con un resto de champagne...

Y una botella con un resto de champagne. El último vino. Como una terrible celebración final.

”... y en su cuarto encontramos una carta para papá.

Entonces Lucilla supo que era cierto. Estaba muerta. Pandora se había ahogado. Se estremeció. En una silla, junto a la cama, había un viejo cárdigan. Se sentó y se cubrió con él los hombros.

—Cuéntame lo que pasó —dijo.

Isobel tomó una mano de Lucilla entre las suyas.

—Willy Snoddy fue temprano al lago, para pescar truchas con la primera creciente. Venía del pueblo con su perro. Vio el Land Rover estacionado junto al cobertizo de los botes. Y luego, el abrigo en la orilla. Pensó, como nosotros, que alguien había ido a nadar a medianoche. Y luego vio el cadáver que las aguas habían arrastrado hasta las compuertas.

—¡Pobre Willy! Cómo pudo soportarlo...

—Sí, pobre Willy. Pero, por una vez en su vida, hizo lo que correspondía: vino directamente a Croy a buscar a papá. Ya eran las siete, y él había salido con los perros. No se acostó al volver del baile. Se dio un baño y se vistió. Y salió con los perros, y vio venir a Willy, y Willy le dijo lo que había encontrado.

Lucilla imaginaba la escena con absoluta claridad. Pensó en su padre, y luego no pudo pensar más en él, porque Pandora era su hermana, y él la quería mucho, y deseaba que ella volviera a Croy, y ahora ella se había ido para siempre.

—¿Qué hizo papá? —preguntó Lucilla.

—Yo todavía dormía. Me despertó. Fuimos a la habitación de Pandora; su frasco de perfume estaba roto en el lavabo, que estaba lleno de pedazos de vidrio, y en la habitación había un olor intensísimo, como una droga. Descorrimos las cortinas y abrimos todas las ventanas, y pensamos que teníamos que buscar alguna especie de clave. No tuvimos que buscar mucho porque había dejado un sobre en el escritorio, con una carta para papá.

—¿Qué decía?

—No mucho. Pedía que la perdonaran. Y... algo referente al dinero. A su casa de Mallorca. Decía que estaba cansada y que no podía seguir luchando. Pero no da ninguna razón. ¡Qué desdichada tiene que haber sido, y ninguno de nosotros lo sabía! Ninguno tenía la menor sospecha, la menor idea de lo que le pasaba por la cabeza. Si yo lo hubiera sabido, si hubiera sido más perceptiva, más comprensiva... podría haber hablado con ella, haberla ayudado...

—¿Cómo? Ni por un momento debes culparte de nada. Por supuesto que no sabías lo que pensaba Pandora. Nadie lo supo nunca.

—Creí que estaba cerca de ella. Que estábamos cerca una de la otra...

—Y lo estabas. Todo lo cerca de Pandora que podía estar una mujer. Sé que te quería mucho. Pero no creo que quisiera acercarse a nadie. Ésa era su defensa.

—No sé. —Isobel estaba, sin duda, muy perturbada. —Supongo que sí. —Estrechó más fuerte la mano de su hija. —Tengo que contarte el resto. —Inspiró profundamente, para serenarse. —Después de encontrar la carta, tu padre habló a la policía de Relkirk. Explicó lo que había sucedido y las dificultades de la ubicación, del camino al lago. Mandaron no una ambulancia sino un Land Rover policial de tracción pesada. Con un médico de la policía. Fueron hasta el lago...

—¿Quiénes?

—Willy. Y papá. Y Conrad Tucker. Conrad fue con ellos. Ya estaba levantado y se ofreció a ir. Qué buena persona, porque yo no quería ir y no me gustaba la idea de que papá fuera solo.

—¿Y ahora dónde están?

—Todavía no han vuelto de Relkirk. Iban a llevarla... a llevar el cadáver al Relkirk General. Supongo que a la morgue.

—¿Habrá una investigación?

—Sí. Una investigación de accidente fatal.

Un accidente fatal. Las palabras tenían la fría resonancia de lo oficial. Lucilla imaginó el juzgado, las palabras frías y objetivas de evidencia y conclusión. Y los diarios, con versiones del incidente. Alguna vieja foto borrosa del hermoso rostro de Pandora. Los titulares: "La muerte de la hermana de Lord Balmerino".

Lucilla sabía que la inevitable publicidad sería el horror final.

—¡Ay, pobre papá!

—La gente siempre te dice: "Ya pasará. El tiempo cura las heridas". Pero en momentos como éste, una no puede mirar más allá del momento siguiente. Éste es el ahora. Y es insoportable. No hay consuelo.

—Yo no puedo aceptarlo. No tiene sentido.

—Lo sé, querida, lo sé.

La voz de Isobel era confortante, pero Lucilla no encontraba consuelo. Al contrario, su desesperación llegó a un estallido de indignación.

—¡Todo es tan gratuito! ¿Por qué tenía que hacer semejante cosa?

—No lo sabemos. No tenemos idea.

La pequeña explosión de enojo aleteó y se apagó. Lucilla suspiró.

—¿Alguien más lo sabe? —preguntó—. ¿Se lo han dicho a alguien?

—En realidad, no hay nadie a quien decírselo. Excepto a Edmund. Y a Vi. Supongo que papá llamará a Edmund cuando vuelva de Relkirk. Pero a Vi no hay que decírselo por teléfono. Alguien tendrá que ir a darle la noticia. Es un shock demasiado fuerte para una persona de edad...

—¿Y Jeff?

—Está abajo, en la cocina. Apareció hace cinco minutos. Yo me había olvidado de él, y el pobre no fue muy bien recibido. Bajar a tomar el desayuno y encontrarse con semejante noticia... Tampoco había desayuno, porque yo ni me acordé de preparar algo. Creo que en este momento se lo está haciendo él solo.

—Debo ir a acompañarlo.

—Sí, creo que le haría bien un poco de compañía.

—¿Cuándo volverán papá y Conrad?

—A eso de las diez y media u once. También estarán hambrientos, porque no tuvieron tiempo de comer nada antes de salir. Y entre tanto... —Se levantó. —Voy a empezar a limpiar el comedor. En la mesa todavía están todos los restos de anoche.

—Parece que fue hace un siglo, ¿verdad? ¿Por qué no lo dejas? Jeff y yo lo haremos más tarde, o volveremos a traer a Agnes del pueblo...

—No, necesito hacer algo. Las mujeres tenemos muchas más suerte que los hombres. En momentos espantosos como este, siempre encontramos algo en que ocupar las manos, aunque sea fregar el piso de la cocina. Lavar los vasos y pulir la plata serán tareas muy adecuadas...

Lucilla quedó sola. Se levantó de la cama y se vistió; se puso un suéter y jeans. Se cepilló el pelo, fue al baño y se lavó la cara y los dientes. Se frotó la cara con una esponja con agua muy caliente. El calor limpiaba, refrescaba, despejaba la cabeza. Bajó la escalera corriendo.

Jeff estaba sentado ante la mesa de la cocina, con un jarro de café y un plato de panceta y salchichas. Levantó la cabeza cuando entró Lucilla, tragó lo que tenía en la boca, dejó el cuchillo y el tenedor y se puso de pie. Lucilla fue hacia él y Jeff la tomó en sus brazos, y por un rato simplemente se quedaron así. El fuerte abrazo de Jeff transmitía calor y protección, y la gruesa lana de oveja de su suéter tenía un olor conocido y agradable. Desde la despensa, llegaba ruido de agua y tintineo de vasos. Isobel se había puesto a trabajar.

Jeff no dijo nada. Un momento después, se apartaron. Ella sonrió, agradecida por el consuelo que él le brindaba, acercó una silla y se sentó, con los codos apoyados en la mesa muy limpia.

—¿Quieres comer algo? —preguntó Jeff.

—No.

—Te sentirías mejor con algo en el estómago.

—No podría comer.

—Entonces, un café. —Fue hasta la cocina, llenó una taza, y la puso en la mesa, delante de Lucilla. Luego se sentó y siguió con sus salchichas.

Lucilla bebió un sorbo de café.

—Me alegro del tiempo que estuvimos con ella.

—Sí.

—Me alegro de que haya venido a casa con nosotros.

—Fue muy bueno. —Le tomó una mano. —Lucilla, creo que debo irme.

—¿Irte? —Lo miró con cierta consternación. —¿Irte adónde?

—Bueno, éste no es muy buen momento para que tus padres tengan a un extraño en la casa...

—Pero tú no eres un extraño...

—Tú sabes lo que quiero decir. Creo que debo hacer la maleta y marcharme...

—Ah, pero no puedes... —La sola idea llenaba de pánico a Lucilla. —No puedes dejarnos a todos... —Levantó la voz y él le indicó suavemente que la bajara, pues sabía que Isobel estaba al lado, en la despensa, con la puerta abierta. No deseaba que ella oyera la conversación. Lucilla bajó la voz y prosiguió en un furioso susurro. —No puedes dejarme en este momento. Te necesito, Jeff. No puedo enfrentar sola todas estas cosas tan horribles.

—Me siento intruso.

—No lo eres. ¡No lo eres! Ay, por favor, no te vayas.

Él miró el rostro implorante y cedió.

—Está bien. Si puedo ser útil en algo, me quedaré. Pero de cualquier modo, no puedo quedarme mucho tiempo porque a comienzos de octubre tengo que estar en Australia.

—Sí, lo sé. Pero no hables de dejarnos ahora.

—Si quieres, puedes venir conmigo —dijo Jeff.

—¿Cómo dices?

—Digo que si quieres, puedes venir conmigo. Quiero decir a Australia.

Los dedos de Lucilla se cerraron alrededor del jarrito

—¿Y qué haría yo allá?

—Podríamos estar juntos. Seguir juntos. Hay mucho lugar en la casa de mis padres. Y sé que tú serías muy bien recibida.

—¿Por qué me lo propones ahora?

—Me parece una buena idea.

—¿Y qué haría yo en Australia?

—Lo que quieras. Trabajar. Pintar. Estar conmigo. Podríamos tener una casa para los dos.

—Jeff... todavía no sé muy bien qué me estás proponiendo.

—No estoy proponiéndote nada. Sólo te hago una invitación.

—Pero... no es así, ¿verdad? Tú y yo. No para siempre.

—Pensé que eso lo averiguaríamos.

—Ay, Jeff. —Se le hizo un nudo en la garganta y se le agolparon las lágrimas en los ojos, lo cual era ridículo porque no había llorado por Pandora, pero ahora lloraba a mares porque Jeff era tan dulce, y le pedía que fuera a Australia con él, y sabía que no estaba enamorado de ella.

—Vamos, vamos, no llores.

Ella tomó un repasador y, sin cuidar la higiene, se sonó la nariz con él.

—Es que eres muy bueno. Y a mí me encantaría ir. Pero no ahora. Ahora debo quedarme aquí. Además, no creo que realmente quieras tenerme encima cuando vuelvas a tu casa. Ya tendrás bastante en que pensar sin que yo esté ahí estorbándote. Tienes que volver al trabajo, seguir adelante con tu vida, organizarte... —Volvió a sonarse la nariz y logró producir una sonrisa lacrimosa. —Y de alguna manera, pienso que no soy la persona adecuada para ti. Cuando encuentres pareja, y estoy segura de que la encontrarás, será alguna hermosa muchacha australiana. Una muchacha bronceada, con culo y tetas...

Él le dio un suave tirón de orejas.

—No es gracioso —dijo. Pero sonreía.

—Es la invitación más linda que he recibido en mi vida —dijo Lucilla—. Y tú eres el hombre más bueno que he conocido. Y hemos pasado una época hermosa desde que nos conocimos en París. Y algún día, iré a Australia y espero que me hagas un gran recibimiento, con alfombras rojas, carteles, todo completo. Pero ahora... y para siempre... no puedo ir.

—Bien, si cambias de idea, la propuesta sigue en pie...

Había terminado el desayuno; dejó el cuchillo y el tenedor en el plato y llevó todo a la pileta. Ahora, desde el comedor, llegaba el ruido de la aspiradora. Jeff cerró la puerta que daba a la despensa. Volvió a la mesa y se sentó frente a Lucilla.

"No me gusta preguntarte esto y no es asunto mío, pero, ¿Pandora dejó alguna carta?

—Sí. Para papá. Sobre el escritorio de su cuarto.

—¿Dice por qué se iba a suicidar?

—No. Parece que no.

—¿Qué piensa tu madre?

—En este momento, está demasiado destrozada para pensar.

—¿Entonces no hay razón aparente?

—No.

—¿Y tú qué piensas?

—Yo no tengo opinión, Jeff. —El silencio de él le llamó la atención. —¿Por qué? ¿A ti se te ocurre algo?

—Pensaba. Pensaba que... ¿Recuerdas al tipo que conocimos el día que llegamos a la villa? ¿Carlos Macaya?

—¿Carlos? —Aquel hombre delicado y apuesto con modales encantadores y el notable reloj. —Pero claro que sí. —No sabía cómo no había pensado antes en él. —Jeff, ¿crees que podría saber algo?

—Probablemente no. Pero obviamente estaba muy cerca de Pandora. Tal vez ella hablaba con él, y puede haberle dicho algo que nosotros no sabemos...

Lucilla recordó el enigmático comentario que le había hecho Carlos a Pandora cuando se iba de la villa... *Si cambias de idea, házmelo saber,* había dicho. Y ella había respondido: *No cambiaré de idea.* Lucilla y Jeff habían comentado el diálogo, y llegaron a la conclusión de que Pandora y Carlos se referían a algo trivial... a un partido de tenis o a alguna invitación.

—Sí, tienes razón. Creo que eran muy amigos. Tal vez amantes. Él puede saber algo...

—Aunque no lo sepa, si eran tan amigos, quizá deberíamos comunicarle lo que pasó.

—Sí. —Era una sugerencia perfectamente viable. —Pero, ¿cómo podemos decírselo?

—Llámalo por teléfono.

—No sabemos su número.

—Pandora seguramente tenía una libreta de teléfonos... seguro que allí encontraremos el número de Carlos Macaya.

—Sí, tienes razón, por supuesto.

—Si vamos a llamar, hagámoslo ahora, antes de que vuelvan Conrad y tu padre, y mientras tu madre está ocupada. ¿Hay un teléfono desde donde podamos hablar sin que nos molesten?

—No. Excepto, quizá, el del dormitorio de mamá. El de su mesa de noche...

—Vamos, entonces. Lo haremos ahora. —Jeff se levantó.

Isobel seguía pasando la aspiradora. Salieron de la cocina y subieron por la escalera alfombrada, sin hacer ruido. Lucilla tomó la delantera por el corredor hacia el dormitorio de Pandora. Entraron y Lucilla cerró la puerta.

La habitación, con la cama sin hacer y montones de prendas u objetos femeninos, estaba fría. Todas las ventanas estaban abiertas y las cortinas se hinchaban con el viento. Sin embargo, el perfume persistía como una mortaja: el aroma de Poison.

—Nunca supe, nunca pude decidir si ese perfume me gustaba o si lo odiaba.

—¿Porque es tan fuerte?

—Pandora rompió el frasco en el lavabo.

Lucilla miró alrededor, vio el salto de cama transparente tirado en la cama, el bolso de noche de Pandora, el ropero lleno de ropa suya, el cesto de los papeles rebosante, el tocador lleno de cosas, los zapatos arrojados al azar en la alfombra.

Los zapatos, de costoso cuero español, de tacos altos, nada prácticos, de alguna manera eran el rasgo más personal y notorio de Pandora, porque a nadie podían haber pertenecido sino a ella.

Lucilla trató de no verlos.

—La libreta de teléfonos... —dijo—. ¿Dónde puede estar?

La encontraron en el escritorio, junto al secante. Era grande, de papel florentino, con tapas de cuero y con las iniciales de Pandora en oro. Lucilla se sentó, buscó en el índice y lo abrió en la letra M.

Mademoiselle, Dress Shop
Maitland, Lady Letitia
Mendoza, Philip and Lucia.
Macaya...

Carlos Macaya. Lucilla se quedó inmóvil, mirando la página. Sin decir nada.

Por fin, Jeff preguntó:

—¿Lo encontraste?

—Sí.

—¿Qué pasa?

—Jeff... —Lucilla alzó los ojos hacia él. —Jeff, es un médico.

—¿Un médico? —Jeff frunció el entrecejo. —Veamos.

Ella señaló.

—Aquí. Macaya, doctor Carlos y Lisa. Lisa debe de ser su esposa. Jeff, ¿crees que era el médico de Pandora?

—Muy probablemente. Lo averiguaremos. —Miró su reloj. —Son las diez y media. Serán las ocho y media en Mallorca. Lo llamaremos a su casa. Es sábado por la mañana. Lo más probable es que lo encontremos en su casa.

Con la libreta de teléfonos en la mano, Lucilla se puso de pie. Salieron de la habitación de Pandora y fueron a la de sus padres donde, en esta mañana irreal y desorientada, había otra cama sin hacer. El teléfono estaba en la mesa de noche. Jeff encontró en una libreta el código internacional para España, y con mucho cuidado, dígito por dígito, Lucilla discó el largo y complicado número.

Una espera. Varios clics y zumbidos. Y luego los timbrazos. Lucilla pensó en la mañana de Mallorca, el sol mediterráneo ya caliente, el cielo despejado con la promesa de otro día caluroso y sin nubes.

—¿Hola? —Una voz de mujer.

—La señora... —A Lucilla le fallaba la voz. Carraspeó y volvió a empezar. —¿La señora Macaya?

—Sí.

—Disculpe, pero, ¿habla inglés?

—Sí, un poco. ¿Quién es?

—Mi nombre es Lucilla Blair. —Se ordenó a sí misma calmarse, y habló con deliberada lentitud y claridad.

—Llamo desde Escocia. Necesito hablar con su esposo. ¿Está él?

—Sí, un momento.

Lucilla oyó los pasos de la mujer en un piso de cerámicos. A la distancia, la oyó llamar "¡Carlos!", y luego unas frases ininteligibles en español.

Lucilla esperó. Extendió una mano y Jeff la tomó entre las suyas.

—Habla el doctor Macaya.

—Ah, Carlos, soy Lucilla Blair. La sobrina de Pandora Blair. Nos conocimos en casa de ella, en agosto. Yo venía de Palma con un amigo y usted estaba allí, tomando el té, ¿recuerda?

—Claro que la recuerdo. ¿Cómo está usted?

—Estoy bien. Llamo desde mi casa, en Escocia. Perdóneme, Carlos, pero, ¿usted era el médico de Pandora?

—Así es. ¿Por qué?

—Porque... lo siento muchísimo, pero tengo que darle una muy mala noticia. Pandora ha muerto.

Él no habló de inmediato. Y luego dijo:

—¿Cómo murió?

—Se ahogó. Se ahogó voluntariamente. Se tomó todas sus píldoras para dormir y después se ahogó. Anoche...

Otra pausa, y luego Carlos Macaya dijo:

—Ajá.

¿Eso era todo lo que él tenía para decir?

—No parece usted muy sorprendido.

—Lucilla, estoy desolado por la noticia. Pero no totalmente sorprendido. Temía que pudiera suceder algo así.

—¿Por qué?

Él se lo dijo.

Por encima del ruido de la aspiradora, Isobel oyó el del Land-Rover de Archie, que volvía de Relkirk, el ruido conocido del viejo motor que subía la cuesta y luego entraba en la avenida, con Conrad al volante.

Dejó la Hoover en el medio del comedor y fue a recibirlos. Salió por la puerta principal y bajó los escalones. Los dos hombres estaban ya descendiendo del Land Rover; Archie rengueaba mucho, lo cual nunca era buena señal. Isobel se acercó a él, lo abrazó y lo besó. El rostro de Archie estaba cadavérico, gris de fatiga, y muy frío.

—Estás de vuelta. Ven —dijo Isobel.

Lo tomó del brazo y Conrad los siguió; subieron la escalinata y entraron. Isobel miró al norteamericano y vio que también él mostraba señales del gran esfuerzo. Dejó de lado las preguntas y se dedicó a las cosas prácticas.

"Estarán agotados y hambrientos. No preparé nada porque esperaba que volvieran, pero en un momento lo haré. Los dos se sentirán mejor cuando tengan algo en el estómago.

—Buena idea —dijo Conrad.

Archie, en cambio, hizo un gesto negativo.

—Dentro de un rato, Isobel. Tengo que hacer un llamado. A Edmund Aird.

—Querido, eso puede esperar...

—No. —Levantó la mano. —Debo hacerlo ahora. Ustedes vayan a la cocina. En un momento, estaré con ustedes.

Isobel abrió la boca para discutir, y luego lo pensó mejor y se quedó callada. Archie se volvió e inició la marcha lenta y penosa por el corredor hacia su estudio. Conrad e Isobel lo miraron irse en silencio, y oyeron que cerraba la puerta tras él.

Se miraron. Isobel dijo:

—Tal vez quiere estar un momento solo.

—Es comprensible. —Conrad llevaba un par de botas prestadas y una vieja chaqueta de Archie. No tenía sombrero, y sus ojos, detrás de los gruesos anteojos, estaban llenos de comprensión.

—¿Fue muy terrible? —preguntó Isobel.

—Sí —respondió Conrad con suavidad—. Sí, fue muy triste.

—¿Dónde la encontraron?

—Donde Willy dijo que estaría. Junto a las compuertas.

—Ella... ¿cuánto tiempo haría que estaba allí?

—No más que unas horas.

—Sí. —Sólo unas horas. No lo suficiente como para cambiar, hincharse, pudrirse. —Me alegro de que Willy la haya encontrado pronto. Te agradezco que hayas acompañado a

Archie y lo hayas traído de vuelta. No sabes cuánto te lo agradezco...

—Era lo menos que podía hacer.

—Sí. No hay mucho que se pueda hacer, ¿verdad?

—No mucho.

—No. Bueno... —Por el momento, el tema se había agotado. El desayuno. —Debes de estar hambriento.

—Sí. Pero primero me gustaría quitarme estas botas y lavarme las manos.

—Claro. Voy a la cocina.

Lucilla y Jeff habían desaparecido; no se sabía adónde habían ido. Isobel tomó una sartén, salchichas, tomates y huevos. Puso a tostar pan, hizo café, colocó cubiertos para dos en la mesa. Cuando Conrad volvió, su desayuno estaba casi listo. Isobel le sirvió una taza de café.

—Tómalo ahora que está caliente. Sólo me falta freírte un huevo. ¿Cómo te gusta? ¿Muy cocido?

—Ah, sí. Isobel...

Ella se apartó de la cocina.

—¿Sí?

—Creo que debo dejarlos esta tarde. Ustedes tienen bastante en que pensar sin gente de afuera vagando por la casa.

Isobel se horrorizó.

—¡Pero yo pensaba que te quedabas hasta mañana!

—Puedo pedir un taxi e ir a Turnhouse por mis propios medios...

—Por favor, Conrad, no pienses que tienes que irte...

—Éste no es momento para visitas...

—Para mí, no eres simplemente una visita. Para mí, eres un amigo. Y me sentiría muy mal si pensaras que tienes que irte un día antes. Pero si tú lo prefieres, comprenderé.

—No es que yo lo prefiera...

—Lo sé. Piensas en nosotros. Pero en este momento, para nosotros es bueno estar rodeado de amigos. Esta mañana, por ejemplo, ¿qué hubiéramos hecho sin ti? Y estoy segura de que Archie querrá que te quedes. Al menos, una noche más.

—Si de veras lo crees así, me gustaría quedarme.

—Por supuesto que lo creo así. Y cuando dije que te sentía como a un amigo, lo dije en serio. Cuando llegaste a Croy, eras un desconocido; nadie te conocía ni sabía nada de ti. Pero ahora, unos días después, es como si te conociéramos de toda la vida. Espero que vuelvas a visitarnos otra vez.

—Me gustaría. Gracias.

Isobel sonrió.

—Y puedes traer a tu hijita. Éste es un buen lugar para los niños.

—Cuidado, que puedo tomarte en serio.

Isobel cascó un huevo en la sartén con habilidad profesional.

—¿Cuándo viajas para reencontrarte con la nena?

—El jueves.

—¿Y Virginia va contigo?

—No. Ahora no, porque Henry está otra vez en casa. Va a cancelar el vuelo y a llamar a sus abuelos para explicarles. Tal vez vaya con Edmund la próxima primavera, y entonces nos reuniremos todos.

—Es una desilusión para Virginia. Pero tal vez sea mejor. Es más divertido ir de vacaciones con el marido. —Se interrumpió para sacar el plato de la parte de abajo del horno, agregó el huevo a lo que había ya en él y lo colocó frente a Conrad. —Ahora préndete a eso, como dice mi hijo Hamish. —Miró el reloj. —¿Qué estará haciendo Archie? Le llevaré un café. No te importa que te deje solo, ¿verdad?

—No, estoy muy bien. Y creo que éste es el mejor desayuno que he tomado en mi vida.

—Te lo has ganado —respondió Isobel.

Archie estaba sentado ante su escritorio, en su estudio, en el sillón de su padre, rodeado por las pertenencias de su padre. La habitación daba al oeste, y por eso, en esa mañana despejada, no tenía sol. Por el momento, Archie agradecía el silencio y la soledad. Destrozado por la fatiga y por su propio pesar, esperó a reunir el coraje moral necesario para levantar el auricular, discar el número de Balnaid y hablar con Edmund Aird.

Desde el momento en que Willy Snoddy había logrado encontrar las palabras para transmitir la terrible noticia, Archie experimentaba una lentitud mental que impedía todo incentivo inteligente. De alguna manera, como un sonámbulo entre las garras de una pesadilla, había realizado los movimientos para hacer lo que sabía que debía hacerse.

Despertar a Isobel, tenerla junto a él fue la prioridad. Sólo con Isobel podía compartir su dolor. Luego fueron juntos a la habitación de Pandora, y la encontraron en su característico desorden, como si ella acabara de salir de allí.

Fue Isobel quien corrió los pesados cortinados y abrió todas las ventanas para airear el sofocante olor del perfume derramado. Fue Isobel quien vio el sobre en el escritorio, y se lo entregó a Archie.

Y juntos leyeron la última carta de Pandora.

Y después, los inevitables y penosos procedimientos. Llamar a la policía, soportar la espera que parecía interminable hasta que llegó el vehículo oficial con el médico policial a bordo. El largo viaje hasta el lago, avanzando con agónica lentitud por el empinado e irregular sendero. La siniestra y torturante operación de rescatar de las aguas el cadáver de su hermana.

Lo irónico de la situación era que Archie parecía condenado a la desesperanza. No bien había llegado a reconciliarse con sus recuerdos de Irlanda del Norte, el destino lo agobiaba con este nuevo horror. La imagen de Pandora, como una muñeca empapada, arrastrada hasta las compuertas. El rostro blanco, los cabellos mojados enrollados en el cuello como cordones de seda. Los brazos blancos, delgados como ramitas a la deriva, la falda del vestido enredada con las ramas y juncos rotos que flotaban.

¡Qué extraordinario sería que lo imposible se tornara posible, y él pudiera borrar para siempre esa imagen de su mente!

Suspiró, y acercó la carta. El grueso papel con la dirección de Croy impresa, y la caligrafía de Pandora, desmañada como la de un niño. Por los labios de Archie pasó la sombra de una sonrisa al recordar que Pandora nunca había aprendido a hacer nada bien, y que, al final de su vida, apenas sabía escribir.

Viernes a la noche.

Querido Archie: Una vez fui a un funeral, y un hombre leyó algo muy lindo, dijo que los muertos simplemente se iban a la habitación de al lado, y que no estaban tristes ni lamentaban nada, sino que seguían riéndose de los mismos viejos histes. Si en una de ésas me hacen un hermoso funeral cristiano (¿quién sabe?, a lo mejor estás tan enojado, que decides arrojarme al tacho de la basura), me gustaría que alguien leyera eso sobre mí.

Archie dejó la carta y, por encima de los anteojos miró, sin verla, la pared opuesta. Lo extraño es que conocía perfectamente el texto al que se refería Pandora. Lo conocía porque lo había leído él mismo en la iglesia, en el funeral de su padre. (Pero Pandora no lo sabía, porque no había estado allí.) Y además, como deseaba no cometer errores y estropear su emotiva tarea, lo había ensayado mucho y terminó por aprenderlo de memoria.

La muerte no es nada. La muerte no cuenta. No he hecho más que pasar a la habitación de al lado. No ha pasado nada. Todo está exactamente igual que antes. Yo soy yo, y tú eres tú, y la vieja vida que los dos vivimos juntos está intacta, sin cambios. Lo que fuimos uno para el otro lo seguimos siendo. Llámame con el nombre que usábamos en la intimidad. Habla de mí con la naturalidad con que siempre hablaste, y no con un tono diferente. No adoptes un aire de solemnidad o de pena forzada. Ríete como siempre te reíste de los chistes que nos hacían gracia. Juega, sonríe, piensa en mí, reza por mí. Que mi nombre sea la palabra hogareña que siempre fue. Que se pronuncie sin esfuerzo, sin el fantasma de una sombra. La vida tiene el mismo sentido de siempre. Hay una absoluta e ininterrumpida continuidad. ¿Qué es esta muerte sino un accidente sin importancia? ¿Acaso porque no puedes verme con los ojos no puedes verme con la mente? Yo simplemente te espero, durante un intervalo, muy cerca, a la vuelta de la esquina. Todo está muy bien.

Todo está muy bien.

Pero el viejo Lord Balmerino no se había suicidado.

Archie, yo he procedido con practicidad y sensatez: hice testamento y te dejé todos mis bienes materiales. Tendrás que comunicarte con mi abogado de Nueva York. Se llama Ryan Tyndall y encontrarás su domicilio y teléfono en mi agenda (es muy, muy simpático). Sé que he dado la impresión de que el dinero se me iba como el agua, pero debe de quedar mucho en el Banco, y también varias acciones y títulos y hasta una pequeña propiedad en California. Y, por supuesto, la casa en Mallorca. Con ella, puedes hacer lo que quieras, venderla o quedártela (buenas vacaciones para Isobel y tú), pero hagas lo que hagas, cuida que los queridos Seraphina y Mario estén bien.

Me gusta pensar que dedicarás parte del dinero a convertir los establos y el granero en un taller, y a empezar a tallar esas interesantes figurillas de madera, y a venderlas en todo el mundo con excelentes ganancias. Sé que puedes hacerlo. Sólo se necesita un poco de empuje. Y si el lado comercial te asusta un poco, estoy segura de que Edmund te ayudará y asesorará.

Querido, lamento mucho todo esto. Es que de pronto todo se ha vuelto tan complicado y un esfuerzo tan grande que yo no tengo la energía para seguir luchando. Nunca serví para ser muy aplicada ni muy valiente. He tenido una vida divertida.

Los adoro a los dos y les dejo mi amor.

Pandora.

Estoy segura de que Edmund te ayudará y asesorará.

Otra vez Edmund.

Pensó en la otra carta, guardada en el cajón del escritorio. Busc la llave, abrió el cajón y sacó esa carta. El sobre para avión, arrugado y con las puntas dobladas, estaba dirigido a Archie en Berlín; el sello del correo era de 1967. Archie sacó las dos delgadas hojas, escritas con la misma caligrafía inmadura. Las desplegó.

Querido Archie: la boda fue hermosa y espero que Isobel y tú sean felices, que hayan tenido una bella luna de miel y que sean felices en Berlín, pero, ah, los extraño mucho. Todo me parece horrible, porque no queda ninguno de los que amo. No tengo con quien hablar. No puedo hablar con mamá o papá, porque tengo que hablar de Edmund. No te sorprende, ¿verdad?, debes de haberte dado cuenta. No sé cómo yo no me di cuenta, pero seguramente lo amo desde siempre, porque cuando volví a verlo, pocos días antes de la boda, de pronto comprendí que nunca hubo ni podrá haber otro; jamás. Y lo espantoso, lo trágico, lo insoportable es que está casado con otra. Pero nos amamos. Puedo escribirlo con mayúscula: NOS AMAMOS. Pero no puedo decírselo a nadie porque él está casado con Caroline y tienen una hijita y todo eso. Él ha vuelto a ella, pero no la ama, Archie. Él me quiere a mí, y yo estoy sin él, clavada aquí, y los necesito tanto y ustedes están en Berlín. Dijo que me escribiría pero ya hace un mes que se fue y no he recibido nada, y no lo soporto y no sé qué hacer. Sé que está mal destruir un matrimonio, pero no es eso lo que hago, porque yo tuve a Edmund mucho antes que ella. Sé que ustedes no pueden hacer nada por ayudarme, pero tenía que contárselo. Nunca pensé que Croy podía ser un lugar tan solitario, y me estoy portando horriblemente mal con mamá y papá y no puedo evitarlo. No puedo quedarme aquí toda la vida, me volvería loca. Sólo a ustedes puedo contarles esto. Con mucho cariño y lágrimas,

Pandora.

Siempre que leía la carta, Archie sentía esa desesperación adolescente como algo muy punzante. Ahora, a la luz de la tragedia de esa mañana, adquiría un significado aún más grave. Se tapó los ojos con las manos. A sus espaldas, se abrió la puerta.

—Archie...

Era Isobel.

"Te traje café. —Archie no se volvió. Ella pasó por sobre su hombro la taza perfumada y humeante y la dejó sobre el escritorio; luego le rodeó el cuello con sus brazos, se agachó y apretó su tibia mejilla contra la de él. —¿Por qué tardas tanto? ¿Qué haces?

—Leía. —Dejó la carta en la mesa.

Isobel vaciló y luego dijo:

—Ésa es la carta de Pandora después que nos casamos.

—Sí.

—No sabía que la conservabas. ¿Por qué, Archie?

—No tuve el coraje de romperla y tirarla.

—Fue tan triste... ¡Pobre criatura! ¿Ya le hablaste a Edmund?

—No, todavía no.

—No sabes qué decirle, ¿verdad?

—No sé qué pensar.

—A lo mejor, todavía estaba enamorada de él. Y por eso regresó. Y luego volvió a verlo, con Virginia, Alexa y Henry, y se dio cuenta de que no había posibilidades.

Isobel expresaba los propios temores de Archie, sus propios miedos nunca confesados. Entonces no había podido revelarlos, y oírla pronunciar esas palabras en voz alta, ver que sacaba a la luz las sospechas compartidas, lo llenó de cariñosa gratitud por su intrépido buen sentido.

—Sí —admitió Archie—, eso es lo que me temo.

—Era una pequeña hechicera. Siempre encantadora, generosa y graciosa. Pero, sabes, Archie, también pdía ser despiadada. Si quería algo, podía ser despiadada para obtenerlo. Si se le metía algo en la cabeza, los demás no importaban.

—Lo sé. Fue culpa nuestra. Todos la mimamos, le permitimos cualquier cosa...

—Creo que hubiera sido imposible no hacerlo...

—Sólo tenía dieciocho años cuando fue su amante. Edmund tenía veintinueve. Estaba casado y tenía una hija. Sé que Pandora se lanzó sobre él, pero en lugar de retirarse, él abandonó sus responsabilidades, las largó al viento. Ella era como un fuego, y él agregó a ese fuego su poderoso combustible; el resultado fue una explosión.

—¿Alguna vez hablaste de esto con Edmund?

—No. Cierta vez, podría haber hablado. Pero después, no. Él fue la razón de que ella se escapara. Él fue la razón de que no volviera nunca.

—Nunca lo perdonaste, ¿verdad, Archie?

—No. Realmente, no. —Lo admitió sombríamente.

—¿Por eso vacilas ahora? ¿Por eso no lo has llamado?

—Si todas nuestras conjeturas son válidas, no me gustaría ser quien descargue semejante peso de culpa sobre mi peor enemigo.

—Archie, Edmund no es...

Isobel se interrumpió bruscamente, levantó la cabeza y escuchó. Del otro lado de la puerta cerrada, se oían pasos que venían del corredor.

—¡Mamá!

Era Lucilla.

—Estamos en el estudio.

La puerta se entreabrió.

—¿Puedo entrar? No los molesto, ¿verdad?

—Claro que no, querida. Entra.

Lucilla entró y cerró la puerta. Parecía que había llorado, pero se había secado las lágrimas. Archie extendió la mano hacia ella, y Lucilla la tomó y se inclinó para darle un beso en la mejilla.

—Lo siento tanto... —dijo. Se sentó en el borde del escritorio, frente a sus padres. —Tengo algo que decirles. Y es muy triste, y espero que lo tomen con serenidad...

—¿Algo sobre Pandora?

—Sí. He averiguado por qué lo hizo. —A la espera de lo que diría, Isobel y Archie miraron a su hija. —Pandora tenía un cáncer terminal.

Lo dijo en voz baja, pero calma y decidida. Isobel vio en el rostro de Lucilla, bajo los rasgos juveniles, una gran fuerza interna, y supo que, a los diecinueve años, de pronto su hija había crecido. La niña se había ido para siempre. Lucilla nunca volvería a ser esa criatura.

—¿Cáncer?

—Sí.

—¿Cómo lo sabes?

—Cuando Jeff y yo fuimos a su casa, en Mallorca, había un hombre con ella; se llamaba Carlos Macaya. Te hablé de él, papá. Era muy atractivo, y Jeff y yo estábamos convencidos de que era su amante del momento. Pero no era así. Era su médico. Jeff fue quien se acordó de él y sugirió que lo llamásemos por si sabía algo que nosotros ignorábamos. Encontramos su nombre y su número de teléfono en la agenda de Pandora, y entonces comprendimos que era su médico y no simplemente un amigo. De manera que llamé a Mallorca, hablé con él y me explicó todo.

—¿Él la atendía?

—Sí. Pero creo que lo consideraba una tarea difícil y sin retribuciones. Macaya percibió que Pandora no andaba bien cuando empezó a adelgazar tanto, pero le costó mucho convencerla de que hiciera una consulta. Y aun después de aceptarlo, no quería enfrentar la realidad ni cumplir con las citas. Cuando finalmente él logró que fuera al consultorio, ya era tarde. Descubrió que tenía un carcinoma en un pecho. Extrajo tejido enfermo y lo envió al hospital de Palma para que hicieran una biopsia. El tumor era efectivamente maligno, y podía haberse ya difundido. De manera que fue a ver a Pandora para decirleque tendría que operarse, que habría que hacer una mastectomía y luego un tratamiento de quimioterapia. Eso era lo que le estaba diciendo el día que llegamos Jeff y yo. Pero ella se negó rotundamente. Le dijo que nada la induciría a operarse ni a soportar el tratamiento posterior ni los rayos ni la quimioterapia. Él no podía darle esperanzas reales de una curación total... la enfermedad había avanzado demasiado, supongo... Pero sí le dijo que, si no se trataba, su esperanza de vida sería muy corta.

—¿Tenía dolores?

—Tenía algunos dolores. Tomaba medicamentos. Drogas muy fuertes. Por eso estaba siempre tan cansada. No creo que sufriera mucho, pero con el tiempo, por supuesto que se hubiera puesto muy mal.

—Cáncer. —Archie pronunció la terrible palabra, que tuvo resonancias de algo final. El fin. La doble línea que se traza al pie de una columna de cifras. —Nunca lo pensé. Nunca tuve la menor sospecha. Pero podíamos haberlo percibido. Estaba delgadísima. Deberíamos haberlo sospechado...

—Ay, papá...

—Por qué no nos lo dijo... Podríamos haberla ayudado...

—No, no podrían haberla ayudado. Y ella nunca se lo hubiera dicho. ¿No comprenden que lo último que deseaba era que ustedes se enteraran? Lo único que quería era volver a Croy, y que todo fuera como antes. Septiembre, las fiestas, ir de compras a Relkirk, la gente que va y viene, la casa llena de invitados. Nada de tristeza. Nada de hablar de muerte. Y ustedes le dieron lo que quería. El baile de Verena fue la excusa perfecta en el momento justo para que Pandora volviera a casa y llevara a cabo lo que había planeado desde tiempo antes.

—¿El médico lo sabía?

—No con certeza. Pero dijo que nunca le hubiera permitido hacer ese viaje a España y Francia si Jeff y yo no hubiéramos estado con ella.

—¿Pero él sospechaba lo que ella pensaba hacer?

—No lo sé. No podía preguntárselo. Pero creo que sí. La conocía bien. Y creo que le tenía mucho cariño.

—¿Cómo pudo dejarla ir tranquilamente? —preguntó Archie.

—No debes culpar al médico, papá. Hizo todo lo que pudo para convencerla de que fuera al hospital, para tratar de que se aferrara a una posibilidad, aunque fuera pequeña. Pero ella fue inflexible.

—¿De manera que volvió aquí a morir?

—No sólo a eso. Volvió para estar en casa contigo, para estar en Croy. Para que todos lo pasáramos bien, para hacernos hermosos regalos y para hacernos reír. Volvió a su infancia y a los lugares que recordaba y amaba. La casa, el valle, las montañas, el lago. Si lo piensan un poco, hizo algo muy valiente. Pero eso no lo vuelve más fácil para nosotros. Lo siento. Me dolió tener que contárselo. Sólo espero que haya ayudado a entenderla mejor. —Lucilla calló, pensando en todo esto. Luego dijo, con una voz que ya no era tan firme, sino de pronto vacilante: —No es que entender ayude mucho. —Isobel vio que el rostro de Lucilla se contraía como el de un chico que va a llorar; las lágrimas rodaron por sus mejillas. —Fue tan buena con Jeff y conmigo... lo pasamos tan bien juntos... ahora es como si se hubiera apagado una luz en nuestras vidas...

—Ay, querida. —Era demasiado para Isobel. Fue hacia Lucilla, rodeó con su brazo los delgados hombros de su hija, que se sacudían con los sollozos. —Me doy cuenta. Me da mucha pena. Y tú fuiste tan valiente... pero no estás sola, porque todos la vamos a extrañar. Y creo que debemos sentirnos agradecidos de que haya vuelto a casa. ¡Qué terrible, si nunca hubiéramos vuelto a verla! Tú la trajiste de vuelta, aunque fuera por poco tiempo...

Al rato, Lucilla se calmó y dejó de llorar. Isobel le dio un pañuelo, y ella se sonó la nariz.

—Hoy ya había llorado, y no pensaba que volvería a llorar. Jeff me propuso ir con él a Australia, y no voy a ir. Por alguna estúpida razón, eso también me hizo llorar...

—Ay, Lucilla...

—Me voy a quedar en casa por un tiempo... Si tú y papá me aguantan...

—No hay nada que pueda hacernos más felices.

—Ni a mí.

Lucilla sonrió a su madre entre lágrimas, se sonó la nariz, como dando por terminado el asunto, y se puso de pie.

"Los dejo solos —dijo—. Pero, papá, por favor, baja a desayunar. Después te sentirás mejor.

—Ya voy —prometió Archie.

Lucilla fue hacia la puerta.

—Voy a ver si esos dos no se comieron toda la panceta. —Sonrió. —No tarden.

—No, querida. Y gracias.

Lucilla salió. Momentos después, Isobel se apartó de Archie para ir hasta el ventanal. Miró el jardín, el césped donde jugaban al cróquet, la vieja hamaca que chirriaba. El sol todavía no había llegado al pasto, que conservaba el rocío de la noche. Las hojas de los viejos abedules se estaban poniendo doradas. Pronto caerían, y las ramas quedarían desnudas durante el invierno.

—¡Pobre Pandora! —dijo Isobel—. Pero creo que la comprendo.

Miró hacia las montañas; se amontonaban las nubes de lluvia a causa del viento que soplaba desde el oeste. "Sol a las siete, lluvia a las once." Había terminado la mejor parte del día.

"Archie...

—Sí.

—Con esto, Edmund queda libre de culpas, ¿verdad?

—Sí.

Isobel se apartó de la ventana. Archie la miraba. Ella sonrió.

—Creo que deberías llamarlo ahora. Y éste es el momento de perdonar. Todo ha terminado, Archie.

Edie, sin aliento después de subir la montaña, apuró el paso por el sendero que lleva a Pennyburn.

Era raro ir allá un sábado. El sábado era uno de los pocos días que Edie reservaba para sí misma, para ocuparse de su casa, trabajar un poco el jardín, si hacía buen tiempo, ordenar los armarios, cocinar. Esa mañana, como había sol, había puesto a secar un montón de ropa y después había ido al negocio de la señora Ishak para comprar algunas cosas de almacén y el diario. También había comprado *Peoples Friend* y una caja de bombones para Lottie, porque pensaba ir a Relkirk en el ómnibus de la tarde a visitar a su pobre prima. Se sentía mal por lo sucedido con Lottie, pero también un poco molesta porque Lottie se había apropiado de su nuevo cárdigan lila. Por supuesto que los de la policía no podían saber que era de ella, pero pensaba recuperarlo. Lo lavaría bien antes de volver a usarlo. ¡Pobre Lottie! Tal vez, además de la revista y la caja de bombones, le llevaría margaritas de su jardín para dar vida a la sala impersonal del hospital. Sabía que nadie le agradecería lo que hacía, pero tranquilizaría su propia conciencia. No se podía abandonar a la pobre Lottie sólo porque le había ido mal en la vida.

Todo bien organizado.

Pero cuando estaba calentando caldo para la comida, Edmund pasó a verla. Venía directamente de Pennyburn, y antes había estado en Croy. Traía noticias terribles; después de oírlas, Edie se olvidó totalmente de Lottie, y se quedó con su día hecho pedazos. Recogió los pedazos y volvió a armarlos, pero ahora adoptaban una forma diferente. Una sensación extraña, que la alteraba.

De vez en cuando, leía en los diarios sobre alguna familia que había salido a dar un inocente paseo en el auto, o a ver amigos, o simplemente a disfrutar del campo, y terminaban muertos en un accidente; un montón de hierros retorcidos en la carretera, un cadáver frente al volante, otros vehículos cocados. En esos momentos, sentía que aunque no estuviese involucrada era testigo del desastre, que estaba allí, rodeada por la tragedia, sabiendo que tenía que haber algo en lo que pudiera ayudar.

—Se lo dije a mi madre —le había explicado Edmund—, pero está sola. Le pedí que viniera a Balnaid a almorzar, pero se negó. Dijo que quería estar sola.

—Yo iré a su casa.

—Te lo agradecería. Si hay alguien en el mundo con quien es posible que quiera estar, eres tú.

De manera que Edie sacó la cacerola del fuego, y se puso el abrigo y unos zapatos cómodos. Metió los anteojos y el tejido en el bolso, cerró la casa con llave y partió para Pennyburn.

Ahora había llegado. Entró por la puerta de la cocina. Todo estaba prolijo y ordenado. La señora Aird había lavado las cosas del desayuno esa mañana, y no había vajilla a la vista. También había barrido el piso.

—¡Señora Aird! —Dejó el bolso en la mesa y, sin quitarse el abrigo, pasó al hall y abrió la puerta de la sala.

Allí estaba ella. Sentada en un sillón, inmóvil, mirando la chimenea apagada. No tejía ni bordaba el tapiz ni leía el diario. Estaba allí sentada, nada más. Y en la habitación se sentía frío. La mañana, que había empezado tan despejada, se había nublado, y sin el calor del sol que entraba por las ventanas, la sala estaba extrañamente poco acogedora.

"Señora Aird...

Sobresaltada, Violet volvió la cabeza y Edie se impresionó porque, por primera vez en su vida, veía a Vi vieja, perdida, confundida, hasta enferma. Por un momento, Vi miró a Edie con rostro inexpresivo, como si no la reconociera. Luego, por fin, le brillaron los ojos, y su rostro se llenó de un alivio inconmensurable.

—Ay, Edie.

Edie cerró la puerta tras ella.

—Sí, soy yo.

—¿Pero por qué has venido?

—Edmund pasó a verme. Para contarme lo de Pandora. ¡Qué terrible lo que hizo! Edmund me dijo que usted estaba sola. Tal vez le vendrá bien un poco de compañía...

—Sólo la tuya, Edie. Nadie más. Mi hijo quería que yo fuera con él a Balnaid. Edmund es muy bueno, pero yo no me sentía como para ir. No tenía fuerzas. Con los hijos, siempre hay que poner buena cara, y ser quien da consuelo. Y yo siento que he perdido la energía para consolar a nadie. Por el momento. Mañana estaré mejor.

Edie la miró.

—Hace mucho frío aquí.

—Es cierto. No me había dado cuenta. —Violet miró la chimenea. —Esta mañana me levanté temprano. Hice todo lo que había que hacer. Saqué yo misma las cenizas, puse la leña para el fuego... todo. Pero no llegué a encenderlo.

—En un momento lo hago.

Edie se quitó el abrigo y lo dejó en una silla, se arrodilló en la alfombra ante la chimenea, apoyando su peso en las gruesas rodillas, y encendió un fósforo. Se encendió el papel, enseguida las ramitas y la pila de carboncitos. Las llamas subieron.

Violet dijo:

—Siento mucha vergüenza, Edie. Deberíamos haber sido más perceptivos. Tendríamos que habernos dado cuenta de que Pandora estaba enferma, tal vez muriéndose. Estaba tan espantosamente delgada... La piel y los huesos. Tendríamos que haber sabido que le pasaba algo terrible. En lo que a mí respecta, estaba tan preocupada por mi propia familia, que no dediqué un solo instante a pensar en Pandora. Tal vez, si no me hubiera centrado tanto en mí misma, hubiera sentido que algo andaba mal. —Suspiró, y se encogió de hombros. —Sin embargo, ella estaba como siempre. Hermosa, divertida, coqueta. Fascinante.

—Siempre fue un personaje.

Edie puso un par de leños sobre los carbones bien encendidos. Luego con cierto esfuerzo, se levantó y se acomodó en un sillón, frente a Violet. Se había puesto su mejor falda de tweed y el cárdigan Shetland con colores vivos en el cuello, y su agradable rostro estaba sonrojado por el esfuerzo de subir la cuesta. Ahora el fuego estaba encendido, y Edie cerca de ella, Violet se sentía mejor, ya no tan desolada.

—Me dijeron que fue Willy Snoddy quien la encontró —dijo Edie con el tono que usaba para las murmuraciones.

—Sí. ¡Pobre Willy! Seguro que andará borracho durante muchos días después de esta experiencia.

—El cáncer es una cosa terrible. Pero quitarse la vida... —Edie movió la cabeza. —No puedo entender que alguien lo haga.

—Creo que tenemos que comprender, Edie; de otro modo, nunca la perdonaremos...

—Pero los Balmerino... Y la pequeña Lucilla... ¿No pensó en ellos?

—Estoy segura de que sí. Y sin embargo, tal vez nunca pensó mucho en otra persona que no fuera ella misma. Y era muy bonita, muy atractiva para los hombres. Los romances siempre fueron lo que más le gustaba en la vida. Para comprenderla, debemos imaginar su futuro como ella obviamente lo veía. Enferma, mutilada por la cirugía, luchando contra la enfermedad, perdiendo su hermoso cabello y su atractivo. —Ahora el fuego crepitaba en la chimenea. Violet extendió las manos para calentárselas. —No, ella no podía enfrentar todo eso, Edie. No podía, así, sola como estaba.

—¿Y Edmund? —preguntó Edie.

Las dos mujeres no tenían secretos entre sí. Era bueno sentirlo.

—Tú viste a Edmund, Edie.

—Pero no dijo mucho.

—A mí me dijo mucho. Evidentemente, está destrozado por lo de Pandora, como lo estamos todos, pero no creo que más que el resto de nosotros. Y creo que ahora va a estar bien, porque tiene a Virginia, y a Alexa, y a Henry. A ese amorcito que es Henry. Y, quién sabe, quizá también a Noel Keeling. Tengo la sensación de que pronto Noel será miembro de la familia.

—¿Sí?

—No es más que una sensación, Edie. Tendremos que esperar. Además, Edmund me ha dicho que se va a tomar unas vacaciones. Quiere pasar un tiempo con Virginia y Henry, y por supuesto, tiene que estar cerca para acompañar a Archie Balmerino los próximos días. Habrá tantas cosas que hacer... Es inevitable que la policía investigue un caso de suicidio, y luego, después de ese escollo, el funeral, y todos los detalles tristes y desgarradores. Luego, cuando todo haya terminado, él y Archie piensan ir a pescar, a Sutherland, tal vez, por una temporadita. Y eso me llena de satisfacción, ¿sabes? Siempre quise mucho a Edmund, Edie, pero últimamente sentía que algo en él me disgustaba. Ahora creo que todo ha cambiado. Tal vez se ha dado cuenta, por fin, de que a veces las cosas pequeñas de la vida son infinitamente más importantes que las grandes. Y es un consuelo saber que de esta tragedia terrible e innecesaria ha salido al menos una cosa buena: Archie y Edmund son otra vez amigos, como lo eran antes.

—Llevó bastante tiempo —señaló Edie con su sentido práctico de siempre, y sin miedo de expresar lo que pensaba—. Más de veinte años.

—Sí. Pero es que Edmund se portó muy mal. Creo que las dos lo sabemos.

Edie quedó en silencio unos momentos, y luego hizo un único comentario.

—La madre de Alexa era una mujer muy fría.

No era una gran excusa, pero la lealtad de Edie hacia Edmund conmovió a Violet.

—Bien, tú debes saberlo, Edie. Viviste con ellos en Londres. Los conociste a los dos, tal vez mejor que cualquiera de nosotros.

—Era una muchacha simpática, pero fría.

El relojito dorado de Violet, que estaba sobre la repisa de la chimenea, dio la hora: la una. Edie lo miró, sorprendida.¡Cómo había volado el tiempo!

"¡Mire! —dijo—. Ya es la una. Usted necesita comer algo. Voy a ver qué hay en la cocina. Ayer dejé en la alacena una cacerola con guiso de carne. Voy a calentarla. Hay suficiente para las dos. ¿Qué le parece? Podemos comer aquí, en una bandeja, junto al fuego.

—Eso es exactamente lo que quiero. ¿Y qué tal una copa de jerez para darnos ánimo? —Edie chasqueó la lengua en señal de desaprobación, pero sonreía. Se levantó y fue hacia la puerta. —Ah, Edie, tú te quedas conmigo, ¿verdad? Pasaremos la tarde juntas, y hablaremos de los viejos tiempos.

—Con mucho gusto —respondió Edie—. No tengo ninguna gana de estar sola esta tarde. Traje mi tejido.

Salió de la habitación. Momentos después, Violet oía el tintineo de los platos en la cocina, el ruido de la puerta de la alacena que se abría y se cerraba. Sonidos que la acompañaban y la consolaban. Se levantó y se sostuvo de la repisa de la chimenea hasta que se le fue la rigidez de las rodillas. Detrás del reloj, vio la invitación, que llevaba tantas semanas allí. Ya con las puntas dobladas y un poco ennegrecida por el humo de la chimenea.

Sra. Angus Steynton
En casa
Papá Katy

La retiró de detrás del reloj, y la leyó por última vez; luego la rompió en pedazos, que dejó caer en las llamas. Los pedazos se encendieron, ardieron, se arrugaron hasta hacerse cenizas, desaparecieron.

Fue a la puerta que daba al jardín, la abrió, bajó la escalinata y echó a andar por la loma cubierta de césped. Ahora que se había ido el sol y el cielo se había llenado de nubes grises, se sentía mucho frío. Más frío que en los días anteriores del otoño. Se terminaba septiembre, y pronto llegarían los fuertes vientos invernales.

Se encaminó al borde del jardín, y se detuvo junto al cerco, mirando al sur, el paisaje incomparable. El valle, el río, las montañas distantes, sin sol, sombrías, pero hermosas. Siempre tan hermosas... Nunca se cansaría de ellas. Nunca se cansaría de vivir.

Pensó en Pandora. Y en Geordie. Geordie, dondequiera que estuviese, vigilaría a Pandora. Pensó en Edie, y por primera vez, se le ocurrió la terrible posibilidad de que su querida amiga muriera antes que ella, y entonces no le quedarían contemporáneos, nadie a quien acudir, de quien recibir consuelo; nadie con quien hablar para recordar juntos los días pasados.

Dijo una plegaria: "Sé que soy una mujer terriblemente egoísta, pero, por favor, haz que yo me vaya antes que Edie, porque sin ella no creo que pueda soportar la vida. No creo que pueda soportar envejecer."

Oyó el sonido. Allá en lo alto, mucho más allá de las nubes impulsadas por el viento. Gritos y graznidos distantes, penetrantes y muy conocidos. Eran los gansos salvajes que volvían. Violet miró el cielo, entrecerrando los ojos, buscándolos. Entonces, las nubes se abrieron momentáneamente, y Vi divisó a las aves, todas del mismo color, volando hacia el sur, vanguardia de muchos millares que ya estaban en camino.

Llegaban temprano. Se habían ido tarde, y volvían temprano. Tal vez iba a hacer mucho frío. Tal vez sería un invierno muy duro.

Pero Violet ya había pasado inviernos duros, y éste no sería peor. En realidad, sería mejor porque, de algún modo extraño, sentía que le habían devuelto a su familia, y sabía que, juntos, los Aird tenían fuerzas suficientes para enfrentar lo que el destino arrojara sobre ellos. Eso era lo más importante: estar juntos. En eso residía la fuerza. Con su familia, dejando atrás el pasado, sin olvidar nunca que, más all del invierno, los esperaba una nueva primavera.

—Señora Aird.

Se volvió y vio a Edie, de pie en la puerta. Se había puesto un delantal de Violet sobre su falda nueva, y sus cabellos blancos ondeaban en la brisa.

—Vuelva y almorcemos.

Violet sonrió y levantó una mano.

—Ya voy, Edie. —Echó a andar... lentamente al principio y después con más agilidad... fue subiendo la loma, hacia la casa. —Ya voy.